Jodi Picoult
Die einzige Wahrheit

W0278333

SERIE PIPER

Zu diesem Buch

Eingebettet in die wogenden Weizenfelder von Lancaster County, scheint die Idylle der kleinen Amisch-Gemeinde vollkommen. Doch ein erschütternder Fund bereitet dem Frieden ein jähes Ende: In der Scheune der rechtschaffenen Fishers wird die Leiche eines Neugeborenen entdeckt. Und alles deutet darauf hin, daß die junge, noch unverheiratete Katie die Mutter des toten Kindes ist. Als Katie unter Mordverdacht gestellt wird, kommt Ellie, eine entfernte Verwandte und Staranwältin aus Philadelphia, um die Verteidigung zu übernehmen. Auch Ellie steht an einem Wendepunkt in ihrem Leben: Sie ist froh, Abstand von ihrem Partner und ihrer Karriere gewinnen zu können und wirklich gebraucht zu werden. Aber ihre Aufgabe ist alles andere als leicht, denn Ellie muß sich an das gottgefällige Leben ohne Strom und Telefon erst gewöhnen – und Katie gibt die Wahrheit nur zögerlich preis …

Jodi Picoult, 1967 auf Long Island, New York, geboren, zog nach ihrem Studium in Princeton und Harvard die Schriftstellerkarriere einer akademischen Laufbahn vor. 1992 veröffentlichte sie mit großem Erfolg ihren ersten Roman, dem inzwischen sechs weitere folgten. Sie lebt zusammen mit ihrem Mann und drei Kindern in Hanover, New Hampshire. Zuletzt erschien auf deutsch ihr Roman »Die Macht der Zweifels«. Weiteres zur Autorin: www.jodipicoult.com

Jodi Picoult
Die einzige Wahrheit

Roman

Aus dem Amerikanischen von
Ulrike Wasel und Klaus Timmermann

Piper München Zürich

Von Jodi Picoult liegen in der Serie Piper vor:
Auf den zweiten Blick (3654)
In einer regnerischen Nacht (3655)
Die einzige Wahrheit (3716, 6097)
Die Hexenjagd von Salem Falls (4011)
Die Macht des Zweifels (Piper Original 7061)

Ungekürzte Taschenbuchausgabe
November 2002 (SP 3716)
März 2004
© 2000 Jodi Picoult
Titel der amerikanischen Originalausgabe:
»Plain Truth«, Pocket Books / Simon & Schuster Inc., New York 2000
© der deutschsprachigen Ausgabe:
2001 Piper Verlag GmbH, München,
erschienen im Verlagsprogramm Kabel
Umschlag: ZERO, München
Foto Umschlagvorderseite: Richard Hamilton Smith / CORBIS
Foto Umschlagrückseite: Susan Shacter
Satz: EDV-Fotosatz Huber / Verlagsservice G. Pfeifer, Germering
Druck und Bindung: Clausen & Bosse, Leck
Printed in Germany ISBN 3-492-26097-7

www.piper.de

Für meinen Dad, Myron Picoult, der mich lehrte,
ich selbst zu sein.

Es gibt nicht viele Männer auf der Welt,
die niesen können wie eine Ente,
die Hadeln im Neuhaufen finden,
ganz schlechte Wortspiele machen …
und ihre Töchter so vorbehaltlos vergöttern.

Ich liebe dich.

TEIL I

Ich muß sein ein Christenkind
Sanft und mild wie Christen sind;
Muß recht schlicht sein, treu und wahr
In Wort und Tat und Denken gar …
Muß bedenken, Gott schaut an,
Was ich gedacht und was getan.

Amischer Kinderreim

I

Sie hatte oft davon geträumt, wie ihre kleine Schwester tot unter dem Eis trieb, aber heute nacht sah sie zum erstenmal, wie Hannah verzweifelt die Finger ins Eis krallte. Sie konnte Hannahs Augen sehen, weit aufgerissen und milchig, sie spürte Hannahs Nägel übers Eis kratzen. Dann wachte sie plötzlich auf. Es war nicht Winter – es war Juli. Unter ihren Händen war kein Eis, bloß zerwühlte Bettlaken. Doch wieder war auf der anderen Seite jemand, der sich mit aller Kraft zu befreien versuchte.

Sie biß sich auf die Unterlippe, als die Faust in ihrem Bauch sich noch fester zusammenballte. Den Schmerz niederkämpfend, der in Wellen kam und ging, lief sie auf Zehenspitzen hinaus in die Nacht.

Als sie in den Stall trat, miaute die Katze. Sie keuchte jetzt, und ihre Beine zitterten wie Weidenzweige. In der hintersten Ecke des Verschlags, in dem die Kühe kalbten, ließ sie sich ins Heu nieder und zog die Knie an. Die Kühe mit den dicken, prallen Bäuchen drehten ihre großen, erstaunten Augen in ihre Richtung, wandten sich dann schnell wieder ab, als wüßten sie, daß es klüger war, nicht hinzuschauen.

Sie konzentrierte sich auf das Fell der Holsteinkühe, bis die schwarzen Flecken tanzten und verschwammen. Sie grub die Zähne in den aufgerollten Saum ihres Nachthemdes. Sie spürte einen ungeheuren Druck, als würde sie von innen nach außen gekehrt, und sie erinnerte sich, wie sie und Hannah sich immer durch das Loch im Stacheldrahtzaun am Bach zwängten, schiebend und windend, nur noch Knie und Ächzen und Ellbogen, bis sie hindurchpurzelten.

Es war so plötzlich vorüber, wie es begonnen hatte. Und auf dem blutbefleckten Heu zwischen ihren Beinen lag ein Baby.

Aaron Fisher rollte sich unter dem bunten Quilt auf die Seite und blickte auf die Uhr neben dem Bett. Nichts hatte ihn aufgeweckt, kein bestimmtes Geräusch, aber nach fünfundvierzig Jahren als Farmer konnten ihn Kleinigkeiten aus dem Schlaf reißen: ein Huschen im Mais, eine Veränderung im Rauschen des Windes, das Kratzen der Zunge eines Muttertieres, das ein neugeborenes Kalb sauberleckt.

Er spürte, wie die Matratze nachgab, als Sarah sich hinter ihm aufstützte, ihr langer Zopf ringelte sich über ihre Schulter wie ein Seemannsseil. *»Was iss letz?«* Was ist los?

Es waren nicht die Tiere; erst in einem Monat sollte die erste Kuh kalben. Es war kein Einbrecher; dazu war das Geräusch zu zart. Er spürte, wie der Arm seiner Frau sich um ihn schlang. *»Nix«*, murmelte er. Aber er wußte nicht, ob er Sarah beruhigen wollte oder sich selbst.

Sie wußte, wie man die Schnur durchschnitt, die wie eine purpurne Spirale zum Bauch des Babys lief. Mit zitternden Händen nahm sie die alte Schere, die an einem Haken neben der Tür des Verschlages hing. Sie war rostig, und Heu klebte daran. Zwei feste Schnitte durchtrennten die Schnur, und sofort schoß Blut daraus hervor. Entsetzt drückte sie die Enden mit den Fingern zu, suchte verzweifelt nach irgend etwas zum Abbinden. Sie wühlte im Stroh herum und fand ein kleines Stück Heukordel, das sie rasch um die Nabelschnur wickelte. Die Blutung ließ nach, hörte schließlich auf. Erleichtert sank sie nach hinten – und dann fing das Neugeborene an zu schreien.

Sie nahm das Baby und wiegte es in ihren Armen. Mit einem Fuß schob sie Stroh zusammen, um das Blut mit einer sauberen Lage zu bedecken. Der Mund des Babys öffnete und schloß sich um den Baumwollstoff ihres Nachthemdes, saugend.

Sie wußte, was das Baby wollte, brauchte, aber sie konnte es nicht tun. Es würde alles real machen.

Also gab sie dem Baby statt dessen ihren kleinen Finger. Sie ließ den winzigen, kräftigen Mund saugen, während sie tat, was man ihr für extreme Streßsituationen beigebracht hatte; was sie jetzt schon seit Monaten tat. Sie betete: »O Herr, bitte mach, daß es weggeht.«

Das Klirren von Ketten weckte sie. Es war noch dunkel draußen, aber die Milchkühe folgten ihrer inneren Uhr und erhoben sich in ihren Verschlägen, die Euter blau geädert und prall voll Milch, wie ein zwischen ihren Beinen gefangener Vollmond. Sie hatte Schmerzen und war müde, doch sie wußte, daß sie den Stall verlassen mußte, bevor die Männer zum Melken kamen. Als sie nach unten blickte, begriff sie, daß ein Wunder geschehen war: Das blutgetränkte Stroh war wieder frisch, bis auf einen kleinen Fleck unter ihrem Gesäß. Und die beiden Dinge, die sie beim Einschlafen in den Händen gehalten hatte – die Schere und das Neugeborene –, waren verschwunden.

Sie erhob sich mühsam und blickte zum Dach hinauf, voller Ehrfurcht und Demut. *»Danki«*, flüsterte sie und lief hinaus in die Dunkelheit.

Wie alle anderen sechzehnjährigen Amisch-Jungen ging auch Levi Esch nicht mehr zur Schule. Er hatte die achte Klasse abgeschlossen und war jetzt bald in dem Alter, in dem er durch die Taufe in den amischen Glauben aufgenommen werden würde. In der Zwischenzeit half er bei Aaron Fisher aus, der keinen Sohn mehr hatte, der ihn auf der Milchfarm unterstützte. Den Job hatte Levi auf Empfehlung seines älteren Vetters Samuel hin bekommen, der inzwischen schon seit fünf Jahren bei den Fishers in die Lehre ging. Und da alle wußten, daß Samuel in naher Zukunft die Tochter der Fishers heiraten und seine eigene Farm bewirtschaften würde, konnte Levi wohl bald mit einer Beförderung rechnen.

Sein Arbeitstag begann um vier Uhr morgens. Es war noch stockdunkel, und Levi konnte nicht sehen, wie Samuels Kutsche ankam, aber er hörte das schwache Klingeln von Geschirr und Zugriemen. Er griff sich seinen breitkrempigen Strohhut, lief hinaus und sprang auf den Sitz neben Samuel.

»Morgen«, sagte er außer Atem.

Samuel nickte ihm zu, sagte aber nichts.

»Was ist los?« neckte Levi. »Hat Katie dir gestern keinen Gutenachtkuß gegeben?«

Samuel blickte finster und versetzte Levi einen Stoß, so daß dessen Hut nach hinten in die Kutsche rollte. »Halt doch einfach die Klappe.« Der Wind raunte im zerzausten Rand des Maisfeldes, während sie schweigend dahinfuhren. Nach einer Weile steuerte Samuel den Einspänner auf den Hof der Fishers. Levi bohrte die Spitze seines Stiefels in die weiche Erde und wartete, bis Samuel das Pferd ausgespannt und auf die Weide geführt hatte, dann gingen sie zum Stall.

Die Lampen, die sie beim Melken brauchten, wurden von einem Generator gespeist, der auch die Vakuumpumpen mit Strom versorgte, die an den Zitzen der Kühe befestigt wurden. Aaron Fisher kniete neben einem Tier, besprühte das Euter mit Jodlösung und wischte es dann mit einer Seite aus einem alten Telefonbuch trocken. »Samuel, Levi«, begrüßte er sie.

Er sagte ihnen nicht, was sie zu tun hatten, weil sie es längst wußten. Samuel schob die Schubkarre unter ein Silo und fing an, das Futter zu mischen. Levi schaufelte den Mist hinter den Kühen heraus, blickte dabei immer wieder zu Samuel hinüber und wünschte sich, er wäre schon ebenso erfahren wie er.

Die Stalltür ging auf, und Aarons Vater kam hereingeschlendert. Elam Fisher wohnte im *Groossdaadi-Haus*, einer kleinen Wohnung, die dem Haupthaus angeschlossen war. Elam half zwar beim Melken, doch Levi kannte die ungeschriebenen Regeln: darauf achten, daß der alte Mann nichts Schweres trug, verhindern, daß er sich übermäßig anstrengte, und ihm das Gefühl geben, daß Aaron ohne ihn nicht zurechtkäme, obwohl dieser das durchaus gekonnt hätte, jederzeit. »Jungs«, polterte Elam und blieb dann wie angewurzelt stehen. Seine Nase kräuselte sich über dem langen, weißen Bart. »Ha, wir haben ein Kälbchen bekommen.«

Verwundert richtete Aaron sich auf. »Nein. Der Verschlag ist leer.«

Elam schüttelte den Kopf. »Aber es riecht so.«

»Hier riecht's eher nach Levi, der mal wieder ein Bad gebrauchen könnte«, scherzte Samuel, während er vor der ersten Kuh eine Ration Futter auskippte. Als Samuel mit der Schubkarre an ihm vorbeikam, holte Levi aus, rutschte jedoch auf dem frischen Mist aus und landete in der Auffangrinne für die Gülle. Er biß die Zähne zusammen, als Samuel laut loslachte. »Das reicht jetzt«, sagte Aaron tadelnd, obwohl es auch um seine Lippen zuckte. »Levi, ich glaub, Sarah hat deine sauberen Sachen in die Sattelkammer gelegt.« Levi rappelte sich mit glühenden Wangen wieder auf. Er ging in das Kämmerchen, in dem die Decken und das Zaumzeug für die Arbeitspferde und Maultiere der Farm aufbewahrt wurden.

Levi schaute sich um, konnte aber nirgendwo Kleidung entdecken. Dann fiel ihm etwas Buntes in dem Stapel Pferdedecken auf. Wenn Sarah Fisher seine Sachen gewaschen hatte, dann wahrscheinlich zusammen mit der übrigen Wäsche. Er hob die schwere, gestreifte Decke hoch und sah seine Hose und sein smaragdgrünes Hemd zu einem Bündel zusammengerollt. Levi machte einen Schritt nach vorn, um die Sachen an sich zu nehmen, als er plötzlich in das winzige, reglose Gesicht eines Neugeborenen blickte.

»Aaron!« Levi keuchte. »Aaron, du mußt sofort kommen.« Aaron wechselte einen Blick mit seinem Vater, dann rannten sie beide los, gefolgt von Samuel.

Levi stand vor einem Hocker, auf dem Pferdedecken gestapelt waren, und darauf lag ein schlafendes Baby, in ein Männerhemd eingewickelt. »Ich ... ich glaube, es atmet nicht.«

Aaron trat näher. Es war schon lange her, daß er mit einem so kleinen Baby zu tun gehabt hatte. Die weiche Haut des Gesichtchens war kalt. Er kniete nieder und drehte seinen Kopf zur Seite, hoffte, daß sein Ohr ein Atmen wahrnehmen würde. Er legte seine flache Hand auf die Kinderbrust. Dann drehte er sich zu Levi um. »Lauf zu den Schuylers und frag sie, ob du ihr Telefon benutzen darfst«, sagte er. »Ruf die Polizei.«

»So ein Blödsinn«, sagte Lizzie Munro zu dem diensthabenden Beamten. »Ich kümmere mich doch nicht um ein lebloses Baby. Schick einen Rettungswagen hin.«

»Die sind schon da. Und haben einen Detective angefordert.«

Lizzie verdrehte die Augen. Seit sie als Detective-Sergeant bei der Polizei des East Paradise Township war, wurden die Rettungssanitäter von Jahr zu Jahr jünger. Und dümmer. »Das ist eine medizinische Angelegenheit, Frank.«

»Tja, irgendwas ist da jedenfalls nicht in Ordnung.« Der Lieutenant reichte ihr einen Zettel mit der Anschrift.

»Fisher?« las Lizzie, verwundert über den Namen und die Straße. »Sind das Amische?«

»Ich glaub, ja.«

Lizzie seufzte und griff nach ihrer dicken, schwarzen Tasche und ihrer Dienstmarke. »Du weißt doch auch, daß das Zeitverschwendung ist.« In der Vergangenheit hatte Lizzie gelegentlich mit Jugendlichen von den Amischen der Alten Ordnung zu tun gehabt, die sich in einer Scheune getroffen hatten, um zu trinken und zu tanzen. Ein- oder zweimal war sie gerufen worden, um die Aussage eines amischen Geschäftsmannes aufzunehmen, bei dem eingebrochen worden war. Doch ansonsten hatten die Amischen kaum etwas mit der Polizei zu tun. Ihre Gemeinde lebte unauffällig inmitten der normalen Welt, wie eine kleine Luftblase, unberührt von allem anderen.

»Fahr hin und nimm ihre Aussagen auf, ich revanchier mich auch dafür.« Frank hielt ihr die Tür auf, als sie aus dem Büro ging. »Ich besorg dir eine richtig schöne, dicke Straftat, in die du dich verbeißen kannst.«

»Du mußt mir keinen Gefallen tun«, sagte Lizzie, aber sie mußte schmunzeln, als sie in ihren Wagen stieg und zur Farm der Fishers fuhr.

Im Hof der Fishers standen ein Streifenwagen, ein Rettungswagen und eine Kutsche. Lizzie ging zum Haus und klopfte.

Niemand öffnete, aber hinter sich hörte Lizzie eine sanfte, angenehm melodische Frauenstimme. Eine Amisch-Frau mittleren Alters in einem lavendelfarbenen Kleid mit schwarzer Schürze kam rasch auf Lizzie zu. »Ich bin Sarah Fisher. Kann ich Ihnen helfen?«

»Ich bin Detective-Sergeant Lizzie Munro.«

Sarah nickte ernst und führte Lizzie in die Sattelkammer, wo sich zwei Sanitäter über ein Baby beugten. »Was haben wir?«

»Ein Neugeborenes. Betonung auf neu. Kein Puls, keine Atmung, als wir ankamen, und es ist uns nicht gelungen, den Kleinen zu reanimieren. Einer von den Farmarbeitern hat ihn gefunden, unter einer Pferdedecke und eingewickelt in ein grünes Hemd. Ich kann nicht sagen, ob es eine Totgeburt war oder nicht, aber irgendwer hat jedenfalls versucht, die Leiche zu verstecken. Ich glaub, einer von euren Leuten ist irgendwo bei den Ställen. Vielleicht kann der Ihnen mehr sagen.«

»Moment mal – jemand hat dieses Baby zur Welt gebracht und dann versucht, es zu verstecken?«

»Ja. Vor ungefähr drei Stunden.«

Schlagartig war der schlichte Einsatz, der eigentlich einen Arzt verlangt hätte, komplizierter, als Lizzie gedacht hatte, und die Person, die am ehesten verdächtig war, stand nur einen Meter entfernt. Lizzie blickte zu Sarah Fisher hoch, die zitternd die Arme um sich schlang. »Das Baby ist ... tot?«

»Ich fürchte ja, Mrs. Fisher.«

Lizzie öffnete den Mund, um eine Frage zu stellen, wurde jedoch von einem entfernten Geräusch abgelenkt, als würden Gerätschaften hin und her geschoben. »Was ist das?«

»Die Männer sind mit dem Melken fertig.«

»Melken?«

»Diese Dinge ...«, sagte die Frau leise, »müssen trotzdem getan werden.«

Plötzlich empfand Lizzie tiefes Mitleid für sie. Das Leben legte für den Tod niemals eine Atempause ein; sie selbst sollte das besser wissen als die meisten. Sie legte einen Arm um Mrs. Fishers Schulter, nicht ganz sicher, in welcher psychischen Verfassung die Frau war, und sagte in sanfterem Ton: »Ich weiß, daß das schwer für Sie ist, aber ich muß Ihnen ein paar Fragen zu Ihrem Baby stellen.« Sarah Fisher hob den Blick und sah Lizzie in die Augen. »Das ist nicht mein Baby«, sagte sie. »Ich hab keine Ahnung, wo es herkommt.«

Eine halbe Stunde später bückte sich Lizzie zum Fotografen der Spurensicherung hinunter. »Beschränken Sie sich auf den Stall. Die Amischen lassen sich nicht gerne fotografieren.«

Zumindest verstand Lizzie jetzt, warum sie hergerufen worden war. Ein unidentifizierter toter Säugling, eine unbekannte Mutter. Und das alles mitten auf einer Amisch-Farm.

Sie hatte die Nachbarn befragt, ein lutheranisches Paar, das versicherte, kaum je laute Stimmen von den Fishers gehört zu haben, und sich nicht erklären konnte, wo das Baby herkam. Sie hatten zwei Töchter im Teenageralter, von denen eine einen Nasen- und einen Nabelring trug. Beide hatten Alibis. Trotzdem waren sie bereit, sich gynäkologisch untersuchen zu lassen, um als Verdächtige auszuscheiden.

Sarah Fisher hingegen lehnte das ab. Lizzie dachte darüber nach, während sie in der Milchkammer stand und zusah, wie Aaron Fisher einen kleinen Kanister Milch in einen größeren leerte. Er war ein großer und dunkler Typ mit muskulösen Armen. Sein Bart reichte ihm bis auf die Brust. Als er fertig war, stellte er den Kanister ab und wandte sich Lizzie zu.

»Meine Frau war nicht schwanger, Detective«, sagte Aaron.

»Sind Sie sicher?«

»Sarah kann keine Kinder mehr bekommen. Die Ärzte haben das so eingerichtet, nachdem sie bei der letzten Geburt fast gestorben wäre.«

»Ihre anderen Kinder, Mr. Fisher – wo waren die, als das Baby gefunden wurde?«

Ein Schatten huschte über das Gesicht des Mannes. »Meine Tochter hat oben geschlafen. Mein anderes Kind ist … fort.«

»Fort, heißt das, ausgezogen?«

»Tot.«

»Ihre Tochter, die oben geschlafen hat, ist wie alt?«

»Achtzehn.«

Lizzie blickte auf. Weder Sarah Fisher noch die Sanitäter hatten erwähnt, daß noch eine Frau im gebärfähigen Alter auf der Farm wohnte. »Wäre es möglich, daß sie schwanger war, Mr. Fisher?«

Das Gesicht des Mannes wurde so rot, daß Lizzie sich schon Sorgen machte. »Sie ist nicht mal verheiratet.«

»Das ist keine unabdingbare Voraussetzung, Sir.«

Aaron Fisher starrte sie an, kalt und klar. »Für uns schon.«

Es schien eine Ewigkeit zu dauern, bis alle vierzig Kühe gemolken waren. Samuel schloß das Gatter, nachdem er die Jungkühe auf die Weide gelassen hatte, und ging dann zum Haupthaus. Eigentlich sollte er Levi helfen, den Stall ein weiteres Mal auszumisten, aber heute konnte das warten.

Er klopfte nicht an, sondern öffnete einfach die Tür, als gehörte ihm nicht nur das Haus schon, sondern auch die junge Frau, die am Herd stand. Er verharrte einen Moment, genoß den Anblick, wie das Sonnenlicht ihr Profil noch anmutiger machte, das honigfarbene Haar golden tönte, betrachtete die geschickten Bewegungen, mit denen sie das Frühstück bereitete.

»Katie«, sagte Samuel und trat ein.

Vor Schreck ließ sie den Löffel in die Teigschüssel fallen und drehte sich rasch um. »Ach, du bist es, Samuel.« Sie sah an seiner Schulter vorbei, als erwartete sie, hinter ihm eine Armee zu sehen. »Mam hat gesagt, ich soll genug für alle machen.«

Samuel ging zu ihr, nahm die Schüssel und stellte sie auf die Arbeitsplatte. Er griff nach ihren Händen. »Du siehst gar nicht gut aus.«

Sie verzog das Gesicht. »Danke für das Kompliment.«

Er zog sie näher an sich. »Alles in Ordnung?«

Wenn sie ihn ansah, waren ihre Augen so strahlendblau wie ein Ozean, den er einmal auf dem Umschlag eines Reisemagazins gesehen hatte, und – so stellte er sich vor – ebenso unendlich tief. Sie hatten ihn als erstes zu Katie hingezogen, unter all den Menschen während eines Gottesdienstes. Sie hatten in ihm die Überzeugung geweckt, daß er auch noch in vielen, vielen Jahren alles tun würde für diese eine Frau.

Sie entzog sich ihm und begann, Pfannkuchen zu wenden. »Du kennst mich doch«, sagte sie atemlos. »Ich werde nervös, wenn ich mit *Englischen* zu tun habe.«

»So viele sind's nicht. Bloß eine Handvoll Polizisten.« Samuel betrachtete sorgenvoll ihren Rücken. »Aber es kann sein, daß sie mit dir reden wollen. Sie wollen mit allen reden.«

Sie drehte sich langsam um. »Was haben sie denn da draußen gefunden?«

»Hat deine Mutter dir nichts gesagt?«

Katie schüttelte langsam den Kopf, und Samuel zögerte, hin und her gerissen, ob er ihr die Wahrheit sagen oder ob er sie möglichst lange in Unwissenheit belassen sollte, was ihm lieber wäre. Er fuhr sich mit den Händen durch das strohfarbene Haar, so daß es in alle Richtungen stand. »Tja, also, sie haben ein Baby gefunden. Tot.« Er sah, wie sich ihre Augen weiteten, diese unglaublichen Augen, und dann sank sie auf einen der Küchenstühle. »Oh«, flüsterte sie benommen.

Sofort war er neben ihr, hielt sie im Arm und flüsterte, daß er sie von hier wegbringen würde, sollte die Polizei doch bleiben, wo der Pfeffer wächst. Er spürte, wie sie sich gegen ihn lehnte, und einen Augenblick lang war Samuel überglücklich – nach so vielen Tagen, in denen er zurückgewiesen worden war. Doch dann erstarrte Katie und wich zurück. »Ich glaube, das ist nicht der richtige Zeitpunkt«, sagte sie streng. Sie stand auf und stellte die Gasflammen am Herd ab, verschränkte dann die Arme vor dem Bauch. »Samuel, es gibt tatsächlich einen Ort, an den du mich bringen sollst.«

»Wohin du willst«, versprach er.

»Ich möchte, daß du mich zu dem Baby bringst.«

»Es ist Blut«, bestätigte der Gerichtsmediziner, der im Kälberverschlag vor einem kleinen, dunklen Fleck kauerte. »Und Plazenta. Nicht von einer Kuh, der Größe nach zu schließen. Hier hat jemand vor kurzem ein Baby geboren.«

»Totgeburt?«

Er zögerte. »Das kann ich ohne Autopsie nicht sagen – aber mein Gefühl sagt nein.«

»Dann ist es einfach so ... gestorben?«

»Das hab ich auch nicht gesagt.«

»Wollen Sie damit sagen, daß jemand dieses Baby absichtlich getötet hat?«

Der Mann zuckte die Achseln. »Es ist wohl eher Ihr Job, das herauszufinden.«

Angesichts der kurzen Zeitspanne zwischen Geburt und Tod lag die Vermutung nahe, daß die Mutter selbst die Tat begangen hatte. »Und wie? Stranguliert?«

»Eher erstickt. Morgen müßte ich einen vorläufigen Autopsiebericht fertig haben.« Lizzie dankte ihm und entfernte sich vom Tatort, der jetzt von uniformierten Polizisten gesichert wurde. Plötzlich hatte sie es nicht mehr mit einem Fall von Kindesaussetzung zu tun, sondern mit einem möglichen Mord. Es gab genug Anhaltspunkte, um von einem Bezirksrichter die Genehmigung für die Entnahme von Blutproben zu bekommen, die die Täterin entlarven würden.

Als die Stalltür sich öffnete, blieb sie stehen. Ein großer blonder Mann – einer von den Helfern auf der Farm – trat gemeinsam mit einer jungen Frau in das dämmrige Licht. Er nickte Lizzie zu. »Das ist Katie Fisher.«

Sie war hübsch, eine dieser ländlichen Erscheinungen, bei denen Lizzie immer an frische Sahne und Frühling denken mußte. Sie trug die traditionelle Kleidung der Amischen der Alten Ordnung: langärmeliges Kleid mit schwarzer Schürze, die knapp unterhalb der Knie endete. Ihre Füße waren nackt und schwielig – Lizzie hatte immer gestaunt, wenn sie die jungen Amischen ohne Schuhe über Schotterstraßen laufen sah. Außerdem war die junge Frau so nervös, daß Lizzie ihre Angst förmlich riechen konnte. »Ich bin froh, daß Sie gekommen sind«, sagte Lizzie sanft. »Ich möchte Ihnen ein paar Fragen stellen.«

Katie rückte näher an den stattlichen jungen Mann neben sich. »Katie hat letzte Nacht geschlafen«, sagte er. »Sie hat nicht mal gewußt, was passiert ist, bis ich es ihr erzählt habe.«

Katie war von irgend etwas abgelenkt worden. Sie starrte über Lizzies Schulter hinweg in die Sattelkammer, wo die Babyleiche unter Aufsicht des Gerichtsmediziners weggebracht wurde. Plötzlich riß sie sich von Samuel los und lief aus dem Stall. Lizzie rannte ihr bis zur Veranda des Haupthauses nach. Lizzie beobachtete, wie die junge Frau versuchte, die Fassung zurückzugewinnen. Normalerweise hätte Lizzie das als Anzeichen für ein schlechtes Gewissen gedeutet – doch Katie Fisher war eine Amisch. Als Amisch konnte man in Lancaster County aufwachsen, ohne je eine Nachrichtensendung im Fernsehen oder einen Film gesehen zu haben, ohne Vergewaltigung und prügelnde Ehemänner und Mord. Man konnte ein totes Baby sehen und von diesem Anblick ehrlich und zutiefst erschüttert sein.

Andererseits hatte es in den letzten Jahren jugendliche Mütter gegeben, die ihre Schwangerschaften geheimgehalten und das Neugeborene hatten verschwinden lassen. Jugendliche Mütter, die sich gar nicht darüber im klaren waren, was sie getan hatten. Jugendliche Mütter aller sozialer Gruppen, aller Religionen.

Katie schlug schluchzend die Hände vors Gesicht. »Tut mir leid«, sagte sie. »Als ich – den Leichnam gesehen hab – mußte ich an meine Schwester denken.«

»Die gestorben ist?«

Katie nickte. »Sie ist ertrunken, als sie sieben war.«

Lizzie schaute zu den Feldern hinüber, ein grünes Meer, das sich in der leichten Brise kräuselte. In der Ferne wieherte ein Pferd, und ein anderes antwortete ihm. »Wissen Sie, was mit dem Baby passiert ist?« fragte Lizzie leise.

Katie verengte die Augen. »Ich lebe auf einer Farm.«

»Aber es gibt Unterschiede zwischen Tieren und Frauen. Wenn Frauen gebären und nicht medizinisch versorgt werden, bringen sie sich in große Gefahr.« Lizzie stockte. »Katie, gibt es vielleicht irgend etwas, das sie mir sagen möchten?«

»Ich hab kein Baby bekommen«, antwortete Katie. »Wirklich nicht.« Aber Lizzie starrte auf den Verandaboden. Auf den weiß gestrichenen Dielenbrettern war ein rotbrauner Fleck. Und an Katies nacktem Bein rann langsam Blut herab.

2

Ellie

In meinen Alpträumen sah ich lauter Kinder. Vor allem sechs kleine Mädchen, deren Knie unter den karierten Trägerröcken der St.-Ambrose's-Schuluniform hervorschauten. Ich sah sie innerhalb eines Augenblicks erwachsen werden; in dem Moment, als die Geschworenen meinen Mandanten freisprachen, den Grundschulrektor, der sie sexuell mißbraucht hatte.

Es war mein größter Triumph als Anwältin in Philadelphia; der Urteilsspruch, der mich mit einem Schlag bekannt machte und nach dem mein Telefon nicht mehr stillstand, weil dauernd andere angesehene Bürger der Stadt anriefen, die durch die Gesetzeslücken schlüpfen wollten. Am Abend des Urteilsspruchs lud Stephen mich in »Victor's Café« ein. Für das Geld hätten wir einen Gebrauchtwagen kaufen können. Er erzählte mir, daß die beiden Seniorpartner seiner Kanzlei, der renommiertesten der Stadt, mich zu einem Gespräch eingeladen hatten.

»Stephen«, sagte ich erstaunt, »als ich mich vor fünf Jahren bei euch vorgestellt habe, hast du gesagt, du könntest keine Beziehung zu einer Frau in deiner Kanzlei haben.« Er zuckte die Achseln. »Vor fünf Jahren«, sagte er, »war vieles anders.«

Er hatte recht. Vor fünf Jahren bastelte ich noch an meiner eigenen Karriere. Vor fünf Jahren glaubte ich noch, daß der Hauptnutznießer eines Freispruchs mein Mandant sei und nicht ich. Vor fünf Jahren hätte ich von einer Chance, wie Stephen sie mir in seiner Kanzlei anbot, nur träumen können.

Ich lächelte ihn an. »Wann soll das Gespräch stattfinden?«

Später entschuldigte ich mich und ging zur Toilette. Die Toilettenfrau wartete geduldig neben einem Tablett mit Make-up, Haarspray und Parfüm. Ich ging in eine Kabine und fing an zu weinen – um diese sechs kleinen Mädchen, um die Beweise, die ich erfolgreich unterschlagen hatte, um die Anwältin, die ich hatte werden wollen, als ich vor Jahren mein Jurastudium abschloß – noch so voller Prinzipien, daß ich diesen Fall niemals angenommen, erst recht nicht so schwer dafür gearbeitet hätte, ihn zu gewinnen.

Ich kam wieder heraus und drehte den Wasserhahn auf. Ich schob die Seidenärmel meiner Kostümjacke hoch und seifte meine Hände gründlich ein. Jemand tippte mir auf die Schulter, und als ich mich umsah, stand die Toilettenfrau hinter mir und hielt mir ein Handtuch hin. Ihre Augen waren hart und dunkel wie Kastanien. »Schätzchen«, sagte sie, »manche Flecken kriegst du einfach nie mehr weg.«

In meinen Alpträumen gab es noch ein anderes Kind, aber sein Gesicht hatte ich nie gesehen. Es war das Baby, das ich nie gehabt hatte, und so, wie die Dinge standen, auch nie haben würde. Viele Menschen machten Witze über die biologische Uhr, aber in Frauen wie mir gab es sie nun mal – obwohl ich das Ticken niemals als Weckruf verstanden hatte, sondern eher als Auftakt zu einer Bombenexplosion. Zögern, zögern, und dann – wumm! – hatte man die letzte Chance vertan.

Falls ich es noch nicht erwähnt habe: Stephen und ich wohnten seit acht Jahren zusammen.

Am Tag nach seinem Freispruch schickte mir der Schulleiter von St. Ambrose's zwei Dutzend rote Rosen. Stephen kam in die Küche, als ich sie gerade in den Müll stopfte.

»Was machst du denn da?«

Ich drehte mich langsam zu ihm um. »Quält dich eigentlich nie der Gedanke, daß du, wenn du einmal die Grenze überschritten hast, nicht mehr zurückkannst?«

»Herrgott, jetzt redest du wieder wie Konfuzius.«

»Ich wollte einfach nur wissen, ob es dich nicht packt. Genau hier.« Ich zeigte auf mein Herz, das mir noch immer weh tat. »Guckst du dir im Gerichtssaal nie die Leute an, deren Leben von einem Menschen zerstört wurde, von dem du weißt, daß er todsicher schuldig ist?«

Stephen griff nach seiner Kaffeetasse. »Auch die muß jemand verteidigen. So funktioniert unser Rechtssystem nun mal. Wenn du so ein Weichei bist, dann geh doch zur Staatsanwaltschaft.« Er zog eine Rose aus dem Mülleimer, knickte die Blüte ab und steckte sie mir hinters Ohr. »Du mußt auf andere Gedanken kommen. Was hältst du davon, wenn wir beide raus nach Rehoboth Beach fahren und ein bißchen schwimmen gehen?« Er beugte sich näher zu mir und fügte hinzu: »Nackt.«

»Sex ist kein Seelenpflaster, Stephen.«

Er machte einen Schritt zurück. »Entschuldigung, wenn ich das vergessen habe. Es ist schon so lange her.«

»Darüber will ich jetzt nicht diskutieren.«

»Da gibt's auch nichts zu diskutieren, El. Ich hab schon eine zwanzig Jahre alte Tochter.«

»Aber ich nicht.« Die Worte schwebten in der Luft, so zart wie eine Seifenblase, kurz bevor sie platzt. »Hör mal, ich kann ja verstehen, daß du die Sterilisation nicht rückgängig machen lassen willst. Aber es gibt andere Möglichkeiten –«

»Nein, gibt es nicht. Ich werde nicht zusehen, wie du Kataloge von Samenspendern durchblätterst. Und ich will auch nicht, daß eine Sozialarbeiterin mein Leben durchforstet, um zu entscheiden, ob ich es wert bin, irgendein chinesisches Kind großzuziehen, das man auf einem Berg ausgesetzt hat.«

»Stephen, es reicht! Halt den Mund!«

Zu meiner Verblüffung verstummte er augenblicklich. Er setzte sich, verstockt und wütend. »Das war überflüssig«, sagte er schließlich. »Wirklich, das war unter der Gürtellinie.«

»Was denn?«

»Wie du mich bezeichnest, verdammt. Als alten Hund.«

Ich sah ihn an. »Ich hab gesagt: *Halt den Mund*.«

Stephen blickte verblüfft, dann fing er an zu lachen. »Halt den Mund – meine Güte! Ich hab dich falsch verstanden.«

Wann hast du mich das letzte Mal *richtig* verstanden, dachte ich, aber ich konnte es mir gerade noch verkneifen.

Die Kanzlei von Pfister, Crown und DuPres lag im Zentrum von Philadelphia und erstreckte sich über drei Etagen eines Wolkenkratzers aus Glas und Stahl. Ich brauchte eine Ewigkeit, um die passende Garderobe für das Gespräch auszusuchen. Schließlich entschied ich mich für ein Kostüm, in dem ich, wie ich fand, am selbstbewußtesten aussah. Ich trank eine Tasse koffeinfreien Kaffee, ging im Geist die Strecke durch und machte mich eine Stunde vor dem vereinbarten Termin auf den Weg, obwohl die Entfernung nur fünfzehn Meilen betrug.

Um Punkt elf Uhr schob ich mich hinter das Lenkrad meines Honda. »Seniorpartner«, murmelte ich. »Und alles unter 300 000 Dollar pro Jahr ist inakzeptabel.« Dann setzte ich meine Sonnenbrille auf und fuhr Richtung Highway.

Ich legte eine Kassette ein und ließ die Bässe dröhnen, so laut, daß ich bei einem riskanten Spurwechsel kaum das wütende Hupen des Pick-up hörte, den ich geschnitten hatte.

»Hoppla«, murmelte ich und schloß beide Hände fester ums Lenkrad. Fast im selben Augenblick ruckte es unter meiner Berührung. Ich umklammerte es, doch der Wagen bockte um so heftiger. Nackte Panik schoß mir von der Kehle in den Magen, blitzartig, wie die Erkenntnis, daß irgend etwas ganz furchtbar falsch gelaufen ist. Im Rückspiegel sah ich den Pick-up bedrohlich näher kommen, hörte das wütende Hupen, während mein Auto mit einem letzten Stottern mitten auf der dicht befahrenen Schnellstraße stehenblieb. Ich schloß die Augen, wartete auf den Aufprall, der nicht kam.

Dreißig Minuten später zitterte ich noch immer. Ich stand neben Bob, dem Namensgeber von Bob's Auto Service, und er versuchte mir zu erklären, was mit meinem Wagen passiert war. »Der ist praktisch geschmolzen«, sagte er und wischte sich die Hände an seinem Overall ab. »Die Ölwanne hat ein Leck, der Motor hat sich festgefressen, und die ganzen Innereien sind zusammengepappt.«

»Und wie kriegt man die wieder auseinander?«

»Überhaupt nicht. Man kauft 'nen neuen Motor. Sie müssen mit fünf- bis sechstausend rechnen.«

»Fünf- bis sechs…« Der Mechaniker wandte sich ab. »He! Und bis dahin?« Bob ließ den Blick über mein Kostüm, meine Aktentasche, meine Pumps wandern. »Besorgen Sie sich ein paar Joggingschuhe.«

Ein Telefon begann zu klingeln. »Wollen Sie nicht rangehen?« fragte der Mechaniker, und ich begriff, daß das Geräusch aus den Tiefen meiner Aktentasche kam. Stöhnend erinnerte ich mich an meinen Termin in der Kanzlei. Ich war fünfzehn Minuten zu spät. »Wo zum Teufel steckst du?« bellte Stephen, als ich mich meldete.

»Mein Wagen hat den Geist aufgegeben. Mitten auf dem Highway. Im dichtesten Verkehr.«

»Himmelherrgott, Ellie, für so was gibt's doch Taxis!«

Es verschlug mir die Sprache. Kein »Mein Gott, ist dir was passiert?«. Kein »Soll ich kommen und dir helfen?«. Ich warf einen Blick auf die verbogenen Innereien, die einmal der Motor meines Autos gewesen waren, und empfand plötzlich einen seltsamen Frieden. »Ich werd es heute wohl nicht mehr schaffen«, sagte ich. Stephen seufzte. »Tja, vielleicht kann ich John und Stanley ja überreden, einen neuen Termin festzusetzen. Ich ruf dich gleich zurück.«

Die Leitung wurde unterbrochen, und ich ging wieder zu meinem Wagen.

Plötzlich sah ich in Gedanken noch einmal den Pick-up, der auf dem Highway hinter mir gewesen war, hupend und schlingernd; die anderen Autos, die sich um meinen Wagen herumschlängelten, wie Wasser um einen Stein. Ich roch den heißen, welligen Asphalt, weich unter meinen spitzen Absätzen, als ich zittrig über den Highway stöckelte. Ich glaubte nicht unbedingt an Schicksal, aber das war so knapp gewesen, ein deutliches Zeichen; als hätte ich im wahrsten Sinne des Wortes gebremst werden müssen, bevor mir klar wurde, daß ich in die falsche Richtung unterwegs war. Nachdem mein Wagen liegengeblieben war, hatte ich die Polizei und etliche Werkstätten angerufen, aber mir war nicht der Gedanke gekommen, Stephen anzurufen. Irgendwie hatte ich gewußt, daß ich selbst etwas unternehmen mußte, wenn ich gerettet werden sollte.

Das Telefon klingelte erneut. »Gute Nachrichten«, sagte Stephen, bevor ich mich gemeldet hatte. »Die hohen Herren sind bereit, sich heute abend um sechs mit dir zu treffen.«

Im selben Augenblick wußte ich, daß ich fortgehen würde.

Stephen half mir, meine Sachen im Kofferraum zu verstauen. »Ich verstehe das vollkommen«, sagte er, obwohl es nicht stimmte. »Du willst etwas Zeit für dich haben, bevor du dich entscheidest, welchen Fall du als nächsten annimmst.«

Ich wollte ein bißchen Zeit für mich haben, bevor ich mich entschied, ob ich überhaupt wieder einen Fall übernehmen wollte, aber das lag jenseits von Stephens Vorstellungswelt. Man studierte nicht Jura, machte ein gutes Examen, arbeitete wie verrückt und gewann einen großen Fall, nur um schließlich seine Berufswahl in Zweifel zu ziehen. Aber da war noch etwas anderes: Stephen konnte nicht akzeptieren, daß ich vielleicht für immer fortging. In unseren acht gemeinsamen Jahren hatten wir zwar nicht geheiratet, aber wir hatten uns auch nie getrennt.

»Rufst du mich an, wenn du angekommen bist?« fragte Stephen, doch bevor ich antworten konnte, küßte er mich. Unsere Lippen trennten sich, als würde eine Naht aufgerissen. Dann stieg ich in den Wagen und fuhr los.

Mag sein, daß andere Frauen in meiner Situation – unglücklich, uneins mit sich selbst und kürzlich in den Besitz einer größeren Geldsumme gelangt – sich für ein anderes Ziel entschieden hätten. Karibik, Paris, vielleicht sogar eine der Selbstfindung dienende Wanderung durch die Rocky Mountains. Für mich jedoch war klar, wohin ich mich zurückziehen wollte: Ich würde in Paradise, Pennsylvania, Zuflucht suchen. Als Kind hatte ich jeden Sommer dort eine Woche auf der Farm meines Großonkels verbracht, der nach und nach große

Teile seines Landes verkauft hatte, bis er schließlich starb. Dann zog sein Sohn Frank in das Haupthaus, pflanzte auf den ehemaligen Maisfeldern Gras an und machte eine Tischlereiwerkstatt auf. Frank war so alt wie mein Vater und hatte lange vor meiner Geburt Leda geheiratet.

Ich könnte gar nicht mehr genau sagen, wie ich mir die Zeit vertrieb, wenn ich im Sommer in Paradise war, aber unvergeßlich ist mir in all den Jahren geblieben, was für eine friedliche Ruhe im Haus von Leda und Frank herrschte und mit welcher Selbstverständlichkeit Dinge erledigt wurden. Zuerst dachte ich, es läge daran, daß Leda und Frank keine eigenen Kinder hatten. Später erkannte ich dann, daß es mit Leda selbst zu tun hatte: Sie war als Amische aufgewachsen.

Man konnte nicht den Sommer in Paradise verbringen, ohne mit den Amischen der Alten Ordnung in Kontakt zu kommen. Sie waren ein fester Bestandteil von Lancaster County. Die *schlichten* Menschen, wie sie sich selbst nannten, fuhren mit ihren Kutschen durch den dichtesten Autoverkehr; sie standen in ihrer altertümlichen Kleidung im Lebensmittelladen Schlange; sie lächelten schüchtern hinter ihren Ständen, wenn wir frisches Obst und Gemüse bei ihnen kauften. Und so erfuhr ich eines Tages von Ledas Vergangenheit. Wir wollten frischen Mais kaufen, und Leda fing mit der Frau am Stand ein Gespräch an – auf Pennsylvaniadeutsch. Ich war elf und völlig verdutzt, als Leda – ebenso amerikanisch wie ich – in diese eigentümliche Sprache verfiel. Doch dann reichte Leda mir einen Zehn-Dollar-Schein. »Ellie, gib das bitte der Lady«, sagte sie, obwohl sie direkt vor ihr stand.

Auf der Heimfahrt erklärte Leda, daß sie *schlicht* gewesen war, bis sie Frank heiratete, der nicht *schlicht* war. Gemäß den Regeln ihres Glaubens wurde sie unter *Bann* gestellt, also von gewissen sozialen Kontakten mit Amischen ausgeschlossen. Sie konnte mit amischen Freunden und Verwandten sprechen, durfte aber nicht am selben Tisch mit ihnen essen. Sie konnte mit ihnen im Bus sitzen, durfte sie aber nicht in ihrem Auto mitnehmen. Sie konnte bei ihnen einkaufen, brauchte aber eine dritte Person – mich – zum Bezahlen.

Ihre Eltern und Geschwister lebten keine zehn Meilen entfernt.

»Darfst du sie besuchen?« fragte ich.

»Ja, aber das mache ich fast nie«, sagte Leda. »Eines Tages wirst du das verstehen, Ellie. Ich halte mich von ihnen fern, nicht, weil es mir unangenehm ist. Ich halte mich von ihnen fern, weil es ihnen unangenehm ist.«

Leda erwartete mich, als der Zug in den Bahnhof von Strasburg einlief. Ich stieg aus, und sie streckte mir die Arme entgegen. »Ellie, Ellie«, rief sie. Sie roch nach Orangen und Fensterputzmittel; ihre runde Schulter war ideal, um meinen Kopf darauf zu betten. Ich war neununddreißig Jahre alt, aber in Ledas Armen war ich wieder elf.

Sie führte mich zu dem kleinen Parkplatz. »Willst du mir erzählen, was los ist?«

»Nichts ist los. Ich wollte dich bloß mal besuchen.«

Leda schnaubte. »Du kommst immer nur zu Besuch, wenn du kurz vor einem Nervenzusammenbruch stehst. Ist irgendwas mit Stephen?« Als ich nicht antwortete, kniff sie die Augen zusammen. »Oder ist vielleicht nichts mit Stephen – und das ist das Problem?«

Ich seufzte. »Es hat nichts mit Stephen zu tun. Ich habe einen sehr anstrengenden Fall hinter mir und ... na ja, ich brauch ein bißchen Ruhe.«

»Aber du hast den Fall gewonnen. Ich hab's in den Nachrichten gesehen.«

»Ja, aber Gewinnen ist nicht alles.«

Zu meiner Verwunderung erwiderte sie nichts darauf. Ich schlief ein, sobald Leda auf den Highway auffuhr, und wurde mit einem Ruck wieder wach, als sie in ihre Einfahrt einbog. »Tut mir leid«, sagte ich verlegen, »ich wollte nicht einfach einnicken.«

Leda lächelte und tätschelte meine Hand. »Entspann dich mal schön bei mir. Solange du willst.«

»Ach, allzulang soll es gar nicht sein.« Ich nahm die Koffer vom Rücksitz und eilte hinter Leda die Verandastufen hinauf.

»Jedenfalls schön, daß du da bist, ob nun für zwei Nächte oder ein Dutzend.« Sie legte den Kopf schief. »Das Telefon klingelt«, sagte sie, stieß die Tür auf und griff hastig zum Hörer. »Hallo?«

Ich stellte meine Koffer ab und streckte mich. Ledas Küche war blitzsauber und sah genauso aus, wie ich sie in Erinnerung hatte: das Sticktuch an der Wand, die Keksdose in Form eines Schweins, die schwarzweißen Linoleumquadrate. Wenn ich die Augen schloß, war mir, als wäre ich nie fort gewesen, als wäre die schwerste Entscheidung, die ich an diesem Tag zu treffen hatte, die, ob ich es mir in dem gemütlichen Sessel hinterm Haus oder auf der quietschenden Hollywoodschaukel auf der Veranda bequem machen sollte. Leda war offensichtlich verblüfft, die Stimme am anderen Ende der Leitung zu hören. »Sarah, schschsch«, sagte sie beruhigend. *»Was iss letz?«* Ich konnte nur Bruchstücke verstehen: *en Kind ... er hot en Kind g'funne ... es Kind waar doot.* Ich sank auf einen Hocker und wartete, bis Leda das Gespräch beendet hatte.

Als sie auflegte, blieb ihre Hand einen langen Augenblick auf dem Hörer liegen. Dann drehte sie sich zu mir um, bleich und mitgenommen. »Ellie, es tut mir so leid, aber ich muß weg.«

»Kann ich dir irgendwie –«

»Du bleibst hier«, sagte Leda mit Nachdruck. »Du bist hier, damit du dich ausruhst.«

Ich sah ihrem Wagen nach. Was auch immer das Problem war, Leda würde es schon in Ordnung bringen. Wie immer. Ich legte die Füße auf einen zweiten Stuhl und lächelte. Seit fünfzehn Minuten war ich in Paradise, und schon fühlte ich mich besser.

3

Nee!« kreischte Katie und trat nach dem Sanitäter, der sie in den Rettungswagen schob. *»Ich will net geh!«*

Lizzie sah, wie das Mädchen sich wehrte. Der untere Teil ihres grünen Kleides war inzwischen schwarz von Blut. Die Fishers, Samuel und Levi sahen entsetzt zu. Der große, blonde Mann trat vor. »Lassen Sie sie herunter«, sagte er.

Der Sanitäter wandte sich um. »Hör mal, Kumpel, ich will ihr helfen.« Es gelang ihm, Katie in den Rettungswagen zu bugsieren. »Mr. und Mrs. Fisher, Sie können gerne mitfahren.«

Sarah Fisher schluchzte, hielt ihren Mann am Hemd fest und flehte ihn in einer Sprache an, die Lizzie nicht verstand. Er schüttelte den Kopf, wandte sich dann ab. Sarah kletterte in den Rettungswagen, nahm die Hand ihrer Tochter und flüsterte ihr beruhigende Worte zu, bis sie still wurde. Die Sanitäter schlossen die Türen, und der Wagen rollte die lange Einfahrt hinunter, Staub und Steinchen aufwirbelnd.

Lizzie wußte, daß sie zum Krankenhaus fahren und mit den Ärzten sprechen mußte, die Katie untersuchen würden, aber sie blieb, wo sie war. Sie beobachtete Samuel, der Aaron Fisher nicht gefolgt war, sondern wie angewurzelt dastand und dem Rettungswagen nachschaute, bis er verschwunden war.

Die Welt jagte vorbei. Die Neonlampe an der Decke sah aus wie die Streifen auf der Straße, die schnell dahinflogen, wenn man sie von hinten aus einer Kutsche heraus betrachtete. Der

Wagen hielt unvermittelt an, und eine Stimme neben ihrem Kopf rief: »Auf drei – eins, zwei, drei!« Dann wurde Katie wie von Zauberhand in die Luft gehoben und schwebte nach unten auf einen kalten, glänzenden Tisch.

Der Sanitäter nannte den anderen ihren Namen und sagte, daß sie *da unten* geblutet hatte. Das Gesicht einer Frau schwebte über ihr, prüfend. »Katie? Sprechen Sie Englisch?«

»Ja«, murmelte sie.

»Katie, sind Sie schwanger?«

»Nein!«

»Können Sie uns sagen, wann Ihre letzte Periode war?«

Katies Wangen liefen scharlachrot an, und sie wandte sich schweigend ab. Unwillkürlich registrierte sie die Lichter und Geräusche dieses eigenartigen Krankenhauses. Auf leuchtenden Bildschirmen schlängelten sich Wellenlinien; von allen Seiten hörte sie Piepen und Surren; vereinzelt ertönten Stimmen, deren Rhythmus sie an Kirchenlieder erinnerte: »Blutdruck achtzig zu vierzig«, sagte eine Krankenschwester.

»Puls hundertdreißig.«

»Atmung?«

»Achtundzwanzig.«

Der Arzt wandte sich Katies Mutter zu. »Mrs. Fisher? War Ihre Tochter schwanger?« Benommen von dem Aufruhr, starrte Sarah den Mann nur stumm an. »Himmel«, sagte der Arzt leise. »Zieht ihr schnell den Rock aus.«

Katie spürte, wie Hände an ihrer Kleidung zogen, aufdringlich an ihr herumzerrten. »Es ist ein Kleid, und ich kann die Knöpfe nicht finden«, beklagte sich eine Schwester.

»Da sind auch keine. Nur Häkchen. Was zum –«

»Dann schneidet es auf, wenn's sein muß. Ich brauche eine Blutsenkung, ein Blutbild, einen Urintest, und schickt eine Probe zur Blutbank, und zwar alles so schnell wie möglich.« Wieder schwebte das Gesicht des Doktors über Katie. »Katie, ich werde jetzt Ihre Gebärmutter untersuchen. Verstehen Sie mich? Bitte entspannen Sie sich –«

Bei der ersten sanft tastenden Berührung trat Katie wild aus. »Haltet Sie fest«, befahl der Arzt, und zwei Schwestern drückten Katies Fußgelenke in die Halterungen. »Bitte entspannen Sie sich. Ich tu Ihnen nicht weh.« Tränen rannen über Katies Wangen, während der Arzt diktierte und eine Krankenschwester alles aufschrieb: »Vermutlich blutiger Wochenfluß, außerdem ein schwammiger, nicht kontrahierter Uterus, Größe etwa vierundzwanzigste Woche. Geöffneter Gebärmuttermund. Wir sehen uns das gleich mal auf dem Ultraschall genauer an. Wie steht's mit der Blutung?«

»Hält an.«

»Wir brauchen sofort einen Gynäkologen.«

Eine Schwester wickelte Eis in ein Tuch und legte Katie die Packung zwischen die Beine. »Das wird dir guttun, Kleines«.

Katie versuchte, sich auf das Gesicht der Schwester zu konzentrieren, doch mittlerweile zitterte ihr Blick ebenso heftig wie ihre Arme und Beine. Die Schwester sah das und legte noch eine Decke über sie. Katie wünschte, sie hätte die Worte, um ihr zu danken, wünschte, sie hätte die Worte, um ihr zu sagen, daß sie jetzt wirklich einen Menschen brauchte, der sie festhielt, bevor sie hier auf dem Tisch auseinanderbrach, doch ihre Gedanken kannten nur die Sprache, mit der sie aufgewachsen war.

»Alles wird wieder gut«, sagte die Schwester tröstend.

Nach einem kurzen Seitenblick auf ihre Mutter glaubte Katie schon fast daran, schloß die Augen und wurde ohnmächtig.

Auf dem Bahnsteig drückte ihre Mutter ihr einen Zwanzig-Dollar-Schein in die Hand. »Weißt du noch, wo du umsteigen mußt?« Katie nickte. »Und wenn er nicht da ist, um dich abzuholen, rufst du ihn an.« Ihre Mutter strich Katie über die Wange. »Du darfst ein Telefon benutzen, wenn du mußt.«

Natürlich würde die Benutzung eines Telefons noch die kleinste ihrer Sünden sein. Zum erstenmal, seit Jacob ausgezogen war, würde Katie – erst zwölf Jahre alt – ihn besuchen. Weit weg, in State College, wo er studierte.

Ihre Mutter ließ den Blick nervös über die anderen wartenden Fahrgäste wandern. Sie hoffte, daß keine anderen schlichten *Menschen sie sahen, die dann vielleicht Aaron berichteten, daß seine Frau und seine Tochter ihn angelogen hatten.*

Der lange, schnittige Amtrak-Zug fuhr ein, und Katie schlang die Arme fest um ihre Mutter. »Du könntest doch mitkommen«, flüsterte sie aufgeregt.

»Du brauchst mich nicht. Du bist ein großes Mädchen.«

Das hatte Katie nicht gemeint, und sie wußten es beide. Wenn Sarah mit ihrer Tochter nach State College fuhr, wäre sie ihrem Mann ungehorsam, und das war undenkbar. Katie als Gesandte ihrer Liebe zu schicken, schon das bedeutete einen Balanceakt zwischen Gehorsam und Auflehnung. Außerdem war Katie noch nicht durch die Taufe in ihre Glaubensgemeinschaft aufgenommen worden. Die Ordnung schrieb vor, daß Sarah nicht im selben Wagen mit ihrem exkommunizierten Sohn fahren durfte, nicht mit ihm am selben Tisch essen durfte. »Du fährst«, sagte sie und lächelte angestrengt. »Und wenn du zurückkommst, erzählst du mir alles von ihm.«

Im Zug saß Katie allein, schloß die Augen vor den neugierigen Blicken der Menschen, die auf ihre Kleidung und Kopfbedeckung zeigten. Sie faltete die Hände im Schoß und dachte an das letzte Mal, als sie Jacob gesehen hatte, die Sonne war wie ein leuchtender Heiligenschein auf seinem kupferroten Haar gewesen, als er sein Elternhaus für immer verlassen hatte.

Der Zug fuhr in State College ein, und Katie drückte das Gesicht an die Scheibe, suchte das Meer von englischen Gesichtern nach ihrem Bruder ab. Sie war den Anblick von nichtamischen Menschen natürlich gewohnt, aber selbst auf den belebtesten Hauptstraßen in East Paradise sah sie zumindest immer ein paar andere, die wie sie gekleidet waren und ihre Sprache sprachen. Die Menschen auf dem Bahnsteig waren schwindelerregend bunt gekleidet. Manche Frauen trugen winzige Tops und Shorts, so daß fast ihr ganzer Körper unbedeckt war. Entsetzt bemerkte sie einen jungen Mann, der einen Ring in der Nase und einen im Ohr trug und eine Kette, die beide miteinander verband. Jacob war nirgends zu sehen.

Nachdem sie ausgestiegen war, drehte sie sich langsam auf der Stelle, voller Angst, von soviel Bewegung um sie herum verschluckt zu werden. Plötzlich tippte ihr jemand auf die Schulter. »Katie?«

Sie wandte sich um, sah ihren Bruder und lief rot an. Natürlich hatte sie ihn übersehen. Sie hatte erwartet, daß Jacob seinen breiten Strohhut trug, seine schwarze Hose mit den Hosenträgern. Der Jacob vor ihr war glatt rasiert, trug ein kurzärmeliges kariertes Hemd und eine Khakihose.

Dann lag sie in seinen Armen, drückte ihn fest und spürte zum erstenmal richtig, wie einsam sie ohne ihn zu Hause gewesen war. »Mam vermißt dich«, sagte Katie atemlos. »Sie hat gesagt, ich soll ihr alles ganz genau erzählen.«

»Ich vermisse sie auch.« Jacob legte ihr einen Arm um die Schultern und dirigierte Katie durch die Menge. »Du bist ja mindestens dreißig Zentimeter gewachsen.« Er führte seine Schwester zu einem kleinen blauen Auto. Katie blieb stehen und sah den Wagen verblüfft an. »Der gehört mir«, sagte Jacob sanft. »Katie, was hast du denn erwartet?«

In Wahrheit hatte sie gar nichts erwartet. Nur, daß der Bruder, den sie geliebt hatte, der sich von seinem Glauben abgewandt hatte, damit er aufs College gehen konnte, daß dieser Bruder noch immer das Leben lebte, das er hinter sich gelassen hatte ... bloß eben nicht in East Paradise. Das alles – die seltsame Kleidung, das kleine Automobil – ließ sie plötzlich zweifeln, und sie fragte sich, ob ihr Vater nicht doch recht mit seiner Forderung gehabt hatte, daß Jacob nicht studieren und weiterhin schlicht im Herzen bleiben sollte.

Jacob machte ihr die Autotür auf und stieg dann selbst ein. »Was glaubt Dad, wo du heute bist?«

An dem Tag, an dem die amische Gemeinde ihn exkommuniziert hatte, war Jacob in den unversöhnlichen Augen seines Vaters gestorben. Aaron Fisher hätte es genauso wenig geduldet, daß Kate Jacob besuchte, wie er es gutgeheißen hätte, daß ihre Mutter Jacob Briefe schrieb, die Katie heimlich zur Post brachte. »Bei Tante Leda.«

»Sehr clever. Er würde niemals lange genug mit ihr reden, um herauszufinden, daß das eine Lüge ist.« Jacob lächelte gequält. »Wir Geächteten müssen eben zusammenhalten.«

Katie faltete die Hände im Schoß. »Ist es das wert?« fragte sie leise. »Ist das College alles, was du dir gewünscht hast?«

Jacob betrachtete sie lange. »Es ist nicht alles, weil ihr nicht hier bei mir seid.«

»Du könntest zurückkommen, das weißt du. Du könntest jederzeit zurückkommen und ein Bekenntnis ablegen.«

»Ich könnte, aber das werde ich nicht.« Als Katie die Stirn runzelte, streckte Jacob den Arm aus und zupfte an den langen Bändern ihrer Kapp. *»He. Ich bin noch immer derselbe freche Kerl, der dich in den Teich geschubst hat, als wir geangelt haben. Der dir einen Frosch ins Bett gelegt hat.«*

Katie lächelte. »Ich glaub, ich fänd's doch nicht so schlimm, wenn du dich ein bißchen verändern würdest.«

»So kenn ich meine Katie«, lachte Jacob. »Ich hab was für dich.« Er griff auf die Rückbank und holte ein Päckchen hervor, das in Wachspapier eingepackt und mit einer roten Schleife verziert war. »Versteh das bitte nicht falsch, aber ich möchte, daß es wie Urlaub für dich ist, wenn du herkommst. Eine Art Flucht. Damit du vielleicht nicht irgendwann mal diese Entscheidung treffen mußt, die ich getroffen habe.« Er sah zu, wie ihre Finger die Schleife lösten und das Päckchen öffneten. Darin waren eine Leggings, ein gelbes T-Shirt und ein Pullover, der mit fröhlichen Blumen bestickt war.

»Oh«, sagte Katie begeistert. Ihre Finger glitten über die Maschen am Kragen des Pullovers. »Aber ich –«

»Du bist eine Weile hier. Wenn du in deinen Sachen herumläufst, macht das die Sache für dich nur noch schwerer. Wenn du das da anziehst – ich meine, es wird niemand erfahren, Katie. Ich dachte, vielleicht könntest du mal eine Weile so tun als ob, wenn du zu Besuch bist. So sein wie ich. Hier.« Er klappte vor Katie die Sonnenblende herunter, hinter der sich ein kleiner Spiegel verbarg, und hielt den Pullover hoch, damit Katie sich sehen konnte.

Sie wurde rot. »Jacob, das sieht wunderschön aus.«

Selbst Jacob war erstaunt, wie sehr dieses eine furchtsame Zugeständnis seine Schwester veränderte. Sie sah plötzlich wie die Menschen aus, von denen er sich seine gesamte Kindheit und Jugend hindurch hatte fernhalten müssen. »Ja«, sagte er. »Du bist wunderschön.«

Auf dem Weg zum Krankenhaus rief Lizzie von ihrem Wagen aus im Büro der Bezirksstaatsanwaltschaft an. »George Callahan«, meldete sich eine schroffe Stimme am anderen Ende.

»Nicht zu fassen. Der Oberboß persönlich. Wo steckt denn deine Sekretärin?«

George lachte, als er ihre Stimme erkannte. »Keine Ahnung, Lizzie. Wahrscheinlich getürmt. Interesse an ihrem Job?«

»Geht nicht. Ich muß Leute verhaften, damit der Staatsanwalt gegen sie Anklage erheben kann.«

»Ach ja, dafür bin ich dir wirklich dankbar. Was wäre ich ohne meine Nachschublieferantin, die mir den Job sichert?«

»Also, dein Job ist dir sicher: Wir haben hier in einem Stall der Amischen ein totes Baby gefunden, und alles ist reichlich ungereimt. Ich bin auf dem Weg zum Krankenhaus, um mit einer möglichen Verdächtigen zu sprechen – aber ich wollte nur Bescheid geben, daß dir demnächst vielleicht eine Anklageeröffnung ins Haus steht.«

»Wie alt, und wo wurde es gefunden?« fragte George, jetzt ganz sachlich.

»Ein paar Stunden alt. Es lag unter einem Stapel Decken«, sagte Lizzie. »Und alle, die wir am Fundort befragt haben, sagen, daß niemand, den sie kennen, kürzlich ein Kind zur Welt gebracht hat.«

»War das Baby eine Totgeburt?«

»Der Gerichtsmediziner meint nein.«

»Dann vermute ich, die Mutter hat das Kind einfach liegengelassen«, folgerte George. »Du hast eine Spur?«

Lizzie stockte. »Das klingt jetzt vielleicht verrückt, George, aber das achtzehnjährige Amisch-Mädchen, das auf der Farm lebt und hoch und heilig geschworen hat, nicht schwanger gewesen zu sein, ist mit Unterleibsblutungen ins Krankenhaus gebracht worden.«

Verblüfftes Schweigen am anderen Ende. Dann: »Lizzie, wann konntest du das letzte Mal jemandem von den Amischen ein Verbrechen nachweisen?«

»Ich weiß, aber die Indizien sprechen gegen das Mädchen.«

»Und, hast du Beweise?«

»Nein, hab ich nicht, aber –«

»Dann finde welche«, sagte George knapp. »Und ruf mich dann wieder an.«

Der Arzt stand neben dem Schreibtisch und erklärte der soeben eingetroffenen Gynäkologin, was sie in der Notaufnahme erwartete. »Klingt ganz nach einer Uterusatonie und Schwangerschaftsrückständen«, sagte die Frauenärztin nach einem kurzen Blick auf die Patientenkarte. »Ich mache noch eine Untersuchung, und dann müßte sie nach oben in den OP zur Ausschabung. Wie geht's dem Baby?«

Der Notarzt senkte die Stimme. »Es hat nicht überlebt.«

Die Gynäkologin nickte und verschwand dann hinter dem Vorhang, wo Katie Fisher noch immer lag.

Lizzie, die von einer Reihe abgewetzter Plastikstühle aus zugeschaut hatte, stand auf und trat näher. Wenn George Beweise wollte, dann würde sie welche finden. Sie dankte Gott dafür, daß sie Zivil trug – eine uniformierte Beamtin hätte auch nicht die geringste Chance gehabt, ohne richterliche Anordnung irgendwelche vertraulichen Informationen von einem Arzt zu bekommen –, und sprach den Notarzt an. »Verzeihen Sie«, sagte sie und zupfte unruhig an ihrer Bluse herum. »Können Sie mir vielleicht sagen, wie es Katie Fisher geht?«

Der Arzt blickte auf. »Und wer sind Sie?«

»Ich war bei ihr zu Hause, als sie anfing zu bluten.« Das war nicht mal gelogen. »Ich wollte bloß wissen, ob sie wieder in Ordnung kommt.«

Der Arzt nickte und zog die Stirn kraus. »Ich denke, sie wird wieder gesund – aber es wäre sehr viel besser gewesen, wenn sie ihr Baby im Krankenhaus zur Welt gebracht hätte.«

»Doktor«, sagte Lizzie mit einem Lächeln. »Ich kann Ihnen gar nicht sagen, wie froh ich bin, das von Ihnen zu hören.«

Leda stieß die Tür zum Krankenhauszimmer ihrer Nichte auf. Katie lag schlafend auf dem hohen Bett. In einer Ecke saß Sarah, reglos und leise. Als sie ihre Schwester hereinkommen sah, warf sie sich in Ledas Arme. »Gott sei Dank, daß du da bist«, schluchzte sie.

Leda blickte auf Sarahs Kopf. In all den Jahren, in denen ihre Schwester sich das Haar gescheitelt, es straff gezogen und die *Kapp* mit einer Hutnadel festgesteckt hatte, war eine Stelle entstanden, die sich mit jedem Jahr weiter ausbreitete, eine Furche, so rosa wie die Kopfhaut eines Neugeborenen. Leda küßte die kleine kahle Stelle, dann trat sie zurück.

Sarah sprach schnell, als hätten sich die Worte in ihr aufgestaut. »Die Ärztin meint, Katie hat ein Kind bekommen. Sie haben ihr Medikamente gegeben, damit die Blutung aufhört. Sie haben sie operiert.«

Leda legte eine Hand auf den Mund. »Genau wie bei dir, nachdem du Hannah bekommen hattest.«

»Ja, aber Katie hatte erstaunliches Glück. Sie wird trotzdem noch Kinder bekommen können. Anders als ich.«

»Hast du der Ärztin von deiner Hysterektomie erzählt?«

Sarah schüttelte den Kopf. »Ich kann die Frau nicht leiden. Sie wollte Katie nicht glauben, als sie gesagt hat, daß sie kein Kind bekommen hat.«

»Sarah, diese *englischen* Ärzte ... die können Schwangerschaften mit Hilfe wissenschaftlicher Untersuchungen feststellen. Solche Untersuchungen lügen nicht – aber vielleicht Katie.« Leda zögerte, wagte sich behutsam weiter. »Ist dir nicht aufgefallen, daß ihre Figur sich verändert hat?«

»Nein!«

Aber Leda wußte, daß das nicht viel zu sagen hatte. Manche Frauen, vor allem großgewachsene wie Katie, konnten eine Schwangerschaft monatelang verbergen. Beim Ausziehen mußte Katie immer allein gewesen sein, und unter ihrer weit geschnittenen Schürze wäre ein anschwellender Bauch schwer zu sehen gewesen. Die fülligere Taille wäre nicht aufgefallen, da die Frauenkleider der Amischen mit Nadeln zusammengehalten wurden, die man leicht umstecken konnte.

»Wenn sie in Schwierigkeiten geraten wäre, hätte sie es mir gesagt«, beteuerte Sarah.

»Und was wäre passiert, sobald sie es dir gesagt hätte?«

Sarah wandte den Blick ab. »Es hätte Aaron umgebracht.«

»Glaub mir, Aaron wirft so leicht nichts um. Und er sollte sich auf einiges gefaßt machen, denn das ist erst der Anfang.«

Sarah seufzte. »Wenn Katie wieder zu Hause ist, wird der Bischof kommen.« Sie blickte Leda kurz an und fügte hinzu. »Vielleicht könntest du mit ihr reden. Über die *Meinding*.«

Sprachlos vor Erstaunen sank Leda auf einen Stuhl neben dem Krankenbett. »*Bann*? Sarah, ich rede hier nicht von Bestrafung durch die Gemeinde. Die Polizei hat heute morgen ein totes Baby gefunden, und Katie hat bereits gelogen, als sie sagte, es wäre nicht ihres. Die werden natürlich denken, sie hätte auch in anderer Hinsicht gelogen.«

»Ist es für diese Engländer etwa ein Verbrechen, ein uneheliches Kind zu bekommen?« fragte Sarah aufgebracht.

»Nur, wenn du es anschließend einfach sterben läßt. Falls die Polizei beweisen kann, daß das Kind gelebt hat, steckt Katie in Riesenschwierigkeiten.«

Sarah richtete sich auf. »Der Herr wird es richten. Und wenn Er es nicht tut, dann werden wir Seinen Willen annehmen.«

»Sprichst du von Gottes Willen oder von Aarons Willen? Wenn Katie festgenommen wird, wenn du auf Aaron hörst und auch noch die andere Wange hinhältst und dir niemanden suchst, der sie vor Gericht vertritt, dann werden sie sie ins Gefängnis stecken. Jahrelang. Vielleicht für immer.« Leda faßte ihre Schwester am Arm. »Wie viele Kinder willst du dir noch von der Welt nehmen lassen?«

Sarah setzte sich auf die Kante des Bettes. Sie nahm Katies schlaffe Hand und drückte sie. In ihrem Krankenhaushemd, die Haare offen über den Schultern, sah Katie nicht aus wie eine Amisch. Sie sah aus wie ein ganz normales junges Mädchen.

»Leda«, flüsterte Sarah, »ich kenne mich in dieser Welt nicht aus.« Leda legte ihre Hand auf die Schulter ihrer Schwester. »Ich aber.«

»Detective Munro, hätten Sie einen Moment Zeit?«

Sie hatte keine, aber sie nickte dem Beamten von der Abteilung für Kapitalverbrechen der State Police zu, der mit seinen

Kollegen den ganzen Nachmittag die Farm durchforstet hatte. Sobald Lizzie sich vergewissert hatte, daß Katie Fisher im Krankenhaus bleiben mußte, zumindest über Nacht, war sie zum Bezirksrichter gegangen, um sich einen Durchsuchungsbefehl für das Haus und das Grundstück sowie die Erlaubnis zu besorgen, anhand von Katies Blut einen DNA-Test machen zu lassen. Ihr schwirrten noch hunderttausend Dinge durch den Kopf, die sie zu erledigen hatte, aber sie versuchte, sich auf den Kollegen zu konzentrieren. »Was habt ihr gefunden?«

»Ehrlich gesagt, so gut wie nichts Neues.«

»Sagen Sie das nicht so verwundert«, erwiderte Lizzie. »Wir mögen ja Kleinstadt-Cops sein, aber die High-School haben wir auch alle geschafft.« Sie war nicht gerade begeistert gewesen, die Kollegen von der State Police um Amtshilfe zu bitten, weil sie dazu neigten, auf die Beamten der städtischen Polizei herabzublicken und die Ermittlungen an sich zu reißen. Dennoch, die State Police war sehr viel erfahrener als die Polizei von East Paradise, denn Morduntersuchungen waren ihr Tagesgeschäft. »Hat der Vater Schwierigkeiten gemacht?«

Der Kollege zuckte die Achseln. »Ich hab ihn nicht mal gesehen. Vor etwa zwei Stunden hat er die Maultiere raus auf die Weide gebracht.« Er reichte Lizzie einen versiegelten Beweismittelbeutel aus Plastik mit einem weißen Baumwollnachthemd darin. Es war blutbefleckt. »Das lag zusammengeknüllt unter dem Bett des Mädchens. Außerdem haben wir am Teich hinter dem Haus Blutspuren gefunden.«

»Sie hat das Baby geboren, sich im Teich gewaschen, das Nachthemd versteckt und ist wieder ins Bett gegangen.«

»Donnerwetter, ihr seid ja wirklich ganz schön clever hier auf dem Lande. Kommen Sie mal mit, ich möchte Ihnen was zeigen.« Er führte Lizzie in die Sattelkammer, wo die kleine Leiche gefunden worden war. Er deutete auf etwas, das wie eine feine Erhebung im Boden aussah, sich jedoch als Umriß eines Schuhabdrucks entpuppte. »Das ist frischer Dung, der Abdruck kann also noch nicht alt sein.«

»Kann man rausfinden, von wem der ist, so, wie man das mit Fingerabdrücken macht?«

Der Polizist schüttelte den Kopf. »Nein, aber wir können die Größe des Schuhs bestimmen. Das hier war ein Frauenschuh, Größe neununddreißig, extrabreit.« Er winkte einem Kollegen, der ihnen einen weiteren Beweismittelbeutel reichte. »Größe neununddreißig, Frauenschuh, extrabreit«, sagte er. »Gefunden im Schrank von Katie Fisher.«

Levi schwieg während der Kutschfahrt nach Hause. Als das Pferd stehenblieb, wandte er sich Samuel zu. »Was meinst du, was jetzt passiert?«

Samuel zuckte die Achseln. »Ich weiß es nicht.«

»Ich hoffe, sie wird wieder gesund«, sagte Levi ernst, dann sprang er aus der Kutsche und rannte ins Haus.

Samuel fuhr weiter die Straße hinunter, bog aber dann nicht zum Haus seiner Eltern ab. Inzwischen hatten sie bestimmt von Katie erfahren und warteten mit Fragen auf ihn. Er fuhr in die Stadt und band sein Pferd vor Zimmermann's Hardware an. Statt jedoch in den Laden zu gehen, schlenderte er um das Haus herum und in das Maisfeld, das sich dahinter erstreckte. Er riß sich den Hut vom Kopf und fing an zu rennen, wobei ihm die Stengel ins Gesicht und gegen den Oberkörper schlugen. Er rannte, bis er die rauschende Musik seines eigenen Herzens hören konnte; bis es ihm unmöglich war, seine Atmung zu kontrollieren, geschweige denn seine Gefühle.

Dann ließ er sich keuchend ins Feld sinken. Er starrte in das schwache Blau des Abendhimmels und ließ seinen Tränen freien Lauf.

Ellie blätterte gerade durch eine Ausgabe von ›Good Housekeeping‹, als ihre Tante nach Hause kam. »Alles in Ordnung? Du bist ja losgestürmt wie der Blitz.« Dann sah sie Leda – verkniffen, blaß, geistesabwesend. »Ich vermute, daß *nicht* alles in Ordnung ist.«

Leda ließ sich in einen Sessel fallen, ihre Tasche rutschte ihr von der Schulter. Sie schloß die Augen, schwieg.

»Du machst mir angst«, sagte Ellie mit einem nervösen Lachen. »Was ist denn bloß los?«

Leda riß sich spürbar zusammen, stand auf und fing an, im Kühlschrank herumzusuchen. »Zum Abendessen mach ich uns einen Salat«, sagte sie. »Was meinst du?«

»Ich meine, daß es erst drei Uhr nachmittags ist.« Ellie nahm Leda das Messer aus der Hand. »Raus mit der Sprache.«

»Meine Nichte ist im Krankenhaus.«

»Du hast doch gar keine andere – oh!« Es dämmerte Ellie, daß es sich um die Familie handeln mußte, von der Leda nicht sprach; die sie verlassen hatte. »Ist sie ... krank?«

»Sie wäre fast bei der Geburt eines Kindes gestorben.«

Ellie wußte nicht, was sie dazu sagen sollte. Sie konnte sich nichts Tragischeres vorstellen, als zu gebären und sich dann nicht an dem Wunder erfreuen zu können.

»Sie ist erst achtzehn, Ellie.« Leda zögerte, spreizte die Finger auf dem Hackbrett. »Sie ist nicht verheiratet.«

»Dann war es also Abtreibung?«

»Nein, es war ein Baby.«

»Natürlich«, pflichtete Ellie hastig bei. »Wie weit war sie?«

»Fast im achten Monat«, sagte Leda.

Ellie sah sie verblüfft an. »Im *achten* Monat?«

»Und jetzt hat man die Leiche des Kindes entdeckt, ohne daß überhaupt jemand gemerkt hat, daß sie schwanger war.«

Elli verspürte ein leises Kribbeln in ihrem Kreuz. Sie ermahnte sich, es zu ignorieren. Sie war hier schließlich nicht in Philadelphia; es ging nicht um eine cracksüchtige Mutter, sondern um ein junges Amisch-Mädchen. »Also eine Totgeburt«, sagte Ellie voller Mitgefühl. »Wie traurig.«

Leda wandte Ellie den Rücken zu, schwieg einen Moment. »Auf der Fahrt hierher habe ich mir fest vorgenommen, daß ich das nicht tun werde, was ich gleich tue, aber ich liebe Katie genauso wie dich.« Sie atmete tief durch. »Ellie, es besteht die Möglichkeit, daß das Baby nicht tot zur Welt gekommen ist.«

»Nein.« Das Wort schoß aus Ellies Mund, leise und eindringlich. »Ich kann nicht. Bitte mich nicht darum, Leda.«

»Es gibt sonst niemanden. Es geht hier nicht um Menschen, die mit dem Gesetz vertraut sind. Wenn die Sache meiner Schwester überlassen bleibt, landet Katie im Gefängnis, ob sie schuldig ist oder nicht, weil es nicht in ihrer Natur liegt, sich zu wehren.» Leda starrte sie aus brennenden Augen an. »Sie vertrauen mir, und ich vertraue dir.«

»Zunächst mal, es liegt noch gar keine offizielle Anklage vor. Zweitens, selbst wenn, ich könnte sie nicht verteidigen, Leda. Ich kenne weder sie, noch weiß ich, wie sie lebt.«

»Lebst du vielleicht auf der Straße, wie die Drogendealer, die du verteidigst? Oder in einer schicken Villa, wie der Schuldirektor, für den du einen Freispruch rausgeschlagen hast?«

»Das ist was anderes, und das weißt du auch.« Es spielte keine Rolle, daß Ledas Nichte das Recht auf kompetenten rechtlichen Beistand hatte. Es spielte keine Rolle, daß Ellie andere verteidigt hatte, denen ähnlich widerwärtige Verbrechen zur Last gelegt worden waren. Drogen und Pädophilie und bewaffneter Raubüberfall gingen ihr nicht so nahe.

»Aber sie ist unschuldig, Ellie!«

Das war einmal, vor langer Zeit, der Grund gewesen, warum Ellie Anwältin geworden war – um Seelen zu retten. Doch die Mandanten, deren Freispruch sie erreicht hatte und die wirklich unschuldig gewesen waren, konnte Ellie an einer Hand abzählen. Sie wußte inzwischen, daß die meisten ihrer Mandanten schuldig im Sinne der Anklage gewesen waren – wenngleich jeder von ihnen bis ans Ende seiner Tage beteuern würde, daß er keine andere Wahl hatte.

»Ich kann den Fall deiner Nichte nicht annehmen«, sagte Ellie leise. »Ich würde ihr einen schlechten Dienst erweisen.«

»Versprich mir nur, daß du darüber nachdenken wirst.«

»Ich werde nicht darüber nachdenken. Und ich werde vergessen, daß du mich darum gebeten hast.« Ellie ging aus der Küche, riß sich förmlich von Ledas Enttäuschung los.

Samuels kräftige Gestalt füllte den Türrahmen des Krankenhauszimmers, und Katie mußte daran denken, daß sie sich manchmal sogar dann neben ihm eingeengt fühlte, wenn sie auf einem freien Feld standen. Sie lächelte unsicher. »Komm rein.«

Er trat ans Bett, ließ die Krempe seines Strohhuts durch die

Hände gleiten. Dann neigte er den Kopf, und seine Wangen bekamen leuchtendrote Flecken. »Alles in Ordnung?«

»Mir geht's gut«, antwortete Katie. Sie biß sich auf die Lippe, als Samuel einen Stuhl heranzog und sich neben sie setzte.

»Wo ist deine Mutter?«

»Nach Hause gefahren. Tante Leda hat ihr ein Taxi gerufen, weil Mam das Gefühl hatte, es wäre nicht richtig, mit ihr im selben Wagen zu fahren.«

Samuel nickte verständnisvoll. Es gab einen Taxiservice der Mennoniten, der auch Amische über längere Strecken beförderte und dabei Highways benutzte, auf denen Kutschen nicht erlaubt waren. Da Leda mit dem *Bann* belegt war, hätte auch Samuel sich nicht gerne von ihr mitnehmen lassen.

»Wie … wie geht's denn so zu Hause?«

»Viel zu tun.« Samuel wählte seine Worte mit Bedacht. »Heute haben wir zum dritten Mal Heu geschnitten.« Zögernd fügte er hinzu. »Die Polizei, die ist immer noch auf der Farm.« Er blickte starr auf Katies Faust, klein und rosa auf der Polyesterdecke. Sacht nahm er sie in seine Hände und führte sie an sein Gesicht.

Katie legte die Hand flach an seine Wange; Samuel schmiegte sich in ihre Berührung. Mit glänzenden Augen öffnete sie den Mund, um etwas zu sagen, aber Samuel hielt sie davon ab, indem er ihr einen Finger auf die Lippen legte. »Pssst«, sagte er. »Nicht jetzt.«

»Aber du hast bestimmt einiges gehört«, flüsterte Katie.

»Ich achte nicht darauf, was ich gehört habe. Ich achte nur auf das, was du mir zu sagen hast.«

Katie schluckte. »Samuel, ich hab kein Kind bekommen.«

Er sah sie einen Moment lang an, dann drückte er ihre Hand. »Dann ist es gut.«

Katies Augen suchten seinen Blick. »Glaubst du mir?«

Samuel strich die Decke über ihren Beinen glatt, packte sie gut ein, wie ein kleines Kind. Er starrte auf die glänzende Flut ihrer Haare und dachte, daß er sie so leuchtend und offen nicht mehr gesehen hatte, seit sie beide Kinder waren. »Ich muß ja«, sagte er.

Der Bischof in Elam Fishers Gemeindebezirk war zufällig sein Vetter. Der alte Ephram Stoltzfus war ein so selbstverständlicher Bestandteil des täglichen Leben, daß er sogar, wenn er als Kopf der Gemeinde auftrat, ungewöhnlich leutselig war – seine Kutsche an den Straßenrand lenkte, um ein Schwätzchen zu halten, oder mitten auf dem Feld von seinem Pflug sprang, um etwas zu besprechen. Als Elam ihn früher am Tage aufgesucht hatte, um ihm zu erzählen, was auf der Farm passiert war, hatte er ihm aufmerksam zugehört und dann gesagt, er müsse mit einigen anderen Rücksprache halten. Elam hatte angenommen, Ephram hätte den Diakon des Gemeindebezirks oder zwei Prediger gemeint, doch der Bischof hatte den Kopf geschüttelt. »Die Geschäftsleute«, hatte er gesagt. »Die wissen, wie die *englische* Polizei arbeitet.«

Kurz nach dem Abendbrot, als Sarah gerade den Tisch abräumte, fuhr Bischof Ephrams Kutsche vor. Elam und Aaron sahen einander kurz an, dann gingen sie hinaus, um ihn zu begrüßen. »Ephram«, sagte Aaron und schüttelte ihm die Hand, sobald er sein Pferd angebunden hatte.

»Aaron. Wie geht's Katie?« Aaron erstarrte für einen Moment. »Wie ich höre, wird sie wieder gesund.«

»Warst du nicht im Krankenhaus?« erkundigte sich Ephram. Aaron wandte den Blick ab. *»Nee.«*

Der Bischof neigte den Kopf, und sein weißer Bart leuchtete in der untergehenden Sonne. »Wollen wir uns ein bißchen die Beine vertreten?«

Die drei Männer gingen in Richtung Sarahs Gemüsegarten. Dort ließ Elam sich auf eine Steinbank nieder und bedeutete Ephram, ebenfalls Platz zu nehmen. Doch der Bischof schüttelte den Kopf und blickte nachdenklich über die hohen Köpfe der Tomatenpflanzen und die rankenden Stangenbohnen, zwischen denen ein kleiner Glühwürmchenschwarm tanzte. Sie glimmten und wirbelten, als hätte jemand eine Handvoll Sternchen hochgeworfen.

»Ich weiß noch, wie ich einmal hier war, vor Jahren, und zugesehen habe, wie Jacob und Katie Leuchtkäfer gejagt haben«, sagte Ephram. »Sie haben sie in einem Glas gefangen.« Er lachte auf. »Jacob hat gesagt, sie würden eine amische Taschenlampe machen. Hast du in letzter Zeit mal was von Jacob gehört?«

»Nein, und so soll es auch sein«, sagte Aaron leise.

Ephram schüttelte den Kopf. »Er ist aus der Gemeinde verbannt worden, Aaron. Nicht aus deinem Leben.«

»Das ist für mich ein und dasselbe.«

»Das verstehe ich nicht, weißt du. Denn Vergebung ist die allererste Pflicht.« Aaron richtete seinen Blick auf den Bischof. »Bist du hergekommen, um über Jacob zu sprechen?«

»Hm, nein«, gab Ephram zu. »Nachdem du heute morgen bei mir warst, Elam, bin ich zu John Zimmermann und Martin Lapp gegangen. Die beiden meinen, wenn die Polizei den ganzen Tag hier war, müssen sie Katie verdächtigen. Entscheidend wird auf jeden Fall sein, ob das Baby lebend geboren wurde. Wenn ja, wird man ihr die Schuld an seinem Tod geben.« Er sah Aaron ernst an. »Sie haben vorgeschlagen, daß du mit einem Anwalt sprichst, um auf alles vorbereitet zu sein.«

»Meine Katie braucht keinen Anwalt.«

»Das hoffe ich auch«, sagte der Bischof. »Aber falls doch, wird die Gemeinde hinter ihr stehen.« Er zögerte, dann fügte er hinzu: »Sie wird sich während dieser Zeit zurückziehen müssen, verstehst du?« Elam blickte auf. »Nur auf die Kommunion verzichten? Sie wird nicht unter Bann gestellt?«

»Ich muß natürlich erst mit Samuel sprechen und dann noch mal drüber nachdenken.« Ephram legte eine Hand auf Aarons Schulter. »Es ist nicht das erste Mal, daß ein junges Paar seine Hochzeitsnacht vorweggenommen hat. Es ist eine Tragödie, daß das Baby gestorben ist, keine Frage. Aber großer Kummer kann eine Ehe ebenso festigen wie gemeinsames Glück. Und was das andere betrifft, das Katie vielleicht zur Last gelegt wird – also das glaubt keiner von uns.«

Aaron wandte sich ab. »Danke. Aber wir werden keinen Anwalt für Katie nehmen, sondern die Gerichte der *Englischen* über uns ergehen lassen. Das ist nun mal unsere Art.«

»Aaron, Aaron, wieso mußt du bloß immer eine Grenze ziehen und andere herausfordern, diese zu überschreiten?« seufzte Ephram. »*Das* ist nicht unsere Art.«

»Wenn ihr mich bitte entschuldigt, ich muß arbeiten.« Aaron nickte dem Bischof und seinem Vater zu und schritt in Richtung Stall davon. Die beiden älteren Männer sahen ihm schweigend nach. »Diese Unterhaltung hast du schon einmal mit ihm geführt«, stellte Elam Fisher fest.

Der Bischof lächelte traurig. »Ja. Und auch damals hätte ich genauso gut mit einer Wand aus Stein reden können.«

Katie träumte, daß sie fiel. Aus dem Himmel, wie ein Vogel mit gebrochenem Flügel, und die Erde jagte ihr entgegen. Ihr Herz schlug ihr bis zur Kehle, erstickte den Schrei, und im allerletzten Moment erkannte sie, daß sie auf den Stall zuraste, die Felder, ihr Zuhause. Sie schloß die Augen und prallte auf, und alles zerplatzte wie eine Eierschale, so daß sie, als sie sich umsah, nichts mehr wiedererkannte.

Katie blinzelte in die Dunkelheit und versuchte, sich im Bett aufzusetzen. Drähte und Plastikschläuche wuchsen wie Wurzeln aus ihrem Körper. Ihr Bauch fühlte sich wund an, ihre Arme und Beine schwer. Der Mond stand wie ein kleines Komma am Himmel, zusammen mit einigen wenigen Sternen. Katie schob die Hand unter die Decke und legte sie auf den Bauch. *»Ich hab kenn Kind g'hatt«*, flüsterte sie.

Tränen fielen auf die Bettdecke. *»Ich hab kenn Kind g'hatt. Ich hab kenn Kind g'hatt«*, murmelte sie immer und immer wieder, bis die Worte zu einem Singsang verschmolzen, zum Schlaflied eines Engels.

Das Faxgerät bei Lizzie zu Hause piepste kurz nach Mitternacht, als sie gerade auf ihrem Laufband trainierte. Das Adrenalin hielt sie ohnehin wach und eignete sich wunderbar für ein bißchen Fitneß; vielleicht war sie ja danach müde genug, um ein paar Stunden schlafen zu können. Sie schaltete das Laufband ab, ging zum Fax und wartete schwitzend, bis die Seiten herausgerollt kamen. Als sie das Deckblatt von der Gerichtsmedizin sah, wurde ihr Puls noch schneller.

Sie las einzelne verwirrende Bruchstücke.

Männlich, 32. Woche. 39,2 cm Scheitel–Ferse; 26 cm Scheitel–Rumpf. Hydrostatischer Test ... geweiteter Lungenbläschengang ... fleckig rosa bis dunkelrotes Aussehen ... linker und rechter Lungenflügel entfaltet, so daß nur partielle oder nicht regelmäßige Belüftung ausgeschlossen werden kann. Luft im Mittelohr. Bluterguß an der Oberlippe; Baumwollfasern an beiden Gaumen.

»Großer Gott«, flüsterte sie. Sie hatte schon öfters mit Mördern zu tun gehabt – mit dem Mann, der einen Gemischtwarenhändler wegen einer Packung Camel erstochen hatte, mit einem Jungen, der Studentinnen vergewaltigt und sie blutend liegengelassen hatte; einmal mit einer Frau, die ihrem gewalttätigen Mann im Schlaf das Gesicht weggeschossen hatte. All diese Leute hatten irgend etwas an sich, irgend etwas, das Lizzie das Gefühl gab, wenn man sie öffnen könnte, wie diese russischen Puppen, die man ineinanderstecken konnte, würde man in ihrem Innersten heiße, glühende Kohle finden.

Etwas, das auf dieses amische Mädchen ganz und gar nicht zutraf. Lizzie schlüpfte aus ihren Sportsachen und stellte sich unter die Dusche. Bevor diese junge Frau ihre Freiheit verlor, bevor sie ihr ihre Rechte vorlas und sie offiziell festnahm, wollte Lizzie Katie Fisher in die Augen blicken und sehen, was sich in ihrem Innersten verbarg.

Es war vier Uhr morgens, als Lizzie das Krankenhauszimmer betrat, aber Katie war wach und allein. Sie richtete ihre großen blauen Augen erstaunt auf die Polizistin. »Hallo.«

Lizzie lächelte und setzte sich neben das Bett. »Wie fühlen Sie sich?«

»Besser«, sagte Katie leise. »Kräftiger.«

Lizzie schaute auf Katies Schoß und sah die Bibel, in der sie gelesen hatte. »Die hat Samuel mir gebracht«, sagte das Mädchen, verunsichert durch den finsteren Blick der anderen Frau. »Ist die Bibel hier nicht erlaubt?«

»Nein, nein, sie ist erlaubt«, sagte Lizzie. Sie hatte das Gefühl, daß der Turm von Beweisen, den sie in den letzten vierundzwanzig Stunden zusammengetragen hatte, anfing zu wackeln: *Sie ist eine Amisch.* Konnte diese eine Entschuldigung, dieser eine eklatante Widerspruch ihn umstoßen? »Katie, hat die Ärztin Ihnen erklärt, was mit Ihnen passiert ist?«

Katie blickte auf. Sie schob einen Finger in die Bibel, klappte das Buch zu und nickte.

»Als ich gestern mit Ihnen gesprochen habe, haben Sie gesagt, Sie hätten kein Kind bekommen.« Lizzie holte tief Luft. »Ich frage mich, warum Sie das gesagt haben.«

»Weil ich kein Kind bekommen habe.«

Lizzie schüttelte ungläubig den Kopf. »Wieso haben Sie dann geblutet?«

Röte stieg vom Ausschnitt des Krankenhaushemdes hinauf in Katies Gesicht. »Es ist meine monatliche Zeit«, sagte sie leise. Sie schaute weg, rang um Fassung. »Ich mag ja *schlicht* sein, Detective, aber ich bin nicht dumm. Meinen Sie nicht, ich müßte es wissen, wenn ich ein Baby bekommen hätte?«

Die Antwort klang so offen, so ehrlich, daß Lizzie innehielt. *Was mache ich falsch?* Sie hatte Hunderte von Menschen verhört, Hunderte von Lügnern, aber Katie Fisher war die erste, die sie nicht als solche abtun konnte. Sie blickte zum Fenster hinaus, auf das flimmernde Rot am Horizont, und begriff plötzlich, wo der Unterschied lag: Das hier war nicht gespielt. Katie Fisher glaubte alles, was sie sagte.

Lizzie räusperte sich, versuchte es mit einer anderen Taktik. »Ich muß Sie jetzt etwas sehr Persönliches fragen, Katie ... Hatten Sie je sexuelle Beziehungen?«

Falls es überhaupt möglich war, glühten Katies Wangen noch röter. »Nein.«

»Würde Ihr Freund mir die gleiche Antwort geben?«

»Fragen Sie ihn doch«, sagte sie trotzig.

»Sie haben gestern morgen das Baby gesehen«, sagte Lizzie mit heiserer Stimme. »Wie ist es dazu gekommen?«

»Ich habe keine Ahnung.«

»Stimmt.« Lizzie massierte sich die Schläfen. »Es ist ja nicht von Ihnen.«

Ein frohes Lächeln breitete sich auf Katies Gesicht aus. »Das erkläre ich Ihnen ja schon die ganze Zeit.«

»Sie ist die einzige Verdächtige«, sagte Lizzie, während sie zusah, wie George sich eine Gabel voll Bratkartoffeln in den Mund schob. Sie hatten sich auf halbem Weg zwischen der Staatsanwaltschaft und East Paradise in einem Diner getroffen, dessen einzige Empfehlung, soweit Lizzie sagen konnte, die war, daß es nur Gerichte gab, die garantiert die Cholesterinwerte verdoppelten. »Irgendwann kriegst du einen Herzinfarkt, wenn du weiter so ißt«, sagte sie stirnrunzelnd.

George wischte ihre Bedenken beiseite. »Bei den ersten Anzeichen von Herzrhythmusstörungen bitte ich Gott sofort um Vertagung.«

Lizzie sah auf ihre Notizen. »Wir haben ein blutiges Nachthemd, einen Fußabdruck in ihrer Größe, ein ärztliches Gutachten, demzufolge sie zum erstenmal schwanger war, den Bericht von der Gerichtsmedizin, demzufolge das Baby geatmet hat – und ihr Blut stimmt mit dem Blut auf der Haut des Babys überein.« Sie schob sich ein Stück Muffin in den Mund. »Ich wette fünfhundert Dollar, daß auch der DNA-Test ihre Verbindung zu dem Baby belegen wird.«

George tupfte sich den Mund mit einer Serviette ab. »Das sind fundierte Beweise, Lizzie, aber ich weiß nicht, ob das alles zusammen für fahrlässige Tötung reicht.«

»Das Wichtigste kommt ja noch«, sagte Lizzie. »Der Gerichtsmediziner hat einen Bluterguß an der Lippe des Kindes festgestellt und Fasern an seinem Gaumen und in der Kehle gefunden.«

»Fasern von was?«

»Von dem Hemd, in das das Baby eingewickelt war. Er meint, daß beides zusammen auf Ersticken schließen läßt.«

»Ersticken? Wir reden doch hier nicht von irgendeinem Mädchen in New York, das auf der Kaufhaustoilette ein Kind bekommt und dann weiter einkaufen geht, Lizzie. Ich wette, die Amischen töten nicht mal eine Fliege.«

»Letztes Jahr haben wir landesweit für Schlagzeilen gesorgt, weil zwei amische Jungs mit Kokain gedealt haben«, konterte Lizzie. »Was wird CNN da erst zu einem Mord sagen?« Sie beobachtete, wie ein Glimmen in Georges Augen trat, während er seine persönlichen Bedenken hinsichtlich einer Anklageerhebung gegen eine junge amische Frau gegen die Verheißung eines spektakulären Mordprozesses abwog. »Wir haben ein totes Baby auf einem amischen Hof und ein amisches Mädchen, das geboren hat«, sagte sie ruhig. »Zähl eins und eins zusammen, George. Ich habe mir das nicht gewünscht, aber klar ist, daß wir sie festnehmen müssen, und zwar bald. Sie wird heute aus dem Krankenhaus entlassen.«

Er schnitt die Spiegeleier auf seinem Teller in Stücke, dann legte er Messer und Gabel auf den Tellerrand, ohne einen Bissen gegessen zu haben. »Wenn wir beweisen können, daß das Baby erstickt wurde, können wir vielleicht Mordanklage erheben. Es war eine vorsätzliche Tat. Sie hat die Schwangerschaft geheimgehalten, das Baby bekommen und es umgebracht.« George blickte auf. »Hast du sie verhört?«

»Ja.«

»Und?«

Lizzie verzog das Gesicht. »Sie glaubt noch immer nicht, daß sie ein Kind bekommen hat.«

»Was zum Teufel soll das heißen?«

»Sie bleibt bei ihrer Geschichte.«

George runzelte die Stirn. »Glaubst du, sie ist verrückt?«

»Sie sieht wie ein ganz normales junges Mädchen aus. Nur liest sie eben die Bibel statt Stephen King.«

»Na gut«, seufzte George. »Und sie kommt vor Gericht.«

Sarah Fisher steckte die *Kapp* ihrer Tochter fest. »So. Fertig.«

Katie rutschte unruhig hin und her und verschränkte die Arme vor dem Bauch.

Tante Leda legte einen Arm um sie. »Du kannst auch bei mir wohnen, wenn du noch nicht nach Hause willst.«

Katie schüttelte den Kopf. »Danke. Aber ich muß wieder zurück. Ich will wieder zurück.«

Als die Tür geöffnet wurde, sprang Katie auf, froh, daß

es endlich losging. Doch statt des jungen Mädchens, das sie abholen sollte, traten zwei uniformierte Polizisten ein. Sarah wich zurück, trat zwischen Leda und Katie. »Katie Fisher?« Sie spürte, wie ihr die Knie unter dem Rock zitterten. »Das bin ich.«

Ein Polizist griff sacht nach ihrem Arm. »Wir haben einen Haftbefehl gegen Sie. Sie werden des Mordes an dem Kind beschuldigt, das im Stall Ihres Vaters gefunden wurde.«

Der zweite Polizist trat neben sie. Katie blickte verstört über seine Schulter, suchte den Blick ihrer Mutter. »Sie haben das Recht zu schweigen«, sagte er. »Alles, was Sie sagen, kann und wird vor Gericht gegen Sie verwendet werden. Sie haben das Recht auf einen Anwalt –«

»Nein!« schrie Sarah und griff nach ihrer Tochter, als die Polizisten Katie zur Tür führten. Sie rannte ihnen nach, achtete nicht auf die neugierigen Blicke des Krankenhauspersonals oder auf die Rufe ihrer Schwester. Unten am Eingang holte Leda ihre Schwester schließlich ein. Katie weinte und hatte die Arme nach ihrer Mutter ausgestreckt, als einer der beiden Polizisten eine Hand auf ihre *Kapp* legte und sie in den Streifenwagen schob. »Sie können uns zum Bezirksgericht folgen, Ma'am«, sagte er höflich zu Sarah, dann stieg er ein.

Als der Wagen abfuhr, schlang Leda die Arme um ihre Schwester. »Sie haben mein Kind mitgenommen«, schluchzte Sarah. »Sie haben mein Kind mitgenommen.«

Leda wußte, wie unwohl Sarah dabei war, mit ihr in einem Auto zu fahren, aber besondere Umstände erforderten Kompromisse. Mit jemandem zu fahren, der unter Bann stand, war nicht so beängstigend, wie in einem Gericht mit anhören zu müssen, wie gegen die eigene Tochter wegen Mordes Anklage erhoben wurde. Und das stand Sarah als nächstes bevor.

»Du wartest hier«, sagte Leda und bog in ihre Einfahrt ein. »Ich hole Frank.« Sie ließ Sarah auf dem Beifahrersitz sitzen und rannte ins Haus.

Frank war im Wohnzimmer und sah sich die Wiederholung einer Sitcom an. Ein Blick in das Gesicht seiner Frau genügte, und er sprang auf. »Alles in Ordnung?«

»Es geht um Katie. Sie wird gerade zum Bezirksgericht gebracht. Sie haben sie wegen Mordes verhaftet.« Leda brachte gerade noch den letzten Satz heraus, bevor sie die Fassung verlor und ihrem Kummer in den Armen ihres Mannes so freien Lauf ließ, wie sie es vor Sarah niemals getan hätte. »Ephram Stoltzfus hat bei den amischen Geschäftsleuten zwanzigtausend Dollar für Katies Verteidigung gesammelt, aber Aaron will keinen Penny annehmen.«

»Sie wird einen Pflichtverteidiger bekommen, Schatz.«

»Nein – Aaron erwartet, daß sie auch die andere Wange hinhält. Und nach dem, was er mit Jacob gemacht hat, wird Katie sich ihm nicht widersetzen.« Sie barg das Gesicht im Hemd ihres Mannes. »Sie kann nicht gewinnen. Sie hat die Tat nicht begangen und wird trotzdem ins Gefängnis kommen.«

»Denk an David und Goliath«, sagte Frank. Mit dem Daumen wischte er Leda die Tränen ab. »Wo ist Sarah?«

»Sie wartet im Auto.«

Er schlang einen Arm um ihre Taille. »Laß uns gehen.«

Gleich nachdem sie gegangen waren, kam Ellie in Jogginghose und ärmellosem T-Shirt ins Wohnzimmer. Sie hatte sich nebenan ihre Laufschuhe angezogen, während Leda mit Frank gesprochen hatte – und sie hatte jedes Wort gehört. Mit unbeweglicher Miene trat Ellie an das große Fenster und schaute Ledas Wagen nach, bis er nicht mehr zu sehen war.

Katie mußte ihre Hände unter dem Tisch verstecken, damit niemand sah, wie sehr sie zitterten. Irgendwie hatte sie im Polizeiwagen die Nadel verloren, mit der ihre *Kapp* festgesteckt war. Die saß ihr nun schräg auf dem Kopf und verrutschte bei jeder Bewegung. Aber sie wollte sie nicht abnehmen – gerade jetzt nicht –, da sie ihren Kopf bedeckt haben mußte, wenn sie betete, und das tat sie unablässig, seit der Wagen vom Krankenhaus abgefahren war.

Ein Mann saß etwas entfernt an einem Tisch, der genauso aussah wie ihrer. Er blickte sie finster an, obwohl Katie sich nicht erklären konnte, womit sie ihn so verärgert hatte. Ein anderer Mann saß vor ihr hinter einem erhöhten Pult. Er trug einen schwarzen Umhang und hielt einen hölzernen Hammer in der Hand, den er genau in dem Moment niedersausen ließ, als Katie ihre Mutter, ihre Tante und ihren Onkel in den Gerichtssaal schlüpfen sah.

Der Mann mit dem Hammer musterte sie mit zusammengekniffenen Augen. »Verstehen Sie unsere Sprache?«

»Ja«, sagte Katie mit hochrotem Kopf.

»Sie, Katie Fisher, werden im Staate Pennsylvania des Mordes beschuldigt. Ihnen wird zur Last gelegt, am 11. Juli 1998 entgegen den Gesetzen des Staates Pennsylvania auf der Fisher-Farm in East Paradise von Lancaster County vorsätzlich den Tod des Neugeborenen Fisher verursacht zu haben. Sie werden zudem des Totschlags beschuldigt, da Sie ...«

Die Worte rieselten über sie hinweg wie ein Regenschauer, und alle Silben verschmolzen miteinander. Katie schloß die Augen und schwankte leicht hin und her.

»Verstehen Sie die gegen Sie erhobenen Beschuldigungen?«

Sie hatte schon den ersten Satz nicht richtig verstanden. Aber der Mann schien auf eine Antwort zu warten, und sie hatte schon als Kind gelernt, daß die *Englischen* es gern hatten, wenn man mit Ihnen einer Meinung war. »Ja.«

»Haben Sie einen Anwalt?«

Katie wußte, daß ihre Eltern, wie alle Amischen, nichts von Rechtsstreitigkeiten hielten. Hin und wieder wurde mal ein Amischer per Vorladung zum Gericht zitiert, um als Zeuge auszusagen ... aber niemals aus eigenem Antrieb. Sie blickte über die Schulter zu ihrer Mutter, so daß ihre *Kapp* verrutschte. »Ich möchte keinen«, sagte sie leise.

»Wissen Sie, was das heißt, Miss Fisher? Sagen Sie das auf Anraten Ihrer Eltern?« Katie senkte den Blick. »Die Anschuldigungen gegen Sie sind äußerst schwerwiegend, und ich denke, Sie sollten sich einen Rechtsbeistand nehmen. Wenn Sie die Voraussetzungen für einen Pflichtverteidiger erfüllen –«

»Das wird nicht nötig sein.«

Wie alle anderen im Gerichtssaal wandte sich auch Katie zu der selbstbewußten Stimme um, die von der Tür her zu vernehmen war. Eine Frau in einem maßgeschneiderten blauen

Kostüm und hochhackigen Schuhen, die Haare so kurz geschnitten wie ein Mann, kam mit energischen Schritten auf ihren Tisch zu. Ohne Katie eines Blickes zu würdigen, stellte die Frau ihre Aktentasche ab und nickte dem Richter zu. »Ich bin Eleanor Hathaway, die Verteidigerin der Angeklagten. Ms. Fisher benötigt keinen Pflichtverteidiger. Ich entschuldige mich für meine Verspätung, Richter Gorman. Dürfte ich mich fünf Minuten mit meiner Mandantin beraten?«

Der Richter signalisierte seine Zustimmung mit einer Handbewegung, und bevor Katie richtig verstanden hatte, was eigentlich vor sich ging, zog diese Fremde, diese Eleanor Hathaway, sie auch schon hoch. Katie hielt ihre *Kapp* fest und hastete hinter der Anwältin den Mittelgang hinunter. Sie sah Tante Leda weinen und ihr zuwinken, und sie wollte schon zurückwinken, als sie merkte, daß die Begrüßung Eleanor Hathaway galt, nicht ihr.

Die Anwältin dirigierte Katie in ein kleines Zimmer, in dem Büromaterial lagerte. Sie schloß die Tür hinter sich, lehnte sich dagegen und verschränkte die Arme. »Ich möchte mich für meinen überraschenden Auftritt entschuldigen. Ich bin Ellie Hathaway, und ich hoffe inständig, daß du Katie bist. Wir werden später noch reichlich Zeit haben, uns zu unterhalten, aber jetzt muß ich erst mal wissen, warum du eine anwaltliche Vertretung abgelehnt hast.«

Katies Mund öffnete und schloß sich einige Male, bevor sie ihre Stimme wiederfand. »Mein Dad hätte etwas dagegen.«

Ellie verdrehte die Augen, offenbar unbeeindruckt. »Du wirst heute auf nicht schuldig plädieren, und danach unterhalten wir uns ein bißchen. So, wenn ich mir die Anklagepunkte ansehe, gibt's für dich keine Kaution, wenn wir nicht um die Beweislage- und Schuldvermutungsklausel herumkommen.«

»Ich ... ich verstehe nicht.«

Ohne von dem Packen Unterlagen aufzublicken, den sie rasch durchsah, antwortete Ellie: »Das heißt, wenn du wegen Mordes angeklagt wirst und die Beweislage klar oder die Schuldvermutung groß ist, dann gibt es keine Kaution. Dann sitzt du ein Jahr im Gefängnis, bis dein Fall verhandelt wird. Verstanden?« Katie schluckte, nickte. »Wir müssen hier also irgendeine kleine Lücke finden.«

Katie starrte die Frau an, die mit Worten sprach, scharf wie eine Schwertspitze, und gekommen war, um sie zu retten. »Ich hab kein Kind bekommen.«

»Verstehe. Und das, obwohl zwei Ärzte und das ganze Krankenhaus, von den Cops mal ganz zu schweigen, das Gegenteil behaupten?«

»Ich hab kein Kind bekommen.«

Ellie hob langsam den Blick. »Also gut«, sagte sie. »Dann werde ich diese Lücke wohl selbst finden müssen.«

Richter Gorman war dabei, sich die Fingernägel zu schneiden, als Ellie und Katie wieder in den Gerichtssaal traten. Er fegte die Nagelschnipsel auf den Boden. »Ich glaube, wir waren gerade bei ›Worauf plädieren Sie?‹«

Ellie erhob sich. »Meine Mandantin plädiert auf nicht schuldig, Euer Ehren.«

Der Richter blickte zur Staatsanwaltschaft. »Mr. Callahan, gibt es von seiten des Staates eine Kautionsempfehlung?«

George stand rasch auf. »Euer Ehren, meines Wissens sieht die Kautionsverordnung des Staates Pennsylvania vor, daß Personen, die des Mordes angeklagt sind, nicht gegen Kaution auf freien Fuß gesetzt werden dürfen.«

»Euer Ehren«, wandte Ellie ein, »ich gebe zu Bedenken, daß eine Kaution, wenn Sie sich den Wortlaut der Verordnung genau durchlesen, nur dann verweigert werden kann, wenn ›die Beweislage klar oder die Schuldvermutung groß‹ ist. Es gibt also durchaus Ausnahmen. Vor allem in diesem Fall ist die Beweislage nicht klar und die Schuldvermutung nicht groß, daß es sich um einen Fall vorsätzlicher Tötung handelt. Es gibt einige Indizienbeweise – insbesondere die Aussagen der Ärzte, daß Ms. Fisher ein Kind geboren hat, und die Tatsache, daß auf ihrer Farm ein totes Neugeborenes gefunden wurde –, aber es gibt keine Aussagen von Augenzeugen, was zwischen der Geburt und dem Tod des Kindes geschehen ist. Bis zum

Gerichtsverfahren meiner Mandantin werden wir nicht wissen, wie oder warum dieser Todesfall eintrat.«

Sie lächelte den Richter an. »Tatsächlich gibt es vier Gründe, warum in diesem Fall eine Kaution gewährt werden sollte. Erstens, die junge Frau ist eine Amisch und wird eines Gewaltverbrechens beschuldigt, obwohl es historisch betrachtet in der amischen Glaubensgemeinschaft keine Gewalt gibt. Zweitens, da sie eine Amisch ist, sind ihre sozialen Bindungen sehr viel stärker als bei den meisten anderen Angeklagten. Aufgrund ihrer Religion und ihrer Erziehung scheidet jede Fluchtgefahr aus. Drittens, sie ist gerade mal achtzehn Jahre alt und verfügt über keinerlei finanzielle Mittel für einen Fluchtversuch. Und schließlich, sie ist nicht vorbestraft – und nicht nur das, es ist das erste Mal, daß sie überhaupt in irgendeiner Weise mit dem Rechtssystem in Berührung kommt. Euer Ehren, ich schlage vor, daß sie unter strengen Kautionsbedingungen auf freien Fuß gesetzt wird.«

Richter Gorman nickte nachdenklich. »Wären Sie bereit, uns diese Bedingungen zu nennen?«

Ellie holte tief Luft. Das würde sie liebend gern tun, aber sie hatte sich noch keine überlegt. Sie warf einen raschen Blick hinüber zu Leda und Frank und der amischen Frau, die zwischen ihnen saß. »Euer Ehren, wir bitten um Entlassung aus der Untersuchungshaft unter folgenden Bedingungen: Katie Fisher verpflichtet sich, East Paradise nicht zu verlassen, sich ausschließlich auf der Farm ihrer Eltern aufzuhalten, und zwar stets unter Aufsicht von mindestens einem Familienangehörigen. Was die Höhe der Kaution angeht, so halte ich eine Summe von 20000 Dollar für angemessen.«

Der Staatsanwalt lachte auf. »Euer Ehren, das ist doch lächerlich. Eine Kautionsverordnung ist eine Kautionsverordnung, und vorsätzlicher Mord ist vorsätzlicher Mord. Das gilt auch für spektakuläre Strafrechtsprozesse in Philadelphia, also kann Ms. Hathaway sich nicht auf Unkenntnis berufen. Wenn die Beweislage nicht klar wäre, hätten wir die Anklage nicht in der Form erhoben. Katie Fisher sollte eindeutig nicht gegen Kaution freigelassen werden.«

Der Richter ließ den Blick langsam vom Staatsanwalt über die Verteidigerin zu Katie wandern. »Wissen Sie, als ich heute morgen hierherkam, hatte ich ganz und gar nicht die Absicht, das zu tun, was ich jetzt tun werde. Aber wenn ich Ihre Bedingungen auch nur in Erwägung ziehe, Ms. Hathaway, dann muß ich sicher sein, daß jemand die Verantwortung für Katie Fisher übernimmt. Ich will das Ehrenwort ihres Vaters haben, daß sie vierundzwanzig Stunden am Tag beaufsichtigt wird.« Er wandte sich dem Zuschauerraum zu. »Mr. Fisher, würden Sie sich bitte melden?«

Leda stand auf und räusperte sich. »Er ist nicht hier, Euer Ehren.« Sie zerrte heftig am Arm ihrer Schwester, bis auch sie aufstand. »Das ist Katies Mutter.«

»Also schön, Mrs. Fisher. Sind Sie bereit, die volle juristische Verantwortung für Ihre Tochter zu übernehmen?«

Sarah starrte auf ihre Füße und sprach so leise, daß der Richter sich anstrengen mußte, um sie zu verstehen. »Nein«, gestand sie.

Richter Gorman blickte verblüfft. »Wie bitte?«

Sarah hob den Kopf, mit Tränen in den Augen. »Ich kann nicht.«

»Aber ich, Euer Ehren«, sagte Leda.

»Wohnen Sie bei der Familie?«

Sie zögerte. »Ich könnte bei ihnen einziehen.«

Sarah schüttelte den Kopf und flüsterte eindringlich: »Das würde Aaron nie erlauben!«

Der Richter trommelte ungeduldig mit den Fingern auf der Tischplatte. »Ist hier irgend jemand, der mit Ms. Fisher verwandt ist und bereit wäre, rund um die Uhr die Verantwortung für sie zu übernehmen, jemand, der keine Probleme mit ihrem Glauben oder ihrem Vater hat?«

»Ich werde das machen.«

Richter Gorman wandte sich Ellie zu, die genauso überrascht schien, daß sie die Worte ausgesprochen hatte, wie der Richter es war, sie zu hören. »Das ist sehr engagiert von Ihnen, Ms. Hathaway, aber wir brauchen eine Familienangehörige.«

»Ich weiß«, sagte Ellie. »Ich bin ihre Cousine.«

4

Ellie

Als George Callahan aufsprang und lautstark Einspruch erhob, mußte ich mich selbst davon abhalten, ihn zu unterstützen. Herrgott, was war bloß in mich gefahren? Ich war völlig ausgelaugt nach East Paradise gekommen und hätte nicht im Traum daran gedacht, irgendeinen Fall zu übernehmen, schon gar nicht so einen – und jetzt hatte ich mich freiwillig bereit erklärt, Katie Fishers Aufpasserin zu spielen. Fassungslos und wie durch Watte hindurch hörte ich, wie der Richter den Einspruch ablehnte, die Kaution unter den vorgeschlagenen Bedingungen auf 20 000 Dollar festsetzte und mich in das Gefängnis steckte, das ich mir selbst gebaut hatte.

Plötzlich standen Frank und Leda vor mir. Leda lächelte unter Tränen, und Frank starrte mich aus seinen ernsten, dunklen Augen an. »Bist du sicher, daß du das willst, Ellie?« fragte er.

Leda antwortete für mich. »Aber natürlich. Schließlich rettet sie unsere Katie.«

Ich schaute hinunter zu dem Mädchen neben mir, das noch immer zusammengesunken auf seinem Stuhl saß. Seit unserer kurzen Unterhaltung in dem kleinen Lagerraum hatte sie kein Wort mehr gesagt. Jetzt blickte sie mich plötzlich an – und ich sah Wut in ihren Augen auflodern. Sofort stieg Ärger in mir hoch. Meinte sie etwa, ich machte das alles nur zum Spaß?

Ich kniff die Augen zusammen und wollte ihr gerade die Meinung sagen, als mich jemand sanft am Arm berührte. Eine ältere, verhärmte Version von Katie in Amisch-Kluft bat um meine Aufmerksamkeit. »Meine Tochter ist Ihnen dankbar«, sagte sie unsicher. »Ich auch. Doch mein Mann wird nicht wollen, daß eine *Englische* bei uns wohnt.«

Leda herrschte sie an. »Wenn Bischof Ephram es richtig findet, daß Katie eine *englische* Anwältin bekommt, dann wird er es auch richtig finden, wenn die Anwältin selbst die Kautionsbedingungen erfüllt. Und wenn die gesamte Gemeinde bereit ist, die Regeln Katie zuliebe zu beugen, könntest du dann nicht einmal auf ihrer Seite stehen, Sarah, statt auf der Seite deines halsstarrigen Mannes?«

In meinem ganzen Leben hatte ich noch nie gehört, daß Leda die Stimme erhob. Jetzt jedoch schrie sie ihre Schwester geradezu an, bis die sich regelrecht vor ihren Worten duckte. Leda hakte sich bei mir ein. »Komm mit, Ellie«, sagte sie. »Du mußt deine Sachen packen.« Sie ging Richtung Tür, blieb dann stehen und warf Sarah und ihrer Tochter einen Blick zu. »Ihr habt gehört, was der Richter gesagt hat. Katie muß sich immer in Ellies Nähe aufhalten. Also los, gehen wir.«

Ich ließ mich von Leda aus dem Gerichtssaal ziehen und spürte, wie sich Katie Fishers lodernder Blick in meinen Rücken brannte.

Die Straße zur Farm der Fishers verlief parallel zu einem Bach, der die rückwärtige Grenze ihres rund vierzig Hektar großen Landes bildete. Diese Welt war ein Kaleidoskop von Farben: irischgrüner Mais, rote Silos und über allem ein unglaublich hoher, blaßblauer Himmel. Doch am auffälligsten fand ich den Geruch, eine Mischung von Düften ebenso deutlich wie die Gerüche in einer Stadt: der Schweiß von Pferden, Geißblatt, der kräftige Geruch frisch gepflügter Erde. Wenn ich die Augen schloß und tief einatmete, geschah ein kleines Wunder: Ich war wieder elf und sollte den Sommer hier verbringen.

Wir hatten Frank abgesetzt und meine Koffer geholt, und jetzt, eine Stunde später, bog Leda in die lange Einfahrt zum Haus der Fishers ein. Ich starrte aus dem Fenster und sah zwei Männer, die ein Maultiergespann über ein Feld trieben. Die Tiere zogen an einem gewaltigen, altmodisch aussehenden

Ackergerät – mir war schleierhaft, was das war. Anscheinend warf es die Heuhaufen hoch, die schon auf dem Boden lagen. Als der Wagen knirschend über den Kies rollte, blickte der größere der beiden auf, zog an den Zügeln und nahm dann seinen Hut ab, um sich den Schweiß von der Stirn zu wischen. Er schirmte die Augen mit der Hand ab und sah zu Ledas Wagen herüber. Schließlich reichte er dem kleineren Burschen die Zügel und rannte Richtung Farmhaus.

Er war dort, zehn Sekunden nachdem der Wagen angehalten hatte. Leda und ich stiegen zuerst aus und ließen Katie und Sarah von der Rückbank aussteigen. Der Mann, breitschultrig und blond, fing an, in einer Sprache zu sprechen, die ich nicht verstand. Zum erstenmal wurde mir klar, daß Englisch gar nicht Katies Muttersprache war, und auch nicht die der Menschen, bei denen ich jetzt einzog. Sarah antwortete ihm in derselben Sprache.

Meine hohen Absätze schwankten unsicher im Kies. Ich zog meine Kostümjacke aus, weil mir zu warm wurde, und musterte den Mann, der zu unserer Begrüßung gekommen war.

Er war zu jung, um diese Schreckgestalt von Vater zu sein, von dem ich im Gerichtssaal gehört hatte. Vielleicht ein Bruder. Doch dann fiel mir auf, wie er Katie anstarrte, alles andere als brüderlich. Ich sah zu Katie hinüber und bemerkte, daß sie ihn nicht auf die gleiche Weise ansah.

Plötzlich hörte ich ein Wort, das ich wiedererkannte – meinen eigenen Namen. Sarah deutete auf mich, lächelte verkrampft, und der blonde Mann nickte. Er nahm meine Koffer aus dem Auto, stellte sie neben mir ab und streckte mir seine Hand entgegen. »Ich bin Samuel Stoltzfus«, sagte er. »Danke, daß Sie sich um meine Katie kümmern.«

Registrierte er, wie Katie erstarrte, als er sie »meine Katie« nannte? Registrierte es irgend jemand außer mir?

Hinter mir ertönte das metallische Trappeln von Hufen und das Klirren von Pferdegeschirr, und als ich mich umwandte, sah ich, wie jemand ein Pferd in den Stall führte. Der Mann wirkte sehnig und muskulös und hatte einen vollen, roten Bart, in dem sich erste graue Strähnen zeigten. Er trug eine schwarze Hose und ein blaßblaues Hemd, dessen Ärmel er bis zu den Ellbogen hochgekrempelt hatte. Er schaute zu uns herüber, runzelte kurz die Stirn, als er Ledas Wagen erkannte und ging dann in den Stall. Kurz darauf tauchte er wieder auf.

Er ging schnurstracks auf Sarah zu und fing an, leise, aber bestimmt in der fremden Sprache mit ihr zu sprechen. Sarah neigte den Kopf, ein Weidenzweig im Wind. Doch dann trat Leda vor und redete auf ihn ein. Sie deutete auf Katie und auf mich und schüttelte die Fäuste. Mit vor Entrüstung funkelnden Augen legte sie beide Hände auf meine Schultern und schob mich nach vorn, unter den prüfenden Blick von Aaron Fisher.

Ich hatte erlebt, wie Männer förmlich aus sich heraustraten, als sie zu lebenslänglich verurteilt wurden. Ich hatte die Leere in den Augen einer Zeugin gesehen, als sie schilderte, wie sie überfallen wurde; doch noch nie hatte ich eine solche innerliche Distanz wahrgenommen wie im Gesicht dieses Mannes. Er riß sich zusammen, als würde er in tausend Stücke zerspringen, wenn er seinen Schmerz eingestand; als wären wir seit ewigen Zeiten Gegner; als wüßte er tief in seinem Innersten, daß er schon geschlagen war.

Ich streckte ihm die Hand entgegen. »Sehr erfreut.«

Aaron Fisher wandte sich ab, ohne mich zu berühren. Er ging auf seine Tochter zu, und die Welt um ihn herum versank, so daß ich, als er seine Stirn gegen Katies legte und ihr mit Tränen in den Augen etwas zuflüsterte, diskret den Kopf senkte. Katie nickte, und als sie dann zum Haus gingen, hatte ihr Vater den Arm fest um ihre Schultern gelegt.

Samuel, Sarah und Leda folgten ihnen, aufgeregt in ihrer Sprache redend. Ich blieb allein in der Einfahrt stehen. Es wehte ein leichter Wind, und aus dem Stall drang das Stampfen und Wiehern eines Pferdes.

Ich setzte mich auf einen Koffer und starrte das Haus an. »Ja«, sagte ich leise. »Ich freue mich auch, Sie kennenzulernen.«

Zu meinem Erstaunen sah es bei den Fishers gar nicht so anders aus als damals in meinem Elternhaus. Auf dem Holzboden waren Flickenteppiche verteilt, eine bunte Quiltdecke lag zusammengefaltet über der Rückenlehne eines Schaukelstuhls, in einem mit kunstvollen Schnitzereien verzierten Geschirrschrank standen Schüsseln und Teetassen aus Delfter Porzellan. Ich glaube, ich hatte erwartet, in die Welt von *Unsere kleine Farm* zurückversetzt zu werden – schließlich kam ich zu Menschen, die bereitwillig auf alle Bequemlichkeiten verzichteten. Aber es gab einen Herd, einen Kühlschrank und sogar eine Waschmaschine, auch wenn sie so aussah wie die meiner Großmutter in den fünfziger Jahren. Meine Verwunderung stand mir wohl ins Gesicht geschrieben, denn plötzlich war Leda neben mir. »Hier läuft fast alles mit Gas. Sie haben nichts gegen die Geräte, nur gegen die Elektrizität. Von öffentlichen Kraftwerken Strom zu beziehen – na ja, das bedeutet, daß man mit der Welt da draußen verbunden ist.« Sie deutete auf eine Lampe und zeigte mir die dünne Leitung, die zu dem Propantank unter dem Lampenfuß führte. »Aaron wird dich hier wohnen lassen. Es gefällt ihm zwar nicht, aber er tut es.«

Ich verzog das Gesicht. »Wunderbar.«

»Das wird es auch«, sagte Leda lächelnd. »Ich glaube, du wirst noch öfters überrascht sein.«

Die anderen waren in der Küche geblieben und hatten mich mit Leda in einer Art Wohnzimmer allein gelassen. Auf Regalen standen Bücher, deren Titel ich nicht verstand, Pennsylvaniadeutsch, wie ich vermutete. An einer Wand hing ein in säuberlicher Druckschrift geschriebener Familienstammbaum, mit Ledas Namen direkt über Sarahs.

Kein Fernseher, kein Telefon, kein Videorecorder. Kein *Wall Street Journal* ausgebreitet auf der Couch, keine Jazz-CD, die leise im Hintergrund lief. Im Haus roch es nach Zitronenbohnerwachs, und es war so warm, daß ich kaum Luft bekam. Mir schlug das Herz bis zum Hals. Worauf hatte ich mich da nur eingelassen?

»Leda«, sagte ich bestimmt. »Ich kann das nicht machen.«

Ohne zu antworten, setzte sie sich auf die unscheinbare braune Kordcouch, auf der gehäkelte Deckchen lagen. Wann hatte ich *so was* zum letzten Mal gesehen.

»Ich komme wieder mit zu euch. Wir lassen uns dann schon was einfallen. Ich kann jeden Morgen von euch aus hierherfahren. Oder ich kann einen Termin bei dem Richter beantragen, um nach einer Alternative zu suchen.«

Leda faltete die Hände im Schoß. »Hast du denn wirklich so große Angst vor ihnen?« fragte sie. »Oder liegt es bloß daran, daß du Angst vor dir selbst hast?«

»Sei nicht albern.«

»Bin ich das? Ellie, du bist eine Perfektionistin. Du bist es gewohnt, Dinge in die Hand zu nehmen. Und auf einmal sitzt du hier an einem Ort, der dir so fremd ist wie ein Basar in Kalkutta.« Ich sank neben ihr auf die Couch und vergrub das Gesicht in den Händen. »Über Kalkutta hab ich wenigstens schon mal was gelesen.«

Leda tätschelte meinen Rücken. »Schätzchen, du bist schon mit Mafiabossen fertig geworden, obwohl du kein Mitglied der Mafia bist.«

»Ich bin aber nicht bei Jimmy Pisano eingezogen, als ich ihn verteidigt habe, Leda.«

Darauf hatte sie keine Antwort. Sie seufzte. »Es ist bloß ein Fall, Ellie. Und du warst doch bisher immer zu allem bereit, um einen Fall zu gewinnen.«

Wir sahen beide in die Küche, wo Katie und Sarah nebeneinander an der Spüle standen. »Wenn es bloß ein Fall wäre, wäre ich nicht hier.«

Leda gab mit einem Nicken zu, daß mir das alles einiges abverlangte. »Also gut. Ich verrate dir ein paar Grundregeln. Hilf, ohne darum gebeten zu werden; Amische achten sehr darauf, was du tust, und weniger darauf, was du sagst. Es spielt für sie keine Rolle, daß du nichts von Farmarbeit oder Milchwirtschaft verstehst – was zählt, ist, daß du versuchst, dich nützlich zu machen.«

»Was heißt hier Farmarbeit – ich verstehe nichts vom *amischen Leben*.«

»Das erwarten sie auch nicht von dir. Und da ist nichts, was du wissen müßtest. Es sind Leute wie du und ich. Gute und Böse, Freundliche und Reizbare, manche werden es dir leicht machen, und andere werden wegsehen, wenn du kommst. Touristen betrachten die Amischen als Heilige oder als malerische Attraktion. Wenn du willst, daß die Familie dich akzeptiert, behandele sie einfach wie normale Menschen.«

Als täte ihr die Erinnerung weh, stand sie unversehens auf. »Ich geh jetzt«, sagte Leda. »So unangenehm es für Aaron Fisher auch ist, daß du hier bist, noch unangenehmer ist es für ihn, daß ich hier bin.«

»Du kannst doch jetzt nicht schon gehen!«

»Ellie«, sagte Leda sanft, »du kommst schon zurecht. Ich hab ja schließlich auch überlebt, nicht wahr?«

Ich sah sie mit zusammengekniffenen Augen an. »Du bist weggegangen.«

»Nun, das wirst du eines Tages auch tun. Vergiß das nicht, dann kommt der Tag schneller, als du denkst.« Sie zog mich mit in die Küche, wo das Gespräch abrupt verstummte. Alle blickten auf, offenbar leicht verwundert, daß ich noch da war. »Ich fahre jetzt«, sagte Leda. »Katie, möchtest du Ellie vielleicht dein Zimmer zeigen?«

Mir schoß der Gedanke durch den Kopf: So etwas machen sonst Kinder. Wenn Verwandte zu Besuch kommen, wenn ihre Freunde vorbeischauen, dann nehmen sie sie mit in ihr eigenes Reich. Zeigen stolz das Puppenhaus vor, die Sammlung von Baseballkarten. Zögernd rang Katie sich ein Lächeln ab. »Hier entlang«, und sie wandte sich Richtung Treppe.

Ich umarmte Leda rasch und heftig, dann drehte ich mich zu Katie um. Ich nahm die Schultern zurück und folgte ihr. Und so gern ich es auch getan hätte, ich blickte nicht zurück.

Als ich hinter Katie die Treppe hinaufging, fiel mir auf, wie schwer sie sich auf das Geländer stützte. Immerhin hatte sie gerade erst ein Kind geboren – die meisten Frauen in ihrem Zustand wären noch im Krankenhaus, und Katie spielte die Gastgeberin. Oben an der Treppe griff ich nach ihrer Schulter. »Geht's dir ... gut?«

Sie starrte mich verständnislos an. »Mir geht's gut, danke.« Sie drehte sich um und führte mich in ihr Schlafzimmer. Es war sauber und ordentlich, aber nicht gerade das Zimmer eines jungen Mädchens. Kein Poster von Leonardo DiCaprio, keine Plüschtiere; das einzig Persönliche in diesem Zimmer waren die bunten Quiltdecken auf den beiden Betten.

»Sie können das Bett da haben«, sagte Katie, und ich ging hinüber und setzte mich darauf, bevor ich richtig verstand, was sie da eigentlich gesagt hatte. Sie erwartete, daß ich in diesem Zimmer wohnte, ihrem Zimmer, während ich auf der Farm war.

Es war schon schlimm genug, daß ich überhaupt hier sein mußte; aber wenn ich nicht mal nachts ungestört sein konnte ... Ich holte tief Luft, um Katie höflich beizubringen, daß ich keinesfalls mit ihr zusammen in einem Zimmer schlafen würde. Doch Katie wanderte im Zimmer umher und ließ sich dann auf alle viere nieder, um unters Bett zu schauen. Schließlich hockte sie sich auf den Boden und sagte mit verzagter Stimme: »Die haben meine Sachen mitgenommen.«

»Wer?«

»Ich weiß nicht. Jemand ist hier gewesen und hat meine Sachen mitgenommen. Mein Nachthemd. Meine Schuhe.«

»Soviel ich weiß –«

Sie fuhr herum. »Sie wissen doch gar nichts«, sagte sie provozierend.

Plötzlich wurde mir klar, daß ich, wenn ich in diesem Zimmer blieb und neben Katie schlief, nicht die einzige wäre, die keine Geheimnisse mehr hüten könnte. »Ich wollte sagen, soviel ich weiß, hat die Polizei dein Zimmer durchsucht. Sie müssen irgendwas gefunden haben, das den Verdacht gegen dich erhärtet hat.« Katie setzte sich mit hängenden Schultern auf ihr Bett. »Hör mal. Laß uns doch damit anfangen, daß du mir erzählst, was gestern morgen passiert ist.«

»Ich hab kein Baby getötet. Ich hab nicht mal ein Baby geboren.«

»Das hast du schon mal gesagt.« Ich seufzte. »Okay. Wahrscheinlich gefällt es dir nicht, daß ich hier bin, und mir würden ganz sicher auch tausend Dinge einfallen, die ich lieber täte. Aber dank Richter Gorman müssen wir beide es nun mal eine Weile hier miteinander aushalten. Ich treffe mit meinen Mandanten immer ein Abkommen: Ich werde dich nicht fragen, ob du ein Verbrechen begangen hast, niemals. Und dafür sagst du mir immer die Wahrheit, wenn ich dir irgendwelche anderen Fragen stelle.« Ich beugte mich vor und guckte ihr in die Augen. »Du sagst, daß du das Baby nicht getötet hast? Okay, meinetwegen. Es ist mir völlig egal, ob du es getan hast oder nicht, weil ich mich trotzdem vor Gericht für dich einsetzen werde, und weil ich dich persönlich nicht verurteile. Aber wenn du bestreitest, das Baby überhaupt bekommen zu haben – was eine erwiesene Tatsache ist –, also Katie, wirklich, das macht mich wütend.«

»Ich lüge nicht.«

»Mir liegen mindestens drei ärztliche Berichte vor, in denen steht, daß dein Körper alle Anzeichen dafür aufweist, daß du kürzlich entbunden hast. Ich kann dir einen Bluttest unter die Nase halten, der dasselbe belegt. Wie kannst du also dasitzen und mir erzählen, du hättest kein Baby bekommen?«

Als Verteidigerin wußte ich die Antwort bereits – sie konnte dasitzen und es mir erzählen, weil sie es glaubte, hundertprozentig. Doch bevor ich auch nur in Erwägung zog, meine Verteidigung auf Unzurechnungsfähigkeit aufzubauen, mußte ich sichergehen, daß Katie Fisher mich nicht an der Nase herumführte. Katie wirkte nicht geistesgestört, und sie verhielt sich normal. Wenn dieses Mädchen verrückt war, dann war ich die Heilige Jungfrau Maria.

»Wie können Sie dasitzen«, sagte Katie, »und behaupten, Sie würden mich nicht verurteilen?«

Ihre Worte trafen mich so unvorbereitet wie eine Ohrfeige. Ich, die gewandte Anwältin mit einer ansehnlichen Erfolgsbilanz und einer ellenlangen Liste von Empfehlungen, hatte den Kardinalfehler begangen, eine Mandantin schon innerlich zu verurteilen, bevor ihr Prozeß überhaupt angefangen hatte. Ein Prozeß, in dem ich sie vertreten sollte. Ihre Behauptung, kein Kind bekommen zu haben, war eine Lüge, und ich konnte das nicht einfach abtun, ohne mich zu fragen, was für Lügen sie noch auftischen würde – eine Haltung, die mich eher zur Staatsanwältin machte als zur Verteidigerin.

Ich hatte bedenkenlos Vergewaltiger, Mörder und Pädophile verteidigt. Doch da dieses Mädchen ihr eigenes Baby getötet hatte, eine Tat, die mir ganz und gar unbegreiflich war, wollte ich, daß sie hinter Schloß und Riegel kam.

Ich schloß die Augen. *Angeblich* getötet, rief ich mir selbst in Erinnerung.

»Könnte es sein, daß du dich vielleicht nicht mehr daran erinnerst?« fragte ich mit sanfter Stimme.

Katies Augen blickten mich an, groß und meerblau. »Ich bin Donnerstag abend schlafen gegangen. Ich bin Freitag morgen aufgewacht, nach unten gegangen und hab Frühstück gemacht. Das ist alles.«

»Du erinnerst dich nicht daran, Wehen bekommen zu haben. Du erinnerst dich nicht daran, runter in den Stall gegangen zu sein.«

»Nein.«

»Gibt es jemanden, der bestätigen kann, daß du die ganze Nacht geschlafen hast?« drängte ich.

»Ich weiß nicht. Ich hab ja geschlafen.«

Seufzend klopfte ich mit den Händen auf die Matratze meines Bettes. »Was ist mit der Person, die hier schläft?«

Die Farbe wich aus Katies Gesicht. »Da schläft niemand.«

»Du erinnerst dich nicht daran, daß das Baby aus dir herausgekommen ist«, sagte ich. »Du erinnerst dich nicht daran, es im Arm gehalten und dann in ein Hemd gewickelt zu haben.«

Eine ganze Weile starrte Katie mich an. »Haben Sie schon mal ein Kind bekommen?«

»Es geht hier nicht um mich«, sagte ich. Aber ein Blick in ihr Gesicht verriet mir, daß sie wußte, daß auch ich nicht die Wahrheit sagte.

Es gab Haken an den Wänden, aber keine Schränke. Mein Koffer lag offen auf dem Bett, randvoll mit Jeans und Blusen und Sommerkleidern. Nach kurzer Überlegung zog ich ein einziges Kleid heraus, hängte es an einen der Haken und machte den Koffer wieder zu.

Es klopfte an der Tür, als ich mein Gepäck gerade in die Ecke hinter den Schaukelstuhl schleifte. »Herein.« Sarah Fisher trat ein. Sie trug einen Stapel Handtücher, so hoch, daß fast ihr Gesicht dahinter verschwand. Sie legte ihn auf die Kommode. »Haben Sie alles gefunden, was Sie brauchen?«

»Ja, danke. Katie hat mir alles gezeigt.«

Sarah nickte förmlich. »Abendessen gibt es um sechs«, sagte sie und wandte mir dann den Rücken zu.

»Mrs. Fisher«, rief ich, »ich weiß, daß das nicht einfach für Sie ist.«

Die Frau blieb in der offenen Tür stehen, eine Hand an den Rahmen gelegt. »Ich heiße Sarah.«

»Sarah, gut.« Ich lächelte, ein gezwungenes Lächeln, aber zumindest gab sich eine von uns Mühe. »Wenn Sie mich zu dem Fall Ihrer Tochter irgend etwas fragen möchten, können Sie das gerne tun.«

»Ich habe eine Frage.« Sie verschränkte die Arme und starrte mich an. »Haben Sie einen festen Glauben?«

»Wie bitte?«

»Was sind Sie, Episkopalin? Katholikin?«

Sprachlos schüttelte ich den Kopf. »Inwiefern hat meine Religion irgend etwas mit der Tatsache zu tun, daß ich Katie verteidige?«

»Wir erleben öfter, daß Leute hierherkommen, die denken, sie wollten *schlicht* werden. Als wäre das die Antwort auf alle Probleme in ihrem Leben«, sagte Sarah bitter.

Verblüfft über ihre Direktheit, sagte ich: »Ich bin nicht hier, weil ich den amischen Glauben annehmen will. Ehrlich gesagt, ich wäre überhaupt nicht hier, wenn es nicht darum ginge, Ihre Tochter vor dem Gefängnis zu bewahren.«

Wir starrten einander an, herausfordernd. Schließlich wandte Sarah sich ab, nahm einen Quilt vom Fußende eines der Betten und faltete ihn neu zusammen. »Wenn Sie keine Episkopalin oder Katholikin sind, woran glauben Sie dann?«

Ich zuckte die Achseln. »An nichts.«

Sarah drückte den Quilt an ihre Brust, von meiner Antwort überrascht. Sie sagte kein Wort, aber das mußte sie auch nicht:

Sie fragte sich, wie um alles in der Welt ich bloß meinen konnte, daß es Katie war, die Hilfe brauchte.

Nach meinem Gespräch mit Sarah zog ich mir Shorts und ein T-Shirt an. Ich beschloß, die Farm zu erkunden. Ich ging kurz in die Küche, wo Sarah bereits das Abendessen zubereitete, um ihr zu sagen, was ich vorhatte.

Die Frau nahm vermutlich gar nicht wahr, was ich sagte. Sie starrte auf meine Arme und Beine, als liefe ich nackt herum. Was ich in ihren Augen wohl auch tat. Sie wurde rot, drehte sich dann hastig wieder zur Arbeitsplatte um. »Ja«, sagte sie. »Gehen Sie nur.«

Ich ging an den Himbeerbüschen hinter dem Silo vorbei bis zu den Feldern. Dann stattete ich dem Stall einen Besuch ab, blickte in die trägen Augen der Kühe, die in ihren Boxen angekettet waren. Ich ließ die Hand sacht über das grelle Polizeiband gleiten, sah mich am Fundort des toten Babys nach weiteren Hinweisen um. Und dann schlenderte ich ziellos umher, bis ich zum Bach kam.

Wenn ich früher als kleines Mädchen im Sommer bei Leda und Frank war, lag ich oft stundenlang am Bach auf dem Bauch und beobachtete die Wasserläufer, die über die Oberfläche huschten, während Libellenpärchen miteinander tanzten. Ich tauchte meinen Finger ein und sah zu, wie das Wasser sich einen Weg um ihn herum suchte und dahinter wieder zusammenfloß.

Der Bach bei den Fishers war schmaler als der, mit dem ich aufgewachsen war. An einer Stelle war ein ganz kleiner Wasserfall. Bestimmt war er ein beliebter Spielplatz für die Fisher-Kinder gewesen. Weiter unten weitete sich der Bach zu einem kleinen natürlichen Teich, der von Weiden und Eichen beschattet wurde.

Ich hielt einen gegabelten Ast übers Wasser, als könnte ich per Wünschelrute eine Verteidigungsstrategie finden. Es bestand immer noch die Möglichkeit, daß Katie eine Schlafwandlerin war – sie gab an, nicht zu wissen, was zwischen dem Zeitpunkt, als sie zu Bett gegangen war, und dem Zeitpunkt, als sie erwachte, geschehen war. Es war weit hergeholt, zugegeben, aber in den letzten Jahren waren solche Strategien erfolgreich gewesen – und bei einem derart aufsehenerregenden Fall, wie dieser es zweifellos sein würde, war das möglicherweise meine beste Chance.

Abgesehen davon gab es zwei Möglichkeiten. Entweder Katie hatte es getan, oder sie hatte es nicht getan. Obwohl mir die Akten der Staatsanwaltschaft noch nicht offengelegt worden waren, wußte ich, daß keine Anklage erhoben worden wäre, wenn keine stichhaltigen Beweise gegen Katie vorlägen. Was bedeutete, daß ich herausfinden mußte, ob sie in dem Augenblick, als sie das Kind tötete, im Vollbesitz ihrer geistigen Kräfte gewesen war. Falls nicht, würde ich Katies Verteidigung auf Unzurechnungsfähigkeit aufbauen müssen, und das hatte im Staate Pennsylvania bislang in nur ganz wenigen Fällen zu einem Freispruch geführt.

Ich seufzte. Ich hätte wahrscheinlich eine bessere Chance, wenn ich zu beweisen versuchte, daß das Kind von allein gestorben war.

Ich ließ den Ast fallen und dachte darüber nach. Für jeden Gerichtsmediziner, der als Zeuge der Anklage aussagen würde, daß das Kind ermordet worden war, konnte ich wahrscheinlich einen Sachverständigen aufbieten, der bestätigen würde, daß es an Unterkühlung gestorben oder zu früh zur Welt gekommen war oder aus was für Gründen auch immer nicht überlebt hatte. Es war eine Tragödie, die man Katies Unerfahrenheit und daraus resultierenden Unterlassungen zuschreiben mußte, keine vorsätzliche Tat. Eine passive Beteiligung am Tode des Neugeborenen – na schön, das war etwas, das ich verzeihen konnte.

Ich klopfte meine Shorts ab, verfluchte mich innerlich, weil ich nicht daran gedacht hatte, ein Blatt Papier und einen Stift mitzunehmen. Als erstes würde ich einen Pathologen kontaktieren müssen, der feststellen sollte, wie verläßlich der gerichtsmedizinische Bericht überhaupt war. Vielleicht könnte ich sogar einen Frauenarzt in den Zeugenstand rufen – es gab da jemanden, der mal in einem Prozeß als mein sachverständiger Zeuge wahre Wunder bewirkt hatte. Und schließlich würde ich Katie aufrufen müssen, die entsprechend verzweifelt über das Unglück wirken würde.

Was natürlich ihr Eingeständnis voraussetzte, daß es überhaupt geschehen war.

Ächzend rollte ich mich auf den Rücken und schloß die Augen vor der Sonne. Andererseits sollte ich vielleicht einfach die Offenlegung abwarten und dann weitersehen.

In einiger Entfernung hörte ich leises Rascheln und Bruchstücke eines Liedes, die der Wind zu mir trug. Ich stand auf und ging den Bach entlang. Der Gesang kam vom Teich her. »He« rief ich, als ich um die Biegung des Wasserlaufes kam. »Wer ist da?«

Ich sah kurz etwas Schwarzes, das im Maisfeld hinter dem Teich verschwand, bevor ich erkennen konnte, wer da entwischt war. Ich rannte bis an den Rand des Feldes, bog die hohen Halme mit den Händen auseinander und spähte hinein. Aber ich scheuchte nur ein paar Feldmäuse auf, die an meinen Turnschuhen vorbei in das Schilfrohr huschten, das den Teich säumte.

Ich zuckte die Achseln. Mir war ohnehin nicht nach Gesellschaft zumute. Ich wandte mich zurück zum Haus und blieb dann plötzlich stehen, weil mein Blick auf eine Handvoll Wiesenblumen fiel, die am Ufer lagen. Ein kleines Stück von den anmutig geschwungenen Ästen einer Weide entfernt lagen sie ordentlich zu einem Strauß gebunden auf dem Boden. Ich ging in die Hocke und strich über Margeriten, Frauenschuh und Sonnenhut. Dann schaute ich zurück zum Maisfeld und fragte mich, für wen sie wohl bestimmt waren.

»Während Sie hier sind«, sagte Sarah und reichte mir eine Schüssel mit Erbsen, »können Sie mithelfen.«

Ich blickte vom Küchentisch auf und verkniff mir die Bemerkung, daß ich ihnen schon durch meine reine Anwesenheit half. Dank meines aufopferungsvollen Einsatzes saß Katie hier vor ihrer eigenen Schüssel Erbsen, die sie mit bemerkenswertem Eifer enthülste. Ich schaute ihr einen Moment lang zu, dann schob ich den Daumennagel in die Hülsennaht und sah sie aufplatzen wie eine Nuß, genau wie bei Katie.

»Nee ... Englische Leit ... Loss mich geh!«

Aarons Stimme, leise aber bestimmt, drang durch das offene Küchenfenster. Sarah wischte sich die Hände an der Schürze ab und blickte hinaus. Sie schnappte kurz nach Luft und hastete zur Tür.

Dann hörte ich fremde Stimmen.

Sofort wandte ich mich an Katie. »Du bleibst hier«, befahl ich und ging nach draußen. Aaron und Sarah hatten die Hände vors Gesicht gelegt und wichen vor einer Gruppe von Kameraleuten und Reportern zurück. Der Übertragungswagen eines Nachrichtensenders war dreist direkt neben der Kutsche der Fishers geparkt worden. Und ein Bombardement von Fragen prasselte auf Katies Eltern ein.

Ich hatte völlig vergessen, wie schnell die Medien davon Wind bekommen würden, daß eine junge amische Frau des Mordes beschuldigt wurde.

Plötzlich mußte ich an den Sommer denken, in dem ich einmal meine Kamera auf einen ahnungslosen Amisch-Mann in seiner Kutsche richtete. Leda hatte die Hand vors Objektiv gehalten und mir erklärt, daß die Bibel nach dem Glauben der Amischen Götzenbilder verbot und daß sie sich nicht gerne fotografieren ließen. »Ich könnt's doch trotzdem tun«, hatte ich verärgert erwidert, und zu meiner Überraschung hatte Leda genickt – so traurig, daß ich meine Kamera wieder sinken ließ.

Aaron hatte es aufgegeben, die Reporter zu bitten, wieder zu gehen. Es war nicht seine Art, viel Aufhebens zu machen, und er hatte klugerweise angenommen, wenn er sich als Zielscheibe anbot, würde das ihre neugierigen Blicke von Katie ablenken. Ich räusperte mich und stellte mich vor die Meute. »Entschuldigen Sie, aber Sie befinden sich hier auf Privatbesitz.«

Einer der Reporter ließ den Blick über mein luftiges Outfit gleiten, das einen krassen Gegensatz zu Aarons und Sarahs Kleidung bildete. »Wer sind Sie denn?«

»Die Pressesprecherin der Fishers«, entgegnete ich trocken. »Was Sie hier machen, ist Hausfriedensbruch, ein Vergehen, das mit bis zu einem Jahr Gefängnis oder einer Geldstrafe in Höhe von fünfundzwanzigtausend Dollar geahndet wird.«

Eine Frau in einem maßgeschneiderten rosa Kostüm überlegte, wo sie mich schon mal gesehen hatte. »Sie sind die Anwältin! Die aus Philadelphia!«

»Im Augenblick wird weder von meiner Mandantin noch von den Eltern meiner Mandantin irgendein Kommentar abgegeben«, sagte ich. »Und was den reißerischen Charakter der Anklage angeht, nun« – ich grinste und deutete auf den Stall, das Farmhaus und das friedliche Land –, »da möchte ich nur sagen, daß eine amische Farm kein Crackhaus in Philadelphia ist und eine junge amische Frau keine Schwerstkriminelle. Ich fürchte, alles weitere müssen Sie sich wohl zu einem späteren Zeitpunkt auf den Stufen des Gerichtsgebäudes anhören.« Ich ließ langsam den Blick über die Menge wandern. »Und jetzt noch ein kleiner kostenloser juristischer Rat. Ich empfehle Ihnen allen dringend, schleunigst zu gehen.«

Widerwillig schlurften sie davon. Ich ging bis zum Ende der Einfahrt und paßte auf, bis auch der letzte Wagen davonrollte. Als ich zurückkam, standen Aaron und Sarah Seite an Seite da und warteten auf mich.

Aaron blickte zu Boden und sagte mit rauher Stimme: »Vielleicht möchten Sie ja irgendwann mal beim Melken zusehen.«

Das war der deutlichste Ausdruck von Dankbarkeit, den er sich abringen konnte. »Ja«, sagte ich. »Gern.«

Sarah bereitete soviel zu essen zu, daß die gesamte amische Gemeinde davon satt geworden wäre, erst recht also ihre eigene kleine Familie plus ein Gast. Sie trug Schüssel um Schüssel auf, Hähnchen mit Knödeln und Gemüse, das in Sauce schwamm, und geschmortes Fleisch. Es gab Eingelegtes und verschiedene Brotsorten und würzige, gedünstete Birnen. In der Mitte des Tisches stand ein blauer Krug mit frischer Milch. Ich fragte mich, wie diese Menschen so essen konnten, ohne dick zu werden.

Außer den drei Fishers, die ich schon kennengelernt hatte, saß noch ein älterer Mann am Tisch, der es zwar nicht für nötig hielt, sich vorzustellen, aber anscheinend wußte, wer ich war. Seinem Gesicht nach zu schließen, war er Aarons Vater, und ich vermutete, daß er in der kleinen Wohnung lebte, die hinten an das Haupthaus angebaut war. Er senkte den Kopf, was alle anderen veranlaßte, ebenfalls den Kopf zu senken, eine seltsame kinetische Reaktion, und begann, still zu beten. Verunsichert wartete ich, bis sie wieder aufsahen und anfingen, sich Essen auf ihre Teller zu häufen. Katie nahm den Milchkrug und goß sich ein wenig in ihr Glas; dann reichte sie ihn nach rechts weiter, zu mir.

Ich war keine große Milchtrinkerin, aber ich dachte mir, daß es nicht gerade ratsam war, das auf einer Milchfarm herumzuposaunen. Ich goß mir also etwas Milch ein und gab den Krug weiter an Aaron Fisher.

Die Fishers lachten und unterhielten sich in ihrer Sprache und füllten ihre Teller wieder, wenn sie leer waren. Schließlich lehnte Aaron Fisher sich zurück und rülpste laut. Bei diesem Verstoß gegen die Etikette machte ich große Augen, doch seine Frau strahlte ihn an, als hätte er ihr gerade ein wunderschönes Kompliment gemacht.

Plötzlich sah ich mich vor meinem inneren Auge über Monate Tag für Tag an diesem Tisch sitzen, stets in der Rolle der Außenseiterin. Ich merkte zunächst gar nicht, daß Aaron mich ansprach. Auf Pennsylvaniadeutsch.

»Habe ich richtig verstanden«, sagte ich langsam und deutlich und folgte dabei seinem Blick auf eine bestimmte Schale. »Sie möchten die Mixed Pickles?«

Sein Kinn zuckte kaum merklich in die Höhe. »Ja«, sagte er.

Ich legte beide Hände flach auf den Tisch. »In Zukunft würde ich es vorziehen, wenn Sie mich in meiner Sprache ansprechen würden, Mr. Fisher.«

»Am Tisch sprechen wir nur unsere«, erklärte Katie.

Mein Blick ruhte unverwandt auf Aaron Fishers Gesicht. »Ab heute nicht mehr«, sagte ich.

Um neun Uhr abends war ich kurz davor, die Wände hochzugehen. Ich konnte nicht einfach losfahren und ein Video ausleihen, und selbst wenn, es gab in diesem Haus keinen Fernseher und keinen Videorecorder. Das Bücherregal enthielt, wie sich herausstellte, nur Bücher auf Pennsylvaniadeutsch. Endlich entdeckte ich eine mir verständliche Zeitung und machte es mir bequem, um etwas über Pferdeauktionen und Dreschmaschinen zu lesen.

Die Fishers kamen nacheinander in den Raum, als hätte eine lautlose Glocke sie gerufen. Sie nahmen Platz und neigten die Köpfe. Aaron begann, laut aus der Bibel zu lesen.

Ich war nicht sonderlich religiös, war es nie gewesen, und nun war ich unversehens in einer Familie gelandet, deren Leben auf dem Christentum aufgebaut war. Ich starrte auf die Zeitung, bis mir die Buchstaben vor den Augen verschwammen, und versuchte, mich nicht wie eine Heidin zu fühlen.

Kaum zwei Minuten später stand Katie auf und kam zu mir herüber. »Ich gehe jetzt ins Bett«, verkündete sie.

Ich legte die Zeitung weg. »Dann komme ich mit.«

Als ich in meinem Seidenpyjama aus dem Bad kam, saß Katie in einem langen weißen Nachthemd auf ihrem Bett und kämmte sich das Haar aus. Es fiel ihr fast bis zur Taille und wellte sich bei jedem Bürstenstrich. Ich setzte mich im Schneidersitz auf mein Bett und stützte das Kinn in die Hände. »Früher hat das meine Mutter bei mir gemacht.«

»Wirklich?« sagte Katie und sah mich an.

»Ja. Jeden Abend hat sie meine Haare durchgekämmt. Ich hab's gehaßt. Für mich war das eine richtige Folter.« Ich berührte meinen Kurzhaarschnitt. »Wie du siehst, hab ich mich gerächt.«

Katie lächelte. »Wir können uns das nicht aussuchen. Wir schneiden unsere Haare nicht.«

»Nie?«

»Nie.«

Zugegeben, sie hatte wunderschönes Haar, aber was, wenn sie, wie ich, jeden Tag ihres Lebens mit Knoten im Haar zu kämpfen hätte? »Und wenn du wolltest?«

»Warum sollte ich? Dann wäre ich anders als alle anderen.«

Katie machte dem Gespräch deutlich ein Ende, indem sie die Bürste weglegte und ins Bett kroch. Sie beugte sich vor und löschte die Gaslampe, womit das Zimmer in pechschwarzer Nacht versank.

»Ellie?«

»Hm?«

»Wie ist es da, wo du wohnst?«

Ich überlegte einen Moment. »Laut. Es gibt mehr Autos, und du hast das Gefühl, als würden sie die ganze Nacht hindurch genau vor deinem Fenster hupen und mit quietschenden Bremsen halten. Es gibt auch mehr Menschen – und ich hätte große Mühe, eine Kuh oder ein Huhn zu finden. Aber ich lebe eigentlich nicht mehr in Philadelphia. Im Augenblick habe ich sozusagen keinen festen Wohnsitz.«

Katie schwieg so lange, daß ich schon dachte, sie wäre eingeschlafen. »Doch, hast du wohl«, sagte sie. »Jetzt wohnst du bei uns.«

Ich erwachte mit einem Ruck, und im ersten Moment fürchtete ich, ich hätte wieder meinen Alptraum gehabt, den mit den kleinen Mädchen aus meinem letzten Prozeß, aber meine Bettwäsche war nicht zerwühlt, und mein Puls ging langsam und regelmäßig. Ich sah hinüber zu Katies Bett, aber sie lag nicht darin, wie der zurückgeschlagene Quilt verriet. Ich stand sofort auf, tappte barfuß nach unten und hörte noch das leise Klicken der Tür und Schritte auf der Veranda.

Sie ging bis zu dem Teich, an dem ich am Nachmittag gewesen war. Ich folgte ihr heimlich in sicherer Entfernung, aber so nah, daß ich sie sehen und hören konnte. Sie setzte sich auf eine kleine gußeiserne Bank unter der großen Eiche und schloß die Augen.

Schlafwandelte sie wieder? Oder wollte sie sich hier draußen mit irgendwem treffen?

Hatten Katie und Samuel hier ihre Stelldicheins? Hatte sie hier ihr Kind empfangen?

»Wo bist du?« Katies Flüstern drang bis zu mir, und mir wurden zwei Dinge gleichzeitig bewußt: daß sie zu klar war, um noch zu schlafen, und daß ich ihre Worte verstand. »Warum versteckst du dich?«

Offensichtlich wußte sie, daß ich ihr gefolgt war. Mit wem sollte sie sonst in einer anderen Sprache als ihrer eigenen reden?

Ich trat hinter der Weide hervor und ging zu ihr. »Ich sage dir, warum ich mich verstecke, wenn du mir erzählst, warum du hier bist.«

Katie sprang auf, mit geröteten Wangen. Sie sah so verschreckt aus, daß ich unwillkürlich einen Schritt zurück machte – in den Teich, so daß meine Pyjamahose naß wurde. »Überraschung«, sagte ich ausdruckslos.

»Ellie! Wieso bist du auf?«

»Das müßte ich eigentlich dich fragen. Und noch mehr: Wen wolltest du hier treffen? Samuel vielleicht? Wolltet ihr beide eure Geschichte genau absprechen, bevor ich ein kleines Verhör mit ihm veranstalte?«

»Es gibt keine Geschichte –«

»Herrgott, Katie, gib's auf! Du hast ein Kind bekommen. Du wirst des Mordes beschuldigt. Ich bin deine Verteidigerin, und du schleichst trotzdem mitten in der Nacht ohne mein Wissen hier draußen rum. Weißt du was, ich bin schon sehr viel länger in diesem Geschäft als du, und Menschen schleichen nicht einfach so rum, es sei denn, sie haben was zu verbergen. Zufälligerweise lügen sie auch nicht, es sei denn, sie haben was zu verbergen.« Tränen liefen Katie übers Gesicht. Ich blieb hart. »Es ist besser, wenn du endlich redest.«

Sie schüttelte den Kopf. »Es ist nicht Samuel. Ich treffe mich nicht mit ihm.«

»Wieso soll ich dir das glauben?«

»Weil ich die Wahrheit sage!«

Ich schnaubte. »Ach so. Du triffst dich nicht mit Samuel. Du wolltest bloß ein bißchen frische Luft schnappen. Oder ist das hier so eine Art amischer Mitternachtsbrauch, den ich noch nicht kenne?«

»Ich bin nicht wegen Samuel hergekommen.« Sie sah mich an. »Ich konnte nicht schlafen.«

»Du hast mit jemandem geredet. Du hast gedacht, er hätte sich versteckt.«

Katie zog den Kopf ein. »Sie.«

»Wie bitte?«

»Eine *Sie*. Ich habe ein Mädchen gesucht.«

»Keine schlechte Idee, Katie, aber leider hast du Pech. Ich sehe hier kein Mädchen. Und ich sehe auch keinen Jungen, aber irgendwie habe ich das Gefühl, wenn ich noch fünf Minuten warte, taucht hier ein großer blonder Bursche auf.«

»Ich hab nach meiner Schwester gesucht. Hannah.« Sie stockte. »Du schläfst in ihrem Bett.«

Im Geist sah ich alle vor mir, die ich im Laufe des Tages kennengelernt hatte. Da war kein anderes junges Mädchen gewesen; und ich konnte mir nur schwer vorstellen, daß Leda mir gegenüber niemals Katies Geschwister erwähnt hätte. »Wieso war Hannah nicht beim Abendessen? Oder heute abend beim Gebet?«

»Weil sie … tot ist.«

Als ich diesmal zurücktrat, landete ich mit beiden Füßen im Teich. »Sie ist tot.«

»Ja.« Katie hob mir ihr Gesicht entgegen. »Sie ist hier ertrunken, als sie sieben Jahre alt war. Ich war elf, und ich sollte auf sie aufpassen. Wir sind Schlittschuh gelaufen, aber sie ist ins Eis eingebrochen.« Sie wischte sich mit dem Ärmel ihres Nachthemdes über Augen und Nase. »Du … du wolltest ja, daß ich dir alles sage, dir die Wahrheit sage. Ich komme hierher, um mit Hannah zu sprechen. Manchmal sehe ich sie sogar. Ich hab noch keinem was davon erzählt, weil, na ja, Mam und Dad würden denken, ich wäre verrückt, wenn ich Geister sehe. Aber sie ist hier, Ellie. Wirklich, ich schwöre es.«

»So, wie du schwörst, daß du kein Kind bekommen hast?« murmelte ich.

Katie wandte sich von mir ab. »Ich hab gewußt, daß du es nicht verstehen würdest. Der einzige Mensch, der das je verstanden hat –«

»War wer?«

»Niemand«, sagte sie verstockt.

Ich breitete die Arme aus. »Na dann, ruf sie doch. He, Hannah!« rief ich. »Komm spielen.« Ich wartete einen Moment. Dann zuckte ich die Achseln. »Komisch, ich kann sie gar nicht sehen.«

»Sie wird nicht kommen, wenn du da bist.«

»Wie praktisch.«

Katies Augen waren dunkel und streitlustig. »Ich sage dir, daß ich Hannah seit ihrem Tod weiter sehe. Ich höre sie reden, wenn der Wind aufkommt. Und ich sehe sie Schlittschuh laufen. Sie ist real.«

»Erwartest du wirklich, daß ich das glaube? Daß ich denke, du bist hierhergekommen, weil du an Geister glaubst?«

»Ich glaube an Hannah«, stellte Katie klar.

Ich seufzte. »Mir scheint, du glaubst an viele Dinge, die nicht unbedingt wahr sein müssen. Komm zurück ins Bett, Katie«, sagte ich und ging, ohne abzuwarten, ob sie auch mitkam.

Sobald Katie eingeschlafen war, schlich ich auf Zehenspitzen mit meiner Tasche aus dem Zimmer. Draußen auf der Veranda holte ich mein Handy heraus. Komischerweise hatte man in Lancaster County einen recht guten Empfang – einige der fortschrittlicheren Amischen waren einverstanden gewesen, daß auf ihrem Land Sendetürme errichtet wurden, gegen eine Gebühr, so daß sie es sich leisten konnten, kein Wintergetreide anzubauen. Ich tippte eine Nummer ein und wartete auf eine vertraute, verschlafene Stimme.

»Ja?«

»Coop, ich bin's.«

Ich konnte förmlich sehen, wie er sich im Bett aufsetzte, wie die Decke runterrutschte. »Ellie? Meine Güte! Nach – wie vielen Jahren? Zwei? … Rufst du mich um … großer Gott, haben wir drei Uhr morgens?«

»Halb drei.« Ich kannte John Joseph Cooper IV seit fast zwanzig Jahren, seit wir zusammen studiert hatten. Ganz gleich, wie spät es war, er würde murren – und mir dann verzeihen. »Hör mal, ich brauch deine Hilfe.«

»Ach, du rufst mich also nicht nachts um drei an, um einfach mal hallo zu sagen?«

»Du wirst es nicht glauben, aber ich wohne zur Zeit im Haus einer amischen Familie.«

»Ha, ich hab's doch gewußt. Du bist nie wirklich über mich hinweggekommen und hast jetzt alles aufgegeben, um ein einfaches Leben zu führen.«

Ich lachte. »Coop, ich bin vor einem Jahrzehnt über dich hinweggekommen. Ungefähr um die Zeit, als du geheiratet hast, genauer gesagt. Ich bin hier, weil das zu den Kautionsbedingungen für eine Mandantin gehört. Sie soll ihr neugeborenes Kind ermordet haben. Ich möchte, daß du dir ein Bild von ihr machst.«

Er atmete langsam aus. »Ich bin kein forensischer Psychiater, Ellie. Ich bin bloß ein ganz normaler Seelenklempner.«

»Ich weiß, aber ... na ja, ich vertrau dir. Und es muß inoffiziell bleiben. Ist nur so ein Versuch, bevor ich entscheide, wie ich sie da raushole.«

»Du vertraust mir?«

Ich hielt die Luft an, erinnerte mich. »Na ja. Mehr oder weniger. Mehr, wenn es nicht um mich geht.«

Coop überlegte. »Kannst du sie Montag herbringen?«

»Mhm, nein. Sie darf die Farm nicht verlassen.«

»Ich soll einen *Hausbesuch* machen?«

»Einen Farmbesuch, wenn du das lieber hörst.«

Ich konnte mir vorstellen, wie er die Augen schloß und sich zurück aufs Kissen fallen ließ. Sag einfach ja, flehte ich lautlos. »Ich könnte meine Termine so umlegen, daß ich Mittwoch Zeit hätte, frühestens«, sagte Coop.

»Das reicht.«

»Meinst du, die lassen mich mal eine Kuh melken?«

»Ich werd sehen, was sich machen läßt.«

Ich konnte sein Lächeln sehen, selbst über die vielen Meilen hinweg. »Ellie«, sagte er, »ich komme vorbei.«

5

Aaron kam eilig in die Küche und setzte sich an den Tisch, während Sarah eine Tasse Kaffee vor ihn hinstellte. »Wo ist Katie?« fragte er stirnrunzelnd.

»Sie schläft noch. Ich wollte sie noch nicht wecken.«

»Noch nicht? Es ist *G'meesunndaag*. Wir müssen los, sonst kommen wir zu spät.«

Sarah legte beide Hände auf die Arbeitsplatte, hob den Kopf und setzte an, Aaron zu widersprechen, etwas, das sie im Verlauf ihrer Ehe so selten getan hatte, daß sie sich an jedes einzelne Mal erinnern konnte. »Ich finde, Katie sollte heute nicht mit zum Gottesdienst kommen.«

Aaron stellte seine Tasse ab. »Natürlich kommt sie mit.«

»Sie fühlt sich *grenklich*, Aaron. Du weißt doch, wie sie gestern den ganzen Tag ausgesehen hat.«

»Sie ist nicht krank.«

Sarah setzte sich auf den Stuhl ihm gegenüber. »Mittlerweile werden die anderen von diesem Kind gehört haben. Und von der *Englischen*.«

»Der Bischof weiß, was Katie gesagt hat, und er glaubt ihr. Falls Ephram beschließt, daß Katie eine Beichte ablegen muß, wird er zuerst herkommen und mit ihr sprechen.«

Sarah biß sich auf die Lippe. »Ephram glaubt Katie, wenn sie sagt, daß sie das Baby nicht getötet hat. Aber glaubt er ihr auch, wenn sie sagt, daß es nicht von ihr ist?« Als Aaron nicht antwortete, berührte sie seine Hand. »Glaubst du ihr?«

»Ich hab es gesehen. Ich weiß nicht, wie es da hingekommen ist.« Er verzog das Gesicht: »Katie und Samuel wären nicht die ersten, die ihrem Ehegelübde vorgegriffen haben.«

Sarah kämpfte ihre Tränen nieder und schüttelte den Kopf. »Das würde mit Sicherheit die *Meinding* bedeuten«, sagte sie. »Selbst wenn sie beichtet und sagt, daß es ihr leid tut, wird sie eine Weile unter Bann gestellt werden.«

»Ja, doch dann wird ihr vergeben werden, und sie wird wieder willkommen sein.«

»Manchmal«, sagte Sarah mit einem harten Zug um den Mund, »aber auch nicht.« Plötzlich stand die Erinnerung an ihren ältesten Sohn Jacob zwischen ihnen, machte sich am Tisch breit, so daß Aaron seinen Stuhl zurückstieß. Sie hatte Jacobs Namen nicht ausgesprochen, aber sie hatte seinen Geist in das Haus eingelassen, in dem er doch längst als tot galt. Aus Angst vor Aarons Reaktion wandte Sarah sich ab, hörte dann überrascht die Stimme ihres Mannes, jetzt leise und gebrochen.

»Wenn Katie heute zu Hause bleibt«, sagte er, »wenn sie so tut, als wäre sie krank, und sich nicht zeigt, fangen die Leute an zu reden. Sie werden denken, daß sie nicht mitgekommen ist, weil sie etwas zu verbergen hat. Es ist besser für sie, wenn sie so tut, als wäre es ein ganz normaler Sonntag.«

Zutiefst erleichtert nickte Sarah, erstarrte jedoch wieder, als Aaron fortfuhr: »Aber wenn sie unter Bann gestellt wird, stehe ich zuerst zu meinem Glauben und dann zu meinem Kind.«

Kurz vor acht Uhr spannte Aaron das Pferd vor die Kutsche. Katie stieg hinten ein, dann nahm seine Frau auf der Bank neben ihm Platz. Aaron griff genau in dem Augenblick nach den Zügeln, als die *Englische* aus dem Haus gelaufen kam.

Was für ein Anblick. Ihr Haar stand kreuz und quer, und auf der Wange hatte sie Druckstreifen vom Kopfkissen. Aber wenigstens trug sie ein langes Baumwollkleid, dachte Aaron, und erschien nicht in diesem schamlosen Aufzug wie gestern.

»He«, rief sie und fuchtelte mit den Armen, damit er nicht abfuhr. »Wo wollt ihr denn hin?«

»Zum Gottesdienst«, sagte Aaron knapp.

Ellie verschränkte die Arme. »Das dürft ihr nicht. Ich meine, *Sie* dürfen natürlich. Aber Ihre Tochter darf nicht.«

»Meine Tochter kommt mit zum Gottesdienst, wie schon ihr ganzes Leben lang.«

»Der Staat Pennsylvania hat Katie unter meine Obhut gestellt. Und ohne mich geht sie nirgendwo hin.«

Achselzuckend wandte Aaron sich seiner Frau zu.

Ellie hatte sich so manche falsche Vorstellung von den Kutschen der Amischen gemacht, hatte vor allem gedacht, daß sie unbequem sein mußten. Das Pferd hatte eine sanfte Gangart, die ihre Sinne beruhigte, und die Julihitze wurde durch den Wind gelindert, der durch die offenen Fenster strömte.

Ein Pferd bewegte sich mit knapp zwölf Meilen pro Stunde – so langsam, daß Ellie die grasenden Kälber auf einer Weide zählen und sich am Anblick der Wiesenblumen erfreuen konnte. Die Welt fegte nicht einfach vorbei, sie entfaltete sich. Ellie nahm alles mit staunenden Augen in sich auf.

Sie hielt auch Ausschau nach einer Kirche und war verblüfft, als Aaron die Kutsche in die Zufahrt einer Farm lenkte. Plötzlich befanden sie sich mitten in einer langen Reihe von Kutschen. Ellie sah keine Kapelle, keinen Kirchturm – bloß eine Scheune und ein Farmhaus. Aaron hielt an, und Sarah stieg aus. Katie gab Ellie einen Stoß. »Gehen wir.« Ellie stolperte aus der Kutsche und blieb dann erstaunt stehen.

Um sie herum waren lauter Amische. Es mußten gut über hundert sein, die sich in Grüppchen versammelten, leise miteinander sprachen und Hände schüttelten. Kinder flitzten um die Röcke ihrer Mütter und die Beine ihrer Väter, ein Heuwagen war der Futtertrog für die vielen Pferde. Sobald Ellie aus der Kutsche gestiegen war, wandten sich ihr neugierige Blicke zu. Es gab ein Raunen, man zeigte auf sie, kicherte.

Nur ein einziges Mal in ihrem Leben hatte Ellie ein ähnliches Gefühl gehabt, vor Jahren, als sie einen Sommer lang in Afrika war, um im Rahmen eines College-Projektes beim Bau eines Dorfes mitzuhelfen; nie zuvor war sie sich andersartiger, auffälliger vorgekommen. »Komm mit«, sagte Katie und zog sie über den Hof, als wäre alles in Ordnung, als spaziere sie jeden Tag mit einer *Englischen* umher.

Ein großer Mann mit einem buschigen, weißen Bart und hellen Habichtsaugen rief »Katie« und ergriff ihre Hände.

»Bischof Ephram.« Ellie bemerkte, daß Katie zitterte.

»Sie müssen die Anwältin sein«, sagte er mit so lauter Stimme, daß alle es hören konnten. »Die Frau, die unsere Katie wieder zu uns nach Hause gebracht hat.« Er reichte Ellie die Hand. *»Willkumm.«* Dann ging er Richtung Scheune.

»Das war wunderbar von ihm«, flüsterte Katie. »Jetzt machen sich die anderen nicht den ganzen Gottesdienst über Gedanken um dich.«

»Wo findet denn der Gottesdienst statt?« fragte Ellie.

»Im Haus. Der Gottesdienst findet immer reihum bei den Familien zu Hause statt.«

Ellie musterte skeptisch das kleine holzverkleidete Farmhaus. »So viele Leute passen doch niemals in dieses kleine Haus, ausgeschlossen.«

Bevor Katie antworten konnte, kamen zwei junge Frauen auf sie zu, nahmen Katies Hände und redeten aufgeregt auf sie ein, besorgt wegen der Gerüchte, die ihnen zu Ohren gekommen waren. Katie schüttelte den Kopf und beruhigte sie, dann bemerkte sie, daß Ellie sich offensichtlich fehl am Platze fühlte. »Ich möchte euch jemanden vorstellen«, sagte sie. »Mary Esch, Rebecca Lapp, das ist Ellie Hathaway, meine …«

Ellie lächelte gequält. »Anwältin«, half sie ihr. »Freut mich.«

»Anwältin?« Rebecca stieß das Wort keuchend hervor, als hätte Ellie lästerlich geflucht, statt nur ihren Beruf zu nennen. »Wozu brauchst du denn eine Anwältin?«

Inzwischen stellten die Frauen sich in einer lockeren Reihe auf und gingen nacheinander ins Haus. Die jungen unverheirateten Frauen standen ganz vorn, aber Ellies Anwesenheit stellte offensichtlich ein Problem dar. »Sie wissen nicht, wohin mit dir«, erklärte Katie. »Du bist ein Gast, also müßtest du ganz vorne gehen. Aber du bist nicht getauft.«

»Ich löse das Problem für euch.« Ellie trat zwischen Katie und Rebecca. »So.« Eine ältere Frau schüttelte den Kopf und hob mahnend den Zeigefinger in Richtung Ellie, offensichtlich verärgert, weil jemand, der nicht zur Gemeinde gehörte, sich so weit vorne hinstellte. »Entspann dich«, sagte Ellie halblaut. »Regeln sind dazu da, gebrochen zu werden.«

Als sie aufsah, blickte Katie sie ernst an. »Hier nicht.«

Erst als Katie anfing, Jacob regelmäßig zu besuchen, wurde ihr wirklich klar, wie Menschen vom Teufel verführt werden konnten. Wie leicht es war, wenn Luzifer mit Dingen wie CD-Playern und Levi's 501 lockte. Es war weniger der Gedanke, daß ihr Bruder in Sünde geraten war – sie erkannte nur allmählich, daß ein gestürzter Erzengel nur die Hand auszustrecken brauchte, um einen nach dem anderen mit sich zu ziehen.

Eines Tages, als sie fünfzehn war, erklärte Jacob, er habe eine Überraschung für sie. Er hatte ihr Sachen zum Anziehen mit zum Bahnhof gebracht und wartete, bis sie sich auf der Damentoilette umgezogen hatte, dann führte er sie zu einem großen Kombi voller Studenten. »He, Jake«, rief einer von den Jungs durch die heruntergekurbelte Scheibe. »Du hast uns gar nicht erzählt, wie heiß deine Schwester ist!«

Katie strich über ihr Sweatshirt. Warm, okay … Jacob unterbrach ihre Gedanken. »Sie ist fünfzehn«, sagte er bestimmt.

»Ein bißchen zu jung für dich«, rief ein junges Mädchen, zog dann den Jungen nach hinten und küßte ihn auf den Mund.

Noch nie war Katie so nah bei Menschen gewesen, die sich in der Öffentlichkeit küßten; sie starrte sie an, bis Jacob sie an der Hand zog. Er stieg in den Wagen und schob die anderen zur Seite, damit seine Schwester Platz hatte. Dann schleuderte er ihr einen Wirbelsturm von Namen entgegen, die sie im selben Augenblick wieder vergaß. Und dann fuhren sie los, der Wagen erfüllt vom wilden Rhythmus der Stones und den verstohlenen Bewegungen eines knutschenden Pärchens auf der Rückbank.

Irgendwann später rollte das Auto auf einen Parkplatz, und Katie blickte den Berg hinauf und auf die Ski-Lodge an seinem Fuß. »Überrascht?« fragte Jacob. »Was meinst du?«

Katie schluckte trocken. »Daß es schwierig wird, Mam und Dad ein gebrochenes Bein zu erklären.«

»Du wirst dir kein Bein brechen. Ich bring's dir bei.«

Und das tat er – etwa zehn Minuten lang. Dann ließ er Katie auf einem kleinen Hügel allein mit einer Skischulklasse und beeilte sich, zu seinen Freunden zu kommen. Katie fuhr immer wieder den sachten Hang hinunter und hielt ständig Ausschau nach Jacob, der aber nicht kam. Die ganze Welt war ihr fremd – glatt und weiß, übersät mit Menschen, die einen weiten Bogen um sie machten. So mußte es sein, dachte sie, wenn man für immer unter Bann gestellt wurde. Man würde alle verlieren, die einem wichtig waren. Man wäre ganz allein.

Es sei denn, natürlich, man konnte das tun, was Jacob getan hatte: sich in jemand anderen verwandeln. Sie verstand nicht, wie ihm das so nahtlos hatte gelingen können, als hätte er niemals ein anderes Leben geführt.

Plötzlich spürte sie Zorn in sich aufsteigen, daß sie und ihre Mam sich so viel Mühe gaben, Jacob im Herzen zu bewahren, während er loszog und Bier trank und Skipisten herunterraste. Sie löste die Sicherung ihrer geliehenen Ski, ließ sie im Schnee liegen und marschierte zurück zur Lodge.

Katie wußte nicht, wie lange sie dort gesessen und aus dem Fenster gestarrt hatte. Die Sonne stand jedenfalls schon um einiges tiefer am Himmel, als Jacob hereingestapft kam, ihre Ski in den Händen. »Himmel, Katie!« rief er. »Du kannst doch nicht einfach deine Ski liegenlassen. Weißt du, wieviel das kostet, wenn du die verlierst?«

Katie wandte sich langsam um. »Nein, Jacob, weiß ich nicht. Und ich weiß nicht, wieviel es kostet, sie für einen Tag zu leihen. Ich weiß auch nicht, wieviel ein Kasten Bier kostet, wo wir gerade dabei sind. Und ich weiß erst recht nicht, warum ich den weiten Weg im Zug herkomme, um dich zu besuchen!«

Sie wollte an ihm vorbei, aber er hielt sie fest. »Du hast recht«, sagte er sanft. »Die anderen sehe ich jeden Tag, und dich bekomme ich fast nie zu sehen.«

Katie ließ sich wieder auf die lange Bank sinken. »Wieso hast du mich heute hierher mitgenommen?«

»Ich wollte dir was zeigen.« Als Katie nur nach unten starr-

te, streckte er eine Hand aus. »Versuch's noch mal. Mit mir. Auf dem Sessellift.«

»O nein.«

»Ich bleib in deiner Nähe. Versprochen.«

Er zog sie zu der Schlange vor dem Lift, machte Witze, neckte sie und war plötzlich wieder der Bruder, den sie in Erinnerung hatte, so daß sie sich fragte, welche der beiden Persönlichkeiten inzwischen seine wirkliche war. Dann trug der Lift sie so hoch, daß Katie alle Baumwipfel sehen konnte, die Straßen, die von dem Skigebiet wegführten, sogar den äußersten Rand des Universitätsgeländes. »Wie schön«, sagte sie atemlos.

»Genau das wollte ich dir zeigen«, sagte Jacob leise. »Daß East Paradise nur ein kleiner Punkt auf der Landkarte ist.«

Katie antwortete nicht. Sie ließ zu, daß Jacob ihr aus dem Sessellift half, folgte dann seinen Anweisungen und fuhr langsam den Berg hinunter, aber das Bild der Welt vom Gipfel aus gesehen ging ihr nicht aus dem Kopf, und sie wurde auch das Gefühl nicht los, daß sie sich geborgener fühlen würde, wenn sie erst wieder blind unten im Tal stand.

Wenn es einer ihrer üblichen Sonntage wäre, dachte Ellie, würden sie und Stephen jetzt die *New York Times* im Bett lesen, Bagels essen und die Bettdecke vollkrümeln, vielleicht sogar eine Jazz-CD auflegen und miteinander schlafen. Statt dessen saß sie hier eingezwängt zwischen zwei amischen Mädchen und ließ ihren ersten amischen Gottesdienst über sich ergehen.

Katie hatte recht; es gelang tatsächlich, alle im Haus unterzubringen. Man hatte die Möbel verrückt, um Platz für die langen Sitzbänke ohne Rückenlehne zu schaffen, die mit Kutschen von Haus zu Haus transportiert wurden. Dank der breiten Türen konnte fast jeder von seinem Platz aus die Mitte des Hauses einsehen – den Ort, an dem die sogenannten eingesetzten Männer stehen würden. Frauen und Männer saßen zwar im selben Raum, aber auf unterschiedlichen Seiten, die Ältesten und die Verheirateten ganz vorn. In der Küche umsorgten Mütter ihre Babys, kleine Kinder saßen geduldig neben ihrem jeweiligen gleichgeschlechtlichen Elternteil. Ellie fuhr zusammen, als Rebecca aufrückte und sie noch enger an Katie heranschob. Sie roch Schweiß, Seife und schwachen Stallduft.

Schließlich war es so voll, daß niemand mehr hineingepaßt hätte. In der eindringlichen Stille wartete Ellie darauf, daß der Gottesdienst begann. Und wartete. Sie schien die einzige zu sein, die sich fragte, wieso nichts passierte. Sie blickte sich verstohlen um, als ein Stimmengeflüster losging: »Mach du es.« »Du … Nein, du.« Schließlich stand ein älterer Mann auf und sagte laut eine Zahl. Wie auf Kommando wurden ungezählte Bücher aufgeschlagen. Katie, die den *Ausbund* auf dem Schoß hielt, drehte ihn so, daß Ellie den Text des Liedes lesen konnte.

Ellie seufzte. Tu einfach, was alle tun. Aber sie war wirklich nicht in der Lage, vom Blatt zu singen, wenn die Noten nicht angegeben waren. Da stand nur der Text, und sie kannte die Melodien amischer Gottesdienstlieder nicht. Ein alter Mann begann, mit Falsettstimme zu singen, langsam und würdevoll, und die anderen fielen ein. Ellie sah, daß die eingesetzten Männer – Bischof Ephram, die beiden Prediger und ein anderer Mann, der ihr vorher nicht aufgefallen war, aufstanden und die Treppe hinaufgingen. Habt ihr es gut, dachte sie.

Das dachte sie auch dreißig Minuten später noch, als das erste Lied endete, minutenlanges Schweigen eintrat und dann das *Loblied* angestimmt wurde. Ellie schloß die Augen, bewunderte das Durchhaltevermögen dieser Menschen, die sich auf den harten Bänken gerade hielten. Sie konnte sich nicht erinnern, wann sie das letzte Mal an einem Gottesdienst teilgenommen hatte, aber auf jeden Fall wäre der längst zu Ende gewesen, bevor die amischen Prediger und der Bischof wieder herunterkamen, um die Eröffnungspredigt zu halten.

»Liebe Brüder und Schwestern …«

»Gelobet sei Gott, der Vater unseres Herrn Jesus Christus …« Ellie war kurz davor einzunicken, als Katies leise Erklärung an ihr Ohr drang. »Er entschuldigt sich für seine Schwäche als Prediger und will dem Bruder, der die Hauptpredigt halten wird, nicht unnötig Zeit wegnehmen.«

»Wenn er so schlecht ist«, flüsterte Ellie zurück, »wieso ist er dann überhaupt Prediger?«

»Er will bloß zeigen, daß er nicht stolz ist.«

Ellie nickte und betrachtete den älteren Mann nun mit anderen Augen. »*Un wann dihr eenich sinn, losst uns bede*«, sagte er, und alle im Raum – bis auf Ellie – fielen auf die Knie.

Sie blickte auf Katies gebeugten Kopf, auf die gebeugten Köpfe der eingesetzten Männer, das Meer von *Kapps* und ordentlich gestutzten Haaren und ließ sich auf den Boden gleiten.

Mitten in der Nacht wurde Katies Zimmer von Licht durchflutet. Freudig erregt setzte sie sich im Bett auf, zog sich dann rasch an. Die meisten jungen Männer auf Freiersfüßen hatten in ihren Kutschen starke Taschenlampen, mit denen sie in das Fenster ihrer Auserwählten leuchteten, wenn sie sich an einem Samstag abend heimlich mit ihnen treffen wollten. Katie legte sich ein Schultertuch um – es war Februar und eiskalt – und schlich auf Zehenspitzen nach unten. Im Geiste sah sie John Beilers Augen vor sich, die so warm und golden waren wie die Blätter einer Buche im Herbst. Sie würde ihn ausschimpfen, dachte sie, weil er sie in einer so kalten Nacht nach draußen gelockt hatte, aber dann würde sie mit ihm spazierengehen und ihn vielleicht sogar ab und zu mit der Schulter berühren und so tun, als wäre es keine Absicht gewesen. Ihre beste Freundin Mary Esch hatte sich schon von Curly Joe Yoder auf die Wange küssen lassen. Behutsam öffnete sie die Tür und trat hinaus auf die Veranda. Katies Augen strahlten. Ein Lächeln umspielte ihre Lippen, als sie sich umwandte und vor ihrem Bruder stand.

»Jacob!« stieß sie hervor. »Was machst du denn hier?« Sofort blickte sie nach oben zum Schlafzimmerfenster ihrer Eltern. Mit einem Verehrer überrascht zu werden wäre schon schlimm genug; aber nicht auszudenken, was passieren würde, wenn ihr Vater Jacob hier entdeckte. Jacob legte seiner Schwester einen Finger auf die Lippen, nahm ihre Hand und zog Katie von der Veranda. Schweigend lief er mit ihr zum Bach. Am Ufer des Teiches blieb er stehen und wischte mit dem Ärmel seiner Daunenjacke den Schnee von der kleinen Bank. Dann, als er Katie vor Kälte zittern sah, zog er seine Jacke aus und legte sie ihr um die Schultern. Beide starrten sie auf das dunkle Eis, glatt wie

Seide, so klar, daß man darunter die gefrorenen Grasbüschel sehen konnte. »Warst du heute schon einmal hier?« fragte er.

»Was glaubst du denn?« Sie war am Morgen hergekommen, weil seit damals fünf Jahre vergangen waren. Katie legte beide Hände an die Wangen und wurde rot bei dem Gedanken, daß sie so mit sich selbst beschäftigt gewesen war und an John Beiler gedacht hatte, wo doch all ihre Gedanken eigentlich Hannah hätten gelten sollen. »Ich kann immer noch nicht richtig glauben, daß du hergekommen bist.«

Er blickte sie finster an. »Ich komme jedes Jahr her. Ich hab mich bloß bis jetzt nie bei dir gemeldet.« Verblüfft wandte Katie sich ihm zu. »Du kommst her? Jedes Jahr?«

»An dem Tag, an dem sie starb.« Sie starrten beide wieder auf den Teich, sahen zu, wie die Weidenzweige bei jedem heftigen Windstoß über die Oberfläche kratzten. »Mam? Wie geht's ihr?«

»Wie jedes Jahr. Sie hat sich ein bißchen grenklich gefühlt und ist früh zu Bett gegangen.«

Jacob lehnte sich zurück und starrte in den Himmel hinauf, der aufgerissen und mit Sternen geschmückt war. »Ich hab sie oft weinen gehört, draußen auf der Verandaschaukel, unter meinem Fenster. Und ich hab gedacht, wenn ich nicht so ein Bücherwurm gewesen wäre, wäre es nicht passiert.«

»Mam hat gesagt, es war der Wille des Herrn. Es wäre passiert, ob du nun deine Bücher gelesen hättest oder nicht.«

»Weißt du, das war das einzige Mal, daß mir Zweifel gekommen sind, ob ich wirklich weiter lernen wollte. Als ob Hannahs Ertrinken eine Art Bestrafung dafür war.«

»Wieso solltest du bestraft werden?« Katie schluckte. »Schließlich hatte Mam mir doch gesagt, ich sollte auf sie aufpassen.«

»Du warst elf. Du konntest nicht wissen, was du tun solltest.«

Katie schloß die Augen und hörte das schwere Ächzen, das vor so vielen Jahren vom Eis hergekommen war, das Geräusch von schweren treibenden Platten und Ungeheuern, die aus der Tiefe brüllten, damit niemand das Eis betrat. Sie sah Hannah, die so stolz war, weil sie sich an diesem Tag zum erstenmal *ganz allein die Schlittschuhe angeschnallt hatte, über den Teich flitzen, silberne Schlittschuhe blitzten unter ihren grünen Röcken.* Guck mal! Guck mal! *hatte Hannah gerufen, aber Katie hatte nicht hingehört, weil sie gerade von dem wunderschönen Glitzerkostüm einer olympischen Eiskunstläuferin träumte, das sie an der Kasse des Supermarktes in einer Zeitung gesehen hatte. Dann kam ein Schrei und ein Krachen. Als Katie sich umdrehte, glitt Hannah schon unters Eis.*

»Sie hat versucht, sich festzuhalten«, sagte Katie leise. »Ich hab immer wieder gerufen, sie soll sich festhalten. Ich wollte einen langen Ast holen, so, wie Dad es uns beigebracht hat. Aber ich kam nicht an den Ast ran, den ich abbrechen wollte, und jedesmal, wenn ich wieder hinsah, waren ihre Handschuhe ein bißchen weitergerutscht. Und dann war sie verschwunden. Einfach so.« Sie hob das Gesicht zu ihrem Bruder, konnte vor Scham nicht zugeben, daß ihre Gedanken an jenem Tag genauso tadelnswert gewesen waren wie alles, was er getan hatte. »Sie wäre jetzt schon älter, als ich war, als sie starb.«

»Mir fehlt sie auch, Katie.«

»Das ist nicht dasselbe.« Sie kämpfte gegen die Tränen an. »Zuerst Hannah, dann du. Wie kommt es, daß mich ausgerechnet die Menschen verlassen, die ich am meisten liebe?«

Jacobs Hand legte sich auf ihre, und Katie dachte, daß sie ihren Bruder zum erstenmal seit vielen Monaten wiedererkannte. Sie konnte ihn anschauen mit seinem glattrasierten Gesicht und dem kurzgeschnittenen Haar und statt dessen Jacob in Hemd und mit Hosenträgern vor sich sehen, den Hut beiseite geworfen, den Kopf über Schulbücher gebeugt, wie er oben auf dem Heuboden versuchte, seine schönsten Träume zu verbergen. Plötzlich spürte sie, wie sich ihre Brust zusammenzog. Als sie den Blick zum Teich hob, sah sie eine schmale Gestalt darüber hinweggleiten und kleine Schneewölkchen aufwirbeln. Eine Schlittschuhläuferin, was nicht weiter bemerkenswert gewesen wäre, hätte Katie nicht durch den Schal und den Rock und das Gesicht des Mädchens hindurch das Maisfeld und die Weide sehen können.

Sie glaubte nicht an Geister. Sie glaubte, wie alle Amischen, daß harte Arbeit den Weg zur Gnade ebnete – eine Haltung getreu dem Motto »abwarten und das Beste hoffen«, in der kein Platz war für Gespenster und gequälte Seelen. Mit Herzklopfen stand Katie auf und machte einige Schritte über das Eis auf die Stelle zu, wo Hannah Schlittschuh lief. Jacob schrie hinter ihr her, aber sie hörte ihn kaum. Sie, die in dem Glauben erzogen worden war, daß Gott unsere Gebete erhörte, erkannte jetzt, daß es wahr war: In diesem Augenblick waren sowohl ihr Bruder als auch ihre Schwester zu ihr zurückgekehrt.

Sie streckte die Arme aus und flüsterte: »Hannah?« Aber sie griff ins Nichts, und ein Schaudern durchlief sie, als Hannahs durchsichtige Röcke ihr um die eigenen Stiefel wehten.

Ein kräftiger Arm riß sie zurück ans sichere Ufer des Teichs. »Was soll das?« fauchte Jacob. »Bist du verrückt?«

»Siehst du das denn nicht?« Sie betete, daß er sah, was sie sah, daß sie nicht im Begriff war, den Verstand zu verlieren.

»Ich sehe gar nichts«, sagte Jacob mit zusammengekniffenen Augen. »Was soll denn da sein?«

Auf dem Teich hob Hannah die Arme zum Nachthimmel empor. »Nichts«, sagte Katie mit glänzenden Augen.

Die Behauptung, daß der Gottesdienst ewig dauerte, wäre nicht übertrieben. Die Kinder verblüfften Ellie, denn auch nach der Lesung aus der Heiligen Schrift und der zweistündigen Hauptpredigt gaben sie keinen Laut von sich. Eine kleine Schale mit Keksen und ein Glas Wasser waren von Raum zu Raum durchgereicht worden, für Eltern mit kleinen Kindern. Ellie vertrieb sich die Zeit, indem sie zählte, wie oft der Prediger sein weißes Taschentuch hob und sich damit über die Stirn fuhr. In der Reihe vor Ellie diente ein weiteres Taschentuch zur Ablenkung für ein kleines Mädchen, dessen Schwester Mäuse und Püppchen daraus knotete.

Sie wußte, daß der Gottesdienst sich dem Ende zuneigte, weil sich eine allgemeine Unruhe breitmachte. Die Versammlung erhob sich, um den Segen zu empfanden, und als der Bischof den Namen Jesu erwähnte, fielen erneut alle auf die Knie und ließen Ellie einsam und verlegen stehen. Als sie wieder neben Katie Platz nahm, spürte sie plötzlich, wie deren Körper steif wurde wie ein Brett. »Was ist los?« flüsterte sie, doch Katie schüttelte nur verschlossen den Kopf.

Jetzt sprach der Diakon. Katie beugte sich angespannt vor, lauschte und schloß dann erleichtert die Augen. Einige Reihen weiter vorn saß Sarah, und Ellie bemerkte, daß sie das Kinn auf die Brust sinken ließ. Ellie legte einen Finger auf Katies Knie und malte ein unsichtbares Fragezeichen. »Es wird keine Hauptversammlung einberufen«, murmelte Katie mit unverhohlener Erleichterung. »Es wird keine Disziplinierung geben.«

Ellie betrachtete sie nachdenklich. Sie mußte neun Leben haben, daß sie zuerst dem amerikanischen Rechtssystem und dann den Strafmechanismen ihrer Glaubensgemeinschaft entgehen konnte. Nach einem weiteren gemeinsamen Lied wurden sie entlassen, dreieinhalb Stunden nach Beginn des Gottesdienstes. Katie eilte in die Küche, um die Tische für den Imbiß zu decken. Ellie wollte ihr folgen, blieb aber zwischen den einander begrüßenden Menschen stecken. Irgendwer schob sie zu dem Tisch, an dem die eingesetzten Männer aßen, und forderte sie auf, Platz zu nehmen. »Nein«, sagte Ellie mit einem Kopfschütteln. Ihr war klar, daß es eine gewisse Rangordnung gab und daß sie nicht als erste essen sollte.

»Sie sind unser Gast«, sagte Bischof Ephram und deutete auf die Bank.

»Ich muß Katie suchen.«

Sie spürte zwei starke Hände auf ihren Schultern, und als sie sich umschaute, stand Aaron Fisher hinter ihr, um sie zum Tisch zurückzudirigieren. Er sah ihr in die Augen. »Es ist eine Ehre«, sagte er, und ohne ein weiteres Wort sank Ellie auf die Bank.

Nie zuvor hatte Katie etwas Vergleichbares erlebt wie die Abschlußfeier am Penn State College – ein Fest voller Farben, durchsetzt mit silbernen Kamerablitzen, bei denen sie instinktiv zusammenzuckte. Als Jacob in seinem feierlichen Umhang und mit dem schwarzen Hut auf dem Kopf nach vorne ging, um seine Examensurkunde in Empfang zu nehmen, klatschte sie lauter als alle um sie herum. Sie war stolz auf ihn – ein seltsam unamisches Gefühl, und dennoch richtig in dieser englischen *Universitäts-*

welt. Beeindruckenderweise hatte er nur fünf Jahre gebraucht – einschließlich des Jahres, in dem er die High-School-Fächer nachholen mußte. Und obwohl Katie selbst keinen Sinn darin sah, nach der achten Klasse noch länger zur Schule zu gehen, wenn sie als Erwachsene doch einen Haushalt führen würde, konnte sie nicht leugnen, daß es für Jacob genau das Richtige war. Sie hatte oft in seiner Wohnung auf dem Boden gelegen und ihm zugehört, wenn er aus seinen Büchern vorlas, und ehe sie sich's versah, war sie von Hamlets Zweifeln mitgerissen worden, von Holden Caulfields Gedanken beim Anblick seiner Karussell fahrenden kleinen Schwester, von Mr. Gatsbys einsamem grünem Licht.

Plötzlich warfen die Absolventen ihre Hüte in die Luft, wie Stare, die aus den Bäumen aufflogen, wenn bei einem Scheunenbau die ersten Hammerschläge erklangen. Katie lächelte, als Jacob auf sie zugeeilt kam. »Du warst wunderbar«, sagte sie und schlang die Arme um ihn.

»Danke, daß du gekommen bist.« Jacob blickte auf und rief eine Begrüßung. »Ich möchte dir jemand vorstellen.«

Er zog sie mit zu einem Mann, der noch größer war als Jacob, den gleichen schwarzen Umhang trug, aber mit einer blauen Schärpe über der Schulter. »Adam!«

Der Mann drehte sich um und grinste. »He, ab jetzt Dr. Sinclair.« Er war ein bißchen älter als Jacob, das sah sie an den Fältchen um seine Augen herum, und sie dachte, daß er vermutlich gern lachte. Sein Haar hatte die Farbe von Honig, fast wie seine Augen. Und als er Katie ansah, kam ein so tiefer Friede über sie, daß sie den Blick nicht von ihm abwenden konnte, als hätte dieser eine Englische *eine Seele, die schlicht war.*

»Adam hat gerade seinen Doktor gemacht«, erläuterte Jacob. »Ihm gehört das Haus, das ich gemietet habe.«

Katie nickte. Sie wußte, daß Jacob vom Campus in ein kleines Haus in der Stadt umgezogen war, da er als Dozent an der Penn State bleiben würde. Sie wußte, daß der Mann, dem das Haus gehörte, auf Forschungsreise gehen würde. Sie wußte, daß sie noch zwei Wochen lang zusammen in dem Haus wohnen würden, bevor der Besitzer abreiste. Aber sie hatte nicht gewußt, daß man so weit von einem Menschen entfernt stehen und trotzdem das Gefühl haben konnte, so fest an ihn gedrückt zu werden, daß man kaum noch Luft bekam.

»Wie bischt du heit?« *sagte sie und wurde vor Verlegenheit rot, weil sie ins* Deitsch *verfallen war.*

»Du mußt Katie sein«, entgegnete er. »Jacob hat mir von dir erzählt.« Und dann streckte er seine Hand aus, eine Einladung.

Plötzlich mußte Katie an Jacobs Geschichten von Hamlet und Holden Caulfield und Mr. Gatsby denken, und ihr wurde schlagartig klar, daß sie einem im wirklichen Leben genauso nützlich sein konnten wie die Fähigkeit, einen Gemüsegarten anzulegen oder Wäsche aufzuhängen. Sie fragte sich, was dieser Mann wohl studiert hatte, um seinen Doktor zu machen. Mit großer Vorsicht ergriff Katie Adam Sinclairs Hand und lächelte zurück.

Nachdem sie zu Hause zu Mittag gegessen hatten, machten Aaron und Sarah sich auf den Weg, um Verwandte und Nachbarn zu besuchen. Ellie, die eine ganze Reihe Bücher von Laura Ingalls aufgetrieben hatte, setzte sich hin, um zu lesen. Sie war müde und gereizt nach dem langen Vormittag, und vom rhythmischen Getrappel der Pferde, die Kutschen über die Landstraße zogen, bekam sie allmählich Migräne.

Katie, die den Abwasch gemacht hatte, kam ins Wohnzimmer und rollte sich in dem Sessel neben Ellie zusammen. Sie schloß die Augen und begann leise zu summen.

Ellie blickte sie gereizt an. »Läßt du das bitte?«

»Was soll ich lassen.«

»Die Singerei. Während ich lese.«

Katie schmollte. »Ich singe gar nicht. Wenn es dich stört, geh doch woanders hin.«

»Ich war aber zuerst hier«, sagte Ellie und kam sich vor wie eine Siebtklässlerin. Trotzdem stand sie auf und ging zur Tür, nur um festzustellen, daß Katie ihr folgte. »Herrgott, du hast jetzt das ganze Wohnzimmer für dich!«

»Darf ich dich was fragen? Mam hat gesagt, daß du im Sommer öfter nach Paradise gekommen bist, um auf einer Farm wie unserer zu wohnen. Tante Leda hat ihr das erzählt. Stimmt das?«

»Ja«, sagte Ellie langsam und fragte sich, worauf sie hinauswollte. »Wieso?«

Katie zuckte die Achseln. »Ich dachte nur, es scheint dir hier nicht sonderlich zu gefallen. Auf der Farm, meine ich.«

»Die Farm gefällt mir sehr gut. Ich bin nur nicht daran gewöhnt, den Babysitter für meine Mandanten zu spielen.« Als sie den gekränkten Blick sah, der über Katies Gesicht huschte, seufzte Ellie innerlich. »Tut mir leid. Das war nicht so gemeint.«

Katie sah auf. »Du magst mich nicht.«

Ellie wußte nicht, was sie darauf antworten sollte. »Ich kenne dich nicht.«

»Ich kenne dich auch nicht.« Katie tippte mit der Spitze ihres Stiefels auf den Holzboden. »Sonntags machen wir hier manches anders.«

»Ist mir schon aufgefallen. Keine Arbeiten.«

»Na ja, ein paar Arbeiten gibt es immer. Aber wir haben auch Zeit zum Erholen.« Katie sah sie an. »Ich dachte, vielleicht, weil doch Sonntag ist, könnten wir beide auch manches anders machen.«

Ellie spürte Skepsis in sich aufsteigen. Wollte Katie ihr vorschlagen, einen Ausflug in die Stadt zu machen? Eine Packung Zigaretten zu besorgen? Ein paar Stunden zusammen über die Stränge zu schlagen?

»Ich hab gedacht, daß wir vielleicht Freundinnen werden könnten. Bloß für diesen Nachmittag. Du könntest so tun, als ob du mich kennengelernt hättest, während du zu Besuch auf der Farm bist, die du als Kind besucht hast, und nicht so, wie es wirklich war.«

Ellie legte ihr Buch aus der Hand. Wenn sie Katies Freundschaft gewann und das Mädchen dazu brachte, sich ihr gegenüber so zu öffnen, daß sie die Wahrheit sagte, wäre es vielleicht nicht mehr nötig, daß Coop sie unter die Lupe nahm. »Als ich klein war«, sagte Ellie bedächtig, »konnte ich Steine weiter und öfter übers Wasser hüpfen lassen als alle meine Vettern.«

Ein Lächeln erblühte auf Katies Gesicht. »Kannst du das immer noch, was meinst du?«

Sie drängten sich durch die Tür und rannten nach draußen. Am Teich angekommen, suchte Ellie sich einen glatten, flachen Stein, warf und zählte mit, während er fünfmal über das Wasser hüpfte. Sie dehnte die Finger. »Immer noch die alte Meisterhand.«

Katie hob ebenfalls einen Stein auf. Vier, fünf, sechs Sprünge. Mit einem breiten Grinsen wandte sie sich zu Ellie um. »Tolle Meisterhand«, sagte sie neckend.

Ellie kniff konzentriert die Augen zusammen und versuchte es erneut. Einen Moment später tat Katie es ihr gleich. »Ha!« krähte Ellie. »Gewonnen!«

»Nix da!«

»Ich war besser, ganz eindeutig!«

»So hab ich das aber nicht gesehen«, widersprach Katie.

»Ja, klar. Als Augenzeugin bist du ja genauso unschlagbar.« Als Katie neben ihr erstarrte, seufzte Ellie. »Tut mir leid. Es fällt mir schwer, nicht daran zu denken, warum ich eigentlich hier bin.«

»Du solltest eigentlich hier sein, weil du mir glaubst.«

»Nicht unbedingt. Als Strafverteidigerin werde ich dafür bezahlt, die Geschworenen dazu zu bringen, mir jedes Wort zu glauben. Das kann das sein, was meine Mandantin mir erzählt hat, muß es aber nicht.«

Als sie Katies verblüffte Miene sah, mußte Ellie lächeln. »Das muß sich ziemlich seltsam für dich anhören.«

»Ich verstehe nicht, warum der Richter nicht einfach entscheidet, wer die Wahrheit sagt.«

Ellie riß einen Halm Timotheusgras aus und steckte ihn sich zwischen die Zähne. »So einfach ist das nicht. Es geht darum, die Rechte der Menschen zu verteidigen. Und manchmal sind die Dinge selbst für einen Richter nicht einfach nur schwarz oder weiß.«

»Sie sind immer schwarz oder weiß, wenn man *schlicht* ist«, erwiderte Katie. »Wenn du dich an die *Ordnung* hältst, ist alles in Ordnung. Wenn du die Regeln brichst, wirst du ausgestoßen.«

»Tja, in unserer Welt ist das Kommunismus.« Ellie hielt inne. »Was, wenn du es nicht getan hast? Was, wenn du beschuldigt würdest, eine Regel gebrochen zu haben, obwohl du vollkommen unschuldig bist?«

Katie wurde rot. »In der Gemeindeversammlung, in der über die Disziplinierung entschieden wird, hat das beschuldigte Gemeindemitglied Gelegenheit, seine Version zu erzählen.«

»Ja, aber glaubt ihm irgend jemand?« Ellie zuckte die Achseln. »An dem Punkt treten wir Verteidiger auf den Plan – wir überzeugen die Geschworenen davon, daß unser Mandant das Verbrechen möglicherweise nicht begangen hat.«

»Und wenn doch?«

»Dann wird er trotzdem freigesprochen. Das kommt auch manchmal vor.«

Katie klappte der Unterkiefer runter. »Das heißt also, ihr müßt lügen?«

»Nein, wir müssen die Wahrheit manchmal in einem bestimmten Licht darstellen. Das, was jemanden vor Gericht gebracht hat, kann man auf ganz unterschiedliche Weise betrachten. Als Lüge gilt nur, wenn der Mandant nicht die Wahrheit sagt. Anwälte – na ja, wir können zur Erklärung so ziemlich alles sagen, was wir wollen.«

»Und ... würdest du für mich lügen?«

Ellie erwiderte ihren Blick. »Würde ich das müssen?«

»Alles, was ich dir gesagt habe, entspricht der Wahrheit.«

Ellie setzte sich ins Gras. »Also schön. Was hast du mir nicht erzählt?«

Ein Spatz flatterte auf und warf einen Schatten über Katies Gesicht. »Es ist nicht unsere Art zu lügen«, sagte sie steif. »Deshalb kann ein *schlichter* Mensch auch allein vor der Versammlung für sich einstehen. Deshalb haben Verteidiger keinen Platz in unserer Welt.«

Zu ihrer Verwunderung lachte Ellie. »Wem sagst du das. Mein Lebtag hab ich mich noch nirgendwo so fehl am Platze gefühlt.«

Katies Blick wanderte von Ellies Joggingschuhen über ihr Sommerkleid bis zu ihren klimpernden Ohrringen. Sogar die Art, wie Ellie saß – als wäre ihr das Gras an den Waden zu kratzig –, wirkte unbehaglich. Ellie war nicht aus Lust und Laune gekommen, nicht wie die Menschen, die scharenweise ins Lancaster County strömten, um einen Blick von den Amischen zu erhaschen. Sie hatte Tante Leda einen Gefallen getan, und daraus war eine Verpflichtung geworden.

Katie erinnerte sich gut, wie sie sich gefühlt hatte, wenn sie Jacob besucht hatte. Sie war nicht zu einem normalen *englischen* Teenager geworden, nur weil sie sich als solchen verkleidet hatte. Für Ellie mußte es etwas völlig Neues sein, in einer Welt sie selbst zu sein, in der alle bemüht waren, gleich zu sein. Eine Welt voller Menschen konnte trotzdem ein sehr einsamer Ort sein.

»Da kann ich dir helfen«, sagte Katie laut. Mit einem breiten Lächeln deutete sie auf das Tabakfeld. *»Duwwack.«*

Ellie sah sie verständnislos an. »Wie bitte?«

»Duwwack«, wiederholte Katie, »das heißt Tabak auf *deitsch*.«

Nach einem Moment begriff Ellie. Sie nahm das kleine Geschenk dankbar an. »*Duwwack*«, wiederholte sie.

Katie strahlte, als Ellie das Wort aussprach. »Sehr gut.« Dann sagte sie: »*Wie bischt du heit?* Wie geht's dir?« und reichte ihr die Hand.

Langsam streckte Ellie ihr die Hand entgegen. Zum erstenmal, seit sie gestern ins Gericht gekommen war, sah sie Katie in die Augen. Die Leichtigkeit des Nachmittags, der *Deitsch*-Stunde, alles fiel von ihnen ab, bis die beiden Frauen nur noch den Druck ihrer Handflächen gegeneinander wahrnahmen, das Summen der Grillen und die Erkenntnis, daß sie noch einmal neu anfingen. »Ich bin Katie Fisher«, sagte Katie leise.

»Ich bin Ellie Hathaway«, antwortete Ellie. »*Wie bischt du heit?*«

»Ich hol uns noch Popcorn, bevor der Film anfängt«, sagte Jacob und stand auf. Als Katie in ihren Taschen nach dem Geld kramte, das Mam ihr mitgegeben hatte, schüttelte Jacob den Kopf. »Ich lad dich ein. He, Adam, paß gut auf sie auf.«

Katie war verärgert, weil ihr Bruder sie wie ein kleines Kind behandelte. »Ich bin siebzehn. Meint er etwa, ich würde weglaufen?«

Adam neben ihr lächelte. »Wahrscheinlich hat er Angst, daß irgend jemand seine hübsche kleine Schwester stehlen könnte.«

Katie lief bis zu den Haarwurzeln rot an. »Das kann ich mir nicht vorstellen«, sagte sie. Sie war es nicht gewohnt, daß man ihr Komplimente wegen ihres Aussehens machte, höchstens für eine gut ausgeführte Arbeit. Und es verunsicherte sie, allein mit Adam zu sein, den Jacob eingeladen hatte, mit ins Kino zu kommen.

Katie trug keine Uhr, und sie fragte sich, wann der Film endlich anfangen würde. Es war erst ihr vierter Kinobesuch. Diesmal war es ein Liebesfilm – ein eigenartiges Thema für einen zweistündigen Film. Liebe, dabei sollte es doch eigentlich nicht nur um den Moment gehen, wenn man einem Jungen in die Augen sah und merkte, wie man den Boden unter den Füßen verlor; wenn man in seiner Seele all das sah, was in der eigenen Seele fehlte. Liebe kam langsam und sicher und bestand zu gleichen Teilen aus Einmütigkeit und Achtung. Eine junge amische Frau wurde nicht von der Liebe überwältigt, sie sah höchstens mal nach unten und stellte dann fest, daß sie schon mit beiden Beinen mitten drin steckte. Eine junge amische Frau wußte, daß sie verliebt war, wenn sie zehn Jahre in die Zukunft schaute und denselben jungen Mann neben sich stehen sah, seine Hand um ihre Schultern gelegt.

Adams Stimme riß sie aus ihren Gedanken. »Und du«, sagte er höflich, »lebst also in Lancaster County?«

»In Paradise. Na ja, eher am äußeren Rand.«

Adams Augen erhellten sich. »Am Rand von Paradise«, sagte er lächelnd. »Hört sich fast so an, als müßtest du dich auf einen Sündenfall gefaßt machen.«

Katie biß sich auf die Unterlippe. Sie verstand Adams Witze nicht. Um das Thema zu wechseln, fragte sie ihn, ob er auch Englisch studiert hatte, wie Jacob.

»Äh, nein«, sagte Adam. Wurde er etwa rot? »Ich arbeite im Bereich der paranormalen Wissenschaft.«

»Para-«

»Geister. Ich studiere Geister.«

Wenn er sich in diesem Augenblick komplett ausgezogen hätte, hätte es Katie nicht heftiger schockieren können. »Du studierst sie?«

»Ich beobachte sie. Ich schreibe über sie.« Er schüttelte den Kopf. »Du mußt es nicht aussprechen. Ich bin sicher, du glaubst nicht an Geister, wie der Großteil der freien Welt. Wenn ich Leuten erzähle, worin ich promoviert habe, verstehen die meisten kein Wort. Aber ich bin auf ganz seriösen Wegen dazu gekommen. Angefangen habe ich mit Physik als Hauptfach. Da ging es viel um Energie. Überleg doch mal – Energie kann nicht vernichtet, nur in etwas anderes umgewandelt werden. Wenn also ein Mensch stirbt, was wird dann aus dieser Energie?«

Katie sah ihn mit großen Augen an. »Ich weiß nicht.«

»Genau. Irgendwo muß sie ja hin. Und diese verbliebene Energie zeigt sich ab und an als Geist.«

Sie mußte den Blick auf ihren Schoß richten, sonst hätte sie diesem Mann, den sie kaum kannte, womöglich etwas gebeichtet, das sie bisher niemandem gestanden hatte. »Ah«, sagte Adam sanft. »Jetzt hältst du mich für verrückt.«

»Nein«, beteuerte Katie sofort. »Ehrlich nicht.«

»Es ergibt Sinn, wenn du mal richtig drüber nachdenkst«, verteidigte er sich. »Die emotionale Energie, die aus einer Tragödie erwächst, prägt sich dem Ort des Geschehens ein – ein Fels, ein Haus, ein Baum –, so, als würde sie eine Erinnerung hinterlassen. Auf der Ebene der Atome sind alle diese Dinge in Bewegung, deshalb können sie Energie speichern. Und wenn lebende Menschen Geister sehen, dann sehen sie die verbliebene Energie, die noch festgehalten wird.« Er zuckte die Achseln. »So lautet meine Theorie, im Kern.«

Plötzlich war Jacob wieder da, in der Hand einen Becher Popcorn. Er stellte ihn Katie auf den Schoß. »Erzählst du ihr von deinen pseudoakademischen Studien?«

»He«, Adam grinste. »Deine Schwester erweist sich als aufgeschlossen.«

»Meine Schwester ist naiv«, berichtigte Jacob.

»Ich hab noch eine Theorie«, sagte Adam zu Katie, ohne auf Jacob zu achten. »Man sollte gar nicht erst versuchen, die Ungläubigen zu überzeugen, weil die es nämlich nie verstehen werden. Wenn dagegen ein Mensch eine paranormale Erfahrung gemacht hat – dann wird er praktisch alles dafür tun, jemanden wie mich zu finden, der bereit ist, ihm zuzuhören.« Er sah ihr in die Augen. »Wir alle haben irgendwelche Dinge, die uns verfolgen. Manche von uns sehen sie nur einfach deutlicher als andere.«

Mitten in der Nacht wurde Ellie durch ein unterdrücktes Stöhnen geweckt. Sie schüttelte den Schlaf ab, setzte sich auf und sah zu Katie hinüber, die sich unter ihrer Bettdecke wand. Ellie ging zu ihr und fühlte ihr die Stirn.

»'S dutt weh«, murmelte Katie. Sie warf die Decke zurück, so daß zwei kreisrunde, größer werdende Flecken vorn auf ihrem weißen Nachthemd zu sehen waren. »Es tut weh«, schrie sie und strich mit den Händen über die feuchten Stellen an ihrem Nachthemd und dem Bettzeug. »Irgendwas stimmt nicht mit mir!«

Etliche von Ellies Freundinnen – in letzter Zeit immer mehr – hatten Kinder zur Welt gebracht. Sie hatten oft darüber gewitzelt, daß sie sich wie Comicfiguren mit Torpedobrüsten vorkamen, als die Milch einschoß. »Dir fehlt nichts. Das ist ganz natürlich, wenn man ein Kind bekommen hat.«

»Ich hab kein Kind bekommen!« kreischte Katie. *»Nee!«* Sie stieß Ellie so heftig beiseite, daß sie auf den harten Boden fiel. *»Ich hab kenn Kind g'hatt … mei Hatz iss voll!«*

»Ich kann dich nicht verstehen«, zischte Ellie.

»Mei Hatz iss voll!«

Ellie war klar, daß Katie nicht richtig wach war, nur völlig verstört. Sie beschloß, Hilfe zu holen, aber als sie aus dem Zimmer gehen wollte, wäre sie beinahe mit Sarah zusammengestoßen.

Sie erschrak darüber, Katies Mutter im Nachthemd zu sehen. Das Haar hing ihr bis auf die Hüften. »Was ist los?« fragte sie und kniete sich neben das Bett ihrer Tochter. Katie preßte ihre ineinandergekrallten Hände vor die Brust. Sarah zog sie sachte weg und öffnete das Nachthemd.

Ellie zuckte zusammen. Katies Brüste waren so dick und hart geschwollen, daß sich eine feine blaue Landkarte aus Venen abzeichnete, mit winzigen Flüssen aus Milch, die aus den Brustwarzen sickerten. Auf Sarahs Drängen hin folgte Katie ihr teilnahmslos ins Badezimmer. Ellie sah zu, wie Sarah ihrer Tochter ganz selbstverständlich die schmerzenden Brüste massierte und behutsam einen Strom von Milch ins Waschbecken rinnen ließ.

»Das ist ein Beweis«, sagte Ellie schließlich ausdruckslos. »Katie, sieh dir deinen Körper an. Du hast ein Kind bekommen. Das ist die Milch für das Baby.«

»Nee, loss mich geh«, schrie Katie, die jetzt schluchzend auf dem Toilettendeckel saß.

Ellie preßte die Lippen aufeinander und ging vor ihr in die Hocke. »Zum Donnerwetter, du lebst auf einer Milchfarm. Du weißt genau, was mit dir los ist. *Du … hast … ein Kind … bekommen.*«

Katie schüttelte den Kopf. *»Mei Hatz iss voll.«*

Ellie wandte sich an Sarah. »Was sagt sie?«

Die ältere Frau streichelte ihrer Tochter übers Haar. »Daß da keine Milch ist und daß da kein Baby war. Katie sagt, das alles passiert nur«, übersetzte Sarah, »weil ihr Herz zu voll ist.«

6

Ellie

Lassen Sie mich eines klarstellen: Ich kann nicht nähen. Man gebe mir Nadel und Faden und eine Hose, die umgenäht werden muß, und es liegt durchaus im Bereich des Möglichen, daß ich mir den Stoff an den Daumen nähe. Strümpfe mit Löchern drin schmeiße ich weg.

Das nur vorweg, um zu erklären, warum ich nicht begeistert war, als Sarah mich einlud, an der Quilt-Runde teilzunehmen, die in ihrem Haus stattfand. Seit der letzten Nacht war die Stimmung zwischen uns gespannt gewesen. Am Morgen hatte sie Katie wortlos ein langes Stück weißen Musselin gegeben, das sie sich umbinden sollte. Eine Einladung zur Quilt-Runde war ein gewisses Entgegenkommen, eine freundliche Geste, mit der sie mir erstmals die Hand entgegenstreckte. Es war zudem die Bitte, die letzte Nacht auf sich beruhen zu lassen.

»Du mußt ja nicht nähen«, sagte Katie zu mir und zog mich mit in das Zimmer. »Du kannst uns einfach zusehen.«

Außer den Fishers waren noch vier Frauen da: Levis Mutter Anna Esch, Samuels Mutter Martha Stoltzfus und zwei Cousinen von Sarah, Rachel und Louise Lapp, die beide jünger waren und ihre Kleinsten mitgebracht hatten – einen Säugling und ein Kleinkind, das vor Rachels Füßen auf dem Boden saß und mit Stoffetzen spielte.

Der Quilt war auf dem Tisch ausgebreitet, und darauf verteilt lagen weiße Garnröllchen. Die Frauen blickten auf, als ich eintrat. »Das ist Ellie Hathaway«, stellte Katie mich vor.

»Sie wohnt eine Weile bei uns«, fügte Sarah hinzu.

»Wie lange wird sie bleiben?« fragte Anna.

»Solange es dauert, bis Katies Fall vor Gericht kommt«, sagte ich. Als ich mich setzte, kam Louise Lapps kleine Tochter wackelig auf die Beine und grapschte nach den bunten Knöpfen an meiner Bluse. Damit sie nicht hinfiel, fing ich sie auf und setzte sie mir auf den Schoß. Ich ließ meine Finger über ihren Bauch marschieren, um sie zum Lachen zu bringen, und genoß die warme, kompakte Schwere des Kindes. Als ich nach einer Weile aufblickte, sah ich verblüfft, daß alle Frauen mich mit echter Hochachtung betrachteten. Während sie sich über ihre Näharbeit beugten, spielte ich mit der Kleinen. »Möchtest du auch nähen?« fragte Sarah höflich, und ich lachte. »Lieber nicht, ihr würdet es bereuen.«

Annas Augen blitzten. »Erzähl ihr, wie du mal Marthas Quilt an deiner Schürze festgenäht hast, Rachel.«

»Wozu die Mühe?« schnaubte Rachel. »Du kannst die Geschichte doch viel besser erzählen als ich.«

Katie fädelte einen Faden ein, beugte den Kopf über ein wattiertes Viereck und begann kleine, gleichmäßige Stiche zu machen. »Das ist toll«, sagte ich ehrlich beeindruckt. »Die sind ja so winzig, daß man sie kaum noch sieht.«

»Nicht besser als die von irgendwem sonst«, sagte Katie mit geröteten Wangen.

Eine Weile nähten die Frauen ruhig weiter, neigten sich über den Quilt und richteten sich wieder auf, wie Gazellen, die an einem Wasserloch trinken. »Also, Ellie«, sagte Rachel schließlich. »Sie sind aus Philadelphia?«

»Ja. Ich bin noch nicht lange hier.«

Martha schnitt ein Fadenende ab. »Ich bin einmal da gewesen. Mit dem Zug. Jede Menge Menschen, die herumhasten, wenn ihr mich fragt.«

Ich lachte. »Da ist was dran.«

Plötzlich rollte eine Garnrolle vom Tisch und landete auf dem Kopf des Säuglings, der in einem kleinen Korb schlief. Er schlug mit den Armen und begann zu weinen, laute, heftige

Schluchzer. Katie, die ihm am nächsten saß, streckte die Arme aus, um ihn zu trösten.

»Faß ihn nicht an.«

Rachels Worte fielen wie ein Stein ins Zimmer, ließen die Hände der Frauen innehalten, so daß sie flach auf dem Quilt lagen, wie die von Heilerinnen. Rachel stach ihre Nadel in den Stoff, hob ihren Sohn hoch und drückte ihn an ihre Brust.

»Rachel Lapp!« sagte Martha tadelnd. »Was ist denn los?«

Sie sah weder Sarah noch Katie an. »Ich möchte bloß im Moment nicht, daß Katie sich um Klein-Joseph kümmert. So sehr ich Katie auch mag, er ist mein Sohn.«

»Und Katie ist meine Tochter«, sagte Sarah langsam.

Martha legte einen Arm auf Katies Stuhllehne. »Und sie ist fast auch meine Tochter.«

Rachels Kinn hob sich leicht. »Wenn ich hier nicht erwünscht bin –«

»Du bist erwünscht, Rachel«, sagte Sarah leise. »Aber ich erlaube dir nicht, Katie hier bei sich zu Hause das Gefühl zu geben, daß sie nicht erwünscht sei.«

Ich saß atemlos auf der Stuhlkante, das warme Gewicht von Louises schlafender Tochter an meiner Brust, und wartete gespannt, wer sich durchsetzen würde. »Weißt du, was ich denke, Sarah Fisher«, setzte Rachel mit funkelnden Augen an. Doch bevor sie den Satz beenden konnte, wurde sie von einem lauten Klingeln unterbrochen.

Die Frauen blickten sich erschrocken um. Mit einem mulmigen Gefühl verlagerte ich das Kind auf meinen linken Arm und zog mit der freien Hand das Handy aus der Tasche. Die Frauen sahen mit großen Augen zu, wie ich einen Knopf drückte und das Telefon ans Ohr hob. »Hallo?«

»Meine Güte, Ellie, ich versuche seit Tagen, dich zu erreichen. Hast du dein Handy denn nie an?«

Ich wunderte mich, daß der Akku überhaupt so lang gehalten hatte – und hoffte fast, daß er jetzt einfach den Geist aufgeben würde, damit ich nicht mit Stephen würde sprechen müssen. Die amischen Frauen starrten mich an und hatten ihren Streit vorübergehend vergessen. »Ich muß diesen Anruf entgegennehmen«, sagte ich entschuldigend und reichte das schlafende Kind seiner Mutter.

»Ein Telefon?« keuchte Louise, als ich gerade den Raum verließ. »Hier im *Haus*?« Sarahs Erklärung bekam ich nicht mehr mit. Aber als ich in der Küche mit Stephen sprach, hörte ich die Räder der Kutsche der Schwestern Lapp knirschend die Ausfahrt hinunterrollen.

»Stephen, das ist ein ungünstiger Augenblick.«

»Gut, es wird auch nicht lange dauern. Ich muß nur etwas wissen, Ellie. Hier in der Stadt geht das lächerliche Gerücht um, daß du als Pflichtverteidigerin für ein amisches Mädchen tätig bist. Und daß der Richter dich dazu verdonnert hat, auf der Farm zu wohnen.«

Stephen hätte sich selbst niemals in so eine Lage gebracht. »Ich würde mich nicht als Pflichtverteidigerin bezeichnen«, sagte ich. »Wir haben nur noch kein Honorar ausgehandelt.«

»Aber das übrige? Meine Güte, wo steckst du überhaupt?«

»Lancaster. Genauer gesagt etwas außerhalb von Lancaster, in Paradise.«

Ich konnte sehen, wie die dicke Ader auf Stephens Stirn anschwoll. »Und was ist mit deinem Plan, eine Pause einzulegen?«

»Das kam alles völlig überraschend – eine verwandtschaftliche Verpflichtung, die ich nicht ablehnen konnte.«

Er lachte. »Verwandtschaftliche Verpflichtung? Dann sind die Amischen wohl Vettern und Cousinen zweiten Grades, oder verwechsle ich die jetzt mit den Hare-Krishna-Anhängern mütterlicherseits? Hör doch auf, Ellie. Du kannst mir ruhig die Wahrheit sagen.«

»Tu ich ja«, stieß ich hervor. »Das ist keine Masche, um Aufmerksamkeit zu erregen, weiß Gott nicht. Es ist schwer zu erklären, aber ich verteidige jemanden, der um vier Ecken herum mit mir verwandt ist. Und ich wohne auf der Farm, weil das eine Kautionsbedingung ist. Mehr nicht«

Einen Moment lang trat Schweigen ein. »Ich muß schon sagen, Ellie, es verletzt mich, daß du aus dem Fall ein Geheimnis gemacht hast, anstatt mir zu sagen, was du vorhast. Ich meine, wenn du dir einen Ruf als Anwältin für sensationelle Fälle aufbauen willst, hätte ich dir Ratschläge und Tips geben können. Vielleicht sogar einen Job bei uns in der Kanzlei.«

»Ich will keinen Job bei dir in der Kanzlei«, sagte ich. »Ich will keine sensationellen Fälle. Und offen gesagt, ich wundere mich, daß du das Ganze als persönlichen Affront gegen *dich* siehst.« Ich merkte, daß meine Hand zur Faust geballt war.

»Wenn der Fall so läuft, wie ich es erwarte, wirst du Hilfe brauchen. Ich könnte rauskommen und dir assistieren, unsere Kanzlei einschalten.«

»Danke, Stephen, nein. Die Eltern meiner Mandantin hatten schon etwas gegen eine Anwältin, ein ganzes Haus voll Rechtsverdreher würden sie nicht verkraften.«

»Ich könnte trotzdem rauskommen, und du könntest ein paar Ideen mit mir durchsprechen. Oder wir setzen uns einfach auf die Veranda und trinken Limonade.«

Einen Moment lang war ich unschlüssig. Im Geist sah ich die Sommersprossen in Stephens Nacken vor mir, und wie er beim Zähneputzen das Handgelenk anwinkelte. Fast konnte ich seinen Duft riechen, der aus den Schränken und Kommoden und der Bettwäsche drang. Es hatte etwas so Leichtes an sich, so Vertrautes – und die Welt, in die ich mich begeben hatte, war fremd, wohin ich auch schaute. Etwas zu sehen, das ich wiedererkannte, jemanden, den ich geliebt hatte, würde meine Beschäftigung mit Katie wieder zu dem machen, was sie sein sollte: meine Arbeit, nicht mein Leben. Ich packte das Telefon fester und schloß die Augen. »Vielleicht«, hörte ich mich flüstern, »sollten wir erst mal abwarten, was weiter passiert.«

Ich fand Sarah allein im Wohnzimmer, den Kopf über den Quilt geneigt. »Tut mir leid. Das mit dem Telefon.«

Sie winkte ab. »Halb so schlimm. Martha Stoltzfus' Ehemann hat sogar eins in seiner Scheune, für Geschäftliches. Rachel wollte sich nur wichtig machen.« Mit einem Seufzer stand sie auf und fing an, die Garnrollen einzusammeln. »Dann räum ich das jetzt mal weg.«

Ich ergriff den Stoff an zwei Ecken, um ihr beim Zusammenlegen zu helfen. »Die Quilt-Runde hat sich sehr schnell aufgelöst. Ich hoffe, ich war nicht der Grund dafür.«

»Ich denke, die wäre heute sowieso schnell zu Ende gewesen«, entgegnete Sarah energisch. »Ich hab Katie rausgeschickt, Wäsche aufhängen, falls du sie suchst.«

Ich spürte, wann jemand wollte, daß ich gehe. Doch in der Tür zur Küche wandte ich mich noch einmal um. »Wieso zweifelt Rachel Lapp an Katie?«

»Das kannst du dir doch selbst denken.«

»Na ja, ich meine, mal abgesehen vom Naheliegenden. Zumal sich doch euer Bischof für sie eingesetzt hat …«

Sarah legte den Quilt auf ein Regalbrett und drehte sich zu mir um. Obwohl sie ihre Gefühle bewundernswert gut verbergen konnte, loderte die Kränkung, daß ihre Freundinnen ihre Tochter brüskiert hatten, in ihren Augen. »Wir sehen gleich aus. Wir beten gleich. Wir leben gleich«, sagte sie. »Aber das bedeutet noch lange nicht, daß wir gleich denken.«

Große, weiße Segel flatterten bereits im Wind an der Wäscheleine. Die Laken schlangen ihre weiten Arme um Katie. Als sie mich sah, trat sie von der Wäscheleine zurück und warf die übrig gebliebenen Klammern in einen Eimer. »Klar, daß du kommst, wenn ich gerade fertig bin«, maulte sie und setzte sich neben mich auf die Steinmauer.

»Du hast das auch ohne mich prima hingekriegt.« An einer Leine hing ein Regenbogen aus Hemden und Kleidern: dunkelgrün, weinrot, lavendel, limonengelb. Daneben hingen Bettlaken und drückten ihre aufgeblähten Bäuche vor. »Früher hat bei uns meine Mutter die Wäsche aufgehängt«, sagte ich lächelnd. »Ich weiß noch, wie ich mit Stöcken auf die Laken losgegangen bin und so getan habe, als wäre ich ein Ritter.«

»Keine Prinzessin?«

»Nie. Die sind doch langweilig.« Ich lachte. »Ich hatte jedenfalls keine Lust, auf irgendeinen Prinzen zu warten, wo ich mich doch wunderbar selbst retten konnte.«

»Hannah und ich, wir haben zwischen den Laken immer

Verstecken gespielt. Aber dabei haben wir Staub aufgewirbelt, und wir mußten alles noch mal waschen.«

Ich legte den Kopf in den Nacken und ließ den Wind über mein Gesicht streichen. »Ich hab immer geglaubt, daß man die Sonne riechen konnte, wenn man die Betten bezog.«

»Aber ja, das kann man!« sagte Katie. »Der Stoff saugt sie auf, wenn die Feuchtigkeit verfliegt. Jede Aktion hat eine gleich starke und gegenläufige Reaktion.«

Newtons physikalische Gesetze erschienen mir ein bißchen hoch für den Stoff bis zur achten Klasse, mit der Katie, wie die meisten amischen Kinder, von der Schule abgegangen war. »Ich bin erstaunt, daß du Physik hattest.«

»Hatte ich auch nicht. Das hab ich bloß mal gehört.«

Gehört? Von wem? Dem amischen Wissenschaftler aus der Gemeinde? Bevor ich sie fragen konnte, sagte sie: »Ich muß jetzt in den Garten.«

Ich folgte ihr und sah ihr dabei zu, wie sie Bohnen pflückte und in ihrer Schürze sammelte. Sie schien ganz versunken in ihre Arbeit, so sehr, daß sie zusammenfuhr, als ich sie ansprach. »Katie, verstehst du dich sonst gut mit Rachel?«

»Ja. Ich passe oft auf Klein-Joseph auf. Wenn wir am Quilt arbeiten und manchmal sogar während des Gottesdienstes.«

»Na ja, heute hat sie dich aber nun wirklich nicht wie ihre Lieblings-Babysitterin behandelt.«

»Nein, aber Rachel hört immer darauf, was andere sagen, anstatt den Dingen selbst auf den Grund zu gehen.« Katie stockte. »Es ist mir egal, was Rachel sagt, weil die Wahrheit früher oder später ans Licht kommt. Aber es macht mich traurig, wenn ich denke, daß ich der Grund dafür sein könnte, daß meine Mutter weint.«

»Wie meinst du das?«

»Na ja, Rachels Worte haben sie mehr verletzt als mich. Ich bin alles, was meiner Mam geblieben ist.«

Katie richtete sich auf. Ihre Schürze wurde von der reichen Ernte schwer nach unten gezogen. Sie wandte sich zum Haus, sah jedoch in diesem Augenblick Samuel mit großen Schritten auf sie zukommen.

Er nahm den Hut ab, sein blondes Haar war schweißverklebt. »Katie. Wie geht's dir heute?«

»Sehr gut, Samuel«, sagte sie. »Ich hab gerade Bohnen fürs Mittagessen gepflückt.«

»Ihr habt hier wirklich eine gute Ernte.«

Ich stand etwas abseits und hörte ihnen zu. Wo blieben die intim vertrauten Worte? Wo die leichte Berührung am Ellbogen oder Rücken? Bestimmt hatte Samuel inzwischen von dem Streit in der Quilt-Runde erfahren. Bestimmt war er hier, um Katie zu trösten. Ich wußte nicht, ob Paare in ihrer Welt so miteinander umgingen, ob Samuel sich zurückhielt, weil ich dabei war, oder ob diese beiden jungen Menschen sich wirklich nichts anderes zu sagen hatten – was seltsam gewesen wäre angesichts der Tatsache, daß sie zusammen ein Kind gezeugt hatten.

»Es ist etwas abgegeben worden«, sagte Samuel. »Vielleicht was Wichtiges.« Aha, jetzt kamen wir der Sache schon näher – eine vertraute Anspielung. Ich hob den Blick, gespannt, wie Katie reagieren würde, und merkte, daß Samuel mich angesprochen hatte, nicht sie.

»Für *mich* ist was abgegeben worden? Es weiß doch keiner, daß ich hier bin.«

Samuel zuckte die Achseln. »Es steht vor dem Haus.«

»Gut. Schön.« Ich lächelte Katie an. »Mal sehen, was mir mein heimlicher Verehrer diesmal geschickt hat.« Samuel drehte sich um und nahm Katies Arm, um sie vor das Haus zu führen. Ich ging hinter ihnen und sah, wie Katie sich ganz sachte aus seinem Griff wand.

Ein flacher Karton aus Wellpappe stand auf dem festgetretenen Boden vor dem Stall. »Die Polizei hat ihn gebracht«, sagte Samuel und starrte den Karton an, als vermutete er darin eine Klapperschlange.

Ich hob ihn hoch. Das Material der Staatsanwaltschaft war längst nicht so umfangreich, wie ich das von anderen Fällen her kannte – dieser eine kleine Karton enthielt alles, was die Polizei bislang zusammengetragen hatte. Man brauchte nicht viele Beweise für einen Fall, der klar war.

»Was ist das?« fragte Katie.

Sie stand neben Samuel und hatte den gleichen arglosen und fragenden Ausdruck im Gesicht. »Das kommt von der Staatsanwaltschaft«, erklärte ich. »Das sind die Beweise, die besagen, daß du dein Kind getötet hast.«

Zwei Stunden später waren um mich herum Aussagen und Dokumente und Berichte verstreut, die allesamt kein gutes Licht auf meine Mandantin warfen. Es gab ein paar Löcher in der Beweisführung – so mußte die DNA-Untersuchung erst noch beweisen, daß Katie tatsächlich die Kindesmutter war, und die Frühgeburt ließ es fraglich erscheinen, ob das Kind außerhalb des Mutterleibes hätte überleben können – doch ansonsten deuteten nahezu alle Beweise eindeutig auf sie. Es war nachgewiesen, daß sie am Tatort gewesen war; sie hatte kurz zuvor geboren; ihr Blut war an der Leiche des Säuglings gefunden worden. Da sie das Kind heimlich zur Welt gebracht hatte, war es ziemlich unwahrscheinlich, daß zufällig jemand anders vorbeigekommen war und das Kind getötet hatte. Andererseits lieferte gerade die heimliche Geburt der Staatsanwaltschaft ein Motiv: Eine Frau, die so handelt, wird vermutlich auch alles daran setzen, das Ergebnis dieser Geburt zu verbergen. Was die Frage offenließ, ob Katie zurechnungsfähig war oder nicht, als sie den Mord beging.

Als erstes mußte ich beim Gericht beantragen, daß die Kosten für ein psychiatrisches Gutachten übernommen wurden, und je eher ich diesen Antrag stellte, desto schneller würde ich den Scheck in Händen halten.

Ich stieg vom Bett und holte meinen Laptop darunter hervor. Der flache schwarze Koffer glitt über polierten Holzboden, so herrlich voll von Technik und synthetischen Materialien, daß ich am liebsten losgeweint hätte. Ich stellte ihn aufs Bett, klappte ihn auf und schaltete ihn ein. Nichts geschah.

Leise fluchend kramte ich nach dem Akku und schob ihn ein. Der Computer piepte, um mich darauf aufmerksam zu machen, daß der Akku aufgeladen werden mußte, und zeigte mir dann nur noch einen leeren, schwarzen Bildschirm.

Das war kein Weltuntergang. Ich konnte schließlich mit Netzanschluß arbeiten, bis der Akku wieder aufgeladen war. Ein Netzanschluß ... den es hier im Haus nirgends gab.

Plötzlich wurde mir klar, was es für mich als Anwältin bedeutete, auf einer amischen Farm zu arbeiten. Ich sollte eine Verteidigung für meine Klientin erarbeiten, und das ohne die alltäglichen Hilfsmittel, die Anwälten ansonsten zur Verfügung stehen. Wütend – auf mich, auf Richter Gorman – griff ich nach meinem Handy, um ihn anzurufen. Ich schaffte es gerade noch, die ersten drei Nummern zu wählen, dann gab auch das Telefon seinen Geist auf.

»Verdammt!« Ich schleuderte das Handy so fest auf die Bettdecke, daß es abprallte und zu Boden fiel. Ich hatte nicht mal ein Ladegerät mit; ich würde es am Zigarettenanzünder im Auto aufladen müssen. Und natürlich war das nächste Auto, das von Leda, gut zwanzig Meilen weit weg.

Leda. Ja, das wäre eine Lösung. Ich könnte bei ihr arbeiten. Aber es war eine schwierige Lösung, da Katie die Farm nicht verlassen durfte. Vielleicht, wenn ich den Antrag mit der Hand schrieb ...

Plötzlich hielt ich inne: Wenn ich den Antrag mit der Hand schrieb oder wenn es mir gelang, mein Telefon wieder funktionsfähig zu machen und den Richter anzurufen, dann würde er mir erklären, daß die Kautionsbedingungen nicht umsetzbar waren und daß Katie bis zum Beginn des Prozesses in Haft bleiben sollte. Ich mußte also selbst einen Ausweg finden.

Entschlossen stand ich auf und ging nach unten, in Richtung Stall.

Von Katie hatte ich gelernt, daß die Kühe im Sommer nicht jeden Tag nach draußen gelassen wurden, weil es zu heiß war. Und als ich jetzt in den Stall trat, waren die Tiere angekettet und muhten mich an. Eines kam auf die Beine, das Euter prall und rosa, so daß ich an Katie und die letzte Nacht denken mußte. Ich wandte mich ab, ging zwischen den beiden Reihen von Kühen hindurch und hielt nach einer Möglichkeit Ausschau, meinen Computer wieder in Gang zu bringen.

Mir war aufgefallen, daß auf einer amischen Farm die Regeln immer dann locker gehandhabt wurden, wenn es wirtschaftlich notwendig war. So rührte beispielsweise ein Zwölf-Volt-Motor die Milch im Kühltank, der in der altertümlichen Milchkammer stand; und die Melkmaschinen wurden von einer Dieselmaschine angetrieben, die zweimal täglich lief. Diese technischen Hilfsmittel dienten weniger der weltlichen Bequemlichkeit als der Konkurrenzfähigkeit der Amischen im Vergleich zu anderen Milchproduzenten. Ich verstand nicht viel von Diesel- oder Benzinmotoren, aber vielleicht konnte ich mein Laptop ja an einen anschließen?

»Was machen Sie hier?«

Als Aarons Stimme ertönte, fuhr ich zusammen und wäre fast mit dem Kopf gegen einen der Stahlarme am Tank gestoßen. »Oh! Sie haben mich erschreckt.«

»Suchen Sie was Bestimmtes?« fragte er.

»Ja, ich suche wirklich etwas. Ich muß einen Akku aufladen.«

Aaron nahm seinen Hut ab und rieb sich mit dem Hemdsärmel über die Stirn. »Einen Akku?«

»Ja, für meinen Computer. Wenn Sie möchten, daß ich Ihre Tochter angemessen verteidige, dann muß ich mich auch auf den Prozeß vorbereiten können. Und dazu gehört nun mal, daß ich zuvor einige Anträge schreibe.«

»Ich schreibe ohne Computer«, antwortete Aaron und ging weg.

Ich lief hinter ihm her. »Sie vielleicht, aber der Richter erwartet etwas anderes.« Zögernd fügte ich hinzu: »Ich bitte ja gar nicht um einen Netzanschluß im Haus oder um Zugang zum Internet oder ein Faxgerät – aber Sie müssen doch einsehen, daß es ziemlich unfair ist, wenn ich mich auf ein Ereignis in der englischen Welt auf amische Weise vorbereiten soll.«

Aaron blickte mich aus dunklen, unergründlichen Augen an. »Wir werden mit dem Bischof darüber sprechen. Er kommt heute her.«

Meine Augen wurden größer. »Ach ja? Deshalb?«

Aaron wandte sich ab. »Wegen anderer Dinge«, sagte er.

Ohne ein Wort scheuchte Aaron mich in die Kutsche. Katie wartete schon hinten, und ihre Miene verriet mir, daß auch sie nicht wußte, was vor sich ging. Aaron setzte sich rechts neben Sarah, griff nach den Zügeln, schnalzte mit der Zunge, und das Pferd trabte an.

Hinter uns rollte noch eine weitere Kutsche – die, mit der Samuel und Levi zur Arbeit kamen. Im Konvoi fuhren wir über Straßen, die ich nicht kannte, vorbei an Farmen und durch Felder, auf denen noch Männer arbeiteten, bis wir schließlich an einer kleinen Kreuzung hielten, an der schon einige andere Kutschen standen.

Der Friedhof war gepflegt und klein, alle Grabsteine etwa gleich groß, so daß sich die ältesten von den jüngsten nur durch die eingemeißelten Daten unterschieden. Eine kleine Gruppe von Amischen stand in einer entlegenen Ecke des Friedhofs, und ihre schwarzen Kleider und Hosen flatterten wie Krähenflügel. Sobald wir aus der Kutsche gestiegen waren, gingen sie auf Sarah und Aaron zu, um sie zu begrüßen.

Zu spät erkannte ich, daß die Fishers bloß ihre erste Station waren. Sie umringten mich und Katie, berührten ihre Wange und ihren Arm und tätschelten ihre Schulter. Sie murmelten Beileidsbekundungen, die in allen Sprachen gleich traurig klingen. Hinter uns hoben Samuel und Levi etwas von ihrer Kutsche, das die unverwechselbare Form eines kleinen Sarges hatte.

Verstört löste ich mich aus der Gruppe und trat zu Samuel. Er stand mit den Schuhspitzen direkt am offenen Grab und sah hinunter auf die kleine Holzkiste. Ich räusperte mich, und er sah mich an. Wieso hat niemand Mitleid mit dir, wollte ich fragen, doch die Worte blieben mir im Hals stecken.

Ein Auto kam langsam herangerollt und blieb hinter den Kutschen stehen. Leda und Frank stiegen aus, ganz in Schwarz. Ich sah an mir herunter, auf das T-Shirt und meine Jeans. Wenn jemand mir gesagt hätte, daß wir zu einer Beerdigung fahren würden, hätte ich mich vorher umziehen können. Aber es sah ganz so aus, als hätte auch Katie nichts davon gewußt.

Sie nahm die Beileidsbezeugungen ihrer Verwandten entgegen, fuhr jedes Mal leicht zusammen, wenn jemand sie ansprach, als würde sie geschlagen. Der Bischof und der Diakon, Männer, die ich vom Gottesdienst her wiedererkannte, traten an das offene Grab, und die kleine Gruppe sammelte sich um sie.

Ich fragte mich, was Sarah und Aaron veranlaßt hatte, die Leiche eines Säuglings zu bestatten, den sie nicht offen als ihr Enkelkind akzeptieren wollten. Ich fragte mich, was Samuel wohl empfand, der etwas abseits stand. Ich fragte mich, wie Katie mit dem Ganzen fertig wurde, zumal sie hartnäckig abstritt, überhaupt schwanger gewesen zu sein.

Katie, fest an der Hand ihrer Mutter, trat vor. Der Bischof begann zu beten, und alle Köpfe neigten sich – alle bis auf Katies. Sie blickte geradeaus, dann auf mich, dann zu den Kutschen hinüber – überallhin, nur nicht in das Grab. Schließlich wandte sie ihr Gesicht himmelwärts, wie eine Blume, und lächelte sanft, entrückt, als die Sonne auf ihre Haut schien.

Aber als der Bischof alle aufforderte, leise das Vaterunser zu sprechen, riß Katie sich plötzlich von ihrer Mutter los, lief zu der Kutsche, stieg ein und war nicht mehr zu sehen.

Ich wollte ihr folgen. Was Katie bislang auch gesagt hatte, diese Beerdigung hatte ganz offensichtlich irgend etwas ausgelöst. Ich hatte schon einen Schritt in ihre Richtung gemacht, als Leda meine Hand ergriff und mich mit einem knappen Kopfschütteln festhielt. Zu meiner eigenen Verwunderung blieb ich neben ihr stehen. Ich hörte mich selbst die Worte des Gebetes murmeln, Worte, die ich schon seit Jahren nicht mehr ausgesprochen hatte, Worte, von denen ich vergessen hatte, daß ich sie überhaupt kannte. Dann, bevor Leda mich wieder aufhalten konnte, eilte ich zur Kutsche und stieg ein. Katie saß zusammengesunken auf der Bank, den Kopf in den Händen vergraben. Unsicher strich ich ihr über den Rücken. »Ich kann mir vorstellen, wie schwer das für dich sein muß.«

Langsam richtete Katie sich auf, machte den Rücken kerzengerade. Ihre Augen waren trocken; ihre Lippen leicht geschwungen. »Er ist nicht von mir, falls du das denkst.« Sie wiederholte: »Er ist nicht von mir.«

»Schon gut«, beruhigte ich sie. »Er ist nicht von dir.« Aaron und Sarah stiegen ein, und die Kutsche fuhr an. Und mit jedem Schritt des Pferdes fragte ich mich, woher Katie wußte, daß der Säugling ein Junge gewesen war.

Sarah hatte für die Trauergäste eine Mahlzeit vorbereitet. Sie stellte Platten mit Essen und Körbe voll Brot auf einen Tisch auf der Veranda. Mir unbekannte Frauen eilten in die Küche und wieder hinaus, lächelten jedesmal schüchtern, wenn sie an mir vorbeikamen.

Katie war nirgends zu sehen, und was noch seltsamer war, niemanden schien das zu stören. Ich ließ mich mit einem vollen Teller auf einer Bank nieder und aß, ohne wirklich etwas zu schmecken. Ich dachte an Coop, und wie lange es wohl dauern würde, bis er hier war. Zuerst die Milch, jetzt die Beerdigung eines kleinen Leichnams – wie lange konnte Katie die Geburt ihres Kindes noch leugnen, bevor sie zusammenbrach?

Die Bank knarrte, als eine massige, ältere Frau neben mir Platz nahm. Ihr Gesicht war von feinen Linien durchzogen, ihre Hände schwer und an den Knöcheln geschwollen. Sie trug die gleiche schwarze Hornbrille wie mein Großvater in den fünfziger Jahren. »Und Sie«, sagte sie, »sind also das nette Anwaltsmädchen.«

Die wenigen Male in meiner Karriere, daß jemand die Worte *nett* und *Anwalt* in ein und demselben Satz verwendet hatte, konnte ich an einer Hand abzählen. Und noch seltener hatte mich – mit neununddreißig Jahren – jemand als Mädchen bezeichnet. Ich lächelte. »Ja, genau.«

Sie griff über ihren Teller hinweg und tätschelte meine Hand. »Wissen Sie, wir schätzen Sie sehr. Weil Sie sich so für unsere Katie einsetzen.«

»Vielen Dank. Aber das ist mein Beruf.«

»Nein, nein.« Die Frau schüttelte den Kopf. »Das ist Ihr Herz.«

Ich wußte nicht, was ich darauf erwidern sollte. Es ging darum, für Katie einen Freispruch zu erwirken, und das hatte so gut wie nichts mit meiner Meinung von ihr zu tun. »Wenn Sie mich entschuldigen würden«, sagte ich und stand auf, um mich zurückzuziehen. Aber kaum hatte ich mich umgedreht, stieß ich auch schon mit Aaron zusammen.

»Wenn Sie einen Moment mit uns kommen würden«, sagte er und deutete auf den Bischof neben sich, »können wir über die Angelegenheit von heute morgen sprechen.«

Wir gingen zu einem ruhigen Plätzchen im Schatten der Scheune. »Aaron hat mir erzählt, daß Sie ein Problem mit Ihrem Fall haben«, begann Ephram.

»Ich würde nicht sagen, daß es ein Problem mit dem Fall ist. Eher ein Problem mit der Logistik. Verstehen Sie, für meine Arbeit ist es unerläßlich, daß ich gewisse technische Möglichkeiten nutzen kann. Ich brauche das notwendige Rüstzeug, um Anträge vorzubereiten, die ich dem Richter schicke, und schriftliche Zeugenaussagen, die später erforderlich werden. Wenn ich dem Richter einen handschriftlichen juristischen Text vorlege, wird er mich auslachen und aus dem Gericht jagen – gleich nachdem er Katie ins Gefängnis gesteckt hat, mit der Begründung, daß die Kautionsbedingungen nicht umsetzbar sind.«

»Sie möchten also einen Computer benutzen?«

»Ja, das vor allem. Meiner läuft auch mit einem Akku, aber der ist leer.«

»Können Sie sich nicht mehr von diesen Akkus besorgen?«

»Nicht hier im nächstgelegenen Kramladen«, sagte ich. »Außerdem sind die Dinger teuer. Ich könnte ihn wieder aufladen, aber dafür brauche ich eine Steckdose.«

»Ich dulde keine Steckdose in meinem Haus«, schaltete Aaron sich ein.

»Ja, aber ich kann auch nicht in die Stadt fahren, den Akku acht Stunden aufladen und Katie die ganze Zeit hier allein lassen.«

Der Bischof streichelte seinen langen, grauen Bart. »Aaron, weißt du noch, als Polly und Joseph Zooks Sohn Asthma hatte? Weißt du noch, wie wichtig es war, daß das Kind Sauerstoff bekam? Da konnten wir uns auch nicht genau an den Wortlaut der *Ordnung* halten. Ich denke, das hier ist ein ähnlicher Fall.«

»Ganz und gar nicht«, widersprach Aaron. »Es geht nicht um Leben oder Tod.«

»Da fragen Sie aber mal Ihre Tochter«, konterte ich.

Der Bischof hob beide Hände. In diesem Augenblick sah er genauso aus wie jeder Richter, vor dem ich je in einem Gerichtssaal gestanden hatte. »Der Computer gehört nicht dir, Aaron, und ich zweifle nicht an deinem treuen Festhalten an unserer Lebensart. Aber wie ich damals auch zu den Zooks sagte, der Zweck heiligt in diesem Fall die Mittel. Solange unsere Anwältin es braucht, werde ich einen Transformator auf dieser Farm erlauben, der nur von Miss Hathaway zur Stromgewinnung benutzt werden darf.«

»Einen Transformator?«

Er wandte sich mir zu. »Transformatoren wandeln Zwölf-Volt-Strom in hundertzehn Volt um. Unsere Geschäftsleute benutzen sie für ihre elektronischen Kassen. Wir können keinen Strom direkt vom Generator benutzen, aber ein Transformator läuft mit einer Batterie, was nach den Regeln der *Ordnung* erlaubt ist. Die meisten Familien besitzen keinen Transformator, weil die Versuchung zu groß wäre. Verstehen Sie, die Elektrizität geht vom Dieselmotor zum Generator, zur Zwölf-Volt-Batterie, zum Transformator, zu allen möglichen Geräten – beispielsweise Ihrem Computer.«

Aaron blickte entsetzt. »Die *Ordnung* verbietet Computer. Und Transformatoren sind eine Versuchung«, wandte er ein. »Man könnte eine elektrische Glühbirne daran anschließen!«

Ephram lächelte. »Man könnte ... aber Aaron, das würdest du nie tun. Ich lasse Miss Hathaway heute noch einen Transformator bringen.«

Deutlich verstimmt wandte Aaron den Blick ab. Ich war zwar verblüfft über die soeben getroffene Absprache, aber auch dankbar. »Das wird mir sehr helfen.«

Die warmen Hände des Bischofs umfaßten meine, und einen Augenblick lang fühlte ich mich völlig geborgen. »Sie haben einiges für uns in Kauf genommen, Miss Hathaway«, sagte Ephram. »Haben Sie gedacht, wir wären nicht bereit, für Sie ähnliche Kompromisse einzugehen?«

Ich weiß nicht, warum der Gedanke, elektrischen Strom auf die Fisher-Farm zu holen, mich so nervös machte, als wäre ich Eva, die mit verführerischem Lächeln den berühmten Apfel darbot. Schließlich würde ich Katie ja nicht gleich in der Scheune beim Nintendo-Spielen erwischen. Vermutlich würde der Transformator nur Staub ansetzen, wenn ich nicht gerade meinen Laptop brauchte. Trotzdem verließ ich nach der Entscheidung des Bischofs das Haus und schlenderte ziellos umher.

Ich hörte Katies Stimme, bevor mir überhaupt bewußt war, daß ich zum Teich gewandert war. Sie saß zwischen zwei hohen Schilfgrasbüschen, fast versteckt, die nackten Füße ins Wasser getaucht. »Ich guck ja«, sagte sie, die Augen auf eine Stelle in der Mitte des Teiches gerichtet, wo absolut nichts zu sehen war. Sie lächelte und klatschte in die Hände, ein Einpersonenpublikum für eine Darbietung ihrer eigenen Phantasie.

Okay, vielleicht war sie ja wirklich verrückt.

»Katie«, sagte ich leise, und sie erschrak. Sie sprang auf und spritzte mich dabei naß.

»Oh, tut mir leid!«

»Es ist heiß. Ich könnte eine Abkühlung gebrauchen.« Ich setzte mich auf die Bank. »Mit wem hast du geredet?«

Ihre Wangen glühten. »Mit niemandem. Nur mit mir selbst.«

»Wieder mal deine Schwester?«

Katie seufzte, nickte dann. »Sie läuft Schlittschuh.«

»Sie läuft Schlittschuh«, wiederholte ich tonlos.

»Ja, ungefähr fünfzehn Zentimeter über dem Wasserspiegel.«

»Verstehe. Hat sie keine Schwierigkeiten, so ganz ohne Eis?«

»Nein. Sie weiß ja nicht, daß Sommer ist. Sie tut nur das, was sie getan hat, bevor sie starb.« Ihre Stimme wurde zu einem Flüstern. »Sie scheint mich auch nicht zu hören.«

Ich betrachtete Katie einen Moment lang. Ihre *Kapp* saß leicht schief, herausgerutschte Haarsträhnen ringelten sich um ihre Ohren. Sie hatte die Knie hochgezogen und ihre Arme locker darum geschlungen. Sie war nicht aufgeregt oder durcheinander. Sie starrte einfach nur hinaus auf den Teich, auf ihre angebliche Vision.

Ich knickte einen Schilfhalm ab und drehte den Stengel zwischen den Händen. »Was ich nicht verstehe, ist, wie du etwas glauben kannst, das nicht mal zu sehen ist, dich aber hartnäckig weigerst, etwas zu glauben, von dem andere Menschen – Ärzte und Gerichtsmediziner und, du lieber Himmel, sogar deine Eltern – mit Sicherheit wissen, daß es passiert ist.«

Katie hob das Gesicht. »Aber ich kann Hannah sehen, ganz deutlich, mit ihrem Schal und dem grünen Kleid und den Schlittschuhen, die sie von mir geerbt hat. Und dieses Baby habe ich nie gesehen, erst als es schon im Stall war, eingewickelt und tot.« Ihre Stirn legte sich in Falten. »Was würdest du eher glauben?«

Bevor ich antworten konnte, tauchte Ephram mit dem Diakon auf. »Miss Hathaway«, sagte der Bischof, »Lucas und ich müssen einen Moment mit unserer jungen Schwester hier sprechen.«

Trotz des Abstandes zwischen uns konnte ich spüren, daß Katie anfing zu zittern, und den beißenden Geruch der Angst riechen, der aus ihrer Haut drang. Sie zitterte noch heftiger als vor Gericht, als sie wegen Mordes angeklagt wurde. Ihre Hand wanderte über das dichte Gras, suchte meine und hielt sie fest. »Ich hätte gerne, daß meine Anwältin dabei ist«, flüsterte sie kaum hörbar.

Der Bischof blickte erstaunt. »Aber, Katie, warum denn das?«

Sie konnte den alten Mann nicht einmal ansehen. »Bitte«, hauchte sie und schluckte dann trocken.

Der Diakon und der Bischof wechselten einen Blick, und dann nickte Ephram. Das angsterfüllte Wesen neben mir hatte nichts mit der jungen Frau gemein, die mir in die Augen gesehen und gesagt hatte, daß sie nicht schwanger gewesen war. Es hatte nichts mit dem Mädchen gemein, das mir noch vor wenigen Minuten erzählt hatte, daß das, was für den einen sichtbar ist, für den anderen alles andere als glasklar sein muß. Aber es hatte eine verblüffende Ähnlichkeit mit dem Kind, das ich vor dem Richter gesehen hatte, als ich den Gerichtssaal betrat, dem Kind, das bereit gewesen war, das Rechtssystem wie eine Walze über sich hinwegrollen zu lassen, statt sich zu verteidigen.

»Die Sache ist die«, sagte Ephram spürbar beklommen. »Wir wissen, wie schwierig die Situation im Augenblick ist und daß sie nur noch unübersichtlicher werden wird. Aber es hat nun mal ein Baby gegeben, Katie, und du bist nicht verheiratet ... und, na ja, du mußt vor der Gemeinde Rechenschaft ablegen.«

Katie neigte kaum merklich den Kopf.

Die beiden Männer nickten mir zu und schritten wieder davon. Katie brauchte dreißig Sekunden, bis sie sich wieder in der Gewalt hatte, aber ihr Gesicht war so bleich wie der Mond. »Was sollte das heißen?« fragte ich.

»Sie wollen, daß ich meine Sünde bekenne.«

»Welche Sünde?«

»Ein uneheliches Kind empfangen zu haben.« Sie ging los, und ich hatte Mühe, mit ihr Schritt zu halten.

»Und was willst du tun?«

»Bekennen«, sagte Katie leise. »Was bleibt mir anderes übrig?«

Verblüfft drehte ich mich um und stellte mich ihr in den Weg. »Du könntest ihnen zum Beispiel das erzählen, was du mir erzählt hast. Daß du kein Kind bekommen hast.«

Ihre Augen füllten sich mit Tränen. »Das könnte ich ihnen nicht sagen; das könnte ich nicht.«

»Wieso nicht?«

Katie schüttelte den Kopf, ihre Wangen glühten. Sie rannte in das wogende Meer aus Mais.

»Wieso nicht?« schrie ich ihr nach und blieb frustriert stehen.

Die Männer, die den Transformator brachten, bauten ihn im Stall für mich auf. Er wurde an den Generator neben den Verschlägen für die trächtigen Kühe angeschlossen, und von dort hatte ich einen hübschen Blick auf das Polizeiband, das dort noch immer gespannt war. Kurz nach vier Uhr nachmittags trug ich meine Unterlagen und meinen Laptop hinaus in den Stall und fing an, mich wie eine Anwältin zu verhalten.

Levi, Samuel und Aaron waren dabei, die Kühe zu melken. Anscheinend war Levi immer nur die Knochenarbeit vorbehalten – Mist fahren, Getreide schaufeln –, während die beiden älteren Männer das Euter jeder Kuh mit Papier abwischten, das wie herausgerissene Telefonbuchseiten aussah, und sie dann paarweise an die Saugpumpe anschlossen, die von demselben Generator betrieben wurde, der indirekt auch meinen Computer mit Strom versorgte. Dann und wann trug Aaron einen Behälter in die Milchkammer und entleerte ihn in den großen Tank.

Ich sah ihnen eine Weile zu, fasziniert von ihren fließenden, routinierten Bewegungen und der Sanftheit ihrer Hände, wenn sie einen Kuhbauch streichelten oder ein Tier am Ohr kraulten. Lächelnd schloß ich meinen Laptop an und schaltete ihn ein.

Ich griff nach einem der Ordner, die mir die Staatsanwaltschaft geschickt hatte, und schlug ihn auf dem Heu auf. Während ich ihn durchblätterte, versuchte ich, im Kopf einen Antrag auf Übernahme der Kosten für ein psychiatrisches Gutachten zu formulieren.

Als ich aufschaute, starrte Levi mit offenem Mund durch den Stall hinweg meinen Laptop an, seine Schaufel in der Hand, bis Samuel zu ihm trat und ihn anschubste. Doch dann blickte Samuel selbst in meine Richtung, und seine Augen weiteten sich vor Staunen.

Aaron Fisher würdigte mich keines einzigen Blickes.

Am Ende der Stallgasse brüllte eine Kuh. Der Duft von süßem Heu und noch süßerem Futter kitzelte mich in der Nase. Die Geräusche der Melkmaschine wurden zum Hintergrundrhythmus. Ich schaltete von der Welt um mich herum ab, konzentrierte mich und begann zu tippen.

7

Der breite Lichtstrahl glitt über ihre Beine, wanderte die Wand hinauf und über die Zimmerdecke. Katie stützte sich mit pochendem Herzen auf die Ellbogen. Ellie schlief; das war gut so. Sie kroch aus dem Bett und sah aus dem Fenster. Zuerst erkannte sie nichts. Dann nahm Samuel seinen Hut ab, und das Mondlicht fiel auf sein helles Haar. Katie atmete tief durch, schlüpfte in ihre Kleider und eilte nach draußen.

Er schaltete die Taschenlampe sofort aus, als Katie aus der Tür trat, nahm sie in die Arme und preßte seine Lippen auf ihren Mund, fest. Katie erstarrte – noch nie hatte er so entschlossen die Initiative ergriffen –, und sie schob eine Hand zwischen sich und ihn, um Distanz herzustellen. »Samuel!« sagte sie, und sofort trat er einen Schritt zurück.

»Es tut mir leid«, stammelte Samuel. »Wirklich. Ich hatte bloß das Gefühl, als würdest du dich immer mehr von mir entfernen.« Katie hob die Augen. Sie kannte Samuels Gesicht so gut wie ihr eigenes; sie waren als Verwandte, als Freunde aufgewachsen. Einmal, als sie elf war, hatte er sie auf einen Baum gejagt. Als sie sechzehn war, hatte er sie zum erstenmal geküßt, hinter Joseph Yoders Kälberverschlag. Sie spürte Samuels Hände ruhelos über ihren Rücken gleiten.

Manchmal, wenn sie sich ihr Leben ausmalte, war es wie die endlose Reihe von Telefonmasten entlang der Route 340 – Jahr um Jahr, bis zum Horizont. Und wenn sie sich selbst sah, stand immer Samuel neben ihr. Er war alles, was gut für sie war, alles, was man von ihr erwartete. Er war ihr Sicherheitsnetz. Die Sache war nur, daß die meisten Amischen niemals den Blick von dem geraden und schmalen Weg hoben, um festzustellen, daß darüber das wunderbarste Drahtseil schwebte, über das man je im Leben balancieren könnte.

Samuel legte seine Stirn gegen Katies. Sie konnte seinen Atem spüren, seine Worte, die auf sie fielen, und sie öffnete die Lippen, um sie aufzunehmen. »Das Baby war nicht von dir«, sagte er drängend.

»Nein«, flüsterte sie.

Er neigte das Gesicht so, daß ihre Münder sich berührten, offen und süß wie das Meer. Ihr Kuß schmeckte nach Salz, und Katie wußte, daß auf ihrer beider Wangen Tränen waren, aber sie wußte nicht mehr, wer von ihnen seine Traurigkeit an den anderen weitergegeben hatte. Sie öffnete sich für Samuel so, wie sie es nie zuvor getan hatte, wußte sie doch, daß er gekommen war, um diese Schuld einzutreiben. Dann wich Samuel zurück und küßte ihre Augenlider. Er nahm ihr Gesicht in beide Hände und murmelte: »Ich habe gesündigt.«

Sie bedeckte seine Finger mit ihren Handflächen. »Hast du nicht«, widersprach sie.

»Doch. Laß mich ausreden.« Samuel schluckte. »Das Baby. Das Baby war nicht unseres.« Er zog Katie näher an sich heran, vergrub das Gesicht in ihrem Haar. »Es war nicht unser Baby, Katie. Aber ich wünschte, es wäre es gewesen.«

»Hast du je einen berührt?«

Adam blickte von seinem Schreibtisch auf und lächelte, als er sah, daß Katie über eines seiner Arbeitshefte gebeugt saß. »Ja«, sagte er. »Zumindest in gewisser Weise. Man kann sie nicht packen, man spürt nur, daß sie irgendwie über einen kommen.«

»Wie ein Windhauch?«

Adam legte seinen Stift aus der Hand. »Eher wie ein Frösteln.«

Katie nickte und las mit großem Ernst weiter. Es war das zweite Mal in dieser Woche, daß sie Jacob besuchte – was noch nie vorgekommen war –, und sie hatte für den Besuch einen

Tag gewählt, an dem Jacob, wie sie wußte, bis nachmittags im College arbeiten mußte. Als Adam sich neben sie setzte, lächelte Katie. »Erzähl mir, wie das war.«

»Ich war in einem alten Hotel auf Nantucket und bin mitten in der Nacht wach geworden. Eine Frau stand im Zimmer und sah zum Fenster hinaus. Sie hatte ein altmodisches Kleid an, und ihr Duft lag in der Luft – ein Geruch, den ich nicht kannte und den ich auch nachher nie wieder gerochen habe. Ich habe mich aufgesetzt und gefragt, wer sie sei, aber sie hat nicht geantwortet. Und dann merkte ich, daß ich die Fensterbank und die hölzernen Mittelpfosten durch sie hindurch sehen konnte. Sie hat mich ignoriert und ging direkt vom Fenster durch mich hindurch. Es fühlte sich ... kalt an. Mir haben sich die Nackenhaare gesträubt.«

»Hast du Angst gehabt?«

»Eigentlich nicht. Sie schien gar nicht zur Kenntnis zu nehmen, daß ich da war. Am nächsten Morgen habe ich den Besitzer darauf angesprochen, und er hat mir erzählt, daß das Hotel früher mal das Haus von einem Kapitän war, der ertrunken ist. Angeblich spukte nun seine Witwe darin herum und wartete noch immer auf die Rückkehr ihres Mannes.«

»Das ist traurig«, sagte Katie.

»Die meisten Geistergeschichten sind traurig.«

Einen Moment lang dachte Adam, sie würde anfangen zu weinen. Er streckte die Hand aus und berührte Katies Kopf. »Ihr Haar war wie deins. Voll und glatt und länger, als ich es je gesehen hatte.« Als sie rot wurde, lehnte er sich zurück und verschränkte die Hände über den Knien. »Darf ich dich jetzt mal was fragen?«

»Natürlich.«

»Nicht, daß mir dein Interesse an meiner Arbeit nicht schmeicheln würde ... aber du bist wirklich der letzte Mensch, von dem ich erwartet hätte, daß ihn so etwas fasziniert.«

»Weil ich amisch bin, meinst du?«

»Hm, ja.«

Katie fuhr mit den Fingern über die Worte, die Adam getippt hatte. »Ich kenne diese Geister«, sagte sie. »Ich weiß, wie es ist, sich in der Welt zu bewegen, aber nicht wirklich ein Teil von ihr zu sein. Und ich weiß, wie es ist, wenn Menschen mitten durch dich hindurch starren und einfach nicht glauben können, was sie da sehen.« Katie legte das Heft beiseite und sah Adam an. »Wenn es mich gibt, warum dann nicht auch sie?«

Adam hatte einmal eine komplette Reisegruppe befragt, die auf dem Schlachtfeld von Gettysburg plötzlich ein ganzes Bataillon von Soldaten gesehen hatten, das nicht da war. Er hatte mit Infrarotkameras die kälteren Energielöcher aufgezeichnet, die einen Geist umgaben. Er hatte gehört, wie Geister auf Speichern Kisten verschoben, Türen knallten, Telefone klingeln ließen. Und doch hatte er in all den Jahren seiner Forschungsarbeit um Glaubwürdigkeit kämpfen müssen.

Tief beeindruckt, nahm er Katies Hand. Er drückte sie sanft und hob sie dann an seine Lippen, um die Innenseite ihres Handgelenks zu küssen. »Du bist kein Geist«, sagte er.

George Callahan blickte stirnrunzelnd auf Lizzies Teller. »Ißt du denn nie was? Irgendwann weht dich noch der Wind weg.«

Lizzie nahm einen Bissen von ihrem Bagel. »Wie kommt es, daß du nur zufrieden bist, wenn alle um dich herum irgendwas in sich hineinstopfen? «

»Das muß damit zusammenhängen, daß ich Anwalt bin.« Er tupfte sich den Mund mit seiner Serviette ab und lehnte sich zurück. »Du wirst deine Energie heute brauchen. Hast du schon mal versucht, von Amischen Informationen über ihr Privatleben zu bekommen?«

Lizzie ließ ihre Gedanken schweifen. »Einmal«, sagte sie. »Damals bei der Sache mit Crazy Charlie Lapp.«

»Ach ja – der schizophrene Junge, der seine Medikamente nicht mehr genommen hat und mit einem geklauten Auto nach Georgia gefahren ist. Tja, nimm den Fall und multipliziere den Schwierigkeitsgrad etwa mit hundert.«

»George, laß mich doch einfach meine Arbeit tun, ja? Ich erzähl dir ja auch nicht, wie du deine Fälle vor Gericht verhandeln sollst.«

»Klar tust du das. Ich hör bloß nicht auf dich.« Er beugte sich vor und stützte die Ellbogen auf den Tisch. »Die meisten Kindstötungen kommen gar nicht bis vor Gericht – meistens wird eine außergerichtliche Einigung erzielt. Und wenn die Mutter doch mal verurteilt wird, dann mit dem geringstmöglichen Strafmaß. Weißt du, warum?«

»Weil kein Geschworener glauben will, daß eine Mutter fähig ist, ihr eigenes Kind zu töten?«

»Auch. Aber vor allem, weil die Staatsanwaltschaft nicht in der Lage ist, ein Motiv für das Verbrechen nachzuweisen, und dann ist es strenggenommen kein Mord.«

Lizzie rührte in ihrem Kaffee. »Ellie Hathaway könnte auf Unzurechnungsfähigkeit plädieren.«

»Bis jetzt hat sie das nicht getan.« George zuckte die Achseln. »Hör mal. Ich glaube, der Fall wird eine ganz große Sache, weil es um Amische geht. Da kann sich die Staatsanwaltschaft so richtig profilieren.«

»Und da schadet es natürlich auch nicht, daß für dich nächstes Jahr die Wahl ansteht«, sagte Lizzie.

George kniff die Augen zusammen. »Das hat mit mir nichts zu tun. Da ist nicht Maria in den Stall gegangen, um das Jesuskind zu gebären. Katie Fisher ist da reingegangen, mit dem Vorsatz, das Kind zu gebären, es zu töten und dann zu verstecken.« Er lächelte Lizzie an. »Los, los, beweis, daß ich recht habe.«

Ellie, Sarah und Katie waren in der Küche und legten Gurken ein, als der Wagen vor dem Haus hielt. »Oh«, sagte Sarah und schob die Gardinen beiseite, um besser hinaussehen zu können. »Da ist diese Polizistin schon wieder.«

Ellie hörte sofort auf, Gurken zu schälen. »Die will euch alle vernehmen. Katie, geh nach oben auf dein Zimmer, und komm erst wieder runter, wenn ich dir Bescheid sage.«

»Warum?«

»Weil sie der Feind ist, klar?« Als Katie hinauseilte, wandte Ellie sich Sarah zu. »Du mußt mit ihr reden. Sag ihr einfach das, was du meinst, sagen zu können.«

»Bist du denn nicht dabei?«

»Ich passe auf, daß sie nicht in Katies Nähe kommt. Das ist wichtiger.«

Sarah nickte, und im selben Moment klopfte es an der Tür. Sie wartete, bis Ellie aus dem Raum war, dann ging sie durch die Küche und öffnete die Tür.

»Hallo, Mrs. Fisher. Ich weiß nicht, ob Sie sich noch an mich erinnern. Ich bin –«

»Ich weiß, wer Sie sind«, sagte Sarah. »Möchten Sie hereinkommen?«

Lizzie nickte. »Sehr gern. Ich würde Ihnen gern ein paar Fragen stellen.« Sie ließ den Blick durch die Küche schweifen, über die Gläser auf dem Herd und den Gurkenhaufen auf dem Tisch. »Wäre Ihnen das recht?« Als Sarah zurückhaltend nickte, zog Lizzie ihr Notizbuch aus der Jackentasche. »Können Sie mir ein bißchen was über Ihre Tochter erzählen?«

»Katie ist ein gutes Mädchen. Sie ist bescheiden und großherzig und freundlich, und sie dient dem Herrn.«

Lizzie klopfte mit dem Stift aufs Papier, schrieb nichts auf. »Hört sich nach einem Engel an, Mrs. Fisher.«

»Nein, bloß nach einem guten amischen Mädchen.«

»Hat sie einen Freund?«

Sarah knetete unter der Schürze ihre Hände. »Es hat ein paar gegeben, aber ernst zu nehmen ist wohl nur Samuel. Er arbeitet mit meinem Mann auf der Farm.«

»Ja, ich hab ihn kennengelernt. Was heißt ›ernst zu nehmen‹?«

»Das kann ich nicht sagen«, entgegnete Sarah mit einem scheuen Lächeln. »Das ist Katies Privatangelegenheit. Und falls sie ans Heiraten denken, müßte Samuel zum *Schtecklimann* gehen, dem Vermittler, der dann herkommen und fragen würde, was Katies Wünsche sind.«

Lizzie beugte sich vor. »Dann erzählt Katie Ihnen also nicht alles?«

»Natürlich nicht.«

»Hat sie Ihnen erzählt, daß sie schwanger war?«

Sarah senkte den Blick. »Ich weiß nicht.«

»Ich möchte ja nicht unhöflich klingen, Mrs. Fisher, aber entweder sie hat es Ihnen erzählt oder nicht.«

»Sie hat es mir nicht offen gesagt, aber sie hätte das auch nicht von sich aus erzählt. Es ist etwas sehr Persönliches.«

Lizzie verkniff sich die Bemerkung, die ihr auf der Zunge lag. »Ist Ihnen nie aufgefallen, daß Katie weitere Kleider angezogen hat? Daß sie keine Regelblutung mehr hatte?«

»Ich habe Kinder geboren, Detective. Ich kenne die Anzeichen einer Schwangerschaft.«

»Aber hätten Sie sie auch bemerkt, wenn sie bewußt vor Ihnen versteckt gehalten worden wären?«

»Ich denke, die Antwort darauf lautet: nein«, gab Sarah leise zu. »Andererseits wäre es möglich, daß Katie selbst nicht wußte, was mit ihr vorging.«

»Sie ist auf einer Farm aufgewachsen. Und sie hat erlebt, wie Sie schwanger waren, richtig?« Als Sarah den Kopf senkte und nickte, schoß Lizzie plötzlich ein Gedanke durch den Kopf. »Hat Katie je einen Hang zu Gewalttätigkeit erkennen lassen?«

»Im Gegenteil – andauernd bringt sie kranke Eichhörnchen und Vögel ins Haus, und sie füttert die Kälber, deren Mütter bei der Geburt gestorben sind. Sie ist sehr fürsorglich.«

»Hat sie öfters auf ihre kleine Schwester aufgepaßt?«

»Ja. Hannah war ihr Schatten.«

»Wie ist ihre Jüngste gestorben?«

Sarah schloß die Augen, und sie schien aus sich selbst herauszutreten. »Sie ist ertrunken. Ein Unfall beim Schlittschuhlaufen, als sie sieben Jahre alt war.«

»Das tut mir sehr leid. Waren Sie damals dabei?«

»Nein, sie und Katie waren allein draußen am Teich.« Als Lizzie keine weitere Frage mehr stellte, sah Sarah sie an und las den Gedanken, der ihr ins Gesicht geschrieben stand. »Sie können doch nicht ernsthaft annehmen, daß Katie irgendwas mit dem Tod ihrer eigenen Schwester zu tun hatte!«

Lizzie zog die Augenbrauen hoch. »Mrs. Fisher«, sagte sie leise, »das habe ich mit keinem Wort behauptet.«

In einer besseren Welt würde Samuel Stoltzfus die Seiten von Illustrierten zieren, mit nichts als Unterwäsche von Calvin Klein am Leib, dachte Lizzie. Er war groß, kräftig und blond und so klassisch gutaussehend, daß Frauen aller Glaubensrichtungen Mühe haben mußten, bei ihm nicht schwach zu werden. Aber Lizzie hatte den jungen Mann nun schon zwanzig Minuten lang vernommen, und sie wußte, daß er zwar wie ein griechischer Gott aussah, aber ganz sicher nicht so clever wie Sokrates war. Sie hatte ihm jeden einzelnen medizinischen Nachweis für die Schwangerschaft seiner Freundin vorgehalten, aber Samuel war nicht davon abzubringen, daß Katie kein Kind geboren hatte.

Vielleicht war Verdrängung ja ansteckend, wie Grippe.

Lizzie atmete tief aus und gab nach. »Versuchen wir's mal anders. Erzählen Sie mir ein bißchen was über Ihren Boß.«

»Aaron?« Samuel wirkte verwirrt, was ihm nicht zu verdenken war. Alle anderen Fragen hatten auf seine Beziehung zu Katie abgezielt. »Er ist ein guter Mann. Ein sehr einfacher Mann.«

»Mir kam er etwas verbohrt vor.«

Samuel zuckte die Achseln. »Er ist es gewohnt, seinen Willen durchzusetzen«, sagte er und fügte dann eilig hinzu, »aber es ist ja schließlich auch seine Farm.«

»Und wenn sie erst ein Mitglied der Familie geworden sind? Ist es dann nicht auch Ihre Farm?«

Samuel zog den Kopf ein, spürbar verlegen. »Das wäre seine Entscheidung.«

»Wer soll denn sonst die Farm übernehmen, vor allem wenn Katie verheiratet ist? Es sei denn, er hat noch einen Sohn auf der Hinterhand, den bisher noch keiner erwähnt hat.«

Ohne ihr in die Augen zu sehen, sagte Samuel. »Er hat keine Söhne mehr.«

Lizzie hakte nach. »Hatten die Fishers noch ein anderes Kind, das gestorben ist? Das eine war ja ein kleines Mädchen.«

»Ja, Hannah.« Samuel schluckte. »Sonst ist kein Kind gestorben. Ich wollte sagen, daß er keine Söhne hat. Manchmal weiß ich nicht genau, wie ich mich bei den *Englischen* ausdrücken soll.«

Lizzie musterte ihn. Samuel würde also die Farm erben – vorausgesetzt, daß er Katie Fisher heiratete. Und ein Enkelkind würde das Geschäft unwiderruflich machen. Hatte Katie den Säugling getötet, weil sie nicht an Samuel gebunden sein wollte? Weil sie nicht wollte, daß er die Farm erbte?

»Bevor das Baby gefunden wurde«, fragte Lizzie, »hatten Sie und Katie da schon mal Streit?«

Er zögerte. »Ich glaube nicht, daß ich Ihnen das erzählen muß.«

»Doch, Samuel, das müssen Sie. Weil Ihre Freundin wegen Mordes vor Gericht kommt, und falls Sie irgendwie daran beteiligt waren, könnten Sie wegen Beihilfe angeklagt werden. Also – hatten Sie Streit?«

Samuel wurde rot. Lizzie konnte es kaum glauben. Noch nie hatte sie einen so großen Mann so beschämt gesehen. »Nur wegen Kleinigkeiten.«

»Zum Beispiel?«

»Manchmal wollte sie mir keinen Gutenachtkuß geben.«

Lizzie lächelte. »Ist das nicht ein bißchen so, als würde man die Stalltür schließen, nachdem das Pferd abgehauen ist?«

Samuel blickte sie verwirrt an. »Ich verstehe nicht, was Sie meinen.«

Jetzt wurde Lizzie rot. »Ich wollte bloß damit sagen, daß mir ein Kuß doch recht harmlos erscheint, nachdem Sie sie geschwängert haben.«

Seine Wangen glühten noch heftiger. »Katie hat kein Baby bekommen.«

Also das Ganze noch mal von vorn. »Samuel, das hatten wir doch schon. Sie hat ein Kind bekommen. Das haben die Ärzte eindeutig festgestellt.«

»Ich kenne die *englischen* Ärzte nicht, aber ich kenne meine Katie«, sagte er. »Sie sagt, daß sie kein Baby bekommen hat, und das stimmt; das wäre gar nicht möglich gewesen.«

»Wieso nicht?«

»Weil.« Samuel wandte sich ab.

»*Weil* reicht mir nicht, Samuel«, sagte Lizzie.

Er drehte sich zu ihr um, und seine Stimme hob sich. »Weil wir uns nie geliebt haben.«

Lizzie schwieg einen Augenblick. »Daß sie nicht mit Ihnen geschlafen hat«, stellte sie freundlich klar, »muß nicht bedeuten, daß sie nicht mit jemand anderem geschlafen hat.«

Sie wartete, bis die Worte ihre Wirkung entfalteten, der schreckliche Rammbock, der Samuels letzte Schutzbarriere zusammenbrechen ließ. Der große Mann knickte ein, die Krempe seines Hutes stieß an seine Knie, seine Arme hielt er an seinen Bauch gepreßt.

Lizzie erinnerte sich an einen Fall, der einige Jahre zurücklag. Die Freundin eines Juweliers hatte ihren Freund betrogen und war schwanger geworden. Anstatt den Seitensprung zuzugeben, versuchte sie, ihr Gesicht zu wahren, indem sie mit der Behauptung vor Gericht ging, sie wäre vergewaltigt worden. Der Mord an dem Baby ging möglicherweise nicht auf einen Streit zwischen Katie und Samuel zurück. Im Gegenteil. Anstatt zuzugeben, daß sie mit einem anderen geschlafen und gegen ihre religiösen Grundsätze verstoßen hatte, anstatt ihre Familie zu verletzen und ihre Pläne mit Samuel zu zerstören, hatte Katie sich des Beweises für ihren Fehltritt entledigt.

Lizzie sah, wie Samuels Schultern bebten. Sie berührte seinen Rücken und ließ ihn dann allein mit der Wahrheit: Es war nicht so, daß er nicht glaubte, daß Katie ein Kind bekommen hatte; er *wollte* es nicht glauben.

»Hat sie es getan?« flüsterte Samuel und umklammerte Ellies Hände wie eine Rettungsleine. »Hat sie mir das angetan?«

Sie hatte nie geglaubt, daß man zusehen konnte, wie ein Herz brach, doch jetzt sah sie es mit eigenen Augen. »Samuel, tut mir leid. Ich kenne sie nicht gut genug, um das beurteilen zu können.«

»Hat Sie Ihnen denn was gesagt? Hat sie Ihnen seinen Namen genannt?«

»Wir wissen doch gar nicht, ob es einen ›anderen‹ gegeben hat«, sagte Ellie. »Die Polizistin will, daß Sie voreilige Schlüsse ziehen, weil sie hofft, daß Sie sich dann verplappern und irgendwas erzählen, das der Anklage dienlich sein kann.«

»Ich habe nichts gesagt«, beteuerte Samuel.

»Natürlich nicht«, sagte Ellie trocken. »Ich bin sicher, die haben auch so schon genug.« Tatsächlich wurde ihr allein bei dem Gedanken daran ganz schwindelig: Damit hatte die Anklage ihr Motiv – Katie hatte den Mord begangen, um eine Unbesonnenheit zu vertuschen.

Samuel sah Ellie ernst an. »Für Katie würde ich alles tun.«

»Ich weiß.« Die Frage war, wie weit Samuels Versprechen ging. Konnte es sein, daß er einfach nur ein guter Schauspieler war und von Anfang an von der Schwangerschaft seiner Freundin gewußt hatte? Selbst wenn Sarah nichts bemerkt hatte, Samuel hätte schon bei einer einfachen Umarmung die körperlichen Veränderungen bei Katie festgestellt – und natürlich gewußt, daß er nicht der Vater war. Da es keine Fisher-Söhne gab, würde Samuel die Farm erben, solange er Katie behielt. Eine Farm in Lancaster County hatte einen enormen Wert, schon allein der Grundstückspreis mancher Farmen ging in die Millionen. Hätte Katie ein Kind geboren und dann den Kindsvater geheiratet, wäre Samuel leer ausgegangen. Das war eindeutig ein mögliches Mordmotiv – aber es deutete auf einen ganz anderen Verdächtigen hin.

»Ich denke, Sie sollten mit Katie sprechen«, sagte Ellie sanft. »Ich bin es nicht, die Ihnen die Antworten auf Ihre Fragen geben kann.«

»Wir wollten zusammensein. Das hat sie mir gesagt.« Samuels Stimme bebte. Seine Augen schimmerten feucht. Brechende Herzen hatten noch etwas an sich – bei ihrem Anblick bekam auch das eigene Herz einen feinen Riß. Samuel wandte sich mit hängenden Schultern ab. »Ich weiß, es ist der Wille des Herrn, ihr zu vergeben, aber ich kann das im Augenblick nicht. Im Augenblick will ich nur noch wissen, mit wem sie zusammen war.«

Ellie nickte und dachte: Da bist du nicht der einzige.

Ranken wanden sich um das Fundament der Eisenbahnbrücke, reckten sich bis zur Hochwassermarke und zu den Nieten, die Stahl mit Beton verbanden. Katie rollte die Beine ihrer Jeans auf, zog Schuhe und Socken aus und folgte Adam ins seichte Wasser. Kieselsteine bohrten sich ihr in die Fußsohlen; auf den glitschigen, glatten Steinen rutschte sie aus. Als sie nach dem Pfeiler griff, um sich abzustützen, spürte sie, wie Adams Hände sich auf ihre Schultern legten. »Es ist Dezember 1878«, flüsterte er. »Ein Eissturm. Zweihundertdrei Passagiere sind in einem Zug der Pennsylvania Line unterwegs nach New York, um dort Weihnachten zu verbringen. Da oben, am Rand der Brücke, entgleist der Zug, und die Waggons stürzen ins eisige Wasser. Einhundertsechsundachtzig Menschen sterben.«

Sein Atem wehte seitlich gegen ihren Hals, und dann trat er unvermittelt von ihr weg. »Wieso sind hier dann nicht einhundertsechsundachtzig Geister?« fragte Katie.

»Vermutlich sind es so viele. Aber der einzige, der von etlichen Leuten gesehen worden ist, ist der von Edye Fitzgerald.« Adam ging zurück zum Flußufer, setzte sich und begann, sich an einer langen, flachen Mahagonikiste zu schaffen zu machen. »Edye und John Fitzgerald waren frisch verheiratet und wollten in New York ihre Flitterwochen verbringen. John hat den Unfall überlebt und soll angeblich mit den Rettungskräften in dem Zugwrack gearbeitet und immer wieder den Namen seiner Frau gerufen haben. Nachdem er ihre Leiche identifiziert hatte, fuhr er allein nach New York, mietete die Flitterwochensuite in einem schicken Hotel und beging Selbstmord.«

»Das ist eine Sünde«, sagte Katie ausdruckslos.

»Ja? Vielleicht hat er nur versucht, wieder mit Edye zusammenzusein.« Adam lächelte schwach. »Diese Suite würde ich gerne mal untersuchen und nachsehen, ob er dort noch herumspukt.« Er öffnete den Deckel der Holzkiste. »Jedenfalls gibt es über zwanzig Berichte von Menschen, die Edye gesehen haben, wie sie hier unten im Wasser herumlief, die gehört haben, wie sie Johns Namen rief.«

Er nahm zwei lange L-förmige Ruten aus der Kiste und wirbelte sie in den Händen wie ein Revolverheld. Katie sah ihm mit großen Augen zu. »Was willst du denn damit?«

»Einen Geist fangen.« Als er ihre schockierte Miene sah, mußte er lachen. »Hast du schon mal eine Wünschelrute benutzt? Vermutlich nicht. Manche Menschen ziehen damit los

und suchen Wasser oder sogar Gold. Aber Wünschelruten registrieren auch Energie. Dann fangen sie an zu zittern.«

Er ging so geräuschlos um den Zementpfeiler herum, daß das Wasser um seine Beine kaum ein Plätschern von sich gab. Er hatte die Hände um die Ruten gelegt, den Kopf konzentriert nach unten geneigt.

Sie konnte sich nicht vorstellen, daß ihre Eltern das taten, was John und Edye in der Leidenschaft ihrer Liebe getan hatten. Nein, wenn ein Ehepartner starb, war das der natürliche Lauf der Dinge, und die Witwe oder der Witwer lebte sein Leben weiter. Wenn sie recht darüber nachdachte, hatte sie noch nie gesehen, daß ihr Dad ihrer Mam auch nur einen flüchtigen Kuß gab. Aber sie erinnerte sich, daß er den ganzen Tag von Hannahs Beerdigung den Arm um sie gelegt hatte, daß er Mam manchmal, wenn er fertig gegessen hatte, so anstrahlte, als hätte sie gerade die Sterne vom Himmel geholt. Man hatte Katie gelehrt, daß eine Ehe durch Einigkeit und ein einfaches Leben zusammengehalten wurde – und die Leidenschaft kam danach, insgeheim. Aber wer konnte sagen, ob sie nicht davor kam? Dieser Seufzer, der unaufhaltsam aus ihrer Brust aufstieg, der Feuerball in der Magengrube, wenn sein Arm sie streifte, der Klang seiner Stimme, die sich ihr ums Herz legte – konnten nicht auch solche Dinge einen Mann und eine Frau für immer aneinander binden?

Plötzlich verharrte Adam. Seine Hände zitterten leicht, als die Ruten auf und ab wippten. »Da ist etwas … genau hier.«

Katie lächelte. »Ein Zementpfeiler.«

Ein Schatten der Enttäuschung huschte so rasch über Adams Gesicht, daß Katie nicht wußte, ob sie ihn sich eingebildet hatte. Die Ruten begannen kräftiger auszuschlagen. Adam riß sich von der Stelle los. »Du denkst, ich erfinde das nur.«

»Nein, ich –«

»Du mußt mich nicht anlügen. Ich sehe es dir an.«

»Du verstehst das nicht«, begann Katie.

Adam hielt ihr schroff die Ruten hin. »Nimm sie«, forderte er sie auf. »Spür es selbst.«

Katie schloß die Hände um die Stellen, die von seinen Hän-

den warm waren. Vorsichtig ging sie dahin, wo Adam gestanden hatte.

Zuerst war es ein Schauer, der ihr den Rücken hinauflief. Dann kam eine unsägliche Traurigkeit, die über sie fiel, wie ein Fischernetz. Katie spürte das Zerren der Ruten, als stünde jemand am anderen Ende und klammerte sich verzweifelt daran fest. Sie biß sich auf die Unterlippe, hielt mühsam fest und begriff, daß diese Ruhelosigkeit, diese unsichtbare Energie, dieser Schmerz – daß das ein Geist war.

Adam berührte sie an der Schulter, und Katie brach in Tränen aus. Es war zuviel – die Gewißheit, daß die Toten vielleicht noch hier auf Erden sind und daß es in all den Jahren, jedesmal, wenn sie Hannah gesehen hatte, keine Einbildung gewesen war. Sie spürte Adams Arme, die sich um sie legten, und sie schämte sich, weil sie in sein Hemd schluchzte. »Schschsch«, sagte er, als nähere er sich einem wilden, verstörten Tier. »Ist ja gut.«

Aber es war nicht gut. Trug Hannah die gleiche Verzweiflung mit sich herum, wie Katie sie bei Edye Fitzgerald gespürt hatte? Rief sie immer noch nach Katie, damit die sie rettete?

Adams Lippen lagen warm auf Katies Ohr. »Du hast sie gefühlt«, raunte er ehrfürchtig, und Katie nickte.

Wieder spürte sie das Beben, aber diesmal kam es aus ihrem Innern. Adams Augen waren hell, von dem Blau, das man sieht, wenn man sich in einem Kornfeld im Kreis dreht, sich dann schwindelig auf den Rücken fallen läßt und zum Himmel hochschaut. Ihr Herz pochte, und alles drehte sich, als sie an Edye und John Fitzgerald dachte. Sie dachte an jemanden, der sie so lieben würde, daß er in alle Ewigkeit ihren Namen rief. »Katie«, flüsterte Adam und neigte den Kopf.

Sie war schon geküßt worden, trocken und fest, so daß es fast weh tat. Adam dagegen strich ihr mit seinem Mund über die Lippen, so daß sie prickelten und ihr die Kehle schmerzte. Sie merkte, wie sie sich fester an ihn schmiegte. Er schmeckte nach Kaffee und Pfefferminzkaugummi; er hielt sie fest, als drohe sie zu zerbrechen.

Plötzlich wich Adam zurück. »Mein Gott«, sagte er und machte einen Schritt nach hinten. »O Gott.«

Katie strich sich die Haare hinter die Ohren, wurde rot und starrte zu Boden. Was war nur in sie gefahren? So benahm sich kein amisches Mädchen. Aber andererseits war sie hier und jetzt ja auch kein amisches Mädchen. In diesen Sachen, die Jacob ihr besorgt hatte, mit ihrem Haar, so offen und frei, wie die Englischen *es trugen, fühlte sie sich wie jemand ganz anderes. Jemand, der an Geister glauben konnte. Jemand, der an Liebe auf den ersten Blick glauben konnte, an Liebe, die ewig währte.*

Schließlich nahm sie all ihren Mut zusammen und blickte auf. »Es tut mir leid.«

Langsam hob Adam den Kopf. Sein Mund, sein schöner Mund, zuckte leicht. Er hob ihre Hand hoch und küßte sie auf die Handfläche, ein Andenken, das sie festhalten und als Souvenir in die Tasche stecken konnte. »Es muß dir nicht leid tun«, sagte er, und dann schloß er sie wieder in seine Arme.

Ellie stürmte in das Schlafzimmer, das sie mit Katie teilte, und knallte die Tür hinter sich zu.

»Ist sie weg?«

Die Frage irritierte Ellie. »Wer?«

»Die Polizistin. Die Frau, die vorhin mit dem Auto gekommen ist.«

Himmel, sie hatte ganz vergessen, daß Lizzie Munro sich auf der Farm herumtrieb. »Soweit ich weiß, vernimmt sie gerade die gottverdammten Kühe«, zischte Ellie. »Hoch mit dir. Wir beide, Katie Fisher, werden uns jetzt mal unterhalten.«

Verschreckt setzte sich Katie, die auf dem Bett lag, auf. »Was – was ist denn los?«

»Ich kann dir sagen, was los ist: Die Frau, die für die Staatsanwaltschaft ermittelt, ist unten und bekommt gerade kostbare Fakten geliefert, und zwar von deinen Freunden und Verwandten. Ich dagegen bin seit einer geschlagenen Woche hier und kriege nicht eine einzige ehrliche Antwort von dir.« Katie öffnete den Mund, aber Ellie hob die Hand. »Nein. Komm mir jetzt bloß nicht wieder damit, du hättest mir schon die Wahrheit erzählt. Dieses Baby, das du nie bekommen hast?

Dein Freund Samuel hat mir gerade erzählt, daß du nicht mit ihm geschlafen hast.«

Katies Augen weiteten sich, so daß ein weißer Ring um die blaue Iris herum sichtbar wurde. »Natürlich nicht. So etwas würde ich nicht tun, bevor wir unser Ehegelübde abgelegt haben.«

»Selbstverständlich nicht«, entgegnete Ellie sarkastisch. »Jetzt haben wir es also mit einer Jungfrauengeburt zu tun.«

»Ich hab kein –«

»Du hast kein Kind bekommen! Du hast keinen Sex gehabt!« Ellies bebende Stimme wurde lauter. »Herrgott, Katie, wie soll ich dich denn verteidigen?« Sie stand direkt vor Katie, und ihr Zorn umgab das Mädchen wie eine heiße Wolke. »Da draußen läuft ein junger Mann rum, der völlig am Boden zerstört ist, weil er nicht dein ein und alles ist. Du ziehst den Kopf ein und sagst brav *ja, ja* zum Bischof, der dir unterstellt, daß du möglicherweise Geschlechtsverkehr hattest. Aber, verdammt noch mal, bei mir bist du wie ein Block Zement und nicht bereit, mir auch nur die geringste Kleinigkeit zu liefern, mit der ich etwas anfangen könnte!«

Katie wich vor Ellies geballter Wut zurück. Sie wandte sich ab. »Ich liebe Samuel, wirklich.«

»Und wen noch, Katie? *Wen noch?*«

»Ich weiß nicht.« Jetzt weinte sie. Ihre Hände bedeckten ihr Gesicht; die *Kapp* löste sich und fiel zu Boden. »Ich weiß nicht. Ich weiß nicht, wer es war!«

»Wir reden hier von einem Sexualpartner, zum Donnerwetter – nicht davon, was du letzte Woche gefrühstückt hast. So was vergißt man normalerweise nicht!«

Katie rollte sich schluchzend auf dem Bett zusammen. »Was verschweigst du mir?« fragte Ellie. »Warst du betrunken?«

»Nein.«

»Warst du high?«

»Nein!« Katie vergrub das Gesicht im Kissen. »Ich weiß nicht mehr, wer mich angefaßt hat!«

Katies Wimmern beengte Ellies Brust, preßte sie so fest zusammen, daß sie kaum noch die Kraft zum Atmen hatte. Mit einem Seufzer kapitulierte sie, setzte sich auf die Matratze und zog das Mädchen an sich, strich ihr über den Kopf, tröstete sie.

In ihren Armen fühlte sich Katie wie ein Kind an. Ein übergroßes Kind, das beim Ballspielen eine Vase umgestoßen hatte und nicht begriff, warum alle Welt so ein Aufhebens darum machte. Ein großes Kind, aber trotzdem eines, das hilflos war und bedürftig und sich verzweifelt nach Vergebung sehnte.

Ein entsetzlicher Verdacht regte sich in Ellie, füllte ihr Herz, ihre Lunge und ihren Kopf mit mächtigem und jähem Zorn. Sie zwang ihn nieder, beruhigte sich, bevor sie Katies Kinn leicht anhob. »Bist du vergewaltigt worden?«

Katie starrte sie aus verquollenen Augen an, die sich langsam schlossen. »Ich weiß es nicht mehr«, flüsterte sie.

Und zum erstenmal, seit sie Katie kennengelernt hatte, glaubte Ellie ihr aufs Wort.

»O nein.« Lizzie hob ihren Schuh an und starrte auf den Mist, der an der Sohle pappte. Sie wurde einfach zu schlecht bezahlt für ihren Job, und wenn es nach ihr ginge, sollte Aaron Fisher doch bleiben, wo der Pfeffer wächst. Sie hob den Kopf, stieß einen Seufzer aus und stapfte weiter über das Feld. Als Fisher sie kommen sah, hielt er sein Maultiergespann an.

»Falls Sie den Weg nach Hause suchen«, sagte Fisher süffisant, »da geht's lang.« Er zeigte auf die Landstraße.

Lizzie bleckte die Zähne. Hielt der Mann sich für einen Komiker? »Danke, aber ich hab gefunden, was ich suche.«

Das saß. Lizzie ließ ihn einen Moment schmoren, damit er sich all die gräßlichen Einzelheiten ausmalen konnte, die bei einer Morduntersuchung möglicherweise ans Licht kamen. »Und das wäre, Detective?«

»Sie.« Lizzie schirmte die Augen gegen die Sonne ab. »Hätten Sie vielleicht eine Minute Zeit?«

»Ich habe viele Minuten Zeit, die ich alle für ein und denselben Zweck nutze.« Er schnalzte mit der Zunge, die Maultiere setzten sich in Bewegung, und Lizzie joggte neben ihm her, bis Aaron wieder anhielt.

»Verraten Sie mir den?«

»Meine Farm zu bewirtschaften«, sagte Aaron. »Wenn Sie mich jetzt entschuldigen –«

»Ich könnte mir denken, daß Sie vielleicht doch gern ein paar Sekunden Ihrer kostbaren Zeit opfern würden, um Ihre Tochter vor dem Gefängnis zu bewahren, Mr. Fisher.«

»Meine Tochter wird nicht ins Gefängnis gehen«, erwiderte er stur.

»Diese Entscheidung liegt nicht bei Ihnen.«

Der Farmer nahm seinen Hut ab. Er sah plötzlich müde aus und viel älter, als Lizzie gedacht hatte. »Sie liegt auch nicht bei Ihnen, sondern bei unserem Herrn. Ich vertraue auf Sein Urteil, genau wie meine Tochter das tut. Und nun, guten Tag.« Er schlug leicht mit den Zügeln, die Maultiere zogen mit einem Ruck an, und der Pflug grub sich ächzend durch die Erde.

Lizzie sah ihm nach. »Dein Pech, daß Gott nicht einer der Geschworenen ist«, murmelte sie und machte sich auf den langen Rückweg zum Farmhaus.

Ellie wischte die letzten Reste des Gurkengewürzes vom Tisch. Es war unerträglich heiß in der Küche – Gott, was hätte sie nicht alles für eine Klimaanlage oder auch nur einen Ventilator gegeben –, aber sie hatte Sarah versprochen, wenigstens ordentlich sauber zu machen, wo sie schon nicht bis zum Schluß mitgeholfen hatte, weil sie Katie trösten mußte.

Welche Schlußfolgerungen konnte sie aus dem Gespräch mit Katie ziehen? In ihre Gedanken kam allmählich Ordnung, Antworten nahmen nach und nach Gestalt an – Katies selektive Amnesie, ihr Verdrängen der Schwangerschaft und der Geburt, Samuels fassungsloser Gesichtsausdruck, als sie zuletzt mit ihm gesprochen hatte. Zum erstenmal seit ihrer Ankunft auf der Farm empfand Ellie nicht Abscheu bei dem Gedanken an die Kindstötung, die Katie begangen hatte, sondern Mitleid.

Als Verteidigerin hatte sie schon öfter Mandanten vertreten, die schreckliche Verbrechen begangen hatten, aber unwillkürlich hatte sie stets noch härter gearbeitet, wenn sie die Gründe für die Taten einigermaßen nachvollziehen konnte. Die Frau, die ihren schlafenden Mann ermordet hatte, war weniger monströs, wenn man bedachte, daß der Mann sie dreißig Jahre lang mißhandelt hatte. Der Vergewaltiger mit der Hakenkreuztätowierung auf dem Nasenrücken war weit weniger beängstigend, wenn man in ihm den kleinen Jungen sah, der von seinem Stiefvater mißbraucht wurde. Und der jungen amischen Frau, die ihr Neugeborenes tötete, konnte man zwar nicht vergeben, aber man konnte sie zweifellos verstehen, wenn der Kindsvater sie zum Sex gezwungen hatte.

Andererseits war das der letzte Nagel zu Katies Sarg. Wenn man nach einem Motiv suchte, war es durchaus vorstellbar, daß eine junge Frau das Kind töten wollte, das sie durch eine Vergewaltigung empfangen hatte. Was wiederum bedeutete, daß Ellie – so groß ihr Mitgefühl mit Katie auch war und so sehr sie hoffte, ihr helfen zu können – das Wort Vergewaltigung vor Gericht nicht in den Mund nehmen würde.

Ellie drückte den Schwamm im Spülbecken aus. Sie fragte sich, ob Katie sich ihr jetzt wohl anvertrauen würde. Sie fragte sich, ob sie noch einmal nach oben gehen sollte, damit Katie nicht allein aufwachte.

Als sie hinter sich die Tür aufgehen hörte, drehte Ellie das Wasser ab und trocknete sich die Hände an der Schürze ab, die Sarah ihr geliehen hatte. »Ich bin froh, daß du wieder da bist«, sagte sie mit dem Rücken zur Tür.

»Ich muß schon sagen, das überrascht mich.«

Ellie fuhr herum und sah nicht Sarah, sondern Lizzie Munro in der Küche stehen. Der Blick der Polizistin wanderte von Ellies schweißnassem Haar hinunter zur Schürze.

Ellie verschränkte die Arme und versuchte, so würdig auszusehen, wie ihre Kleidung es zuließ. »Sie sollten dieses Polizeiband entfernen lassen. Hier wohnen Menschen, die wieder ein normales Leben führen wollen.«

»Das Band ist nicht von mir. Rufen Sie die State Police an.«

»Ach, hören Sie doch auf, Detective.«

Lizzie zuckte die Achseln. »Soweit ich weiß, hätten die das schon vor einigen Tagen entfernen sollen. Wir haben alles, was wir brauchen.«

»Das denken Sie.«

»Dieser Fall wird auf der Grundlage forensischer Beweise entschieden, Ms. Hathaway. Vergessen Sie mal die ganzen spektakulären Begleiterscheinungen, übrig bleibt ein totes Baby.«

Ellie verzog das Gesicht. »Sie hören sich an wie ein Staatsanwalt.«

»Berufsrisiko.«

»Wenn der Fall so glasklar ist, dann würde es mich interessieren, wieso Sie es noch für nötig befinden, die Fishers zu vernehmen.«

»Sogar hier, im Schatten von Philadelphia, wissen wir, wie man sich bei Ermittlungen besser absichert.«

Ellie machte einen Schritt nach vorne. »Hören Sie, wenn Sie meinen, hier ginge es darum, eine renommierte Großstadtanwältin gegen einen kleinen Bezirksstaatsanwalt auszuspielen, dann können Sie George direkt sagen –«

»Sagen Sie ihm das selbst. Ich bin kein Laufbursche.« Lizzie warf einen Blick die Treppe hinauf. »Ich würde mich gerne mit Katie unterhalten.«

Ellie lachte laut auf. »Das kann ich mir vorstellen. Ich persönlich würde mir gern einen kühlen Drink genehmigen und die Klimaanlage einschalten.« Sie zuckte die Achseln. »Als Sie herkamen, haben Sie doch schon gewußt, daß ich Sie nicht in die Nähe meiner Mandantin lassen würde. Und ich bin sicher, George hat Verständnis, wenn Sie ihm sagen, daß Sie weder von der Angeklagten *noch* von ihrem Vater eine Aussage bekommen konnten.«

Lizzie riß die Augen auf. »Woher wissen Sie –«

»Insiderkenntnisse«, sagte Ellie lächelnd.

Die Polizistin wandte sich zur Tür. »Ich kann mir vorstellen, daß die Farm Sie zermürbt«, sagte sie und deutete auf Ellies Schürze. »Tut mir leid, daß ich Sie als ... hm, renommierte Großstadtanwältin bei Ihren Vorbereitungen unterbrochen habe.«

Ellie starrte auf die Tür, die sich hinter Lizzie schloß. Dann nahm sie die Schürze ab, legte sie ordentlich zusammengefaltet über einen Stuhl und ging nach oben, um nach ihrer Mandantin zu sehen.

Levi reckte erneut den Hals, um sich zu vergewissern, daß Aaron und Samuel noch auf den Feldern beschäftigt waren, dann fuhr er mit der flachen Hand über die geschwungene Motorhaube von Lizzie Munros Auto. Es war so rot wie die Äpfel, die neben dem Haus von seiner Tante Frieda wuchsen, und so glatt, wie der kleine Wasserfall, der sich über das kleine Wehr im Bach der Fishers ergoß. Das Blech war noch warm. Levi schloß die Augen und stellte sich vor, wie er hinter dem Steuer saß, Gas gab, die Straße entlangbrauste.

»Schon mal so einen gesehen?«

Levi fuhr herum, eine Entschuldigung auf den bebenden Lippen, und sah sich der Polizistin gegenüber, die an dem Tag dagewesen war, als er das tote Baby gefunden hatte. »Ein sechsundsechziger Mustang-Kabrio, eines der letzten seiner Art.« Sie legte die Hand genau da hin, wo Levis gewesen war, tätschelte das Auto, als wäre es ein Kutschpferd. »Willst du dir mal den Motor ansehen?«

Sie drehte am Zündschlüssel, und plötzlich sprang die Haube auf. Die Frau löste die Verriegelung und hob die Haube an, so daß Levi das rotierende, stampfende Innenleben betrachten konnte. »Ein kleiner Achtzylinder mit Dreigangschaltung. Das Schätzchen hier kann fliegen.« Sie lächelte Levi an. »Bist du schon mal schneller als hundert Meilen die Stunde gefahren?«

Mit großen Augen schüttelte Levi den Kopf.

»Tja, falls du mal einen uniformierten Kollegen von mir siehst – ich auch nicht.« Sie zwinkerte ihm zu, griff dann wieder in den Wagen. Der Motor ging aus, und es lag nur noch ein schwacher Abgasgeruch in der Luft.

Die Polizistin grinste Levi an. »Der Chauffeur bist du nicht – also, was machst du hier?«

Levi deutete mit dem Kinn zu den Feldern. »Ich arbeite mit Samuel zusammen.«

»Ach ja?«

»Er ist mein Vetter.«

Die Polizistin zog die Augenbrauen hoch. »Dann kennst du Katie bestimmt auch ganz gut.«

»Na ja, schon. Alle wissen, daß die beiden bald heiraten. Sie sind schon seit einem Jahr zusammen.«

»Wieso hat er sie denn dann noch nicht gefragt?«

Levi zuckte die Achseln. »Erstens ist es noch nicht die Jahreszeit zum Heiraten. Die ist erst im November, nach der Ernte. Aber auch dann heiraten sie nur, wenn Samuel ihr das Streiten abgewöhnen kann.«

»Katie?«

»Sie macht Samuel manchmal ganz schön wütend.« Levi strich behutsam mit dem Daumen über die Flanke des Autos und hoffte, die Frau würde es nicht bemerken.

»Vielleicht sollten sich beide jemand anderen suchen«, schlug sie vor.

»Das wäre für Samuel noch schlimmer. Er hatte schon immer ein Auge auf Katie geworfen.«

Die Polizistin nickte ernst. »Ich vermute, ihre Eltern gehen davon aus, daß Samuel ihr Schwiegersohn wird, was?«

»Klar.«

»Wären sie sehr enttäuscht, wenn Samuel und Katie sich trennen würden?«

»Na ja, Sarah rechnet fest mit einer Hochzeit im Herbst. Und Aaron, der wäre auch traurig, ganz sicher.«

»Mir scheint, er wäre eher wütend als traurig. Er wirkt wie ein ziemlich strenger Dad.«

»Sie kennen ihn nicht«, sagte Levi. »Selbst wenn Katie Samuel nicht heiraten wollte, würde er sie nicht so verstoßen wie Jacob.«

»Jacob«, wiederholte die Polizistin.

»Ja, Sie wissen schon. Katies Bruder.«

»*Jacob*. Ja, natürlich.« Sie lächelte Levi an, öffnete die Fahrertür und ließ den Motor aufheulen. Zu seiner Verwunderung streckte sie ihm die Hand entgegen. »Junger Mann, es war für mich ein unerwartetes Vergnügen, mit Ihnen zu reden.« Sie schüttelten sich die Hand, und dann sah Levi zu, wie sie in ihrem Acht-Zylinder-Mustang davonfuhr.

Mitten in der Nacht spürte Katie eine Hand über Nase und Mund. Sie warf sich auf dem Kissen hin und her, vergaß einen Moment lang, wo sie war, packte den Arm und biß in die Finger. Sie hörte ein unterdrücktes Fluchen, und dann verschwand die Hand – um sogleich von dem weichen, eindringlichen Druck eines Mundes auf dem ihren abgelöst zu werden.

Schlagartig war sie hellwach, und sie war in Jacobs Wohnung auf seiner Couch, Adams Körper über ihr ausgebreitet wie ein Quilt. Er löste sich von ihr und legte seine Stirn auf Katies. »Wie kannst du mich nur so beißen?«

Sie lächelte in der Dunkelheit. »Wie kannst du mich nur so erschrecken?« Katie strich mit der Hand über seine Wange, die rauh war von den Bartstoppeln. »Ich bin froh, daß du noch nicht abgereist bist.«

Sie konnte seine Zähne aufblitzen sehen. »Ich auch«, sagte Adam.

Er hatte seine Abreise nach New Orleans um eine weitere Woche verschoben. Und Katie hatte eine komplizierte Geschichte erfunden, warum sie bei Mary Esch übernachten würde. Diesmal wußte selbst ihre Mutter nicht, daß sie bei Jacob war.

Adams Finger erkundeten den Weg von ihrer Kehle zum Schlüsselbein. »Das hab ich mir schon den ganzen Tag gewünscht. Ist dir eigentlich klar, daß dein Bruder zwischen vier und neun Uhr heute abend nicht ein*mal zum Klo gegangen ist?«*

Katie kicherte. »Ganz bestimmt ist er das.«

»Nein. Ich weiß es, weil ich dich zuletzt kurz nach dem Mittagessen berührt habe.« Er lag neben ihr, teilte das Kissen mit ihr, so dicht, daß sein Atem in ihren Mund wehte.

Sie reckte sich leicht vor, gerade so weit, um ihn küssen zu können. Es war neu für sie, die Initiative zu übernehmen. Sie schämte sich noch immer ein bißchen, wenn sie Adam küßte, anstatt sich von ihm küssen zu lassen. Aber einmal, als sie das getan hatte, hatte er ihre Hand an seine Brust gehoben, und sie hatte das rasende Pochen seines Herzens gespürt. Ein seltsamer Gedanke, daß sie solche Macht über ihn hatte.

Er drückte sie flach auf den Rücken und beugte sich über sie, so daß sein Haar auf ihres fiel. Sie ließ sich treiben, ließ zu, daß ihre Arme nach ihm griffen und ihn festhielten. Sie spürte Adams Hände über ihre Schultern streicheln, an ihren Seiten hinabgleiten.

Und dann waren sie unter ihrem T-Shirt. Seine Handfläche glühte wie ein Brandmal auf ihren Brüsten. »Adam«, flüsterte sie und zupfte an seinem Haar. »Adam! Nein!«

Jetzt hämmerte ihr Herz, und ihr Magen verkrampfte sich vor Angst. Amische Jungs taten so etwas nicht, zumindest nicht die, die sie kannte. Sie dachte an Samuel Stoltzfus, mit seinen ernsten Augen und dem bedächtigen Lächeln – Samuel, der sie letzten Sonntag nach dem Singen nach Hause gebracht hatte und rot geworden war, als er ihr die Hand reichte, um ihr aus der Kutsche zu helfen.

Adam sagte etwas, ein Beben an ihrer Kehle. »Bitte, Katie, wenn du mir nur erlaubst, dich anzusehen, dann tue ich alles, was du willst.«

Zu verängstigt, um sich zu bewegen, zögerte sie zunächst und gab dann nach. Adam schob ihr T-Shirt hoch, legte ihren Nabel frei, die Rippen, die rosa Perlen ihrer Brustwarzen. »Siehst du«, flüsterte er, »du bist schön.«

Er zog den Stoff wieder herunter und schloß sie in die Arme. »Du zitterst ja.«

Katie preßte ihr Gesicht an seinen Hals. »Das … das hab ich noch nie im Leben getan.«

Adam küßte ihre schwieligen Hände. Er gab ihr das Gefühl, kostbar zu sein, als wäre sie eine Prinzessin und kein Farmmädchen. Dann setzte er sich auf und löste sich aus ihrer Umarmung.

Katie runzelte die Stirn, dachte, sie hätte etwas falsch gemacht. »Wo willst du hin?«

»Ich hab's dir versprochen. Ich habe gesagt, ich würde alles tun, was du willst, wenn ich dich nur ansehen dürfte. Und ich schätze, jetzt möchtest du gerne, daß ich gehe.«

Sie setzte sich auf und streckte die Arme nach ihm aus. »Das möchte ich nicht«, sagte sie.

Es war ein langer, anstrengender Tag für Samuel gewesen, an dem er neben Aaron auf den Feldern gearbeitet hatte. Auf dem Nachhauseweg hatte er den träge dahintrottenden Silver betrachtet und Levis Geplapper gar nicht richtig wahrgenommen. Er hatte unablässig an Katie denken müssen, daran, was sie getan hatte. Jetzt wollte er nur etwas Warmes essen, heiß duschen und dann im Schlaf süßes Vergessen finden.

Am Haus seiner Eltern angekommen, spannte er das Pferd aus und führte es in den Stall. Im Hof stand eine Kutsche; vielleicht hatte seine Mutter Besuch. Bei dem Gedanken, höflich sein zu müssen, biß er die Zähne zusammen. Er betrat mit schweren Schritten die Veranda und blieb dort einen Moment stehen, um sich zu sammeln, bevor er ins Haus ging.

Er starrte auf die Straße, sah die Autos mit ihren grellen Scheinwerfern und dem kehligen Motorengeräusch vorbeifahren, als die Haustür hinter ihm aufging. »Samuel, was machst du denn da draußen?« Seine Mutter griff nach seinem Arm und zog ihn in die Küche, wo Bischof Ephram und Lucas, der Diakon, vor dampfenden Kaffeetassen saßen. »Wir haben auf dich gewartet«, schimpfte sie. »Manchmal glaube ich, du machst einen Umweg über Philadelphia.«

Samuel lächelte, entspannte sich langsam. »Ja, Silver ist einfach nicht von den Auffahrten auf die Highways wegzukriegen.«

Er setzte sich, nickte den beiden Männern zu, die ihm anscheinend nicht in die Augen sehen konnten. Seine Mutter entschuldigte sich, und einen Moment später hörte Samuel sie die Treppe hinaufstapfen. Er legte die Fingerspitzen zusammen und versuchte, ruhig zu wirken, doch sein Magen rotierte wie eine Ackerfräse. Er hatte davon gehört, wie es war, wenn man aufgefordert wurde, Rechenschaft über seine Sünden abzulegen, aber er hatte es noch nie am eigenen Leib erfahren. Dem Anschein nach war dem Bischof und dem Diakon dabei keineswegs wohler zumute als ihm selbst.

Der Bischof räusperte sich. »Wir wissen, wie es ist, ein junger Mann zu sein«, begann Ephram. »Es gibt gewisse Versuchungen ...« Die Stimme verlor sich, zerfaserte an den Rändern wie eines der Garnknäuel von Samuels Mutter.

Samuel blickte von Lucas zu Ephram. Er fragte sich, was Katie ihnen erzählt hatte. Er fragte sich, ob Katie ihnen überhaupt etwas erzählt hatte.

Katie, für die er sein Leben gegeben hätte. Für die er frohen Herzens sechs Wochen lang den Bann auf sich genommen hätte. Mit der er den Rest seines Lebens hatte verbringen wollen, ein Haus mit Kindern füllen und Gott dienen. Katie, die ein Kind bekommen hatte.

Samuel neigte den Kopf. Gleich würden sie ihn auffordern, vor der Gemeinde Rechenschaft abzulegen, und er würde natürlich gehorchen. Man widersprach nicht, sobald der Bischof einem eine Sünde zur Last gelegt hatte; das machte man einfach nicht. Aber plötzlich wurde Samuel klar, daß Ephrams verlegenes Zögern ein Geschenk war. Wenn Samuel zuerst sprach, wenn Samuel jetzt sprach – würde ihm diese Sünde vielleicht nie zur Last gelegt werden.

»Lucas, Ephram«, sagte er mit so fester Stimme, daß sie unmöglich seine eigene sein konnte. »Ich möchte Katie Fisher heiraten. Das werde ich euch und den Predigern und all unseren Brüdern und Schwestern am nächsten *G'meesunndaag* mitteilen, wenn ihr es wünscht.«

Ein freundliches Lächeln war hinter Ephrams dichtem weißen Bart zu erkennen. Er wandte sich dem Diakon zu und nickte zufrieden.

Samuel legte die Hände auf die Knie und drückte so fest zu, daß es fast weh tat. »Ich möchte Katie Fisher heiraten«, wiederholte er. »Und das werde ich auch. Aber ihr sollt wissen, daß ich nicht der Vater ihres Kindes war.«

8

Ellie

Mein Lieblingsplatz auf der Farm war die Milchkammer. Dank des Kühltanks war die Temperatur angenehm, selbst zu den heißesten Tageszeiten. Es roch nach Eiscreme und Winter, und mit ihren weißen Wänden und dem peinlich sauberen Boden war sie ideal zum Nachdenken. Sobald mein Laptop wieder Strom hatte, nahm ich ihn mit in die Milchkammer, um zu arbeiten.

Dort fand Leda mich, als sie mich besuchte, nachdem ich schon zehn Tage lang offiziell auf der Farm der Fishers wohnte. Mir fielen als erstes ihre Sandalen auf. Die amischen Frauen, die keine Stiefel trugen, hatten die häßlichsten Sportschuhe an den Füßen, die mir je unter die Augen gekommen waren, vermutlich Billigware. »Das wurde aber auch Zeit«, sagte ich.

»Ich konnte nicht früher kommen, und das weißt du auch«, sagte Leda.

»Aaron hätte es überlebt.«

»Nicht wegen Aaron. Wegen dir. Wenn ich dich nicht im Regen stehengelassen hätte, wärst du doch heimlich bei mir in den Kofferraum geklettert.«

Ich schnaubte. »Na, dann wird es dich begeistern, daß ich sogar im Schlamm steckengeblieben bin, beinahe von einer Kutsche überfahren und um ein Haar von einem Kalb angepinkelt worden wäre.«

Lachend lehnte Leda sich gegen die Edelstahlspüle. »Wie ich höre, ist Katie wieder gesund.«

Ich nickte. Katie war am Vortag untersucht worden, und die Gynäkologin hatte erklärt, daß der Heilungsprozeß gut verlief. Physisch würde sie wieder ganz gesund werden. Psychisch – das blieb abzuwarten.

Ich speicherte die Datei, an der ich gearbeitet hatte, und nahm die Diskette heraus. »Du kommst wie gerufen. Du mußt für mich eine Datei ausdrucken und bei Gericht abgeben.«

»Ich staune ja schon, daß du hier überhaupt einen Computer hast. Hat Aaron sich sehr aufgeregt?«

»Der Bischof hat ihm die Entscheidung abgenommen. Er hilft Katie, wo er nur kann.«

»Ephram ist ein guter Mensch«, sagte Leda gedankenverloren. »Er war sehr freundlich zu mir, als ich exkommuniziert wurde. Es war sehr wichtig für Aaron und Sarah, daß er zur Beerdigung des Babys gekommen ist.«

Ich schaltete den Computer aus und zog den Stecker. »Wieso haben sie die Beerdigung veranlaßt?«

Leda zuckte die Achseln. »Weil sie sich für das Baby verantwortlich fühlten.«

»Es war Katies.«

»Viele Amische lassen für ein totgeborenes Kind einen Trauergottesdienst abhalten.« Sie zögerte, sah mich dann an. »Das steht auch auf dem Grabstein – totgeboren. Ich vermute, das war die einzige Möglichkeit für Aaron und Sarah, mit dem, was geschehen ist, leben zu können.«

Ich dachte an ein Mädchen, das vielleicht vergewaltigt worden war und die Tat und die Folgen verdrängt hatte – einschließlich einer Schwangerschaft. »Leda, nach Meinung des Gerichtsmediziners war das Kind keine Totgeburt.«

»Nach Meinung der Staatsanwaltschaft hat Katie das Kind getötet. Und das glaube ich auch nicht.«

Ich scharrte mit dem Fuß über den Zementboden der Milchkammer und überlegte, wieviel ich ihr anvertrauen sollte. »Sie könnte es getan haben«, sagte ich behutsam. »Ich lasse einen Psychologen kommen, der mit ihr reden soll.«

Leda riß die Augen auf. »Einen Psychologen?«

»Katie streitet nicht nur die Schwangerschaft und die Geburt ab, sondern auch die Empfängnis. Ich frage mich, ob sie nicht vielleicht vergewaltigt worden ist.«

»Samuel ist so ein netter Junge, er –«

»Das Kind war nicht von Samuel. Er hat nie mit Katie geschlafen.« Ich trat einen Schritt vor. »Versteh doch, das hat nichts mit der Verteidigung zu tun. Falls Katie vergewaltigt wurde, wäre das sogar ein Motiv dafür, das Neugeborene loswerden zu wollen. Ich denke einfach, daß Katie eine erfahrene Person braucht, mit der sie reden kann. Es könnte durchaus sein, daß Katie tagtäglich mit dem Burschen in Kontakt kommt, der ihr das angetan hat, und Gott allein weiß, wie sich das auf sie auswirkt.«

Leda schwieg einen Moment. »Vielleicht war der Mann kein Amisch«, sagte sie schließlich.

Ich verdrehte die Augen. »Wieso nicht? Samuel ist eine Sache, aber da draußen könnte doch irgendwo ein amischer Junge rumlaufen, der die Beherrschung verloren und Katie zu etwas gezwungen hat, das sie nicht wollte. Und außerdem, die *Englischen*, mit denen Katie in Kontakt gekommen ist, seit ich hier bin, kann ich an einer Hand abzählen.«

»Seit du hier bist«, wiederholte sie.

Leda war offensichtlich unbehaglich zumute. »Hast du mir etwas verschwiegen?« fragte ich leise.

»Einmal im Monat fährt sie mit dem Zug nach State College. Zur Universität. Sarah weiß davon, aber Aaron glaubt, daß Katie bei mir zu Besuch ist. Ich bin ihr Alibi, und da Aaron niemals zu mir nach Hause kommen würde, hat Katie nichts zu befürchten.«

»Was macht sie an der Universität?«

Leda atmete tief aus. »Sie besucht ihren Bruder.«

»Wie bitte schön soll ich denn Katie verteidigen, wenn hier keiner mit mir kooperiert? Zum Donnerwetter, Leda, ich bin seit fast zwei Wochen hier, und kein Mensch hat es bisher für nötig gehalten, mir zu erzählen, daß Katie einen Bruder hat, den sie einmal im Monat besucht?«

»Das war bestimmt keine Absicht«, erklärte Leda hastig. »Jacob ist exkommuniziert, wie ich, weil er studieren wollte.

Aaron hat gesagt, Jacob sei nicht mehr sein Sohn, wenn er seinen Glauben aufgeben würde. Sein Name wird im Haus nicht mehr ausgesprochen.«

»Was ist mit Sarah?«

»Sarah ist eine amische Frau. Sie fügt sich den Wünschen ihres Mannes. Sie hat Jacob nicht mehr gesehen, seit er vor sechs Jahren fortgegangen ist – aber sie schickt heimlich Katie als ihre Botschafterin, einmal im Monat.« Leda fuhr zusammen, als die automatische Rührmaschine ansprang und die Milch im Tank durchrührte. Sie hob die Stimme, um über das Brummen des Aggregats hinwegzusprechen, das die Maschine mit Strom versorgte. »Nach Hannah konnte sie keine Kinder mehr bekommen. Zwischen Jacob und Katie hatte sie bereits einige Fehlgeburten. Sie konnte den Gedanken nicht ertragen, Jacob zu verlieren, wie sie Hannah verloren hatte. Also hat sie es indirekt verhindert.«

Ich stellte mir vor, wie Katie allein im Zug nach State College fuhr, und mit ihrer *Kapp*, ihrem knopflosen Kleid und der Schürze neugierige Blicke auf sich zog. Ich malte mir aus, wie sie mit ihrem unschuldigen Gesicht bei einer Studentenfete den Raum erhellte. Ich sah, wie sie sich gegen die grapschenden Hände eines Collegejungen wehrte, der sich mit neunzehn schon besser in der Welt auskannte, als Katie es je in ihrem Leben tun würde. Ich fragte mich, ob Jacob wußte, daß Katie schwanger gewesen war, ob er mir den Namen des Kindsvaters nennen konnte. »Ich muß mit ihm reden«, sagte ich.

Dann stöhnte ich auf. Ich konnte nicht weg von der Farm. Am Nachmittag würde Coop kommen, um mit Katie ein Gespräch zu führen.

Wenn ich in den letzten zehn Tagen überhaupt etwas gelernt hatte, dann, daß die amische Lebensart *langsam* war. Man arbeitete gewissenhaft, jede Fahrt dauerte ewig, sogar ihre Gottesdienstlieder klangen besonnen und traurig. Amische Menschen sahen nicht ständig auf die Uhr. Sie waren nicht in Eile, sie nahmen sich einfach so viel Zeit, wie sie für eine Aufgabe brauchten.

Jacob Fisher mußte ganz einfach warten.

»Wieso hast du mir nicht erzählt, daß du einen Bruder hast?«

Katie, die gerade einen langen Schlauch an den Wasserhahn im Hof anschloß, erstarrte in der Bewegung. »Ich *hatte* einen Bruder«, sagte sie.

»Nun, man munkelt, daß er quicklebendig ist und in State College lebt.« Ich band mir Sarahs Schürze um und machte mich bereit, Jungkühe abzuspritzen. »Und man munkelt auch, daß du ihn von Zeit zu Zeit besuchst.« Katie öffnete den Kran und testete die Schlauchdüse. »Bei uns wird nicht mehr über Jacob gesprochen. Mein Vater möchte das nicht.«

»Ich bin nicht dein Vater.« Katie begann, den Schlauch hinaus auf die Weide zu ziehen, und ich trottete hinterdrein. Ein Schwarm Mücken umkreiste meinen Kopf, und ich schlug sie weg. »Es ist bestimmt schwierig, Jacob heimlich zu besuchen, oder?«

»Er geht mit mir ins Kino. Und er hat mir eine Jeans gekauft. Es ist nicht schwer. Wenn ich nämlich bei ihm bin, bin ich nicht Katie Fisher.«

Ich blieb stehen. »Wer bist du dann?«

Sie zuckte die Achseln. »Irgendein Mädchen auf der Welt.«

»Es muß doch sehr schlimm für dich gewesen sein, als dein Vater ihn aus dem Haus gejagt hat.«

Katie gab dem Schlauch einen kräftigen Ruck. »Es war schon vorher schlimm, als Jacob heimlich gelernt und gelogen hat. Er hätte einfach bekennen sollen.«

»Aha«, sagte ich. »So, wie du das tun wirst. Obwohl du unschuldig bist.«

Die Mücken umschwirrten jetzt Katies Kopf in einem Halbkreis, wie ein Heiligenschein. »Du verstehst uns nicht«, sagte sie anklagend. »Bloß weil du seit zehn Tagen hier wohnst, weißt du noch lange nicht, was es heißt, amisch zu leben.«

»Dann erklär's mir, so daß ich es verstehe«, sagte ich.

»Für euch geht es immer nur darum, sich irgendwie hervorzutun. Wer ist der Reichste, der Beste. Für uns geht es darum, mit den anderen eine Einheit zu bilden. Wie die Stoffstücke in einem Quilt. Betrachtet man uns einzeln, machen wir nicht viel her. Aber zusammen sind wir etwas Wunderbares.«

»Und Jacob?«

Sie lächelte wehmütig. »Jacob war wie ein schwarzer Faden auf weißem Grund. Er hat sich entschieden fortzugehen.«

»Vermißt du ihn?«

Katie nickte. »Sehr. Ich hab ihn schon lange nicht mehr gesehen.«

Ich sah sie an. »Wieso?«

»Den Sommer über haben wir hier viel zu tun. Ich wurde zu Hause gebraucht.«

Wahrscheinlicher war, dachte ich, daß sie die Schwangerschaft in einer engen Jeans nicht mehr hätte verbergen können. »Wußte Jacob von dem Kind?«

Katie ging weiter, zog an dem Schlauch.

»War es jemand, den du da kennengelernt hast, Katie? Vielleicht ein Junge vom College, ein Freund von Jacob?«

Sie biß störrisch die Zähne zusammen, und schließlich kamen wir zu dem Pferch, wo die einjährigen Kühe gehalten wurden. An so heißen Tagen wurden sie zur Abkühlung mit Wasser besprüht. Katie drehte an der Düse und ließ das Wasser auf ihre nackten Füße plätschern. »Darf ich dich was fragen, Ellie?«

»Klar.«

»Wieso erzählst du nie von deiner Familie? Wie kommt es, daß du zu uns ziehen konntest und nicht mal jemanden anrufen mußtest, um Bescheid zu sagen, wo du bist?«

Ich betrachtete die Kühe, die sich auf der Weide drängten und die Köpfe zu dem frischen Gras hinunter gesenkt hatten. »Meine Mutter ist tot, und mit meinem Vater hab ich schon seit Jahren nicht mehr gesprochen.« Nicht mehr, seit ich Anwältin geworden war und er mir vorgeworfen hatte, ich würde als Verteidigerin meine Moral für Geld verkaufen. »Ich war nie verheiratet, und mein Freund und ich haben unsere Beziehung gerade beendet.«

»Wieso?«

»Wir haben uns auseinanderentwickelt«, sagte ich. »Eigentlich nicht verwunderlich, nach acht Jahren.«

»Wie konntet ihr denn acht Jahre lang zusammensein, ohne zu heiraten?«

Wie beschreibt man einem amischen Mädchen die komplexen Realitäten des Beziehungslebens in den neunziger Jahren? »Na ja, wir haben eben lange gebraucht, um herauszufinden, daß wir doch nicht gut zueinander passen.«

»Acht Jahre«, sagte sie verächtlich. »Du könntest jetzt schon einen ganzen Haufen Kinder haben.«

Bei dem Gedanken an die verlorene Zeit spürte ich, wie sich mir die Kehle zusammenzog. Katie tauchte einen Zeh in den kleinen Schlammtümpel, der sich unter der Schlauchdüse gebildet hatte, sichtlich verlegen, weil sie mich aus der Fassung gebracht hatte. »Er muß dir fehlen.«

»Stephen weniger«, sagte ich leise. »Nur dieser ganze Haufen Kinder.«

Ich erwartete, daß Katie etwas über ihre Situation im Vergleich zu meiner sagte – aber wieder einmal verblüffte sie mich. »Weißt du, was mir aufgefallen ist, wenn ich bei Jacob war? In eurer Welt können die Menschen sich gegenseitig so schnell erreichen. Ihr habt Telefon und Fax – und über den Computer könnt ihr mit jemandem am anderen Ende der Welt reden. In Talk-Shows erzählen Leute ihre Geheimnisse, und in Illustrierten sieht man Bilder von Filmstars, die versuchen, sich in ihren Häusern zu verstecken. So viele Verbindungen, aber bei euch wirken alle so einsam.«

Ich wollte widersprechen, doch Katie reichte mir den Schlauch und sprang über den Zaun. Sie nahm ihn wieder, drehte die Düse auf und richtete den Wasserstrahl auf die Kühe, die versuchten, dem nassen Schleier auszuweichen. Dann richtete sie den Schlauch grinsend auf mich.

»Na warte –!« Von Kopf bis Fuß patschnaß, kletterte ich über den Zaun und rannte hinter ihr her. Katie kreischte auf, als ich schließlich den Schlauch erwischte und sie naß spritzte. »Das hast du nun davon«, lachte ich, rutschte im selben Augenblick auf dem nassen Gras aus und landete mit dem Hintern auf der schlammigen Erde.

»Verzeihung? Wo finde ich Ellie Hathaway?«

Beim Klang der tiefen Stimme wandten Katie und ich uns um, und da ich noch immer die Düse in der Hand hielt, bekam der Sprecher nasse Schuhe, bevor er beiseite springen konnte. Ich stand auf, wischte mir den Matsch von den Händen und grinste den Mann auf der anderen Seite des Pferches etwas hilflos an, einen Mann, der meine Stiefel anstarrte, meine Schürze und den Schlamm, der mich von oben bis unten bedeckte. »Coop«, sagte ich. »Lange nicht gesehen.«

Als ich zehn Minuten später frisch geduscht die Treppe herunterkam, saß Coop mit Katie und Sarah auf der Veranda. Ein Teller Kekse stand auf dem Korbtisch, und Coop hielt ein Glas Eiswasser in der Hand. Sobald er mich sah, stand er auf.

»Noch immer der alte Gentleman«, sagte ich lächelnd.

Er beugte sich vor und gab mir einen Kuß auf die Wange, und zu meiner Überraschung stürmten hundert Erinnerungen auf mich ein – an den Duft seiner Haare nach Holzrauch und Äpfeln, an die Kontur seines Kinns, den Druck seiner Finger auf meinem Rücken. Benommen trat ich einen Schritt zurück und gab mir Mühe, nicht verlegen zu wirken. »Die Ladys waren so nett, mir Gesellschaft zu leisten«, sagte er.

Sarah erhob sich. »Wir lassen dich jetzt mit deinem Besuch allein«, sagte sie, nickte Coop zu und ging zurück ins Haus. Katie spazierte in Richtung Garten, und ich setzte mich. Die zwanzig Jahre hatten Coop nicht zu seinem Nachteil verändert. Sein Gesicht, das im College noch ein bißchen zu hübsch gewesen war, wirkte markanter. Sein schwarzes Haar, das ihm früher bis zu den Schultern reichte, war kurz geschnitten und grau meliert. Die Augen hatten noch immer dieses blasse Grün, das ich nur zweimal in meinem Leben gesehen hatte: bei Coop und einmal vom Fenster eines Flugzeuges aus, als ich mit Stephen unterwegs in die Karibik war.

»Das Älterwerden ist dir gut bekommen«, sagte ich.

Er lehnte sich in seinem Sessel zurück und lächelte mich an. »Du siehst auch gut aus. Vor allem im Vergleich zu deinem Zustand vor rund fünfzehn Minuten. Ich hab ja schon öfters gehört, daß der Anwaltsberuf ein dreckiges Geschäft sein soll, aber so wörtlich hab ich das nie aufgefaßt.«

»Na ja, das ist ungefähr so, als würde sich Dustin Hoffman

auf eine Rolle vorbereiten. Die Amisch sind Fremden gegenüber nicht sehr vertrauensselig. Wenn ich so aussehe wie sie, mit ihnen zusammen arbeite, komme ich besser an sie ran.«

»Muß schwer sein, hier festzusitzen, so weit weg von zu Hause.«

»Wer will das wissen, John Joseph Cooper, der Psychologe?« Er wollte etwas sagen, schüttelte dann den Kopf. »Nein. Bloß Coop, der alte Freund.«

Ich zuckte die Achseln und wich seinem aufmerksamen Blick aus. »Ein paar Dinge vermisse ich schon – meine Kaffeemaschine beispielsweise. *Akte X* und *Emergency Room*.«

»Stephen nicht?«

Ich hatte vergessen, daß Coop und ich, als wir uns das letzte Mal begegneten, in Begleitung unserer Partner gewesen waren. Wir waren uns in der Pause eines Konzerts des Philadelphia Symphony Orchestra über den Weg gelaufen. Wir hatten zwar beruflich ab und an miteinander zu tun gehabt, aber seiner Frau war ich vorher noch nie begegnet. Sie war grazil und blond und paßte verdammt gut an seine Seite. Selbst nach so vielen Jahren war ihr Anblick für mich ein Schlag in die Magengrube gewesen.

»Mit Stephen ist es aus«, gab ich zu.

Coop betrachtete mich einen Moment, bevor er sagte: »Tut mir leid, das zu hören.«

Ich atmete tief durch, brachte ein Lächeln zustande und schlug mir auf die Knie. »Na. Du bist nicht den weiten Weg gekommen, um über mich zu reden –«

»Aber das wäre ich, Ellie«, sagte Coop mit weicher Stimme. »Ich hab dir schon vor langer Zeit verziehen.«

Coop mochte mir verziehen haben, aber ich mir selbst nicht.

»Ich erzähl dir am besten erst mal, was ich wegen Katie rausgefunden habe.« Coop kramte in seiner Aktentasche und zog einen Block heraus. »Die Psychologen sind zum Thema Neonatizid in zwei Lager gespalten. Eine Minderheit vertritt die Auffassung, daß sich Frauen, die ihre Neugeborenen töten, in einem dissoziativen Zustand befinden, der die gesamte Schwangerschaft anhält.«

»Dissoziativer Zustand?«

»Ein überaus konzentrierter selektiver Zustand, in dem alles außer der aktuellen Tätigkeit ausgeblendet wird. Die betroffenen Frauen spalten einen Teil ihres Bewußtseins ab, so daß sie in einer Phantasiewelt leben, in der sie nicht schwanger sind. Wenn schließlich die Geburt einsetzt, sind die Frauen absolut überrumpelt. Sie haben sich von der Realität des Ereignisses dissoziiert, haben Gedächtnislücken. Manche Frauen werden sogar vorübergehend psychotisch, sobald der Schock der Geburt durch ihr Verdrängungsschutzschild bricht. Schuldmildernd ist in jedem Fall, daß sie zum Zeitpunkt des Verbrechens psychisch gar nicht anwesend sind, so daß sie für ihre Taten nicht verantwortlich gemacht werden können.«

»Klingt ziemlich verworren.«

Coop lächelte und reichte mir eine Liste von Namen. »Das sind ein paar Psychologen, die in den letzten Jahren diesen Ansatz vertreten haben. Es sind alles klinische Psychologen – keine forensischen. Der Grund dafür ist, daß die Mehrheit der forensischen Psychologen, die sich mit Neugeborenenmord befassen, der Meinung sind, daß die Frauen sich nicht in einem dissoziativen Zustand befinden – sondern lediglich keinen emotionalen Zugang zu ihrer Schwangerschaft haben. Sie halten es für möglich, daß eine Dissoziation zum Zeitpunkt der Geburt eintreten kann. Und ein gewisses Maß an Dissoziation ist ohnehin völlig normal, wenn man an die Schmerzen einer Geburt denkt.«

Sie nickte. »Und warum töten sie die Kinder?«

»Weil sie keinerlei emotionale Verbindung zu ihnen spüren – die Geburt hätte genausogut auch ein Gallensteinabgang sein können. Im Augenblick der Tötung erleiden sie keinen Realitätsverlust – sie sind bloß verängstigt, konfus und unfähig, mit der Geburt eines Kindes fertig zu werden, das sie nicht wollen.«

»Anders ausgedrückt«, sagte ich knapp, »eindeutig schuldig.« Coop zuckte die Achseln. »Ich brauche dir ja wohl nicht zu sagen, wie die Erfolgschancen stehen, wenn die Verteidigung auf unzurechnungsfähig plädiert.« Er reichte mir eine andere Liste, die dreimal so lang war wie die erste. »Diese Psychologen vertreten den allgemein akzeptierten Standpunkt. Aber jeder Fall ist anders. Wenn Katie sich nach wie vor weigert, das Geschehene einzugestehen, obwohl sie des Mordes beschuldigt wird und ihre Schwangerschaft medizinisch zweifelsfrei nachgewiesen ist, könnte noch mehr dahinter stecken, das bei ihr den Verdrängungsmechanismus aufrechterhält.«

»Darüber wollte ich mit dir sprechen. Läßt sich irgendwie herausbekommen, ob sie vergewaltigt worden ist?«

Coop pfiff durch die Zähne. »Das wäre ein verdammt guter Grund, ein Neugeborenes loszuwerden.«

»Und ob. Deshalb wäre ich gerne diejenige, die es herausfindet, möglichst vor der Staatsanwaltschaft.«

»Das wird nicht leicht sein, so viele Monate danach, aber ich werde darauf achten, wenn ich mit ihr rede.« Er runzelte die Stirn. »Es gibt auch noch eine andere Möglichkeit – daß sie die ganze Zeit gelogen hat.«

»Coop, ich bin Anwältin. Mein Lügendetektor läuft täglich auf Hochtouren. Ich wüßte es, wenn sie lügt.«

»Vielleicht auch nicht, El.«

»Die Amischen sind nicht gerade als Lügner verschrien.«

»Auch nicht für Kindstötungen.«

»In ihrem Kopf hat es dieses Baby nie gegeben«, sagte ich ruhig. Coop dachte darüber nach. »In ihrem Kopf vielleicht nicht«, erwiderte er.

Katie ballte die Fäuste im Schoß und sah aus, als wäre sie zum Tode verurteilt worden. »Dr. Cooper möchte dir nur ein paar Fragen stellen«, erklärte ich. »Entspann dich ruhig.«

Coop lächelte sie an. Wir saßen am Bach, weit weg vom Haus und ungestört. Er holte einen Block aus der Tasche. »Katie, ich möchte dir vorab sagen, daß alles, was du mir erzählst, unter uns bleibt. Ich bin hier, um dir zu helfen.«

Sie sah erst mich an, dann Coop.

Er lächelte. »Also – wie fühlst du dich?«

»Ganz gut«, sagte sie mißtrauisch. »So gut, daß ich nicht mit Ihnen reden muß.«

»Ich kann mir vorstellen, wieso du das so siehst«, entgegnete Coop freundlich. »Das geht vielen Menschen so, die noch nie mit einem Psychologen gesprochen haben. Und dann merken sie doch, daß es manchmal leichter ist, mit einer fremden Person über persönliche Dinge zu reden als mit einem Mitglied der Familie.«

Katies Rücken wirkte jetzt etwas weniger steif, ihre Hände öffneten sich in ihrem Schoß. Während er weiter mit sanfter Stimme mit ihr sprach, beobachtete ich Coop, seinen Charme, der einem sofort das Gefühl gab, eine besondere Verbindung zu ihm zu haben.

Mit einem Ruck besann ich mich wieder auf meine Mandantin und hörte Coop fragen: »Kannst du mir etwas über dein Verhältnis zu deinen Eltern erzählen?«

Katie sah mich an, als hätte sie die Frage nicht verstanden. »Sie sind meine Eltern«, sagte sie stockend.

»Verbringst du viel Zeit mit ihnen?«

»Ja, draußen auf dem Feld oder in der Küche, beim Essen, beim Gebet.« Sie sah Coop unsicher an. »Ich bin immer mit ihnen zusammen.«

»Verstehst du dich gut mit deiner Mutter?«

Katie nickte. »Ich bin ihr ein und alles.«

»Katie, hast du je irgendwelche Anfälle gehabt oder ein Schädeltrauma?«

»Nein.«

»Was ist mit starken Bauchschmerzen?«

»Einmal«, Katie lächelte. »Ich hatte zehn unreife Äpfel gegessen, weil mein Bruder gesagt hatte, ich würde es nicht schaffen.«

»Aber nicht ... in letzter Zeit?« Sie schüttelte den Kopf. »Passiert es dir schon mal, daß du ganze Zeitspannen irgendwie verpaßt ... plötzlich merkst du, daß Stunden vergangen sind, und du weißt nicht mehr, wo du warst oder was du gemacht hast?«

Unerklärlicherweise wurde Katie erneut rot und sagte nein.

»Hast du schon mal Halluzinationen gehabt – Dinge gesehen, die nicht wirklich da sind?«

»Manchmal sehe ich meine Schwester ...«

»Die gestorben ist«, warf ich ein.

»Sie ist im Teich ertrunken«, erklärte Katie. »Wenn ich da bin, kommt sie auch.«

Coop zuckte nicht mal mit der Wimper, als wäre es das Normalste von der Welt, Geister zu sehen. »Spricht sie mit dir? Sagt sie dir, daß du irgendwas Bestimmtes tun sollst?«

»Nein. Sie läuft bloß Schlittschuh.«

»Beunruhigt es dich, wenn du sie siehst?«

»Oh, nein.«

»Bist du schon mal richtig krank gewesen? So daß du ins Krankenhaus mußtest?«

»Nein. Neulich war das erste Mal.«

»Unterhalten wir uns mal darüber«, sagte Coop. »Weißt du, warum du ins Krankenhaus gekommen bist?«

Katies Wangen brannten, und sie starrte nach unten. »Wegen einer Frauensache.«

»Die Ärzte haben gesagt, du hättest ein Kind bekommen.«

»Sie haben sich geirrt«, sagte Katie. »Ich hab kein Kind bekommen.«

Coop ging nicht weiter darauf ein. »Wie alt warst du, als du zum erstenmal deine Regel bekommen hast, Katie?«

»Zwölf.«

»Hat deine Mutter dir erklärt, was da passiert?«

»Na ja, ein bißchen.«

»Sprichst du mit deinen Eltern über Sexualität?«

Katie riß entrüstet die Augen auf. »Natürlich nicht. Das ist nicht richtig.«

»Wer sagt, daß das nicht richtig ist?«

»Unser Herr«, erwiderte sie prompt. »Der Glaube. Meine Eltern.«

»Wären deine Eltern aufgebracht, wenn sie dahinterkämen, daß du Sexualität kennst?«

»Kenne ich aber nicht.«

»Verstehe. Aber wenn doch, was würde deiner Meinung nach passieren?

»Sie wären sehr enttäuscht«, antwortete Katie leise. »Und ich würde unter den *Bann* gestellt.«

»Was ist das?«

»Das ist, wenn herauskommt, daß man gegen eine Regel verstoßen hat. Dann muß man bekennen und kommt für kurze Zeit unter den Bann.« Ihre Stimme senkte sich zu einem Flüstern. »Man wird von allem ausgeschlossen, das ist alles.«

Zum erstenmal sah ich es durch Katies Augen – das Stigma, eine Ausgestoßene in einer Gemeinschaft zu sein, in der Gleichheit so hoch bewertet wurde.

»Wenn du Sorgen hättest, Katie, würdest du dann deine Mutter oder deinen Vater um Hilfe bitten?«

»Ich würde beten«, sagte sie. »Und was auch immer geschieht, es wäre der Wille des Herrn.«

»Hast du je Alkohol getrunken oder Drogen genommen?«

Ich war ehrlich überrascht, als Katie nickte. »Ich hab mal zwei Bier getrunken und Pfefferminzschnaps, zusammen mit meiner Clique.«

»Deiner *Clique*?«

»Ein paar junge Leute, mit denen ich befreundet bin. Wir nennen uns die Sparkies. Die meisten amischen Jugendlichen bilden Cliquen, wenn sie in ihre *Rumschpringe* kommen.«

»*Rumschpringe?*«

»Die wilden Jahre. Wenn wir vierzehn oder fünfzehn sind.«

»Und was machen die Sparkies so?«

»Es gibt ein paar Burschen, die kaufen sich manchmal Bier und machen nach Mitternacht Wettrennen mit ihren Kutschen auf der Route 340. Die meisten richtig Wilden würden aber lieber zu den Shotguns oder den Happy Jacks gehen – die machen Feten und fahren sogar Auto, so daß alle sie sehen können. Wir treffen uns bloß an Sonntagabenden und singen Choräle, meistens. Aber manchmal«, gab sie schüchtern zu, »machen wir auch andere Sachen.«

»Zum Beispiel?«

»Trinken. Zu Musik tanzen. Also, ich hab das auch schon mal gemacht, aber jetzt gehe ich nach dem Singen, wenn die Stimmung ein bißchen wilder wird.«

»Wieso?«

Katie drückte die Fäuste ins Gras. »Ich bin jetzt getauft.«

Coop zog die Stirn kraus. »Bist du nicht schon als Kind getauft worden?«

»Nein, wir werden erst getauft, wenn wir älter sind. Ich letztes Jahr. Wir entscheiden uns, vor Gott zu stehen und nach der *Ordnung* zu leben – das sind die Regeln, von denen ich gesprochen habe.«

»Wußten deine Eltern von diesen Singabenden, an denen ihr getrunken und getanzt habt?«

Katie sah zum Haus. »Alle Eltern wissen davon; sie drücken ein Auge zu und hoffen, daß nichts Schlimmes passiert.«

»Wie kommt es, daß sie so etwas akzeptieren?«

»Die Gesangsabende und das – also, das ist sozusagen ein kleiner Flirt mit der Welt der *Englischen*. Die Leute glauben, wenn ihre Kinder Gelegenheit haben, sich ein bißchen auszutoben, werden sie den weltlichen Dingen eher den Rücken kehren und sich ganz für das amische Leben entscheiden.«

»Tun die meisten das?«

»Ja. Alle ihre Freunde sind Amische. Und ihre Familien. Wer der Glaubensgemeinschaft nicht beitritt, ist allein. Außerdem müssen wir getauft sein, wenn wir heiraten wollen.«

»Willst du auch heiraten?«

»Wer will das nicht?« sagte Katie.

Coop grinste. »Na, Ellie beispielsweise«, flüsterte er, gerade so laut, daß ich es hören konnte. Ich war so damit beschäftigt, über seine letzten Worte nachzudenken, daß ich fast die nächste Frage verpaßt hätte.

»Hast du schon mal einen Jungen geküßt, Katie?«

»Ja«, sagte sie und wurde wieder rot. »Samuel. Und davor John Beiler.«

»Ist Samuel dein Freund?«

Sie nickte.

War, dachte ich.

»Habt ihr schon miteinander geschlafen?«

»Nein!«

»Hast du dich je von jemand anderem küssen oder berühren lassen?« hakte Coop sachte nach. Als sie nicht antwortete, wurde seine Stimme sogar noch weicher. »Wünschst du dir Kinder, Katie?«

Sie hob das Gesicht, die Sonne erhellte ihre Wangen und Augen. »O ja«, wisperte sie. »Mehr als alles auf der Welt.«

Sobald Katie außer Hörweite war, fragte ich Coop: »Was ist dein Eindruck?«

Er streckte sich auf dem grasbewachsenen Ufer aus. »Daß ich einen Schnellkursus über amisches Leben brauche, bevor ich mir ein Urteil über sie bilden kann.«

»Meldest du mich gleich mit an?« Ich seufzte. »Sie hat gesagt, sie wünscht sich Kinder.«

»Das tun die meisten Frauen, die ihr Neugeborenes töten. Nur eben nicht zu diesem Zeitpunkt.« Er stockte. »Andererseits ist es durchaus möglich, daß dieses Baby für sie nie existiert hat.«

»Dann glaubst du also nicht, daß sie lügt. Du denkst, daß sie die Geburt tatsächlich verdrängt hat.«

Coop schwieg einen Moment. »Ich wünschte, ich könnte dir eine eindeutige Antwort geben. Es ist noch zu früh, um das beurteilen zu können. Wenn sie lügt, macht sie das verdammt gut, und ich kann mir nicht vorstellen, daß sie das zu Hause gelernt hat.«

»Kannst du denn irgendwas sicher sagen?«

Er zuckte die Achseln. »Ich denke, ich kann mit Sicherheit sagen, daß sie zur Zeit nicht psychotisch ist.«

»Obwohl sie Geister sieht?«

»Es besteht ein großer Unterschied zwischen einer Phantasievorstellung und einer psychotischen Wahnvorstellung. Wenn ihre Schwester ihr erschienen wäre und gesagt hätte, sie sollte das Baby töten, wäre das was anderes.«

»Es interessiert mich nicht, ob sie zur Zeit psychotisch ist. Was war, als sie das Kind zur Welt gebracht hat?«

Coop drückte mit Daumen und Zeigefinger gegen seinen Nasenrücken. »Offensichtlich blendet sie die Schwangerschaft und den Akt, der dazu geführt hat, völlig aus.«

»Vergewaltigung?« fragte ich.

»Auch das ist schwer zu sagen. Sie ist furchtbar scheu, was Sexualität angeht, aber ich weiß nicht, ob das an ihrem religiösen Umfeld oder an einer Gewalterfahrung liegt. Wenn Katie Sex mit einem nichtamischen Mann gehabt hat, könnte das für eine innere Blockade schon ausreichen. Sie hat große Angst, unter den Bann gestellt zu werden. Falls sie eine Beziehung zu einem Fremden gehabt hat, müßte sie wahrscheinlich ihr amisches Leben aufgeben.«

»Sie könnte beichten und würde wieder aufgenommen.«

»Aber die Tatsache, daß andere ihr vergeben, bedeutet leider noch lange nicht, daß sie selbst es vergessen könnte.« Coop sah mich an. »Wenn man ihre Erziehung bedenkt, ist es nicht verwunderlich, daß ihre Psyche alles tut, um das Geschehene auszublenden.«

Ich legte mich neben ihn. »Sie beteuert, daß sie das Kind nicht getötet hat. Sie beteuert, daß sie das Kind nicht geboren hat. Aber es gibt Beweise, daß das Kind von ihr ist –«

»Und wenn das eine gelogen ist«, führte Coop meinen Gedankengang zu Ende, »dann das andere vermutlich auch. Aber Lügen setzt bewußtes Wissen voraus. Falls sie dissoziiert, kann sie nicht dafür verantwortlich gemacht werden, daß sie die Wahrheit nicht kennt.«

Ich stützte mich auf einen Ellbogen und lächelte traurig. »Aber sie kann dafür verantwortlich gemacht werden, einen Mord begangen zu haben?«

»Das«, sagte Coop, »hängt von den Geschworenen ab.« Er stand auf und zog mich hoch. »Ich würde gerne noch einmal mit ihr reden. Über die Nacht vor der Geburt.«

»Oh, das ist furchtbar nett von dir, aber du hast doch bestimmt keine Zeit dafür.«

»Ich habe gesagt, daß ich dir helfe, El. Ich könnte am Abend zu euch rauskommen.«

»Und deine Frau sitzt allein zu Haus am Tisch. Hast du mir nicht immer gesagt, daß gerade Psychologen es nicht schaffen, ihre Beziehungen zu pflegen?«

Coop nickte. »Ja. Wahrscheinlich bin ich deswegen vor knapp einem Jahr geschieden worden.«

Ich wandte mich zu ihm um. »Wirklich?« Er blickte auf die Strömung im Bach, und ich fragte mich, wieso es leicht war, über Katie zu sprechen, und so schwer, über uns zu sprechen. »Coop, das tut mir leid.«

Er nahm von einem Baumstamm eine bunte Raupe, die sich in seiner hohlen Hand zu einer winzigen Trommel zusammenrollte. »Wir alle machen Fehler«, sagte Coop sanft. Er nahm meine Hand und hielt sie neben seine, und genau in diesem Moment entrollte sich die Larve wieder. Sie reckte sich und bildete eine kleine Brücke zwischen uns.

Ich brauchte eine halbe Stunde, um Sarah davon zu überzeugen, Katie einen Vormittag lang in ihrer Obhut zu lassen. »Versteh doch«, sagte ich schließlich, »wenn ich eine Strategie für Katies Verteidigung entwickeln soll, brauche ich ein bißchen Bewegungsspielraum.«

»Dr. Cooper ist auch zu uns gekommen«, wandte Sarah ein.

»Dr. Cooper muß auch keine Laborausrüstung im Wert von einer halben Million Dollar mitschleppen«, erklärte ich. Ich hatte schnell gearbeitet, um die zwei Stunden herauszuschlagen, die ich brauchte, um mich mit Dr. Owen Zeigler in der neonatologischen Pathologie der Universität von Pennsylvania zu treffen. Owen war ein mondgesichtiger Mann mit glänzender Glatze und dickem Bauch.

»Es muß eine Lebendgeburt gewesen sein«, teilte er mir mit, und meine Hoffnungen fielen in sich zusammen. »Der hydrostatischen Untersuchung nach zu schließen, ist Luft in die Alveolen gedrungen.«

»Bitte drück dich verständlich aus, Owen.«

Der Pathologe seufzte. »Das Kind hat geatmet.«

»Daran besteht also kein Zweifel?«

»Ob ein Neugeborenes, selbst eine Frühgeburt, Luft eingeatmet oder nur Flüssigkeit inhaliert hat, läßt sich an den Alveolen in der Lunge feststellen. Die weiten sich dann. Das ist ein verläßlicheres Anzeichen als der eigentliche hydrostatische Test, weil die Lunge sich auch dann entfaltet, wenn künstliche Beatmung versucht wurde.«

»Ja, klar«, murmelte ich. »Sie hat es erst beatmet und dann umgebracht.«

»Man kann nie wissen«, sagte Owen.

»Und warum hat das Kind aufgehört zu atmen?«

»Der Gerichtsmediziner spricht von Ersticken. Aber das steht noch nicht fest.«

Ich kletterte auf den Hocker neben ihm. »Lassen Sie hören.«

»In der Lunge sind Petechien, was auf einen Erstickungstod hindeutet, aber sie könnten auch nach dem Eintreten des Todes entstanden sein. Was den Bluterguß am Mund des Neugeborenen angeht, könnte der zum Beispiel auch vom Schlüsselbein der Mutter herrühren. Aber wenn das Neugeborene mit etwas Weichem erstickt wurde, etwa mit dem Hemd, in das es gewickelt war, oder mit der Hand der Mutter, sind die Anzeichen kaum von denen bei plötzlichem Kindstod zu unterscheiden.«

Er streckte einen Arm aus und nahm mir den gläsernen Objektträger aus der Hand, mit dem ich geistesabwesend herumgespielt hatte. »Entscheidend ist: Das Kind kann ebensogut ohne jegliche Fremdeinwirkung gestorben sein. Mit zweiunddreißig Wochen ist ein Neugeborenes zwar lebensfähig, aber überaus empfindlich.«

Ich runzelte die Stirn. »Hätte die Mutter gemerkt, daß das Kind vor ihren Augen starb?«

»Kommt drauf an. Wenn es gewürgt hat, hätte sie es hören müssen. Wenn es erstickt ist, hätte sie sehen müssen, daß es um Luft rang und blau anlief.« Er schaltete das Mikroskop aus und schob den Objektträger – auf dem deutlich NEUGEBORENES FISHER stand – in eine kleine Kiste.

Ich versuchte, mir Katie vorzustellen, vor Panik wie gelähmt, als sie merkte, daß dieses winzige, zu früh geborene Wesen nach Atem rang. Wie sie mit weit aufgerissenen Augen zusah, unfähig, irgend etwas zu tun. Wie sie dann zu spät begriff, was passiert war. Ich sah, wie sie das tote Kind in ein Hemd wickelte und es verzweifelt irgendwo versteckte.

Ich malte mir aus, wie sie vor Gericht stand, angeklagt wegen unterlassener Hilfeleistung nach der Geburt des Kindes –

nicht wegen Mordes. Aber dennoch ein Verbrechen, das auch mit Gefängnis bestraft wurde.

Ich reichte Owen die Hand und lächelte. »Trotzdem vielen Dank«, sagte ich.

Am Samstag abend ging ich gegen zehn Uhr nach oben. Ich duschte und dachte dabei an Coop, fragte mich, was er wohl gerade machte – war er im Kino? Aß er in einem teuren Restaurant? Ich fragte mich gerade, ob er noch immer ein T-Shirt und Boxershorts im Bett trug, als Katie hereinkam. »Was ist los mit dir?« fragte sie und sah mir prüfend ins Gesicht.

»Nichts.«

Katie zuckte die Achseln und gähnte. »Ich bin müde«, sagte sie, aber ihre Augen leuchteten. Als ich das Licht ausschaltete, schlüpfte sie unter die Decke, komplett angezogen.

»Wohin willst du dich verdrücken?« fragte ich in die Dunkelheit.

Sie war völlig überrumpelt.

»Berichtigung«, sagte ich. »Wohin wollen *wir* uns verdrücken?«

Katie setzte sich auf. »Samstags abends kommt Samuel«, gestand sie. »Wir unterhalten uns.«

Nun ja, was »unterhalten« auch alles bedeutete, Sex jedenfalls nicht, wie ich inzwischen wußte. Katie war verlegen, weil bei den Amischen ein Rendezvous grundsätzlich Privatsache war, und aus einem mir unerfindlichen Grund gaben sich amische Jugendliche die allergrößte Mühe, so zu tun, als würden sie sich überhaupt *nie* mit ihrem Freund oder ihrer Freundin treffen.

Katies Augen glimmten im Dunkeln, den Blick aufs Fenster gerichtet. Ich wußte nicht, wie ich ihr beibringen sollte, daß Samuel angesichts der Umstände vielleicht nicht kommen würde. Daß das Baby so manches geändert hatte.

Ich fiel in einen unruhigen Schlaf, wartete darauf, den Strahl von Samuels Taschenlampe zu sehen. Um Mitternacht lag Katie noch immer wach im Bett. Um Viertel nach zwei stand sie auf und setzte sich in den Schaukelstuhl am Fenster. Um halb vier kniete ich mich neben sie. »Er wird nicht mehr kommen, Kleines«, flüsterte ich. »In weniger als einer Stunde muß er zum Melken.«

Katie erhob sich steif und ging zum Bett. Sie setzte sich und fuhr gedankenverloren mit der Hand über das Muster des Quilts. Ihr wurde gerade klar, daß ihr Leben nie mehr so sein würde, wie es einmal war.

Sie schwieg lange, dann sprach sie, und ihre Stimme erhob sich wie eine dünne Rauchfahne. »Wenn man einen Quilt macht, kann ein falscher Stich alles verderben.« Katie sah mich an. »Man zieht dran«, hauchte sie, »und alles löst sich auf.«

Aaron und Sarah nutzten den Sonntag, um Freunde und Verwandte zu besuchen, aber Katie und ich erledigten zuerst unsere Arbeiten im Haus und gingen dann zum Angeln an den Bach.

Dank des Regens der letzten Tage hatte der Bach eine starke Strömung. Katie setzte sich an den Rand, holte einen Wurm aus dem Glas und griff nach einer Angel. »Wenn Jacob und ich um die Wette geangelt haben, hab ich immer den größten – Aua!« Sie riß die Hand zurück und steckte sich den Daumen in den Mund, um das Blut abzulecken.

»Du bist übermüdet.« Sie senkte den Blick. »Du hast also die ganze Nacht auf ihn gewartet. Na und?« Ich griff nach einem Wurm, schluckte kurz und spießte ihn auf den Haken. »Als ich so alt war wie du, hat mich der Junge, der mit mir zum Schulabschlußball gehen wollte, versetzt. Ich hatte für hundertfünfzig Dollar ein trägerloses Kleid gekauft, das nicht etwa beige oder cremefarben war, o nein, es war *ekrü*, und ich saß in meinem Zimmer und hab darauf gewartet, daß Eddie Bernstein mich abholt. Wie sich herausstellte, hatte er gleich zwei Mädchen gefragt, ob sie mit ihm auf den Ball gehen wollten, und er dachte wohl, daß er Sue LeClare leichter flachlegen könnte.«

»Flachlegen?«

Ich räusperte mich. »Äh, das ist so ein Ausdruck für mit jemandem schlafen.«

Katies Augenbrauen schnellten in die Höhe. »Ach so.«

Verlegen tauchte ich meine Angelschnur ins Wasser.

»Hast du ihn geliebt? Diesen Eddie Bernstein?«

»Nein. Verliebt habe ich mich erst, als ich aufs College ging.«

»Wieso hast du dann nicht geheiratet?«

»Einundzwanzig ist doch noch ein bißchen jung zum Heiraten. Die meisten Frauen möchten lieber erst mal ein bißchen Zeit für sich haben, bevor sie sich auf Ehe und Kinder einlassen. Und als ich schließlich bereit gewesen wäre, standen meine Chancen leider schon wesentlich schlechter.«

»Was ist mit Dr. Cooper?«

Die Angel fiel mir aus den Händen, und ich hob sie rasch wieder auf. »Was soll mit ihm sein?«

»Er mag dich, und du magst ihn.«

»Natürlich. Wir sind Freunde.«

Katie schnaubte. »Mein Vater hat auch Freunde, aber er setzt sich nicht dicht neben sie auf die Verandaschaukel, und er lächelt auch nicht immer ein bißchen zu lang, wenn sie was gesagt haben.«

Ich blickte sie finster an. »Ich hätte eigentlich gedacht, daß gerade du mein Recht auf Privatsphäre respektierst.«

»Kommt er heute?«

Ich fuhr zusammen. »Woher weißt du das?«

»Weil du die ganze Zeit auf die Einfahrt starrst, so wie ich letzte Nacht.«

Seufzend beschloß ich, ihr reinen Wein einzuschenken. Vielleicht würde sie mir gegenüber dann auch ehrlicher sein. »Coop war der, mit dem ich auf dem College zusammen war. Der, den ich nicht geheiratet habe, als ich einundzwanzig war.«

»Wer von euch ist gegangen?« fragte sie.

»Das«, sagte ich leise, »war wohl ich.«

»Beim Abendessen hab ich mich nicht ganz wohl gefühlt«, erzählte Katie uns, die Augen fest auf einen Punkt irgendwo hinter Coops Schulter gerichtet. »Mam hat gesagt, ich sollte hochgehen und mich hinlegen, sie würde den Abwasch machen.«

Coop nickte aufmunternd. Er war schon seit zwei Stunden da und sprach mit Katie über die rätselhafte Nacht. Zu meiner Überraschung ging Katie bereitwillig auf seine Fragen ein.

»Du hast dich krank gefühlt?« hakte Coop nach.

»Mir war kalt, und ich hatte Kopfschmerzen. Wie bei einer Grippe.«

Ich hatte zwar noch kein Kind zur Welt gebracht, aber diese Symptome hörten sich eher nach einem Virus an als nach einsetzenden Wehen. »Bist du eingeschlafen?« fragte Coop.

»Ja, nach einer Weile. Und dann bin ich am Morgen aufgewacht.«

»Erinnerst du dich an irgend etwas zwischen dem Moment, als du dich krank ins Bett gelegt hast, und dem Moment, als du am Morgen aufgewacht bist?«

»Nein«, sagte Katie. »Aber was ist daran so ungewöhnlich? Ich erinnere mich nie an die Zeit zwischen Einschlafen und Wachwerden, außer vielleicht mal an einen Traum.«

»Hast du dich krank gefühlt, als du wach wurdest?«

Katie wurde puterrot. »Ein bißchen.«

»Wieder Kopfschmerzen und Frösteln?«

Sie zog den Kopf ein. »Nein. Ich blutete.«

»Katie, war die Blutung stärker als sonst?« fragte ich, und sie nickte. »Hattest du Krämpfe?«

»Etwas«, gab sie zu. »Aber nicht so schlimm, daß ich meine Arbeit nicht hätte tun können.«

»Hattest du ein wundes Gefühl?«

»Wo?«

»Zwischen den Beinen.«

Nach einem kurzen Seitenblick zu Coop sagte sie halblaut zu mir: »Es hat ein bißchen gebrannt. Aber ich hab gedacht, ich sei erkältet.«

»Also«, sagte Coop und räusperte sich, »du bist aufgestanden und hast deine Arbeiten erledigt?«

»Ich hab angefangen, das Frühstück zu machen«, antwortete Katie. »Hinten am Stall war irgend etwas los, und dann kam die *englische* Polizei, und Mam hat kurz hereingeschaut und gesagt, ich sollte für die Leute was zu essen machen.« Sie stand auf und ging auf der Veranda auf und ab. »Ich bin erst zum Stall gegangen, als Samuel kam und mir erzählt hat, was passiert war.«

»Was hast du da gesehen?«

Ihre Augen glänzten vor Tränen. »Ein winzigkleines Baby«, flüsterte sie. »So klein, wie ich noch nie eins gesehen hatte.«

»Katie«, sagte Coop sanft, »hattest du das Baby vorher schon mal gesehen?«

Sie schüttelte ganz rasch den Kopf.

»Hast du das Baby angefaßt?«

»Nein.«

»War es in irgendwas eingewickelt?«

»In ein Hemd«, flüsterte sie. »So daß nur das Gesichtchen zu sehen war, und es sah aus, als würde es schlafen, so, wie Hannah aussah, wenn sie in ihrem Bettchen lag.«

»Wenn das Baby eingewickelt war und du es nicht berührt hast, woher weißt du dann, daß es ein Junge war?«

Katie sah Coop verständnislos an. »Das weiß ich nicht.«

»Denk nach, Katie. Versuch dich zu erinnern, wann genau du wußtest, daß es ein Junge war.«

Sie schüttelte den Kopf, weinte immer heftiger. »Das könnt ihr mir nicht antun«, schluchzte sie, sprang auf und lief davon.

»Sie kommt wieder«, sagte ich und starrte in die Richtung, in der Katie verschwunden war. »Aber es ist nett von dir, daß du dir Sorgen machst.«

Coop seufzte und lehnte sich auf der Verandaschaukel zurück. »Ich hab sie zu sehr bedrängt«, sagte er. »Hab die Welt in Frage gestellt, in der sie gedanklich lebt. Sie mußte entweder dicht machen oder zugeben, daß ihre Logik nicht funktioniert.« Er wandte sich mir zu. »Du hältst sie für schuldig, nicht wahr?«

Es war das erste Mal, daß mich das tatsächlich jemand fragte. Die Familie Fisher, ihre amischen Freunde und Bekannten – alle schienen Katies Mordanklage wie irgendeine absurde Farce zu behandeln, die man einfach hinnehmen, aber nicht glauben mußte. Ich dagegen sah mich einem Berg von erdrückenden Beweisen gegenüber. Alles schien bislang darauf hinzudeuten, daß Katie den Tod des Kindes herbeigeführt hatte. Ihre Schwangerschaft hatte sie vorsätzlich verborgen. Die Angst, nicht nur Samuel, sondern auch die Achtung ihrer Eltern zu verlieren, die Furcht, verstoßen zu werden – das war ein Motiv. Das hartnäckige Abstreiten unumstößlicher Fakten – mein Gefühl sagte mir, bei ihrer Erziehung war es für Katie die einzige Möglichkeit, mit etwas fertig zu werden, von dem sie verdammt gut wußte, daß es falsch war.

»Coop, ich hab drei Optionen für meine Verteidigung«, sagte ich. »Erstens: Sie hat's getan, und es tut ihr leid, und ich überlasse sie der Gnade der Geschworenen. Aber das würde bedeuten, daß ich sie in den Zeugenstand rufen muß, und wenn ich das tue, merken sie, daß es ihr überhaupt nicht leid tut – Herrgott, sie glaubt ja nicht mal, daß sie die Tat begangen hat. Zweitens: Sie hat es nicht getan, jemand anderes hat's getan. Eine gute Verteidigung, nur höchst unwahrscheinlich angesichts der Tatsache, daß es eine Frühgeburt war, die still und heimlich um zwei Uhr nachts stattfand. Und drittens: Sie hat's getan, aber sie war zu dem Zeitpunkt in einem verwirrten, dissoziativen Zustand und kann deswegen nicht schuldig gesprochen werden.«

»Du hältst sie für schuldig«, wiederholte Coop.

Ich konnte ihm nicht in die Augen sehen. »Ich glaube, das ist meine einzige Chance, sie vor dem Gefängnis zu bewahren.«

Später am Nachmittag gingen Aaron und ich gleichzeitig in den Stall – ich wollte zu meinem Computer, Aaron die Kühe füttern. Plötzlich blieb er neben mir stehen. Eine der dicken Kühe im Kälberverschlag brüllte. Ein kleiner Huf ragte zwischen ihren Hinterbeinen hervor. Aaron griff sich ein Paar Gummihandschuhe, trat in den Verschlag und zog an dem Huf, bis ein winziger Kopf und ein zweiter Huf erschienen. Ich sah staunend zu, wie mit einem Geräusch, als würde ein Siegel aufgebrochen, ein blutiges Kalb hervorglitt.

Es landete ausgestreckt im Stroh. Aaron kniete sich hin und rieb ihm mit einem Strohbüschel über den Kopf. Die kleine Nase kräuselte sich, das Kalb nieste, und dann atmete es, stand auf, beschnupperte den Bauch seiner Mutter. Aaron spähte zwischen die kleinen Beine. »Es ist eine *Kuh*«, verkündete er.

Ja klar. Was hatte er erwartet – einen Wal?

Als könnte er meine Gedanken lesen, lachte er. »Eine *Kuh*«, wiederholte er. »Kein Bulle.«

Er zog die Handschuhe aus und stand auf. »Ist das nicht ein kleines Wunder?«

Die Mutter leckte mit ihrer rauhen Zunge über die nassen Wirbel im Fell ihres Kälbchens. Ich sah fasziniert zu. »Nein«, murmelte ich. »Ein großes.«

Als Katie hörte, daß Mary Esch einen Gesangsabend veranstaltete, flehte sie mich an, hingehen zu dürfen. »Du kannst ja mitkommen«, sagte sie. »Bitte, Ellie.«

Nach dem, was sie Coop erzählt hatte, wußte ich, daß das ein gesellschaftliches Ereignis war. Es würde mir Gelegenheit bieten, Katie im Umgang mit anderen amischen Jungs zu erleben, von denen vielleicht einer der Vater ihres Kindes war. So kam es, daß ich fünf Stunden später neben Katie vorn auf der Kutschbank saß, unterwegs zu einem Gesangsabend.

An diesem Abend hatte Katie etwas an sich – ein Strahlen, eine Hoffnung –, das meinen Blick immer wieder zu ihr hinzog. Ich versuchte, mich unauffällig im Hintergrund zu halten, und kam mir vor wie eine Anstandsdame auf einem Schulfest – kritisch und unangenehm alt.

Und dann entdeckte ich ein bekanntes Gesicht. Samuel stand mit einer Gruppe etwas älterer Jungen zusammen; diejenigen, so vermutete ich, die schon getauft, aber noch nicht verheiratet waren. Er hatte Katie den Rücken zugewandt und hörte einem aus der Gruppe zu. Als die anderen in Gelächter ausbrachen, lächelte Samuel schwach und ging.

Allmählich wanderten die Teenager zu zwei langen Picknicktischen. Am ersten saßen auf der einen Bank lauter Mädchen, auf der gegenüberliegenden lauter Jungen. Der zweite war offensichtlich für Paare vorgesehen: Jungen und Mädchen saßen Seite an Seite, ihre ineinander verschlungenen Hände in den Falten der Mädchenröcke verborgen. Eine junge Frau trat auf mich zu. »Ms. Hathaway, möchten Sie sich nicht hinsetzen?«

»Eigentlich«, lehnte ich ab, »würde ich lieber hier stehenbleiben und zusehen.«

Katie saß am Ende des Paartisches und hatte neben sich einen Platz freigehalten. Sie lächelte Samuel zu, als er sich dem Tisch näherte.

Er ging vorbei.

Katies Augen wurden bei jedem seiner Schritte größer, doch Samuel suchte sich einen Platz an dem Tisch für Singles. Fast alle Augenpaare folgten ihm und huschten dann zurück zu Katie, aber niemand sagte ein Wort. Katie senkte den Kopf, beugte den Hals, und ihre Wangen brannten.

Als die hellen Töne eines Lobliedes erklangen, ging ich langsam zum Tisch der Paare und setzte mich neben Katie.

Mit geschlossenen Augen hätte ich sie niemals für amische Jugendliche gehalten. Das Gemurmel und Geplapper, das Klimpern der Gläser und Klappern der Teller, als Snacks herumgereicht wurden, all das schien mir vertraut und *englisch*. Auch die Pärchen, die nach draußen schlenderten, die Gesichter brennend von einem inneren Fieber, schienen viel besser in meine Welt zu passen als in Katies.

Katie saß auf einem Stuhl, umringt von treuen Freundinnen, die über den Grund für Samuels Abtrünnigkeit spekulierten, als plötzlich Samuel, den Hut in der Hand, auf Katie zu trat. »Hallo«, sagte er.

»Hallo.«

»Kann ich dich nach Hause bringen?«

»Ich bin mit meiner eigenen Kutsche hier. Und Ellie ist mitgekommen.«

»Vielleicht kann Ellie ja allein nach Hause fahren.«

Ich trat lächelnd vor. »Tut mir leid, Katie, du kannst gern ein bißchen mit Samuel allein sein, aber ich setze mich nicht allein auf einen Kutschbock.«

Samuel warf mir einen Blick zu. »Meine Cousine Susie hat angeboten, Sie zurück zu den Fishers zu fahren, wenn Sie möchten. Und ich könnte Susie dann später wieder mitnehmen.«

Katie wartete, bereit, sich meinem Wunsch zu fügen. »Na schön«, seufzte ich und fragte mich, ob Susie wohl schon alt genug war, um in meiner Welt einen Führerschein zu haben.

Ich sah zu, wie Katie in die offene Kutsche stieg, mit der Samuel gekommen war. Dann stieg ich in die Familienkutsche der Fishers und setzte mich neben meine Fahrerin, ein schmächtiges Mädchen mit dicker Brille. Kurz bevor wir losfuhren, winkte Katie mir zu und lächelte nervös.

Die Heimfahrt dauerte lange, schweigsame fünfzehn Minuten. Die unmittelbare Nähe zu einer Nichtamischen schien Susie die Sprache verschlagen zu haben. Als wir bei den Fishers ankamen, blieb ich einfach in der Kutsche sitzen, um auf Katie zu warten. Einen Augenblick später verkündete das leichte Getrappel von Hufen auf festem Sand, daß Samuels Pferd im Anmarsch war.

Ich hätte mich bemerkbar machen müssen. Statt dessen wich ich tiefer in die Dunkelheit der Kutsche zurück und lauschte, was Katie und Samuel sich zu sagen hatten.

»Sag es mir einfach.« Samuels Stimme war so leise, daß ich sie nicht gehört hätte, wenn der Wind nicht in meine Richtung geweht hätte. »Sag mir, wer es war.« Katie schwieg. »War es John Lapp? Ich hab gesehen, wie er dich angestarrt hat. Oder Karl Mueller?«

»Es war niemand«, beschwor ihn Katie. »Hör endlich auf.«

»Es war *jemand*! Jemand hat dich angefaßt. Jemand hat dich in seinen Armen gehalten. Jemand hat dieses Kind gemacht!«

»Es hat kein Kind gegeben! Es hat kein Kind gegeben!« Katies Stimme wurde schriller. Sie sprang von der Kutsche und lief ins Haus.

Ich kam aus meinem Versteck hervor und sah Samuel an.

»Es hat ein Kind gegeben«, sagte Samuel.

Ich nickte. »Es tut mir leid.«

E. Trumbull Tewksbury traf kurz nach dem Mittagessen ein. Er hatte eine verspiegelte Sonnenbrille auf, trug einen schwarzen Anzug und einen Bürstenhaarschnitt. Er ließ den Blick über die Farm wandern, als hielte er nach Attentätern und Terroristen Ausschau, und dann fragte er, wo er sein Gerät aufbauen könne. »In der Küche«, sagte ich und ging mit ihm ins Haus, wo Katie schon wartete.

Bull, der früher beim FBI gewesen war und sich danach selbständig gemacht hatte, war schon öfters für mich tätig gewesen. Wenn er seinen tragbaren Lügendetektor aufbaute, ging nicht nur ein dem Anlaß entsprechender Ernst von ihm aus, sondern auch eine vage Drohung, die den Mandanten spüren ließ, daß er – schuldig oder nicht – gut beraten war, die Wahrheit zu sagen.

Da der amische Bischof den Test genehmigt hatte, ließ Aaron uns widerwillig in Ruhe. Wir waren also unter uns, nur ich, Katie und Sarah, die fest die Hand ihrer Tochter hielt.

»Tief durchatmen«, sagte ich, zu Katie gebeugt. Sie war völlig verängstigt. Natürlich wußte ich nicht, ob das an Schuldgefühlen lag oder daran, daß der ganze technische Aufwand sie einschüchterte. Da der Detektor jedoch auf nervliche Anspannung reagierte, durfte Katie keine Angst haben, ganz gleich, was sie ausgelöst hatte.

»Ich werde Ihnen ein paar Fragen stellen«, sagte Bull. »Sehen Sie das hier? Das ist bloß ein kleiner alter Kassettenrecorder. Und das hier ist ein Mikrofon.« Er klopfte mit dem Fingernagel darauf. »Und dieser Apparat ist so was Ähnliches wie die Seismographen, die Erdbeben verzeichnen.«

Katies Finger waren weiß, so fest drückte sie Sarahs Hand. »Entspann dich«, sagte ich und strich ihr über den Arm. »Du mußt bloß ja oder nein antworten.«

Letztlich gelang es nicht mir, sondern Bull, indem er ein Ablenkungsgespräch über Jersey-Kühe und den Sahnegehalt ihrer Milch anfing. Als Katie sah, wie ihre Mutter mit dem Fremden über ein vertrautes Thema sprach, entspannten sich ihre Nerven.

Das Band setzte sich in Bewegung. »Wie heißen Sie?« fragte Bull.

»Katie Fisher.«

»Sind Sie achtzehn Jahre alt?«

»Ja.«

»Leben Sie in Lancaster County?«

»Ja.«

»Sind Sie eine getaufte Amische?«

»Ja.«

Ich saß neben Bull und lauschte den einleitenden Fragen, die ich formuliert hatte. Von meinem Platz aus konnte ich die Nadel am Lügendetektor und die aufgezeichneten Reaktionen sehen, bislang nichts Auffälliges. Dann kam Bull zur Sache.

»Kennen Sie Samuel Stoltzfus?«

»Ja«, sagte Katie, mit etwas dünnerer Stimme.

»Hatten Sie je sexuelle Beziehungen zu Samuel Stoltzfus?«

»Nein.«

»Waren Sie je schwanger?«

Katie sah ihre Mutter an. »Nein«, sagte sie.

Die Nadel blieb ruhig.

»Haben Sie je ein Kind geboren?«

»Nein.«

»Haben Sie Ihr Kind getötet?«

»Nein«, sagte Katie.

Trumbull schaltete das Gerät aus und riß den langen Ausdruck ab. Er markierte ein paar Stellen, wo die Nadel leicht ausgeschlagen hatte, aber wir wußten beide, daß keine der Reaktionen auf eine eindeutige Lüge schließen ließ. »Sie haben bestanden«, sagte er.

Katies Augen wurden groß vor Freude, sie sah mich an und lächelte. »Das ist gut, nicht? Das kannst du den Geschworenen doch vorlegen, oder?«

Ich nickte. »Das war ein wichtiger Schritt nach vorn. Aber wir sollten einen zweiten Test machen. Das ist noch überzeugender.« Ich bat Bull, erneut alles vorzubereiten.

Sehr viel gelöster setzte Katie sich wieder hin und wartete geduldig, bis Bull das Mikrofon ausgerichtet hatte. Ich hörte zu, wie sie die gleichen Antworten auf die gleiche Reihe von Fragen gab.

Als Katie fertig war, lächelte sie mit rosigen Wangen ihre Mutter an. Bull riß den Ausdruck ab und umkringelte die Stellen, wo die Nadel ausgeschlagen hatte – bei einer Antwort sogar bis über den Rand des Papiers. Diesmal hatte Katie dreimal gelogen, und zwar auf die Fragen, ob sie schwanger gewesen war, ob sie ein Kind bekommen hatte und ob sie es getötet hatte.

»Verblüffend«, raunte Bull mir zu, »wo sie doch beim zweitenmal viel entspannter war.« Er fing an, Drähte und Anschlüsse auszustöpseln. »Aber vielleicht ja auch gerade deshalb.«

Somit konnte ich den ersten Test nicht als Beweismittel verwenden – nicht, ohne der Staatsanwaltschaft auch den zweiten vorzulegen, bei dem Katie mit Pauken und Trompeten durchgefallen war. Es bedeutete, daß das Ergebnis des Lügendetektortests ohne Beweiskraft war.

Mit leuchtenden Augen und ahnungslos sah Katie zu mir hoch. »Sind wir fertig?«

»Ja«, sagte ich leise. »Fix und fertig.«

Es gehörte zu Katies Aufgaben, die Kälber zu füttern. Ein paar Tage nach der Geburt wurden sie von ihren Müttern getrennt und in kleinen Verschlägen untergebracht, die in einer Reihe neben dem Stall standen. Katie und ich hatten jeweils ein Fläschchen dabei – die Kälber wurden mit Babynahrung gefüttert, damit sie nicht die kostbare Milch von ihren Müttern verbrauchten. »Du kannst Sadie nehmen«, sagte sie, womit sie das Kälbchen meinte, das vor meinen Augen zur Welt gekommen war. »Ich übernehme Gideon.«

Sadie war schon zu einem hübschen kleinen Kalb herangewachsen. Ihre rauhe Nase zuckte, als sie das Fertigfutter roch. »Hallo, mein Mädchen«, sagte ich und tätschelte ihren schönen harten Kopf. »Hast du Hunger?«

Ich gab ihr die Flasche und bemerkte, daß Sadie in ihrem kleinen Gefängnis überflüssigerweise angekettet war. Als Katie mir den Rücken zuwandte, löste ich den Haken am Halsband des Kälbchens von der Kette. Wie erwartet, schien Sadie es nicht einmal zu bemerken. Als Katie mir gerade über die Schulter zulächelte, machte Sadie einen Satz und stieß mir in den Bauch, als sie in die Freiheit davonsprang.

»Ellie!« schrie Katie. »Was hast du gemacht?«

Zunächst konnte ich nicht antworten, geschweige denn atmen.

Katie trieb das Kalb in einem Halbkreis wieder auf mich zu. »Pack ihre Vorderbeine«, rief sie. Ich packte Sadies Vorderbeine und brachte das Kalb zu Fall.

Keuchend hakte Katie die Kette am Halsband ein. Dann setzte sie sich neben mich und schnappte nach Luft. »Tut mir leid«, sagte ich schnaufend. »Ich hatte keine Ahnung.« Ich sah Sadie nach, die sich wieder in den Schatten ihres Verschlags zurückzog. »War aber eine prima Attacke von mir. Vielleicht sollte ich mich bei den Eagles bewerben.«

»Eagles?«

»Football.«

Katie starrte mich verständnislos an. »Was ist das?«

»Na, das Spiel, du weißt schon. Im Fernsehen.« Ich merkte, daß sie gar nichts verstand. »Das ist wie Baseball«, erklärte ich, »nur anders. Und die Eagles sind Profis, was bedeutet, daß sie viel Geld fürs Footballspielen bekommen.«

»Sie bekommen Geld dafür, daß sie ein Spiel spielen?«

Das klang wirklich unsinnig. »Äh, ja, genau.«

»Und was arbeiten die?«

»Das *ist* ihre Arbeit«, erklärte ich. Aber jetzt kam es mir selbst komisch vor.

»Das verstehe ich nicht«, sagte Katie.

Und wie ich so dasaß, auf der Fisher-Farm, verstand ich es in dem Moment auch nicht mehr.

Ich blickte Coop amüsiert an. »Ihr habt euch scheiden lassen, weil ihr euch wegen einer *Bankangelegenheit* gestritten habt?«

»Na ja, nicht ganz. Wahrscheinlich war das nur der Tropfen, der das Faß zum Überlaufen brachte.«

Wir saßen nebeneinander auf einem Ackergerät vor einem großen Tabakfeld. »Laß mich raten. Kreditkartenschulden. Sie war kaufsüchtig.«

Coop schüttelte den Kopf. »Es ging um ihre Geheimzahl für den Geldautomaten.«

Ich lachte. »Wieso?«

Er seufzte. »Ich hatte mein Portemonnaie zu Hause liegenlassen, und wir waren in einem Restaurant. Wir brauchten Bargeld, also wollte ich mit ihrer Karte Geld ziehen gehen. Aber als ich sie nach der Geheimzahl fragte, wollte sie sie mir nicht sagen.«

»Eine Geheimzahl soll man nun mal geheimhalten«, wandte ich ein.

»Ich bin kein Typ, der sämtliche Konten leerräumt, Ellie. War ich auch nie. Aber sie blieb stur. Wollte mir einfach nicht vertrauen. Und da fragte ich mich, ob sie überhaupt Vertrauen zu mir hatte.«

Ich spielte mit einem Knopf an meiner Strickjacke, unsicher, was ich sagen sollte. »Einmal, als Stephen und ich schon, ach, ich weiß nicht – sechs Jahre? – zusammen waren, bekam ich eine Grippe. Er hat mir das Frühstück ans Bett gebracht – Eier, Toast, Kaffee. Es war lieb von ihm, aber er hatte Milch und Zucker in meinen Kaffee getan. Und sechs Jahre lang hatte ich ihm Tag für Tag gegenübergesessen und meinen Kaffee schwarz getrunken.«

»Was hast du gemacht?«

Ich lächelte schwach. »Mich überschwenglich bedankt und noch zwei weitere Jahre mit ihm zusammengelebt. Was wäre mir auch anderes übriggeblieben?«

»Es gibt immer eine Alternative, Ellie.«

Ich tat so, als hätte ich das nicht gehört, starrte über das Tabakfeld und beobachtete die Glühwürmchen, die die Pflanzen schmückten wie Weihnachtsbeleuchtung im Juli. »Das da ist *Duwwack*«, sagte ich.

»Du wechselst mal wieder das Thema«, sagte Coop. »Typisch Ellie.«

»Wie meinst du das?«

»Das weißt du ganz genau.« Er zuckte die Achseln. »Das machst du schon seit Jahren.«

Ich kniff die Augen zusammen und sah ihn an. »Du hast keine Ahnung, was ich schon seit Jahren –«

»Das«, fiel er mir ins Wort, »war nicht meine Entscheidung.«

Ärgerlich verschränkte ich die Arme. »Ich kann mir ja vorstellen, daß das bei dir beruflich bedingt ist, aber es gibt Menschen, die nicht dauernd in der Vergangenheit wühlen möchten.«

»Noch immer empfindlich wegen damals?«

»Ich?« Ich stieß ein ungläubiges Lachen aus. »Für jemanden, der behauptet, daß er mir vergeben hat, reitest du etwas zu viel auf unserer gemeinsamen Geschichte herum.«

»Vergeben und vergessen sind zwei völlig unterschiedliche Dinge.«

»Du hattest zwanzig Jahre Zeit, es dir aus dem Kopf zu schlagen. Vielleicht schaffst du es ja wenigstens so lange, wie du mit meiner Mandantin zu tun hast.«

»Meinst du wirklich, ich würde zweimal pro Woche hier rausfahren, um umsonst ein amisches Mädchen zu therapieren?« Coop streckte den Arm aus und legte seine flache Hand an meine Wange, und mein Ärger verpuffte so schnell, wie ich verblüfft nach Luft schnappte. »Ich wollte dich sehen, Ellie. Ich wollte wissen, ob du das bekommen hast, was du dir damals gewünscht hast.«

Er war mir jetzt so nah, daß ich die goldenen Punkte in seinen grünen Augen sehen konnte. »Du trinkst deinen Kaffee schwarz«, flüsterte er. »Du bürstest dir eine Ewigkeit die Haare, bevor du ins Bett gehst. Du kriegst Ausschlag, wenn du Himbeeren ißt. Du duschst gerne nach der Liebe. Du kennst den Meatloaf-Song ›Paradise by the Dashboard Light‹ von vorne bis hinten auswendig, und an Weihnachten hast du immer Kleingeld in der Tasche, das du den Weihnachtsmännern von der Heilsarmee gibst.« Coops Hand glitt in meinen Nacken. »Du siehst, ich weiß alles von dir.«

»Bis auf meine Geheimzahl für den Geldautomaten«, flüsterte ich.

Ich beugte mich vor, hatte schon seinen Geschmack auf der Zunge. Coops Finger wurden drängender, und als ich die Augen schloß, dachte ich nur noch, wie sternenübersät und dunkel der Nachthimmel war und daß man sich an diesem Ort wirklich verlieren konnte.

Unsere Lippen hatten sich gerade berührt, als wir durch rasche Schritte aufgeschreckt wurden, die die Einfahrt hinunterliefen.

Wir waren Katie fast schon ein Meile zu Fuß gefolgt. Bislang hatte keiner von uns einen Ton gesagt, aber ich war sicher, daß Coop das gleiche dachte wie ich: Katie wollte sich mit jemandem treffen, den sie nicht in meinem Beisein sehen wollte. Samuel kam somit nicht in Frage, der abwesende, unbekannte Vater des Kindes um so mehr. Doch bevor ich noch weiter spekulieren konnte, erkannte ich, daß wir uns auf dem Friedhof, wo Sarah und Aaron den Leichnam des Kindes hatten beerdigen lassen, befanden.

»O Gott«, hauchte ich.

Wir hielten uns in einiger Entfernung versteckt, aber Katie schien gar nicht auf ihre Umgebung zu achten. Ihre Augen waren weit aufgerissen und glasig. Sie legte die Taschenlampe auf einen anderen Grabstein, so daß der Lichtschein auf das frische Grab fiel, und berührte den Grabstein.

TOTGEBOREN, genau wie Leda gesagt hatte. Ich sah, wie Katies Finger jeden einzelnen Buchstaben erkundeten. Sie krümmte sich – weinte sie? Ich wollte zu ihr, doch Coop hielt mich zurück.

Plötzlich hielt Katie etwas in den Händen, das aussah wie ein kleiner Hammer und ein Meißel. Sie setzte den Meißel an den Stein und schlug einmal zu, zweimal.

Diesmal konnte Coop mich nicht aufhalten. »Katie!« rief ich und rannte zu ihr, aber sie schaute sich nicht mal um. Ich kniete neben ihr und packte sie an den Schultern, dann nahm ich ihr Meißel und Hammer aus der Hand. Tränen strömten ihr übers Gesicht, aber ihr Blick war völlig leer. »Was tust du da?«

Sie sah mich mit diesen leeren Augen an, und plötzlich schien sie zu begreifen. »Oh«, wimmerte sie und schlug die Hände vors Gesicht. Ihr Körper begann haltlos zu zittern.

Coop hob sie hoch. »Bringen wir sie nach Hause«, sagte er und trug sie in Richtung Friedhofstor.

Ich kniete noch immer am Grab und hob Meißel und Hammer auf. Katie hatte ein Stück von der Beschriftung abgeschlagen. Ich fuhr mit dem Finger über die verbliebenen Buchstaben: TOT.

»Vielleicht ist sie Schlafwandlerin«, sagte Coop. »Ich habe Patienten gehabt, deren Schlafstörungen verheerende Folgen für ihr Leben hatten.«

»Ich schlafe seit Wochen mit ihr in einem Zimmer, und sie ist nicht ein einziges Mal aufgestanden.« Ich fröstelte, und er legte einen Arm um mich. Auf der kleinen Bank am Teich der Fishers rückte ich ein winziges Stückchen näher an ihn heran.

»Andererseits«, mutmaßte er, »begreift sie vielleicht allmählich, was passiert ist.«

»Das erscheint mir nicht logisch. Wenn sie sich eingestanden hat, daß sie schwanger war, wieso sollte sie dann den Grabstein beschädigen?«

»Ich habe nicht gemeint, daß sie es sich selbst eingesteht. Ich habe gemeint, daß sie so langsam die Beweise akzeptiert und irgendwie versucht, alles in Einklang zu bringen. Unbewußt.«

»Hm, verstehe. Wenn es keinen Grabstein gibt, hat es das Kind nie gegeben.«

»Genau.« Er atmete langsam aus und sagte dann nachdenklich: »Du hast jetzt genug in der Hand, Ellie. Du findest einen forensischen Psychologen, der dich unterstützt, wenn du auf Unzurechnungsfähigkeit plädierst.«

Ich nickte, wußte aber selbst nicht recht, warum ich mich durch Coops Zuspruch nicht besser fühlte. »Aber du triffst dich doch weiter mit ihr, ja?«

»Ja. Ich werde tun, was ich kann, um ihren Sturz abzufangen.« Er lächelte sanft. »Und als *dein* Psychologe muß ich dir sagen, daß du in diesem Fall zu persönlich engagiert bist.«

Ich mußte lächeln. »*Mein* Psychologe?«

»Und das mit Vergnügen, Ma'am. Ich wüßte niemanden, den ich lieber behandeln würde.«

»Tut mir leid. Ich bin nicht verrückt.«

Er küßte zärtlich eine Stelle hinter meinem Ohr. »Noch nicht«, murmelte er. Er zog mich in seine Arme, ließ seine Lippen über mein Kinn und meine Wange gleiten, bevor sie sich auf meinen Mund legten. Mit einem leichten Erschrecken merkte ich, wie gut ich ihn nach all den Jahren noch immer kannte – unsere Küsse, die Stellen, an denen seine Hände auf meinem Rücken und meiner Taille ruhten, wie sein Haar sich anfühlte, als meine Finger hindurchglitten.

Seine Berührung brachte Erinnerungen zurück und hinterließ ein Wirrwarr von neuen Gefühlen. Mein Herz pochte heftig gegen Coops Brust. In seinen Armen war ich wieder zwanzig, und die ganze Welt breitete sich vor mir aus wie eine große Festtafel.

Ich blinzelte, und plötzlich sah ich Coop und den Teich wieder klar. »Du hast die Augen auf«, flüsterte ich.

Er streichelte mein Rückgrat. »Als ich sie das letzte Mal zugemacht habe, bist du verschwunden.« Also hielt ich auch meine auf und staunte, weil ich zwei Dinge sah, die ich nie für möglich gehalten hätte: mich selbst, wie ich nach einem langen Umweg nach Hause kam, und den Geist eines Mädchens, das über das Wasser ging.

Ich wich in Coops Arme zurück. Hannahs Geist? Nein, das konnte nicht sein.

»Was hast du?« fragte Coop leise.

Ich schmiegte mich wieder an ihn. »Dich«, sagte ich. »Nur dich.«

9

Manchmal, wenn Jacob Fisher in seinem winzigen Assistentenbüro in der Englischfakultät saß, konnte er es kaum fassen. Es war noch gar nicht lange her, daß er Shakespeare-Dramen unter Futtersäcken im Stall versteckt hatte, daß er die ganze Nacht beim Schein einer Taschenlampe gelesen hatte, um am nächsten Morgen hundemüde seine Arbeit zu erledigen, trunken von dem, was er gelernt hatte. Und jetzt war er hier umgeben von Büchern und wurde dafür bezahlt, sie zu analysieren und junge Menschen zu unterrichten, die die gleichen Sterne in den Augen hatten wie er damals.

Als es an der Tür klopfte, hob er den Blick von einer Anthologie. »Herein.« Er sah in das unbekannte Gesicht einer Frau. »Ich suche Jacob Fisher.«

»Sie haben ihn gefunden.«

»Ich bin Detective-Sergeant Lizzie Munro. Von der East Paradise Township Police.«

Jacob dachte an die vielen Unfälle mit Kutschen, an die vielen Farmgeräte, die tödliche Unfälle verursacht hatten. »Meine Familie«, brachte er heraus. »Ist was passiert?«

Die Polizistin musterte ihn aufmerksam. »Ihre Familie ist gesund «, sagte sie schließlich. »Dürfte ich Ihnen ein paar Fragen stellen?«

Jacob nickte und deutete auf einen Schreibtischstuhl.

»Soweit ich weiß, sind Sie bei den Amischen in East Paradise aufgewachsen?« fragte die Polizistin.

Jacob spürte ein unbehagliches Kribbeln im Rücken. Seit er als *Englischer* lebte, war er mißtrauisch geworden. »Darf ich fragen, warum Sie sich dafür interessieren?«

»In Ihrem Heimatort ist vermutlich eine Straftat begangen worden.«

Jacob klappte die Anthologie zu. »Hören Sie, nach dieser Kokaingeschichte waren Ihre Kollegen schon bei mir. Ich lebe zwar nicht mehr als Amischer, aber das heißt nicht, daß ich meine alten Freunde mit Drogen versorge.«

»Es geht nicht um diese Drogensache. Ihre Schwester ist wegen Mordes angeklagt worden.«

»Was?« Nachdem er die Fassung wiedergewonnen hatte, fügte er hinzu: »Das kann nur ein Irrtum sein.«

Munro zuckte die Achseln. »Das wird sich zeigen. Wußten Sie, daß Ihre Schwester schwanger war?«

Jacob konnte seinen Schock nicht verbergen. »Sie ... hat ein Kind bekommen?«

»Sieht ganz so aus. Und dann hat sie es anscheinend getötet.«

Er schüttelte den Kopf. »Das ist das Absurdeste, was ich je gehört habe.«

»Ach ja? Dann sollten Sie mal in meiner Branche arbeiten. Wann haben Sie Ihre Schwester zuletzt gesehen?«

Er überlegte kurz und sagte: »Vor drei, vier Monaten.«

»Hat sie Sie davor regelmäßig besucht?«

»Regelmäßig würde ich nicht sagen«, wich Jacob aus.

»Verstehe. Mr. Fisher, hat sie in der Zeit, die sie bei Ihnen war, irgendwelche Freundschaften geschlossen oder sich in jemanden verliebt?«

»Sie hat hier niemanden kennengelernt«, sagte Jacob.

»Ach, kommen Sie.« Die Polizistin grinste. »Haben Sie sie nicht Ihrer Freundin vorgestellt? Oder dem Burschen, der sonst hier auf dem Stuhl sitzt?«

»Sie war sehr schüchtern, und sie war die ganze Zeit mit mir zusammen.«

»Sie hat nie allein etwas unternommen? Ist nie allein in die Bibliothek gegangen oder einkaufen?«

Jacobs Gedanken überschlugen sich. Er dachte daran, wie

oft er Katie im letzten Herbst allein gelassen hatte, wenn er zur Uni mußte. Allein in dem Haus, das er von einem Mann gemietet hatte, der auf eine Forschungsreise gehen wollte, die er nicht nur einmal, sondern gleich dreimal verschoben hatte. Er sah die Polizistin an. »Eins müssen Sie wissen, meine Schwester und ich sind zwei völlig verschiedene Typen. Sie ist mit ganzer Seele amisch – sie lebt, schläft, atmet es. Mich hier zu besuchen war für sie eine Prüfung. Selbst wenn sie hier Leute kennengelernt hat, haben die soviel Eindruck auf sie gemacht wie Öl auf Wasser.«

Lizzie Munro schlug eine leere Seite ihres Notizblocks auf. »Warum sind Sie nicht mehr amisch?«

Das war wieder sicherer Boden. »Ich wollte studieren. Das verstößt gegen die Regeln der Amischen. Ich war damals Tischlerlehrling und habe irgendwann einen Englischlehrer von einer High-School kennengelernt, der mir einen Stapel Bücher geliehen hat, die für mich wie pures Gold waren. Und als ich die Entscheidung traf, aufs College zu gehen, wußte ich, daß ich exkommuniziert werden würde.«

»Soweit ich weiß, hat das die Beziehung zwischen Ihnen und Ihren Eltern sehr belastet.«

»Das kann man wohl sagen«, gab Jacob zu.

»Mir ist gesagt worden, daß Sie für Ihren Vater so gut wie tot sind.«

Er antwortete knapp: »Wir sehen uns nicht mehr.«

»Wenn Ihr Vater Sie aus dem Haus verbannt hat, weil Sie studieren wollten, was meinen Sie, hätte er wohl getan, wenn Ihre Schwester ein uneheliches Kind bekommen hätte?«

Er lebte schon lange genug in dieser Welt, um zu wissen, wie das Rechtssystem funktionierte. Er beugte sich vor und fragte leise: »Wen aus meiner Familie verdächtigen Sie?«

»Katie«, sagte Munro trocken. »Wenn Sie so amisch ist, wie Sie sagen, dann wäre es doch denkbar, daß sie zu allem bereit gewesen wäre – auch dazu, einen Mord zu begehen –, um amisch zu *bleiben* und zu verhindern, daß Ihr Vater je von diesem Kind erfährt. Was bedeutet, daß sie die Schwangerschaft geheimhalten und das Kind nach der Geburt loswerden mußte.«

»Wenn sie so amisch ist, wie ich sage, dann wäre das undenkbar.« Jacob stand abrupt auf. »Wenn Sie mich jetzt entschuldigen würden, Detective, ich habe zu arbeiten.«

Er lauschte den sich entfernenden Schritten. Dann griff er zum Telefon. »Tante Leda«, sagte er einen Augenblick später. »Was in aller Welt ist bei euch los?«

Als der Gottesdienst sich dem Ende zuneigte, war Katie schwindelig. Nicht bloß von der drückenden Sommerhitze und den vielen zusammengedrängten Menschen in dem kleinen Haus. Der Bischof berief eine Mitgliederversammlung ein, und während alle, die noch nicht getauft waren, das Haus verließen, beugte Ellie sich zu ihr. »Was machen die?«

»Sie müssen gehen. Du auch.« Sie sah, daß Ellie ihr auf die zitternden Hände starrte.

»Ich rühr mich nicht vom Fleck.«

»Du mußt«, beschwor Katie sie. »So ist es einfacher.«

Ellie schüttelte den Kopf. »Von wegen. Sag ihnen, sie kriegen es mit mir zu tun.«

Bischof Ephram akzeptierte, daß Ellie bei einer Gemeindeversammlung dabei war. »Katie Fisher«, rief einer der Prediger.

Sie glaubte nicht, daß sie würde stehen können, so sehr zitterten ihr die Knie. Sie spürte die Blicke auf sich: Ellies, Mary Eschs, den ihrer Mutter, sogar Samuels. All diese Menschen würden Zeugen ihrer Schande werden.

Im Grunde spielte es keine Rolle, ob sie das Kind bekommen hatte oder nicht. Sie hatte nicht die Absicht, ihre Privatangelegenheit vor der Gemeinde zu erörtern, obwohl Ellie ihr von verfassungsmäßigen Rechten erzählt hatte, die ihr zustanden, und von Femegerichten. Katie war in der Überzeugung erzogen worden, daß es besser war, sich nicht zu verteidigen, sondern aufzustehen und die bittere Medizin zu schlucken. Sie holte tief Luft und ging zu den Predigern.

Als sie sich hinkniete, spürte sie die Rillen der Eichendielen an ihren Knien, und sie genoß den Schmerz, weil er sie ablenkte. Sie neigte den Kopf, und Bischof Ephram begann zu sprechen. »Uns ist zu Ohren gekommen, daß die junge Schwester sich der Sünde des Fleisches ergeben hat.«

Katies ganzer Körper glühte. Der Blick des Bischofs ruhte auf ihr. »Entspricht das der Wahrheit?«

»Ja«, flüsterte sie, und sie hätte schwören können, daß sie in der Stille Ellies resigniertes Seufzen hörte.

Der Bischof wandte sich der Versammlung zu. »Seid ihr einverstanden, daß Katie eine Zeitlang unter den Bann gestellt wird, um über ihre Sünde nachzudenken und Buße zu tun?«

Jeder hatte bei der Festsetzung ihrer Strafe ein Mitspracherecht. Es kam jedoch selten vor, daß jemand nicht einverstanden war – schließlich war es doch eine Erleichterung, wenn ein Sünder beichtete und der Heilungsprozeß in Gang gesetzt wurde. *»Ich bin eenich«*, einverstanden, hörte sie, und nacheinander wiederholten alle Gemeindemitglieder diese Worte.

Heute abend würde sie gemieden werden. Sie würde nicht am selben Tisch mit der Familie essen dürfen. Sie würde sechs Wochen lang unter Bann stehen; man würde zwar nach wie vor mit ihr sprechen und sie weiterhin lieben, doch sie würde allein sein. Katie hielt den Blick gesenkt, auch als sie die leisen Stimmen ihrer Freundinnen hörte, das zögernde Seufzen ihrer Mutter, die strenge Entschlossenheit ihres Vaters. Dann hörte sie die Stimme, die sie am besten von allen kannte, Samuels tiefen, rauhen Baß. *»Ich bin …«*, sagte er unsicher. *»Ich bin …«* Würde er widersprechen? Würde er für sie einstehen, nach allem, was geschehen war?

»Ich bin eenich«, sagte Samuel, und Katie schloß die Augen.

Der Gottesdienst hatte auf einer nahegelegenen Farm stattgefunden, so daß Ellie und Katie zu Fuß nach Hause gingen. Ellie legte den Arm um die Schultern des Mädchens. »Ich werde mit dir zusammen essen.«

Katie warf ihr einen kurzen, dankbaren Blick zu.

Eine Weile gingen sie schweigend weiter, schließlich wandte Ellie sich Katie zu. »Wie kommt es, daß du vor der versammelten Gemeinde bereitwillig zugibst, daß du ein Kind bekommen hast, aber nicht mir gegenüber?«

»Weil das von mir erwartet wurde«, sagte Katie schlicht.

»Ich erwarte es auch von dir.«

Sie schüttelte den Kopf. »Wenn der Diakon zu mir kommen und verlangen würde, daß ich Rechenschaft ablege, weil ich nackt im Teich gebadet habe, würde ich ja sagen, auch wenn ich es gar nicht getan habe.«

»Warum?« Ellie war offensichtlich wütend. »Warum läßt du dich so von ihnen schikanieren?«

»Sie schikanieren mich nicht. Ich könnte aufstehen und sagen, daß ich es nicht getan habe – aber das würde ich niemals tun. Es ist viel unangenehmer, über die Sünde zu sprechen, als die Beichte schnell hinter sich zu bringen.«

»Aber das heißt, du läßt das System mit dir machen, was es will.«

»Nein«, erklärte Katie. »Das heißt nur, daß ich das System funktionieren lasse. Ich will nicht im Recht sein oder stark oder die Beste. Ich will bloß sobald wie möglich wieder zu ihnen gehören.« Sie lächelte nachsichtig. »Ich weiß, daß das schwer zu begreifen ist.«

Ellie rief sich mühsam in Erinnerung, daß das amische Rechtssystem nun mal nicht das amerikanische Rechtssystem war, daß aber beide seit Hunderten von Jahren funktionierten. »Ich verstehe das schon«, sagte sie. »Es ist nur eben nicht die wirkliche Welt.«

»Vielleicht nicht.« Katie wich einem Wagen aus, in dem sich ein Tourist aus dem Fenster lehnte, um ein Foto von ihr zu machen. »Aber die, in der ich lebe.«

Katie stand ängstlich am Ende der Straße und hielt eine Taschenlampe in der Hand. Wenn irgend jemand sie mit diesem Englischen *erwischte, würde sie Schwierigkeiten bekommen – doch Adam reiste bald ab, und sie wollte ihn unbedingt noch einmal sehen.*

Adam war schließlich doch nicht nach New Orleans gegangen, um seine Geister zu suchen. Er hatte das Stipendiumsgeld an einen ganz anderen Schauplatz überwiesen – Schottland – und seine Pläne geändert, so daß er erst im November abreisen würde. Jacob war so froh, nicht schon wieder umziehen zu müssen, daß er sich nicht über Adams Angebot, weiter bei ihm zu wohnen, wunderte. Auch nicht über die Unbefangenheit, mit der seine Schwester und sein Mitbewohner miteinander plauderten, oder die Art, wie Adam beschützend seine Hand auf ihren Rücken legte, wenn sie über den Campus gingen, oder die Tatsache, daß Adam in all den Monaten nicht eine einzige Verabredung mit einem Mädchen gehabt hatte.

Ein Auto näherte sich der Zufahrt. Katie wartete im Schatten der Büsche und trat in das Licht der Scheinwerfer, als es schon sehr nah war. Adam schaltete den Motor ab und stieg aus, betrachtete wortlos Katies Kleidung. Er berührte den steifen Organdy ihrer Kapp, *dann fuhr er mit dem Daumen sacht über die Sicherheitsnadel, die ihr Kleid am Halsausschnitt zusammenhielt. Plötzlich kam sie sich albern vor, so amisch gekleidet – er kannte sie ja nur in Jeans und Pullover. »Ist dir denn nicht kalt?« flüsterte er. Sie schüttelte den Kopf. »Nicht sehr.«*

Er zog seine Jacke aus und wollte sie ihr umlegen, doch sie wich aus. Einen Moment lang sprach keiner von ihnen. »Ich könnte wieder fahren«, sagte er leise. »Ich könnte fahren, und wir könnten so tun, als wäre ich nie hier gewesen.«

Statt einer Antwort ergriff Katie seine Hand. Sie hob sie hoch, betrachtete seine Finger, streichelte sie. Das war keine Hand, die Zügel gehalten und Futter geschaufelt hatte. Sie führte sie an ihre Lippen und küßte sie. »Nein. Ich warte seit Jahren auf dich.«

Sie meinte es wörtlich, wohlüberlegt, wahr. Adam drückte ihre Hand und ließ sich von ihr in die Welt führen, in der sie aufgewachsen war.

Sarah sah ihrer Tochter zu, wie sie fürs Abendessen Gemüse klein schnitt. Heute abend und an vielen Abenden darauf durfte Katie nicht mit ihnen zusammen an einem Tisch essen – das gehörte zur *Meinding*. In den kommenden sechs Wochen würde Sarah im selben Haus getrennt von ihr leben müssen: Sie mußte so tun, als wäre Katie kein wichtiger Bestandteil ihres Lebens, durfte nicht mit ihr beten, mußte ihre Gespräche einschränken. Es war, als würde sie noch ein Kind verlieren.

Finster ließ Sarah den Blick über den Eßtisch wandern. Dann ging sie ins Wohnzimmer und nahm eine Gaslampe von einem kleinen Spieltisch. Sie zog ihn in die Küche und schob die Tische so dicht zusammen, daß kaum noch drei Zentimeter Platz zwischen ihnen war. Dann holte sie ein langes weißes Tischtuch und breitete es über die beiden Tische, so daß man kaum noch merkte, daß es nicht ein einziges großes Rechteck war. »So«, sagte sie, das Tischtuch glatt streichend. Dann schob sie Katies Besteck hinüber auf den Spieltisch. Ihr eigenes Besteck schob sie näher zum Rand, näher dahin, wo Katie essen würde. »So«, wiederholte sie und machte sich dann an der Seite ihrer Tochter wieder an die Arbeit.

Zu Ellies Aufgaben auf der Farm gehörte es, Nugget mit Futter und Wasser zu versorgen. Das große Quarterhorse hatte ihr zuerst Angst eingejagt, aber mittlerweile freute sie sich, wenn Nugget seinen schweren Kopf in den duftenden süßen Hafer tauchte.

Er roch angenehm nach Staub und Gras, ein sauberer, mehliger Duft. Nachdem Ellie ihm noch etwas Hafer in den Trog geschaufelt hatte, stellte er die Ohren auf, schnaubte, versuchte dann, seine Nase in ihre Achsel zu stupsen. Ellie lachte und tätschelte ihm den Kopf. »Laß das«, sagte sie lächelnd, als sie den fast leeren Eimer von einem Haken nahm und nach draußen zum Wasserhahn trug.

Sie war gerade um die Stallecke gebogen, als jemand sie von hinten packte und eine Hand auf ihren Mund preßte. Der Eimer fiel scheppernd zu Boden. Ellie kämpfte gegen die jäh aufsteigende Panik, biß mit voller Kraft in die Hand, die ihren Mund bedeckte, und rammte den Ellbogen in den Bauch des Angreifers, während sie Gott dafür dankte, daß Stephen ihr vor zwei Jahren einen Selbstverteidigungskurs geschenkt hatte.

Sie wirbelte herum, die Hände schlagbereit, und funkelte den Mann an, der sich vor Schmerz krümmte. Er kam ihr irgendwie bekannt vor. »Verdammt, wer sind Sie?«

Der Mann blickte auf, einen Arm noch immer auf seinen Bauch gepreßt. »Jacob Fisher.«

»Sie mußten mich ja nicht gleich von hinten überfallen«, sagte Ellie ein paar Minuten später, als sie Katies Bruder auf dem Heuboden gegenüberstand. »Ich hätte Sie umbringen können.«

»Ich bin zwar schon eine Weile weg, aber normalerweise findet man auf einer amischen Farm selten einen Menschen, der den schwarzen Gürtel hat.« Jacob lächelte nicht mehr. »Man findet auch nur selten ermordete Babys.«

Ellie setzte sich auf einen Heuballen. »Ich habe versucht, Sie telefonisch zu erreichen.«

»Ich war verreist.«

»Ich vermute, Sie haben inzwischen erfahren, daß gegen Ihre Schwester Anklage erhoben worden ist?« Jacob nickte. »War die Ermittlerin der Staatsanwaltschaft schon bei Ihnen?«

»Gestern.«

»Was haben Sie ihr erzählt?«

Jacob schwieg. Ellie stützte die Ellbogen auf ihre Knie. »Lassen Sie mich eines klarstellen«, sagte sie. »Ich habe nicht um diesen Fall gebeten; er hat sich mich gewissermaßen ausgesucht. Was auch immer Sie von Anwälten halten, in jedem Fall bin ich die beste Chance, die Ihre Schwester hat, ungeschoren davonzukommen. Sie wissen besser als Ihre amischen Verwandten, wie ernst die Anklage ist. Wenn ich etwas von Ihnen erfahre, das Ihrer Schwester hilft, werde ich es streng vertraulich behandeln, und es wird mir bei meiner Verteidigungsstrategie helfen. Aber selbst wenn Sie jetzt den Mund aufmachen und mir sagen, daß sie dieses Baby kaltblütig ermordet hat, werde ich trotzdem alles versuchen, sie freizubekommen, und ihr dann die psychologische Hilfe beschaffen, die sie braucht.«

Jacob ging zu dem hohen Fenster des Heubodens. »Es ist schön hier. Wissen Sie, daß ich sechs Jahre nicht hier war?«

»Ich weiß, wie schwer das für Sie sein muß«, sagte Ellie. »Aber Katie wäre niemals wegen Mordes angeklagt worden, wenn die Polizei nicht überzeugt davon wäre, daß Katie dieses Kind getötet hat.«

»Sie hat mir nicht erzählt, daß sie schwanger war«, bekannte Jacob.

»Ich glaube, das hat sie nicht mal sich selbst eingestanden. Kennen Sie jemanden, der der Vater sein könnte?«

»Na ja, Samuel Stoltzfus –«

»Nicht hier«, unterbrach Ellie ihn. »In State College.«

Jacob schüttelte den Kopf.

»Hat sie je mit dem Gedanken gespielt, die amische Gemeinde zu verlassen, so, wie Sie es getan haben?«

»Nein. Das hätte sie nicht ausgehalten, von Mam und Dad getrennt zu sein. Katie hat mich zwar öfter besucht, aber sie können einen Fisch aus dem Teich nehmen und in ein Schaffell stecken, dadurch wird nie und nimmer ein Lamm aus ihm. Früher oder später wird er sterben.«

»*Sie* sind nicht gestorben«, sagte Ellie.

»Ich bin nicht Katie. Ich habe mich abgenabelt und tue Dinge, die ich mir niemals zugetraut hätte.«

»Würde das gleiche nicht auch für Katie gelten? Vielleicht hat sie die Entscheidung getroffen, eine Amische zu bleiben – und sich deshalb gezwungen gesehen, Dinge zu tun, die sie sich niemals zugetraut hätte.«

»Sicher nicht. Wenn man *englisch* lebt, trifft man Entscheidungen. Wenn man amisch lebt, beugt man sich einer Entscheidung, die längst getroffen worden ist. Man lebt nach dem Prinzip der *Gelassenheit* – man unterwirft sich einer höheren Autorität. Man opfert sich auf, für die Eltern, für die Gemeinde, für das Leben, wie es von jeher war.«

»Das ist interessant, aber gegen den Obduktionsbericht über ein totes Kind wird es nicht standhalten.«

»Doch«, sagte Jacob mit Nachdruck. »Einen Mord zu begehen ist die arroganteste Tat, die es gibt! Jemand reißt die Macht Gottes an sich und entscheidet über das Leben eines anderen.« Er sah Ellie mit blitzenden Augen an. »Viele Leute meinen, die Amischen wären dumm, weil sie sich von der Welt überrollen lassen. Aber amische Menschen sind klug, sie sind bloß nicht selbstsüchtig. Sie sind nicht selbstsüchtig genug, um gierig zu sein, oder herrisch oder stolz. Und sie sind ganz sicher nicht selbstsüchtig genug, um ein anderes menschliches Wesen vorsätzlich zu töten.«

»Hier wird nicht der amische Glauben vor Gericht gestellt.«

»So sollte es aber sein«, konterte Jacob. »Meine Schwester könnte keinen Mord begehen, Ms. Hathaway, ganz einfach, weil sie durch und durch amisch ist.«

Lizzie Munro kniff die Augen hinter ihrer Schutzbrille zusammen und feuerte zehn Schuß aus ihrer Neun-Millimeter-Glock ins Herz des lebensgroßen Ziels am Ende des Schießstandes. Als sie das Ergebnis begutachtete, stieß George Callahan einen leisen Pfiff aus. »Ich bin froh, daß du auf unserer Seite stehst, Lizzie. Du hast wirklich Talent.«

»Allerdings. Unvorstellbar, daß meine Großmutter meinte, ich sollte bloß Handarbeiten lernen.« Sie steckte ihre Waffe ins Halfter und lockerte ihre Schultern.

»Ich bin erstaunt, dich hier zu sehen.«

Lizzie runzelte die Stirn. »Wieso das?«

»Na ja, wie viele Amische sind bewaffnet und gefährlich?«

»Hoffentlich keiner«, erwiderte Lizzie und zog sich die Jacke über. »Ich mach das zur Entspannung, George. Ist besser als Stricken.«

Er lachte. »Die richterliche Anhörung ist für kommende Woche angesetzt.«

»Wenn man so richtig Spaß hat, vergehen fünf Wochen wie im Fluge, was?«

»Spaß würde ich das nicht gerade nennen«, sagte George. Sie verließen den Schießstand und gingen durch die üppigen Grünanlagen der Polizeiakademie. »Ehrlich gesagt, deshalb bin ich hier. Ich wollte mich vergewissern, daß wir uns auch wirklich in alle Richtungen abgesichert haben, bevor ich loslege.«

Lizzie zuckte die Achseln. »Aus dem Bruder habe ich absolut nichts rausbekommen, aber ich kann ihn mir ja noch mal vornehmen. Die Beweise sind erdrückend. Das einzige, was fehlt, ist der Samenspender, aber selbst der ist eigentlich unerheblich, da wir ihr so oder so ein Motiv unterstellen können.

Wenn er ein Amischer ist, hat sie das Kind getötet, um es sich nicht mit ihrem großen blonden Freund zu verscherzen. Wenn er nicht aus ihrer Gemeinde stammt, hat sie das Kind getötet, um ihr Verhältnis mit einem Außenseiter zu vertuschen.«

»Wir haben uns ziemlich schnell auf Katie Fisher als Hauptverdächtige festgelegt«, überlegte George. »Hoffentlich haben wir nichts übersehen.«

»Sie hat geblutet wie ein abgestochenes Schwein. Deshalb haben wir uns auf sie festgelegt«, sagte Lizzie. »Sie hat dieses Kind zur Welt gebracht, und es war zwei Monate zu früh – wer hätte also sonst noch wissen können, daß es soweit war? Wir wissen, daß sie es vor ihren Eltern geheimgehalten hat, also fallen die schon mal flach. Sie hat es mit Sicherheit auch nicht Samuel erzählt, weil es nicht sein Kind war. Selbst wenn sie ihrem Bruder oder ihrer Tante hätte sagen wollen, daß die Wehen eingesetzt hatten, hätte sie um zwei Uhr morgens wohl kaum ihr Handy zücken können.«

»Die Geburt können wir ihr hundertprozentig nachweisen, aber nicht den Mord.«

»Motiv und die Gesetze der Logik sprechen für uns. Du weißt, daß neunzig Prozent aller Morde von jemandem begangen werden, der eine persönliche Beziehung zum Opfer hat. Ist dir klar, daß diese Zahl auf nahezu hundert Prozent ansteigt, wenn das Opfer ein Neugeborenes ist?«

George blieb stehen und lachte sie an. »Willst du als zweiter Staatsanwalt auftreten, Lizzie?«

»Interessenkonflikt. Ich bin schon Zeugin der Anklage.«

»Ach, so ein Pech, ich glaube nämlich, daß du die Geschworenen im Alleingang von Katie Fishers Schuld überzeugen könntest.«

Lizzie grinste zu ihm hoch. »Da hast du recht«, sagte sie. »Aber alles, was ich kann, habe ich von dir gelernt.«

In den frühen Morgenstunden hatte eine der Kühe ein Junges zur Welt gebracht. Aaron war fast die ganze Nacht auf den Beinen gewesen, um dem kleinen Wunder nachzuhelfen, das auf spindeldünnen Beinchen neben seiner Mutter schwankte.

Er begann, in der Box frisches Stroh zu verteilen, und dachte daran, daß er auch dieses Baby seiner Mutter wegnehmen würde. Er schob den Gedanken beiseite, als Katie den Stall betrat. Sie hielt ihm eine dampfende Tasse Kaffee hin. »Oh, ein Kälbchen«, sagte sie mit leuchtenden Augen. »Wie süß!«

Aaron konnte sich erinnern, daß seine Tochter fast jedesmal dabei gewesen war, wenn ein Kälbchen auf der Farm geboren wurde. Sie hatte die Kleinen schon mit der Flasche gefüttert, als sie selbst noch kaum größer war als ihre Schützlinge. Aaron erinnerte sich, wie er ihr gezeigt hatte, an welcher Stelle man einem Kalb gefahrlos den Finger ins Maul schieben konnte, weil da keine Zähne waren. Er erinnerte sich, wie er ihr erzählt hatte, daß sich eine Kälbchenzunge rauh wie Schmirgelpapier anfühlte und sehr kräftig war, wenn sie sich einem um den Finger wickelte und daran zog. Und er erinnerte sich an ihre großen Augen, als sie das erste Mal selbst die Erfahrung gemacht hatte.

Als Oberhaupt der Familie war es seine Aufgabe gewesen, seinen Kindern die amische Lebensart beizubringen – sie darin zu unterweisen, wie man sich Gott ganz hingab, wie man seinen Weg suchte zwischen dem, was richtig, und dem, was falsch war. Er sah, wie Katie in dem frischen Stroh kniete und den noch feuchten Rücken des Kälbchens streichelte. Es erinnerte ihn an das, was vor einigen Wochen geschehen war. Er schloß die Augen und wandte sich von ihr ab.

Katie stand langsam auf, und als sie sprach, war ihre Stimme so zittrig wie die Beine des neugeborenen Kälbchens. »Es ist fünf Tage her, seit ich vor der Gemeinde gekniet und gebeichtet habe. Willst du denn nie wieder mit mir sprechen, Dad?«

Aaron liebte seine Tochter. Er wünschte sich nichts sehnlicher, als sie wieder auf den Schoß zu nehmen, so wie damals, als sie noch ganz klein gewesen war und die Welt für sie nicht größer als die Spannweite seiner Arme. Aber die Schuld für Katies Sünde und Schande lag bei ihm, weil er sie nicht verhindert hatte. Und jetzt war es auch seine Pflicht, die Konsequenzen zu tragen – so schmerzlich das auch war.

»Dad?« flüsterte Katie.

Aaron hob eine Hand, als wollte er sie abwehren. Dann nahm er seine Kaffeetasse, drehte sich um und ging mit hängenden Schultern und dem schweren Schritt eines sehr viel älteren, sehr viel klügeren Mannes aus dem Stall.

»War's denn genug?«

Coop sprach über den Wust von Tellern und Schüsseln hinweg. Ellie bekam zwar keinen Bissen mehr hinunter, aber es war noch immer nicht genug. Sie konnte sich kaum vorstellen, je genug von all den Menschen und dem Gewirr von Stimmen um sie herum zu bekommen, von der betörenden Mischung teurer Parfüms, dem Geräusch der Autos, die auf der Straße unterhalb des Dachterrassenrestaurants entlangbrausten.

Ellie betrachtete den Regenbogen, den das Kerzenlicht in ihr Glas Chardonnay malte, und sie lächelte.

»Was ist denn so lustig?« fragte Coop.

Ellie lachte auf. »Ich hab die ganze Zeit das Gefühl, ich müßte nachsehen, ob mir nicht Mist an den Schuhen klebt.«

»Fünf Wochen auf einer Farm machen aus dir noch keinen Bauerntrampel. Außerdem steht dir dein Kleid um einiges besser als diese Latzhosen.«

Ellie genoß das Gefühl von Seide auf der Haut. Leda hatte das Kleid für sie bei Macys ausgesucht und es zusammen mit Coop zur Farm gebracht. Ellie war die Luft weggeblieben, als er in seinem dunklen Anzug mit Seidenkrawatte und einem kleinen Blumenstrauß in der Hand dastand, um mit ihr zum Dinner nach Philadelphia zu fahren, während Leda auf Katie aufpaßte.

Der Wein machte sie locker und entspannt. »Ich komm gar nicht drüber weg, daß wir zwei Stunden gefahren sind, um hier essen zu gehen«, raunte Ellie. Es war ein tolles Restaurant, mit Orchester und Panoramafenstern, hinter denen die Lichter der Großstadt glitzerten – doch die Vorstellung, daß Coop den weiten Weg zu den Fishers und dann wieder zurück nach Philadelphia gefahren war, löste bei Ellie Gefühle aus, zu denen sie noch nicht bereit war.

»Eigentlich nur anderthalb Stunden«, berichtigte Coop. »Und außerdem ist es nicht leicht, ein Restaurant zu finden, wo man so lecker essen kann.«

»Gott, ja«, lachte sie. »Und wenn du das Wort ›Essen‹ auch nur denkst, übernehme ich für nichts mehr die Verantwortung.«

Ellie reckte sich auf ihrem Stuhl wie eine Katze. »Es ist schön, daß ich mich mal von der Farm stehlen konnte«, sagte sie. »Ich hab das gebraucht. Danke. «

»Ich danke *dir*«, antwortete er. »Meine Dinnerbegleitungen sind sonst nicht so unterhaltsam. Von Mist hat jedenfalls bislang noch keine gesprochen.«

»Da siehst du's. Ich verlerne schon mein gutes Benehmen.«

Coop stand auf und nahm ihre Hand. »Ich möchte mit dir tanzen.«

Ellie ließ sich hochziehen, und Coop zog sie an sich. Er begann, sich langsam mit ihr auf dem Parkett zu drehen.

Ellie legte den Kopf unter sein Kinn. Ihre Hände waren ineinander verschlungen wie Efeu, der über ihren Herzen wuchs; und sein Daumen strich über ihre nackte Schulter. Sie schloß die Augen, als seine Lippen über ihre Schläfe streiften, und ließ sich sacht von ihm führen. Einen Moment lang dachte sie nicht mehr an Katie, an den Prozeß, an ihre Verteidigung, spürte nur noch die berauschende Wärme von Coops Hand auf ihrem Rücken. Die Musik hörte auf, und als die Paare vom Parkett gingen, blieben Ellie und Coop einfach stehen und blickten einander an.

»Ich glaube, ich würde mir gern mal ansehen, wo du deine Kutsche untergebracht hast«, murmelte Ellie.

Coop betrachtete sie aufmerksam. »Es ist kein besonders schöner Stall im Vergleich zu anderen.«

»Das macht nichts.«

Und er lächelte sie so strahlend an, daß sie nicht einmal merkte, wie kühl es geworden war, als sie mit offenen Fenstern zu seiner Wohnung fuhren. Sie saß so nah wie möglich an ihn geschmiegt, ihre Hände auf dem Schalthebel ineinander verschlungen. Als sie bei ihm zu Hause ankamen, steckte Coop den Schlüssel ins Schloß, stieß die Tür auf und fing sofort an, sich zu entschuldigen. »Hier herrscht ziemliches Chaos. Ich hab ja nicht gewußt –«

»Ist schon gut.« Ellie trat vorsichtig ein, als könnte ein zu schwerer Schritt den Zauber des Augenblicks zerstören. Sie sah das Glas Cola auf dem gläsernen Couchtisch, die psychologischen Fachzeitschriften, die auf dem Boden verstreut lagen. Die Joggingschuhe, die an den Schnürsenkeln zusammengeknotet waren und über die Rückenlehne eines Stuhls hingen. Keines der Möbelstücke paßte zum anderen.

»Kelly hat das meiste mitgenommen«, sagte er leise, als hätte er ihre Gedanken erraten. »Das sind die Sachen, die sie nicht wollte.«

»Ich glaube, den Couchtisch hattest du schon im College.«

Ellie ging zum Bücherregal. Sie legte die Fingerspitze auf ein kleines Foto, auf dem sie zu sehen war, wie sie kopfüber am Ast eines Apfelbaumes hing. Auf einem anderen Ast hatte Coop gesessen, um das Foto zu machen. »Das ist auch noch aus unserer Studienzeit«, sagte sie leise. »Das hast du noch?«

»Ich hab's kürzlich wieder rausgekramt.«

»Du hast die ganze Zeit gesagt, ich sollte aufhören zu lachen«, erinnerte sich Ellie. »Und ich hab gesagt, du solltest endlich das blöde Bild machen, bevor meine Bluse wieder rutschte und ich oben ohne wäre.«

Coop grinste. »Und ich hab gesagt –«

»›Um so besser‹«, fiel Ellie ihm ins Wort.

Er umarmte sie, streichelte sie sanft. Sein Kuß, mit geöffneten Lippen, war, als hauchte er ihr Feuer ein. Ellie zog ihm langsam das Hemd aus der Hose und fuhr mit der flachen Hand über die Muskeln seines Rückens, drängte sich immer dichter an ihn heran, bis sie sein Herz knapp über ihrem spüren konnte.

Sie fielen zusammen auf die Couch, stießen einen Stapel Zeitungen um. Seine Hände glitten durch ihr Haar, während sie an seinem Gürtel und Reißverschluß zerrte. Coops Umarmung wurde leidenschaftlicher. »Spürst du das?« flüsterte er. »Mein Körper erinnert sich an dich.«

Und auf einmal war Ellie wieder achtzehn, fühlte sich von Coops Zuversicht aufgespießt wie ein Schmetterling. Damals hatte sie ihn so sehr geliebt, daß sie Monate brauchte, um zu erkennen, daß das, was Coop ihr gab, nicht unbedingt das war, was sie brauchte. Damals hatte sie ihn angelogen, um ihm die Trennung leichter zu machen, aber diese Lüge war um so schmerzlicher, weil sie so weit von der Wahrheit entfernt war: daß sie ihn nicht genug liebte. »Ich kann das nicht«, sagte sie laut, Worte, die sie damals auf dem College nicht über die Lippen gebracht hatte. Sie stieß sich von Coops Brust weg, von seinen Beinen, und blieb am anderen Ende der Couch sitzen.

Allmählich kam Coop wieder zur Besinnung. »Was ist los?«

»Ich kann nicht.« Ellie konnte ihn nicht einmal ansehen. »Es tut mir schrecklich leid. Ich sollte jetzt einfach … gehen.«

Seine Miene verhärtete sich. »Welche Entschuldigung hast du diesmal?«

»Ich muß zu Katie zurück.«

»Du solltest nicht zu mir auf Distanz gehen, sondern zu deiner kleinen amischen Mandantin. Du bist ihre *Anwältin*, Ellie, nicht ihre *Mutter*.« Coop schnaubte. »Du hast keine Angst vor irgendeinem Richter oder vor einem Verstoß gegen die Kautionsauflagen. Du hast Panik, daß du einmal in deinem Leben wirklich etwas anfängst und es nicht richtig hinkriegst.«

»Was weißt du denn schon über –«

»Herrgott, Ellie, ich weiß mehr über dich als du selbst. Musterstudentin, Prädikatsexamen. Du hast Himmel und Hölle in Bewegung gesetzt, um die schwierigsten Fälle zu kriegen, und hast fast jeden gewonnen – sogar die, bei denen dir noch heute schlecht wird, wenn du nur dran denkst. Du hast nie geheiratet, hast bloß eine Beziehung aufrechterhalten, die du schon vor Jahren hättest beenden sollen, weil es dir im Grunde völlig egal war, ob sie in die Brüche ging oder nicht. Du verpaßt mir hier eine kalte Dusche, bloß um dich nicht zu sehr auf mich einzulassen, weil dir dann nämlich wirklich was dran liegen würde, daß das mit uns klappt, und wir haben nun mal nicht gerade eine Erfolgsbilanz aufzuweisen. Du bist die klassische Perfektionistin und traust dich nicht, dich mal weit aus dem Fenster zu lehnen, weil du Angst hast rauszufallen.«

Bei den letzten Sätzen brüllte Coop förmlich. Ellie stand auf und humpelte auf der Suche nach ihren Stöckelschuhen durchs Zimmer. Ihr tat der Kopf weh, fast so sehr wie ihr Herz. »Hör auf, mich zu psychoanalysieren.«

»Weißt du, was dein Problem ist? Wenn du dich nie aus dem Fenster lehnst, entgeht dir eine wunderschöne Aussicht.«

Ellie schaffte es, in ihre Schuhe zu steigen und ihre Handtasche aufzuheben. »Du schmeichelst dir selbst«, sagte sie ruhig.

»Liegt's an mir, Ellie, oder machst du das bei allen Typen so, erst anmachen und dann Vollbremsung? Was für eine Macht hatte Stephen denn über dich, daß er dich all die Jahre davon abhalten konnte, einfach wegzulaufen?«

»Er hat mich nicht geliebt!« Noch während die Worte in dem stillen Zimmer nachhallten, drehte Ellie Coop den Rükken zu. Sie war vieles für Stephen gewesen – Mitbewohnerin, ein Gegenüber bei juristischen Fachsimpeleien, Sexualpartnerin – aber niemals der Mensch, mit dem er wirklich sein Leben teilte. Und gerade deshalb hatte sie sich niemals eingeengt gefühlt. Sie hatte sich nie so gefühlt wie zwanzig Jahre zuvor mit Coop. »So«, sagte sie mit bebender Stimme. »Das wolltest du doch hören, oder?« Irgendwie schaffte Ellie es bis zur Tür. »Bleib ruhig sitzen. Ich komm schon irgendwie nach Hause.«

Coop starrte sie an, starrte den Schmerz an, den ihr die frisch aufgebrochene Wunde offensichtlich bereitete, und rührte sich nicht, noch lange nachdem sie längst fort war.

Einmal, bevor Samuel getauft worden war, hatte er ein Automobil gefahren. Einer seiner Freunde, Lefty King, hatte es gebraucht gekauft und hinter dem Tabakschuppen seines Vaters versteckt. Der alte Mann tat immer, wenn er es sah, so, als stünde es gar nicht da. Samuel hatte gestaunt, wie leicht sich der Wagen fahren ließ.

Heute abend mußte er an das Auto denken, während er Mary Esch in seiner Kutsche nach Hause fuhr. Der Mond war nur eine dünne Sichel und bot ihm Deckung für seine Pläne.

Störend bei Mary war, daß sie einfach nicht aufhörte zu reden. Er hatte sie eingeladen, mit ihm ein Eis essen zu gehen. Und Samuel fand, daß sie auch ganz hübsch war, mit ihrem Haar, so dunkel und glänzend wie ein frisch gepflügtes Feld, und dem kleinen, fein geschwungenen Mund. Aber der Grund, warum Samuel ausgerechnet sie ausgesucht hatte, war der, daß sie Katies beste Freundin war und er Katie so am nächsten sein konnte.

Mary sprach so schnell, daß sie erst nach einem Moment merkte, daß sie nicht mehr fuhren. »Warum hast du angehalten?« fragte sie. Samuel zuckte die Achseln. »Ich hab mir gedacht, es ist so ein schöner Abend.«

Sie sah ihn etwas befremdet an, und das mit gutem Grund. Der Himmel war eine dicke, wolkige Suppe, und das einzige bißchen Licht kam von dem winzigen Mondrest. »Samuel«, fragte sie, »brauchst du vielleicht jemanden zum Reden?«

Er spürte sein Herz anschwellen wie einen Blasebalg, als wollte es ihm aus der Brust platzen. Tu es jetzt, sagte er sich, oder du tust es nie. »Mary«, sagte er, und dann riß er sie in seine Arme und preßte seinen Mund fest auf ihren.

Sie war nicht Katie, das war sein einziger Gedanke. Sie schmeckte nicht nach Vanille, irgendwie paßte sie nicht in seine Arme, und als er noch fester drängte, schabten ihre Zähne aneinander. Er tastete nach ihrer Brust, spürte, daß sie Angst bekam und ihn zurückzustoßen versuchte, wurde aber den Gedanken nicht los, daß irgend jemand mindestens einmal das gleiche und noch mehr mit seiner Katie gemacht hatte.

»Samuel!« Mary riß sich mit aller Kraft von ihm los und wich in die äußerste Ecke der Kutsche zurück. »Was um alles in der Welt ist denn bloß in dich gefahren?«

Ihre Augen waren weit aufgerissen und blickten verstört. Großer Gott, hatte er ihr das angetan?

»Ich … ich … es tut mit leid …« Samuel krümmte sich vor Scham, die Arme auf die Brust gepreßt. »Ich wollte dich nicht …« Er vergrub das Gesicht in seinem Hemd und kämpfte gegen die Tränen an. Er war kein guter Christ, ganz und gar nicht. Nicht nur, daß er die arme Mary Esch überrumpelt hatte, nein, er konnte auch Katies Beichte nicht akzeptieren. Ihr vergeben? Er kam ja noch nicht mal über die nackten Tatsachen hinweg.

Marys Hand legte sich auf seine Schulter. »Samuel, komm, laß uns nach Hause fahren.« Er spürte das Wackeln der Kutsche, als sie heruntersprang, um den Platz mit ihm zu tauschen, damit sie lenken konnte.

Samuel wischte sich hastig über die Augen. »Es geht mir nicht gerade besonders gut«, gab er zu. »Was du nicht sagst«, erwiderte Mary mit einem kleinen Lächeln. Sie streckte den Arm aus und streichelte seine Hand. »Du wirst schon sehen«, sagte sie voller Mitgefühl. »Alles wird gut.«

Wie sich herausstellte, war Richter Phil Ledbetter eine Frau.

Ellie brauchte volle dreißig Sekunden, um diese Tatsache zu verarbeiten, als sie zusammen mit George Callahan im Richterzimmer saß, wo die Anhörung stattfand. Phil – oder Philomena, wie ihr Namensschild verkündete – war eine kleine Frau mit roter Dauerwelle, einem resoluten Zug um den Mund und einer etwas piepsigen Stimme. Ihr mächtiger Schreibtisch war übersät mit Fotos von ihren Kindern, die alle vier das gleiche rote Haar hatten. Das war nicht gut für Katie. Ellie hatte auf einen Mann gesetzt, einen Richter, der nichts von Geburten verstand, einen Richter, dem bei dem Gedanken nicht ganz wohl wäre, ein junges amisches Mädchen unter Umständen wegen Kindstötung verurteilen zu müssen. Dagegen war eine Richterin, die das Gefühl kannte, ein Kind nach der Geburt in den Armen zu halten, nicht unbedingt dagegen gefeit, Katie von vornherein zu verabscheuen.

»Ms. Hathaway, Mr. Callahan, ich würde sagen, wir fangen an.« Die Richterin öffnete die Akte vor ihr auf dem Schreibtisch. »Ist die Offenlegung abgeschlossen?«

»Ja, Euer Ehren«, sagte George.

»Ms. Hathaway, Sie beantragen, keine Presse im Gerichtssaal zuzulassen.«

Ellie räusperte sich. »Es widerspricht dem Glauben meiner Mandantin, überhaupt in einem Gerichtssaal zu sein, Euer Ehren. Aber auch außerhalb des Gerichtssaals mögen die Amischen es nicht, fotografiert zu werden. Sie halten sich an den genauen Wortlaut der Bibel. ›Du sollst dir kein Bildnis noch irgendein Gleichnis machen.‹ 2. Mose 20,4.«

George schaltete sich ein. »Euer Ehren, haben wir Kirche und Staat nicht schon vor rund zweihundert Jahren voneinander getrennt?«

»Hier geht es um etwas anderes«, wandte Ellie ein. »Die Amischen glauben, wenn man sich fotografieren läßt, könnte man sich selbst zu wichtig nehmen oder nach persönlichem Ruhm streben, was ihrer Forderung nach Demut widerspricht.« Sie sah die Richterin an. »Meine Mandantin muß ihre religiösen Grundsätze verletzen, indem sie vor Gericht erscheint, Euer Ehren. Wenn wir ihr das zumuten müssen, können wir es ihr nicht wenigstens einfacher machen?«

Die Richterin sah George an. »Mr. Callahan?«

George zuckte die Achseln. »Ja, ja, machen wir es der Angeklagten schön angenehm. Und wo wir schon dabei sind, können wir doch gleich den Häftlingen im Staatsgefängnis neue Federbetten und einen Gourmetkoch bewilligen. Bei allem Respekt vor Ms. Hathaway und dem Glauben ihrer Mandantin, hier findet ein *öffentliches Gerichtsverfahren* statt. Die Presse hat das verfassungsmäßige Recht, darüber zu berichten. Und Katie Fisher hat gewisse Grundrechte verspielt, als sie gegen einige der wichtigsten verstieß.« Er wandte sich Ellie zu. »Lassen wir die Bildnisse und Gleichnisse mal beiseite – was ist mit ›Du sollst nicht töten‹? Wenn sie keine negative Publicity möchte, hätte sie keinen Mord begehen sollen.«

»Das ist nicht bewiesen«, schoß Ellie zurück. »Euer Ehren, hier geht es um Glaubensfragen, und Mr. Callahans Äußerungen sind, offen gesagt, hämisch und beleidigend. Ich denke –«

»Ich weiß, was Sie denken, Frau Verteidigerin; das haben Sie überaus deutlich gemacht. Die Presse wird im Gerichtssaal zugelassen, aber Fotoapparate und Videokameras sind ausgeschlossen.« Die Richterin blätterte weiter in der Akte. »Mir fällt da etwas anderes auf, Ms. Hathaway. Aufgrund der Art des zu verhandelnden Verbrechens gibt es natürlich Spekulationen, daß Sie auf Unzurechnungsfähigkeit plädieren werden. Wie Sie bestimmt wissen, ist der Termin für diese Verteidigung verstrichen.«

»Euer Ehren, diese Termine sind in begründeten Fällen zu verlängern, und für mich ist wichtig, daß sich ein forensischer Psychologe meine Mandantin ansieht, bevor ich mich auf eine Verteidigungsstrategie festlege. Bislang haben Sie aber noch nicht über meinen Antrag auf Bewilligung eines Gutachters entschieden.«

»Ach ja.« Die Richterin hob ein Blatt Papier hoch, das an den Rändern mit Rosenornamenten verziert war – Ledas Briefpapier, auf dem sie die Datei von Ellies Diskette ausgedruckt hatte. »Ich muß schon sagen, das ist der hübscheste Antrag, der mir je vorgelegt worden ist.«

Ellie stöhnte innerlich auf. »Ich bitte um Verzeihung, Euer Ehren. Meine derzeitigen Arbeitsbedingungen sind ... nicht gerade ideal.« Als George kicherte, sprach sie entschlossen weiter. »Ich benötige dringend ein psychologisches Gutachten, bevor ich meine Verteidigung festlegen kann.«

»He«, sagte George, »wenn Sie sich einen forensischen Psychologen besorgen, besorge ich mir auch einen. Dann muß die Staatsanwaltschaft auch ein Gutachten von dem Mädchen anfordern.«

»Wieso denn? Ich bitte bloß um das Geld für einen Psychologen, damit ich entscheiden kann, wie ich meine Mandantin verteidigen soll. Das heißt noch lange nicht, daß ich tatsächlich auf Unzurechnungsfähigkeit plädiere. Ich gebe lediglich zu, daß ich keine Psychologin bin. Falls ich mich entschließe, auf Unzurechnungsfähigkeit zu plädieren, reiche ich die Berichte ein, und Sie können Ihren eigenen Psychologen beauftragen. Aber ich werde nicht zulassen, daß ein von der Staatsanwaltschaft beauftragter Psychologe mit meiner Mandantin spricht, solange ich noch gar nicht auf Unzurechnungsfähigkeit plädiert habe.«

»Sie sollen Ihren Psychologen haben«, sagte die Richterin. »Wieviel brauchen Sie?«

»Zwölfhundert bis zweitausend.«

»Also gut. Ich bewillige hiermit einen Höchstsatz von zweitausend Dollar. Falls noch andere Anträge eingereicht werden sollen, will ich die innerhalb von dreißig Tagen vorliegen haben. Unsere letzte Vorbesprechung findet in sechs Wochen statt. Reicht Ihnen dieser Zeitrahmen?«

Ellie und George murmelten ihre Zustimmung, und die Richterin erhob sich. »Wenn Sie mich jetzt entschuldigen, ich muß in eine Verhandlung.« Sie ließ sie allein zurück.

Ellie sortierte ihre Unterlagen, während George seinen Kuli in der Innentasche seines Jacketts verstaute. »Und«, sagte er mit einem Grinsen, »wie klappt's mit dem Melken?«

»Das sollten Sie am besten wissen, Farmerssohn.«

»Ich bin zwar ein Provinzanwalt, Ellie, aber ich hab in Philadelphia studiert, genau wie Sie.«

Ellie stand auf. »George, tun Sie mir den Gefallen und lassen mich in Frieden, ich hab nämlich in den letzten Wochen schon genug Pferdehintern gesehen.«

George lachte, nahm seine Aktentasche und hielt Ellie die Tür auf. »Ich vermute, wenn ich so einen beschissenen Fall hätte wie Sie, wäre ich auch mies gelaunt.«

Ellie marschierte an ihm vorbei. »Vermuten«, sagte sie, »heißt nicht wissen.«

Coop wollte mit Katie noch einmal die Tage vor der Geburt durchgehen, weil er hoffte, dadurch eine Erinnerung freizulegen. Er beugte sich vor. »Du hast also Wäsche aufgehängt. Was hast du empfunden, als du dich gebückt hast, um in den Korb mit den nassen Sachen zu greifen.«

Katie schloß die Augen. »Gut. Kühl. Ich hab ein Hemd von meinem Dad genommen und es mir ans Gesicht gehalten, weil mir so heiß war.«

»Ist dir das Bücken schwergefallen?«

»Es hat mir im Rücken weh getan. Als würde ich einen Hexenschuß kriegen. Das hab ich auch manchmal kurz vor meiner Regel.«

»Wie lange war es her, daß du die letzte Regel hattest?«

»Lange«, gab Katie zu.

»Du wußtest doch, daß das Ausbleiben der Menstruation ein Anzeichen für Schwangerschaft ist?«

»Ja, aber ich war auch früher schon mal später dran.« Katie zupfte an ihrer Schürze. »Das hab ich mir immer wieder eingeredet.«

Coops Augen verengten sich. »Warum?«

»Als meine Regel zum erstenmal ausblieb«, sagte Katie mit tränennassen Wangen, »hab ich mir gesagt, das hat nichts zu bedeuten. Aber ich war immer so schrecklich müde. Und wenn ich meine Schürze anzog, mußte ich kräftig ziehen, damit die Sicherheitsnadeln durch dieselben Löcher wie vorher paßten.« Sie holte stockend Atem. »Aber ich war nicht so dick wie Mam mit Hannah.« Ihre Hände wanderten zum Bauch. »Das war nichts dagegen.«

»Hast du je gespürt, wie sich etwas in dir bewegt hat?«

Katie schwieg lange, dann gestand sie leise und traurig: »Manchmal bin ich nachts davon wach geworden.«

Coop hob sachte ihr Kinn an, damit sie ihm in die Augen schauen mußte. »Katie, und als du die Wäsche aufgehängt hast, an dem Tag, als dir der Rücken so weh tat, was ist dir da klar geworden?«

Sie blickte nach unten. »Daß ich schwanger war«, hauchte sie.

»Hast du es deiner Mutter erzählt?«

»Ich konnte nicht.«

»Hast du es irgendwem erzählt?«

Sie schüttelte den Kopf. »Dem Herrn. Ich hab Ihn gebeten, mir zu helfen.«

»Um wieviel Uhr in jener Nacht bist du mit Krämpfen aufgewacht?«

»Bin ich nicht.«

»Na schön«, sagte Coop. »Wann bist du dann raus in den Stall gegangen?«

»Bin ich nicht.«

Er rieb sich den Nasenrücken. »Katie, du hast gewußt, daß du schwanger warst, als du dich an dem Abend ins Bett gelegt hast.«

»Ja.«

»Hast du am nächsten Morgen gedacht, daß du schwanger bist?«

»Nein«, antwortete Katie. »Es war weg. Auf einmal wußte ich es einfach.«

»Dann muß in dieser Nacht irgend etwas passiert sein. *Was ist passiert?*«

Katie hielt blinzelnd ihre Tränen zurück. »Gott hat meine Gebete erhört.«

In stillschweigendem Einverständnis sprachen weder Ellie noch Coop über das Fiasko in seiner Wohnung ein paar Abende zuvor. Sie waren Kollegen, höflich und sachlich, und als Ellie sich von Coop seine Sitzungen mit Katie schildern ließ, redete sie sich ein, daß ihr nichts fehlte.

Coop entging nicht, daß Ellie über weit mehr nachdachte, während sie Katies Eingeständnis der Schwangerschaft analysierte. »Hat sie geweint?«

»Ja«, erwiderte Coop.

»Das wäre ein Beweis für Reue.«

»Sie hat geweint, aber nicht um das Baby – sondern weil sie sich in solche Schwierigkeiten gebracht hat. Außerdem hat sie immer noch keine Erinnerung daran, wie sie schwanger geworden ist. Und statt einer Geburt schildert sie göttliches Eingreifen.«

Ellie lächelte schwach. »Na, das wäre mal eine ganz neue Verteidigung.«

»Du solltest noch nicht gleich eine Siegesfeier veranstalten. Sie hat eine Schwangerschaft geheimgehalten, und heute hat sie sie zugegeben. Das Ganze ist fragwürdig. Es kommt oft vor, daß Amnesieopfer falsche Erinnerungen entwickeln – die Geschichte, die sie aus der Presse erfahren haben oder von Verwandten. Und was noch schlimmer ist, sobald sie diese neue Geschichte erzählen, glauben sie felsenfest daran, obwohl sie vielleicht gar nicht stimmt. Nehmen wir mal an, daß Katie aufrichtig ist und sich nur nicht daran erinnern konnte, schwanger gewesen zu sein. Vielleicht folgen ja jetzt weitere Geständnisse, weil ihr Verdrängungsmechanismus kollabiert. Aber vielleicht auch nicht. Was heute passiert ist, ist in therapeutischer Hinsicht gut für Katie, aber nicht unbedingt hilfreich für dich und deine Verteidigung – kein Mensch hat je daran gezweifelt, daß sie dieses Kind bekommen hat, keiner außer Katie. Und eine Schwangerschaft zu verbergen ist nicht normal, aber auch nicht ungesetzlich.«

»Ich weiß, warum sie vor Gericht steht«, zischte Ellie.

»Ich weiß, daß du es weißt«, sagte Coop. »Aber weiß sie es auch?«

Adam stand hinter ihr, seine Hände um ihre auf den Wünschelruten geschlossen. »Bist du bereit?« flüsterte er, und im selben Moment ertönte der Schrei einer Schleiereule. Sie traten vor, gingen um den Teich herum, und ihre Schuhe knirschten auf dem trockenen Gras. Katie konnte Adams Herz klopfen hören, und sie fragte sich, warum er so angespannt war, fragte sich, was um alles in der Welt er denn wohl zu verlieren hatte.

Die Ruten begannen zu wippen und zu zucken, und unwillkürlich wich Katie zurück gegen Adam. Er murmelte etwas, das sie nicht verstand, und gemeinsam hielten sie die Ruten krampfhaft fest. »Nimm mich mit dahin zurück«, sagte er, und Katie schloß die Augen.

Sie stellte sich vor, wie kalt es an dem Tag gewesen war, so kalt, daß ihr die Nase wehtat und ihre Finger beim Zubinden der Schlittschuhe ganz rot wurden. Sie stellte sich vor, wie Hannah gejauchzt hatte, als sie lossauste bis zur Mitte des Teichs, ihr Schal hinter ihr herflatternd. Sie stellte sich das leuchtendblonde Haar ihrer Schwester vor, das durch die Kapp *hindurchschimmerte. Aber am genauesten erinnerte sie sich an Hannahs Hand in ihrer eigenen, als sie den rutschigen Hügel zum Teich hinuntergingen, klein und warm und voller Vertrauen, daß Katie sie vor einem Sturz bewahren würde.*

Der Druck auf die Wünschelruten hörte auf, und als Adam nach Luft schnappte, öffnete Katie die Augen. »Sie sieht genauso aus wie du«, flüsterte er.

Hannah glitt auf Schlittschuhen von ihnen weg, kurvte etwa fünfzehn Zentimeter über der Wasserfläche. »Das Wasser stand damals höher«, sagte Adam, »deshalb scheint sie zu schweben.«

»Du siehst sie«, murmelte Katie, und sie war froh. Sie ließ die Wünschelruten fallen und schlang ihre Arme um Adam. »Du kannst meine Schwester sehen!« Doch dann wurde sie mißtrauisch. »Welche Farbe haben ihre Schlittschuhe?«

»Schwarz. Und sie sehen aus, als wären sie schon von anderen getragen worden.«

»Und ihr Kleid?«

»Eine Art Grün. Hell, wie Waldmeister.«

Adam führte sie zu der Bank am Teich. »Erzähl mir, was damals passiert ist.«

Katie erzählte ihm von Jacobs Rückzug in den Stall, die Pailletten auf dem Kleid der Eiskunstläuferin, von dem sie geträumt hatte, das Kratzen von Hannahs Schlittschuhen über die dünnen Stellen im Eis. »Ich sollte auf sie aufpassen, und statt dessen hab ich bloß an mich gedacht«, sagte sie schließlich elend. »Es war meine Schuld.«

»Das darfst du nicht denken. Es war etwas Schreckliches, das einfach passiert ist.« Er berührte Katies Wange. »Sieh sie dir an. Sie ist glücklich. Das spürt man.«

Katie hob den Blick. »Du hast mir doch immer erzählt, daß diejenigen, die zurückkommen, diejenigen, die Geister werden, irgendeinen Schmerz zurückgelassen haben. Wenn sie so glücklich ist, Adam, warum ist sie dann noch hier?«

»Ich habe gesagt«, berichtigte Adam, »daß diejenigen, die zurückkommen, eine emotionale Bindung an die Welt haben. Manchmal ist das Schmerz, manchmal ist es Zorn … aber Katie, manchmal ist es einfach Liebe. Manchmal bleiben sie, weil sie jemanden nicht verlassen wollen.«

Sie war völlig reglos, als Adam sich zu ihr vorbeugte. Sie wartete auf seinen Kuß, aber der kam nicht. Nur einen Hauch von ihr entfernt hielt Adam inne und brauchte all seine Willenskraft, um sie nicht zu berühren.

Katie wußte, daß er am nächsten Tag abreisen würde, wußte, daß er sich in einer Welt bewegte, die niemals die ihre sein würde. Sie legte ihre Hand an seine Wange. »Wirst du mir erscheinen?« flüsterte sie und kam seinen Lippen auf halbem Weg entgegen.

Katie war dabei, das Zuggeschirr der Maultiere zu putzen, als eine Stimme sie zusammenfahren ließ.

»Sie haben dir auch noch meine Arbeiten aufgehalst«, sagte Jacob traurig. »Ich hab nie daran gedacht, dich danach zu fragen.«

Katie fuhr herum. »Jacob!«

Er breitete die Arme aus, und sie flog ihm entgegen. »Weiß Mam, daß –«

»Nein«, unterbrach er sie. »Und so soll's auch bleiben.« Er drückte sie fest, schob sie dann auf Armlänge von sich. »Katie, was ist passiert?«

Sie vergrub erneut ihr Gesicht an seiner Brust. Er roch nach Kiefern und Tinte und wirkte so verläßlich, so stark. »Ich weiß es nicht«, sagte sie leise. »Ich hab gedacht, ich wüßte es, aber jetzt bin ich mir nicht mehr sicher.«

Sie spürte, wie Jacob wieder von ihr zurückwich. »Du hast ... ein Kind bekommen«, sagte er beklommen, schluckte dann. »Du warst schwanger, als wir uns das letzte Mal gesehen haben.«

Sie nickte und biß sich auf die Unterlippe. »Bist du furchtbar böse auf mich?«

Er fuhr mit der Hand über ihren Arm und drückte sie. »Ich bin nicht böse«, sagte er und setzte sich auf die Kante einer Handkarre. »Es tut mir leid.«

Katie setzte sich neben ihn und legte den Kopf an seine Schulter. »Mir auch«, flüsterte sie.

Mary Esch kam am Sonntag zu Besuch und hatte ein Frisbee dabei. Ellie hätte das Mädchen am liebsten umarmt. Genau das brauchte Katie jetzt angesichts der wiedergefundenen Erinnerungen an das Baby – eine Weile einfach mal wieder Teenager sein, ohne irgendwelche schweren Verantwortungen. Während Ellie das Geschirr vom Mittagessen spülte, rannten

Mary und Katie im Hof herum, und ihre Röcke blähten sich auf, wenn sie in die Luft sprangen, um die neongrelle Scheibe aufzufangen.

Erhitzt und außer Atem sanken die Mädchen schließlich auf den Rasen vor dem Küchenfenster, das Ellie geöffnet hatte, um die schwache Brise hereinzulassen. Sie konnte Fetzen ihrer Unterhaltung hören, die durch das Rauschen des Wasserhahns zu ihr drangen: »... die Fliege gesehen, die auf Bischof Ephrams Nase gelandet ist«, »... nach dir gefragt«, »... eigentlich gar nicht so einsam.«

Mary schloß die Augen. »Ich glaube, das ist der heißeste Sommer, an den ich mich erinnern kann«, sagte sie.

»Nein.« Katie lächelte. »Manche Dinge gehen einem bloß aus dem Gedächtnis verloren.«

»Trotzdem, es ist schrecklich heiß.«

»Mary, ist es schon so schlimm, daß wir nur noch übers Wetter reden können?« sagte Katie leise. »Wieso fragst du mich nicht, was du wirklich wissen willst.«

Mary hielt den Blick gesenkt. »Ist es furchtbar, unter Bann zu stehen?«

Katie zuckte die Achseln. »Nicht so schlimm. Beim Essen fällt es mir schwer, aber Ellie ist bei mir, und Mam gibt sich Mühe, daß alles gut wird.«

»Und dein Dad?«

»Mein Dad schafft das nicht so gut«, gestand sie. »Aber so ist er nun mal.« Sie ergriff die Hand ihrer Freundin. »In sechs Wochen ist alles wieder so, wie es war.«

Das schien Mary nur noch mehr zu bekümmern. »Da bin ich mir nicht so sicher, Katie.«

»Aber natürlich. Ich habe gebeichtet. Und selbst wenn Bischof Ephram will, daß ich beim Abendmahl verzichte, bin ich dann nicht mehr unter dem Bann.«

»Das hab ich nicht gemeint«, sagte Mary halblaut. »Es geht darum, wie sich die anderen vielleicht verhalten.«

Katie drehte sich langsam zu ihr um. »Wenn sie mir meine Sünde nicht vergeben können, sollten sie auch nicht meine Freunde sein.«

»Manchen wird es schwerfallen, so zu tun, als wäre nichts geschehen.«

»Das gehört sich aber so für einen Christen«, sagte Katie.

»Ja, schon, aber es ist schwer, ein Christ zu sein, besonders für einen Jungen, wenn es um seine Freundin geht«, erwiderte Mary. Sie spielte mit den Bändern ihrer *Kapp*. »Katie, ich glaube, Samuel möchte eine andere Freundin.«

Katie spürte, wie die Luft aus ihr entwich. »Wer hat dir das erzählt?«

Mary antwortete nicht. Aber die rotglühenden Wangen ihrer Freundin, ihr offensichtliches Unbehagen, ließen Katie genau das richtige vermuten. »Mary Esch«, flüsterte sie. *»Das würdest du nicht machen.«*

»Ich wollte ja nicht! Ich hab ihn weggeschubst, nachdem er versucht hat, mich zu küssen!«

Katie sprang auf, zitternd vor Wut. »Du bist mir eine schöne Freundin!«

»Ich bin deine Freundin, Katie, wirklich. Ich bin hergekommen, damit du es nicht von jemand anderem erfahren mußt.«

»Ich wünschte, du wärst nicht gekommen.«

Mary nickte langsam, traurig. Sie verließ die Farm, ohne sich umzusehen.

Katie hatte das Gefühl, zerspringen zu müssen, wenn sie auch nur eine einzige Bewegung machte. Sie hörte die Fliegengittertür aufgehen und zuknallen, aber sie starrte weiter über die Felder, wo Samuel mit ihrem Vater arbeitete.

»Ich hab's gehört«, sagte Ellie und berührte sie von hinten an der Schulter. »Es tut mir so leid.«

Katie versuchte, die Augen weit offen zu halten, so weit, daß die Tränen nicht über den Rand quellen konnten. Doch schließlich wandte sie sich um und warf sich in Ellies Arme. »Das kann doch nicht wahr sein«, weinte sie. »Das kann doch alles nicht wahr sein.«

»Schschsch, ich kenne das.«

»Das kennst du nicht«, schluchzte Katie.

Ellies kühle Hand legte sich in Katies Nacken. »Du würdest dich wundern.«

Katie wollte unbedingt einen guten Eindruck auf Dr. Polacci machen. Ellie hatte gesagt, daß die Psychologin viel Geld dafür erhielt, daß sie zur Farm herauskam und sich mit ihr unterhielt. Sie wußte, daß Ellie glaubte, alles, was Dr. Polacci herausfand, wäre eine große Hilfe für das Gerichtsverfahren. Sie wußte auch, daß Dr. Cooper und Ellie, seit sie ihm von ihrer Schwangerschaft erzählt hatte, extrem höflich miteinander umgingen, und Katie vermutete, daß das alles irgendwie zusammenhing.

Die Psychologin hatte dichtes schwarzes Haar, ein Gesicht wie der Mond und einen Körper so weit wie das Meer. Katie lächelte sie nervös an. Sie saßen beide allein im Wohnzimmer. Ellie hatte dabei sein wollen, aber Dr. Polacci hatte gemeint, sie sei nur noch eine Person mehr, vor der Katie gestehen müsse. Dr. Polacci hatte deutlich gemacht, daß sie dabei helfen wollte, einen Freispruch für Katie zu erwirken. Also hatte Katie ihr in der vergangenen Stunde so ziemlich genau das erzählt, was sie schon Dr. Cooper berichtet hatte. Sie wählte ihre Worte mit Bedacht – sie wollte, daß Dr. Polacci zu Ellie ging und ihr sagte: »Katie ist nicht verrückt; die Richterin kann sie ruhig gehen lassen.«

»Katie«, sagte Dr. Polacci. »Was ist dir durch den Kopf gegangen, als du dich ins Bett gelegt hast?«

»Bloß, daß ich mich schlecht fühlte. Und daß ich einschlafen wollte.«

Die Psychologin notierte etwas. »Und was ist dann passiert?«

Darauf hatte sie gewartet. Katie konnte fast wieder den stechenden Schmerz fühlen, der ihr wie eine Sense vom Rücken aus durch den Bauch fuhr, so daß sie, als sie schließlich wieder Luft bekam, ganz eng zusammengekrümmt dalag. »Ich bin aufgewacht und hatte schreckliche Schmerzen.«

Dr. Polacci sah sie skeptisch an. »Dr. Cooper hat mir erzählt, daß du dich bislang nicht an Wehenschmerzen oder die Geburt des Kindes erinnern konntest.«

»Konnte ich auch nicht«, gab Katie zu. »Das erste, was mir wieder eingefallen ist, war, daß ich schwanger war – ich hab

Dr. Cooper erzählt, daß ich mich daran erinnere, wie ich versucht habe, mich zu bücken, und gemerkt habe, daß da bei mir in der Mitte etwas war, um das ich mich geradezu herumbiegen mußte. Und seitdem fällt mir immer mehr ein.«

»Zum Beispiel?«

»Zum Beispiel, daß das Licht im Stall schon an war, dabei war es doch noch viel zu früh zum Melken.« Sie fröstelte. »Und wie ich wie wahnsinnig versucht habe, es drin zu behalten, aber es nicht konnte.«

»War dir klar, daß du ein Kind zur Welt bringen würdest?«

»Ich weiß nicht. Ich hatte schreckliche Angst, weil es so weh tat. Ich wußte bloß, daß ich leise sein mußte, daß ich nicht schreien oder weinen durfte, weil das jemand hätte hören können.«

»Ist deine Fruchtblase geplatzt?«

»Es war eher ein kleines Rinnsal, immer, wenn ich mich aufgesetzt habe.«

»Hast du Blut gesehen?«

»Ein bißchen, an der Innenseite der Oberschenkel. Deshalb bin ich nach draußen gegangen – ich wollte das Laken nicht schmutzig machen.«

»Warum nicht?«

»Weil Mam die Betten abzieht. Und ich wollte nicht, daß sie erfährt, was los war.«

»Hattest du vor, in den Stall zu gehen?«

» Ich hab eigentlich nie darüber nachgedacht, was passieren würde ... wenn es soweit wäre. Ich wußte bloß, daß ich aus dem Haus mußte.«

»Ist jemand im Haus aufgewacht, als du rausgegangen bist?«

»Nein. Und es war niemand draußen oder im Stall. Ich bin in den Kälberverschlag gegangen, weil ich wußte, daß da für die trächtigen Kühe immer das sauberste Stroh liegt. Und dann ... na ja, dann war es, als wäre ich einen Moment lang gar nicht dort. Als wäre ich irgendwo anders und würde bloß zusehen, was passiert. Und dann hab ich nach unten geguckt, und es war draußen.«

»Mit ›es‹ meinst du das Baby?«

Katie blickte auf, leicht verwirrt bei dem Gedanken, das Ergebnis jener Nacht mit einem so kleinen Wort zu bezeichnen. »Ja«, flüsterte sie.

»Jährlich gibt es etwa zweihundert bis zweihundertfünfzig Kindstötungen, Ms. Hathaway. Von der Dunkelziffer ganz zu schweigen.« Teresa Polacci spazierte neben Ellie an dem Bach entlang, der die Grenze der Farm bildete. »In unserer Kultur ist das unvorstellbar. Aber in gewissen Kulturen, beispielsweise im Fernen Osten, wird Kindstötung noch immer toleriert.«

Ellie seufzte. »Was sind das für Frauen, die ihr Neugeborenes töten?«

»Meistens handelt es sich um unverheiratete Frauen, die zum erstenmal schwanger wurden, ungewollt. Normalerweise sind sie jung, zwischen sechzehn und neunzehn Jahre alt. Sie nehmen keine Drogen, sind nicht alkoholkrank und nicht vorbestraft. Es sind meistens nette, junge Mädchen, und gelegentlich stammen sie aus streng religiösen Familien, wo nicht über Sexualität gesprochen wird.«

»Sie halten Katie also für ein Paradebeispiel.«

»Was ihr Persönlichkeitsprofil und ihre religiöse Erziehung angeht, ist mir selten ein typischeres Beispiel untergekommen«, sagte Dr. Polacci. »Mehr als die meisten jungen Frauen in ihrem Alter hätte sie mit Schimpf und Schande sowohl innerhalb als auch außerhalb der Familie rechnen müssen, wenn sie vorehelichen Sex und Schwangerschaft gestanden hätte. Es geheimzuhalten war für sie der Weg des geringsten Widerstandes.«

Ellie sah sie an. »Daß sie es geheimgehalten hat, legt nahe, daß sie eine bewußte Entscheidung getroffen hat.«

»Ja. Irgendwann wußte sie, daß sie schwanger war – und sie hat es absichtlich verdrängt. Seltsamerweise war sie jedoch nicht die einzige. Es gibt da eine Verschwörung des Schweigens – die Menschen im Umfeld des Mädchens wollen meist nicht, daß sie schwanger ist, also nehmen sie die körperlichen Veränderungen nicht wahr oder tun so, als würden sie sie nicht wahrnehmen, was sich wunderbar in das Verdrängungssystem einfügt.«

»Dann glauben Sie also nicht, daß Katie in einem dissoziativen Zustand war?«

»Das habe ich nicht gesagt. Ich glaube, daß es psychologisch unmöglich ist, während der gesamten Dauer einer Schwangerschaft in einem dissoziativen Zustand zu verharren. Katie hat – ebenso wie viele andere Frauen, die einen Neugeborenenmord begangen haben und mit denen ich Gespräche geführt habe – ihre Schwangerschaft bewußt verdrängt und dann zum Zeitpunkt der Geburt unbewußt dissoziiert.«

»Was heißt das genau?«

»Das ist der Augenblick der Wahrheit. Diese Frauen stehen unter einem extremen Druck. Der Abwehrmechanismus, den sie entwickelt haben – Verdrängung –, wird durch die Geburt des Kindes zerstört. Sie müssen sich von dem Geschehen distanzieren, und die meisten Frauen – einschließlich Katie – werden Ihnen erzählen, daß sie nicht das Gefühl hatten, selbst dabei zu sein, oder daß sie sich selbst dabei zusahen, es aber nicht aufhalten konnten – gewissermaßen ein außerkörperliches Erlebnis. Manchmal löst die Geburt sogar eine temporäre Psychose aus. Und je mehr die Frauen in diesem Augenblick den Kontakt zur Realität verlieren, desto größer ist die Gefahr, daß sie das Neugeborene schädigen.

Bei Katie liegen allerdings besondere Umstände vor. Aufgrund der Erfahrung mit ihrem Bruder hat sie eine äußerst simple Überlebensstrategie entwickelt, bei der die Überzeugung eine Rolle spielt, daß sie, wenn Mom und Dad ihr Geheimnis herausfinden, verstoßen und aus dem Haus gejagt wird. Sie hat also bereits irgendwo im hintersten Winkel ihres Kopfes die Vorstellung, daß es irgendwie doch in Ordnung ist, die eigenen Kinder loszuwerden. Dann setzen die Wehen ein. Sie kann die Existenz des Kindes nicht länger verleugnen – also macht sie mit dem Baby das, wovor sie sich selbst fürchtet – sie verstößt es. Der dissoziative Zustand dauert lange genug, um die Geburt und den Mord hinter sich zu bringen, anschließend kehrt sie wieder zur Verdrängung als Abwehrmechanismus zurück, und so kommt es, daß sie, als sie von der Polizei zur Rede gestellt wird, sofort behauptet, kein Kind bekommen zu haben.«

»Woran kann man feststellen, daß sie wirklich dissoziiert hat?«

»Wenn sie von der Geburt spricht, macht sie dicht. Sie greift nicht auf andere Abwehrmechanismen zurück – beispielsweise Verdrängung oder noch primitivere.«

»Moment mal«, sagte Ellie und blieb stehen. »Katie hat zugegeben, daß sie das Kind geboren hat?«

»Ja, ich hab das auf Band.«

Ellie schüttelte den Kopf. Sie kam sich irgendwie hintergangen vor. »In Gesprächen mit Coop hat sie das nicht getan.«

»Es ist nicht ungewöhnlich, daß jemand einem forensischen Psychologen etwas Wichtiges gesteht, das er einem klinischen Psychologen verschwiegen hat. Ich spreche ja schließlich nicht mit ihr, damit sie sich besser fühlt, sondern um sie vor dem Gefängnis zu bewahren. Wenn sie mich belügt, schadet sie sich selbst. Meine Aufgabe ist es, die Schlangengrube aufzudecken, während der klinische Psychologe dabei helfen sollte, sie endgültig zuzuschütten.«

Ellie blickte auf. »Hat Sie Ihnen auch erzählt, daß sie das Kind getötet hat?«

Die Psychologin stockte. »Nein, das nicht. Sie sagt, an zwei entscheidende Dinge kann sie sich nach wie vor nicht erinnern: die Zeugung des Babys und seine Ermordung.«

»Könnte sie beide Male in einem dissoziativen Zustand gewesen sein?«

»Absolut möglich, daß sie während der Geburt und der Tötung des Kindes dissoziiert hat. Tatsächlich deuten die Ungereimtheiten zwischen ihrer Erinnerung und den forensischen Erkenntnissen genau darauf hin. Aber was den Sex angeht ... also, das vergessen diese Frauen normalerweise nicht.«

»Und wenn es ein traumatisches Erlebnis für sie war?« fragte Ellie.

»Sie meinen Vergewaltigung? Möglich, aber für gewöhnlich gestehen Frauen, vergewaltigt worden zu sein, es sei denn, sie wollen jemanden schützen. Ich habe das Gefühl, daß in Katies Fall mehr dahinter steckt.«

Ellie nickte. »Und die Tötung?«

»Die Nacht vor der Geburt, die Geburt selber und wie sie mit dem Kind im Arm eingeschlafen ist, all das hat Katie sehr detailliert beschrieben. Sie sagt, als sie aufwachte, war das Baby fort, ebenso wie die Schere, mit der sie die Nabelschnur durchtrennt hat.«

»Hat sie nach dem Kind gesucht?«

»Nein. Sie ist zurück auf ihr Zimmer gegangen, um zu schlafen. Und das entspricht hundertprozentig den Verhaltensmustern von Frauen, die ein Neugeborenes getötet haben – das Problem ist aus den Augen, aus dem Sinn.«

In Ellies Kopf überschlugen sich die Gedanken. »Wie lange war sie im Stall ohnmächtig?«

»Das weiß sie angeblich nicht.«

»Den Polizeiberichten nach zu schließen, kann es nicht lange gewesen sein«, kombinierte Ellie. »Was wenn –«

»Ms. Hathaway, mir ist klar, was Sie vermuten. Aber bedenken Sie – bis jetzt hat Katie sich nicht mal an die Geburt erinnert. Wer weiß, was morgen ist? Es könnte sein, daß sie sich in allen gräßlichen Einzelheiten erinnert, wie sie das Kind erstickt hat. Sosehr wir uns auch wünschen, daß sie das Neugeborene nicht getötet hat, wir müssen ihre Erinnerungen mit Vorbehalt betrachten. Dissoziation bringt es nun mal mit sich, daß es Zeitlücken und logische Widersprüche gibt. Die Wahrscheinlichkeit, daß sie das Baby tatsächlich getötet hat, ist leider schrecklich hoch, selbst wenn sie nie in der Lage sein wird, es explizit zuzugeben.«

»Dann halten Sie sie also für schuldig«, sagte Ellie.

»Ich denke, daß sie dem Persönlichkeitsprofil vieler Frauen entspricht, die im dissoziativen Zustand ihre neugeborenen Kinder getötet haben«, korrigierte die Psychologin. »Ich denke, daß ihr Verhaltensmuster dem entspricht, was wir über das Phänomen des Neonatizids wissen.«

Ellie blieb stehen. »Dr. Polacci, ist meine Mandantin psychisch gesund?«

Die Psychologin atmete tief durch. »Das ist eine gewichtige Frage. Meinen Sie gesund im medizinischen Sinn oder im rechtlichen? Verrücktsein im medizinischen Sinn würde bedeuten, daß eine Person keinen Kontakt mehr zur Realität hat – aber eine Person in einem dissoziativen Zustand *hat* Kontakt zur Realität. Sie wirkt normal, während sie sich in einem völlig unnormalen Zustand befindet. Verrücktsein im rechtlichen Sinn hat jedoch nichts mit Realität zu tun – dabei geht es um kognitive Fähigkeiten. Und wenn eine Frau im dissoziativen Zustand einen Mord begeht, kann sie den Charakter und die Qualität ihrer Tat höchstwahrscheinlich nicht ermessen, ebensowenig wie sie weiß, daß das, was sie tut, falsch ist.«

»Dann könnte ich also auf Unzurechnungsfähigkeit plädieren?«

»Sie können plädieren, worauf Sie wollen«, sagte Polacci knapp. »In Wirklichkeit wollen Sie doch wissen, ob Sie damit für Ihre Mandantin einen Freispruch erreichen. Offen gesagt, Ms. Hathaway, ich weiß es nicht. Ich kann Ihnen sagen, daß Geschworene meistens an praktischen Fragen interessiert sind: ob die Frau gefährlich ist und ob das noch mal passieren könnte – was bei den meisten Frauen, die eine Kindstötung begehen, verneint werden kann. Im besten Fall wird meine Aussage die Geschworenen beruhigen – falls sie Katie freisprechen wollen, werden sie das tun, vorausgesetzt, sie haben etwas, womit sie ihren Spruch rechtfertigen können.«

»Und im schlimmsten Fall?«

Dr. Polacci zuckte die Achseln. »Werden die Geschworenen mehr über Neonatizid erfahren, als sie je wissen wollten.«

»Und Katie?«

Die Psychologin ließ ihren Blick auf Ellie ruhen. »Und Katie geht ins Gefängnis.«

Katie kam sich vor wie der Zweig, den sie mit ihren Händen malträtierte – ihre Nerven waren bis zum Zerreißen gespannt. Ellie wollte sie auf die unangenehme Befragung durch den forensischen Psychologen vorbereiten, den die Staatsanwaltschaft engagiert hatte. Sie hatte gesagt, Dr. Polacci sei der Meinung, Katie verschweige ihnen bewußt, wie das Baby gezeugt worden war. »Und ich werde auf keinen Fall zulassen, daß du es dem Sachverständigen der Anklage auf die Nase bindest.«

Deshalb waren sie jetzt auf dem Heuboden – sie und Ellie, die auf einmal so erbarmungslos und unnachgiebig war, daß Katie sie von Zeit zu Zeit ansehen mußte, um sich zu vergewissern, daß es tatsächlich Ellie war.

»Du erinnerst dich nicht daran, mit jemandem geschlafen zu haben«, sagte Ellie.

»Nein.«

»Ich glaube dir nicht. Du hast gesagt, du könntest dich nicht an die Schwangerschaft oder an die Geburt erinnern, und siehe da, drei Tage später bist du plötzlich ein übersprudelnder Quell an Informationen.«

»Aber das ist die Wahrheit!« Katies Hände waren schweißnaß.

»Du hast ein Kind bekommen. Erklär mir das.«

»Das hab ich schon, Dr. –«

»Erklär mir, wie es gezeugt wurde.« Als Katie einfach schwieg, stützte Ellie müde den Kopf in die Hände. »Hör mal«, sagte sie. »Du bluffst doch. Die Psychologin weiß das, und ich weiß das. Und, Katie, du weißt es auch. Du machst es uns verdammt schwer, dich zu verteidigen. Ich weiß nur von *einer* Unbefleckten Empfängnis, und da warst du nicht beteiligt.«

Katie schlug die Augen nieder. »Okay«, sagte Katie schließlich leise. Sie schluckte trocken. »Ich war zu Besuch bei meinem Bruder, und wir sind zu einer Examensfeier gegangen. Ich hatte keine Lust, aber Jacob wollte so gern hingehen. Es war sehr voll, sehr heiß. Jacob ist losgezogen, um uns was zu essen zu besorgen, und kam eine ganze Weile nicht wieder. In der Zeit hat mich ein Junge angesprochen. Er hat mir ein Glas Punsch gegeben und gesagt, ich würde so aussehen, als könnte ich es gebrauchen. Ich hab ihm gesagt, ich würde auf jemanden warten, und er hat gelacht und gesagt: ›Wer etwas findet, darf es behalten.‹«

Katie berührte die Zacken einer Harke, die an der Wand lehnte. »Ich hab wohl was von dem Punsch getrunken, während er so erzählt hat. Und auf einmal fühlte ich mich ganz schrecklich – und alles drehte sich. Ich bin aufgestanden, und der ganze Raum fing an zu schwanken.« Sie biß sich auf die Lippe. »Als nächstes erinnere ich mich, daß ich auf einem fremden Bett lag, und alle meine Sachen waren ... und er war ...« Katie schloß die Augen. »Ich ... ich wußte nicht mal, wie er heißt.«

Sie legte den Kopf an die Wand, spürte die rauhe Fläche der Holzbretter an der Stirn. Ihr ganzer Körper bebte, und sie hatte Angst, sich umzudrehen und Ellie ins Gesicht zu sehen.

Ellie umarmte sie von hinten. »Ach, Katie«, sagte sie tröstend. »Es tut mir ja so leid.«

Katie ließ sich in ihre Arme sinken und brach in Tränen aus.

Als Katie die Geschichte erneut erzählte, hielt sie hilfesuchend Ellies Hand umklammert. Vielleicht war sie sich der Tränen gar nicht bewußt, die ihr über die Wangen strömten.

Dr. Polacci, die zu dieser Beichte herbeigeholt worden war, blickte von Katie zu Ellie und wieder zurück. Dann hob sie die Hände und begann mit teilnahmsloser Miene zu klatschen. »Hübsche Geschichte«, sagte sie. »Versuch's noch mal.«

»Sie lügt«, sagte Dr. Polacci. »Sie weiß ganz genau, wo, wann und mit wem sie das Baby gezeugt hat, und ihre bezaubernde kleine Vergewaltigungsgeschichte ist ein Märchen.«

Ellie wehrte sich gegen den Gedanken, daß Katie sie bewußt angelogen hatte. »Wir sprechen hier nicht über irgendeine durchschnittliche Jugendliche, die sich für ihre Eltern Ausreden einfallen läßt und die Nacht mit ihrem Freund auf der Rückbank seines Wagens verbringt.«

»Genau. Diese Geschichte war einfach *zu* gut, kalkuliert, einstudiert. Sie hat Ihnen erzählt, was Sie hören wollten. Falls sie vergewaltigt worden ist, hätte sie das mittlerweile in den Sitzungen mit dem klinischen Psychologen gestanden, es sei denn, sie will den Vergewaltiger schützen, aber dann hätte sie sich die ganze Geschichte sparen können. Außerdem wäre da noch die Kleinigkeit mit der Examensfeier, die drei Monate nach den Prüfungen im Juni stattfindet – laut gerichtsmedizinischem Bericht ist sie ja wohl im November schwanger geworden.«

Erst diese offensichtliche Ungereimtheit brach Ellies Widerstand. »Scheiße«, sagte sie halblaut. »Wenn es eine Lüge ist, daß sie sich nicht erinnert, Sex gehabt zu haben, lügt sie dann auch, wenn sie behauptet, sie erinnere sich nicht an den Mord?«

Die Psychologin stieß einen Seufzer aus. »Mein Gefühl sagt immer noch nein. Als ich sie nach der Zeugung fragte, reagierte sie ausweichend – sagte, das wäre für sie alles irgendwie nicht greifbar. Aber als ich sie nach dem Mord fragte, stritt sie die Tat rundheraus ab. Und dann ist da noch dieser eklatante Bruch – sie schläft mit dem Kind im Arm ein, sie wacht auf, und es ist verschwunden. Die beiden amnesischen Episoden unterscheiden sich deutlich – und das läßt mich vermuten, daß sie die eine bewußt leugnet, während sie die andere unterbewußt dissoziiert hat.«

Dr. Polacci klopfte Ellie auf die Schulter. »Nehmen Sie's nicht so schwer. Eigentlich ist es sogar ein Kompliment. Katie fühlt sich Ihnen so verbunden, daß sie Sie auf keinen Fall enttäuschen will, selbst wenn sie dafür falsche Erinnerungen schaffen muß. Sie sind für sie eine Elternfigur geworden.«

»Den elterlichen Erwartungen nicht gerecht werden«, schnaubte Ellie. »Ist das nicht überhaupt der Grund, warum sie jetzt in dieser Lage ist?«

Dr. Polacci lachte. »Zum Teil. Das und irgendein Mann. Ein Mann, der einen unglaublich starken Einfluß auf sie hat.«

Die Nacht war so warm, daß Ellie sich auf ihren Quilt gelegt hatte. Sie lauschte Katies Atemzügen und fragte sich, wie lange sie wohl brauchen würden, um einzuschlafen.

Ellie verstand selbst nicht, warum sie neuerdings so versessen auf die Wahrheit war. Als Verteidigerin mußte sie sich normalerweise die Ohren zuhalten, um keine Eingeständnisse zu hören, die sie als Juristin nicht hören wollte. Aber jetzt hätte sie für zehn Minuten in Katie Fishers Kopf glatt ihren Zwölf-Volt-Transformator hergegeben.

Dann hörte sie ein schwaches Seufzen. »Es tut mir leid«, sagte Katie leise.

Ellie sah nicht mal zu ihr hinüber. »Wofür genau willst du dich entschuldigen? Für den Mord an dem Kind? Oder für das etwas profanere Delikt, daß du mich vor meiner eigenen Zeugin als Idiotin hingestellt hast?«

»Du weißt, was mir leid tut.«

Langes Schweigen. »Warum hast du das gemacht?« fragte Ellie schließlich.

Sie hörte, daß Katie sich auf die Seite rollte. »Weil du es unbedingt hören wolltest.«

»Was ich will, ist, daß du aufhörst, mich anzulügen, Katie. Daß du mir ehrlich sagst, wie dein Kind entstanden ist und was nach seiner Geburt passiert ist.« Sie fuhr sich mit der Hand übers Gesicht. »Was ich will, ist, die Uhr zurückdrehen, damit ich deinen Fall ablehnen könnte.«

»Ich hab nur gelogen, weil du und Dr. Polacci so sicher wart, daß ich was weiß«, sagte Katie mit tränenerstickter Stimme. »Ich weiß aber nichts, Ellie. Ehrenwort, ich weiß nichts. Ich bin nicht verrückt, wie du denkst ... ich kann mich bloß nicht erinnern. Weder wie das Baby gemacht wurde, noch wie es gestorben ist.«

Ellie sagte kein Wort. Sie hörte das leise Quietschen des Bettes, als Katie sich zusammenrollte und weinte. Sie zwang sich, nicht zu dem Mädchen zu gehen, dann kroch sie unter ihre Decke und zählte die Minuten, bis Katie schließlich einschlief.

Samuel wischte sich den Schweiß von der Stirn und riß ein weiteres Bullenkalb zu Boden. Nach all den Jahren, die er nun schon für Aaron arbeitete, hatte er beim Kastrieren Routine entwickelt. Er wartete, bis das Tier nicht mehr trat, schob dann den Gummiring um den Hodensack. Wenige Sekunden später war das zwei Monate alte Kalb wieder auf den Beinen, warf Samuel einen verwirrten Seitenblick zu und trollte sich wieder auf die Weide.

»Das ist aber ein kräftiges Kerlchen«, sagte eine Stimme, und Samuel fuhr zusammen.

Er drehte sich um und sah Bischof Ephram auf der anderen Seite des Zaunes stehen. »Ja, der wird Aaron einen hübschen Gewinn einbringen.« Samuel lächelte Ephram an und ging durchs Tor zu ihm. »Wenn du nach Aaron suchst, der ist im Stall.«

»Ich habe dich gesucht.«

Samuel stutzte. Er war schon oft vom Bischof besucht worden, und nie hatte er das mit Schande oder irgendwelchen Fehltritten in Verbindung gebracht. Bis dann mit Katie alles schiefging.

»Komm«, sagte Ephram. »Wir gehen ein Stück zusammen. Ich weiß übrigens noch, wie dein Vater dir dein erstes Kalb geschenkt hat.«

Viele amische Väter schenkten ihren Söhnen ein Kalb, und der Erlös aus dem Verkauf des Fleisches wurde auf ein Bankkonto eingezahlt, für später, wenn der Junge vielleicht mal ein eigenes Haus oder eine Farm kaufen wollte. Samuel lächelte bei dem Gedanken an das Bullenkalb, das in einem Jahr fast tausend Pfund zugelegt hatte.

Das Geld dafür hatte er immer noch. Er hatte alles für ein Leben mit Katie gespart, so hatte er zumindest geglaubt.

»Wenn ich mich recht entsinne, hat der erste kleine Bulle damals dich kräftig getreten, genau dahin, wo Tritte besonders schmerzlich sind.« Ephram schmunzelte in seinen schneeweißen Bart. »Es war einen Moment lang fraglich, wer da wen kastrieren würde.«

Samuel war rot geworden, aber er lachte. »Ich war neun Jahre alt«, rechtfertigte er sich. »Der Bulle war schwerer als ich.«

Ephram blieb unvermittelt stehen. »Wessen Fehler war es?«

»Fehler?«

»Der Tritt. Die Tatsache, daß du verletzt wurdest.«

»Na, der des Bullen natürlich.«

»Aber wenn du ihn fester gehalten hättest, was wäre dann gewesen?«

»Dann hätte er nicht so wild um sich treten können, das weißt du. Jedenfalls hab ich meine Lektion gelernt. Ich bin nie wieder getreten worden.« Samuel atmete tief aus. Er mußte zurück an die Arbeit. Heute hatte er nicht die Geduld für Ephrams Gedankenspielchen. »Bischof«, sagte er, »du bist doch nicht hergekommen, um mit mir über diesen Bullen zu reden.«

»Nein?«

Samuel setzte sich den Hut auf. »Aaron wartet sicher schon auf mich.«

Bischof Ephram legte eine Hand auf Samuels Arm. »Du hast recht, Bruder. Warum sollten wir überhaupt über alte Geschichten reden? Nachdem der Bulle dich getreten hatte, bist du ihn ja auch gleich losgeworden.«

»Nein, das stimmt nicht. Du weißt doch sicher noch, wie groß er geworden ist. Er war ein schöner Ochse. Als ich schließlich das Geld auf die Bank gebracht habe, hatte ich schon fast vergessen, daß er mich je getreten hat.«

Der alte Mann sah ihn forschend an. »Ja. Aber als du an dem Tag japsend auf dem Rücken lagst, da hast du dir bestimmt nicht vorstellen können, daß am Ende doch noch alles gut werden würde.«

Samuel wandte dem Bischof langsam den Kopf zu. »Du bist nicht hergekommen, um über diesen Bullen zu reden«, wiederholte er leise.

Bischof Ephram zog die Augenbrauen hoch. »Nein?«

Dr. Brian Riordan reiste im Privatjet, begleitet von zwei Männern, die aussahen wie gealterte Footballspieler, und einer kleinen Frau, die jedesmal zusammenfuhr, wenn er mit einem Wink irgendeine Aufgabe an sie delegierte. Unter forensischen Psychologen war er als einer der heftigsten Kritiker von Verteidigungsstrategien bekannt, in denen auf Unzurechnungsfähigkeit plädiert wurde, vor allem in Mordprozessen. Er hatte seine Überzeugung bei Gerichtsverfahren im ganzen Land vehement vertreten, wovon eine mit bunten Stecknadeln übersäte Landkarte der Vereinigten Staaten beredtes Zeugnis ablegte; jede Nadel stand für einen Prozeß, in dem er maßgeblich daran beteiligt gewesen war, einen Kriminellen hinter Schloß und Riegel zu bringen, der ansonsten dank mitleidiger Geschworener vielleicht davongekommen wäre.

Außerdem wirkte er auf einer Farm völlig fehl am Platze.

Im Vergleich zu Dr. Polacci war Dr. Riordan eine furchteinflößende Erscheinung. Selbst von der Küchentür aus, wo Ellie stand und zuhörte, konnte sie sehen, wie Katie zitterte.

»Ms. Fisher«, sagte Riordan, nachdem er sich vorgestellt hatte, »ich bin im Auftrag der Anklagevertretung hier. Das bedeutet, daß alles, was Sie mir sagen, auch vor Gericht gegen Sie verwendet werden kann. Alles, was Sie sagen, wird protokolliert, es wird nichts vertraulich behandelt. Haben Sie das verstanden?«

Ellie hörte, wie Riordan Katie nach der Geburt fragte und sie bat, die Ereignisse im Präsens zu schildern. »Es liegt da«, sagte Katie leise, »genau zwischen meinen Beinen.«

»Ist es ein Junge oder ein Mädchen?«

»Ein Junge. Ein klitzekleiner Junge.« Sie zögerte. »Er bewegt sich.«

Ellie spürte, wie ihr Gesicht warm wurde.

»Weint das Kind?« fragte Riordan.

»Nein. Erst als ich die Nabelschnur durchschneide.«

»Womit schneiden Sie sie durch?«

»Mein Dad hat immer eine Schere gleich neben dem Kälberverschlag an einem Haken hängen. Die nehme ich dafür. Und dann ist auf einmal überall Blut, und ich denke, daß ich das nie wieder sauber kriegen werde. Ich drücke auf ein Ende der Nabelschnur und binde sie ab ... mit Zwirn glaube ich. Dann fängt es an zu weinen.«

»Das Baby?«

»Ja. Es fängt an, laut zu weinen, richtig laut, und ich versuche, es an mich zu drücken, damit es still wird, aber das nützt nichts. Ich wiege es hin und her und halte ihm einen Finger hin, damit es dran nuckeln kann.«

Ellie sank gegen die Wand. Sie stellte sich dieses zarte Neugeborene vor, an Katies Brust geschmiegt. Sie sah das kleine Gesichtchen vor sich, die durchscheinenden Augenlider, und plötzlich spürte sie ein Gewicht in ihren Armen, schwer wie eine verpaßte Gelegenheit. Wie konnte sie so etwas Unverzeihliches verteidigen? »Entschuldigung«, sagte sie laut und hastete in die Küche. »Ich brauche einen Schluck Wasser. Noch jemand?«

Riordan war verärgert über die Unterbrechung und warf ihr einen bösen Blick zu. Ellie konzentrierte sich darauf, ein Glas zu füllen, ohne dabei zu zittern, nur einen winzigen Schluck zu trinken, bevor sie weiter zuhören mußte, wie ihre Mandantin den Tod des Babys schilderte.

»Was passiert dann, Katie?« fragte Riordan.

Katie kniff die Augen zusammen, schüttelte den Kopf. »Ich weiß nicht. Ich wünschte, ich wüßte es, Sie können sich gar nicht vorstellen, wie gern ich es wüßte. Aber ich weiß nur noch, daß ich den Herrn bitte, mir zu helfen, und im nächsten Moment wache ich auf. Das Baby ist verschwunden.« Ellie beugte den Kopf über die Spüle. »Ein Wunder«, fügte Katie hinzu.

Riordan starrte sie an. »Das soll ein Witz sein, stimmt's?«

»Nein.«

»Wie lange waren Sie im Stall ohnmächtig?«

»Ich weiß nicht. Vielleicht zehn, fünfzehn Minuten.«

Der Psychiater verschränkte die Hände im Schoß. »Haben Sie das Baby während dieser Zeit getötet?«

»Nein!«

»Sind Sie sicher?« Sie nickte energisch. »Was ist dann mit ihm passiert?«

Das hatte Katie noch keiner gefragt. Ellie sah, wie das Mädchen nach einer Antwort suchte, und ihr wurde klar, wie kurzsichtig das gewesen war. »Ich ... weiß es nicht.«

»Sie müssen sich doch irgendwelche Gedanken darüber gemacht haben. Schließlich hat jemand das Kind getötet, und Sie waren es ja angeblich nicht.«

»Vielleicht ... vielleicht ist es einfach gestorben?« stammelte Katie. »Und jemand hat es versteckt.«

Ellie stöhnte innerlich auf. Und vielleicht legte Katies Unterbewußtes gerade ein freiwilliges Geständnis ab. »Was glauben Sie, was passiert ist?« fragte Riordan.

»Vielleicht ist jemand reingekommen und hat es getötet.«

»Finden Sie das wirklich wahrscheinlich?«

»Ich – ich weiß nicht. Es war noch ziemlich früh ...«

»Es war mitten in der Nacht, würde ich sagen«, warf Riordan ein. »Wer hätte denn wissen können, daß Sie da waren und ein Kind zur Welt brachten?« Er beobachtete, wie sie sich mit der Frage abquälte. »Katie«, sagte er nachdrücklich, *»was ist mit dem Baby passiert?«*

Ellie sah, wie das Mädchen allmählich die Fassung verlor: ihre Unterlippe bebte, ihre Augen waren feucht, ihr Rücken zitterte. Katie schüttelte immer wieder den Kopf und beteuerte ihre Unschuld. Sie hoffte, daß Riordan irgend etwas tun würde, um Katie zu trösten, doch dann fiel ihr ein, daß er ja auf der gegnerischen Seite stand. Er arbeitete für die Anklagevertretung; er war eigens dazu da, an Katies Verurteilung mitzuwirken.

Ellie trat zu ihrer Mandantin. »Meinen Sie, wir könnten eine kurze Pause machen?«

Sie wartete Riordans Antwort gar nicht erst ab. Statt dessen legte sie Katie einen Arm um die Schultern, bemüht, nicht darauf zu achten, daß das Mädchen seine Schürze zu einem Ball zusammengeknüllt hatte, sich darüber beugte und ihn in ihren Armen wiegte, als wäre er ein neugeborenes Kind.

Riordan riß die Augen auf und sagte mit erregter Stimme: »Katie war zu dem Zeitpunkt, als das Kind starb, gar nicht anwesend. Ihr Körper vielleicht, aber nicht ihr Geist. Sie befand sich in einer psychischen Festung, erbaut aus ihren Schuldgefühlen.« Er bedachte den Bezirksstaatsanwalt mit einem amüsierten Blick und fügte lässig hinzu: »Oder so ähnlich.«

George lachte. »Und dieser psychoanalytische Schwachsinn funktioniert vor Gericht?«

Riordan nahm sich ein Pfefferminzbonbon. »Nicht, wenn ich es verhindern kann.«

»Sind Sie sicher, daß Hathaway Dissoziation im Sinn hat, wenn Sie auf Unzurechnungsfähigkeit plädiert?«

»Glauben Sie mir, das ist bei Neonatizid die maßgeschneiderte Verteidigungsstrategie. Psychologisch lassen sich die Diskrepanzen zwischen Katies Geschichte und der Beweislage entweder mit Dissoziation erklären oder mit platter Lüge – und Sie können sich denken, auf welche der beiden Möglichkeiten sich die Verteidigung stürzen wird. Aber kurze Dissoziationsepisoden sind noch nicht gleichbedeutend mit Unzurechnungsfähigkeit.«

Mit einem Achselzucken schob sich Riordan das Bonbon in den Mund. »Sie brauchen Ms. Hathaway nur ein wenig freien Lauf lassen, und sie wird in ihr eigenes Unglück rennen, weil ihr Sachverständiger nämlich unmöglich beweisen kann, daß die Dissoziation durch den psychischen Streß der Geburt ausgelöst wurde und nicht durch den psychischen Streß des Mordes. Das ist wie die Frage: Henne oder Ei.«

»Das bringt mich weiter.« George grinste und lehnte sich in seinem Sessel zurück.

»Und die Angeklagte hinter Schloß und Riegel.«

George nickte. »Müssen wir die psychischen Komplikationen berücksichtigen, die sich daraus ergeben, daß sie eine Amische ist?«

Riordan erhob sich und knöpfte sein Jackett zu. »Wozu?« fragte er. »Mord ist Mord.«

Als er sie küßte, regneten Blätter auf sie herab, bedeckten seinen Rücken mit dem satten Rot der Ahornbäume und dem Mattgold der Eichen. Ihr Schultertuch, das ihnen als Decke diente, war über das Gras gebreitet wie die Schwingen eines großen, schwarzen Habichts. Katies Hände glitten von Adams Haar zu seinen Schultern, als er begann, ihr Kleid zu öffnen. Behutsam steckte er jede Nadel in die Rinde des Baumes hinter ihnen, und sie liebte ihn dafür – daß er so rücksichtsvoll war, daran zu denken, wie es für sie sein würde, hinterher.

Ihre Schürze fiel ab, und das Kleid öffnete sich. Katie schloß verlegen die Augen, doch dann spürte sie, daß Adam sich zu ihrer Brust hinabbeugte und durch die dünne Baumwolle ihres Unterhemds daran saugte. Sie hielt seinen Kopf fest, stellte sich vor, daß er aus der Schale ihres Herzens trank.

Er hatte nicht gesagt, daß er sie liebte, aber das spielte keine Rolle. So, wie er sich verhielt, wie er sie behandelte, das war ein ehrlicherer Maßstab als alle Worte – in ihrer Familie waren Taten der Beweis für Zuneigung, nicht vier kleine Silben. Adam würde es aussprechen, wenn es vorüber war; wenn es nicht das herabwürdigen würde, was jetzt zwischen ihnen geschah.

Dann zog er sich aus. Jetzt war ihnen nicht mehr anzusehen, wer amisch war und wer nicht. Das war Katies letzter bewußter Gedanke, und dann preßte Adam seinen Körper ganz gegen ihren, und die Wärme seiner Haut nahm ihr die Sprache, die Angst.

Er war schwer und voll zwischen ihren Beinen. Mit einer Hand hob er ihr Knie an, so daß ihr Körper wie eine Wiege für ihn war. Dann sah Adam sie an, mit ernsten Augen. »Wir können noch aufhören«, flüsterte er. »Sofort, wenn du willst.«

Katie schluckte. »Möchtest du denn aufhören?

»Etwa so gerne, wie ich geteert und gefedert werden möchte.«

Sie schob ihre Hüfte vor, eine Einladung, und spürte, wie er sich in ihr verlor, sie dehnte, so daß ihr die Augen brannten. Sie dachte an ihr Fleisch, das unter Adams nachgab, die süßeste Hingabe. Und dann griff Adam zwischen sie und berührte sie. »Komm mit mir«, flüsterte er.

Sie dachte, er meinte morgen, den Tag seiner Abreise nach Schottland. Sie dachte, er meinte für immer, doch dann spürte sie ihren Körper immer enger und enger kreisen und zerstieben wie die leuchtendweißen Samen einer Distel. Während sie um Atem rang, fielen wieder Blätter auf sie, wie eine Segnung. Adam lag lächelnd neben ihr und streichelte ihre Hüfte. »Geht's dir gut?«

Katie nickte. Wenn sie gesprochen hätte, hätte sie ihm die Wahrheit gesagt: daß es ihr gar nicht gutging, daß sie sich schrecklich leer fühlte, jetzt, da sie wußte, wie es war, so erfüllt zu sein.

Er legte das Tuch um sie, und das war ihr körperlich unangenehm. »Nein.« Sie stieß seine Hände weg. »Ich möchte das nicht.«

Adam spürte ihre Veränderung und schob sich näher an sie heran. »Hör mal«, sagte er mit fester Stimme. »Wir haben nichts Falsches getan.«

Doch Katie wußte, daß es eine Sünde war, hatte es von dem Moment an gewußt, als sie die Entscheidung traf, mit Adam zu schlafen. Aber die Verfehlung lag nicht darin, mit ihm geschlafen zu haben, ohne daß sie verheiratet waren. Sie lag darin, daß Katie zum erstenmal in ihrem Leben sich selbst an die erste Stelle gerückt, ihre eigenen Wünsche und Bedürfnisse über alles und alle gestellt hatte.

»Katie«, sagte Adam, mit heiserer Stimme. »Sprich mit mir.«

Aber sie wollte, daß er sprach. Sie wollte, daß er sie ganz weit weg brachte, daß er sie wieder fest an sich drückte und ihr sagte, daß ihre beiden Welten mit einem Blick, einer Berührung zusammengeführt werden konnten. Er sollte ihr sagen, daß sie zu ihm gehörte und er zu ihr und daß das in Wahrheit das einzige war, was zählte.

Sie wollte von ihm hören, daß es, wenn man jemanden so stark und verzweifelt liebte, gut und richtig war, Dinge zu tun, von denen man wußte, daß sie falsch waren.

Adam blieb stumm und erforschte ihr Gesicht. Katie spürte seine Wärme, ihre Wärme feucht zwischen den Schenkeln. Sie würden nicht gemeinsam nach Schottland gehen. Sie würden nirgendwohin gehen. Sie griff nach dem Tuch, zog es sich um die Schultern und verknotete es knapp unterhalb der Stelle, wo gerade ihr Herz brach. »Ich denke«, sagte sie leise, »du solltest jetzt besser gehen.«

Katie hatte immer größere Schwierigkeiten einzuschlafen. In jenen unwirklichen Augenblicken, bevor sie einschlummerte, spürte sie oft das Kratzen von Heu unter ihren Beinen, oder sie roch Angst oder sah den Mond auf ihrem gespannten Bauch schimmern. Dann fielen ihr die Dinge ein, die sie Dr. Polacci und Dr. Riordan erzählt hatte, und sie fühlte sich elend. Und dann rollte sie sich auf die Seite, sah die schlafende Ellie und fühlte sich noch schlechter.

Sie hatte nicht gedacht, daß sie Ellie mögen würde. Zuerst war Katie wütend gewesen, weil man ihr eine Aufpasserin aufgehalst hatte, die ihr noch dazu nicht vertraute. Doch so unangenehm die Situation für Katie auch war, für Ellie mußte sie noch unangenehmer sein. Die Farm war nicht ihr Zuhause; hier war nicht ihre Familie – und sie hatte sich diese Situation nicht ausgesucht.

Meine Schuld ist es auch nicht, dachte Katie. Aber sie hatte das Baby in der Sattelkammer gesehen. Sie hatte zugesehen, wie der kleine Sarg in die Erde hinuntergelassen wurde. *Irgend jemand war schuld.*

Katie hatte das Baby nicht getötet, das wußte sie so sicher, wie sie wußte, daß die Sonne am nächsten Morgen aufgehen würde. Aber wenn nicht sie, wer dann?

Einmal hatte ein Obdachloser im Tabakschuppen von Isaiah Schutz gesucht. Aber selbst wenn ein Landstreicher in der Nacht im Stall gewesen war, hätte er doch keinen Grund gehabt, das Neugeborene aus Katies Armen zu nehmen, es zu töten und dann zu verstecken. Es sei denn, er war verrückt.

Katie war sicher, daß sie es gespürt hätte, wenn jemand Fremdes im Stall gewesen wäre. Und selbst wenn nicht, dann hätten die Tiere es gemerkt. Nugget hätte gewiehert, die Kühe hätten gemuht. Soweit Katie sich erinnern konnte, war aber alles ruhig gewesen.

Was bedeutete, daß sich nach ihr jemand hereingeschlichen haben mußte.

Sie hatte sich immer wieder das Gehirn zermartert, nach irgend etwas gesucht, das sie Ellie auf einem Silbertablett hätte präsentieren können, irgendeinem Beweisstück, das alles aufklären würde. Aber wer hätte Grund gehabt, schon so früh am morgen auf den Beinen zu sein?

Ihr Vater. Schon allein der Gedanke beschämte Katie. Ihr Dad ging manchmal nachts in den Stall, um nach den Kühen zu sehen, die bald kalbten – aber er kam, um dabei zu helfen, Leben zu geben, nicht um es zu nehmen. Hätte er Katie mit einem Neugeborenen dort liegen sehen – nun, er wäre schockiert gewesen, wohl auch erzürnt. Aber für ihn wäre der Gerechtigkeit durch die Gemeinde Genüge getan worden, nicht durch seine eigenen Hände.

Samuel. Wenn er früher als sonst zum Melken gekommen wäre, könnte er sie mit dem Neugeborenen im Stall gefunden haben. Hätte er dem Baby etwas antun können, bevor ihm klar wurde, was er da getan hatte? Unmöglich, dachte Katie, nicht Samuel. Er handelte nie im Affekt, er dachte langsam. Und er war zu ehrlich, um die Polizei zu belügen. Plötzlich hellte sich Katies Miene auf, weil ihr ein Alibi für Samuel einfiel: Er brachte ja immer Levi mit. Er hätte nicht lange genug allein im Stall sein können, um ein Verbrechen zu begehen.

Aber damit war niemand mehr übrig – niemand außer Katie. Und jetzt, hier mitten in finsterster Nacht, zog sie den Quilt enger um sich und fragte sich, ob Dr. Polacci und Ellie nicht vielleicht doch recht hatten. Wenn man sich an etwas nicht erinnerte, lag das daran, daß es nie passiert war? Oder daran, daß man sich wünschte, es wäre nie passiert?

Katie rieb sich die Schläfen. Allmählich sank sie in den Schlaf, fortgetragen von der Erinnerung an den hohen, dünnen Schrei eines Babys.

Der Strahl der Taschenlampe fiel auf Ellies Gesicht und weckte sie. »Herrje«, murmelte sie, warf einen Blick zu Katie hinüber, die fest schlief, und trat dann ans Fenster. Falls Samuel gekommen war, um sich zu entschuldigen, wäre es nett gewesen, wenn er sich einen anderen Zeitpunkt ausgesucht hätte als ein Uhr morgens. Ellie spähte durch die Scheibe und sah, daß der Mann, der da vor dem Haus stand, Coop war.

Sie zog sich rasch an und hastete hinunter. Als sie auf die Veranda trat, legte sie den Finger auf die Lippen und ging ein Stück vom Haus weg. Schließlich verschränkte sie die Arme vor der Brust und deutete mit dem Kinn auf die Taschenlampe. »Hat Samuel dir den Trick verraten?«

»Levi«, antwortete Coop. »Der Junge ist prima.«

»Bist du gekommen, um mir vorzuführen, daß du was von amischen Brautwerbungsritualen verstehst?«

Er seufzte. »Ich bin hier, um mich zu entschuldigen.«

»Mitten in der Nacht?«

»Ich hätte ja angerufen, aber ob du's glaubst oder nicht, die Fishers stehen nicht im Telefonbuch. Also mußte ich mir meine kleine Taschenlampe schnappen und die Sache persönlich in die Hand nehmen.«

Ellie mußte ein Lächeln unterdrücken. »Verstehe.«

»Nein, tust du nicht.« Er nahm ihre Hand und zog sie den Weg zum Teich hinunter. »Es tut mir ehrlich leid, daß es zwischen dir und Stephen nicht geklappt hat. Ich wollte dich nicht kränken.«

»Es klang aber so.«

»Du hast mir einmal weh getan, El. Sehr. Ich vermute, irgendwie wollte ich, daß du dich so mies fühlst wie ich mich damals.« Er verzog das Gesicht. »Nicht sehr klug von mir.«

Ellie sah ihn an. »Ich hätte dich nicht gebeten, mir bei Katies Fall zu helfen, wenn ich gewußt hätte, daß du immer noch einen Groll gegen mich hegst, Coop. Ich hab gedacht, nach zwanzig Jahren wärst du drüber hinweg.«

»Aber wenn ich drüber hinweg gewesen wäre«, wandte Coop ein, »würde das bedeuten, daß ich über dich hinweg wäre.«

Ellie hatte das Gefühl, daß die Nacht um sie herum noch dunkler wurde. Verrückt, dachte sie, und das Herz klopfte ihr bis zum Hals. Das ist doch verrückt. »Ich plädiere auf Unzurechnungsfähigkeit«, sagte sie hastig.

Coop nickte, akzeptierte den jähen Themenwechsel. »Aha.«

»Was heißt das?«

Er schob sich die Taschenlampe unter den Arm, stopfte die Hände in die Taschen und ging weiter, so daß Ellie hinter ihm herlaufen mußte. »Du weißt, was das heißt, weil du es dir wahrscheinlich selbst schon gedacht hast. Katie ist nicht unzurechnungsfähig. Andererseits, als ihre Anwältin kannst du den Geschworenen wahrscheinlich weismachen, sie sei Queen Elizabeth, wenn du damit einen Freispruch erreichst.«

»Was ist leichter zu schlucken, Coop: daß eine verstörte junge Frau einen Aussetzer hatte und ihr Neugeborenes erstickt hat, ohne zu wissen, was sie tat – oder daß ein Fremder um zwei Uhr nachts in die Scheune kam, nachdem ein junges Mädchen zwei Monate zu früh entbunden hatte, und das Baby ermordete, während sie schlief.«

»Auf Unzurechnungsfähigkeit zu plädieren ist selten von Erfolg gekrönt, El.«

»Auf begründete Zweifel zu plädieren ebenfalls, wenn jeder Zweifel unbegründet scheint.« Sie waren am Teich angelangt. Ellie sank auf die Bank und zog die Knie an. »Selbst wenn sie das Kind nicht getötet hat, kommt sie noch am ehesten frei, wenn die Geschworenen glauben, daß sie es getan hat, aber sich nicht dessen bewußt war, was sie tat. Eine einfühlsamere Verteidigung hab ich nun mal nicht.«

»Was soll's, Anwälte lügen andauernd«, sagte Coop.

Sie schnaubte. »Das mußt du mir nicht sagen. Ich hab das schon so oft gemacht … ich kann gar nicht mehr sagen, wie oft.«

»Und du kannst es verdammt gut.«

»Ja«, sagte Ellie. »Ich weiß.«

Coop griff nach ihrer Hand. »Und wieso macht es dir dann so zu schaffen?«

Die Fassade bröckelte, die sie aufrechterhielt, seit sie Katie erzählt hatte, daß sie auf Unzurechnungsfähigkeit plädieren würde, obwohl sie wußte, daß Katie nicht unzurechnungsfähig war.

»Soll ich dir sagen, warum es dich quält?« sagte Coop. »Weil du damit zugibst, daß Katie es getan hat, auch wenn sie im Geiste auf dem Mars war. Und du hängst schon viel zu sehr an Katie, um das zugeben zu wollen.«

Ellie rümpfte die Nase. »Du liegst völlig falsch. Du weißt doch, wie so ein berufliches Verhältnis ist – da haben persönliche Gefühle nichts zu suchen. Ich habe, ohne mit der Wimper zu zucken, Geschworenen erzählt, daß ein Kinderschänder eine Stütze der Gesellschaft ist. Ich habe einen Serienvergewaltiger wie einen Chorknaben aussehen lassen. Das ist mein *Beruf*. Was ich persönlich für meine Mandanten empfinde, hat nichts damit zu tun, was ich zu ihrer Verteidigung sage.«

»Du hast absolut recht.«

Ellie stockte verblüfft. »Ach ja?«

»Ja. Hier geht es aber darum, daß Katie schon seit einer ganzen Weile aufgehört hat, lediglich eine Mandantin zu sein.

Vielleicht sogar schon gleich zu Anfang. Sie ist mit dir verwandt, wenn auch nur entfernt. Sie ist sympathisch, jung, durcheinander – und du hast die Rolle der Ersatzmutter angenommen. Aber deine Gefühle für sie sind sehr vielschichtig, weil sie etwas weggeworfen hat, was du für dein Leben gern hättest – ein Kind.«

Ellie wollte seine Bemerkung mit einem Lachen abtun, aber sie merkte, daß ihr kein passender Kommentar einfallen wollte. »Bin ich so ein offenes Buch?«

»Mußt du gar nicht sein,« sagte Coop leise. »Ich kenne dich in- und auswendig.«

»Also, wie kann ich das ändern? Wenn ich meine persönliche Beziehung zu ihr nicht von der beruflichen trennen kann, gewinne ich diesen Fall nie.«

Coop lächelte. »Wann lernst du endlich, daß es verschiedene Arten gibt zu gewinnen?«

»Was soll das heißen?« fragte sie argwöhnisch.

»Manchmal, wenn man meint, verloren zu haben, gewinnt man am Ende doch noch um Längen.« Er legte eine Hand an ihr Kinn und küßte sie sacht. »Sieh dir mich an.«

Ellie tat es. Sie sah das außergewöhnliche Karibikgrün seiner Augen, aber, was noch wichtiger war, sie sah auch die Geschichte in ihnen. Sie sah die kleine Narbe am Unterkiefer, die er von einem Sturz mit dem Fahrrad im Alter von sechs Jahren zurückbehalten hatte. Sie sah die Falte in seiner Wange, die sich schon bei der leisesten Andeutung eines Lächelns zu einem Grübchen vertiefte.

»Das, was ich neulich nacht zu dir gesagt habe, tut mir leid«, sagte Coop. »Und vorsorglich entschuldige ich mich wohl besser auch noch dafür, was ich vorhin gesagt habe.«

»Wahrscheinlich mußte ich das mal hören.«

Sie schmiegte sich an ihn. »Ach, Coop.«

Ihre Küsse waren leidenschaftlich und so drängend, als wollten sie in die Haut des anderen eindringen. Coops Hände glitten über Ellies Rücken und Brüste. »Gott, wie ich dich vermißt habe«, keuchte er.

»Es waren doch nur fünf Tage.«

Coop hielt inne und streichelte ihr Gesicht. »Es war eine Ewigkeit«, sagte er.

Wenn sie die Augen schloß, glaubte sie ihm. Sie konnte förmlich die Musik von Grateful Dead hören, die vom Hof her durch das offene Fenster ihres Zimmers im Studentenwohnheim drang, wo sie und Coop ineinander verschlungen auf dem schmalen Bett lagen. Sie sah noch immer den bunten Vorhang im Durchgang zur Abstellkammer und die Knopfaugen des Eichhörnchens, das auf der Fensterbank hockte und ihnen zusah.

Sie spürte, wie er ihr das T-Shirt vom Körper zog und ihre Shorts öffnete. »Coop«, sagte sie, plötzlich nervös. »Ich bin keine zwanzig mehr. Ich sehe nicht mehr so aus, wie ich früher ausgesehen habe.«

Er küßte sie sanft. »El, wenn ich dich anschaue, sehe ich immer noch die junge Studentin vor mir, denn in dem Augenblick, als ich mich in dich verliebt habe, ist für mich die Zeit stehengeblieben.«

Sie schlang die Arme um seinen Hals und zog ihn näher heran. »Weißt du«, sagte er, sein Atem heiß auf ihrer Haut, »als ich dich neulich nacht ausgezogen habe, warst du auch keine zwanzig mehr.«

»Nein, aber ich war betrunken.«

Coop lachte. »Vielleicht sollte ich es auch darauf anlegen. Weil diese verdammte Bank hier so hart ist, daß ich schon jedes einzelne von meinen neununddreißig altersschwachen Jahren spüre.« Mit einer raschen Bewegung zog er sie von der Bank herunter, und sie landeten im Gras.

Ellie fiel auf ihn, die Beine gespreizt, das Gesicht nur wenige Zentimeter von Coops entfernt. »Willst du mich jetzt noch weiter ablenken«, raunte sie, »oder läßt du mich endlich mit dir schlafen?«

Coops Arme schlossen sich fester um ihre Taille. »Ich dachte schon, du würdest nie fragen«, sagte er, und seine Lippen legten sich auf ihre.

Katie saß am Tisch, vor sich ein Glas frische Milch, als Ellie sich wie ein Teenager ins Haus schlich. Als sie das Licht sah, steckte sie den Kopf durch die Küchentür. »Oh«, sagte sie, überrascht, Katie zu sehen. »Wieso bist du auf?«

»Konnte nicht schlafen«, sagte Katie. »Und du?« Aber sie wußte es, gleich, als sie Ellie gesehen hatte, wußte sie, wo sie gewesen war und was sie getan hatte. Das Gras in ihrem Haar, die geröteten Wangen. Sie roch nach Sex.

Einen Moment lang war Katie so neidisch, daß sie eine Woge der Eifersucht in sich aufsteigen spürte, und sie konnte die Augen nicht von Ellie abwenden, weil sie sich nichts sehnlicher wünschte, als das zu empfinden, was Ellie jetzt empfand. Es war ihr anzusehen, so deutlich, als leuchteten seine Berührungen noch auf ihrer Haut.

»Ich bin spazierengegangen«, sagte Ellie langsam.

»Und hingefallen.«

»Nein ... wie kommst du darauf?«

Katie zuckte die Achseln. »Weil du Blätter im Haar hast?«

Ellie lächelte verlegen. »Was bist du?«, sagte sie. »Meine Mutter?«

Katie stellte sich vor, wie Ellie liebkost und gestreichelt und geküßt wurde. Sie dachte an Adam, und statt der weichen Wärme, die sie sonst im Unterleib spürte, war da jetzt nur noch ein bitterer Klumpen. »Nein. Und du bist auch nicht meine Mutter.«

Ellie erstarrte. »Das stimmt.«

»Du bildest dir ein, du wärst es. Du willst, daß ich auf deinen Schoß krieche und mir die Augen ausweine, damit du alles wiedergutmachen kannst. Aber weißt du was, Ellie? Mütter haben nicht die Macht, alles wiedergutzumachen, egal, was du glaubst.«

Gekränkt kniff Ellie die Augen zusammen. »Da spricht ja eine wahre Expertin in Sachen Mutterschaft.«

»Ich hab jedenfalls mehr Erfahrung als du«, konterte Katie.

»Der Unterschied zwischen dir und mir«, sagte Ellie kalt, »ist der, daß ich alles dafür geben würde, ein Kind zu bekommen, und du konntest es gar nicht schnell genug wieder loswerden.«

Katies Augen weiteten sich, als hätte Ellie sie geohrfeigt. Dann füllten sie sich blitzartig mit Tränen, die Katie mit den

Handrücken wegwischte. »O Gott«, sagte sie, die Arme auf den Bauch gepreßt. »O Gott, du hast recht.«

Ellie starrte sie an. »Hast du das Baby getötet, Katie?«

Sie schüttelte den Kopf. »Ich bin eingeschlafen. Ich bin eingeschlafen, ich schwöre es dir vor Gott, und da hatte ich es noch im Arm.« Ihr Gesicht war schmerzverzerrt. »Aber, Ellie, ich hätte es genausogut töten können. Ich hab es *fort* gewünscht. Monat um Monat hab ich mir immer nur gewünscht, daß es einfach verschwindet.«

Sie krümmte sich jetzt, schluchzte so heftig, daß sie keine Luft mehr bekam. Ellie fluchte leise und schloß Katie fest in die Arme. »Das war doch nur ein Wunsch«, sagte sie tröstend und streichelte Katies blondes Haar. »Zwischen Wunsch und Wirklichkeit ist ein großer Unterschied.«

Katie preßte ihre brennende Wange gegen Ellies Brust. »Du bist nicht meine Mutter ... aber manchmal wünschte ich, du wärst es.« Sie spürte, was sie erhofft hatte: Ellies Arme drückten sie noch fester an sich. Katie schloß die Augen und stellte sich vor, nicht von Ellie gehalten zu werden, sondern von Adam – ihr Lächeln in seinen Augen, ihr Name auf seinen Lippen, ihr Herz ganz voll von dem Wissen, geliebt zu werden, ganz gleich was geschah.

10

Ellie

Oktober

Nach drei Monaten bei den Fishers konnte ich mir kaum vorstellen, daß ich noch vor gar nicht langer Zeit ein reiner Stadtmensch gewesen war. Leider fielen die letzten Wochen vor Katies Prozeß mitten in die Erntezeit, was meine Hoffnungen, die Familie würde mich bei der Vorbereitung der Verteidigung unterstützen, zunichte machte. Aaron Fisher hatte jetzt nur zwei Dinge im Kopf: rechtzeitig den Tabak ernten und die Silos füllen. Und ich mußte mit anpacken.

Ich ging mit Katie über die üppigen Tabakfelder, knapp anderthalb Hektar, so grün, daß sie auch Reisfelder hätten sein können, und ließ mir zeigen, welche Blätter schon gepflückt werden konnten. »Ich finde, die sehen alle gleich aus«, sagte ich frustriert. »Die sind ja alle grün. Ich dachte immer, man wartet, bis sie anfangen, braun zu werden.«

»Nicht bei Tabak. Sieh dir die Größe an, hier.« Sie knipste ein Blatt ab und legte es behutsam in einen Korb.

»Stell dir all den Lungenkrebs hier auf dem Feld vor«, murmelte ich. Aber Katie blieb unbeeindruckt. »Die Ernte bringt Geld«, sagte sie nüchtern. »Von Milchwirtschaft kann man nur schwer existieren.«

Ich bückte mich und wollte mein erstes Blatt pflücken. »Nein!« rief Katie. »Das ist zu klein.« Sie hielt ein anderes, größeres Blatt hoch.

»Vielleicht sollte ich das Zeug gleich in Pfeifen stopfen oder Gesundheitswarnungen auf die Schachteln kleben.«

Katie verdrehte die Augen. »Der nächste Schritt ist, sie aufzuhängen. Aber wenn du das Pflücken nicht lernst, laß ich dich gar nicht erst in die Nähe von so einem anderthalb Meter langen, spitzen Spieß.«

Ich lachte und beugte mich wieder zu den Pflanzen. So ungern ich es auch zugab, ich fühlte mich besser als je zuvor. Als Anwältin wurde immer nur mein Verstand gefordert, nicht mein Körper; auf der Farm der Fishers wurden beide gestärkt. Für die Amischen war schwere körperliche Arbeit ein Grundprinzip des Lebens, und sie beschäftigten kaum je auswärtige Hilfskräfte, da sie den Strapazen in der Regel nicht gewachsen waren. Aaron hatte zwar nichts gesagt, aber ich wußte, er rechnete fest damit, daß ich, bevor die Ernte eingebracht war, schluchzend zusammenbrechen oder mich vom Feld schleichen würde – womit bewiesen wäre, daß ich keine von ihnen war. Daher war ich entschlossen, ihm zu beweisen, daß er sich irrte. Aus dem gleichen Antrieb hatte ich bereits Anfang August bei der Weizenernte geschuftet wie der Rest der Familie, beseelt von der Hoffnung, daß Aaron, wenn er sah, daß ich auf ihm vertrautem Boden meine Frau stehen konnte, mir vielleicht auch auf meinem eigenen Gebiet Achtung entgegenbringen würde.

»Ellie, was ist? Kommst du?«

Katie stand da, ihren vollen Erntekorb zwischen den Füßen. Auch mein Korb war fast voll. Gott allein wußte, ob die Blätter, die ich ausgesucht hatte, tatsächlich schon erntereif waren – ich nahm ein paar von den größeren und drapierte sie obenauf, damit Katie nichts merkte. Dann folgte ich ihr in einen langen leeren Schuppen.

In den Holzwänden des Schuppens waren große Ritzen, so daß stets ein leichter Luftzug wehte. Ich setzte mich auf einen Strohballen neben Katie und sah zu, wie sie einen Spieß nahm, der so lang war wie sie. »Den bohrst du am Stengel durch die Blätter«, erklärte sie. »Als würdest du Preiselbeeren auf eine Schnur ziehen, wie für den Weihnachtsbaum.«

Na, *das* konnte ich. Ich lehnte meinen Spieß gegen den Strohballen und fing an, die Blätter aufzuziehen, immer mit einigen Zentimetern Abstand, damit sie schön trocknen konnten. Wenn wir fertig wären, würde das kleine Tabakfeld kahl sein, und alle Blätter würden an Spießen zwischen den Sparren des Schuppens hängen. Im Winter, wenn ich längst wieder fort wäre, würde die Familie den Tabak dann in den Süden verkaufen.

Ob Katie dann noch da war, um zu helfen?

»Ich würde gern noch mal mit dir über den Prozeß sprechen.«

»Wozu? Du wirst doch sowieso sagen, was du willst.«

Ich ignorierte die Bemerkung. Seit Katies Gesprächen mit den forensischen Psychologen hielt ich eisern daran fest, auf Unzurechnungsfähigkeit zu plädieren, obwohl ich wußte, daß sie das empörte. In ihrer Vorstellung hatte sie das Kind nicht getötet, und somit hatte ihre Unfähigkeit, sich an den Mord zu erinnern, nichts mit Unzurechnungsfähigkeit zu tun. Jedesmal, wenn ich sie um Hilfe bat, wandte sie sich einfach ab. Sie war zu einem unberechenbaren Faktor geworden, und ich war daher erst recht entschlossen, nicht auf einen Freispruch aufgrund von berechtigten Zweifeln zu setzen. Da ich auf Unzurechnungsfähigkeit plädierte, würde Katie nicht in den Zeugenstand müssen.

»Katie«, sagte ich geduldig. »Ich hab schon mehr Prozesse hinter mir als du. Du wirst mir glauben müssen.«

Sie spießte ein Blatt auf. »Du glaubst mir ja auch nicht.«

Wie sollte ich auch? Ihre Version der Ereignisse hatte sich seit dem Beginn dieser Farce etliche Male geändert. Entweder konnte ich die Geschworenen überzeugen, daß Katies sprunghaftes Gedächtnis auf ihre Dissoziation zurückzuführen war, oder sie würden einfach glauben, daß sie gelogen hatte. Absichtlich spießte ich ein Blatt in der Mitte auf, nicht am Stengelansatz. »Nein«, sagte Katie und nahm es mir aus der Hand. »Du machst das falsch. So geht das.«

Ich überließ ihr die Rolle der Expertin. Mit ein bißchen Glück genügte ja vielleicht schon Dr. Polaccis Aussage, um einen Freispruch zu erreichen. Wir arbeiteten schweigend weiter, als plötzlich die Schuppentür aufflog. Die Sonne beschien von hinten einen großen Mann in einem Anzug. Das mußte Coop sein; jedenfalls war er der einzige Mann, der mir einfiel, der etwas anderes trug als Hosen mit Hosenträgern. Lächelnd stand ich auf, als er hereinkam.

»Mensch«, sagte Stephen grinsend, »du bist aber verdammt schwer zu finden.«

Einen Moment lang konnte ich mich nicht rühren. Dann fand ich meine Sprache wieder. »Was machst du denn hier?«

Er lachte. »Na, das ist zwar nicht unbedingt die Begrüßung, die ich mir auf der Fahrt hierher ausgemalt habe, aber wie ich sehe, bist du gerade in einem Mandantengespräch.« Stephen reichte Katie die Hand. »Hallo«, sagte er. »Stephen Chatham.« Er sah sich in dem Schuppen um und schob die Hände in die Taschen. »Ist das hier so eine Art Beschäftigungstherapie?«

Ich hatte meine Fassung noch nicht wieder zurückgewonnen. »Die Ernte bringt Geld«, sagte ich schließlich.

Katie, die mich die ganze Zeit nicht aus den Augen ließ, sagte klugerweise kein Wort. Ich konnte Stephen nicht ansehen, ohne mir vorzustellen, daß Coop neben ihm stand. Stephen hatte nicht Coops blaßgrüne Augen. Stephen sah zu gelackt aus. Stephens Lächeln wirkte einstudiert.

»Weißt du, ich hab viel zu tun«, sagte ich zurückhaltend.

»Soweit ich sehe, arbeitest du zur Zeit nur an einem Fall, und dabei scheint's um zehn Packungen Marlboro Light zu gehen. Und deshalb solltest du mir dankbar sein. Ich vermute, daß es bei den Amischen nicht allzu viele juristische Bibliotheken gibt. Deshalb hab ich mir erlaubt, ein paar Urteile für dich rauszusuchen.« Er griff in eine Mappe und holte einen dicken Papierstapel hervor. »Drei Neonatizide im Staat Pennsylvania. In einem Fall hat die Verteidigung, ob du's glaubst oder nicht, auf Unzurechnungsfähigkeit plädiert.«

»Woher weißt du, daß ich das auch vorhabe?«

Stephen zuckte die Achseln. »Dein Fall wird sehr aufmerksam verfolgt, Ellie. So was spricht sich rum.«

Ich wollte gerade etwas erwidern, als Katie sich plötzlich zwischen uns hindurchdrängte und aus dem Schuppen rannte, ohne sich noch einmal umzusehen.

Sarah lud Stephen ein, zum Abendessen zu bleiben, aber er lehnte dankend ab. »Laß uns irgendwo essen gehen«, schlug er vor. »Wie wär's mit einem von diesen gemütlichen amischen Restaurants in der Stadt?«

Als ob ich, wenn ich schon mal von der Farm wegkam, ausgerechnet wieder das gleiche essen wollte. »Das sind keine Amischen«, sagte ich. »Echte Amische würden niemals mit ihrem Glauben Reklame machen.«

»Na, dann bleibt uns immer noch McDonald's.«

Ich warf einen Blick in die Küche, wo Sarah und Katie das Abendessen vorbereiteten. Ich hätte ihnen dabei geholfen, wenn Stephen nicht gekommen wäre. Sarah sah über die Schulter zu uns herüber und wandte sich verlegen wieder ab, als unsere Blicke sich trafen.

Ich verschränkte die Arme. »Wieso nicht hier?«

»Ich hab bloß gedacht, daß du –«

»Dann hast du eben falsch gedacht, Stephen. Ich würde lieber mit den Fishers zu Abend essen.« Es war mir wichtig, daß Sarah und Katie wußten, daß ich lieber mit ihnen zusammen war als mit Stephen, und nicht bloß darauf wartete, so schnell wie möglich wegzukommen. Diese Menschen waren mir in den letzten Monaten ans Herz gewachsen.

Stephen hob die Hände. »Wie du möchtest, Ellie. Dann eben Abendbrot mit Ma und Pa auf dem Lande.«

»Herrgott noch mal, Stephen. Sie mögen sich ja anders kleiden und öfter beten als du, aber das heißt nicht, daß sie es nicht mitkriegen, wenn du dich benimmst wie ein Idiot.«

Stephen nahm Vernunft an. »Ich wollte niemanden beleidigen. Ich hab nur gedacht, nach – wie lange bist du hier? Vier Monaten? – hättest du vielleicht Lust auf ein bißchen intellektuelles Geplauder.« Er nahm meine Hand und zog mich von der Tür weg, so daß Sarah und Katie uns nicht mehr sehen konnten. »Du hast mir gefehlt«, gestand er. »Ehrlich gesagt, wollte ich dich ganz für mich allein haben.«

Ich sah, wie er näher kam, um mich zu küssen, und ich erstarrte – ein Reh im Scheinwerferlicht, hilflos. Stephens Mund lag warm auf meinem, seine Hände glitten über meinen

Rücken, meine Gedanken überschlugen sich. Wie kam es, daß ich mich nach acht Jahren in Stephens Armen weniger geborgen fühlte als in Coops? Mit einem kläglichen, angespannten Lächeln drückte ich mit beiden Händen gegen Stephens Brust. »Jetzt nicht«, flüsterte ich. »Wie wär's, wenn du dich ein bißchen auf der Farm umguckst, während ich in der Küche helfe?«

Eine Stunde später versammelte sich die Familie um den Tisch, und alle meine Bedenken wegen Stephen wurden zerstreut. Beim stummen Gebet neigte er ernst den Kopf, Sarah gegenüber war er so charmant, daß sie schließlich jedesmal puterrot anlief, wenn sie ihm eine Schüssel reichte, und er unterhielt sich angeregt über Silofutter. Stephen war ein meisterhafter Schauspieler. Als Sarah das Hauptgericht auftrug – Schmorbraten, Geflügelpastete und Pute Stroganoff – war ich endlich so entspannt, daß ich einen ersten Bissen zu mir nehmen konnte.

Es klopfte an der Tür, als Katie gerade erzählte, wie die Kühe einmal bei einem Schneesturm aus dem Stall ausgebrochen waren. »Hallo zusammen«, sagte Coop, während er eintrat und seinen Mantel auszog. »Bin ich zu spät, oder gibt's noch Nachtisch?«

Coop gehörte fast schon so zur Familie wie ich. Sogar Aaron reagierte schon lange nicht mehr ungehalten, wenn Sarah Coop zum Abendessen einlud. Wir blickten einander tief in die Augen – mehr Kontakt erlaubten wir uns im Beisein von anderen nicht. Dann bemerkte er Stephen.

Stephen war bereits aufgestanden, eine Hand auf meiner Schulter, die andere ausgestreckt. »Stephen Chatham«, sagte er mit einem fragenden Lächeln. »Kennen wir uns?«

»John Cooper. Und ja, ich glaube, wir sind uns schon mal begegnet«, sagte Coop so gelassen, daß ich ihn auf der Stelle hätte küssen können. »In der Oper.«

»Es war ein Konzert«, murmelte ich.

Beide Männer sahen mich an.

»Katie ist Coops Patientin«, erklärte ich.

»Coop«, wiederholte Stephen nachdenklich, und ich sah förmlich, wie sein Gehirn die Verbindungen herstellte: der

Spitzname, die Fotos, die hinten in meinem College-Jahrbuch steckten, die vertraulichen Gespräche, die wir engumschlungen im Dunkeln über unsere Verflossenen geführt hatten, als wie uns noch miteinander sicher und geborgen gefühlt hatten. »Ach ja, richtig. Sie kennen Ellie vom College her.«

Coop sah mich zögernd an, als befürchtete er, daß sich irgendwelche unkontrollierten Emotionen in seinem Gesicht widerspiegeln könnten. »Jaja. Ist lange her.«

Nie war ich dankbarer für die Ansicht der Amischen, daß intime Beziehungen nur die Beteiligten etwas angingen. Katie zerschnitt das Fleisch auf ihrem Teller; Sarah war eingefallen, daß sie sich in der Küche um irgend etwas kümmern mußte; die Männer unterhielten sich darüber, wann die Silos gefüllt werden mußten. Ich atmete einmal tief durch und sagte dann mit schriller Stimme. »Wer hat noch Appetit?«

Draußen pfiff ein leichter Wind durch die Bäume. Stephen und ich gingen spazieren, so dicht nebeneinander, daß wir die Körperwärme des anderen spüren konnten, ohne uns zu berühren. »Der ganze Fall steht und fällt mit der Aussage der forensischen Psychologin«, erklärte ich ihm. »Wenn die Geschworenen ihr nicht glauben, ist Katie geliefert.«

»Dann wollen wir hoffen, daß die Geschworenen ihr glauben«, sagte Stephen höflich, obwohl ich wußte, daß wir seiner Meinung nach nicht den Hauch einer Chance hatten.

»Vielleicht kommt es gar nicht soweit. Vielleicht kann ich eine Einstellung wegen Verfahrensmängeln erreichen.«

Stephen klappte seinen Jackettkragen hoch. »Wie das?«

»Ich hab einen entsprechenden Antrag gestellt, mit der Begründung, daß keiner der Geschworenen aus Katies sozialem Umfeld stammen wird.«

Stephen prustete los. »Himmel, El. Das kriegst du nie im Leben durch, aber es ist einen Versuch wert. Diese Provinzrichterin wird nicht wissen, wie ihr geschieht.« Mit einem großen Schritt trat er vor mich, so daß ich in seine ausgebreiteten Arme lief. »Du bist mir vielleicht eine«, flüsterte er in mein Ohr.

Vielleicht lag es an der Art, wie ich auf seine Umarmung reagierte, an dem Bruchteil einer Sekunde, den mein Körper brauchte, bis er sich an seinen schmiegte – irgend etwas ließ Stephen jedenfalls zurücktreten. Er legte eine Hand an meine Wange und fuhr mit dem Daumen über mein Kinn. »So ist das also?« sagte er sanft.

Einen Augenblick lang zögerte ich, knüpfte in Gedanken ein Netz, mit dem ich ihn würde auffangen können, wenn er fiel, so, wie ich Coop vor Jahren bei unserer Trennung angelogen hatte. Ich war immer der Meinung, daß gewisse Lügen gerechtfertigt sind: *Ich bin nicht gut genug für dich; ich habe im Moment zuviel um die Ohren, um mich auf eine Beziehung konzentrieren zu können; ich brauche einfach Zeit für mich.*

Dann dachte ich an Katie, wie sie vor ihrer versammelten Gemeinde kniete und das sagte, was sie hören wollte.

Ich legte meine Hand auf seine. »Ja. So ist das.«

Er zog unsere ineinander verschränkten Finger nach unten, so daß unsere Arme zwischen uns hin und her schwangen. Stephen, der doch immer so selbstsicher wirkte, erschien mir plötzlich hohl und zerbrechlich. Er hob meine Hand, so daß sie sich öffnete wie eine Rose. »Liebt er dich?«

»Ja.« Ich schluckte und steckte meine Hand in die Tasche.

»Liebst du ihn?«

Ich antwortete nicht sofort. Ich wandte den Kopf, so daß ich das gelbe Rechteck aus Licht sehen konnte, das das Küchenfenster war, und die Silhouetten von Sarah und Coop, die über die Spüle gebeugt standen. Coop hatte sich angeboten, den Tisch mit ihr abzuräumen, so daß Stephen und ich spazierengehen konnten. Ich fragte mich, ob er wohl an mich dachte, ob er Bedenken hatte, was ich sagen würde.

Stephen lächelte schwach, als ich ihn wieder ansah. Er legte einen Finger auf meine Lippen. »Frage beantwortet«, sagte er, dann gab er mir einen sanften Kuß auf die Wange, wandte sich um und ging zu seinem Wagen.

Ich schlenderte noch eine Weile allein weiter, den Bach entlang und bis zum Teich, wo ich mich auf die kleine Bank setzte.

Obwohl ich die Trennung von Stephen gewollt hatte, als ich Philadelphia verließ, hatte ich jetzt dennoch das Gefühl, einen Schlag in die Magengrube bekommen zu haben. Ich zog die Knie an und sah zu, wie der Mond Schriftzeichen aufs Wasser kritzelte, lauschte den Geräuschen der Erde, die sich zur Nachtruhe bettete.

Als er kam, streckte er mir nur seine Hand entgegen. Ohne ein Wort stand ich auf, ließ mich in Coops Arme ziehen und hielt mich an ihm fest.

Sarah stützte sich auf ihre Schaufel und hob das Gesicht zum Himmel. Ich wischte mir mindestens zum hundertsten Mal an diesem Tag den Schweiß von der Stirn. Katie lachte. »Als wir letztes Jahr die Silos gefüllt haben, hatten wir fast dreißig Grad. Altweibersommer.«

Sarah schirmte mit der Hand die Augen ab und blinzelte übers Feld. »Oh, da kommen sie!«

Der Anblick verschlug mir den Atem. Aaron und Samuel lenkten ein Maultiergespann, das ein benzinbetriebenes, rund zwei Meter hohes und vorn mit Messern ausgestattetes Gerät zog, mit dem der Futtermais geschnitten und sofort zu Garben gebündelt wurde. Daneben lenkte Levi ein zweites Gespann. Es zog einen Wagen, auf dem Coop stand und die langen Bündel aus der Bindemaschine auf der Ladefläche stapelte.

Als Coop mich sah, lachte er und winkte mir zu. Er trug einen von Aarons breitkrempigen Hüten zum Schutz gegen die Sonne.

»Wie guckst du denn«, neckte Katie mich. »Du bist ja ganz *verhuddelt.*«

Ich hatte keine Ahnung, was sie meinte, aber es klang so, wie ich mich fühlte. Ich lächelte Coop zu und wartete, daß er von dem Wagen sprang. Levi, ganz der lässige junge Bursche, marschierte zu dem Förderband unter dem Silo und schloß es an, so daß der Benzinmotor das Band, den Häcksler und das Gebläse antreiben konnte, das den Mais durch einen Schacht hinauf ins Silo pustete.

Sarah kletterte auf die Ladefläche, um das erste Bündel Mais hinunterzuwerfen; ich folgte ihr. Halm- und Hülsenstückchen klebten mir im Gesicht und im Nacken. Der gehäckselte Mais war feucht und roch süßlich, mit einem kräftigen Aroma, das an Alkohol erinnerte. Silofutter, das im Winter an das Vieh verfüttert wurde, stand kurz vor der Gärung. Vielleicht sahen Kühe deshalb immer so gelassen aus – sie waren den ganzen Winter über beschwipst.

Während Aaron sich um die Zugtiere kümmerte und Coop und Levi Mais über den Wagenrand hievten, ging Samuel auf Katie zu. In letzter Zeit war sie in seiner Gegenwart besonders unruhig geworden. Jedesmal, wenn Samuel auch nur in ihre Nähe kam, suchte sie möglichst schnell das Weite. Eines Tages hatte Sarah mir beiläufig erklärt, daß der November der Heiratsmonat war. Schon bald würden die heiratswilligen Paare in der Gemeindeversammlung bekanntgegeben. Unter anderen Umständen hätten Katie und Samuel zu ihnen gezählt.

»Komm«, sagte Samuel. »Laß mich das machen.« Er legte Katie eine Hand auf die Schulter und nahm ihr dann ein großes Maisbündel ab. Mit kraftvollen Bewegungen hob er die Last auf das Förderband, während Katie zurücktrat und ihm zusah.

»Samuel!« Auf Aarons Ruf hin lächelte Samuel entschuldigend und räumte seine Position wieder für Katie.

Sofort griff sie nach einem weiteren Maisbündel, das gleich darauf knirschend das Band hinaufglitt. Die Maultiere, die inzwischen ausgespannt waren, stampften und scharrten mit den Hufen. Und Sarah, die kein Wort sagte, während sie neben ihrer Tochter weiterarbeitete, lächelte.

An einem Tag, als schwere graue Wolken schon seit Stunden über den Himmel trieben und einen kräftigen Regenguß verhießen, sollte Teresa Polacci kommen, um mit mir ihre Aussage für die Verteidigung zu besprechen. In der Milchkammer, wo ich vor meinem Computer saß, drückte der Wind gegen die Fensterscheiben und pfiff durch die Türritzen.

»Also, zuerst erörtern wir die Dissoziation.« Ich dachte laut nach. »Und dann –« Ich brach ab, als ein Kätzchen mein Bein hinaufkletterte. »He, Katie!«

Katie lag bäuchlings auf dem Boden, und die anderen Kätzchen krabbelten ihr über Rücken und Beine. Mit einem Seufzer erhob sie sich und zog das Junge von meiner Jeans.

»Also, wir stellen das Charakterprofil einer Frau vor, die ein Neugeborenes tötet, sprechen über Dissoziation und gehen dann deine Gespräche mit Dr. Polacci durch.«

Katie wandte sich um. »Muß ich dabeisitzen und mir alles anhören?«

»Im Gerichtssaal? Ja, natürlich. Du bist die Angeklagte.«

»Warum läßt du mich das dann nicht einfach machen?«

»Als Zeugin aussagen? Weil der Staatsanwalt dich in Stücke reißen würde. Wenn Dr. Polacci deine Geschichte erzählt, finden die Geschworenen dich eher sympathisch.«

Katie blinzelte. »Was ist denn so unsympathisch daran einzuschlafen?«

»Erstens, wenn du dich da hinstellst und behauptest, du wärst eingeschlafen und hättest das Baby nicht getötet, widersprichst du unserer Verteidigungsstrategie. Zweitens, deine Version ist unglaubwürdiger.«

»Aber sie entspricht der Wahrheit.«

Die Psychologin hatte mich davor gewarnt, daß Katie noch eine ganze Weile halsstarrig an ihrer amnesischen Erklärung der Ereignisse festhalten würde. »Tja, Dr. Polacci hat schon in vielen ähnlichen Fällen ausgesagt. Für dich wäre es das erste Mal im Zeugenstand. Meinst du nicht, wir fahren sicherer mit einer Expertin?«

Katie hielt eines der Kätzchen auf der flachen Hand. »Wie viele Fälle hast du schon übernommen, Ellie?«

»Hunderte.«

»Gewinnst du immer?«

Ich runzelte die Stirn. »Nicht immer, meistens.«

»Meinen willst du doch gewinnen, nicht?«

»Natürlich. Deshalb hab ich mich ja für diese Strategie entschieden. Und du solltest mitziehen, weil du schließlich auch gewinnen willst.«

Katie hielt ihre Hand so, daß eines von den Kätzchen darauf hüpfen konnte. Dann sah sie mir in die Augen. »Aber wenn du gewinnst«, sagte sie, »verliere ich trotzdem.«

Der Geruch von Sägemehl lag in der Luft, und das schrille Heulen von hydraulischen Sägen durchschnitt den Himmel, während fast sechzig amische Männer das Holzskelett einer riesigen Scheune zusammensetzten. Die Männer hatten Zimmermannsgürtel umgeschnallt, in denen Nägel und ein Hammer steckten. Kleine Jungs, die extra schulfrei bekommen hatten, versuchten, sich nützlich zu machen.

Ich stand auf dem Hügel bei den anderen Frauen und schaute fasziniert zu. Die vier Wände lagen flach auf dem Boden und wurden zuerst einzeln zusammengesetzt. Eine Handvoll Männer postierte sich entlang der zukünftigen Westwand, jeweils ein paar Schritte voneinander entfernt. Der Mann, dessen Scheune hier errichtet wurde, Martin Zook, stand etwas weiter weg. Auf sein Kommando hin hoben die anderen den Rahmen der Wand an und richteten ihn langsam auf. Martin stellte sich hinter sie und stützte die Wand mit einem langen Stock, während Aaron sie auf der Gegenseite ebenfalls mit einem Stock sicherte. Zehn andere Männer hämmerten die Wand mit schnellen Stakkatoschlägen fest. Einer ging an dem Zementfundament entlang und setzte in regelmäßigen Abständen mit jeweils einem Hammerschlag Nägel in den unteren Holzträger, während hinter ihm eifrige Schuljungen mit einigen kräftigen Schlägen die Nägel ganz versenkten.

In den süßen, aromatischen Duft des Bauholzes mischte sich das herbere Aroma von Männerschweiß, als auch die anderen Wände hochgehievt und gesichert wurden. Dann kletterten die Männer nach oben und hämmerten die Dachplanken fest. Ich mußte an die Arbeiter denken, die unser Haus neu gedeckt hatten, als ich sechzehn war: wie sie auf der schwarzen Dachpappe herumgeturnt waren, Tücher um den Kopf gewickelt wie Piraten, mit nacktem Oberkörper, alles bei dröhnend lauter Musik. Diese Männer hier schienen doppelt so hart zu arbeiten wie die Dachdecker damals, und dennoch hatte noch keiner von ihnen in der Hitze auch nur mehr als die Ärmel seines pastellfarbenen Hemdes hochgekrempelt.

»Ein schöner Tag zum Scheunenbau«, sagte Sarah hinter meinem Rücken zu einer anderen Frau, während sie die langen Picknicktische deckten.

»Nicht zu heiß, nicht zu kalt«, pflichtete Martin Zooks Frau ihr bei. Sie eilte an Sarah vorbei und stellte eine Platte mit Brathähnchen auf den Tisch. Dann rief sie laut: »Essen kommen!«

Sofort legten die Männer Hammer und Nägel beiseite, schnallten ihre Zimmermannsgürtel ab und wuschen sich die Hände in einem alten Waschzuber.

Martin Zook setzte sich, seine Söhne zu beiden Seiten. Nach und nach füllten sich die leeren Plätze am Tisch. Martin senkte den Kopf, und einen Moment lang war nur noch das Quietschen der Bänke und der gleichmäßige Rhythmus des Atems der Männer zu hören. Dann hob Martin den Kopf und griff nach der Platte mit den halben Hähnchen.

Während des Essens fiel kaum ein Wort. Die Männer waren zu hungrig für irgendwelches Geplauder. »Laßt noch ein bißchen Platz im Magen«, sagte Martins Frau, die sich gerade mit einer neuen Platte Hähnchen über den Tisch beugte. »Sarah hat ihre Kürbispastete gemacht.«

Als Samuel sprach, fiel es um so mehr auf, weil Schweigen am Tisch herrschte. »Katie«, sagte er, was sie verblüfft zusammenfahren ließ, »ist der Kartoffelsalat von dir?«

»Aber das weißt du doch«, antwortete Sarah. »Katie ist die einzige, die Tomaten reintut.«

Samuel nahm sich noch eine Portion. »Das ist gut, inzwischen mag ich ihn nämlich so am liebsten.«

Die anderen am Tisch aßen weiter, als hätten sie die dunkle Röte nicht bemerkt, die Katie ins Gesicht stieg, und auch nicht Samuels zögerndes Lächeln nach dieser außergewöhnlich öffentlichen Solidaritätsbekundung. Und als die Männer aufstanden und uns mit dem schmutzigen Geschirr zurückließen, starrte Katie noch eine ganze Weile gedankenverloren in Richtung Scheune.

Die Tupperdosen waren gespült, die Nägel in Papiertüten und die Hämmer unter den Kutschbänken verstaut worden. Die

Scheune stand stolz und frisch und gelb da, eine neue Silhouette, die sich gegen den lila verfärbten Himmel abhob.

»Ellie?«

Ich wandte mich erstaunt um. »Samuel.«

Er hielt seinen Hut in den Händen und drehte ihn unablässig. »Ich hab gedacht, vielleicht würden Sie sie sich gerne mal von innen ansehen.«

»Die Scheune?« Während der Arbeit hatte ich nicht eine einzige Frau auf dem Bauplatz gesehen. »Furchtbar gern.«

Als ich neben ihm herging, wußte ich nicht recht, was ich sagen sollte. Bei unserem letzten persönlichen Gespräch hatte Samuel wegen Katies Schwangerschaft die Fassung verloren. Schließlich entschied ich mich für die amische Methode – ich sagte gar nichts und ging einfach weiter.

Von innen wirkte die Scheune noch größer als von außen. Dicke Balken kreuzten sich unter dem Dach, duftendes Kiefernholz, das Jahrzehnte überdauern würde. Das hohe Dach wölbte sich wie ein blasser Himmel; und als ich die Pfosten der Boxen berührte, regnete Sägemehlkonfetti auf mich herab.

»Das ist schon eine tolle Leistung«, sagte ich. »Eine ganze Scheune an einem einzigen Tag zu bauen.«

»Es kommt einem nur so überwältigend vor, wenn man die ganze Arbeit allein erledigen muß.«

Eine ganz ähnliche Philosophie versuchte ich immer meinen Mandanten zu vermitteln – aber eine hochmotivierte Anwältin zu haben, die einem aus einer schwierigen Lage helfen sollte, war nichts im Vergleich zu der Möglichkeit, im Handumdrehen fünfzig Freunde und Verwandte aufbieten zu können.

»Ich muß mit Ihnen reden«, sagte Samuel verlegen.

Ich lächelte ihn an. »Schießen Sie los.«

Verwundert über meine Ausdrucksweise, runzelte er die Stirn. Dann schüttelte er den Kopf. »Katie … geht's ihr gut?«

»Ja. Und was Sie heute beim Essen zu ihr gesagt haben, war sehr nett.«

Samuel zuckte die Achseln. »Nicht der Rede wert.« Er wandte sich um. »Ich mach mir Gedanken über dieses Gericht.«

»Sie meinen den Prozeß?«

»Ja. Den Prozeß. Und je länger ich darüber nachdenke, desto mehr finde ich, daß er sich gar nicht so sehr von allem anderen unterscheidet. Martin Zook hat ja schließlich auch nicht mutterseelenallein vor diesem riesigen Holzhaufen gestanden.«

Sollte das wieder ein Beispiel für hintergründige amische Logik sein, so konnte ich nicht recht folgen. »Samuel, ich verstehe nicht ganz –«

»Ich möchte ihr helfen«, unterbrach er mich. »Ich möchte Katie vor Gericht helfen, damit sie nicht so allein ist.«

Samuels Gesicht war ernst und entschlossen. Er hatte lange darüber nachgedacht. »Eine Scheune zu bauen ist laut eurer Ordnung nicht verboten«, sagte ich vorsichtig. »Aber ich weiß nicht, was der Bischof davon halten würde, wenn Sie sich bereit erklären, als Zeuge in einem Mordprozeß auszusagen.«

»Ich werde mit Bischof Ephram sprechen«, sagte Samuel.

»Und wenn er nein sagt?«

Samuels Mund nahm einen harten Zug an. »Ein *englischer* Richter wird sich nicht um die *Meinding* scheren.«

Nein, den würde es nicht interessieren, ob ein Zeuge von seiner Glaubensgemeinschaft ausgeschlossen wird. Aber Samuel vielleicht. Und Katie.

Ich sah über seine Schulter hinweg auf die stabilen Wände, die rechten Winkel, das Dach, das den Regen abhalten würde. »Wir werden sehen«, erwiderte ich.

»Und jetzt?«

Katie biß den Faden ab. »Jetzt bist du fertig.«

Ich guckte sie mit großen Augen an. »Ist nicht dein Ernst.«

»Doch.« Katie legte die Hände auf den kleinen Quilt mit dem einfachen Muster aus Gelb, Lila, Dunkelblau und Rosa. Als ich kurz nach meiner Ankunft auf der Farm zugeben mußte, nicht mal einen Knopf annähen zu können, hatten Sarah und Katie beschlossen, mir Stopfen und Sticken und Nähen beizubringen. Jeden Abend, wenn die Familie nach dem Essen zusammensaß – um Zeitung zu lesen oder Backgammon zu spielen oder, wie Elam, einfach einzunicken, hatten Katie und ich uns über meinen kleinen Quilt gebeugt und ihn zusammengenäht. Und jetzt war er fertig.

Sarah blickte von ihrer Stopfarbeit auf. »Ellie ist fertig?«

Ich nickte strahlend. »Wollt ihr mal sehen?«

Sogar Aaron legte seine Zeitung beiseite. »Aber natürlich«, sagte er heiter. »Das ist die größte Sensation, seit Omar Lapp seine acht Hektar an diesen Bauunternehmer aus Harrisburg verkauft hat.« Er senkte die Stimme. »Und fast genauso unglaublich.« Aber auch er lächelte, als Katie mir half, den Quilt aus dem Rahmen zu nehmen, und ich ihn stolz hochhielt.

Ich wußte, wenn es Katies Quilt gewesen wäre, hätte sie nicht so ein Aufhebens gemacht, obwohl er weitaus mehr Lob verdient hätte. Ich wußte, daß die Stiche auf ihrer Seite des Quilts sauber und gleichmäßig waren, meine dagegen torkelten wie betrunken an den eingezeichneten Markierungslinien entlang. »Na, der ist aber hübsch«, sagte Sarah.

Elam, der in seinem Sessel döste, schlug ein Auge auf. »Damit kann sie sich im Winter ja nicht mal die Füße wärmen.«

»Er sollte ja auch klein ausfallen«, widersprach ich und wandte mich dann an Katie. »Stimmt doch, oder?«

»Ja. Es ist ein Babyquilt. Für die vielen Kinder, die noch kommen werden«, sagte sie mit einem Lächeln.

Ich verdrehte die Augen. »Darauf würde ich nicht wetten.«

»In deinem Alter kriegen die meisten amischen Frauen immer noch Kinder.«

»In meinem Alter sind die meisten amischen Frauen auch seit zwanzig Jahren verheiratet«, entgegnete ich.

»Katie«, sagte Sarah mahnend. »Laß Ellie in Ruhe.«

Ich faltete meinen Quilt so sorgfältig zusammen wie eine Ehrenfahne und drückte ihn an mich. »Siehst du? Sogar deine Mutter ist ganz meiner Meinung.«

Eine schreckliche Stille breitete sich aus, und fast im selben Moment erkannte ich meinen Fehler. Sarah Fisher war nicht meiner Meinung – mit ihren dreiundvierzig Jahren hätte sie alles dafür gegeben, noch Kinder bekommen zu können, aber die Entscheidung war ihr abgenommen worden.

Ich sah sie an. »Es tut mir leid. Das war taktlos von mir.«

Sarah schwieg einen Augenblick lang, dann zuckte sie die Achseln und nahm meinen Quilt. »Soll ich ihn für dich bügeln?« fragte sie und war aus dem Zimmer, bevor ich erwidern konnte, daß ich es schöner fände, wenn sie es sich einfach gemütlich machen würde.

Ich sah mich um, aber Katie und Aaron und Elam erweckten ganz den Eindruck, als wären meine gedankenlosen Worte nie gefallen.

Plötzlich klopfte es an der Tür, und ich stand auf, um aufzumachen. Die Blicke, die Aaron und Elam wechselten, verrieten mir, daß sie Besuch zu so später Stunde für ein schlechtes Zeichen hielten. Ich streckte gerade die Hand aus, als die Tür aufflog. Draußen stand Jacob Fisher. Er sah meinen verblüfften Blick, und ein gequältes, nervöses Lächeln umspielte seinen Mund. »He, Mom, ich bin wieder da«, warf er in den Raum. »Was gibt's zum Abendessen?«

Sarah kam als erste herbeigelaufen, angelockt von der Stimme ihres Kindes, das sie seit Jahren nicht gesehen hatte. Beide Hände vor dem Mund, die Augen tränennaß und strahlend, war sie nur noch einen Meter von Jacob entfernt, als Aaron sie festhielt und sagte: »Nein.«

Er trat auf seinen Sohn zu, und Sarah wich gehorsam zurück. »Du bist hier nicht mehr willkommen.«

»Warum, Dad?« fragte Jacob. »Bestimmt nicht, weil der Bischof es verlangt. Und wer bist du, daß deine Regeln stärker sind als die Ordnung?« Er kam näher. »Ich habe Sehnsucht nach meiner Familie.«

Sarah keuchte. »Kommst du zurück in die Gemeinde?«

»Nein, Mam, das kann ich nicht. Aber ich wünsche mir so sehr, in meine Familie zurückzukommen.«

Aaron stand Auge in Auge mit seinem Sohn. Schließlich wandte er sich wortlos um und ging aus dem Zimmer. Sekunden später schlug hinten im Haus krachend eine Tür zu.

Elam klopfte Jacob auf die Schulter, dann bewegte er sich langsam in die Richtung, in die sein eigener Sohn gegangen war. Sarah, der Tränen übers Gesicht liefen, streckte ihrem ältesten Kind die Hände entgegen. »Ach, ich kann es noch gar nicht glauben. Ich kann gar nicht glauben, daß du es wirklich bist.«

Als ich sie ansah, begriff ich plötzlich, wieso eine Mutter alles für ihr Kind tun würde. Sarahs Finger betasteten Jacobs Gesicht: bartlos, älter, verändert. »Mein Junge«, flüsterte sie. »Mein hübscher Junge.«

In diesem Moment sah ich die junge Frau, die sie mit achtzehn gewesen war – schlank und stark, wie sie ihrem frisch angetrauten Mann scheu dieses kleine Neugeborene hinhält. Sie drückte Jacobs Hände, wollte ihn ganz für sich allein, sogar als Katie ihm um den Hals fiel. Jacob sah mich über die Köpfe der Frauen hinweg an. »Ellie, schön, Sie wiederzusehen.«

Jacob hatte sich prompt einverstanden erklärt, als Leumundszeuge für Katie auszusagen – da ihre Eltern auf gar keinen Fall einen Fuß in den Zeugenstand setzen würden. Ich hatte noch an diesem Tag an seiner Vernehmung gearbeitet. Allerdings hatte ich vorgehabt, sie in State College mit ihm durchzugehen, weil ich geglaubt hatte, es wäre zu schwierig gewesen, ihn in die Nähe der Farm zu holen, ohne Aarons Argwohn zu wecken. Aber jetzt sah es ganz so aus, als spielte Jacob nach seinen eigenen Regeln.

Er ließ sich von Sarah in die Küche führen, wo sie ihm eine heiße Schokolade machte und ihm einen von den Muffins anbot, die sie am Morgen gebacken hatte. Mir fiel auf, daß die getauften Familienmitglieder stehenblieben, als er sich zum Essen niederließ. So glücklich sie auch über sein Kommen waren, sie brachten es dennoch nicht über sich, mit einem exkommunizierten Amischen an einem Tisch zu sitzen.

»Wieso bist du hergekommen?« fragte Katie.

»Es wurde langsam Zeit«, antwortete Jacob. »Ich meine, es wurde langsam Zeit, daß du und Mam mich mal wiedersehen.«

Sarah wandte den Blick ab. »Dein Vater war schrecklich zornig, als er herausgefunden hat, daß Katie dich all die Jahre besucht hat. Wir waren ungehorsam gegen ihn, und er leidet.« Sie fügte hinzu. »Nicht, daß er dich nicht sehen möchte oder dich nicht liebt. Er ist ein guter Mann, hart mit anderen – aber am härtesten mit sich selbst. Als du die Gemeinde verlassen hast, hat er nicht dir die Schuld dafür gegeben.«

Jacob schnaubte. »Das habe ich aber anders in Erinnerung.«

»Es ist wahr. Er hat sich selbst die Schuld gegeben, weil er dein Vater ist und dich nicht so erzogen hat, daß du bleiben wolltest.«

»Meine Freude am Lernen hatte nichts mit ihm zu tun.«

»Das denkst du«, sagte Sarah, »aber dein Dad sieht das nicht so.« Sie legte eine Hand auf Jacobs Schulter, als wollte sie ihn nie wieder gehen lassen. »All die Jahre hat er sich selbst gestraft.«

»Indem er mich verbannt hat?«

»Indem er das aufgegeben hat, was ihm mehr bedeutete als alles andere«, erwiderte Sarah leise. »Seinen Sohn.«

Jacob stand unvermittelt auf und sah Katie an. »Hast du Lust auf einen Spaziergang?«

Sie nickte strahlend, stolz, daß die Wahl auf sie gefallen war. Sie waren schon fast an der Tür, als Sarah hinter Jacob her rief: »Bleibst du über Nacht?«

Er schüttelte den Kopf. »Das werde ich dir nicht antun«, sagte er sanft. »Aber ob es ihm paßt oder nicht, Mam, ich komme jetzt öfter.«

Manchmal, wenn ich bei den Fishers in meinem Bett lag, fragte ich mich, ob ich mich wohl je wieder an das Stadtleben würde gewöhnen können. Wie würde es sein, beim Einschlafen keine Eulen mehr zu hören, sondern dröhnende Busse? Die Augen in einem Raum zu schließen, der nie ganz dunkel wurde, weil das Licht der Neonreklamen und Straßenlampen durchs Fenster drang? In einem Gebäude zu arbeiten, das so hoch war, daß ich den Duft nach Klee und Löwenzahn unter meinen Füßen nicht mehr riechen konnte?

In jener Nacht ging der Mond gelb wie ein Wolfsauge auf und blinzelte mir im Bett zu, wo ich darauf wartete, daß Katie von ihrem Spaziergang mit Jacob zurückkam. Ich hatte gehofft, ein bißchen mit ihm über seine Aussage reden zu können, aber er und Katie waren verschwunden und noch immer nicht wieder da, als Elam ins *Groossdaadi-Haus* ging, als Aaron nach einem letzten Rundgang durch den Stall wortlos nach oben stapfte, als Sarah in allen Zimmern die Gaslampen löschte.

Es war schon weit nach zwei Uhr morgens, als Katie endlich ins Zimmer schlüpfte. »Ich bin wach«, verkündete ich. »Also bemüh dich nicht unnötig, leise zu sein.«

Katie, die gerade ihre Schürze abnahm, stockte, nickte dann und zog sich weiter aus. Sittsam mit dem Rücken zu mir, stieg sie aus ihrem Kleid und hängte es an einen der hölzernen Kleiderhaken, dann zog sie sich ihr Nachthemd über.

»Es war bestimmt schön, Jacob mal ganz für dich allein zu haben.«

»Jaja«, sagte Katie halblaut, aber ganz ohne die Begeisterung, die ich erwartet hatte.

Besorgt stützte ich mich auf einen Ellbogen. »Alles in Ordnung?«

Sie brachte ein Lächeln zustande. »Müde, mehr nicht. Wir haben ein bißchen über den Prozeß gesprochen, und das hat mich ziemlich angestrengt.« Nach einem Moment fügte sie hinzu. »Ich hab ihm gesagt, daß du allen erzählen willst, daß ich verrückt bin.«

Das entsprach zwar nicht ganz meiner Ausdrucksweise, war aber in etwa korrekt. »Was meint Jacob dazu?«

»Er hat gesagt, du bist eine gute Anwältin und weißt, was du tust.«

»Kluger Junge. Was hat er sonst erzählt?«

Katie zuckte die Achseln. »Alles Mögliche«, sagte sie. »Viel von sich.«

Ich ließ mich zurücksinken und verschränkte die Arme hinter dem Kopf. »Ich glaube, er hat deinen Vater heute abend ziemlich aus der Fassung gebracht.«

Als keine Antwort kam, nahm ich an, Katie wäre schon eingeschlafen, und fuhr zusammen, als sie sich ruckartig aus dem Bett schwang und die Rollos herunterzog. »Dieser Mond«, murmelte sie. »Er ist so hell, daß man gar nicht schlafen kann.«

Die Rollos in unserem Zimmer waren jagdgrün, wie alle Rollos im Haus. An der Farbe der Rollos konnte man ein amisches Haus von einem *englischen* Haus unterscheiden – und daran, daß keine Stromleitungen zum Haus führten.

»Wieso sind die Rollos eigentlich grün?« fragte ich, sicher, daß es dafür genauso eine Erklärung gab wie für jede andere Eigentümlichkeit des amischen Lebens.

Katies Gesicht war von mir abgewandt, ihre Stimme klang belegt. Wäre meine Frage nicht so banal gewesen, ich hätte gedacht, daß sie weinte. »Weil«, sagte sie, »das schon immer so war.«

Als ich am Tag der letzten richterlichen Anhörung vor Prozeßbeginn in meinem todschicken roten Kostüm die Treppe herunterkam, servierte Sarah mir einen Teller mit Eiern und Speck, Pfannkuchen, Toast und Honig. Sie versorgte mich, wie sie Aaron und Samuel versorgte, Männer, die viele Stunden am Tag Schwerstarbeit leisteten. Nach einem ziemlich kurzen Anfall von schlechtem Gewissen aß ich meinen Teller leer.

Katie stand am Spülstein, während ich aß, und machte den Abwasch. Sie trug ein lavendelfarbenes Kleid und ihre beste Schürze – ihr Sonntagsstaat –, weil sie mit zum Gericht kommen würde. Sie konnte zwar nicht bei der Anhörung dabei sein, aber ich wollte der Richterin demonstrieren, daß ich meine Aufsichtspflicht nach wie vor ernst nahm.

Katie wollte eine Schüssel zum Abtropfen abstellen, doch sie rutschte ihr aus den Händen. »Oh!« schrie sie, griff danach und stieß mit dem Ellbogen einen Tonkrug von der Arbeitsplatte, so daß Scherben und Orangensaft durch die Küche spritzten. Katie brach in Tränen aus. Sarah sagte etwas auf *deitsch*, während Katie sich bückte, um die größten Scherben aufzusammeln. Ich kniete mich neben sie, um ihr zu helfen. »Du bist nervös.«

»Es ist bloß … plötzlich alles so real, Ellie.«

Sarah griff zwischen uns und wischte den Orangensaft mit einem Geschirrtuch auf. Über ihren Rücken hinweg sah ich Katie an und lächelte. »Vertrau mir. Ich weiß, was ich tue.«

Ich wußte, daß es George Callahan ein bißchen aus der Fassung gebracht hatte, an Katie vorbeizumüssen, die gelassen und liebenswert auf einer Bank direkt gegenüber des Richterzimmers saß. Immer wieder spähte er vorbei an der Gerichtsschreiberin, die die Anhörung protokollieren sollte, durch die offene Tür nach draußen, wo Katie zu sehen war. »Was macht Ihre Mandantin hier?« zischelte er mir schließlich zu.

Ich reckte den Hals und tat so, als würde ich Katie interessiert betrachten. »Ich glaube, sie betet.«

»Sie wissen genau, was ich meine.«

»Ach so, warum ich sie mit hergebracht habe? Meine Güte, George. Sie sollten das wirklich besser wissen als jeder andere. Das gehört zu den Kautionsbedingungen.«

Richterin Ledbetter kam hereingerauscht. »Tut mir leid, daß ich zu spät komme«, sagte sie und nahm ihren Platz ein. Sie schlug eine Akte auf und überflog sie. »Ms. Hathaway, darf ich sagen, wie froh ich bin, daß Sie endlich dazu gekommen sind, ihren Antrag auf Unzurechnungsfähigkeit einzureichen?« Sie blätterte weiter. »Stehen noch irgendwelche Anträge von Ihnen beiden aus?«

»Ich habe einen Antrag auf Einstellung des Verfahrens gestellt, Euer Ehren«, sagte ich.

»Ja, das weiß ich. Warum?«

»Weil meiner Mandantin ein verfassungsmäßiges Recht verweigert wird – ein faires Gerichtsverfahren unter Gleichen. Aber unter den Geschworenen ist keine amische Frau und kein amischer Mann. In unserer Gesellschaft – in unserem System – finden Amische keine Berücksichtigung.« Ich holte tief Luft, als die Richterin die Augen zusammenkniff. »Geschworene, die einen repräsentativen Querschnitt der amerikanischen Gesellschaft bilden, sind eben kein Querschnitt der amischen Gemeinde, Euer Ehren. Und wenn meine Mandantin nicht von Menschen beurteilt wird, die ihren Glauben und ihre Erziehung verstehen, dann ist das für sie eindeutig von Nachteil.«

Die Richterin wandte sich an den Staatsanwalt. »Mr. Callahan?«

»Euer Ehren, es ist eine Tatsache, daß Ms. Fisher ein Gesetz der Vereinigten Staaten gebrochen hat. Sie wird vor einem amerikanischen Gericht stehen. Es spielt gar keine Rolle, ob sie eine Amische, eine Buddhistin oder eine Zulu-Frau ist – sie hat mit dem Feuer gespielt, und jetzt muß sie sich den Konsequenzen stellen.«

»Ach, ich bitte Sie. Sie ist keine internationale Terroristin, die im World Trade Center eine Bombe gelegt hat. Sie ist amerikanische Staatsbürgerin, und damit hat sie das Recht auf eine faire Behandlung nach dem Gesetz.«

George sah mich an und sagte mit zusammengebissenen Zähnen: »Amerikanische Staatsbürger zahlen Steuern.«

»Verzeihung, ich glaube, die Gerichtsschreiberin hat das nicht ganz mitbekommen«, warf die Richterin ein.

Ich lächelte sie an. »Der Staatsanwalt hat nur falsche Mutmaßungen über das Steuerverhalten meiner Mandantin angestellt. Die Amischen zahlen Steuern, George. Wenn sie selbständig sind, zahlen sie nicht in die Sozialversicherung ein, weil sie deren Leistungen nicht in Anspruch nehmen. Wenn sie angestellt sind, wird ihnen der Sozialversicherungsbeitrag automatisch vom Gehalt abgezogen, und sie verbrauchen keinen Penny davon. Die Amischen zahlen keine Energiesteuer, aber sie zahlen Grundsteuern, womit öffentliche Schulen finanziert werden, die sie nicht nutzen. Außerdem erhalten sie keinerlei öffentliche Subventionen für Agrarbetriebe, keine Sozialleistungen und keine Ausbildungsförderung.« An die Richterin gewandt sagte ich: »Das ist ja gerade mein Argument, Euer Ehren. Wenn schon die Anklagevertretung mit falschen Urteilen über die Amischen an diesen Fall herangeht, wie groß ist das Problem dann erst bei zwölf herkömmlichen Geschworenen?«

Die Richterin strich sich über den Nasenrücken. »Wissen Sie, Ms. Hathaway, ich habe wirklich gründlich über Ihren Antrag nachgedacht. Die Vorstellung, daß ein amerikanischer Staatsbürger nur aufgrund seiner religiösen Zuordnung um ein faires Verfahren gebracht werden könnte, beunruhigt mich sehr. Was Sie in Ihrer Antragsbegründung dargelegt haben, ist absolut berechtigt.«

»Danke, Euer Ehren.«

»Bedauerlich für Sie und Ihre Mandantin ist allerdings, daß auch Mr. Callahans Gegenargumente absolut berechtigt sind.

Es geht hier um eine Mordanklage, nicht um den Diebstahl, eines Päckchens Kaugummi. Einen Prozeß dieser Größenordnung einzustellen wäre unverantwortlich. Und auch wenn wir mit ziemlicher Sicherheit davon ausgehen können, daß unter den Geschworenen keine amische Person sein wird, müssen wir doch der Tatsache ins Auge sehen, Ms. Hathaway, daß das an jedem anderen Gericht in den USA ebenso der Fall wäre. Das Gericht hier in Lancaster County hat für Ihre Mandantin zumindest einen Vorteil: Die Geschworenen sind zwölf Menschen, die in dieser Gemeinde tagtäglich mit den Amischen zusammen leben und arbeiten, zwölf Menschen, die, so steht zu hoffen, etwas mehr über ihre amischen Nachbarn wissen als der Durchschnitt der amerikanischen Bevölkerung.« Sie sah mir in die Augen. »Ich werde Ihren Antrag auf Einstellung des Verfahrens ablehnen, Ms. Hathaway, aber ich danke Ihnen, daß Sie dieses kontroverse Thema angeschnitten haben.« Die Richterin legte die Hände auf die Schreibtischplatte. »Wenn sonst nichts weiter anliegt, würde ich jetzt gerne den Termin für die Auswahl der Geschworenen festsetzen.«

»Dreieinhalb Wochen«, sagte ich und breitete das Laken über das Bett in Elams *Groossdaadi-Haus.* »Dann beginnt der Prozeß.«

Sarah stopfte das Laken auf der anderen Seite unter die Matratze und atmete erleichtert auf. »Ich kann es kaum erwarten, bis es vorbei ist. Sie blickte besorgt zu Katie hinüber. »War es schlimm dabeizusein?«

»Katie hat während der Anhörung vor dem Richterzimmer gewartet. In der Verhandlung wird sie neben mir am Tisch der Verteidigung sitzen. Der Ankläger wird gar keine Gelegenheit haben, Sie zu verunsichern, weil sie nicht in den Zeugenstand gerufen wird. Das war auch ein Grund, warum wir beschlossen haben, auf Unzurechnungsfähigkeit zu plädieren.«

Katie war gerade damit fertig, das letzte Kissen frisch zu beziehen. Bei meinen letzten Worten stieß sie einen Laut aus, so leise, daß ich mich wunderte, wieso Sarah und ich ihn überhaupt gehört hatten. »Hör doch auf. Hör doch bitte einfach auf.« Mit einem gequälten Stöhnen machte sie auf dem Absatz kehrt und lief hinaus.

Sarah raffte ihre Röcke und wollte ihr hinterherlaufen, aber ich hielt sie fest. »Bitte«, sagte ich sanft. »Laß mich.«

Zuerst sah ich sie nicht, so klein hatte sie sich im Schaukelstuhl zusammengerollt. Ich schloß die Tür, setzte mich auf mein Bett und wandte eine Strategie an, die ich von Coop gelernt hatte – ich sagte gar nichts und wartete nur. »Ich kann das nicht«, sagte sie, das Gesicht noch immer gegen ihre Knie gepreßt. »Ich kann so nicht leben.«

Ich war hellwach. Als Verteidigerin hatte ich diese Worte schon so oft gehört – und normalerweise folgte ihnen ein herzzerreißendes Geständnis. Wenn Katie mir jetzt erzählte, daß sie das Baby kaltblütig ermordet hatte, würde ich nach wie vor auf Unzurechnungsfähigkeit plädieren, um sie freizubekommen – aber ich wußte auch, daß ich sehr viel härter für sie kämpfen würde, wenn ich glauben konnte, daß sie – aus welchem Grund auch immer – wirklich nicht wußte, was in jener Nacht passiert war. »Katie«, sagte ich, »erzähl mir nichts.«

Sie horchte auf. »Erst bedrängst du mich monatelang, und jetzt sagst du so was?«

»Erzähl es Coop, wenn du unbedingt mußt. Aber ich bringe eine sehr viel überzeugendere Verteidigung zustande, wenn wir dieses Gespräch jetzt nicht führen.«

Sie schüttelte den Kopf. »Ich will nicht, daß du diese Lüge über mich erzählst.«

»Es ist keine Lüge, Katie. Du weißt selbst nicht, was passiert ist, nicht genau. Du hast Coop und Dr. Polacci erzählt, daß es Dinge gibt, an die du dich nicht erinnerst.«

Katie beugte sich vor. »Ich erinnere mich wohl.«

Mein Pulsschlag dröhnte mir gegen die Schläfen. »Deine Erinnerung ändert sich ständig, Katie. Seit ich dich kenne, hat sie sich mindestens dreimal geändert.«

»Der Vater des Kindes heißt Adam Sinclair. Ihm gehört das Haus, das Jacob in State College gemietet hat. Er ist ins Ausland gegangen, bevor er hätte erfahren können, daß ich ... ein Baby erwartete.« Ihre Stimme war weich, ihr Gesicht noch weicher. »Zuerst hab ich das völlig ignoriert. Und als ich mir dann schließlich doch eingestehen konnte, was passiert war, war es zu spät. Also hab ich weiter so getan, als wäre alles so wie immer.

Nachdem ich das Kind bekommen hatte, bin ich im Stall eingeschlafen. Ich wollte ins Haus gehen und das Baby zu meiner Mutter bringen, Ellie, aber meine Beine waren zu zittrig, ich konnte nicht aufstehen. Ich wollte mich bloß einen Moment ausruhen. Und dann bin ich wieder aufgewacht.« Sie sah mich mit weit aufgerissenen Augen an. »Und das Baby war verschwunden.«

»Wieso hast du es nicht gesucht?«

»Ich hatte solche Angst. Noch mehr Angst als davor, daß meine Eltern es herausfinden könnten, weil ich während der ganzen Zeit, in der ich mir gesagt habe, daß das der Wille des Herrn war, glaube ich, gewußt habe, was ich entdecken würde. Und das wollte ich nicht.«

Ich starrte sie eindringlich an. »Du könntest das Kind trotzdem getötet haben, Katie. Vielleicht bist du schlafgewandelt. Vielleicht hast du es erstickt, ohne es zu wissen.«

»Nein.« Inzwischen weinte sie wieder, und ihr Gesicht war rot und fleckig. »Das hätte ich nicht gekonnt, Ellie. Sobald ich den Kleinen sah, wollte ich ihn behalten. Ich wollte ihn so sehr.« Ihre Stimme wurde ganz leise. »In meinem ganzen Leben war dieses Baby das Beste – und das Schlimmste –, was ich je getan habe.«

»War das Baby noch am Leben, als du eingeschlafen bist?«

Sie nickte.

»Wer hat es dann getötet?« Wütend stand ich auf. Geständnisse in letzter Minute waren nicht gerade der Stoff, aus dem erfolgreiche Verteidigungen gemacht sind. »Es war zwei Uhr morgens, das Kind kam zwei Monate zu früh, und niemand wußte, daß du schwanger warst. Wer zum Teufel ist da reingekommen und hat den Kleinen getötet?«

»Ich weiß es nicht«, schluchzte Katie. »Ich weiß es nicht,

aber ich war's nicht, und du kannst nicht vor Gericht gehen und denen sagen, daß ich es war.« Sie blickte zu mir hoch. »Siehst du denn nicht, was passiert ist, seit ich angefangen habe zu lügen? Meine ganze Welt ist in Scherben gegangen, Ellie. Ein Kind ist gestorben. Alles ist schiefgelaufen.« Sie ballte die Fäuste. »Ich will meine Angelegenheiten in Ordnung bringen.«

Schon allein bei dem Gedanken wurde mir schwindelig. »Hier geht es nicht um eine Beichte vor ein paar Predigern, Katie. Das bringt dir vielleicht die Vergebung deiner amischen Gemeinde, aber in einem Gerichtssaal bringt dir das fünfzehn Jahre bis lebenslänglich.«

»Ich verstehe nicht –«

»Nein, tust du auch nicht. Deshalb hast du mich ja als Anwältin engagiert – um dich durch dieses System zu führen. Die einzige Möglichkeit, einen Freispruch für dich zu erreichen, besteht darin, daß ich mit einer guten Verteidigung da reingehe. Und die beste, die wir haben, ist nun mal Unzurechnungsfähigkeit. Kein Gericht der Welt würde dir glauben, wenn du im Zeugenstand aussagst, du seist eingeschlafen und wieder wach geworden und, da schau her, das Baby war weg. Und praktischerweise auch noch tot.«

Katies Mund verhärtete sich. »Aber das ist die Wahrheit.«

»Der einzige Ort, wo die Wahrheit dich vor einer Verurteilung wegen Mordes bewahren würde, wäre eine vollkommene Welt. Und ein Gerichtssaal ist weit davon entfernt. Da geht es vom ersten Augenblick an nicht darum, was wirklich passiert ist, sondern darum, wer die beste Geschichte hat, die er den Geschworenen überzeugend verkaufen kann.«

»Mir ist egal, ob das eine vollkommene Welt ist oder nicht«, sagte Katie. »Es ist jedenfalls nicht meine Welt.«

»Wenn du im Zeugenstand die Wahrheit sagst, ist das Staatsgefängnis die einzige Welt, die du danach kennen wirst.«

»Wenn das der Wille des Herrn ist, werde ich ihn akzeptieren.«

Zornig sah ich sie an. »Willst du hier die Märtyrerin spielen? Nur zu, meinetwegen. Aber ich werde nicht neben dir sitzen, wenn du juristischen Selbstmord begehst.«

Eine Weile sagte Katie nichts mehr. Dann sah sie mich mit großen, klaren Augen an. »Du mußt, Ellie. Weil ich dich brauche.« Sie setzte sich neben mich aufs Bett, so nah, daß ich die Wärme ihres Körpers spürte. »Ich werde fremd sein in diesem *englischen* Gerichtssaal. Ich werde auffallen, mit meiner Kleidung, meiner Denkweise, weil ich keine *Englische* bin. Ich verstehe nichts von Mordanklagen und Zeugen und Geschworenen, aber ich weiß, wie ich die Dinge in meinem Leben wieder einrenken kann, wenn sie schieflaufen. Wenn du einen Fehler machst und bereust, wird dir vergeben. Du wirst mit offenen Armen wieder aufgenommen. Wenn du lügst und immer weiter lügst, gibt es keinen Platz mehr für dich.«

»Deine Gemeinde hat es geschluckt, daß ich engagiert wurde«, sagte ich. »Sie werden auch verstehen, warum du das jetzt tun mußt.«

»Aber *ich* nicht.« Sie faltete die Hände, als wollte sie beten. »Vielleicht komme ich durch Lügen frei, wie du sagst, und ich muß nicht in ein *englisches* Gefängnis. Aber Ellie, wo soll ich dann hin? Denn wenn ich lüge, um mich zu retten, kann ich nicht mehr hierher zurück.«

Ich schloß die Augen und dachte an den Gottesdienst, bei dem Katie sich niedergekniet und gebeichtet hatte. Ich dachte an die Gesichter der anderen, die in diesem stickigen engen Raum ihr Urteil abgaben – nicht rachsüchtig, nicht verächtlich ... sondern erleichtert, als würde Katies Demut sie alle ein bißchen stärker machen. Ich dachte an den Nachmittag, an dem wir alle zusammen den Mais eingebracht hatten; wie ich dabei ein Gefühl der Zugehörigkeit hatte, das größer war als ich allein. Ich dachte an Sarahs Gesicht, als sie Jacob zum erstenmal seit Jahren wiedersah.

Was nützte jemandem, der sich sein Leben lang dem Gemeinwohl untergeordnet hatte, was nützte so jemandem ein persönlicher Sieg?

Katies Hand, schwielig und klein, schob sich in meine. »Also gut«, seufzte ich. »Mal sehen, was wir machen können.«

TEIL II

Laß deine linke Hand nicht wissen,
was die rechte tut.

MATTHÄUS 6,3

11

Richterin Philomena Ledbetter beobachtete, wie die Anwältin zum dritten Mal, seit sie ins Richterzimmer getreten war, nach ihrem Stift tastete. Die großstädtische Erfolgsanwältin Ellie Hathaway wirkte so nervös wie eine Anfängerin – und das war um so eigenartiger, als sie noch gestern selbstbewußt und kompetent aufgetreten war. »Ms. Hathaway«, sagte die Richterin. »Sie haben um ein erneutes Gespräch gebeten?«

»Ja, Euer Ehren. Ich denke, es gibt noch offene Fragen zu klären, da gewisse ... neue Entwicklungen eingetreten sind.«

George Callahan, der rechts von ihr saß, schnaubte. »In den zehn Stunden, seit wir uns zuletzt getroffen haben?«

Richterin Ledbetter ignorierte den Einwurf. Sie war selbst nicht begeistert von dem kurzfristigen Treffen, da es ihren ganzen Terminplan durcheinanderbrachte. »Würden Sie das bitte näher erläutern, Ms. Hathaway?«

Ellie schluckte. »Ich möchte vorweg sagen, daß es nicht meine Entscheidung ist. Da ich der Schweigepflicht unterliege, kann ich nicht alles erläutern, aber meine Mandantin ist der Ansicht – das heißt, ich bin der Ansicht ...« Sie räusperte sich. »Ich ziehe hiermit meinen Antrag auf schuldig, aber unzurechnungsfähig zurück.«

»Wie bitte?« sagte George.

Ellie setzte sich kerzengerade hin. »Statt dessen plädieren wir auf nicht schuldig.«

Richterin Ledbetter runzelte die Stirn. »Ihnen ist doch sicherlich klar, daß es zu diesem Zeitpunkt –«

»Durchaus. Aber ich habe keine andere Wahl, Euer Ehren. Ich muß das tun, um meinen ethischen Verpflichtungen gegenüber dem Gericht und meiner Mandantin gerecht zu werden. Für mich kommt das ebenso überraschend wie für Sie.«

George fuhr aus der Haut. »Das können Sie nicht machen, nicht dreieinhalb Wochen vor Prozeßbeginn!«

»Was für einen Unterschied macht das für Sie?« zischte Ellie. »Sie wollten doch ohnehin beweisen, daß sie zurechnungsfähig war – jetzt sage ich Ihnen bloß, daß Sie recht haben. Ich mache Ihnen nicht Ihre Anklage kaputt, ich mache mir meine Verteidigung kaputt.« Sie wandte sich der Richterin zu. »Ich hätte gern mehr Zeit, mich vorzubereiten, Euer Ehren.«

Die Richterin hob die Augenbrauen. »Das hätten wir wohl alle gern, Ms. Hathaway«, bemerkte sie trocken. »Tut mir leid, aber Sie stehen für heute in dreieinhalb Wochen auf der Prozeßliste, und das hier ist Ihre Entscheidung.«

Mit einem knappen Nicken sammelte Ellie ihre Sachen zusammen und stürmte aus dem Richterzimmer. Zurück blieben ein Staatsanwalt und eine Richterin, die sich beide fragten, was da eben eigentlich vorgefallen war.

Ellie hastete aus dem Richterzimmer und durch die Gänge des Gerichtsgebäudes. Sie lief durch die Eingangstür nach draußen und starrte die düsteren, kahlen Äste der Bäume und den bedeckten Himmel an. Sie hatte absolut keine Ahnung, was sie als nächstes tun sollte. Ihr Verstand arbeitete wie fieberhaft – und das war gut so, da sie in weniger als einem Monat eine Verteidigungsstrategie entwickelt haben mußte, die das genaue Gegenteil von dem war, was sie eigentlich geplant hatte.

Sie stellte ihre Aktentasche ab und setzte sich langsam auf die Stufen vor dem Gericht. Dann fragte sie sich, wie sie jetzt noch gewinnen sollte, wo sie so viel kostbare Zeit verloren hatte.

Ellie brauchte eine halbe Stunde, um Jacob aufzuspüren, der die Nacht in Lancaster County verbracht hatte – aber nicht im

Haus seiner Eltern. Leda öffnete auf Ellies Klopfen hin die Tür, ein Lächeln auf dem Gesicht, doch Ellie schob sich sofort an ihr vorbei, den Blick auf den jungen Mann gerichtet, der vor dem Kühlschrank stand und direkt aus einer Milchpackung trank. »Sie Mistkerl«, knurrte sie.

Jacob fuhr heftig zusammen. »Was?«

»Sie sollten mir helfen, verdammt. Sie sollten mir alles erzählen, was Ihrer Schwester vor Gericht nützen könnte.«

»Hab ich doch!«

»Und was ist mit Adam Sinclair?«

Leda trat einen Schritt vor, um Ellie zu besänftigen, doch Ellie sah gerade noch an dem Glimmen in Jacobs Augen, daß sie ins Schwarze getroffen hatte. Er beruhigte seine Tante, und dann sah er Ellie an. »Was ist mit Adam?«

»Er war Ihr Mitbewohner?«

»Und er ist mein Vermieter.«

Ellie verschränkte die Arme. »Und er war der Vater von Katies Kind.«

Jacob achtete nicht auf den erschreckten Laut, den Leda von sich gab. »Ich wußte es nicht, Ellie. Ich hatte bloß einen Verdacht.«

»Es wäre schön gewesen, wenn ich von diesem Verdacht erfahren hätte, vor etwa – na, sagen wir drei Monaten. Verdammt, gibt es denn überhaupt keinen, der mir vor Prozeßbeginn mal reinen Wein einschenkt?«

»Ich dachte, ihr wolltet auf Unzurechnungsfähigkeit plädieren?« sagte Leda.

»Darüber unterhalte dich mit deiner Nichte.« Ellie wandte sich Jacob zu. »Ich weiß bloß, daß sie gestern abend mit Ihnen einen Spaziergang gemacht hat und sich anschließend auf einmal nicht mehr so von mir verteidigen lassen will, wie ich es für richtig halte. Was zum Teufel haben Sie ihr gesagt?«

Jacob schloß die Augen. »Ich habe gar nicht über sie gesprochen«, sagte er. »Ich habe über mich gesprochen.«

Ellie spürte, daß sie Kopfschmerzen bekam. »Weiter.«

»Ich habe Katie erklärt, daß ich aus dem gleichen Grund zurückgekommen bin, aus dem ich weggegangen bin – ich konnte nicht mit einer Lüge leben. Ich konnte nicht zulassen, daß die Leute so tun, als wäre ich jemand, der ich in Wirklichkeit gar nicht bin. Vor sechs Jahren war Studieren mein größter Wunsch, aber ich ließ die Leute in dem Glauben, daß ich mit einem amischen Leben zufrieden war. Und jetzt bin ich Dozent an der Uni, aber nichts fehlt mir mehr als meine Familie.« Er sah Ellie bekümmert an. »Als Hannah ertrank, hab ich gedacht, es wäre meine Schuld gewesen. Ich hätte aufpassen müssen, aber ich hab mich im Stall verkrochen und gelesen. Ich hab zu Katie gesagt, daß ich nun zum zweiten Mal erlebe, wie meine Schwester untergeht – aber diesmal ist *sie* die Schwester, und diesmal hab ich vertuscht, was passiert ist, als sie bei mir zu Besuch war.«

»Dann wußten Sie also, daß sie schwanger geworden ist, als –«

»Ich habe es nicht gewußt. Ich habe es vermutet, nachdem ich mit Ihnen und der Ermittlerin der Staatsanwaltschaft gesprochen hatte.« Er schüttelte den Kopf. »Ich wollte doch nicht, daß Katie mich so wörtlich nimmt. Ich wollte ihr meinen Standpunkt näher bringen.«

»Na, das ist Ihnen gelungen«, sagte Ellie knapp. »Jetzt hat sie sich ihren ehrlichen Bruder zum Vorbild genommen. Sie will im Zeugenstand die Beichte ablegen und so tun, als wären die Geschworenen ihre Gemeinde.«

»Aber ich hab ihr gesagt, daß es gut ist, auf Unzurechnungsfähigkeit zu plädieren!«

»Dieser Teil des Gesprächs hat anscheinend einen nicht ganz so starken Eindruck hinterlassen.« Ellie legte die Fingerspitzen aneinander. »Ich muß wissen, wo ich Adam Sinclair finden kann.«

»Ich hab überhaupt keinen Kontakt mehr zu ihm – sogar meine Schecks für die Miete schicke ich an eine Immobilienverwaltung. Sinclair ist seit letztem Oktober im Ausland«, sagte Jacob. »Und er hat keinen Kontakt zu Katie, deshalb weiß er nichts von der Schwangerschaft.«

»Wenn Sie nichts mehr von ihm gehört haben, woher wollen Sie dann wissen, daß er noch weg ist? Oder daß Katie ihm nicht die ganze Zeit über geschrieben hat?«

Ohne ein Wort zu sagen, stand Jacob auf und holte einen Stoß Briefe, die mit einem Gummiband zusammengehalten wurden. »Alle zwei Wochen kommt einer an meine Adresse, regelmäßig«, sagte er. »Für Katie. Es ist immer noch derselbe Absender. Schottische Briefmarken. Und ich weiß, daß Katie ihm nicht geschrieben hat, weil ich ihr keinen von diesen Briefen gegeben habe.«

Ellie, hin und her gerissen zwischen professioneller Neugier und persönlicher Solidarität mit Katie, sagte drohend: »Das verstößt gegen das Gesetz, wissen Sie.«

»Prima. Dann können Sie ja mich verteidigen, wenn Katies Fall abgeschlossen ist.« Jacob fuhr sich mit den Händen durchs Haar und setzte sich wieder. »Ich hab das nicht getan, weil es mir Spaß macht. Nein, ich hab es wirklich nur gut gemeint. Ich wollte nicht, daß Katie mal das gleiche durchmacht wie ich, als ich beschloß, *Englischer* zu werden – daß sie sich von ihrer Familie, ihren Freunden verabschieden und in einer Welt zurechtfinden muß, die so groß und fremd ist, daß sie einem in der Nacht den Schlaf raubt. Ich wußte nicht, daß Katie schwanger war, aber selbst mir war aufgefallen, daß sie sich zu Adam hingezogen fühlte, und ich wußte, wenn ihre Gefühle für ihn weiter Nahrung erhielten, würde Katie sich irgendwann zwischen zwei Welten entscheiden müssen. Ich dachte, wenn ich nach seiner Abreise für einen sauberen Schnitt sorgte, würde sie ihn vergessen, und das wäre für alle das beste.«

»Weiß Ihre Schwester von den Briefen?«

Jacob schüttelte den Kopf. »Ich wollte es ihr gestern abend sagen. Aber sie war schon so nervös wegen des Prozesses, daß ich sie nicht noch mehr aufregen wollte.« Er verzog das Gesicht und drückte die Hände gegen die Tischkante. »Ich denke, es ist wohl am besten, wenn ich sie ihr heute gebe.«

Ellie starrte auf die ordentlichen Druckbuchstaben, in denen Katies Name geschrieben war, auf das dünne, blaue Luftpostpapier, zusammengefaltet, mit einer Briefmarke versehen und abgestempelt. »Nicht unbedingt«, sagte sie.

Strenggenommen hätte Ellie Katie mit nach Philadelphia nehmen müssen, aber sie hatte die juristischen Abläufe schon so auf den Kopf gestellt, daß es sie kaum noch in größere Schwierigkeiten bringen konnte, wenn sie die Kautionsbedingungen etwas lockerer handhabte. Sie wußte nicht mal, warum sie eigentlich nach Philadelphia fuhr, bis sie auf den Parkplatz des Gebäudes rollte, in dem Coop seine Praxis hatte.

Sie kannte die Adresse, war aber noch nie hier gewesen, daher suchte sie auf der Informationstafel nach Coops Namen. In seiner Praxis fragte eine hübsche, junge Sekretärin nach ihrem Anliegen, und Ellie verspürte einen Stich Eifersucht. »Er hat noch einen Patienten«, sagte die Frau. »Möchten Sie warten?«

»Bitte.« Ellie setzte sich und begann, eine alte Illustrierte durchzublättern, ohne auch nur eine Seite richtig wahrzunehmen.

Nach wenigen Minuten summte die Sprechanlage der Sekretärin, es wurden leise ein paar Worte gewechselt, und dann öffnete Coop seine Tür. »Hallo«, sagte er mit freudestrahlenden Augen. »Es handelt sich also um einen Notfall?«

»Allerdings«, erwiderte Ellie und fühlte sich zum ersten Mal wieder besser, seit Katie alles auf den Kopf gestellt hatte. Sie folgte Coop, und er schloß die Tür. »Ich brauche dringend medizinische Behandlung.«

Er schloß sie in die Arme. »Du weißt, daß ich nur die Psyche behandele.«

»Du behandelst alles an mir«, sagte Ellie. »Keine falsche Bescheidenheit.«

Als Coop sie küßte, schmiegte Ellie sich an ihn und rieb mit der Wange über sein frisch gebügeltes Hemd. Er ließ sich in einen der Polstersessel sinken und zog sie auf seinen Schoß.

»Na, na, was würde Dr. Freud dazu sagen?« murmelte sie.

Coop veränderte seine Sitzposition, seine Erektion drückte gegen ihre Beine. »Daß eine Zigarre nicht immer eine Zigarre ist.« Er stöhnte leise auf, dann schob er sie in den Sessel, stand auf und ging auf und ab. »Ich hab bloß zehn Minuten Zeit, bevor der nächste Patient kommt, und da möchte ich das Schicksal lieber nicht herausfordern.« Er schob die Hände in die Taschen. »Welchem Umstand verdanke ich deinen Besuch?«

»Ich hatte auf eine kurze Gratisbehandlung gehofft«, gestand Ellie.

»Darauf würde ich später gerne zurückkommen –«

»Ich meinte eine medizinische Beratung, Coop. In meinem Kopf herrscht das reinste Chaos.« Sie vergrub das Gesicht in den Händen. »Ich plädiere nicht mehr auf Unzurechnungsfähigkeit.«

»Wieso nicht?«

»Weil es gegen ihren Moralkodex verstößt«, sagte Ellie sarkastisch. »Du glaubst ja nicht, wie froh ich bin, daß ich die erste mutmaßliche Mörderin in der Geschichte der Rechtsprechung verteidigen darf, deren Ethik einfach unerschütterlich ist.« Sie stand auf und ging zum Fenster. »Katie hat mir erzählt, wer der Vater des Kindes ist – ein Kollege von Jacob, der nie von der Schwangerschaft erfahren hat. Und jetzt, wo sie diese neue Ehrlichkeit an den Tag legt, will sie nicht mehr, daß ich vor Gericht sage, daß sie dissoziiert und das Kind getötet hat, weil das, wie sie schwört, nicht wahr ist.«

Coop pfiff durch die Zähne. »Und du konntest sie nicht davon überzeugen –«

»Ich konnte gar nichts machen. Ich hab es hier mit einer Mandantin zu tun, die nicht begreift, wie ein Gericht funktioniert. Katie glaubt felsenfest daran, daß ihr verziehen wird, wenn sie ihre Geschichte erzählt. Und wieso sollte sie das auch nicht glauben? In ihrer Gemeinde läuft es so.«

»Mal angenommen, es ist die Wahrheit, daß sie das Kind nicht getötet hat«, sagte Coop.

»Nun, es gibt aber auch noch ein paar andere unbestreitbare Wahrheiten. Zum Beispiel die Tatsache, daß das Baby lebend zur Welt gekommen ist und daß es tot und versteckt aufgefunden wurde.«

»Okay. Welche Möglichkeit bleibt dir?«

Ellie seufzte. »Jemand anders hat es getötet – was, wie wir schon besprochen haben, als Verteidigung praktisch chancenlos ist.«

»Oder das Baby ist eines natürlichen Todes gestorben.«

»Und post partum zur Sattelkammer spaziert, um sich unter einem Stapel Decken zu verstecken?«

Coop lächelte schwach. »Wenn Katie das Kind wollte und es beim Aufwachen tot vorfand, hat sie vielleicht genau an diesem Punkt den Kontakt zur Realität verloren. Vielleicht hat sie den Leichnam im dissoziativen Zustand versteckt und kann sich deshalb nicht mehr daran erinnern.«

»Die Verschleierung eines Todesfalles ist auch ein Gesetzesverstoß, Coop.«

»Aber kein annähernd so gravierender«, bemerkte er. »Der Versuch, sich den Tod eines geliebten Menschen nicht bewußt einzugestehen, hat etwas Mitleiderregendes an sich, das wegfällt, wenn man diesen Tod selbst herbeigeführt hat.« Er zuckte die Achseln. »Ich bin kein Anwalt, El, aber mir scheint, du hast nur eine Möglichkeit – daß das Baby eines natürlichen Todes gestorben ist und daß Katies Psyche genau das verheimlichen wollte. Und dafür mußt du einen Sachverständigen aus dem Hut zaubern, der den Obduktionsbericht anders auslegt. Ich meine, sie hatte eine Frühgeburt. Welches Frühchen kommt ohne Brutkasten und Wärme und Intensivstation durch?«

Ellie ließ sich diese mögliche Strategie durch den Kopf gehen, aber ihre Gedanken blieben immer wieder an etwas hängen. Angefangen bei dem Autopsiebericht waren bisher alle davon ausgegangen, daß Katie in der zweiunddreißigsten Woche entbunden hatte. Und niemand – auch Ellie nicht – war auf die Idee gekommen, das zu hinterfragen. »Wieso?« fragte sie jetzt.

»Wieso was?«

»Wieso hat Katie, eine gesunde Achtzehnjährige, die körperlich in besserer Form ist als die meisten Frauen in ihrem Alter, vorzeitig Wehen bekommen?«

Dr. Owen Zeigler hob den Kopf, als Ellie ihn zum zehnten Mal mit einem geräuschvollen Biß in einen weiteren Kartoffelchip ablenkte. »Wenn Sie wüßten, wie schlecht die für Ihre Gesundheit sind, würden Sie sie nicht essen«, sagte er.

»Wenn Sie wüßten, wann ich das letzte Mal was gegessen

habe, würden Sie das nicht sagen.« Ellie sah, wie er sich wieder über den Autopsiebericht beugte. »Also?«

»Also. Die Frühgeburt ist an und für sich nichts Ungewöhnliches. Vorzeitige Wehen sind nicht selten, es gibt keine wirkungsvolle Behandlung, und meistens wissen die Gynäkologen nicht, wodurch sie ausgelöst wurden. Aber bei Ihrer Mandantin wurden sie höchstwahrscheinlich durch die Chorioamnionitis ausgelöst.« Ellie starrte ihn verständnislos an. »Die Diagnose beruht auf der pathologischen Untersuchung, nicht auf einer bakteriellen. Es bedeutet, daß eine akute Entzündung der Amnionhäute und Zotten vorlag.«

»Und was hat die Chorioamnionitis ausgelöst? Was meint der Gerichtsmediziner dazu?«

»Gar nichts. Er setzt voraus, daß das Fetusgewebe und die Plazenta kontaminiert waren, daher wurde die Ursache nicht isoliert und identifiziert.«

»Wodurch wird Chorioamnionitis normalerweise ausgelöst?«

»Geschlechtsverkehr«, sagte Owen. »Die meisten infektiösen Agenzien, die sie verursachen, sind Bakterien, die ständig in der Vagina leben. Wenn man zwei und zwei zusammenzählt –« Er zuckte die Achseln.

»Und wenn Geschlechtsverkehr nicht in Frage kommt?«

»Dann muß ein infektiöses Agens auf anderem Wege eingewandert sein – beispielsweise durch den Blutkreislauf der Mutter oder durch eine Harnwegsinfektion. Aber gibt es dafür irgendwelche Anhaltspunkte?« Owen tippte auf eine Seite des Berichts. »Hier bleib ich immer wieder hängen«, gab er zu. »Die Leberbefunde wurden übersehen. Es ist die Rede von Nekrose – Zelltod –, aber kein Hinweis auf eine entzündliche Reaktion.«

»Übersetzung für diejenigen unter uns, die des Pathologie-Chinesischen nicht mächtig sind?«

»Der Gerichtsmediziner ist davon ausgegangen, daß die Lebernekrose auf Asphyxie, also Sauerstoffmangel, zurückzuführen ist – die mutmaßliche Todesursache. Aber das stimmt nicht – diese Läsionen passen da nicht rein; sie deuten auf etwas anderes hin als auf Asphyxie. Manchmal kommt es durch Anoxie zu einer hämorrhagischen Nekrose, aber eine reine Nekrose, das ist ungewöhnlich.«

»Und wann kommt sie überhaupt vor?«

»Bei angeborenen Herzfehlern, was bei dem Baby hier nicht der Fall war – oder bei einer Infektion. Die Nekrose kann schon eingetreten sein, etliche Stunden bevor der Körper eine entzündliche Reaktion auf eine Infektion zeigt, die ein Pathologe feststellen kann – und möglicherweise ist das Baby gestorben, bevor das passierte. Ich lasse mir die Gewebeblöckchen aus der Gerichtsmedizin schicken und mache eine Gramfärbung. Mal sehen, was dabei rauskommt.«

Ellie stockte. »Wollen Sie damit sagen, daß das Baby möglicherweise an dieser geheimnisvollen Infektion gestorben ist und nicht an Erstickung?«

»Ja«, sagte der Pathologe. »Ich melde mich dann bei Ihnen.«

In der Nacht sollte es Frost geben. Das hatte Sarah von Rachel Yoder gehört, die es von Alma Beiler gehört hatte, deren arthritische Knie jedes Jahr vor dem ersten Temperatursturz auf Melonengröße anschwollen. Katie und Ellie wurden in den Garten geschickt, um das letzte Gemüse zu ernten – Tomaten und Kürbisse und faustdicke Möhren. Katie sammelte alles in ihrer Schürze; Ellie hatte einen Korb aus dem Haus mitgenommen. Sie sah unter den breiten Zucchiniblättern nach Nachzüglern. »Als ich klein war«, sagte sie ganz in Gedanken, »hab ich geglaubt, daß die kleinen Kinder auf solchen Beeten wachsen.«

Katie lächelte. »Ich hab gedacht, Babys kämen aus dicken Nadeln.«

»Spritzen?«

»Ja. So waren unsere Kühe schwanger geworden; ich hatte dabei zugesehen.« Auch Ellie hatte es inzwischen gesehen; künstliche Besamung war die sicherste Zuchtmethode für Milchkühe. Katie lachte laut auf. »Meine Güte, was hab ich für einen Aufstand gemacht, als meine Mam mich zur Grippeimpfung bringen wollte.«

Ellie schmunzelte, dann schnitt sie mit einem Messer einen

Kürbis ab. »Als ich dahinterkam, wie das mit den Babys wirklich geht, wollte ich es gar nicht glauben. Mir kam das zu unwahrscheinlich vor.«

»Inzwischen denke ich nicht mehr drüber nach, wo die Babys herkommen«, murmelte Katie. »Ich frage mich, wo sie hingehen.«

Ellie legte ihr Messer weg. »Du hast doch nicht vor, schon wieder ein Geständnis zu machen?«

Katie lächelte traurig und schüttelte den Kopf. »Nein. Deine Verteidigungsstrategie ist gerettet.«

»Welche Strategie denn?« brummte Ellie, doch als sie Katies ängstlichen Blick sah, sagte sie rasch: »Tut mir leid. Ich weiß nur nicht recht, was ich jetzt mit dir machen soll.« Ellie hockte sich zwischen die Reihen von Stangenbohnen. »Wenn ich den Gerichtssaal nie betreten hätte – wenn ich zugelassen hätte, daß du dich so verteidigst, wie du es wolltest –, wärst du für nicht verhandlungsfähig erklärt worden. Man hätte dich höchstwahrscheinlich freigesprochen, mit der Auflage, dich psychiatrisch behandeln zu lassen.«

»Ich bin nicht verhandlungsunfähig, und das weißt du«, sagte Katie verstockt.

»Ja, und auch nicht unzurechnungsfähig. Das hatten wir schon.«

»Außerdem bin ich ehrlich.«

»Amisch?« Ellie hatte sie falsch verstanden. »Das werden die Geschworenen merken, wenn sie deine Kleidung sehen.«

»Ich hab *ehrlich* gesagt. Aber amisch bin ich auch.«

Ellie zog an einer Möhre. »Das ist ja wohl fast bedeutungsgleich.« Sie zog erneut, und als die Möhre aus der Erde flog, wurde ihr plötzlich klar, was sie eben gesagt hatte. »Mein Gott, Katie, du bist eine Amische.«

Katie sah sie erstaunt an. »Wenn du das jetzt erst merkst, weiß ich nicht –«

»Das ist unsere Verteidigung.« Ein Grinsen breitete sich auf Ellies Gesicht aus. »Gehen amische Männer zur Armee?«

»Nein. Sie lehnen den Militärdienst aus Gewissensgründen ab.«

»Warum?«

»Weil Gewalt uns fremd ist«, erwiderte Katie.

»Genau. Die Amischen leben streng nach den Lehren Christi. Das heißt, sie halten auch die andere Wange hin, genau wie Jesus – nicht bloß sonntags, sondern jede einzelne Minute des Tages.«

Katie war verwirrt: »Worauf willst du hinaus?«

»Das wird den Geschworenen auch so gehen, aber wenn ich fertig bin, haben sie's verstanden, da wette ich drauf«, sagte Ellie. »Weißt du, warum du die erste amische Mordverdächtige in East Paradise bist, Katie? Ganz einfach: Weil kein Amischer je einen Mord begehen würde.«

Dr. Owen Zeigler mochte Ellie Hathaway. Er hatte schon einmal mit ihr zusammengearbeitet. Damals war es um einen gewalttätigen Ehemann gegangen, der seine Frau so brutal geschlagen hatte, daß sie ihren vierundzwanzig Wochen alten Fetus verloren hatte. Er mochte ihren sachlichen Stil, ihren androgynen Haarschnitt und ihre Beine, die fast bis zum Hals zu reichen schienen – was anatomisch zwar unmöglich, aber dennoch ausgesprochen reizvoll war. Er hatte keine Ahnung, wer oder was ihre Mandantin diesmal war, aber so, wie es aussah, würde Ellie Hathaway sie durch den Nachweis berechtigter Zweifel freibekommen – wenn auch knapp.

Unter dem Mikroskop betrachtete Owen die Ergebnisse der Gramfärbung. Er sah Flecken von dunkelblauen, grampositiven kurzen Stäbchen. Den Kulturergebnissen der Autopsie zufolge waren diese als diphtheroide Erreger identifiziert worden. Aber es gab so unglaublich viele von ihnen, daß Owen sich fragte, ob es sich tatsächlich um diphtheroide Erreger handelte.

Im Grunde hatte Ellie diese Zweifel bei ihm gesät. Was, wenn diese grampositiven Stäbchen auf ein infektiöses Agens hindeuteten? Kugelförmige Bakterien konnten leicht mit stäbchenförmigen diphtheroiden Erregern verwechselt werden, vor allem, wenn der Mikrobiologe bei dem Test keine Gramfärbung vorgenommen hatte.

Er zog den Objektträger unter dem Mikroskop hervor und

ging damit über den Gang zu dem Labor, in dem Bono Gerhardt arbeitete. Als Owen eintrat, saß der Mikrobiologe über einen Katalog von Reagenzien gebeugt. »Suchst du dir neue Knollen für den Garten aus?«

Gerhardt lachte. »Ja, ich kann mich einfach nicht entscheiden, ob ich Tulpen, Herpes-Simplex-Viren oder Cytokeratin nehmen soll.« Er deutete mit dem Kinn auf den Objektträger in Owens Hand. »Was hast du da?«

»Ich denke, entweder beta-hämolysierende B-Streptokokken oder Listerien«, sagte Owen. »Aber ich hoffe, du kannst mir das genau sagen.«

Jeden Tag um kurz vor zehn am Abend ließen die Mitglieder der Familie Fisher alles stehen und liegen und knieten in der Mitte des Wohnzimmers nieder. Elam sprach ein kurzes Gebet auf *deitsch*, und die anderen neigten schweigend den Kopf, richteten ihre Gedanken auf Gott. Ellie erlebte das nun schon seit Monaten mit und mußte dabei stets an jenes erste Gespräch denken, das die argwöhnische Sarah mit ihr über ihren Glauben geführt hatte. Das Unbehagen, das sie anfänglich empfunden hatte, war zunächst Neugier und dann Gleichgültigkeit gewichen – sie widmete sich ihrer Lektüre und ging zu Bett, wenn die anderen sich wieder erhoben.

Als Elam an diesem Abend das Vaterunser sprach, tat er es in Englisch. Überrascht bewegte Ellie unwillkürlich die Lippen mit. Sarah sah Ellie an und rückte ein kleines Stück nach rechts, um Platz zu machen.

Es war lange her, daß Ellie gebetet hatte, wirklich gebetet, nicht ein kurzes Stoßgebet in letzter Minute, wenn die Geschworenen wieder in den Saal kamen oder wenn sie mit überhöhter Geschwindigkeit gefahren war? Was hatte sie zu verlieren? Ellie glitt von ihrem Sessel und kniete sich neben Sarah, als gehörte sie dazu, als könnten ihre Gedanken erhört und ihre Hoffnungen erfüllt werden.

»Bono Gerhardt«, sagte der Mann und streckte die Hand aus. »Freut mich.«

Ellie lächelte den Mikrobiologen an, mit dem Owen Zeigler sie soeben bekannt gemacht hatte. Der Mann war höchstens 1,65 groß. Er trug einen weißen Haarschutz, der mit Zebras und Äffchen bedruckt war. Ein guatemaltekisches Sorgenpüppchen war an sein Revers geheftet. Um den Hals trug er einen Kopfhörer, der mit einem Discman in seiner rechten Tasche verbunden war. »Sie haben die Inkubation verpaßt«, sagte er, »aber ich will Ihnen noch mal verzeihen, daß Sie erst nach dem ersten Akt kommen.«

Bono führte sie zu einem Tisch, auf dem einige Objektträger bereitlagen. »Wir versuchen im Grunde, den Organismus, den Owen gefunden hat, durch eine Peroxidase-Färbung zu identifizieren. Ich habe von dem Paraffingewebeblöckchen weitere Proben entnommen und sie mit einem Antikörper inkubiert, der auf Listerien reagiert – das ist das Bakterium, das wir identifizieren wollen. Hier haben wir unsere positiven und negativen Kontrollen: Listerienproben, die die Veterinärabteilung uns freundlicherweise zur Verfügung gestellt hat, und diphtheroide Erreger. Und nun, hochverehrtes Publikum, der Augenblick der Wahrheit.«

Ellie hielt die Luft an, als Bono ein paar Tropfen einer Lösung auf die erste Probe träufelte.

»Das ist Meerrettich-Peroxidase, ein Enzym, das an einen Antikörper gebunden ist«, erklärte Bono. »Theoretisch geht dieses Enzym nur dahin, wo die Listerien sind.«

Ellie sah zu, wie er nacheinander alle Objektträger auf dem Tisch beträufelte. Schließlich hielt er ein kleines Fläschchen hoch. »Jod?« riet sie.

»Fast. Bloß ein Färbemittel.« Er gab jeder Probe ein paar Tropfen bei, und dann schob er die erste unters Mikroskop. »Wenn das keine Listerien sind«, murmelte Bono, »häng ich meinen Beruf an den Nagel.«

Ellie blickte von einem zum anderen. »Was hat das zu bedeuten?«

Owen blinzelte ins Mikroskop. »Ich hab Ihnen doch gesagt, daß die Nekrose in der Leber wahrscheinlich auf eine Infektion zurückzuführen sei. Und das hier ist das Bakterium, das sie ausgelöst hat.«

Ellie spähte selbst durch das Mikroskop, doch sie sah nur kleine Teilchen, die aussahen wie braungeränderte Reiskörnchen.

»Das Neugeborene hatte Listeriose«, sagte Owen.

»Dann ist es nicht erstickt?«

»Doch. Aber es war eine Kette von Ereignissen. Der Erstickungstod war auf die verfrühte Geburt zurückzuführen, die wiederum durch Chorioamionitis ausgelöst wurde – für die die Listeriose verantwortlich war. Das Baby hat sich bei der Mutter angesteckt. Bei ungeborenen Feten ist diese Infektion in fast dreißig Prozent aller Fälle tödlich, wohingegen sie bei der Mutter unbemerkt bleiben kann.«

»Das Baby ist also eines natürlichen Todes gestorben.«

»Richtig.«

Ellie grinste. »Owen, das ist phantastisch. Genau so etwas hatte ich mir erhofft. Und wo hat sich die Mutter infiziert?«

Owen sah Bono an. »Das ist der Teil, der dir nicht gefallen wird, Ellie. Listeriose ist nicht zu vergleichen mit Angina – man fängt sie sich nicht einfach so ein. Die Chancen, daß eine Schwangere sich infiziert, stehen eins zu zwanzigtausend. Eine Infektion erfolgt für gewöhnlich durch den Genuß kontaminierter Nahrung, und beim heutigen Stand der Technik sind die speziellen Krankheitserreger so gut wie getilgt, wenn die Nahrung beim Verbraucher ankommt.«

Ellie verschränkte ungeduldig die Arme. »Was für Nahrung?«

Der Pathologe zog die Schultern hoch. »Wie hoch stehen die Chancen, daß deine Mandantin während der Schwangerschaft nichtpasteurisierte Milch getrunken hat?«

12

Ellie

Die kleine Bibliothek im Gerichtsgebäude befand sich genau über dem Zimmer von Richterin Ledbetter. Obwohl ich eigentlich die jüngsten, auf Präzedenzfällen beruhenden Urteile in Neonatizid-Prozessen durcharbeiten wollte, hatte ich in den vergangenen zwei Stunden überwiegend auf den abgetretenen Holzboden gestarrt, als könnte ich durch die Ritzen hindurch das Herz der Richterin erweichen.

»Ich höre Sie förmlich laut denken«, sagte eine tiefe Stimme, und als ich mich umwandte, stand George Callahan hinter mir. Er zog einen Stuhl heran. »Sie schicken Phil ihre Gedankenströmungen runter, hab ich recht?«

Ich forschte in seinem Gesicht nach Anzeichen von Häme, aber er blickte nur mitfühlend drein. »Nur ein bißchen harmloses Voodoo.«

»Ja, ich mach das auch öfter. In fünfzig Prozent der Fälle funktioniert's sogar.« Wir lächelten uns an. »Ich hab Sie gesucht. Wissen Sie, mir ist weiß Gott nicht wohl bei dem Gedanken, so ein junges amisches Mädchen lebenslang hinter Gitter zu schicken. Aber Mord bleibt Mord, und ich hab mir eine Lösung überlegt, von der wir alle was haben.«

»Was bieten Sie uns?«

»Sie wissen, daß sie mit lebenslänglich rechnen muß. Ich biete Ihnen zehn Jahre, wenn sie sich des Totschlags schuldig bekennt. Und bei guter Führung ist sie in fünf, sechs Jahren wieder draußen.«

»George, fünf oder sechs Jahre im Gefängnis würde sie nicht überleben«, sagte ich ruhig.

Er blickte nach unten auf seine verschränkten Finger. »Sie übersteht leichter fünf Jahre als fünfzig.«

Ich starrte angestrengt auf den Boden über Richterin Ledbetters Büro. »Ich melde mich bei Ihnen.«

Mein Berufsethos zwang mich dazu, meiner Mandantin einen Einigungsvorschlag der Anklagevertretung zur Kenntnis zu geben, und diesmal war ich in Sorge, wie meine Mandantin reagieren würde. Sie war in dem Glauben erzogen worden, daß man sich entschuldigte und dann jedwede Bestrafung akzeptierte. Georges Vorschlag würde es Katie ermöglichen, diesem Alptraum ein Ende zu machen, und zwar auf eine Weise, die in ihrem System absolut Sinn ergab.

Sie war beim Bügeln in der Küche. »Ich muß mit dir reden.«

»Okay.«

Sie strich den Ärmel von einem der Hemden ihres Vaters glatt – lavendelfarben – und plättete ihn dann mit einem Bügeleisen, das auf dem Herd erhitzt worden war. Nicht zum ersten Mal fiel mir auf, daß Katie eine perfekte Ehefrau abgeben würde – als Amische war sie dazu praktisch geboren. Wenn sie lebenslänglich ins Gefängnis müßte, würde sich diese Bestimmung nie erfüllen. »Der Staatsanwalt hat dir ein Angebot gemacht. Wenn du sagst, daß du falsch gehandelt hast, schränkt er die Anklage und das Strafmaß ein.«

Katie drehte das Hemd um und runzelte die Stirn. »Und müssen wir dann trotzdem noch vor Gericht?«

»Nein. Dann ist es vorbei.«

Katies Miene erhellte sich. »Das wäre wundervoll!«

»Du hast seine Bedingungen noch nicht gehört«, sagte ich knapp. »Wenn du dich des Totschlags schuldig bekennst, bekommst du nicht lebenslänglich, sondern zehn Jahre. Aber wahrscheinlich wirst du nach der Hälfte der Zeit auf Bewährung entlassen.«

Katie stellte das Bügeleisen wieder auf den Herd. »Aber ich müßte trotzdem ins Gefängnis.«

Ich nickte. »Das ist der Nachteil bei dem Angebot. In einem Prozeß würdest du eventuell freigesprochen, dann müßtest du überhaupt nicht ins Gefängnis. Du würdest dich festlegen, ohne zu wissen, wie die Alternative aussieht.« Doch noch während ich das sagte, wußte ich, daß ich das falsche Beispiel gewählt hatte. Ein Amischer nahm das, was sich ihm darbot – er wartete nicht auf Besseres, denn das könnte auf Kosten eines anderen Menschen geschehen.

»Wirst du es denn schaffen, daß ich freigesprochen werde?«

»Ich weiß es nicht. Ich glaube, mit vorübergehender Unzurechnungsfähigkeit hätten wir dich freibekommen. Aber jetzt, wo ich nur noch so wenig Zeit habe, eine neue Verteidigung vorzubereiten, kann ich dir nichts versprechen. Ich *glaube*, ich kann einen Freispruch erreichen. Ich *hoffe* es. Aber ich kann es dir nicht versprechen, Katie.«

»Ich muß nur sagen, daß ich etwas Falsches getan habe?« fragte Katie. »Und dann ist es vorbei?«

»Dann gehst du ins Gefängnis«, stellte ich klar.

Katie griff zum Bügeleisen und drückte es fest auf die Schulter des Hemdes. »Ich nehme das Angebot an«, sagte sie.

Ich sah zu, wie sie bügelte, diese junge Frau, die soeben beschlossen hatte, für ein Jahrzehnt ins Gefängnis zu gehen. »Katie, darf ich dir etwas sagen, als deine Freundin, nicht als deine Anwältin?« Sie blickte auf. »Du weißt nicht, wie es im Gefängnis zugeht. Es ist nicht nur voller *englischer* Menschen – es ist voller schlechter Menschen. Ich denke nicht, daß das die richtige Entscheidung ist.«

»Du denkst nicht wie ich«, sagte Katie leise.

Ich schluckte meine Antwort herunter. »Du möchtest, daß ich das Angebot annehme? Okay, das werde ich. Aber zuerst möchte ich, daß du etwas für mich tust.«

Dank einiger Mandantinnen von mir, die noch ihre Strafen absaßen, war ich schon etliche Male im Staatsgefängnis in Muncy gewesen. Es war ein abschreckender Ort, selbst für mich als Anwältin, die ich die Realität des Gefängnislebens kannte. Alle in Pennsylvania verurteilten Frauen kamen zunächst nach

Muncy, wo sie ihre Strafe abbüßten, wenn sie nicht in den lockereren Vollzug nach Cambridge Springs in Erie verlegt wurden. Katie würde mindestens vier bis sechs Wochen in Muncy verbringen müssen, und ich wollte, daß sie sah, worauf sie sich einließ.

Der Direktor, ein Mann mit dem unglückseligen Namen Duvall Shrimp und der noch unglückseligeren Angewohnheit, auf meine Brüste zu stieren, führte uns eilfertig in sein Büro. Ich erklärte ihm nicht, warum ich Katie mitgebracht hatte, auch wenn es ihm merkwürdig vorkommen mußte, daß eine junge amische Frau neben mir saß, während ich ihn um eine Führung durch das Gefängnis bat, und Shrimp fragte auch nicht. Er ging mit uns durch die Sperre. Die vergitterten Türen fielen hinter uns zu, und Katie stockte vor Schreck der Atem.

Als erstes führte er uns in den Eßsaal, wo rechts und links von einem Mittelgang Tische und Bänke aufgereiht standen. Eine lange Schlange von Frauen bewegte sich zur Essensausgabe und ließ sich Tabletts mit unappetitlich aussehenden Klumpen in unterschiedlichen Grautönen aushändigen. »Gegessen wird in diesem Saal«, sagte er. »Ausnahmen bilden nur Insassinnen, die aufgrund von Disziplinierungsmaßnahmen in der Einzelzellenabteilung sitzen, und Schwerstkriminelle. Die essen in ihren Zellen.« Wir beobachteten, wie Häftlingsgrüppchen sich auf die Tische verteilten und uns mit unverhohlener Neugier beäugten. Dann führte Shrimp uns eine Treppe hinauf in den Zellenblock. Ein Fernseher, der am Ende des Ganges an der Wand befestigt war, warf eine bunte Lichtpfütze auf das Gesicht einer Frau, die ihre Arme durch die Zellengitter baumeln ließ und Katie hinterherpfiff. »Huuhuu«, rief sie. »Bist du nicht ein bißchen früh dran – für Halloween?«

Andere Häftlinge lachten und kicherten, posierten in ihren winzigen Käfigen wie die Attraktionen einer Tiershow. Sie starrten Katie an, als wäre sie zur Besichtigung freigegeben. Als sie an der letzten Zelle vorbeiging und im Flüsterton ein Gebet sprach, spuckte eine Gefangene aus, und ihr Speichel landete direkt neben Katies Schuh.

Im Hof für den Freigang kam Shrimp in Plauderlaune.

»Hab Sie länger nicht gesehen. Wie kommt's, haben Sie in letzter Zeit mehr Männer als Frauen verteidigt?«

»Nein. Sie kriegen mich hier so selten zu sehen, weil meine Mandanten alle freigesprochen werden.«

Er nickte in Katies Richtung. »Wer ist sie?«

Er beobachtete sie, wie sie den leeren Hof abschritt, an den Ecken stehenblieb, zum Himmel hochsah, der aus dieser Perspektive von Stacheldrahtrollen umrahmt wurde. In dem Wachturm oberhalb von Katie standen zwei Männer mit Gewehren. »Jemand, der sich die Immobilie unbedingt ansehen sollte, bevor er den Mietvertrag unterschreibt«, sagte ich.

Katie kam wieder zu uns und zog ihr Schultertuch enger um sich. »Das ist alles«, sagte Shrimp. »Ich hoffe, Ihre Erwartungen wurden nicht enttäuscht.«

Ich dankte ihm und kehrte mit Katie zurück zum Parkplatz. Sie stieg ins Auto und blieb während der gesamten zweistündigen Fahrt in tiefes Schweigen versunken. Irgendwann schlief sie ein, träumte und wimmerte leise. Ich hielt mit der einen Hand das Lenkrad und strich ihr mit der anderen übers Haar.

Als wir in Lancaster vom Highway abbogen, wachte Katie auf. Sie drückte die Stirn an die Fensterscheibe und sagte: »Bitte, sag George Callahan, daß ich sein Angebot ablehne.«

Ich sprach die letzten Worte meines Eröffnungsplädoyers mit besonderem Nachdruck und fuhr herum, als jemand anfing zu klatschen. »Vorzüglich. Klar und überzeugend«, sagte Coop und trat aus der Dunkelheit des Stalls. Er deutete auf die schläfrigen Kühe. »Aber die Geschworenen sind gnadenlos.«

Ich spürte, wie meine Wangen anfingen zu glühen. »Du solltest nicht hier sein.« Er schloß die Hände hinter meinem Rücken. »Oh, doch. Genau hier sollte ich sein.«

Ich stieß die Hände gegen seine Brust und schob ihn weg. »Im Ernst, Coop. Morgen fängt der Prozeß an. Du wirst nicht viel Freude an mir haben.«

»Ich spiel für dich das Publikum.«

»Du lenkst mich ab.«

Coop grinste. »Das ist das Netteste, was du je zu mir gesagt hast.«

Mit einem Seufzer machte ich mich auf den Weg zurück in die Milchkammer, wo mein Computer grünlich vor sich hin leuchtete. »Geh doch einfach ins Haus und laß dir von Sarah ein Stück Kuchen geben.«

»Damit ich das hier verpasse?« Coop lehnte sich gegen den Milchtank. »Lieber nicht. Mach einfach weiter. Tu so, als wäre ich gar nicht da.«

Mit einem skeptischen Blick setzte ich mich auf die Milchkiste, die mir als Bürostuhl diente, und fing an, meine Zeugenliste durchzugehen. Einen Moment schaltete ich den Computer ab. »Ich hab kein Wort gesagt«, beteuerte Coop.

»Mußtest du auch nicht.« Ich stand auf und hielt ihm meine Hand hin. »Machen wir einen Spaziergang?«

Wir schlenderten gemächlich durch den Obstgarten auf der Nordseite der Farm, wo die Apfelbäume standen wie verkrümmte alte Frauen. Der Duft ihrer Früchte umschwebte uns, hell und süß wie Zuckerwatte. »Am Abend vor Beginn eines Prozesses hat Stephen sich immer ein Steak gebraten«, sagte ich gedankenverloren. »Er meinte, so ein halbrohes Stück Fleisch zu essen habe etwas Primitives an sich.«

»Und dann wundern sich die Anwälte, wieso ihnen der Ruf vorauseilt, die reinsten Raubtiere zu sein«, sagte Coop lachend. »Hast du auch ein Steak gegessen?«

»Nee. Ich hab mir meinen Pyjama angezogen und laut einen Aretha-Franklin-Hit gesungen.«

»Tatsächlich?«

Ich warf den Kopf in den Nacken und schmetterte aus voller Kehle: »R-E-S-P-E-C-T!«

»Zwecks Aufbau des Selbstbewußtseins?«

»Ach was«, sagte ich. »Ich mag Aretha Franklin einfach.«

»Wenn du willst, sing ich den Refrain.«

»O Gott, mein ganzes Leben hab ich auf einen Mann wie dich gewartet.«

Er drehte mich in seinen Armen und gab mir einen Kuß.

»Das will ich auch schwer hoffen«, sagte er. »Wo willst du eigentlich hin, wenn das alles hier vorbei ist, El?«

»Tja, ich ...« Ich wußte es nicht, ehrlich gesagt. Und ich wollte nicht darüber nachdenken: Darüber, daß ich selbst auf der Flucht gewesen war, als ich in Katie Fishers Leben stolperte. »Ich könnte nach Philadelphia zurückgehen. Oder bei Leda unterkommen.«

»Was ist mit mir?«

Ich lächelte. »Du könntest bestimmt auch bei Leda unterkommen.«

Aber es war Coop ernst mit der Frage. »Du weißt genau, was ich meine, Ellie. Wie wär's, wenn du zu mir ziehst?«

Ich hatte das Gefühl, daß die Welt um mich herum enger wurde. »Ich weiß nicht«, sagte ich und sah ihm in die Augen.

Coop schob die Hände in die Taschen; ich sah ihm an, daß er sich nur mit Mühe eine abfällige Bemerkung darüber verkneifen konnte, wie ich mich damals ihm gegenüber verhalten hatte. Ich wollte ihn berühren, ihn bitten, mich zu berühren, aber das konnte ich nicht. Wir hatten schon einmal vor dieser Entscheidung gestanden, vor hundert Jahren, und noch immer schien da ein tiefer Abgrund zu sein, noch immer verschlug es mir den Atem. Aber diesmal waren wir älter. Ich würde ihn nicht anlügen. Er würde nicht einfach gehen. Ich pflückte einen Apfel vom Baum und reichte ihn ihm.

»Soll das ein Olivenzweig sein?«

»Kommt drauf an«, erwiderte ich. »Geht's um die Psalmen oder um Opfergaben?«

Coops Lächeln war versöhnlich. »Ich hab eigentlich mehr an das vierte Buch Mose gedacht, wo so viele Kinder gezeugt werden.« Er schob seine Finger zwischen meine, ließ sich rückwärts auf das weiche Gras sinken und zog mich auf sich. Dann küßte er mich, bis ich keinen klaren Gedanken mehr fassen konnte, schon gar nicht über meine Verteidigungsstrategie. Das hier war sicher. Das hier war mir vertraut.

»Ellie«, flüsterte Coop, aber vielleicht bildete ich es mir auch nur ein. »Laß dir Zeit.«

»Okay«, sagte ich streng, »ein Deal: Du läßt mich jetzt den Wassereimer raustragen und kriegst dafür zwei Möhren.«

Statt einer Antwort kniff Nugget mich in die Schulter. Mit einem Aufschrei ließ ich den Wassereimer fallen und flüchtete aus der Box. »Dann kriegst du eben nichts mehr zu trinken.« Draußen blieb ich abrupt stehen, weil ich einen schwachen Laut von oben gehört hatte, wie das Miauen eines Kätzchens.

»Hallo?« rief ich. »Ist da jemand?«

Als keine Antwort kam, stieg ich die schmale Leiter zum Heuboden hoch, wo die Strohballen und ein Teil des Viehfutters gelagert wurden. Sarah saß in einer Ecke, das Gesicht in ihrer Schürze vergraben, und schluchzte.

»He«, sagte ich sanft und legte ihr eine Hand auf die Schulter.

Sie fuhr zusammen und wischte sich rasch das Gesicht ab. »Ach Ellie. Ich bin bloß hier hochgeklettert, um ... um ...«

»Dich mal richtig auszuweinen. Das versteh ich gut, Sarah.«

»Nein.« Sie zog die Nase hoch. »Ich muß zurück ins Haus. Aaron will bald sein Mittagessen.«

Ich zwang sie, mich anzusehen. »Ich werde alles tun, was ich kann, um sie zu retten, das weißt du.«

Sarah wandte sich ab, starrte hinaus über das symmetrische Muster der Felder. »Ich hätte niemals zulassen dürfen, daß sie Jacob besucht ... Aaron hatte von Anfang an recht.«

»Du konntest doch unmöglich wissen, daß sie einen *Englischen* kennenlernen und schwanger werden würde.«

»Doch.« sagte Sarah leise. »Das ist alles meine Schuld.«

Ich hatte tiefes Mitgefühl mit dieser Frau. »Vielleicht hätte sie sich auch von alleine entschieden, ihn zu besuchen. Vielleicht wäre es so oder so passiert.«

Sarah schüttelte den Kopf. »Ich liebe meine Kinder. Ich liebe sie, und sieh dir an, was daraus geworden ist.«

Ich umarmte sie. Ich konnte ihre Worte hören, spürte ihren Atem an meinem Schlüsselbein. »Ich bin ihre Mutter, Ellie. Ich muß das in Ordnung bringen. Aber ich kann nicht.«

Ich holte tief Luft. »Dann werde ich es tun müssen.«

Zum Gericht zu kommen war ein taktisches Manöver. Leda, Coop und Jacob trafen gegen halb sieben auf der Farm ein, jeder im eigenen Wagen. Katie, Samuel und Sarah wurden sofort in Coops Auto gesetzt, weil er der einzige Fahrer war, der nicht aus der amischen Gemeinde ausgeschlossen war. Weder Jacob noch Leda war wohl bei dem Gedanken, ihre Wagen auf Aaron Fishers Grundstück stehen zu lassen, deshalb mußte Leda hinter Jacob her zu ihrem Haus fahren, wo sie seinen Wagen abstellen würden, bevor sie zurückkamen, um mich abzuholen. Ich war schon fast sicher, daß wir zu spät kommen würden, als Aaron aus dem Stall trat, die Augen auf die Menschen in Coops Auto gerichtet.

Er hatte unmißverständlich klargemacht, daß er nicht am Prozeß teilnehmen würde. Obwohl der Bischof gewiß Verständnis dafür gehabt hätte, konnte Aaron selbst es nicht gutheißen. Aber vielleicht steckte doch mehr ihn ihm, als ich gedacht hatte. Wenn seine Grundsätze ihn schon daran hinderten, seine Tochter zu ihrem Prozeß zu begleiten, so würde er sich sicher angemessen von ihr verabschieden wollen. Coop ließ das hintere Seitenfenster herunter, damit Aaron den Kopf hereinstecken und mit Katie sprechen konnte. Doch als er sich vorbeugte, sagte er nur ganz leise: »Sarah, komm.«

Mit niedergeschlagenen Augen drückte Katies Mutter die Hand ihrer Tochter und stieg wieder aus. Sie trat neben ihren Mann, die Augen voller Tränen, aber sie ließ sie nicht fließen, selbst als ihr Mann sie zurück ins Haus führte.

Leda sah die Übertragungswagen als erste. Sie waren auf dem gesamten Parkplatz vor dem Gericht verteilt, mit Satellitenschüsseln auf dem Dach und mit den grellbunten Abkürzungen der Fernsehsender an den Seiten. Vor den Stufen zum Gericht warteten Reporter mit Mikrofonen und Kameraleute. Sie standen einander in zwei Reihen gegenüber, als wollten sie gleich einen Squaredance vollführen und nicht über das Schicksal eines jungen Mädchens berichten.

»Sieh dir nur all diese Menschen an«, hauchte Leda.

»Tja«, murmelte ich. »Sind Reporter menschlich?«

Plötzlich tauchte Coops Gesicht neben meinem Fenster auf. »Was machen die hier? Ich dachte, du hättest den Antrag durchgebracht.«

»Im Gerichtssaal selber sind keine Kameras zugelassen«, sagte ich. »Außerhalb ist alles erlaubt.« Seit Richterin Ledbetter diese Entscheidung getroffen hatte, hatte ich kaum noch einen Gedanken an das Problem mit den Medien verschwendet – ich war viel zu beschäftigt mit den Prozeßvorbereitungen gewesen. Aber natürlich würde das Medieninteresse an dieser Story nicht einfach schwinden, bloß weil keine Kameras erlaubt waren. Ich stieg aus dem Wagen, wohl wissend, daß es etwa zwei Minuten dauern würde, bis die Presseleute merkten, wer ich war. Ich klopfte auf das Rückfenster von Coops Auto, um Katies Aufmerksamkeit von den Reportern abzulenken.

»Komm«, sagte ich. »Jetzt oder nie.«

»Aber –«

»Es gibt keinen anderen Weg, Katie. Wir müssen uns durch sie hindurchkämpfen. Ich weiß, daß das unangenehm ist, aber wir haben keine Wahl.«

Katie schloß kurz die Augen, bevor sie ausstieg. Sie betete. Dann stieg sie mit überraschender Anmut aus und schob ihre Hand in meine.

Die Journalisten gerieten in helle Aufregung, als sie Katies *Kapp* und Schürze erblickten. Kameras schwenkten herum; Fragen prasselten auf uns nieder wie Wurfspieße. Ich spürte, wie Katie bei jedem aufflammenden Blitzlicht zusammenzuckte. Sie hielt den Kopf gesenkt und vertraute darauf, daß ich sie die Treppe hochführte. »Kein Kommentar«, rief ich, schob mich wie ein Schiffsbug durch die wogende Reporterflut und zog Katie in meinem Kielwasser hinter mir her.

Ich kannte mich inzwischen gut in dem Gebäude aus und dirigierte Katie zur nächstgelegenen Damentoilette. Mit einem Blick unter die Kabinen vergewisserte ich mich, daß wir allein waren, und lehnte mich dann gegen die Tür, damit niemand mehr hereinkommen konnte. »Alles in Ordnung mit dir?«

Sie zitterte, ihre Augen waren vor Verwirrung ganz groß, aber sie nickte. »Ja. Ich hatte bloß nicht damit gerechnet.«

Ich hatte auch nicht damit gerechnet, und ich war verpflichtet, ihr zu sagen, daß es noch wesentlich schlimmer werden würde, bevor es irgendwann wieder besser wurde, doch statt dessen holte ich tief Luft und nahm tief in meiner Lunge den Geruch von Katies Angst wahr. Ich stieß sie beiseite, stürzte in die nächste Kabine und erbrach mich.

Auf allen vieren, das Gesicht rot und heiß, drückte ich die Stirn gegen die kühle Kunststoffwand der Kabine. Ich mußte eine Weile kurz und flach atmen, bis ich in der Lage war, etwas Toilettenpapier abzureißen, um mir den Mund abzuwischen.

Katies Hand legte sich auf meine Schulter. »Ellie, alles in Ordnung mit *dir*?«

Die Nerven, dachte ich, aber das würde ich meiner Mandantin gegenüber nicht zugeben. »Ich muß irgendwas Falsches gegessen haben«, sagte ich, setzte mein fröhlichstes Lächeln auf und kam auf die Beine. »Also. Gehen wir?«

Katie fuhr immer wieder mit den Händen über das glatte, polierte Holz des Tisches. An manchen Stellen war der Lack rauh geworden, abgegriffen von den Händen zahlloser Angeklagter, die schon an demselben Platz gesessen hatten. Wie viele von ihnen, fragte ich mich, waren unschuldig gewesen?

Gerichtssäle vor Eröffnung eines Prozesses sind keine friedlichen Bastionen, wie Anwaltsserien im Fernsehen uns glauben machen. Statt dessen herrscht hektische Betriebsamkeit: der Schreiber sucht nach der richtigen Akte, der Gerichtsdiener putzt sich geräuschvoll die Nase, die Leute im Zuschauerraum spekulieren über ihre Automatenkaffeebecher hinweg. Heute ging es noch lauter zu als sonst, und ich konnte hin und wieder sogar ein paar Sätze verstehen. Am häufigsten ging es um Katie, die begafft wurde wie ein Tier im Zoo, zur Schau gestellt, aus ihrem natürlichen Lebensraum hierher verschleppt, um die Neugier der anderen zu befriedigen.

»Katie«, sagte ich leise, und sie fuhr heftig zusammen.

»Wieso haben die noch nicht angefangen?«

»Es ist noch zu früh.« Sie hatte die Hände jetzt unter ihre

Schürze geschoben, und ihr Blick wanderte unstet durch den Saal, bis er bei George Callahan hängenblieb, der zwei Meter entfernt am Tisch der Anklagevertretung saß.

»Er sieht nett aus«, sagte sie nachdenklich.

»Das wird er aber nicht sein. Es ist seine Aufgabe, die Geschworenen von all den schlimmen Dingen zu überzeugen, die er über dich sagen wird.« Ich beschloß, daß es für Katie das beste wäre, wenn sie wußte, was auf sie zukam. »Katie, es wird schwer für dich werden, alles mit anhören zu müssen.«

»Warum?«

Ich sah sie erstaunt an. »Warum es schwer wird?«

»Nein. Warum wird er Lügen über mich erzählen? Warum sollten die Geschworenen ihm glauben und nicht mir?«

Wie sollte ich einer jungen Amischen erklären, daß es in einem Prozeß letztlich nur auf die bessere Story ankam? »So funktioniert das Rechtssystem in der englischen Welt nun mal«, sagte ich. »Das gehört zu dem Spiel.«

»Spiel«, sagte Katie langsam, dachte über das Wort nach, bis es für sie einen Sinn ergab. »Wie Football!« Sie lächelte mich an, mußte wohl an eines unserer früheren Gespräche denken. »Ein Spiel, bei dem es Gewinner und Verlierer gibt, aber man wird dafür bezahlt.«

Mir wurde schon wieder übel. »Ja«, sagte ich. »Genau.«

»Bitte erheben Sie sich für die ehrenwerte Richterin Philomena Ledbetter!«

Ich erhob mich und sorgte dafür, daß Katie das auch tat, als die Richterin durch eine Seitentür in den Gerichtssaal geeilt kam. Als sie die Stufen hochstieg, wallte ihre Robe hinter ihr her. »Nehmen Sie Platz.« Ihre Augen glitten über den Zuschauerraum und verengten sich, als sie die dicht gedrängte Gruppe von Reportern erblickte. »Bevor wir anfangen, möchte ich die Pressevertreter daran erinnern, daß der Einsatz von Foto- und Videokameras in diesem Gerichtssaal verboten ist, und wenn auch nur einer gegen diese Anordnung verstößt, schließe ich Sie allesamt vom weiteren Verlauf des Prozesses aus.«

Sie wandte sich Katie zu, musterte sie schweigend, bevor sie den Staatsanwalt ansah. »Wenn die Anklagevertretung bereit ist, können wir anfangen.«

George Callahan schlenderte auf die Geschworenenbank zu, als wäre er mit jedem einzelnen von ihnen gut befreundet. »Ich weiß, was Sie denken«, sagte er. »Das hier ist ein Mordprozeß – wo ist denn dann der Angeklagte? Dieses nette amische Mädchen mit Schürze und weißem Käppchen kann doch keiner Fliege was zuleide tun und erst recht keinem anderen menschlichen Wesen.« Er schüttelte den Kopf. »Sie alle wohnen in Lancaster County. Sie alle sehen die Amischen in ihren Kutschen und hinter ihren Obst- und Gemüseständen. Auch wenn sie sonst nichts über sie wissen, so ist Ihnen zumindest bewußt, daß es sich um eine überaus fromme religiöse Gemeinschaft handelt, deren Mitglieder unter sich bleiben und ein unauffälliges Leben führen. Mal ehrlich – wann haben Sie zuletzt gehört, daß ein Amischer vor Gericht stand? Ich kann Ihnen sagen, wann das war: letztes Jahr. Als die idyllische Blase des amischen Lebens von zwei ihrer Jugendlichen zum Platzen gebracht wurde, die mit Kokain handelten. Und heute wieder, wenn Sie erfahren, wie diese junge Frau ihr eigenes Neugeborenes kaltblütig ermordet hat.«

Er fuhr mit der Hand über das Geländer vor der Geschworenenbank. »Entsetzlich, nicht? Kaum vorstellbar, daß eine Mutter ihr eigen Fleisch und Blut tötet, schon gar nicht eine so unschuldig wirkende junge Frau wie die, die dort drüben sitzt. Lassen Sie mich Ihre Zweifel zerstreuen. Im Verlauf dieses Prozesses werden Sie erfahren, daß die Angeklagte *nicht* unschuldig ist – daß sie in Wahrheit eine überführte Lügnerin ist. Sechs Jahre lang hat sie sich immer wieder von der Farm ihrer Eltern geschlichen, um ganze Wochenenden auf einem College-Campus zu verbringen, wo sie Jeans und enge Pullover tragen und Partys feiern konnte wie jeder andere Teenager auch. Das hat sie vertuscht – ebenso wie sie vertuscht hat, daß sie an einem dieser ausschweifenden Wochenenden schwanger wurde; ebenso wie sie den Mord vertuschen wollte.«

Er drehte sich zu Katie um, durchbohrte sie mit seinem Blick.

»Was ist nun also die Wahrheit? Die Wahrheit ist, daß die Angeklagte am zehnten Juli kurz nach zwei Uhr morgens mit Wehen erwachte. Die Wahrheit ist, daß sie aufstand, auf Zehenspitzen in den Stall schlich und in aller Stille einen kleinen Jungen zur Welt brachte. Die Wahrheit ist, daß sie wußte, falls dieses Baby entdeckt würde, wäre das Leben, das sie bislang geführt hatte, vorbei. Sie würde aus ihrem Elternhaus verstoßen, aus ihrer Gemeinde ausgeschlossen. Und die Wahrheit ist, daß sie tat, was sie tun mußte, um ihre Lebenslüge aufrechtzuerhalten – sie hat kaltblütig und vorsätzlich ihr eigenes Kind getötet.«

George riß die Augen von Katie los und wandte sich wieder den Geschworenen zu. »Wenn Sie die Angeklagte ansehen, lassen Sie sich nicht von ihrer malerischen Tracht in die Irre führen. Darauf legt sie es nämlich an. Sehen Sie statt dessen eine Frau, die ein weinendes Neugeborenes erstickt. Wenn die Angeklagte spricht, hören Sie genau zu. Aber vergessen Sie nicht, daß man ihr nicht trauen kann. Diese vermeintlich harmlose kleine Amische hat eine verbotene Schwangerschaft geheimgehalten, ein Neugeborenes mit bloßen Händen ermordet und die ganze Zeit über ihre Umgebung getäuscht. Lassen Sie nicht zu, daß sie das gleiche mit Ihnen macht.«

Auf der Geschworenenbank saßen acht Frauen und vier Männer, und ich war mir nicht sicher, ob das für uns positiv oder negativ war. Frauen hatten vermutlich mehr Verständnis für eine unverheiratete junge Frau – aber auch mehr Verachtung für eine Mutter, die ihr Kind tötet.

Ich drückte einmal kurz Katies zittrige Hand unter dem Tisch der Verteidigung und erhob mich. »Mr. Callahan möchte Sie glauben machen, daß eine bestimmte Person in diesem Gerichtssaal sich besonders gut darauf versteht, nicht die Wahrheit zu sagen. Und wissen Sie was? Er hat recht. Allerdings mit einer Einschränkung: Diese Person ist nicht Katie Fisher. Nein, diese Person bin ich.« Ich hob die Hand und winkte gut gelaunt. »Jawohl, schuldig im Sinne der Anklage. Ich bin eine Lügnerin, und sogar eine ziemlich gute, wenn ich das sagen darf. Sogar so gut, daß ich eine recht erfolgreiche

Anwältin geworden bin. Und obwohl ich dem Bezirksstaatsanwalt nichts unterstellen will, würde ich wetten, daß auch er schon einige Male die Tatsachen ein bißchen verdreht hat.« Ich legte die Stirn in Falten und ließ den Blick über die Geschworenen wandern. »Sie alle kennen die entsprechenden Witze – über Anwälte kann ich Ihnen nichts Neues erzählen. Wir lügen nicht nur gut, wir werden auch noch gut dafür bezahlt.«

Ich lehnte mich gegen das Geländer vor der Geschworenenbank. »Katie Fisher hingegen lügt nicht. Woher ich das mit absoluter Sicherheit weiß? Tja, weil ich zu ihrer Verteidigung heute eigentlich vorübergehende Unzurechnungsfähigkeit ins Feld führen wollte. Ich hatte Sachverständige, die Ihnen hier im Zeugenstand erklärt hätten, daß Katie an dem Morgen, als sie entband, nicht wußte, was sie tat. Aber Katie hat das nicht zugelassen. Sie sagte, sie sei nicht unzurechnungsfähig gewesen, und sie habe ihr Kind nicht ermordet. Und selbst wenn sie damit eine Verurteilung riskiere, wolle sie, daß Sie, die Geschworenen, das erführen.«

Ich zuckte die Achseln. »Und jetzt stehe ich hier, eine Anwältin, bewaffnet mit einer ganz neuen Waffe – der Wahrheit. Das ist alles, was ich habe, um den Anschuldigungen der Anklagevertretung entgegenzutreten: die Wahrheit und möglicherweise einen klareren Blick. Nichts von dem, was Mr. Callahan Ihnen vorlegen wird, ist ein schlüssiger Beweis, und das hat seinen Grund – Katie Fisher hat ihr Neugeborenes nicht getötet. Ich wohne seit mehreren Monaten mit ihr und ihrer Familie unter einem Dach, und daher weiß ich etwas, das Mr. Callahan nicht wissen kann – daß Katie Fisher durch und durch amisch ist. Man *verhält* sich nicht amisch, wie Mr. Callahan das unterstellt hat. Man *lebt* amisch. Man *ist* amisch. Im Verlauf dieses Prozesses werden sie diese komplexe, friedliebende Gemeinschaft so verstehen lernen, wie ich das getan habe. Vielleicht würde ein junges Mädchen in der Großstadt ein Kind gebären und es anschließend in die Toilette stopfen, aber nicht eine amische Frau. Nicht Katie Fisher.

Wenden wir uns nun Mr. Callahans Ausführungen im einzelnen zu. Ist Katie wiederholt heimlich in eine Universitätsstadt gefahren? Ja, das ist sie – Sie sehen, ich sage Ihnen die Wahrheit. Aber der Anklagevertreter hat etwas ausgelassen, nämlich den Grund, warum sie dorthin gefahren ist. Katies Bruder, ihr einziges noch lebendes Geschwister, hat die amische Gemeinde verlassen und studiert. Ihr Vater, durch diese Entscheidung tief gekränkt, hat jeden Kontakt zu seinem Sohn abgebrochen. Aber Familie bedeutet Katie nach wie vor alles, wie auch den meisten Amischen, und sie vermißte ihren Bruder so sehr, daß sie bereit war, viel aufs Spiel zu setzen, um ihn zu besuchen. Sie sehen, Katie hat keine Lüge gelebt. Sie hat eine Liebe gepflegt.

Mr. Callahan hat gleichfalls unterstellt, daß Katie die uneheliche Schwangerschaft verbergen mußte, da sie sonst aus ihrer Glaubensgemeinschaft ausgeschlossen worden wäre. Sie werden jedoch feststellen, daß die Amischen vergeben können. Selbst eine uneheliche Schwangerschaft wäre akzeptiert worden, und das Kind wäre mit mehr Liebe und Zuwendung aufgewachsen als in vielen nichtamischen Familien.«

Ich sah Katie an, die mich mit großen, leuchtenden Augen betrachtete. »Und damit komme ich zu Mr. Callahans letzter Behauptung: Warum hätte Katie Fisher also ihr eigenes Kind töten sollen? Die Antwort, verehrte Geschworenen, ist einfach. *Sie hat es nicht getan.*

Die Richterin wird Ihnen erklären, daß Sie, wenn Sie Katie schuldig sprechen wollen, keine berechtigten Zweifel an der Beweisführung der Anklagevertretung hegen dürfen. Wenn dieser Prozeß zu Ende geht, werden Sie jedoch mehr als nur einen berechtigten Zweifel haben, Sie werden eine ganze Reihe von Zweifeln haben. Sie werden sehen, daß die Anklagevertretung nicht beweisen kann, daß Katie ihr Kind getötet hat. Sie kann Ihnen keinen Augenzeugen liefern. Sie hat nur Spekulationen und fragwürdige Beweise.

Ich andererseits werde Ihnen zeigen, daß der Tod dieses Babys viele verschiedene Ursachen haben kann.« Ich ging zu Katie, damit die Geschworenen sowohl sie als auch mich ansahen. »Ich werde Ihnen vor Augen führen, warum die Amischen nicht morden. Und vor allem werde ich Katie Fisher die Wahrheit sagen lassen.«

13

Niemals hätte Lizzie Munro sich träumen lassen, eines Tages gegen eine amische Mordverdächtige auszusagen. Das Mädchen saß am Tisch der Verteidigung, neben ihrer energischen Anwältin, den Kopf gesenkt, die Hände gefaltet, wie eines von diesen kitschigen Figürchen, mit denen Lizzies Mutter gern ihre Fensterbänke verunstaltete. Lizzie fand sie abscheulich – die zuckersüßen Engelchen, die rehäugigen Hirtenjungen, einfach unerträglich. Und bei Katie Fishers Anblick ging es Lizzie ähnlich, sie konnte kaum hinsehen.

Statt dessen konzentrierte sie sich auf George Callahan, der in seinem eleganten dunklen Anzug vor ihr stand. »Würden Sie uns Ihren Namen und Ihre Adresse nennen?« sagte er.

»Elizabeth Grace Munro. 1313 Grand Street, Ephrata.«

»Was machen Sie beruflich?«

»Detective-Sergeant bei der Polizei von East Paradise.«

George hätte diese Fragen eigentlich gar nicht mehr stellen müssen; sie hatten diese Eröffnung schon so oft zusammen durchgespielt, daß sie genau wußte, was als nächstes kam. »Wie lange sind Sie schon Detective?«

»Seit sechs Jahren. Davor war ich fünf Jahre lang Streifenbeamtin.«

»Können Sie uns etwas über Ihre Arbeit erzählen, Detective Munro?«

Lizzie lehnte sich zurück – sie fühlte sich wohl im Zeugenstand. »Ich untersuche überwiegend Strafdelikte.«

»Wie viele sind das so grob geschätzt pro Jahr?«

»Na ja, im vergangenen Jahr waren es rund fünfzehntausend, davon aber nur eine Handvoll schwerer Fälle – überwiegend haben wir es mit kleineren Vergehen zu tun.«

»Wie viele Morde sind im vergangenen Jahr geschehen?«

»Keiner«, antwortete Lizzie.

»Haben Sie beruflich öfter mit amischen Familien zu tun?«

»Nein«, sagte sie. »Die Amischen verständigen die Polizei, um einen Diebstahl zu melden oder wenn ihr Eigentum beschädigt wurde, und gelegentlich müssen wir einen amischen Jugendlichen wegen Trunkenheit oder Ruhestörung aufgreifen, aber im großen und ganzen haben sie so gut wie nie mit der örtlichen Polizei zu tun.«

»Detective, schildern Sie uns nun bitte, was am Morgen des zehnten Juli geschehen ist.«

Lizzie nahm auf ihrem Stuhl Haltung an. »Ich war auf dem Revier, als jemand anrief und den Fund eines leblosen Kindes in einem Stall meldete. Ein Rettungswagen war schon unterwegs, und ich fuhr dann auch raus.«

»Schildern Sie bitte die Situation, als Sie vor Ort eintrafen.«

»Es war etwa zwanzig nach fünf, kurz vor Sonnenaufgang. Der Stall gehörte einem amischen Milchfarmer. Er, sein Vater und zwei Mitarbeiter waren noch im Stall beim Melken. Ich habe den Fundort gesichert. Dann ging ich in die Sattelkammer, wo der Leichnam gefunden worden war, und sprach mit den Sanitätern. Sie sagten, das Baby sei eine Frühgeburt und daß es ihnen nicht gelungen sei, es wiederzubeleben. Ich nahm die Namen der vier amischen Männer auf: Aaron und Elam Fisher, Samuel Stoltzfus und Levi Esch. Ich fragte, ob sie irgend etwas Verdächtiges bemerkt und im Stall irgend etwas angefaßt hätten. Der jüngste von ihnen, Levi, hatte das Kind entdeckt. Er hatte nichts angefaßt, außer ein paar Pferdedecken, unter denen das tote Neugeborene, das in ein Hemd eingewickelt war, gelegen hatte. Aaron Fisher, der Besitzer der Farm, gab an, daß eine Schere verschwunden sei, die zum Schneiden von Strohkordel benutzt wurde und sonst immer an einem Haken in der Nähe des Kälberverschlages gehangen habe. Alle vier Männer sagten, sie seien allein im Stall gewesen und daß auf der Farm keine Frau schwanger gewesen sei.

Danach suchte ich in den Verschlägen nach Spuren. Außerdem wurden Beamte der Abteilung für Kapitalverbrechen der State Police angefordert. Es war unmöglich, Fingerabdrücke von den groben Holzbalken und dem Stroh zu nehmen, und die Teilabdrücke, die gefunden wurden, stammten von den Familienmitgliedern, die im Stall gearbeitet hatten.«

»Hatten Sie da schon irgendeinen Verdacht?«

»Nein. Ich hab nur vermutet, daß das Kind ausgesetzt worden war.«

George nickte. »Bitte erzählen Sie weiter.«

»Schließlich fanden wir die Stelle, wo die Geburt stattgefunden hatte – in einer Ecke des Kälberverschlages war frisches Stroh aufgeschüttet worden, um verklebtes Blut abzudecken. An der Stelle, wo der Leichnam gefunden worden war, entdeckten wir einen Fußabdruck im Lehmboden.«

»War dieser Abdruck aufschlußreich?«

»Von einer Frau mit Schuhgröße neununddreißig.«

»Was taten Sie als nächstes?«

»Ich habe versucht, die Frau zu finden, die entbunden hatte. Zuerst vernahm ich die Ehefrau von Aaron Fisher, Sarah. Ich erfuhr, daß sie vor etwa zehn Jahren eine Hysterektomie hatte und keine Kinder mehr bekommen konnte. Ich vernahm die Nachbarn und ihre beiden halbwüchsigen Töchter, die jedoch alle Alibis hatten. Als ich zurück auf die Farm kam, war Katie, die Tochter der Fishers, inzwischen aufgetaucht. Genauer gesagt, sie kam in die Sattelkammer, wo der Gerichtsmediziner gerade die Leiche untersuchte.«

»Zeigte sie irgendeine Reaktion?«

»Sie wirkte sehr aufgewühlt«, sagte Lizzie, »und rannte aus dem Stall.«

»Sind Sie ihr gefolgt?«

»Ja. Ich habe sie auf der Veranda eingeholt. Ich fragte Ms. Fisher, ob sie schwanger gewesen sei, und sie verneinte das.«

»Waren Sie mißtrauisch?«

»Ganz und gar nicht. Das hatten mir auch ihre Eltern erzählt. Doch dann bemerkte ich, daß ihr Blut an den Beinen herunterlief. Ich ließ sie von den Sanitätern ins Krankenhaus bringen, wogegen sie sich zunächst heftig sträubte.«

»Was ging Ihnen zu dem Zeitpunkt durch den Kopf?«

»Daß die junge Frau medizinisch versorgt werden mußte. Aber dann fragte ich mich, ob die Eltern der Angeklagten möglicherweise nicht gemerkt hatten, daß sie schwanger gewesen war – weil sie es vor ihnen verborgen hatte, so, wie sie es bei mir versucht hatte.«

»Wie stellten Sie fest, daß sie nicht die Wahrheit gesagt hatte?« fragte George.

»Ich fuhr zum Krankenhaus und sprach mit der Ärztin der Angeklagten, die mir bestätigte, daß Katie Fisher ein Kind geboren hatte, daß ihr Zustand kritisch war und daß sie dringend behandelt werden mußte, um die Blutung zu stoppen. Sobald ich wußte, daß sie mich angelogen hatte, besorgte ich mir einen Durchsuchungsbefehl für die Farm, und ich holte die Erlaubnis ein, einen Blut- und DNA-Test bei dem Baby und bei der Angeklagten vornehmen zu lassen. Als nächstes mußte das Blut im Stroh des Kälberverschlages und an der Leiche mit dem Blut der Angeklagten verglichen werden.«

»Was ergaben Ihre ersten Ermittlungen?«

»Unter dem Bett der Angeklagten lag ein blutiges Nachthemd. In ihrem Schrank befanden sich Stiefel und Schuhe Größe neununddreißig. Alle Labortests bestätigten eindeutig, daß das Blut im Stall und an der Leiche von der Angeklagten stammte.«

»Welchen Schluß zogen Sie daraus?«

Lizzie sah gelassen zu Katie Fisher hinüber. »Daß die Angeklagte trotz ihres Leugnens die Mutter des Kindes war.«

»Glaubten Sie zu dem Zeitpunkt bereits, daß die Angeklagte das Kind getötet hatte?«

»Nein. Morde passieren in East Paradise selten und bei den Amischen praktisch gar nicht. Zum betreffenden Zeitpunkt glaubte ich, daß das Kind tot zur Welt gekommen war. Doch dann schickte mir der Gerichtsmediziner den Autopsiebericht, und ich mußte meine Annahme korrigieren.«

»Warum?«

»Nun, erstens war das Baby lebend zur Welt gekommen. Zweitens war die Nabelschnur mit einer Schere durchtrennt worden – was mich an die verschwundene Schere denken ließ, von der Aaron Fisher mir erzählt hatte, die wir aber natürlich nicht auf Fingerabdrücke hatten untersuchen können. Das Neugeborene war erstickt, doch der Gerichtsmediziner hatte Fasern tief im Mund des Babys entdeckt, die von dem Hemd stammten, in das es eingewickelt gewesen war. Somit lag die Vermutung nahe, daß es erstickt worden war. Erst da wurde mir klar, daß die Angeklagte eine mögliche Tatverdächtige war.«

Lizzie trank einen Schluck Wasser. »Danach habe ich alle Personen vernommen, die der Angeklagten nahestehen, sowie die Angeklagte selbst. Die Mutter der Angeklagten sagte aus, daß eine jüngere Tochter vor vielen Jahren gestorben war, daß sie nicht geahnt hatte, daß ihre Tochter schwanger war – und daß sie auch keinen Grund gehabt hatte, so etwas anzunehmen. Der Vater war überhaupt nicht bereit, mit mir zu sprechen. Ich vernahm auch Samuel Stoltzfus, einen der Farmarbeiter und der Freund der Angeklagten. Von ihm erfuhr ich, daß er vorgehabt hatte, sie ihm Herbst zu heiraten. Er erzählte mir zudem, daß die Angeklagte nie Geschlechtsverkehr mit ihm gehabt habe.«

»Was folgerten Sie daraus?«

Lizzie zog die Augenbrauen hoch. »Zuerst hielt ich es für denkbar, daß er das Baby aus Rache erstickt hatte, nachdem er herausgefunden hatte, daß Katie Fisher ihn betrogen hatte. Aber Samuel Stoltzfus wohnt zehn Meilen von der Farm der Fishers entfernt bei seinen Eltern, die mir bestätigten, daß er während der Zeitspanne, in der laut Befund der Gerichtsmedizin der Tod eintrat, zu Hause in seinem Bett lag. Dann dachte ich mir, daß es vielleicht genau umgekehrt war – daß diese Information eher die Angeklagte belastete. Das war schließlich ein Motiv: amisches Mädchen, amische Eltern, amischer Freund – und sie wird von einem anderen schwanger? Das wäre doch eine Erklärung dafür, die Geburt vertuschen und vielleicht sogar das Kind loswerden zu wollen.«

»Haben Sie noch andere Zeugen vernommen?«

»Ja, Levi Esch, den zweiten Farmarbeiter. Er hat gesagt, daß die Angeklagte in den letzten sechs Jahren immer wieder heimlich nach State College gefahren ist, um dort ihren Bruder zu besuchen. Jacob Fisher lebte nicht mehr wie die Amischen, sondern wie ein ganz normaler Student.«

»Wieso war das von Bedeutung?«

Lizzie lächelte. »Es ist viel einfacher, einen anderen Mann kennenzulernen, wenn einem eine neue Welt offensteht – eine, in der es Alkohol und Partys und Make-up gibt.«

»Haben Sie auch mit Jacob Fisher gesprochen?«

»Ja, das habe ich. Er bestätigte die Besuche der Angeklagten und sagte, er habe nichts von der Schwangerschaft seiner Schwester gewußt. Er erzählte mir auch, daß die Angeklagte ihn deshalb hinter dem Rücken ihres Vaters besuchen mußte, weil er zu Hause nicht mehr willkommen war.«

George spielte den Erstaunten. »Warum das?«

»Die Amischen gehen nur bis zur achten Klasse zur Schule, aber Jacob wollte studieren. Daraufhin wurde er aus der amischen Gemeinde ausgeschlossen. Aber Aaron Fisher ging die Strafe noch nicht weit genug, und er hat Jacob verstoßen. Sarah Fisher hat sich der Entscheidung ihres Mannes zwar gebeugt, aber heimlich ihre Tochter zu Jacob geschickt.«

»Inwiefern hat das Ihre Meinung zu dem Fall beeinflußt?«

»Mit einem Mal«, sagte Lizzie, »war alles viel klarer. Wenn ich die Angeklagte gewesen wäre und mein eigener Bruder wegen einer solchen Bagatelle verstoßen worden wäre, dann wäre ich besonders darauf bedacht gewesen, mich an die Regeln zu halten. Und mir scheint, ein uneheliches Kind zu bekommen ist ein schwererer Verstoß gegen die Regeln, als heimlich Shakespeare zu lesen. Das bedeutet, sie mußte damit rechnen, aus ihrer Familie und ganz sicher aus ihrer Gemeinde verbannt zu werden, wenn es ihr nicht gelang, die Schwangerschaft zu verbergen. Also verbarg sie sie acht Monate lang. Dann bekam sie das Kind – und verbarg auch das.«

»Konnten Sie die Identität des Vaters feststellen?«

»Nein.«

»Haben Sie andere mögliche Verdächtige in Erwägung gezogen?«

Lizzie seufzte. »Ich habe es versucht. Aber da paßte einfach zu vieles nicht zusammen. Die Geburt fand zweieinhalb Monate zu früh statt, und das an einem Ort ohne Telefon und Stromanschluß. Das bedeutet, daß sie niemanden hätte anrufen können, daß niemand davon wissen konnte, es sei denn, er lebte auf der Farm und hörte die Angeklagte in den Wehen. Und wie groß stehen die Chancen, daß ein Fremder unangemeldet um zwei Uhr morgens auf einer amischen Farm auftaucht? Selbst wenn dem so gewesen wäre, wieso hätte ein Fremder das Kind töten sollen? Und welchen Grund hätte die Angeklagte haben sollen, das nicht zu erzählen?

Damit blieben also nur noch die Familienangehörigen. Von denen hatte mich jedoch nur eine einzige belogen, indem sie sowohl die Schwangerschaft als auch die Entbindung abgestritten hatte. Nur für eine einzige wären die Folgen schrecklich gewesen, wenn sich das mit dem Baby herumgesprochen hätte. Und nur für eine einzige lagen uns Beweise vor, daß sie am Tatort gewesen war.« Lizzie blickte kurz zur Verteidigung hinüber. »Meiner Meinung nach beweisen die Fakten eindeutig, daß Katie Fisher ihr Neugeborenes erstickt hat.«

Als Ellie Hathaway aufstand, um ihr Kreuzverhör zu beginnen, straffte Lizzie die Schultern. Sie mußte daran denken, was George ihr von der Anwältin erzählt hatte, daß sie knallhart war und selbst dem verstocktesten Zeugen noch Antworten entlocken konnte. Wenn sie sie ansah, glaubte Lizzie ihm aufs Wort. Sie selbst konnte es mit den Männern in ihrer Abteilung durchaus aufnehmen, aber mit dem kurzen Haar und dem streng geschnittenen Kostüm erweckte Ellie Hathaway den Eindruck, als wären ihr alle weicheren Züge schon vor langer Zeit abhanden gekommen.

Und deshalb war Lizzie ehrlich verblüfft, als die Anwältin mit einem offenen, freundlichen Lächeln auf sie zutrat. »Wußten Sie, daß ich früher oft im Sommer hier war?«

Lizzie blinzelte erstaunt. »Hier im Gericht?«

»Nein«, sagte Ellie lachend, »auch wenn das gern erzählt wird. Ich meinte in East Paradise.«

»Das wußte ich nicht«, sagte Lizzie kühl.

»Nun, meine Tante wohnt hier. Hatte früher mal eine kleine Farm.« Sie schmunzelte. »Aber das war bevor die Grundstückssteuern in schwindelerregende Höhen gestiegen sind.«

Lizzie lachte leise. »Deshalb wohne ich zur Miete.«

»Euer Ehren«, sagte George mit einem warnenden Blick auf seine Zeugin. »Ich bin sicher, Ms. Hathaways Erinnerungen sind für die Geschworenen nicht von Interesse.«

Die Richterin nickte. »Wollen Sie auf etwas Bestimmtes hinaus, Ms. Hathaway?«

»Ja, Euer Ehren. Es geht mir darum, daß man einiges von den Amischen mitbekommt, wenn man hier in der Gegend aufwächst.« Sie wandte sich Lizzie zu. »Finden Sie nicht auch?«

»Durchaus.«

»Sie haben vorhin gesagt, daß Sie noch nicht viele Amische festgenommen haben. Wann ist das zuletzt vorgekommen?«

Lizzie überlegte. »Vor etwa fünf Monaten. Ein Siebzehnjähriger war in angetrunkenem Zustand mit seiner Kutsche in einem Graben gelandet.«

»Und davor?«

Lizzie konnte sich nicht erinnern. »Ich weiß nicht.«

»Aber es ist schon eine ganze Weile her?«

»Das würde ich schon sagen«, gab Lizzie zu.

»Haben Sie sowohl im beruflichen als auch privaten Umgang mit den Amischen die Erfahrung gemacht, daß sie friedliebende Menschen sind?«

»Ja.«

»Wissen Sie, was passiert, wenn eine unverheiratete amische Frau ein Kind bekommt?«

»Ich habe gehört, daß sie für ihre Leute einstehen«, sagte Lizzie.

»Das stimmt, und Katie wäre nicht ausgestoßen worden – man hätte sie nur eine Weile unter Bann gestellt. Anschließend hätte man ihr vergeben und sie mit offenen Armen wieder aufgenommen. Wo bleibt denn da das Mordmotiv?«

»In der Unbarmherzigkeit ihres Vaters«, erklärte Lizzie. »Aaron Fisher hat damals den Bruder der Angeklagten verstoßen, um zu verhindern, daß die anderen Familienmitglieder weiter Kontakt zu ihm haben. Die Angeklagte hat befürchtet, daß sie das gleiche Schicksal ereilen würde.«

»Ich dachte, Sie hätten Mr. Fisher nicht vernommen.«

»Das habe ich auch nicht.«

»Aha«, sagte Ellie. »Dann können Sie also Gedanken lesen?«

»Ich habe mit seinem Sohn gesprochen«, konterte Lizzie.

»Durch das Gespräch mit einem Sohn erfährt man aber nicht, was im Kopf des Vaters vor sich geht. Ebensowenig wie der Blick auf ein totes Baby einem verrät, daß seine Mutter es getötet hat, hab ich recht?«

»Einspruch!«

»Zurückgezogen«, sagte Ellie ohne Zögern. »Kommt es Ihnen seltsam vor, daß eine amische Frau des Mordes beschuldigt wird?«

Lizzie sah George an. »Es ist ungewöhnlich. Aber es ist nun mal eine Tatsache, daß sie den Mord begangen hat.«

»Ach ja? Ihre wissenschaftlichen Beweise belegen, daß Katie dieses Kind geboren hat. Das ist unbestreitbar. Aber muß das notwendigerweise auch bedeuten, daß sie es getötet hat?«

»Nein.«

»Sie haben erwähnt, daß Sie auf dem Boden in der Nähe der Fundstelle der Leiche des Babys einen Fußabdruck gefunden haben. Bringt das Ihrer Meinung nach Katie mit dem Mord in Verbindung?«

»Ja«, sagte Lizzie. »Da wir wissen, daß sie Schuhgröße neununddreißig hat, erhärtet das unsere Theorie.«

»Gibt es irgendeine Möglichkeit nachzuweisen, daß dieser spezielle Fußabdruck von Katie stammt?«

Lizzie faltete die Hände. »Nicht hundertprozentig.«

»Ich trage Schuhgröße neununddreißig, Detective Munro. Theoretisch könnte der Abdruck also auch von mir stammen, richtig?«

»Sie waren an jenem Morgen nicht im Stall.«

»Wußten Sie, daß Levi Esch auch Schuhgröße neununddreißig hat?«

Lizzie lächelte verkrampft. »Jetzt weiß ich's.«

»Hat nicht Levi selbst ausgesagt, daß er neben dem Stapel Pferdedecken gestanden hat, als er die Leiche des Kindes entdeckte?«

»Doch.«

»Dann wäre also denkbar, daß dieser Abdruck, den sie als Indizienbeweis dafür ansehen, daß Katie einen Mord begangen hat, in Wirklichkeit von jemandem stammt, der aus einem völlig harmlosen Grund in der Sattelkammer war?«

»Es wäre möglich.«

»Gut«, sagte Ellie. »Sie haben gesagt, daß die Nabelschnur mit einer Schere durchtrennt wurde.«

»Einer fehlenden Schere.«

»Wenn eine junge Frau vorhat, ihr Baby zu töten, Detective, würde sie sich dann wohl die Mühe machen, die Nabelschnur zu durchtrennen?«

»Ich habe keine Ahnung.«

»Und wenn ich Ihnen sage, daß das Abklemmen und Durchschneiden der Nabelschnur beim Neugeborenen den Reflex auslöst, selbständig zu atmen? Wäre es dann sinnvoll, daß eine Frau das tut, wenn sie ihr Baby gleich darauf ersticken will?«

»Vermutlich nicht«, antwortete Lizzie ruhig, »aber andererseits wissen wohl die wenigsten, daß das Durchtrennen der Nabelschnur die Atmung auslöst. Daß die Nabelschnur durchtrennt wird, weiß man einfach, aus dem Fernsehen, oder wenn man auf einer Farm mit Tieren lebt.«

Ein wenig aus dem Konzept gebracht, trat Ellie einen Schritt zurück, um sich zu sammeln. »Wenn eine junge Frau ihr Baby töten wollte, wäre es da nicht leichter, es einfach mit Stroh zuzudecken und im Stall liegenzulassen, wo es in kurzer Zeit an Unterkühlung sterben würde?«

»Vielleicht.«

»Aber dieses Baby war sauber abgewischt und liebevoll eingewickelt, als es gefunden wurde. Detective, welche junge

Mutter mit Mordgedanken würde ihr Baby noch säubern und einwickeln?«

»Ich weiß nicht. Dennoch war es so«, sagte Lizzie mit Nachdruck.

»Das bringt mich auf etwas anderes«, fuhr Ellie fort. »Ihrer Theorie nach hat Katie die Schwangerschaft sieben Monate lang vor allen anderen geheimgehalten und ist in den Stall geschlichen, um das Kind still und heimlich zur Welt zu bringen. Sie hat also große Mühe auf sich genommen, um zu verhindern, daß irgendwer vor oder nach der Geburt von der Existenz des Babys erfuhr. Wieso um alles in der Welt hätte sie es ausgerechnet an einem Ort zurücklassen sollen, wohin nur wenige Stunden später Männer kommen würden, um die Kühe zu melken? Wieso hat sie das Baby nicht in den Teich hinter dem Stall geworfen?«

»Ich weiß es nicht.«

»Oder es im Misthaufen versteckt, wo es erst sehr viel später gefunden worden wäre?«

»Ich weiß es nicht.«

»Es gibt viele Stellen auf einer amischen Farm, wo man die Leiche eines Neugeborenen sehr viel besser verschwinden lassen könnte als unter einem Stapel Decken.«

Achselzuckend entgegnete Lizzie: »Niemand hat behauptet, daß die Angeklagte clever wäre. Nur daß sie einen Mord begangen hat.«

»Mord? Es geht hier um schlichten gesunden Menschenverstand. Wieso hätte sie die Nabelschnur durchtrennen, das Baby einwickeln, es töten sollen – um es dann da zurückzulassen, wo es ganz sicher bald entdeckt werden würde?«

Lizzie seufzte. »Vielleicht konnte sie nicht klar denken.«

Darauf hatte Ellie gewartet. »Aber eine Anklage wegen Mordes unterstellt, daß sie sich der Tat bewußt war, daß sie die Tat geplant hat, daß sie sie vorsätzlich begangen hat. Kann jemand vorsätzlich handeln und gleichzeitig verwirrt sein?«

»Ich bin keine Psychologin. Ich weiß es nicht.«

»Nein«, schloß Ellie vielsagend. »Sie wissen es nicht.«

Als Katie und Jacob noch klein waren, spielten sie oft in den Feldern, liefen im Zickzack durch die sommerlichen Maisfelder, wie durch einen Irrgarten. Die grünen Wände wuchsen so unglaublich dicht, daß sie manchmal nur einen Meter von ihrem Bruder entfernt war, ohne es zu merken.

Einmal, sie war ungefähr acht, verlor sie die Orientierung. Sie hatten gespielt, aber Jacob war zu schnell vorausgelaufen. Katie hatte nach ihm gerufen, aber er wollte sie ärgern und kam nicht zurück. Sie war immer im Kreis gegangen, war müde und durstig geworden, bis sie sich schließlich einfach auf der Erde ausstreckte. Sie blinzelte zwischen den Halmen empor und tröstete sich mit dem Gedanken, daß es noch immer dieselbe vertraute Sonne war, derselbe vertraute Himmel, dieselbe ihr bekannte Welt, in der sie an diesem Morgen aufgewacht war. Und schließlich packte Jacob das schlechte Gewissen, so daß er zurückkam und sie holte.

Während Katie am Tisch der Verteidigung saß und ein Wirrwarr von Worten auf sie einprasselte, dachte sie an diesen Tag im Maisfeld.

Vieles wandte sich von allein zum Guten, wenn man den Dingen ihren Lauf ließ.

»Die Patientin wurde mit einer starken vaginalen Blutung in die Notaufnahme eingeliefert, und ein Urin-Schwangerschaftstest war positiv. Sie hatte einen schwammigen Uterus, etwa vierundzwanzigste Woche, und einen geöffneten Gebärmuttermund«, sagte Dr. Seaborn Blair.

»Hat die Angeklagte sich widerspruchslos behandeln lassen?« fragte George.

»Nein«, antwortete Dr. Blair. »Sie wollte sich auf keinen Fall gynäkologisch untersuchen lassen – das kommt bei jungen Frauen vom Lande schon mal vor.«

»Hatten Sie nach der Behandlung Gelegenheit, mit der Angeklagten zu sprechen?«

»Ja. Natürlich fragte ich zuerst nach dem Baby. Ms. Fisher hatte ganz offensichtlich erst kurz zuvor entbunden, wurde aber nicht mit einem Neugeborenen eingeliefert.«

»Welche Erklärung gab Ihnen die Angeklagte dafür?«

Dr. Blair sah Katie an. »Daß sie kein Kind bekommen hätte.«

»Aha«, sagte George. »Was, wie Sie aufgrund Ihrer Untersuchung wußten, nicht stimmte.«

»Richtig.«

»Stellten Sie ihr weitere Fragen?«

»Ja, aber sie wollte die Schwangerschaft partout nicht zugeben. Ich schlug daraufhin eine psychiatrische Untersuchung vor.«

»Ist die Angeklagte im Krankenhaus von einem Psychiater untersucht worden?«

»Soweit ich weiß, nein«, sagte der Arzt. »Die Patientin hat nicht zugestimmt.«

»Danke«, sagte George. »Ihr Zeuge.«

Ellie trommelte einen Moment mit den Fingern auf die Tischplatte, dann stand sie auf. »Der schwammige Uterus, der positive Schwangerschaftstest, die Blutung, die gynäkologische Untersuchung. Haben diese Beobachtungen Sie zu der Überzeugung gebracht, daß Katie ein Kind geboren hatte?«

»Ja.«

»Haben diese Beobachtungen Sie zu der Überzeugung gebracht, daß Katie das Kind getötet hatte?«

Dr. Blair warf Katie erneut einen Blick zu. »Nein«, sagte er.

Dr. Carl Edgerton war seit über fünfzehn Jahren Gerichtsmediziner in Lancaster County, und mit seinen buschigen Augenbrauen und dem weißen Haar, das ihm nach hinten wallte, schien ihm die Rolle wie auf den Leib geschrieben. Er hatte in Hunderten von Prozessen als Sachverständiger ausgesagt, und in jedem einzelnen erweckte er mit der immer gleichen, leicht gereizten Miene den Eindruck, daß er viel lieber in seinem Labor wäre. »Doktor«, sagte der Staatsanwalt, »würden Sie uns bitte die Ergebnisse der von Ihnen an dem Neugeborenen Fisher durchgeführten Autopsie mitteilen?«

»Ja. Es handelte sich um eine prämature, männliche Lebendgeburt ohne angeborene Fehlbildungen. Es fanden sich Anzeichen für eine akute Chorioamnionitis sowie für Meconium-Aspiration und eine beginnende Lungenentzündung. Zudem gab es diverse Anzeichen für eine perinatale Asphyxie. Darüber hinaus entdeckten wir periorale Ecchymosen und intraorale Baumwollfasern, die von dem Hemd stammten, in dem das Neugeborene gefunden wurde.«

»Wir sollten das für die Nichtmediziner unter uns ein bißchen erläutern«, sagte George mit einem Lächeln in Richtung Geschworenenbank. »Wenn Sie von prämaturer Lebendgeburt sprechen, was genau soll das heißen?«

»Das Kind wurde zu früh geboren. Sein Knochenalter entsprach einem Gestationsalter von zweiunddreißig Wochen.«

»Und Lebendgeburt?«

»Im Gegensatz zur Totgeburt. Die Lungen des Neugeborenen waren rosa und belüftet. Repräsentative Proben von beiden unteren Flügeln wurden ebenso wie eine der Leber entnommene Kontrollprobe in Wasser gelegt. Das Lungengewebe schwebte, die Leberprobe dagegen ging unter – was belegt, daß das Kind nach der Geburt Luft eingeatmet hat.«

»Sie erwähnten, daß das Baby keine angeborenen Fehlbildungen hatte. Wieso ist das wichtig?«

»Das Baby war bei der Geburt lebensfähig. Es gab keine Chromosomendefekte und keinerlei Folgeerscheinungen durch Drogenkonsum – was beides bedeutsame negative Befunde gewesen wären.«

»Und die Chorioamnionitis?«

»Dabei handelt es sich im Grunde um eine Infektion der Mutter, die zur prämaturen Entbindung führte. Durch eine zusätzliche Untersuchung der Plazenta konnten die ansonsten verbreiteten Ursachen für eine Frühgeburt ausgeschlossen werden. Die Ursache der Chorioamnionitis konnte nicht bestimmt werden, da das fetale Gewebe und die Plazenta kontaminiert waren.«

»Wie haben Sie das festgestellt?«

»Durch mikrobiologische Untersuchungen konnten in fetalen Gewebeproben diphtheroide Erreger nachgewiesen werden. Nach einer vaginalen Geburt ist die Plazenta nur selten steril, aber die von uns untersuchte hatte noch dazu einige Zeit in einem Stall gelegen, bevor sie gesichert wurde.«

George nickte. »Und was ist Asphyxie?«

»Sauerstoffmangel, der letztlich zum Tode führt. Petechien – kleine Kapillarblutungen – waren auf den Lungenflügeln, der Thymusdrüse und perikardial sichtbar. Eine kleine subarachnoide Blutung wurde im Gehirn gefunden. Die Leber war an einigen Stellen von Nekrose der Hepatozyten befallen. Diese Befunde klingen höchst exotisch, treten aber bei Asphyxie auf.«

»Was hat es mit den Ecchymosen und den Baumwollfasern auf sich?«

»Ecchymosen sind kleine Blutergüsse. Die hier festgestellten hatten alle einen Durchmesser von einem bis anderthalb Zentimeter und befanden sich in unmittelbarer Umgebung des Mundes. Bei einer Untersuchung der Mundhöhle wurden Fasern gefunden, die von dem Hemd stammten.«

»Zu welchen Schlußfolgerungen kamen Sie aufgrund dieser beiden Beobachtungen?«

»Daß jemand dem Neugeborenen das Hemd in den Mund gestopft hat, um so die Atemluftzufuhr zu unterbinden.«

George wartete einen wirkungsvollen Moment lang. »Wurde die Nabelschnur untersucht?«

»Der vorhandene Teil der Nabelschnur war zwanzig Zentimeter lang und war nicht abgebunden oder abgeklemmt, wenngleich das Ende zusammengedrückt war, als wäre vorübergehend eine Klemme angebracht gewesen. Fasern, die am Ende der Schnur vorhanden waren, wurden dem forensischen Labor zur Analyse vorgelegt und entsprachen der Strohkordel, die im Stall gefunden worden war. Die Schnittfläche der Nabelschnur war ausgefranst. Es klebten Fasern daran, und in der Mitte hatte sie eine kleine Aussparung.«

»Ist das wichtig?«

Der Arzt zuckte die Achseln. »Es bedeutet jedenfalls, daß das, womit die Nabelschnur durchtrennt wurde, höchstwahrscheinlich eine Schere, in der Klinge eine Kerbe hatte und zum Schneiden von Strohkordeln benutzt wurde.«

»Doktor, haben Sie auf der Grundlage all dieser Feststellungen die Todesursache für das Neugeborene Fisher bestimmt?«

»Ja«, sagte Edgerton. »Asphyxie aufgrund von Ersticken.«

»Haben Sie die Todesart bestimmt?«

Der Gerichtsmediziner nickte. »Mord.«

Ellie erhob sich und ging auf den Gerichtsmediziner zu. »Dr. Edgerton, sind die Ecchymosen rund um den Mund ein sicherer Beweis dafür, daß das Kind erstickt wurde?«

»Der Beweis für den Erstickungstod liegt in den vielen Organen, die Anzeichen von Asphyxie zeigen.«

Ellie nickte. »Sie meinen zum Beispiel die Petechien in der Lunge. Aber trifft es nicht zu, daß Sie bei einer Autopsie nicht genau bestimmen können, wann eine Asphyxie eingetreten ist? Zum Beispiel, wenn es vor oder während der Geburt Probleme mit der Plazentadurchblutung gibt, könnte das nicht zu einer Unterversorgung des Fetus mit Sauerstoff führen, was bei einer Autopsie festgestellt würde?«

»Ja.«

»Und wenn es unmittelbar nach der Geburt Probleme mit der Durchblutung gibt? Wären dann auch Anzeichen von Asphyxie feststellbar?«

»Ja.«

»Und wenn die Mutter starke Blutungen hat oder während der Entbindung selbst unter Atemnot leidet?«

Der Gerichtsmediziner räusperte sich. »Auch dann.«

»Wenn die Lunge des Kindes unterentwickelt ist, wenn es an Kreislaufschwäche leidet oder an Lungenentzündung – würde sich das in Anzeichen von Asphyxie niederschlagen?«

»Ja, das würde es.«

»Und wenn das Baby an seinem eigenen Schleim ersticken würde?«

»Ja.«

»Asphyxie kann also eine Menge Ursachen haben und weist nicht unbedingt darauf hin, daß das Kind erstickt wurde?«

»Das ist richtig«, sagte der Gerichtsmediziner. »Aber die Asphyxie in Verbindung mit den Blutergüssen um den Mund herum und den Fasern, die in der Mundhöhle gefunden wurden, haben mich zu dieser speziellen Diagnose gebracht.«

Ellie lächelte. »Schön, sprechen wir darüber. Beweist das Vorhandensein eines Blutergusses, daß jemand eine Hand auf den Mund des Babys gelegt hat?«

»Der Bluterguß ist ein Anzeichen dafür, daß lokaler Druck ausgeübt wurde«, sagte Dr. Edgerton. »Folgern Sie daraus, was Sie wollen.«

»Gut, dann tun wir das doch mal. Nehmen wir einmal an, daß das Baby sehr schnell geboren wurde und mit dem Gesicht auf den Stallboden fiel – könnte das zu Blutergüssen geführt haben?«

»Das ist möglich.«

»Und wenn die Mutter hastig nach dem Kind gegriffen hat, weil es nach der Entbindung zu fallen drohte?«

»Vielleicht«, gab der Mediziner zu.

»Und die Fasern in der Mundhöhle«, fuhr Ellie fort. »Könnten die auch daher rühren, daß die Mutter die Atemwege des Babys von Schleim säubern wollte, um ihm die Atmung zu erleichtern?«

Edgerton neigte den Kopf. »Könnte sein.«

»Fügt die Mutter bei einer dieser möglichen Verhaltensweisen dem Neugeborenen Schaden zu?«

»Nein.«

Ellie ging zur Geschworenenbank hinüber. »Sie haben erwähnt, daß die Kulturen kontaminiert waren, nicht wahr?«

»Ja. Durch den langen Zeitraum zwischen der Geburt und der Sicherung der Plazenta wurde das Gewebe zu einem idealen Nährboden für Bakterien.«

»Das fetale Gewebe war ebenfalls kontaminiert?«

»Das ist richtig«, sagte Dr. Edgerton. »Mit diphtheroiden Erregern.«

»Wie haben Sie diese … diphtheroiden Erreger identifiziert?«

»Kolonie- und Gramfärbung-Morphologie der Plazenta-Kulturen und der fetalen Kulturen.«

»Haben Sie biochemische Untersuchungen vorgenommen,

um sicherzugehen, daß es sich um diphtheroide Erreger handelte?«

»Das war nicht erforderlich.« Edgerton zuckte die Achseln. »Lesen Sie Ihre Lehrbücher vor jedem Prozeß neu durch, Ms. Hathaway? Ich mache diese Arbeit seit fünfzehn Jahren. Ich weiß, wie diphtheroide Erreger aussehen.«

»Sie sind sich also hundertprozentig sicher, daß es sich um diphtheroide Erreger handelte?« hakte Ellie nach.

»Jawohl, das bin ich.«

Ellie lächelte leicht. »Sie erwähnten auch, daß die Plazenta Anzeichen einer akuten Chorioamnionitis aufwies. Können Sie bestätigen, daß Chorioamnionitis unter Umständen dazu führt, daß ein Fetus infizierte Amnionflüssigkeit aspiriert und somit an einer intrauterinen Lungenentzündung erkrankt – was wiederum eine Blutvergiftung und den Tod zur Folge hat?«

»Das ist sehr, sehr selten.«

»Aber es kommt vor?«

Ein Seufzen. »Aber es ist wirklich weit hergeholt. Es ist weitaus realistischer, die Chorioamnionitis als Ursache für die Frühgeburt und nicht als Todesursache zu betrachten.«

»Und doch haben Sie selbst ausgesagt«, wandte Ellie ein, »daß bei der Autopsie Anzeichen einer beginnenden Lungenentzündung festgestellt wurden.«

»Das ist richtig, aber sie war nicht so gravierend, daß sie zum Tode geführt hätte.«

»Im Autopsiebericht steht, daß in der Lunge Meconium gefunden wurde. Ist das nicht ein Anzeichen für eine fetale Gefährdung?«

»Ja, und zwar weil fetaler Stuhl – das Meconium – in die Amnionflüssigkeit gelangt ist und in die Lungen eingeatmet wurde. Das löst einen starken Reiz aus und kann die Atmung beeinträchtigen.«

Ellie trat näher auf den Zeugen zu. »Sie haben uns soeben zwei weitere Gründe dafür geliefert, warum das Neugeborene möglicherweise unter Atemnot litt: beginnende Lungenentzündung und die Aspiration von fetalem Stuhl.«

»Ja.«

»Aber laut Ihrer Aussage war Asphyxie die Todesursache.«

»Ja.«

»Würden Sie mir zustimmen, daß Lungenentzündung und Meconium-Aspiration – die beide natürliche Ursachen haben – zur Asphyxie geführt hätten?«

Dr. Edgerton blickte amüsiert, als wüßte er ganz genau, worauf Ellie hinauswollte. »Vielleicht, Ms. Hathaway. Aber da das Kind erstickt wurde, ist die Frage rein akademisch.«

Schon immer waren Ellie Getränkeautomaten, die warme Suppen und heißen Kaffee verkauften, nicht ganz geheuer. Sie stand vor so einem Ding im Kellergeschoß des Gerichts, die Hände in die Hüften gestemmt, und wartete darauf, daß der kleine Styroporbecher herausgefallen kam.

Nichts.

»Nun mach schon«, murmelte sie. »Ich hab dir fünfzig Cent gegeben«, sagte sie lauter.

Eine Stimme hinter ihr hielt sie davon ab, weiter zu schimpfen. »Ich bete inständig, daß ich nie Schulden bei dir habe«, sagte Coop, während er seine Hände auf ihre Schultern legte und seine Lippen über ihren Nacken strichen.

»Man kann doch erwarten, daß die Dinger regelmäßig gewartet werden«, beschwerte sich Ellie und wandte dem Automaten den Rücken zu. Prompt lieferte er heißen Kaffee, allerdings ohne den Becher, so daß Ellies Schuhe und Waden bespritzt wurden. »Ach, verdammt!« zischte sie und sprang beiseite. Dann sah sie die braunen Flecken auf ihrer Strumpfhose. »Na, prima.«

Coop setzte sich auf einen der Metallstühle. »Als ich klein war, hat meine Grandma kleine Malheurs oft extra verursacht. Milchflaschen umgestoßen, über ihre eigenen Füße gestolpert, sich Wasser auf die Bluse gespritzt.«

Während sie sich die Waden abtupfte, sagte Ellie: »Kein Wunder, daß du in die Psychiatrie gegangen bist.«

»Das ist durchaus nicht dumm, vorausgesetzt, man ist abergläubisch. Wenn sie was Wichtiges vorhatte, wollte sie das Unglück hinter sich bringen. Damit sie den Rest des Tages davon verschont blieb.«

»Du weißt, daß das nicht funktioniert.«

»Bist du dir da so sicher?« Coop schlug die Beine übereinander. »Wäre doch eine angenehme Vorstellung, daß du, weil dir das gerade passiert ist, in den Gerichtssaal spazieren und gar nichts mehr falsch machen kannst.«

Ellie ließ sich mit einem Seufzer neben ihn sinken. »Weißt du, daß sie zittert?» Sie faltete die schmutzige Papierserviette zusammen und legte sie auf den Boden neben ihrem Stuhl. »Ich spüre, wie sie neben mir bebt wie eine Stimmgabel.«

»Soll ich mal mit ihr reden?«

»Ich weiß nicht«, sagte Ellie. »Ich habe Angst, daß sie noch mehr Panik kriegt, wenn wir sie darauf ansprechen.«

»Psychologisch betrachtet –«

»Darum geht's hier aber nicht, Coop. Hier geht's um die juristische Betrachtungsweise. Und das allerwichtigste ist jetzt, sie durch diesen Prozeß zu bringen, ohne daß sie vollends zusammenbricht.«

»Bis jetzt machst du deine Sache sehr gut.«

»Ich hab doch noch gar nichts gemacht!«

»Ach so, jetzt versteh ich. Wenn Katie schon jetzt so nervös ist, wo sie nur den Zeugenaussagen zuhört, wie soll das dann erst werden, wenn du sie in den Zeugenstand rufst?« Er massierte sanft Ellies Rücken. »Du hast doch bestimmt schon öfter nervöse Mandanten gehabt.«

»Klar.«

Ein anderer Anwalt betrat den Raum, nickte ihnen zu und warf zwei Münzen in den Getränkeautomaten. »Vorsicht«, sagte Coop. »Der ist nicht stubenrein.«

Ellie konnte nur mit Mühe ein Kichern unterdrücken. Der Anwalt trat gegen den defekten Automaten, fluchte leise und marschierte wieder hinaus. Ellie lächelte Coop an. »Danke. Das hat gutgetan.«

»Und was hältst du hiervon?« fragte Coop und beugte sich vor, um sie zu küssen.

»Laß das lieber.« Ellie hielt ihn mit ausgestrecktem Arm auf Abstand. »Ich glaube, ich hab mir was eingefangen.«

Seine Augen schlossen sich. »Ich liebe Risiken.«

»Ach, hier seid ihr.«

Beim Klang von Ledas Stimme fuhren Ellie und Coop auseinander. Leda stand auf der Treppe und hatte Katie dabei. »Ich hab ihr gesagt, du würdest gleich zurückkommen«, sagte Leda, »aber sie war nicht zu beruhigen.«

Katie kam die letzten Stufen herunter und baute sich vor Ellie auf. »Ich muß jetzt nach Hause.«

»Bald, Katie. Es dauert nicht mehr lange.«

»Wir müssen zum Melken wieder zu Hause sein, und wenn wir jetzt losfahren, kommen wir gerade noch rechtzeitig. Mein Dad schafft das nicht allein mit Levi.«

»Wir sind verpflichtet, im Gericht zu bleiben, bis die Verhandlung vertagt wird«, erklärte Ellie.

»He, Katie«, warf Coop ein. »Was hältst du davon, wenn wir beide uns ein ruhiges Eckchen suchen und uns ein bißchen unterhalten?«

Es war deutlich zu sehen, daß Katie am ganzen Körper bebte. Sie ignorierte Coop und starrte statt dessen Ellie weiter an. »Kannst du nicht machen, daß die Verhandlung vertagt wird?«

»Das kann nur die Richterin.« Ellie legte dem Mädchen eine Hand auf die Schulter. »Ich weiß ja, daß das schwer für dich ist, und ich – wo willst du hin?«

»Mit der Richterin sprechen. Sie bitten, daß sie vertagt«, sagte Katie halsstarrig. »Ich kann meine Arbeit nicht vernachlässigen.«

»Du kannst nicht einfach mit der Richterin reden. Das geht nicht.«

»Ich tu's aber trotzdem.«

»Wenn du sie verärgerst«, warnte Ellie, »kommst du überhaupt nicht mehr rechtzeitig zur Arbeit.«

Katie fuhr herum. »Dann frag du sie doch.«

»So etwas hab ich ja noch nie gehört«, sagte Richterin Ledbetter. »Sie bitten darum, daß wir heute früher Schluß machen, damit Ihre Mandantin ihre Farmarbeiten erledigen kann?«

Ellie nahm die Schultern zurück und erwiderte mit unbewegter Miene: »Genaugenommen möchte ich darum bitten, daß wir an jedem Verhandlungstag um drei Uhr nachmittags Schluß machen, Euer Ehren.« Zähneknirschend fügte sie hinzu: »Ich würde nicht darum bitten, wenn die Lebensweise meiner Mandantin das nicht erfordern würde.«

»Das Gericht tagt bis sechzehn Uhr dreißig.«

»Das habe ich auch meiner Mandantin erklärt.«

»Mich interessiert brennend, was sie erwidert hat.«

»Daß die Kühe nicht so lange warten würden.« Ellie warf George einen kurzen Seitenblick zu. Er grinste vor sich hin wie eine Katze, die gerade den Kanarienvogel erwischt hat. Und es war ihm nicht zu verdenken. Ellie war gerade dabei, ihr eigenes Grab zu schaufeln, ohne daß er auch nur den kleinsten Finger krümmen mußte. »Euer Ehren, bitte bedenken Sie auch, daß einer der geladenen Zeugen auf der Farm der Fishers angestellt ist. Wenn nicht nur meine Mandantin, sondern auch er beim Melken am Nachmittag nicht zu Verfügung stehen, würde das die wirtschaftliche Lage der Familie über Gebühr belasten.«

Richterin Ledbetter wandte sich an den Staatsanwalt. »Mr. Callahan, möchten Sie etwas dazu sagen?«

»Ja, Euer Ehren. Die Amischen können sich gern nach ihrer Uhr richten, solange niemand sonst dadurch beeinträchtigt wird, aber während eines laufenden Verfahrens sollte man von ihnen verlangen können, daß sie sich an unseren Zeitplan halten. Meiner Meinung nach ist das nur ein Trick von Ms. Hathaway, um die eklatanten Unterschiede zwischen den Amischen und der übrigen Welt deutlich zu machen.«

»Das ist kein Trick, George«, sagte Ellie leise. »Das ist Milchwirtschaft, schlicht und einfach.«

»Außerdem«, fuhr George Callahan fort, »habe ich noch einen Zeugen, und seine Aussage zu verschieben, wäre meinem Fall abträglich. Heute ist Freitag, und die Geschworenen könnten sie dann erst am Montag morgen hören. Aber bis dahin wäre die heutige Gesamtwirkung verlorengegangen.«

»Auch wenn das vermessen klingen mag, Euer Ehren, darf ich Sie darauf hinweisen, daß bei vielen Prozessen, an denen ich beteiligt war, Tagesordnungen im letzten Moment abgeändert wurden, weil sich unvorhergesehene Situationen ergeben haben, wie die Versorgung eines Kindes, ein Arztbesuch und andere Notfälle, die sich gelegentlich im Leben von Anwälten und sogar Richterinnen ereignen? Wieso können die Regeln nicht auch für meine Mandantin ein wenig gebeugt werden?«

»Na, dazu hat sie selbst bereits einen beachtlichen Beitrag geleistet«, sagte George trocken.

»Nun halten Sie mal die Luft an, alle beide«, sagte Richterin Ledbetter. »So verlockend es auch wäre, hier vor dem Berufsverkehr wegzukommen, ich werde Ihre Bitte abschlagen, Ms. Hathaway, zumindest solange die Anklage ihren Fall vorträgt. Sobald Sie an der Reihe sind, können wir gerne um 15 Uhr vertagen, wenn Sie das wünschen.« Sie sah George an. »Mr. Callahan, rufen Sie Ihren nächsten Zeugen auf.«

»Stellen Sie sich vor, Sie sind ein junges Mädchen«, sagte Dr. Brian Riordan, der forensische Psychologe, der als sachverständiger Zeuge für die Anklage aussagte. »Sie fangen eine Affäre mit einem jungen Mann an, von dem Ihre Eltern nichts wissen dürfen. Sie schlafen mit dem jungen Mann. Einige Wochen später stellen Sie fest, daß Sie schwanger sind. Sie erledigen weiter Ihre täglichen Arbeiten, obwohl Sie etwas müder sind als gewöhnlich. Sie meinen, das Problem wird sich schon von selbst lösen. Wenn es sich in Ihren Kopf drängt, schieben Sie es wieder beiseite und nehmen sich vor, morgen darüber nachzudenken. Derweil tragen Sie Kleidung, die ein wenig weiter ist, und achten darauf, daß niemand Sie zu fest umarmt.

Dann wachen Sie eines Nachts mit starken Schmerzen auf. Sie wissen, was mit Ihnen passiert, aber Sie haben nur den einen Gedanken: Ihr Geheimnis weiter zu bewahren. Sie schleichen sich aus dem Haus und bringen ganz allein, in aller Stille, ein Kind zur Welt, das Ihnen nichts bedeutet. Dann beginnt das Neugeborene zu schreien. Sie legen ihm die Hand auf den Mund, weil sonst alle wach würden. Sie drücken fester zu, bis das Baby aufhört zu weinen, bis es sich nicht mehr bewegt. Dann, weil Sie es loswerden müssen, wickeln Sie es in ein Hemd und verstecken es einfach irgendwo. Sie sind erschöpft, also gehen Sie hinauf in Ihr Zimmer. Sie wollen nur noch schlafen, und Sie reden sich ein, daß Sie sich später um alles Weitere kümmern werden. Als die Polizei Sie am nächsten Tag nach dem Baby fragt, sagen Sie, Sie wüßten nichts davon, so, wie Sie es sich selbst die ganze Zeit eingeredet haben.«

Die Geschworenen saßen vorgebeugt da, wie gebannt von dem packenden Szenario, das Riordan gezeichnet hatte. »Wo bleibt der berühmte Mutterinstinkt?« fragte George.

»Frauen, die ihr Neugeborenes töten, haben sich von der Schwangerschaft völlig distanziert«, erklärte Riordan. »Für sie hat die Geburt einen ähnlich emotionalen Wert wie der Abgang eines Gallensteins.«

»Haben Frauen, die ihr Kind töten, ein schlechtes Gewissen?«

»Sie meinen, ob Sie Reue empfinden?« Riordan spitzte die Lippen. »Ja, allerdings. Aber nur, weil es ihnen leid tut, daß ihre Eltern sie in einem so schlechten Licht sehen – nicht wegen des toten Babys.«

»Dr. Riordan, wie kam Ihre Begegnung mit der Angeklagten zustande?«

»Ich wurde beauftragt, für diesen Prozeß ein Gutachten über sie zu erstellen.«

»Wie gingen Sie dabei vor?«

»Ich las die offengelegten Akten in diesem Fall, studierte, wie die Angeklagte bei projektiven Tests wie dem Rorschach-Test und objektiven Tests wie den MMPI abgeschnitten hatte, und führte selbst ein Gespräch mit ihr.«

»Sind Sie zu einem fundierten Schluß gelangt?«

»Ja. Die Angeklagte war zu dem Zeitpunkt, als sie das Kind tötete, in der Lage, Recht von Unrecht zu unterscheiden. Sie war sich ihrer Handlungen bewußt.« Riordans Blick huschte über Katie hinweg. »Es war ein klassischer Fall von Neonatizid. Alles an der Angeklagten entsprach dem Charakterprofil einer Frau, die ihr Neugeborenes töten würde – ihre Erziehung, ihr Verhalten, ihre Lügen.«

»Woher wissen Sie, daß sie gelogen hat?« fragte George in der Rolle des Advocatus Diaboli. »Vielleicht wußte sie wirklich nicht, daß sie schwanger war oder daß sie ein Kind bekommen hatte.«

»Laut Aussage der Angeklagten selbst wußte sie, daß sie schwanger war, hatte sich aber bewußt dazu entschlossen, das geheimzuhalten. Wenn man sich für eine bestimmte Verhaltensweise entscheidet, um sich selbst zu schützen, dann impliziert das, daß man weiß, was man tut. Hinzu kommt, daß man, wenn man einmal gelogen hat, wieder lügen wird, was bedeutet, daß ihre Aussagen zu der Schwangerschaft und Entbindung bestenfalls fragwürdig sind. Ihre Handlungen sprechen dagegen eine klare, unmißverständliche Sprache«, sagte Riordan. »Während unseres Gesprächs gab die Angeklagte zu, daß sie mit Wehen aufwachte und ihr Zimmer mit der bewußten Absicht verließ, daß niemand im Haus etwas hören sollte. Das ist Verschleierung. Sie entschied sich für den Stall und ging zu einer Stelle, von der sie wußte, daß dort frisches Stroh verteilt worden war. Das ist Vorsatz. Nach der Entbindung deckte sie das blutige Stroh ab und versuchte das Neugeborene daran zu hindern zu schreien – zudem wurde der Leichnam in einem Stapel Decken gefunden. Das zeigt, daß sie etwas zu verbergen hatte. Sie entledigte sich des blutigen Nachthemdes, das sie getragen hatte, und als sie am nächsten Morgen aufstand, verhielt sie sich ihrer Familie gegenüber vollkommen normal, alles nur, um die Lüge aufrechtzuerhalten. All diese einzelnen Elemente – sie entbindet an einem ungestörten Ort, sie vertuscht die Geburt, sie macht anschließend sauber, sie tut so, als wäre alles wie sonst – deuten darauf hin, daß die Angeklagte sehr wohl wußte, was sie tat, als sie es tat – und was noch wichtiger ist – sie wußte, daß es Unrecht war.«

»Hat die Angeklagte während des Gesprächs mit Ihnen gestanden, das Neugeborene ermordet zu haben?«

»Nein, sie behauptet, keinerlei Erinnerung daran zu haben.«

»Wie können Sie dann sicher sein, daß sie es getan hat?«

Riordan zuckte die Achseln. »Weil Amnesie leicht vorgetäuscht werden kann. Und weil ich solche Fälle kenne, Mr. Callahan. Es gibt ein spezifisches Verhaltensmuster bei Neonatizid, und die Angeklagte erfüllt jedes einzelne Kriterium: Sie hat die Schwangerschaft geleugnet. Sie behauptet, ihr sei anfänglich nicht klar gewesen, daß die Wehen eingesetzt hatten. Sie hat das

Kind allein entbunden. Sie hat gesagt, sie habe das Neugeborene nicht getötet, obwohl der Leichnam aufgefunden wurde. Sie hat im Laufe der Zeit gewisse Lücken in ihrer Erzählung eingestanden. All das sind typische Merkmale jedes Neonatizidfalls, mit dem ich mich bisher befaßt habe, und es hat mich zu der Überzeugung gebracht, daß auch die Angeklagte einen Neonatizid begangen hat, selbst wenn es in ihrer Erinnerung offensichtlich ein paar Lücken gibt.« Er beugte sich vor. »Wenn ich etwas sehe, das quakt und Federn und einen Schnabel und Füße mit Schwimmhäuten hat, muß ich es nicht erst schwimmen sehen, um zu wissen, daß es eine Ente ist.«

Daß sie ihre Verteidigungsstrategie hatte ändern müssen, war für Ellie vor allem deshalb schmerzhaft, weil sie dadurch Dr. Polacci als Zeugin verloren hatte. Es war jedoch völlig ausgeschlossen, den Bericht der Psychologin an die Anklagevertretung zu geben, da darin explizit stand, daß Katie ihr Neugeborenes getötet hatte, wenngleich ohne sich des Charakters und des Unrechts ihrer Tat bewußt zu sein. Wenn Ellie also irgendwelche Löcher in die Neonatizid-Behauptung der Anklage bohren wollte, dann mußte das jetzt geschehen. »Wie viele Kindsmörderinnen haben sie schon interviewt?« fragte sie, während sie auf Dr. Riordan zuging.

»Zehn.«

»Zehn!« Ellie riß die Augen auf. »Aber Sie sind doch angeblich ein Experte auf dem Gebiet!«

»Ich werde als solcher betrachtet. Alles ist relativ.«

»Dann haben Sie also etwa einmal pro Jahr mit einem solchen Fall zu tun?

Riordan neigte den Kopf. »Das dürfte ungefähr stimmen.«

»Das von Ihnen dargelegte Charakterprofil und Ihre Behauptungen über Katie basieren also auf der Erfahrung, die Sie in Gesprächen mit insgesamt ... zehn Frauen gesammelt haben?«

»Ja.«

Ellie zog die Augenbrauen hoch. »Dr. Riordan, haben Sie nicht im *Journal of Forensic Sciences* geschrieben, daß Frauen, die Neonatizid begehen, nicht bösartig sind? Daß Sie niemandem unbedingt Schaden zufügen wollen?«

»Richtig. Für gewöhnlich denken sie nicht in solchen Kategorien. Sie nehmen ihr Handeln lediglich egozentrisch als etwas wahr, das ihnen nützen wird.«

»Dennoch haben Sie in den Fällen, wo Sie als Experte aufgetreten sind, Haftstrafen für diese Frauen empfohlen?«

»Ja. Wir müssen der Gesellschaft ein Signal geben, daß Mörder nicht ungeschoren davonkommen.«

»Verstehe. Ist es richtig, Dr. Riordan, daß Frauen, die Neonatizid begehen, die Tötung ihres Neugeborenen zugeben?«

»Nicht sofort.«

»Aber schließlich, wenn sie mit Beweisen konfrontiert oder eindringlich befragt werden, brechen sie zusammen. Ist das richtig?«

»So habe ich es erlebt, ja.«

»Während Ihres Gesprächs mit Katie, haben Sie sie da gebeten, Vermutungen darüber anzustellen, was mit dem Baby passiert ist?«

»Ja.«

»Wie lautete ihre Erklärung?«

»Sie hat mehrere angeboten.«

»Hat sie nicht gesagt: ›Vielleicht ist es einfach gestorben, und irgendwer hat es versteckt‹?«

»Unter anderem, ja.«

»Sie haben gesagt, daß Frauen, die Neonatizid begehen, unter Druck zusammenbrechen. Nun hat Katie aber dieses hypothetische Szenario selbst vorgeschlagen, anstatt aufzugeben und den Mord zu gestehen. Bedeutet diese Tatsache nicht, daß genau das möglicherweise wirklich passiert ist?«

»Die Tatsache bedeutet, daß sie gut lügen kann.«

»Hat Katie je gestanden, das Baby getötet zu haben?«

»Nein. Allerdings hat sie auch die Schwangerschaft zunächst nicht zugegeben.«

Ellie ging über diesen Kommentar hinweg. »Was genau hat Katie gestanden?«

»Daß sie eingeschlafen ist, aufwachte und das Kind verschwunden war. Sie konnte sich an sonst nichts erinnern.«

»Und daraus haben Sie abgeleitet, daß sie einen Mord begangen hat?«

»Es war die nächstliegende Erklärung, angesichts des allgemeinen Verhaltensmusters.«

Genau die Antwort hatte Ellie erhofft. »Als Fachmann auf dem Gebiet wissen Sie doch bestimmt, was ein dissoziativer Zustand ist.«

»Allerdings.«

»Könnten Sie diesen Begriff für diejenigen unter uns erläutern, die ihn nicht kennen?«

»Ein dissoziativer Zustand tritt ein, wenn eine Person einen Teil ihres Bewußtseins abspaltet, um eine traumatische Situation zu überstehen.«

»Wie eine mißhandelte Frau, die sich psychisch absentiert, wenn ihr Mann sie verprügelt?«

»Richtig«, antwortete Riordan.

»Stimmt es, daß Menschen, die in einem dissoziativen Zustand sind, Gedächtnislücken haben, aber ansonsten recht normal wirken?«

»Ja.«

»Ein dissoziativer Zustand ist kein gewähltes, bewußtes Verhalten?«

»Richtig.«

»Stimmt es, daß extremer psychischer Streß einen dissoziativen Zustand auslösen kann?«

»Ja.«

»Könnte der Tod eines geliebten Menschen extremen psychischen Streß auslösen?«

»Vielleicht.«

»Gehen wir noch einmal zurück. Nehmen wir mal an, daß Katie ihr Kind wollte. Sie brachte es zur Welt und erlebte tragischerweise mit, wie es starb, trotz ihrer verzweifelten Bemühungen, seine Atmung in Gang zu halten. Könnte der Schock dieses Todes einen dissoziativen Zustand auslösen?«

»Das wäre möglich«, stimmte Riordan zu.

»Und wenn sie sich nicht daran erinnern konnte, wie das Kind gestorben ist, könnte diese Gedächtnislücke aufgrund der Dissoziation entstanden sein?«

Riordan schmunzelte herablassend. »Alles möglich, Ms. Hathaway, doch leider ist das von Ihnen entworfene Szenario nicht schlüssig. Sie wollen behaupten, daß die Angeklagte an jenem Morgen in einen dissoziativen Zustand geriet, der wiederum zu ihren Erinnerungslücken führte. Meinetwegen. Aber Sie können unmöglich beweisen, daß der durch den natürlichen Tod des Babys ausgelöste Streß sie in diesen Zustand versetzt hat. Es ist ebensogut möglich, daß sie durch den Streß der Wehen dissoziierte. Oder als Folge des Mordes, eine mit extremem Streß verbundene Handlung.

Verstehen Sie, die Tatsache der Dissoziation spricht Ms. Fisher nicht von dem Mord frei. Menschen sind in der Lage, komplexe Handlungen durchzuführen, selbst wenn ihre Fähigkeit, sich an diese Handlungen zu erinnern, beeinträchtigt ist. Sie können beispielsweise im dissoziativen Zustand Ihren Wagen steuern und Hunderte von Meilen fahren, ohne sich auch nur an einen einzigen Abschnitt der Reise zu erinnern. Ebenso können Sie im dissoziativen Zustand ein Baby gebären, auch wenn Sie sich nicht daran erinnern. Sie können versuchen, ein sterbendes Baby wiederzubeleben, und sich nicht daran erinnern. Oder«, fügte er spitz hinzu, »Sie können ein Baby töten und sich nicht daran erinnern.«

»Dr. Riordan«, sagte Ellie, »wir sprechen hier über ein junges amisches Mädchen, nicht über ein egozentrisches Großstadtkind. Versetzen Sie sich in ihre Lage. Wäre es nicht möglich, daß Katie Fisher dieses Baby wollte, daß es in ihren Armen starb, daß sie davon so erschüttert war, daß ihre Psyche unbewußt das Geschehene ausblendete?«

Doch Riordan war schon zu oft im Zeugenstand gewesen, um so leicht in die Falle zu tappen. »Wenn sie das Baby so sehr wollte, Ms. Hathaway«, sagte er, »wieso hat sie es dann sieben Monate lang verleugnet?«

George war schon aufgesprungen, noch bevor Ellie wieder Platz genommen hatte. »Ich habe doch noch ein paar Fragen an den Zeugen, Euer Ehren. Dr. Riordan, sind Sie als Sachverständiger der Auffassung, daß sich die Angeklagte am Morgen des zehnten Juli in einem dissoziativen Zustand befand?«

»Nein.«

»Hat das für diesen Fall irgendeine Bewandtnis?«

»Nein.«

»Warum nicht?«

Riordan zuckte die Achseln. »Ihr Verhalten ist so klar, daß man auf übertriebene Psychologisierungen verzichten kann. Die Verheimlichung der Schwangerschaft vor der Niederkunft läßt vermuten, daß die Angeklagte nach der Entbindung alles in ihrer Macht Stehende tun würde, um das Kind loszuwerden.«

»Einschließlich Mord?«

Der Psychologe nickte. »Insbesondere Mord.«

George wandte sich an die Richterin. »Euer Ehren«, sagte er, »die Anklage ruft keine weiteren Zeugen auf.«

Sarah hatte mit dem Abendessen auf sie gewartet, und obwohl es köstlich schmeckte, stocherte Ellie lustlos auf ihrem Teller herum. Der Raum kam ihr viel zu eng vor, und sie ärgerte sich, daß sie Coops Einladung ausgeschlagen hatte, in ein Restaurant in Lancaster zu gehen.

»Ich hab Nugget für dich gestriegelt«, sagte Sarah, »nur das Zaumzeug muß noch geputzt werden.«

»Danke, Mam«, antwortete Katie. »Ich mach das nach dem Essen, auch den Abwasch; du bist bestimmt müde vom Melken.«

Am anderen Ende des Tisches stieß Aaron einen lauten Rülpser aus und lächelte seiner Frau anerkennend zu. »Gut gekocht«, sagte er. »Er schob die Daumen unter seine Hosenträger und wandte sich an seinen Vater. »Ich überlege, ob ich Montag zu der Auktion von Lapp gehe.«

»Brauchst du noch mehr Pferde?« erkundigte sich Elam.

Aaron zuckte die Achseln. »Kann nie schaden, sich anzusehen, was so angeboten wird.«

»Ich hab gehört, daß Marcus King das Fohlen verkaufen will, das seine Braune im letzten Frühling geworfen hat.«

»Wirklich? Das ist ein Prachtkerl.«

Sarah schnaubte. »Was willst du denn mit noch einem Pferd?«

Ellie ließ den Blick von einem zum anderen wandern, als folge sie einem Tennismatch. »Verzeihung«, sagte sie leise, und einer nach dem anderen wandte sich ihr zu. »Seid ihr euch eigentlich darüber im klaren, daß eure Tochter gerade einen Mordprozeß durchmacht?«

»Ellie, nicht –« Katie streckte die Hand aus, aber Ellie schüttelte den Kopf.

»Seid ihr euch darüber im klaren, daß eure Tochter vielleicht in weniger als einer Woche schuldig gesprochen und direkt vom Gericht zum Staatsgefängnis nach Muncy gebracht wird? Ihr sitzt hier und plaudert über Pferdeauktionen – interessiert es euch denn gar nicht, wie der Prozeß läuft?«

»Es interessiert uns«, sagte Aaron steif.

»Verdammt nette Art, das zu zeigen«, murmelte Ellie, knüllte ihre Serviette zusammen, warf sie auf den Tisch und lief die Treppe hinauf in ihr Zimmer.

Als Ellie die Augen wieder aufschlug, war es draußen ganz dunkel, und Katie saß auf ihrer Bettkante. Sie fuhr hoch, wischte sich die Haare aus dem Gesicht und sah blinzelnd auf den kleinen Wecker auf ihrem Nachttisch. »Wieviel Uhr ist es?«

»Kurz nach zehn«, flüsterte Katie. »Du bist eingeschlafen.«

»Ja.« Ellie fuhr sich mit der Zungenspitze über die Zähne. »Sieht ganz so aus.« Allmählich wurde sie wieder klar im Kopf und streckte den Arm aus, um die Gaslampe hochzudrehen. »Wo hast du gesteckt?«

»Ich hab den Abwasch gemacht und das Zaumzeug geputzt.« Katie zog die Rollos herunter, dann setzte sie sich und begann, ihren Haarknoten zu lösen.

Ellie sah zu, wie Katie ihr langes, honigfarbenes Haar bürstete, die Augen klar und groß. Als Ellie auf die Farm gekommen war, hatte sie diesen Blick auf allen Gesichtern um sie herum irrtümlich für ein Zeichen von Leere oder Dummheit gehalten. Inzwischen wußte sie, daß dieser Blick der Amischen nicht inhaltlos, sondern erfüllt war – erfüllt von friedlicher Ruhe. Selbst jetzt, nach einem schwierigen Prozeßbeginn, war Katie ganz gelöst.

»Ich weiß, daß sie sich dafür interessieren«, hörte Ellie sich selbst sagen.

Katie wandte den Kopf. »Für den Prozeß, meinst du.«

»Ja. In meiner Familie ging es immer laut zu. Wenn es Streit gab, flogen die Fetzen, aber wir haben uns immer schnell wieder vertragen. Diese Stille – das ist mir ein wenig fremd.«

»Deine Eltern haben dich oft angeschrien, was?«

»Manchmal«, gab Ellie zu. »Aber das hat mir zumindest gezeigt, daß sie da waren.« Sie schüttelte den Kopf, löste sich von der Erinnerung. »Jedenfalls entschuldige ich mich dafür, daß ich beim Abendessen so in die Luft gegangen bin.« Sie seufzte. »Ich weiß auch nicht, was mit mir los ist.«

Katies Bürste hielt jäh inne. »Wirklich nicht?«

»Nein. Ich meine, ich bin etwas angespannt wegen des Prozesses, aber an deiner Stelle sähe ich mich auch lieber nervös als seelenruhig.« Sie sah Katie an und bemerkte erst jetzt, daß die Wangen des Mädchens glühten.

»Was verschweigst du mir?« fragte Ellie mit einem flauen Gefühl in der Magengegend.

»Nichts! Ich verschweige dir nichts!«

Ellie schloß die Augen. »Ich bin für so was einfach zu müde. Könntest du mit deiner Beichte bis morgen warten?«

»Okay«, sagte Katie, eine Spur zu schnell.

»Zum Teufel mit morgen. Heraus damit.«

»Du schläfst in letzter Zeit immer früh ein, wie heute abend. Und beim Abendessen hast du die Beherrschung verloren.« Katies Augen blitzten, als ihr noch etwas anderes einfiel. »Und weißt du noch, heute morgen auf der Toilette im Gericht?«

»Du hast recht. Mir steckt irgendwas in den Knochen.«

Katie legte die Bürste beiseite und lächelte schüchtern. »Du bist nicht krank, Ellie. Du bist schwanger.«

14

Ellie

Das ist eindeutig falsch«, sagte ich mit Blick auf den Schwangerschaftsteststreifen zu Katie.

Sie studierte die Rückseite der Verpackung und schüttelte den Kopf. »Du hast fünf Minuten gewartet. Du hast die Anzeige im Testfenster gesehen.« Ich warf den Streifen mit seinem kleinen rosa Plus-Zeichen aufs Bett. »Ich hätte dreißig Sekunden lang ununterbrochen pinkeln müssen, und ich hab bloß fünfzehn geschafft. Na bitte. Menschliches Versagen.«

Wir guckten beide auf die Verpackung, die noch einen Streifen enthielt. Für den endgültigen Beweis war nur ein weiterer Abstecher auf die Toilette erforderlich, fünf weitere endlose schicksalsschwere Minuten. Aber sowohl Katie als auch ich wußten, wie das Ergebnis ausfallen würde.

So etwas passierte einer fast vierzigjährigen Frau nicht. Solche Unfälle passierten Teenagern, wenn sie sich auf dem Rücksitz des elterlichen Autos von der Leidenschaft mitreißen ließen. Solche Unfälle passierten Frauen, die ihren Körper noch als frisch und spannend empfanden, nicht als einen alten, vertrauten Freund. Solche Unfälle passierten den Frauen, die es nicht besser wußten.

Aber das hier fühlte sich nicht an wie ein Unfall. Es fühlte sich fest und warm an, ein kleines Goldklümpchen unter meiner flachen Hand, als könnte ich schon die Schallwellen des winzigen Herzens spüren.

Katie hatte die Augen niedergeschlagen. »Herzlichen Glückwunsch«, flüsterte sie.

In den vergangenen fünf Jahren hatte ich mir so sehr ein Baby gewünscht, daß es fast weh tat. Manchmal wachte ich neben Stephen auf, und meine Arme waren so verkrampft, als hätte ich die ganze Nacht ein Neugeborenes gehalten. Wenn ich das Einsetzen meiner monatlichen Regel im Kalender notierte, tat ich das mit dem Gefühl, daß das Leben an mir vorbeiging. Ich wollte etwas in mir wachsen spüren. Ich wollte für jemand anderen atmen, essen, erblühen.

Etwa zweimal im Jahr hatten Stephen und ich Streit wegen meines Kinderwunsches, als wäre Fortpflanzung ein Vulkan, der dann und wann auf der Insel ausbrach, die wir uns selbst geschaffen hatten. Einmal hatte ich ihn wirklich soweit. »Also schön«, sagte er. »Wenn es passiert, passiert es eben.« Sechs Monate lang nahm ich die Pille nicht, aber es gelang uns nicht, ein Kind zu zeugen. Ich brauchte fast dieses ganze halbe Jahr, bis ich begriff, woran es lag: An einem Ort, der allmählich stirbt, kann kein Leben entstehen.

Danach behelligte ich Stephen nicht mehr mit meinem Wunsch. Statt dessen ging ich, wenn mich mütterliche Gefühle überwältigten, in die Bibliothek und forschte. Ich lernte, wie viele Male sich die Zellen einer Zygote teilen mußten, bis sie als Embryo eingestuft wurde. Auf Mikrofiche sah ich die Bilder eines Fetus, der am Daumen lutschte. Ich lernte, daß ein sechs Wochen alter Fetus so groß wie eine Erdbeere ist. Ich machte mich kundig über Alphafetoprotein und Amniozentese und Rhesusfaktoren. Ich wurde zur Sachverständigen ohne praktische Erfahrung. Ich wußte also alles über dieses Baby in mir – nur nicht, warum ich keine überschäumende Freude über seine Existenz empfand.

Ich wollte nicht, daß irgend jemand auf der Farm von meiner Schwangerschaft erfuhr – zumindest nicht, bevor ich nicht Coop die Neuigkeit mitgeteilt hatte. Am nächsten Morgen schlief ich lange. Ich schaffte es gerade noch bis zu einem einsamen Plätzchen im Gemüsegarten, bevor ich anfing zu würgen. Als mir vom Geruch des Pferdefutters schwindelig wurde, übernahm Katie wortlos meine Arbeit. Allmählich sah ich sie in einem neuen Licht und fragte mich staunend, wie sie ihren Zustand so lange vor so vielen Menschen hatte verbergen können.

Ich saß vor dem Stall, als sie herauskam. »Na«, sagte sie fröhlich, »geht's dir besser?« Sie setzte sich neben mich, lehnte den Rücken an die rote Holzwand.

»Jaja«, log ich. »Ich glaub, ich hab's überstanden.«

»Zumindest bis morgen früh.« Katie griff in den Bund ihrer Schürze und zog zwei Teebeutel heraus. »Ich glaube, die wirst du brauchen.« Ich roch daran. »Für den Magen?«

Katie wurde rot. »Du tust die hierhin«, sagte sie und strich mit den Fingerspitzen über ihre Brüste. »Wenn sie zu sehr weh tun.« Da sie meine Naivität richtig einschätzte, fügte sie hinzu: »Zuerst weichst du sie natürlich ein.«

»Gott sei Dank kenne ich jemanden, der das schon mal durchgemacht hat.« Katie fuhr zurück, als hätte ich ihr einen Schlag versetzt, und erst jetzt wurde mir klar, was ich gesagt hatte. »Es tut mir leid.«

»Ist schon gut«, murmelte sie.

»Nein, es ist nicht gut. Ich weiß, daß das schwer für dich sein muß, vor allem jetzt, wo der Prozeß in vollem Gang ist. Ich könnte jetzt sagen, daß du eines Tages auch ein Kind bekommen wirst, aber ich weiß noch zu gut, wie ich mich immer gefühlt habe, wenn eine von meinen schwangeren, verheirateten Freundinnen so etwas zu mir gesagt hat.«

»Wie hast du dich denn gefühlt?«

»Am liebsten hätte ich sie geohrfeigt.«

Katie lächelte zaghaft. »Ja, ungefähr so.« Sie warf einen kurzen Blick auf meinen Bauch, dann sah sie weg. »Es freut mich für dich, Ellie, wirklich. Aber deswegen tut es nicht weniger weh. Und ich sage mir immer wieder, daß meine Mam drei Babys verloren hat, vier, wenn man Hannah mitrechnet.« Sie zuckte die Achseln. »Man kann sich über das Glück eines anderen Menschen freuen, aber deswegen vergißt man doch nicht sein eigenes Unglück.«

Mir war nicht klar gewesen, daß Katie ihr Kind wirklich gewollt hatte. Auch wenn sie den Gedanken an die Geburt verdrängt hatte, auch wenn sie gezögert hatte, sich zu ihrer Schwangerschaft zu bekennen – in dem Augenblick, als ihr Kind zur Welt kam, stand für sie außer Frage, daß sie es liebte. Verwundert starrte ich sie an und hatte das Gefühl, daß die Verteidigung, die ich mir für den Prozeß zurechtgelegt hatte, nahtlos in die Wahrheit überging.

Ich drückte ihre Hand. »Ich finde es schön«, sagte ich, »daß ich dieses Geheimnis mit jemandem teilen kann.«

»Bald kannst du es auch Coop erzählen.«

»Wahrscheinlich.« Ich wußte nicht, wann oder ob er an diesem Wochenende kommen würde. Als er uns Freitag abend auf der Farm absetzte, hatten wir keine konkreten Pläne gemacht. Er war noch immer ein wenig verstimmt, weil ich nicht mit ihm zusammenziehen wollte, und hielt sich zurück.

Katie zog ihr Schultertuch enger um sich. »Meinst du, er wird sich freuen?«

»Ich weiß es.«

Sie sah zu mir hoch. »Dann werdet ihr bestimmt heiraten.«

»Na ja«, sagte ich, »das weiß ich noch nicht so recht.«

»Ich wette, er will dich heiraten.«

Ich wandte mich ihr zu. »Coop ist nicht derjenige von uns beiden, der Bedenken hat.«

Ich rechnete damit, daß sie mich verständnislos ansehen und sich fragen würde, warum ich vor dieser naheliegenden und bequemen Lösung zurückschreckte. Ich hatte einen Mann, der mich liebte, der der Vater dieses Kindes war, der dieses Kind wollte. Ich verstand mein Zögern ja selbst nicht.

»Als ich gemerkt habe, daß ich schwanger war«, sagte Katie leise, »hab ich daran gedacht, es Adam zu sagen. Er war fort, aber ich hätte ihn bestimmt ausfindig machen können, wenn ich es wirklich gewollt hätte. Und dann wurde mir klar, daß ich es Adam in Wahrheit gar nicht sagen wollte. Nicht, weil er ärgerlich gewesen wäre – ach, nein, im Gegenteil. Ich wollte es ihm nicht erzählen, weil ich dann nicht mehr die Möglichkeit gehabt hätte, mich zu entscheiden. Ich hätte die Verantwortung übernommen. Aber ich hatte Angst, daß ich das Baby vielleicht eines Tages ansehen würde ohne zu denken, ich liebe dich …«

Ihre Stimme erstarb, und ich wandte den Kopf, um ihren Blick aufzufangen. »Daß ich mich fragen würde, wie nur alles so hatte kommen können.«

Katie starrte auf die glatte Oberfläche des Teiches in der Ferne. »Genau«, sagte sie.

Sarah ging zum Hühnerstall. »Du mußt das nicht tun«, sagte sie zum dritten Mal zu mir.

Aber ich hatte ein schlechtes Gewissen, weil ich den ganzen Morgen verschlafen hatte. »Das macht mir wirklich nichts«, sagte ich. Die Fishers hielten vierundzwanzig Legehennen. Katie und ich versorgten morgens die Hühner, das heißt, wir fütterten sie und sammelten die Eier ein. Zu Anfang hatten sie heftig auf mich eingehackt, doch inzwischen hatte ich gelernt, die Hand unter einen warmen Hühnerhintern zu schieben, ohne irgendwelche Verletzungen davonzutragen. Und jetzt bot sich mir Gelegenheit, Sarah zu demonstrieren, daß ich doch etwas gelernt hatte.

Sarah wiederum wollte die Gelegenheit nutzen, um mich über Katies Prozeß auszufragen. Da Aaron außer Hörweite war, erkundigte sie sich nach dem Staatsanwalt, den Zeugen, der Richterin. Sie fragte, ob Katie vor Gericht aussagen müßte. Ob wir gewinnen würden.

Diese letzte Frage stellte sie vor der Tür zum Hühnerstall. »Ich weiß es nicht«, gab ich zu. »Ich tue mein Bestes.«

Ein Lächeln breitete sich über Sarahs Gesicht aus. »Ja«, sagte sie freundlich. »Du machst das gut.«

Sie schob die Holztür auf, und Federn wirbelten durch die Luft, als die Hühner aufgescheucht gackerten und wild durcheinander rannten. Aus irgendeinem Grund mußte ich hier im Hühnerstall an ältere Damen denken, die beim Friseur miteinander klatschen und tratschen, und ich mußte schmunzeln, als eine aufgeregte Henne mir um die Beine fegte. Ich fing an, nach Eiern zu suchen.

»Nein,« gebot Sarah mir Einhalt, als ich die Hand nach einer rostbraunen Henne ausstreckte. »Die ist noch nicht so weit.« Ich sah zu, wie sie sich ein Huhn unter den Arm klemmte und mit den Fingern zwischen die am Hinterteil vorstehenden Knochen drückte. »Aha, die hier hat aufgehört, Eier zu legen«, sagte sie und hielt mir das Tier an den Füßen hin. »Halt mal, ich brauche noch eine.«

Das Huhn in meiner Hand zappelte verzweifelt, um freizukommen. Verwirrt hielt ich die knotigen Beine noch fester, bis Sarah sich eine zweite Henne geschnappt hatte. Auf dem Weg zur Tür scheuchte sie andere Hühner vor sich her. »Was ist denn mit ihren Eiern?« fragte ich.

»Die legen keine Eier mehr. Deshalb gibt's sie heute abend zum Essen.«

Ich blieb wie vom Schlag getroffen stehen, sah zu der Henne hinunter und hätte sie fast losgelassen. »Nun komm«, sagte Sarah und verschwand hinter dem Stall.

Dort standen schon ein Hackblock, eine Axt und ein Eimer voll kochendheißem Wasser bereit. Mit einer geschmeidigen Bewegung hob Sarah die Axt, schwang das Huhn auf den Block und schlug ihm den Kopf ab. Als sie seine Beine losließ, machte das enthauptete Huhn einen Purzelbaum und tanzte in einer Pfütze aus seinem eigenen Blut. Entsetzt sah ich, wie Sarah nach dem Huhn in meiner Hand griff; ich spürte noch, wie sie es aus meiner festen Umklammerung zog, dann fiel ich auf die Knie und erbrach mich.

Einen Moment später glitt Sarahs Hand tröstend über mein Haar. »Ach, Ellie«, sagte sie, »ich hab gedacht, du wüßtest Bescheid.«

Ich schüttelte den Kopf, und sofort wurde mir wieder schlecht. »Dann wäre ich nicht mitgekommen.«

»Katie kann das auch nicht«, gab Sarah zu. »Ich hab dich gebeten, weil es einem nach dem ersten so schwerfällt, wieder reinzugehen und das zweite rauszuholen.« Sie tätschelte meinen Arm; auf ihrem Handgelenk war ein Blutspritzer. Ich schloß die Augen.

Ich hörte Sarah hinter mir, wie sie die schlaffen Körper der

Hühner in heißes Wasser tauchte. »Der Eintopf mit Klößen«, sagte ich zögernd. »Die Nudelsuppe ...?«

»Natürlich«, erwiderte Sarah. »Was meinst du denn, wo die Hühner herkamen?«

Ich wiegte den Kopf in den Händen, wollte nicht an all die Rinderbraten und Hamburger aus Rinderhack denken, die wir gegessen hatten, an die kleinen Bullenkälber, die ich inzwischen auf der Farm hatte zur Welt kommen sehen. Man sieht nur, was man sehen will – so, wie Sarah blind für Katies Schwangerschaft gewesen war oder wie Geschworene einen Freispruch von der Aussage eines einzigen sympathischen Zeugen abhängig machen oder, wie ich nicht zugeben wollte, daß die Verbindung zwischen Coop und mir über die körperliche Tatsache hinausging, daß wir gemeinsam ein Kind gezeugt hatten.

Ich blickte auf und sah Sarah, die die Hühner rupfte, die Lippen fest aufeinandergepreßt. Auf ihrer Schürze und dem Rock lagen lauter weiße Federchen; eine rote Blutspur versikkerte ganz langsam in der Erde vor ihr. Ich schluckte die Galle runter, die mir in die Kehle stieg. »Wie schaffst du das bloß?«

»Ich tue, was ich tun muß«, sagte sie sachlich. »Gerade du müßtest das doch verstehen.«

Ich hatte in der Milchkammer Zuflucht gesucht, als Coop mich am selben Nachmittag suchen kam. »El, stell dir vor –« Seine Augen weiteten sich, als er mich sah, und er kam zu mir gelaufen, strich mir über die Arme. »Wie konnte das passieren?«

Er wußte es. Himmel, ein Blick auf mich hatte genügt, und er wußte von dem Baby. Ich schluckte und sah ihn an. »Na auf die übliche Art und Weise, nehme ich an.«

Coop zupfte an meinem T-Shirt und rieb über den leuchtend roten Streifen darauf. »Wann hast du zuletzt eine Tetanusspritze gekriegt?«

Es sprach gar nicht von dem Baby. *Es sprach nicht von dem Baby.*

»Doch, natürlich«, sagte Coop, und ich begriff, daß ich laut gedacht hatte. »Aber, Herrgott noch mal, der dämliche Prozeß kann jetzt waren. Zuerst lassen wir dich mal verarzten.«

Ich stieß Coops Hand weg. »Ich hab nichts. Das Blut ist nicht von mir.«

Coop zog die Stirn kraus. »Hast du wieder jemanden umgebracht?«

»Sehr witzig. Ich hab geholfen, Hühner zu töten.«

»Diese uralten heidnischen Rituale würde ich an deiner Stelle vernachlässigen, bis du deine Verteidigung abgeschlossen hast, aber dann –«

»Erzähl mir von ihm, Coop«, sagte ich mit Nachdruck.

»Er will Antworten haben. Schließlich ist der Mann noch am selben Tag ins Flugzeug gesprungen, an dem er erfahren hat, daß er Vater ist – aber er will Katie und das Baby sehen.«

Mir klappte der Unterkiefer runter. »Du hast ihm nicht erzählt –«

»Nein. Ich bin Psychologe. Ich bin nicht bereit, jemandem psychische Belastungen zuzumuten, wenn ich nicht persönlich da bin, um ihm dabei zu helfen, sie zu verarbeiten.«

Als Coop sich abwandte, legte ich meine Hand auf seine Schulter. »Ich hätte das gleiche getan. Nur mein Motiv wäre nicht Rücksichtnahme, sondern Egoismus gewesen. Ich will, daß er aussagt, und wenn ich ihn auf diese Weise herlocken kann, um so besser.«

»Das wird nicht leicht für ihn werden«, murmelte Coop.

»Für Katie war es auch kein Honiglecken.« Ich richtete mich auf. »Hat er Jacob schon getroffen?«

»Er kommt gerade erst vom Flughafen. Ich hab ihn in Philadelphia abgeholt.«

»Und wo ist er jetzt?«

»Er wartet im Auto.«

»Im Auto?« stammelte ich. »Hier? Bist du verrückt?«

Coop grinste. »Ich denke, ich kann dir mit einiger Gewißheit sagen, daß ich das nicht bin.«

Ich war nicht in der richtigen Stimmung für seine Witzeleien und marschierte aus dem Stall. »Wir müssen ihn hier wegbringen, sofort.«

Coop holte mich ein und ging neben mir her. »Vielleicht möchtest du dir vorher noch was anderes anziehen«, sagte er. »Nur ein Vorschlag – aber im Augenblick siehst du aus, als hättest du einen Horrorfilm gedreht, und du weißt doch, wie wichtig der erste Eindruck ist.«

Ich nahm seine Worte kaum wahr. Statt dessen überlegte ich, wie oft ich an diesem Tag wohl gezwungen sein würde, einem Mann das zu sagen, was er am allerwenigsten erwartete.

»Wieso steckt sie in Schwierigkeiten?« fragte Adam Sinclair, und beugte sich über den Tisch des Schnellrestaurants. »Etwa weil sie nicht verheiratet war, als sie das Kind bekommen hat? Mein Gott, wenn sie mir doch nur geschrieben hätte, dann wäre das nicht passiert.«

»Sie konnte Ihnen nicht schreiben«, sagte ich sanft. »Jacob hat Ihre Briefe nicht an sie weitergeleitet.«

»Wieso nicht? Dieser Mistkerl –«

»– hat das getan, was seiner Ansicht nach für seine Schwester am besten war«, sagte ich. »Er hat geglaubt, daß sie mit dem Stigma nicht hätte leben können, ihre Familie und Gemeinde zu verlassen, und das hätte sie tun müssen, wenn sie Sie geheiratet hätte.«

Adam schob seinen Teller weg. »Hören Sie. Ich bin Ihnen dankbar, daß Sie mich verständigt haben und daß Sie mich vom Flughafen hierhergebracht haben. Ich bin Ihnen sogar für die Einladung zum Mittagessen dankbar. Aber ich bin sicher, daß Katie inzwischen mit dem Baby zu Hause ist, und ich muß wirklich persönlich mit ihr sprechen.«

Ich betrachtete seine Hände, die auf dem Tisch lagen, und stellte mir vor, wie sie Katie berührten, sie streichelten. Und mit einem großen und jähen Zorn verabscheute ich den Mann, den ich kaum kannte, dafür, daß er Katie, ohne es zu wollen, in diese Lage gebracht hatte. Wie hatte er sich anmaßen können zu meinen, daß seine Zuneigung zu Katie stärker war als alles, woran Katie glaubte? Wie hatte er sich anmaßen können, ein achtzehnjähriges Mädchen zu verführen, wo er es doch eindeutig besser hätte wissen müssen.

Etwas davon mußte sich wohl auf meinem Gesicht gespiegelt haben, denn Coop legte mir unter dem Tisch warnend eine Hand auf den Oberschenkel. Ich blinzelte und konnte Adam wieder klar sehen: seine hellen Augen, seinen wippenden Fuß, seine hektischen Seitenblicke, immer wenn die Glocke über der Tür bimmelte, als erwartete er, daß Katie und sein Sohn jeden Augenblick hereinkämen.

»Adam«, sagte ich, »das Baby hat nicht überlebt.«

Er erstarrte. Mit präzisen Bewegungen faltete er die Hände auf dem Tisch, die Finger so fest ineinandergekrallt, daß die Spitzen weiß wurden. »Was ...«, sagte er leise, und die Stimme versagte ihm. »Was ist passiert?«

»Wir wissen es nicht. Es kam zu früh und ist gleich nach der Entbindung gestorben.«

Adams Kopf sank herab. »In den letzten drei Tagen seit ihrem Anruf habe ich an nichts anderes mehr gedacht als an das Baby. Ob es wohl ihre Augen hat oder mein Kinn. Ob ich ihn sofort erkennen würde. Gott. Wenn ich hier gewesen wäre, vielleicht hätte ich irgendwas tun können.«

Ich sah Coop an. »Wir wollten es Ihnen nicht am Telefon sagen.«

»Nein. Nein, natürlich nicht.« Adam blickte auf und wischte sich rasch über die Augen. »Katie muß verzweifelt sein.«

»Das ist sie«, sagte Coop.

»Haben Sie das mit den Schwierigkeiten gemeint, in denen sie steckt? Wollten Sie, daß ich komme, weil sie todtraurig ist?«

»Wir brauchen Sie, damit Sie vor Gericht für sie aussagen«, sagte ich ruhig. »Katie ist angeklagt, das Baby ermordet zu haben.«

Er fuhr zurück. »Niemals.«

»Nein, ich glaube es auch nicht.«

Adam sprang auf und warf seine Serviette auf den Tisch. »Ich muß sie sehen. Sofort.«

»Es wäre mir lieber, wenn Sie noch warten würden.« Ich trat vor ihn, verstellte ihm den Weg zum Ausgang.

Adam sah mich finster an. »Es interessiert mich einen Scheißdreck, was Sie möchten!«

»Katie weiß nicht mal, daß Sie hier sind.«

»Dann wird es höchste Zeit, daß sie es erfährt.«

Ich legte ihm eine Hand auf den Arm. »Als Katies Anwältin bin ich der Meinung, daß die Geschworenen von Katies Gefühlen gerührt sein werden, wenn sie miterleben, wie sie bei eurem Wiedersehen reagiert. Sie werden denken, daß jemand, dem man seine Empfindungen so deutlich ansieht, nicht in der Lage sein kann, sein eigenes Kind kaltblütig umzubringen.« Ich trat zurück. »Wenn Sie Katie jetzt sehen wollen, bringe ich Sie zu ihr, Adam. Aber überlegen Sie es sich gut. Denn als Katie Sie das letzte Mal brauchte, waren Sie nicht da, um ihr zu helfen. Diesmal könnten Sie es.«

Adam blickte von mir zu Coop und sank dann langsam wieder auf seinen Sitz.

Als Adam zur Toilette ging, sagte ich zu Coop, daß wir miteinander reden müßten.

»Ich bin ganz Ohr.« Coop fischte sich eine Pommes von meinem Teller und schob sie sich in den Mund.

»Ungestört.«

»Mit Vergnügen«, sagte Coop, »aber was mache ich solange mit dem Jungen?«

»Halt ihn fern von Katie.« Ich seufzte und überlegte schon, ob ich es ihm nicht besser erst nach dem Prozeß sagen sollte; schließlich hatte Katie zur Zeit Vorrang. Aber ein einziger Blick auf Adam Sinclair hatte mir den Schmerz vor Augen geführt, der daraus entstehen konnte, wenn man schwieg, selbst wenn man beste Absichten hegte.

Adam nahm mir die Entscheidung ab. Er kam mit rotgeränderten Augen und frisch nach Seife riechend von der Toilette zurück und blieb linkisch vor dem Tisch stehen. »Wenn es nicht zu große Umstände macht«, sagte er, »könnten Sie mich vielleicht zum Grab meines Sohnes bringen?«

Coop parkte vor dem amischen Friedhof. »Nehmen Sie sich soviel Zeit, wie Sie möchten«, sagte er. Adam stieg aus, die

Schultern gegen den Wind hochgezogen, und ich führte ihn durch das kleine Tor.

Wir wirbelten kleine Wolken von Laub auf, als wir zu dem frischen Grab gingen. Der Stein, der von Katie beschädigt worden war, hatte eine winterliche Farbe. Adam schob die Hände in die Taschen und sagte, ohne mich anzusehen. »Die Beerdigung ... waren Sie dabei?«

»Ja. Es war würdevoll.«

»Hat es eine Trauerfeier gegeben? Blumen?«

Ich dachte an das kurze, bemühte Gebet, das der Bischof gesprochen hatte, daran, daß nach amischem Brauch keinerlei Grabschmuck erlaubt war, geschweige denn Blumen oder ausgefallene Grabsteine. »Es war würdevoll«, wiederholte ich.

Adam nickte, dann setzte er sich auf den Boden neben dem Grab. Er streckte die Hand aus, fuhr behutsam mit den Fingern über die abgerundete Kante des Grabsteins, wie ein frischgebackener Vater vielleicht ehrfürchtig eine weiche Babywange berührt. Mit brennenden Augen wandte ich mich abrupt ab und ging zurück zu Coops Wagen.

Als ich auf den Beifahrersitz glitt, beobachtete Coop Adam durchs Fenster. »Der arme Kerl. Das muß furchtbar sein.«

»Coop«, sagte ich. »Ich bin schwanger.«

Er sah mich an. »*Was* bist du?«

Ich faltete die Hände über meinem Bauch. »Du hast richtig gehört.«

Die Tatsache, daß es dieses Baby gab, hatte mich durcheinandergebracht. Ich hatte Coop einmal aus falschen Gründen verlassen; ich wollte jetzt nicht aus falschen Gründen bei ihm bleiben. Ich starrte ihm ins Gesicht, wartete, beschwor mich, daß seine Reaktion meine Entscheidung für die Zukunft nicht im geringsten beeinflussen würde, fragte mich, warum ich denn dann so sehnsüchtig auf seine Reaktion wartete. Zum ersten Mal, seit ich mich erinnern konnte, war ich mir seiner Gefühle für mich nicht sicher. Klar, er hatte mich gefragt, ob ich bei ihm einziehen würde, aber das hier war etwas ganz anderes. Vielleicht wollte er ja wirklich mit mir zusammenleben, aber einen so folgenschweren Auftakt hatte er bestimmt nicht erwartet. Er hatte nie von Heirat gesprochen. Er hatte nie von Kindern gesprochen.

Ich hatte Coop den besten Grund dafür geliefert, aus meinem Leben zu verschwinden und mir den Freiraum zu lassen, den ich immer gewollt hatte – doch jetzt wurde mir klar, daß ich nicht wollte, daß er ging.

Als er nicht lächelte oder mich berührte oder überhaupt irgendwas tat, sondern nur wie erstarrt dasaß, packte mich Panik. Vielleicht hatte Katie recht gehabt; vielleicht hätte ich besser noch ein paar Tage warten sollen, oder noch länger. »Na«, sagte ich mit zitternder Stimme. »Was meinst du dazu?«

Er griff über den Sitz und zog meine Hand weg. Er schob mein Sweatshirt ein Stück weit hoch, beugte sich vor, und dann spürte ich, wie er meinen Bauch küßte.

Ich stieß die Luft, von der ich gar nicht gewußt hatte, daß ich sie anhielt, mit einer mächtigen Welle der Erleichterung aus. Ich wiegte seinen Kopf in den Händen und strich ihm durchs Haar, während Coop die Arme um meine Hüften schlang und mich festhielt, uns beide festhielt.

Er bestand darauf, mich zur Tür der Fishers zu begleiten. »Ich bin nicht behindert, Coop«, wandte ich ein. »Bloß schwanger.« Aber die Feministin in mir gab nach, insgeheim entzückt, wie Zuckerwatte behandelt zu werden.

Auf der Veranda nahm er meine beiden Hände und drehte mich so, daß ich ihn ansah. »Ich weiß, das kommt normalerweise, bevor man ein Baby zeugt, aber du sollst wissen, daß ich dich liebe. Ich liebe dich schon so lange, daß ich gar nicht mehr weiß, wann es angefangen hat.«

»Ich aber. Das war auf der College-Party, irgendwann nachdem du dich sinnlos betrunken hattest und bevor der Strip-Poker losging.«

Coop stöhnte. »Wir erzählen ihm nicht, wie wir uns kennengelernt haben, ja?«

»Wieso bist du so sicher, daß es ein *er* ist?«

Plötzlich verharrte Coop und hob eine Hand ans Ohr. »Hörst du das?«

Ich lauschte und schüttelte dann den Kopf. »Nein. Was soll ich hören?«

»Uns«, sagte er und küßte mich. »Wir hören uns wie Eltern an.«

»Beängstigender Gedanke.«

Er lächelte, dann legte er den Kopf schief und sah mich lange an. »Was ist?« fragte ich unsicher. »Hab ich Spinat zwischen den Zähnen?«

»Nein. Aber diesen Augenblick erlebe ich nur ein einziges Mal, und ich will mich genau daran erinnern können.«

»Ich denke, es wird sich einrichten lassen, daß du mich noch ein paarmal bis zur Haustür bringst, falls dir das wichtig ist.«

»Meine Güte, wir Männer haben es aber auch wirklich nicht leicht. Reden alle Frauen so viel, oder liegt das nur daran, daß du Anwältin bist?«

»Na ja, wenn ich du wäre, würde ich jetzt sagen, was du zu sagen hast, weil Adam es sonst vielleicht satt hat, im Auto auf dich zu warten, und allein nach Philadelphia zurückfährt.«

Coop nahm mein Gesicht in seine Hände. »Du bist eine Nervensäge, El, aber du bist meine Nervensäge.« Seine Daumen streichelten meine Wangen. »Heirate mich«, flüsterte er.

Ich hob die Hände und packte seine Arme. Über seine Schulter hinweg sah ich den Mond aufgehen, ein Gespenst am Himmel. Ich begriff, daß Coop recht hatte: Diesen Augenblick würde ich ebenso detailliert und klar in Erinnerung behalten wie den Augenblick, als Coop mich das letzte Mal bat, sein Leben mit ihm zu teilen, das letzte Mal, als ich seinen Antrag abgelehnt hatte.

»Hasse mich nicht«, sagte ich.

Seine Hände sanken herab. »Das wirst du mir nicht noch einmal antun. Das lasse ich nicht zu.« Ein Muskel in seiner Wange zuckte, während er um Fassung rang.

»Ich sage ja nicht nein. Ich sage aber auch nicht ja, Coop. Ich hab es doch gerade erst erfahren. Ich weiß noch gar nicht, wie mir das Wort *Mutter* steht. Da kann ich nicht gleichzeitig auch noch *Ehefrau* ausprobieren.«

»Millionen anderer Frauen haben damit keine Probleme.«

»Aber nicht ganz in dieser Reihenfolge.« Ich strich mit der flachen Hand über seine Brust, wollte ihn trösten. »Es ist noch nicht lange her, da hast du gesagt, ich könnte mir Zeit zum Nachdenken lassen. Steht das Angebot noch?«

Coop nickte, und langsam fiel die Spannung von ihm ab. »Aber diesmal wirst du mich nicht wieder so schnell los.« Dann legte er seine Hand mit gespreizten Fingern auf meinen Bauch, wo schon ein Teil von ihm war, und gab mir einen Gutenachtkuß.

»Du warst so lange weg«, flüsterte Katie von ihrem Bett aus. »Hast du es ihm gesagt?«

Ich starrte zur Decke hoch, auf den kleinen gelben Fleck, der mich immer an das Profil von Abraham Lincoln erinnerte. »Ja, hab ich.«

Sie kam hoch und stützte sich auf einen Ellbogen. »Und?«

»Und er freut sich. Das ist alles.« Ich wich ihrem Blick aus, denn wenn ich sie angesehen hätte, hätte ich wieder Adams Gesichtsausdruck vor mir gesehen, als er vom Tod des Kindes erfuhr, Adams Trauer, als er am Grab kniete. Ich traute mir selbst nicht über den Weg, weil es mir gelang, Katie die Neuigkeit von Adam Sinclairs Rückkehr zu verschweigen.

»Ich wette, er hat die ganze Zeit gelächelt«, sagte Katie.

»Mhm.«

»Ich wette, er hat dir in die Augen gesehen.« Ihre Stimme wurde verträumter. »Und er hat dir gesagt, daß er dich liebt.«

»Um ehrlich zu sein –«

»Und er hat die Arme um dich gelegt«, sprach Katie weiter, »und dir gesagt, auch wenn alle sich von dir abwenden würden, auch wenn du deine Freunde und Verwandten nie wiedersehen würdest, eine Welt, in der es nur dich und ihn und das Kind gäbe, würde sich regelrecht übervölkert anfühlen, wegen der vielen, vielen Liebe darin.«

Ich starrte Katie an, sah ihre Augen in der Dunkelheit glänzen, auf den Lippen den Anflug eines Lächelns, irgendwo zwischen Verzückung und Reue. »Ja«, sagte ich. »So war es.«

15

Ohne Kamillentee hätte Ellie es am Montag morgen kaum aus dem Haus geschafft. Als sie nach einer schlaflosen Nacht und morgendlicher Übelkeit hinunter in die Küche kam, stand eine dampfende Tasse mit einem Teller Salzbrezeln auf ihrem Platz. Katie und Sarah machten den Abwasch. »Ihr wißt ja, daß wir heute mit Leda fahren müssen«, sagte Ellie und wappnete sich insgeheim gegen den Geruch der Frühstücksreste. »Coop erwartet uns am Gericht.«

Katie nickte, drehte sich aber nicht um. Ellie betrachtete die Frauenrücken, dankbar, daß Katie ihr den Anblick eines vollen Tellers mit Eiern und Schinken und Wurst erspart hatte. Sie nippte an ihrem Tee und erwartete, daß ihr Magen erneut rebellierte, doch die Übelkeit ließ nach. Als sie ausgetrunken hatte, fühlte sie sich besser als am ganzen Wochenende.

Sie wollte nicht wieder von der Schwangerschaft anfangen, erst recht nicht heute, aber sie hatte das Gefühl, sich für Katies Aufmerksamkeit bedanken zu müssen. »Der Tee«, flüsterte Ellie, als sie zwanzig Minuten später hinten in Ledas Auto einstiegen, »war genau das richtige.«

»Bedank dich nicht bei mir«, flüsterte Katie. »Den hat Mam für dich gemacht.«

In den vergangenen Monaten hatte Sarah ihr beim Essen stets Berge auf den Teller gehäuft. Die plötzliche Umstellung des Speiseplans war verdächtig. »Hast du ihr erzählt, daß ich schwanger bin?« fragte Ellie.

»Nein. Sie hat dir Tee gekocht, weil du dir wegen des Prozesses Sorgen machst. Kamillentee beruhigt die Nerven.«

Ellie entspannte sich. »Er beruhigt auch den Magen.«

»Ja, ich weiß«, sagte Katie. »Für mich hat sie auch immer welchen gemacht.«

»Wann hat sie denn gedacht, daß du dir Sorgen machst?«

Katie zuckte die Achseln. »Damals, als ich *schwanger* war.«

Bevor sie weitersprechen konnte, setzte Leda sich hinters Steuer und sah in den Rückspiegel. »Ist das für dich in Ordnung, mit mir im Auto zu fahren, Katie?«

»Der Bischof hat sich bestimmt schon daran gewöhnt, daß für mich Ausnahmen gemacht werden.«

»Wo bleibt denn Samuel?« knurrte Ellie und blickte zum Fenster hinaus. »Richter schätzen es nicht sonderlich, wenn man gleich am ersten Tag der Zeugenvernehmung zu spät kommt.«

Als hätte sie ihn damit herbeigezaubert, kam Samuel vom Feld hinter dem Stall angelaufen. Das Jackett seines Sonntagsanzugs hing offen, der schwarze Hut saß ihm schief auf dem Kopf. Er nahm ihn ab und stieg vorn neben Leda ein. »Tut mir leid«, murmelte er. Als Leda losfuhr, drehte er sich um. Er reichte Katie ein kleines, welkendes vierblättriges Kleeblatt, das schlaff auf ihrer Handfläche lag. »Es soll dir Glück bringen«, sagte Samuel und lächelte sie an.

»Schönes Wochenende gehabt?« fragte George, als sie im Gerichtssaal Platz nahmen.

»Ging so«, antwortete Ellie schroff, während sie ihre Unterlagen auf dem Tisch zurechtlegte.

»Da ist aber jemand gereizt. Ist gestern abend wohl spät geworden, was?« George grinste. »Reicht das jetzt?« fragte Ellie und starrte ihn gleichgültig an.

»Bitte erheben Sie sich für die ehrenwerte Richterin Philomena Ledbetter!«

Die Richterin nahm Platz. »Guten Morgen«, sagte sie und schob sich ihre Lesebrille auf die Nase. »Am Freitag haben wir uns vertagt, nachdem die Staatsanwaltschaft ihre Zeugenvernehmung abgeschlossen hatte. Damit sind heute Sie an der Reihe, Ms. Hathaway. Sind Sie soweit?«

Ellie erhob sich. »Ja, Euer Ehren.«

»Ausgezeichnet. Rufen Sie bitte Ihren ersten Zeugen auf.«

»Die Verteidigung ruft Jacob Fisher in den Zeugenstand.«

Katie sah zu, wie ihr Bruder den Saal betrat. Als er vereidigt wurde, zwinkerte er ihr zu. Ellie lächelte ihm aufmunternd zu. »Würden Sie bitte Ihren Namen und Ihre Adresse nennen?«

»Jacob Fisher. North Street zweihundertfünfundfünfzig, State College, Pennsylvania.«

»In welcher Beziehung stehen Sie zu Katie?«

»Ich bin ihr älterer Bruder.«

»Aber Sie wohnen nicht in Ihrem Elternhaus?«

Jacob schüttelte den Kopf. »Schon seit einigen Jahren nicht mehr. Ich bin auf der Farm meiner Eltern amisch aufgewachsen und mit achtzehn getauft worden, aber dann bin ich aus der Glaubensgemeinschaft ausgetreten.«

»Warum?«

Jacob sah zu den Geschworenen hinüber. »Ich war der festen Überzeugung, daß ich mein Leben lang amisch sein würde, doch dann entdeckte ich etwas, das mir noch mehr bedeutete als mein Glaube.«

»Was war das?«

»Bildung. Die Amischen sind der Überzeugung, daß die Schule nach der achten Klasse abgeschlossen werden sollte. Alles, was darüber hinausgeht, verstößt gegen die Ordnung, die Regeln ihres Glaubens.«

»Es gibt Regeln?«

»Ja. Genau das, was die meisten Leute mit den Amischen verbinden – daß sie keine Autos fahren oder Traktoren benutzen dürfen. Die Art, wie sie sich kleiden. Daß sie keinen elektrischen Strom und kein Telefon haben. All die Dinge, die sie als Gruppe erkennbar machen. Wenn man als Amischer getauft wird, gelobt man, nach diesen Regeln zu leben.« Er räusperte sich. »Ich habe damals als Schreinerlehrling gearbeitet, in Gap Bücherregale für einen Englischlehrer gebaut. Er bemerkte eines Tages, wie ich in seinen Büchern blätterte, und hat mir einige geliehen. Er hat in mir den Wunsch geweckt weiterzulernen. Lange habe ich meine Bücher vor meinen Eltern verborgen gehalten, aber als schließlich für mich feststand, daß ich mich an einem College bewerben wollte, wußte ich, daß ich nicht länger amisch sein könnte.«

»Und was geschah dann?«

»Die amische Gemeinde hat mich vor die Wahl gestellt: meine College-Pläne aufgeben oder den Glauben ablegen.«

»Das klingt hart.«

»Ist es aber nicht«, sagte Jacob. »Sogar jetzt könnte ich noch zurückkommen und vor der Gemeinde ein Bekenntnis ablegen und würde mit offenen Armen wieder aufgenommen.«

»Aber Sie können die Dinge, die sie auf dem College gelernt haben, nicht einfach ausradieren, nicht wahr?«

»Das ist nicht der springende Punkt. Ich müßte mich wieder Bedingungen unterwerfen, die von der Gruppe festgelegt wurden, statt nach meinen eigenen Vorstellungen zu leben.«

»Was machen Sie zur Zeit, Jacob?«

»Ich promoviere an der Penn State in Englisch.«

»Ihre Eltern müssen sehr stolz auf Sie sein«, sagte Ellie.

Jacob lächelte schwach. »Ich weiß nicht. Wissen Sie, in der *englischen* Welt geben andere Dinge Anlaß zu Lob als in der Welt der Amischen. Als Amischer möchte man gar keinen Anlaß zu Lob geben. Man möchte mit der Gemeinde verschmelzen, ein gutes christliches Leben führen, ohne auf sich aufmerksam zu machen. Insofern, nein, Ms. Hathaway, ich würde nicht sagen, daß meine Eltern stolz auf mich sind. Sie sind verwundert über die Entscheidung, die ich getroffen habe.«

»Sehen Sie Ihre Eltern noch?«

Jacob warf seiner Schwester einen Blick zu. »Ich habe meine Eltern erst vor wenigen Tagen zum ersten Mal seit sechs Jahren wiedergesehen. Ich war auf ihrer Farm, obwohl mein Vater mich verstoßen hat.«

Ellie zog die Augenbrauen hoch. »Wenn man die amische Gemeinde verläßt, darf man mit Amischen keinen Kontakt mehr haben?«

»Nein, das ist eher die Ausnahme. Mit jemandem Umgang

zu pflegen, der aus der Gemeinde ausgeschlossen wurde, kann natürlich für alle anderen unangenehm werden, erst recht, wenn man im selben Haus wohnt, wegen der *Meinding* – des Banns. Eine der Regeln, von denen ich gesprochen habe, besagt, daß die Mitglieder der Gemeinde denen aus dem Weg gehen sollen, die gegen die Regeln verstoßen haben. Wer gesündigt hat, wird eine Weile unter den Bann gestellt, und während dieser Zeit dürfen andere Amische weder mit dieser Person gemeinsam essen noch Geschäfte machen, noch sexuelle Beziehungen haben.«

»Das heißt also, ein Ehemann müßte sich von seiner Frau fernhalten? Und eine Mutter von ihrem Kind?«

»Strenggenommen ja. Aber als ich noch amisch war, kannte ich einen verheirateten Mann, der ein Auto hatte und deshalb unter den Bann gestellt wurde. Er lebte weiter mit seiner Frau zusammen, die Mitglied der Gemeinde war – und obwohl sie sich eigentlich von ihm hätte fernhalten müssen, haben sie trotzdem sieben Kinder bekommen, die alle amisch getauft wurden, als es an der Zeit war. Im Grunde entscheiden die Beteiligten also selbst, wie weit sie zueinander Distanz halten.«

»Warum hat Ihr Vater Sie denn dann verstoßen?« fragte Ellie.

»Darüber habe ich viel nachgedacht, Ms. Hathaway. Ich würde sagen, er hat es aus einem Gefühl des persönlichen Scheiterns heraus getan, als ob es sein Fehler wäre, daß ich nicht in seine Fußstapfen treten wollte. Und ich denke, er hatte schreckliche Angst, daß ich Katie, wenn sie weiter regelmäßig mit mir zu tun gehabt hätte, verderben würde, indem ich sie mit der Welt der *Englischen* zusammenbrächte.«

»Schildern Sie uns bitte Ihr Verhältnis zu Ihrer Schwester.«

Jacob schmunzelte. »Na ja, ich denke nicht, daß es sich großartig von dem Verhältnis unterscheidet, das andere Geschwister zueinander haben. Manchmal war sie meine beste Freundin, und dann wieder war sie eine absolute Nervensäge. Sie ist einige Jahre jünger als ich, daher hatte ich irgendwann die Verantwortung übernommen, auf sie aufzupassen und ihr beizubringen, wie gewisse Arbeiten auf der Farm verrichtet wurden.«

»Standen Sie sich nahe?«

»Sehr nahe. Für Amische ist die Familie alles. Man nimmt nicht nur jede Mahlzeit zusammen ein – man arbeitet auch Seite an Seite für den Lebensunterhalt.« Er lächelte Katie an. »Man lernt einander schrecklich gut kennen, wenn man jeden Morgen um halb fünf zusammen aufsteht, um den Kuhstall auszumisten.«

»Das kann ich mir vorstellen«, stimmte Ellie zu. »Sind Sie und Ihre Schwester die einzigen Kinder?«

Jacob senkte den Blick. »Wir hatten eine kleine Schwester. Hannah ist ertrunken, als sie sieben Jahre alt war.«

»Das muß für alle hart gewesen sein.«

»Sehr«, bestätigte Jacob. »Katie und ich haben damals auf sie aufgepaßt und uns die Schuld an ihrem Tod gegeben. Vielleicht hat uns das noch enger zusammengeschweißt.«

Ellie nickte verständnisvoll. »Was passierte, nachdem Sie aus der Gemeinde ausgeschlossen worden waren?«

»Es war, als hätte ich noch eine Schwester verloren«, sagte Jacob. »Von einem Tag auf den anderen war Katie völlig aus meinem Leben verschwunden. In den ersten Wochen am College habe ich die Farm und meine Eltern und meine Kutsche vermißt, aber am meisten fehlte mir Katie. Ich hatte immer mit ihr über alles gesprochen, und plötzlich war ich in einer neuen Welt voller fremder Eindrücke, Klänge und Lebensweisen, und ich konnte ihr nichts davon erzählen.«

»Was haben Sie gemacht?«

»Etwas sehr Unamisches: Ich habe mich gewehrt. Ich habe Verbindung zu meiner Tante aufgenommen, die die Gemeinde verlassen hatte, als sie einen Mennoniten geheiratet hatte. Ich wußte, daß sie meiner Mutter und Katie Nachrichten von mir übermitteln konnte, ohne daß mein Vater etwas davon merkte. Meine Mutter konnte mich nicht besuchen – sie hätte auf keinen Fall gegen die Wünsche ihres Mannes gehandelt –, aber sie hat Katie als Gesandte ihres guten Willens zu mir geschickt, etwa einmal im Monat und das mehrere Jahre lang.«

»Wollen Sie damit sagen, daß Katie sich aus dem Haus geschlichen hat, ihren Vater belogen hat und Hunderte von Meilen gereist ist, um bei Ihnen in einem Studentenwohnheim zu wohnen?«

Jacob nickte. »Ja.«

»Ich bitte Sie«, sagte Ellie spöttisch. »Ein Studium wird von der Gemeinde verboten – aber das, was Katie gemacht hat, gebilligt?«

»Zu der Zeit war sie noch nicht getauft, also hat sie nicht gegen irgendwelche Regeln verstoßen, wenn sie mit mir zusammen gegessen hat, mit mir Umgang pflegte, mit mir im Auto gefahren ist. Sie blieb einfach mit ihrem Bruder in Verbindung. Ja, sie hat ihre Reisen vor meinem Vater verschwiegen. Aber meine Mutter wußte, wohin sie fuhr, und hat es unterstützt. Ich habe es nie so gesehen, daß Katie unsere Eltern bewußt belogen oder verletzt hat; in meinen Augen hat sie einfach getan, was sie konnte, damit wir weiter Kontakt hatten.«

»Wenn sie Sie in State College besucht hat, hat sie dann –« Ellie lächelte die Geschworenen an. »Nun, wie soll ich sagen – so richtig auf den Putz gehauen?«

»Ganz und gar nicht. Am Anfang hatte sie das Gefühl, aufzufallen wie eine bunte Kuh. Sie verkroch sich bei mir in der Wohnung und wollte, daß ich ihr aus meinen Büchern vorlas. Ich habe ihr angemerkt, daß sie sich in den amischen Sachen unter all den Studenten unwohl fühlte, also habe ich ihr als erstes normale *englische* Sachen zum Anziehen gekauft. Jeans, ein paar T-Shirts. So was eben.«

»Aber haben Sie nicht eben gesagt, daß es zu den Regeln der Gemeinde gehört, sich in einer bestimmten Weise zu kleiden?«

»Ja. Aber ich habe auch gesagt, daß Katie noch nicht amisch getauft war und deshalb gegen keinerlei Regeln verstieß. Die Amischen erwarten sogar von ihren Kindern, daß sie gewisse Erfahrungen machen, bevor sie das Taufgelübde ablegen. Eine Kostprobe von dem, was in der Welt da draußen so los ist. Teenager, die amisch erzogen wurden, tragen Jeans, ziehen mit ihren Freunden durch die Gegend, gehen ins Kino – trinken vielleicht sogar ein paar Bier.«

»*Amische* Teenager machen so was?«

Jacob nickte. »Mit fünfzehn oder sechzehn kommt man in

die wilden Jahre, in denen man sich einer Clique anschließt. Sie können mir glauben, viele amische Jugendliche machen weitaus gewagtere Sachen, als Katie sie erlebt hat, wenn sie bei mir an der Penn State war. Wir haben keine Drogen genommen oder uns betrunken oder sind von einer Party zur nächsten gezogen. Ich habe hart dafür gearbeitet, studieren zu können, und ich habe dafür einige schmerzhafte Entscheidungen treffen müssen. Ich war nicht auf dem College, um mich auszutoben, sondern um zu lernen. Und genau das hat auch Katie überwiegend getan, wenn sie bei mir war.« Er sah seine Schwester an. »Für mich war es etwas ganz Besonderes, sie bei mir zu haben. Es war ein Stück Zuhause, das den weiten Weg zu mir gefunden hatte. Ich wollte sie unter keinen Umständen abschrecken.«

»Das hört sich an, als hätten Sie sie sehr gern.«

»Das stimmt«, sagte Jacob. »Sie ist meine Schwester.«

»Beschreiben Sie Katie für uns.«

»Sie ist lieb, freundlich, gut. Rücksichtsvoll. Uneigennützig. Sie tut, was getan werden muß. Ich habe nicht den geringsten Zweifel, daß sie mal eine wunderbare Ehefrau und eine wunderbare Mutter wird.«

»Trotzdem steht sie heute wegen Mordes an einem Neugeborenen vor Gericht.«

Jacob schüttelte den Kopf. »Das Ganze ist verrückt. Wer sie kennt, wer weiß, wie sie erzogen worden ist, muß schon allein den Gedanken, daß Katie einen Menschen ermordet, für lächerlich halten. Früher hat sie Spinnen, die an den Wänden im Haus hochkrabbelten, nicht getötet, sondern gefangen und draußen ausgesetzt.« Er seufzte. »Ich kann Ihnen unmöglich verständlich machen, was es bedeutet, amisch zu sein, weil die meisten Leute nur die Kutschen und die seltsame Kleidung sehen und nicht die Überzeugungen, die die Amischen wirklich ausmachen. Aber eine Mordanklage – nun ja, das gehört in die *englische* Welt. In der amischen Gemeinde gibt es weder Mord noch Gewalt, weil die Amischen von Kindesbeinen an lernen, auch die andere Wange hinzuhalten, wie Christus, statt die Vergeltung in die eigenen Hände zu nehmen.«

Jacob beugte sich vor. »In der Grundschule wird den amischen Kindern eine bestimmte Reihenfolge eingetrichtert: Jesus kommt an erster Stelle, dann die anderen und zuletzt man selbst. Die Kinder lernen zuallererst, daß es stets eine höhere Autorität gibt, der sie sich fügen müssen – seien es die Eltern, das Wohl der Gemeinde oder Gott.« Jacob sah seine Schwester an. »Wenn Katie in einer schwierigen Situation gewesen wäre, hätte sie sie akzeptiert. Sie hätte nicht versucht, sich auf Kosten eines anderen Menschen zu retten. Katie hätte nicht mal im Traum daran gedacht, in der Tötung des Babys eine Lösung zu sehen, weil sie nun mal nicht so eigennützig sein könnte.«

Ellie verschränkte die Arme. »Jacob, sagt Ihnen der Name Adam Sinclair etwas?«

»Einspruch«, sagte George. »Inwiefern relevant?«

»Euer Ehren, darf ich vortreten?« fragte Ellie. Die Richterin winkte die beiden Anwälte zu sich. »Wenn Sie mir ein bißchen Spielraum geben, wird klar, worauf ich hinauswill.«

»Ich lasse die Frage zu.«

Ellie stellte die Frage ein zweites Mal. »Er ist mein Vermieter«, antwortete Jacob. »Ich habe in State College ein Haus von ihm gemietet.«

»Kannten Sie ihn persönlich, bevor Sie das Mietverhältnis eingingen?«

»Wir waren Bekannte.«

»Welchen Eindruck hatten Sie von Adam Sinclair?«

Jacob zuckte die Achseln. »Ich mochte ihn sehr. Er war älter als die meisten meiner Kommilitonen, weil er schon promovierte. Er ist ein heller Kopf. Aber ganz besonders hat mir an ihm gefallen, daß er – wie ich – in erster Linie studieren wollte, statt sich zu amüsieren.«

»Hat Adam Ihre Schwester kennengelernt?«

»Ja, er war ein paarmal mit uns zusammen, bevor er zu Forschungszwecken ins Ausland ging.«

»Wußte er, daß Katie amisch ist?«

»Natürlich«, sagte Jacob.

»Wann haben Sie zuletzt mit Adam Sinclair gesprochen?«

»Vor etwa einem Jahr. Soweit ich weiß, ist Adam noch immer weit weg in Schottland.«

Ellie lächelte. »Danke, Jacob. Keine weiteren Fragen.«

George schob die Hände in die Taschen und blickte finster auf die offene Akte, die auf seinem Tisch lag. »Sie sind heute hier, um Ihrer Schwester zu helfen, ist das richtig?«

»Ja«, sagte Jacob.

»So gut Sie können?«

»Natürlich. Ich möchte, daß die Geschworenen die Wahrheit über sie erfahren.«

»Auch wenn Sie sie dafür belügen müssen?«

»Ich würde nicht lügen, Mr. Callahan.«

»Natürlich nicht«, sagte George überschwenglich. »Jedenfalls nicht wie Ihre Schwester.«

»Sie hat nicht gelogen!«

George runzelte die Stirn. »Das scheint ein typisches Muster in Ihrer Familie zu sein. Sie sind nicht amisch, Ihre Schwester verhält sich nicht amisch; Sie haben gelogen, sie hat gelogen –«

»Einspruch«, sagte Ellie kühl. »Wo bleiben die Fragen an den Zeugen?«

»Stattgegeben.«

»Sie haben Ihren Vater belogen, bevor Sie aus der Gemeinde ausgeschlossen wurden, nicht wahr?«

»Ich habe die Tatsache verschwiegen, daß ich weiter lernen wollte. Ich habe es für seinen eigenen Seelenfrieden getan –«

»Wußte Ihr Vater, daß Sie auf dem Heuboden Shakespeare gelesen haben?«

»Nein, das nicht, ich –«

»Ach, nun kommen Sie schon, Mr. Fisher. Was ist eine Lüge? Etwas verheimlichen? Nicht ehrlich sein? Lügen durch Verschweigen? Na, klingelt's bei Ihnen?«

»Einspruch.« Ellie war aufgestanden. »Der Zeuge wird bedrängt.«

»Stattgegeben. Zügeln Sie sich bitte, Mr. Callahan«, mahnte Richterin Ledbetter.

»Wenn es keine Lüge war, was war es dann?« formulierte George die Frage neu.

Ein Muskel in Jacobs Wange zuckte. »Mir blieb nichts anderes übrig, um studieren zu können.«

Georges Augen erhellten sich. »Ihnen blieb nichts anderes übrig. Und vorhin haben Sie etwas Ähnliches über ihre Schwester, die Angeklagte, gesagt; Sie haben gesagt, sie hat getan, was getan werden muß. Würden Sie sagen, das ist ein amischer Charakterzug?«

Jacob zögerte, hielt nach der Falle Ausschau, die hinter den Worten lauerte. »Die Amischen sind sehr praktische Menschen. Sie klagen nicht, sie erledigen einfach, was erledigt werden muß.«

»Sie meinen zum Beispiel, die Kühe müssen gemolken werden, also steht man vor Tagesanbruch auf und macht es?«

»Ja.«

»Das Heu muß geschnitten werden, bevor der Regen kommt, also arbeitet man bis zum Umfallen?«

»Genau.«

»Das Baby ist unehelich, also ermordet man es und schafft es beiseite, bevor irgend jemand merkt, daß man einen Fehler begangen hat?«

»Nein«, sagte Jacob wütend. »Absolut nicht.«

»Mr. Fisher, trifft es nicht zu, daß die frommen Amischen in Wahrheit nicht besser sind als irgend jemand von uns – anfällig für die gleichen Fehler?«

»Die Amischen wollen gar keine Heiligen sein. Sie sind ganz normale Menschen. Nur mit dem Unterschied, daß sie versuchen, ein ruhiges, friedliches christliches Leben zu führen ... während die meisten von uns« – er blickte den Staatsanwalt vielsagend an – »bereits auf direktem Weg zur Hölle sind.«

»Wollen Sie uns wirklich weismachen, daß jemand, der unter den Amischen aufwächst, außerstande ist, auch nur an Gewalt oder Rache oder Betrügerei zu denken?«

»Mag sein, daß auch die Amischen solche Gedanken hegen, Sir, aber selten. Und sie setzen sie nie in die Tat um. Das widerspräche schlicht ihrem Wesen.«

»Ein Kaninchen nagt sich das Bein ab, wenn es in einer Falle steckt, Mr. Fisher, obwohl es kein Fleischfresser ist. Und obwohl Sie amisch aufgewachsen sind, haben Sie ohne weiteres gelogen, als Sie beschlossen, aufs College zu gehen, stimmt's?«

»Ich habe es meinen Eltern verschwiegen, weil ich keine Wahl hatte«, sagte Jacob gepreßt.

»Man hat immer eine Wahl. Sie hätten amisch bleiben können, statt aufs College zu gehen. Sie entschieden sich für das, was Ihr Vater Ihnen übrigließ – keine Familie –, um Ihre egoistischen Wünsche zu erfüllen. Das stimmt doch, Mr. Fisher?«

Jacob schlug die Augen nieder. Er fühlte die gleiche Welle des Zweifels über sich hinwegrollen, mit der er monatelang zu kämpfen gehabt hatte, nachdem er aus East Paradise fortgegangen war; die Welle, von der er einst geglaubt hatte, daß er darin ertrinken würde. »Es stimmt«, antwortete er leise.

Er spürte Ellie Hathaways Augen auf sich, hörte, wie ihre Stimme ihn lautlos daran erinnerte, daß es bei allem, was der Staatsanwalt tat, um Katie ging und nicht um ihn. Entschlossen hob er das Kinn und erwiderte George Callahans Blick.

»Katie lügt ihren Vater seit sechs Jahren an?«

»Sie lügt nicht.«

»Hat Sie ihrem Vater gesagt, daß sie Sie besucht?«

»Nein.«

»Hat sie ihrem Vater gesagt, daß sie bei ihrer Tante übernachtet?«

»Ja.«

»Hat sie bei ihrer Tante übernachtet?«

»Nein.«

»Und das ist keine Lüge?«

»Es ist ... eine Fehlinformation.«

George schnaubte verächtlich. »Fehlinformation? Das ist ja ganz was Neues. Nennen Sie es, wie Sie möchten, Mr. Fisher. Die Angeklagte hat ihren Vater also *fehlinformiert*. Ich nehme an, sie hat auch Sie *fehlinformiert*?«

»Niemals.«

»Nein? Hat Sie Ihnen erzählt, daß sie eine sexuelle Beziehung hatte?«

»So etwas würde sie –«

»Hat sie Ihnen erzählt, daß sie schwanger war?«

»Ich habe nicht gefragt. Ich bin nicht sicher, ob sie es sich selbst eingestanden hat.«

George zog die Stirn kraus. »Sind Sie jetzt auf einmal der sachverständige Psychologe?«

»Ich bin sachverständig, was meine Schwester angeht.«

Der Anwalt machte mit einem Achselzucken deutlich, was er davon hielt. »Kommen wir auf diese destruktiven amischen Jugendbanden zu sprechen. Die Gang Ihrer Schwester zählte zu den wilderen?«

Jacob lachte. »Hören Sie, es sind Cliquen und keine wilden Jugendbanden mit Straßenschlachten und Revierkämpfen. Genau wie *englische* Teenager sind amische Jugendliche gute Jugendliche. Eine amische Clique ist nichts anderes als eine Gruppe von Freunden. Katie war bei den Sparkies.«

»Sparkies?«

»Ja. Die sind nicht besonders brav, aber sie zählen ganz sicher nicht zu den destruktiven Banden, wie Sie es ausgedrückt haben. Mit denen hätte sich Katie niemals eingelassen.«

»Ist Ihre Schwester noch immer in einer Clique?«

»Strenggenommen könnte sie an deren Treffen teilnehmen, bis sie verheiratet ist. Aber die meisten jungen Leute gehen nicht mehr hin, sobald sie getauft sind.«

»Weil sie dann keinen Alkohol mehr trinken oder tanzen oder ins Kino gehen dürfen?«

»Genau. Vor der Taufe hält man sich nicht so streng an die Regeln, und das wird geduldet. Nach der Taufe hat man sich für seinen Weg entschieden und sollte sich auch konsequent daran halten.«

»Hat Katie zum ersten Mal Bier getrunken, als sie bei Ihnen zu Besuch war?«

Jacob nickte. »Ja. Auf einer Studentenfete, auf die ich mit ihr zusammen gegangen bin. Aber diese Erfahrung hätte sie genausogut auch in ihrer Clique machen können.«

»War das nach den amischen Regeln erlaubt?«

»Ja, weil sie noch nicht getauft war.«

»Ist sie mit Ihnen auch ins Kino gegangen?«

»Ja.«

»Und das hätte sie auch mit ihrer Clique machen können?«

»Das ist richtig«, antwortete Jacob.

»Und es hätte nicht gegen die Gemeinderegeln verstoßen.«

»So ist es, weil sie nicht getauft war.«

»Was ist mit Tanzen? Haben Sie sie mal mit zum Tanzen genommen?«

»Ein- oder zweimal.«

»Aber es kommt auch schon mal vor, daß in Cliquen getanzt wird.«

»Ja.«

»Und auch das verstößt nicht gegen die Gemeinderegeln.«

»Richtig. Wie gesagt, sie war noch nicht getauft.«

»Das hört sich so an, als könnte man sich ordentlich die Hörner abstoßen, bevor es ernst wird«, sagte George.

»Das ist der Sinn der Sache.«

»Wann ist Ihre Schwester getauft worden?« fragte George.

»Im September letzten Jahres.«

Der Staatsanwalt nickte nachdenklich. »Dann wurde sie also schwanger, als sie schon getauft war. Und es verstößt auch nicht gegen die Glaubensregeln, wenn man Geschlechtsverkehr hat und ein uneheliches Kind bekommt?«

Jacob schwieg und wurde rot.

»Ich hätte gern eine Antwort.«

»Doch, das wäre ein Verstoß.«

»Ach so. Weil sie ja bereits getauft war?«

»Unter anderem«, sagte Jacob.

»Lassen Sie mich also zusammenfassen«, sagte George. »Die Angeklagte hat ihren Vater belogen, sie hat Sie belogen, sie wurde unverheiratet schwanger, nachdem sie das Taufgelübde abgelegt hatte – ist das die Wahrheit über Ihre Schwester, die Sie den Geschworenen verständlich machen wollten?«

»Nein!«

»Ist das das ›harmlose, gute‹ Mädchen, als das Sie Ihre Schwester bezeichnet haben? Es geht hier also um ein

Mädchen, das wahrlich auf dem Pfad der Tugend wandelt, was, Mr. Fisher?«

»Allerdings«, antwortete Jacob verbissen. »Sie verstehen das nicht.«

»Und ob ich das verstehe. Sie selbst haben das weitaus eloquenter geschildert, als ich es je könnte.« George ging zur Gerichtsschreiberin und deutete auf eine Stelle in der Prozeßmitschrift. »Würden Sie mir das bitte noch einmal vorlesen?«

Die Frau nickte. *»Für Amische ist die Familie alles.«*

George lächelte. »Keine weiteren Fragen.«

Nach Jacobs Aussage unterbrach Richterin Ledbetter die Sitzung für eine Kaffeepause. Die Geschworenen gingen im Gänsemarsch hinaus, ihre Blöcke und Stifte in der Hand, und wichen Ellies Blick geflissentlich aus. Jacob sprang auf, ging zu Katie und ergriff ihre Hände. Er legte seine Stirn an ihre und flüsterte ihr etwas auf *Deitsch* zu, was sie leise auflachen ließ.

Dann wandte er sich an Ellie. »Und?«

»Sie haben Ihre Sache gut gemacht«, sagte sie, mit einem angestrengten Lächeln.

Das schien ihn zu entspannen. »Sind die Geschworenen auch dieser Meinung?«

»Jacob, darüber, was in den Köpfen von amerikanischen Geschworenen vor sich geht, mache ich mir schon längst keine Gedanken mehr. Das Verhalten von Menschen ist einfach nicht durchschaubar. Die Frau mit den blauen Haaren, die hat die ganze Zeit nicht ein einziges Mal den Blick von Ihnen abgewandt. Aber der Typ mit dem Toupet war nur damit beschäftigt, einen Faden aus seinem Blazerärmel zu ziehen, und ich bin sicher, daß er kein Wort mitgekriegt hat.«

»Trotzdem ... ist es gut gelaufen?«

»Sie sind der erste Zeuge«, sagte Ellie sanft. »Ich würde sagen, wir warten einfach ab.«

Er nickte. »Kann ich mit Katie unten eine Tasse Kaffee trinken gehen?«

»Nein. Sobald sie diesen Raum verläßt, stürzt die Presse sich auf sie. Wenn sie Kaffee möchte, holen Sie ihr doch eine Tasse.«

Kaum war er gegangen, wandte Ellie sich an Katie. »Hast du gesehen, was George Callahan mit Jacob im Zeugenstand veranstaltet hat?«

»Er hat versucht, ihn aus der Fassung zu bringen –«

»Kannst du dir vorstellen, was er alles mit dir anstellen wird?«

Katie setzte eine entschlossene Miene auf. »Ich werde meine Angelegenheiten in Ordnung bringen, koste es, was es wolle.«

»Ich kann mehr für dich tun, wenn ich dich nicht in den Zeugenstand rufe, Katie.«

»Wieso? Nach dem ganzen Gerede über die Wahrheit, sollten die Geschworenen sie da nicht von mir hören?«

Ellie seufzte. »Ich habe nichts davon gesagt, daß ich ihnen die Wahrheit erzählen werde!«

»Doch, hast du, in deiner Eröffnungsrede –«

»Das ist Theater, Katie. Als Anwalt muß man ein oscarverdächtiger Schauspieler sein. Ich werde den Geschworenen eine Geschichte erzählen, mehr nicht, und mit etwas Glück gefällt sie ihnen besser als die, die George ihnen erzählt.«

»Du hast gesagt, ich dürfte ihnen die Wahrheit sagen.«

»Ich habe gesagt, ich würde nicht auf Unzurechnungsfähigkeit plädieren. *Du* hast gesagt, du würdest die Wahrheit sagen. Und wenn du dich richtig erinnerst, habe ich nur gesagt, daß wir sehen würden, was wir machen könnten.« Sie sah Katie in die Augen. »Wenn du in den Zeugenstand trittst, wird George dich auseinandernehmen. Das hier ist eine *englische* Welt, ein *englisches* Gericht, eine *englische* Mordanklage. Du gewinnst nicht, wenn du nach amischen Regeln spielst.«

»Du hast eine amische Mandantin, die amisch aufgewachsen ist und amisch denkt. Die *englischen* Regeln gelten bei mir nicht«, sagte Katie leise. »Also, wie geht's weiter?«

»Hör einfach zu, was der Staatsanwalt macht und sagt, Katie. Bis zu dem Augenblick, wo du in den Zeugenstand sollst, kannst du deine Meinung noch ändern.« Ellie sah ihre Mandantin eindringlich an. »Selbst wenn du vor Gericht kein Wort sagst, kann ich gewinnen.«

»Wenn ich vor Gericht kein Wort sage, Ellie, dann bin ich die Lügnerin, als die Mr. Callahan mich bezeichnet hat.«

Frustriert wandte Ellie sich ab. Was für ein Dilemma: Katie, die von Ellie erwartete, daß sie den Fall auf dem Altar religiöser Aufrichtigkeit opferte; Ellie, die wußte, daß Aufrichtigkeit im Gerichtssaal nichts zu suchen hatte. Es war, als würde sie ein Auto in einem Eissturm steuern. Sie konnte sich ihrer Fähigkeiten noch so sicher sein, es waren noch andere auf der Straße unterwegs, die an ihr vorbeibrausten, Überholverbote mißachteten, Unfälle verursachten.

Aber andererseits hatte Katie nie ein Auto gefahren.

»Dir geht's nicht gut, was?«

Beim Klang von Coops Stimme hob Ellie den Kopf. »Doch, mir geht's gut, danke.«

»Du siehst schrecklich aus.«

Sie verzog das Gesicht. »Mann, ich wette, du mußt dir die Frauen mit einem Stock vom Leibe halten.«

Er ging neben ihr in die Hocke. »Ich meine es ernst, Ellie«, sagte er mit leiserer Stimme. »Ich habe jetzt ein persönliches Interesse daran, daß es dir gutgeht. Und wenn dieser Prozeß zuviel für dich ist –«

»Herrgott, Coop, früher haben die Frauen ihre Kinder auf den Feldern gekriegt und danach weiter Mais gepflückt –«

»Baumwolle.«

»Was?«

Er zuckte die Achseln. »Sie haben Baumwolle gepflückt.«

Ellie blickte ihn verwundert an. »Warst du dabei?«

»Ich wollte nur etwas richtigstellen.«

»Schön. Bravo. Jetzt werde ich etwas richtigstellen: Es geht mir gut. Hundertprozentig. Ich kann diesen Prozeß gewinnen; ich kann unser Baby zur Welt bringen; ich kann alles.« Erschrocken merkte Ellie, daß ihr gleich die Tränen kamen. »Wenn du mich jetzt bitte entschuldigst, ich möchte bloß eben den Krieg in Bosnien beenden und das Hungerproblem in ein paar Dritte-Welt-Ländern lösen, bevor das Gericht wieder zusammentritt.« Sie stand auf und schob sich an Coop vorbei.

Er starrte Ellie nach, sank dann auf den Stuhl, den sie verlassen hatte. Katie kratzte mit dem Daumennagel über das oberste Blatt eines Schreibblocks. »Das kommt von dem Baby«, sagte sie. »Davon wird man ganz *verhuddelt.*«

»Tja.« Er rieb sich den Nacken. »Ich mache mir Sorgen um sie.«

Sie preßte den Nagel fester auf, so daß ein Abdruck auf dem Papier zurückblieb. »Ich mache mir auch Sorgen.«

Ellie nahm gerade wieder neben Katie Platz, als die Richterin in den Gerichtssaal zurückkam. Ellies Gesicht war gerötet und ein wenig feucht, als hätte sie es sich mit Wasser bespritzt. Sie blickte Katie nicht an, auch nicht, als Katie sie unter dem Tisch leicht an der Hand berührte.

Ellie murmelte dann etwas, etwas, das sich anhörte wie »Alles in Ordnung« oder »Verzeihung«. Dann stand sie auf, mit so geschmeidigen Bewegungen, daß Katie an Rauch denken mußte, der sich aus einem Schornstein kringelte. »Die Verteidigung«, sagte Ellie, »ruft Adam Sinclair.«

Katie hatte sich verhört, ganz sicher. Sie hielt den Atem an.

»Einspruch«, rief der Staatsanwalt. »Der Zeuge steht nicht auf meiner Liste.«

»Euer Ehren, er war im Ausland. Ich habe erst vor wenigen Tagen seinen Aufenthaltsort in Erfahrung gebracht«, erklärte Ellie.

»Das beantwortet aber nicht die Frage, warum Mr. Sinclair es nicht bis auf Ihre Zeugenliste geschafft hat.«

Ellie zögerte. »Mr. Sinclair soll einige Informationen belegen, die mir erst in letzter Minute bekannt geworden sind.«

»Euer Ehren, das ist unzumutbar. Ms. Hathaway biegt sich die Prozeßordnung nach ihren Bedürfnissen zurecht.«

»Ich muß doch sehr bitten, Euer Ehren«, entgegnete Ellie, »und ich entschuldige mich bei Mr. Callahan für die fehlende Vorinformation. Der Zeuge wird der Verteidigung nicht zum Sieg verhelfen, er soll lediglich einige wichtige Hintergrundinformationen liefern, die bislang noch fehlten.«

»Ich beantrage, daß er seine Aussage erst zu Protokoll gibt«, sagte George.

Katie hörte den Rest nicht. Sie wußte nur, daß Adam wenige

Augenblicke später im selben Raum war wie sie. Sie atmete jetzt in kurzen, flachen Zügen. Adam legte die flache Hand auf die Bibel, und Katie stellte sich statt dessen vor, wie diese Hand auf ihrem flachen Bauch lag.

Und dann sah er sie an. In seinem Blick lag tiefe Traurigkeit, und Katie meinte, die Seelenqualen sehen zu können, die wie ein Wasserzeichen im Blau seiner Augen standen. Er starrte sie an, bis die Luft um sie herum fest wurde und ihr das Herz heftig in der Brust pochte.

Katie biß sich auf die Lippen, von Scham überwältigt. Sie hatte das getan, sie hatte ihn bis an diesen Punkt gebracht. *Verzeihung.*

Alles in Ordnung.

Sie hob ihre zitternden Hände und bedeckte das Gesicht, hoffte jetzt wie ein Kind: Wenn sie Adam nicht sehen konnte, mußte sie unsichtbar sein.

»Ms. Hathaway«, sagte die Richterin. »Möchten Sie eine kurze Pause?«

»Nein«, antwortete Ellie. »Meiner Mandantin geht es gut.«

Aber Katie ging es nicht gut. Sie konnte nicht aufhören zu zittern, und es kamen ihr die Tränen, und sie konnte einfach nicht wieder aufblicken und Adam ansehen. Sie spürte die Blicke der Geschworenen wie winzige Nadelstiche, und sie fragte sich, warum Ellie ihr nicht den Gefallen tat – sie hier rauslaufen zu lassen, ohne einen Blick zurück.

»Bitte«, flüsterte sie Ellie zu.

»Ganz ruhig. Vertrau mir.«

»Sicher, Ms. Hathaway?« fragte Richterin Ledbetter.

Ellie sah zu den Geschworenen hinüber, auf ihre gespannten Gesichter. »Absolut.« In dem Augenblick dachte Katie, daß sie Ellie wahrhaftig haßte.

»Euer Ehren«, ertönte seine Stimme; o Herr, seine süße, tiefe Stimme, wie das Surren einer Kutsche auf Asphalt. »Darf ich?« Er nahm die Schachtel Papiertaschentücher, die für die Zeugen bereitstand, und nickte in Katies Richtung.

»Nein, Mr. Sinclair. Sie bleiben, wo Sie sind«, befahl die Richterin.

»Ich erhebe Einspruch, Euer Ehren«, sagte der Staatsanwalt mit Nachdruck. »Ms. Hathaway ruft diesen Zeugen aus reiner Effekthascherei auf und nicht, weil seine Aussage wirklich von Bedeutung ist.«

»Ich habe ihn noch nicht mal befragt, George«, sagte Ellie.

»Beide Anwälte zu mir«, sagte Richterin Ledbetter. Sie flüsterte ärgerlich auf Ellie und den Staatsanwalt ein, deren Stimmen sich zwischendurch kurz erhoben. Adam betrachtete Katie, die noch immer weinte. Er nahm die Schachtel Taschentücher und erhob sich aus dem Zeugenstand.

Der Gerichtsdiener trat vor. »Sir, es tut mir leid, aber –«

Adam drängte sich vorbei, näherte sich mit schnellen Schritten dem Tisch der Verteidigung. Richterin Ledbetter blickte auf und rief seinen Namen. Als er weiterging, ließ sie ihren Hammer niedersausen. »Mr. Sinclair! Bleiben Sie stehen, oder ich lasse Sie wegen Mißachtung des Gerichts festnehmen!«

Aber Adam blieb nicht stehen. Als die empörte Stimme des Staatsanwalts ertönte, die die wütenden Warnungen der Richterin noch überbot, kniete Adam sich neben Katie. Sie konnte ihn riechen, konnte die Wärme spüren, die seinem Körper entströmte, und sie dachte: Das ist mein Untergang.

Sie spürte ein weiches Papiertaschentuch an ihrer Wange.

Die Richterin und die Anwälte verstummten, aber Katie nahm es gar nicht wahr. Adams Daumen streichelte sacht ihre Haut, und sie schloß die Augen.

Im Hintergrund gestikulierte George Callahan aufgebracht in der Luft herum und begann, erneut zu debattieren.

»Danke«, flüsterte Katie und nahm Adam das Taschentuch aus der Hand.

Er nickte ihr stumm zu. Der Gerichtsdiener packte Adam am Arm und zog ihn hoch. Katie sah, wie er zurück zum Zeugenstand geführt wurde, jeder Schritt eine Meile zwischen ihnen.

»Ich bin Geisterjäger«, sagte Adam als Antwort auf Ellies Frage. »Ich suche und dokumentiere paranormale Phänomene.«

»Können Sie Ihre Arbeit näher beschreiben?«

»Ich suche vorzugsweise nachts Orte auf, an denen es angeblich spukt, und versuche, mit Hilfe einer Wünschelrute oder einer speziellen fotografischen Methode Veränderungen im Energiefeld aufzuspüren.«

»Haben Sie außer Ihrem Doktor in Parapsychologie noch andere akademische Grade?«

»Ja. Ich habe ein Examen in Naturwissenschaften und einen Magistergrad vom Massachusetts Institute of Technology.«

»In welchem Fach?«

»Physik.«

»Dann würden Sie sich als Naturwissenschaftler bezeichnen?«

»Absolut. Deshalb weiß ich auch, daß es paranormale Phänomene geben muß. Jeder Physiker wird Ihnen sagen, daß Energie nicht verlorengehen kann, sondern nur transformiert wird.«

»Wie haben Sie Jacob Fisher kennengelernt?« fragte Ellie.

»In einem Seminar, das ich an der Penn State gegeben habe. Ich war Assistent, er Student. Mir ist gleich aufgefallen, wie ernst er sein Studium nahm.«

»Können Sie das genauer ausführen?«

»Nun, bei meinem Spezialgebiet kann ich es mir nicht leisten, meine Arbeit auf die leichte Schulter zu nehmen. Ich habe die Erfahrung gemacht, daß ich mich am besten einfach auf meine Arbeit konzentriere und mich nicht darum schere, was andere denken. Bei Jacob stellte ich eine ähnliche Haltung fest. Er studierte gewissenhaft und interessierte sich kaum für die Freizeitaktivitäten auf dem Campus. Als ich zu Forschungszwecken ins Ausland mußte, habe ich ihn gefragt, ob er mein Haus mieten wolle.«

»Wann haben Sie Jacobs Schwester kennengelernt?«

Adams Blick schwenkte von Ellie zu Katie und wurde weicher. »An dem Tag, als mir der Doktortitel verliehen wurde. Ihr Bruder hat uns miteinander bekannt gemacht.«

»Können Sie uns etwas mehr darüber erzählen?«

»Sie war wunderschön, mit großen, staunenden Augen, und schüchtern. Ich wußte schon länger, daß sie amisch war – von

Jacob –, aber sie war nicht so gekleidet.« Er zögerte, hob dann die geöffnete Hand. »Wir gaben uns die Hand. Ganz normal. Aber ich weiß noch, daß ich sie am liebsten nicht losgelassen hätte.«

»Hatten Sie Gelegenheit, Katie wiederzusehen?«

»Ja, sie hat ihren Bruder einmal im Monat besucht. Jacob war schon ein paar Monate vor meiner Abreise bei mir eingezogen, also sah ich Katie, wenn sie in State College war.«

»Sind Sie und Katie einander nähergekommen?«

»Wir freundeten uns sehr schnell an. Sie interessierte sich für meine Arbeit, war nicht sensationslüstern, sondern zeigte wirklich Respekt. Wir redeten offen und aufrichtig miteinander. Es kam mir so vor, als wäre sie nicht von dieser Welt – was in mancherlei Hinsicht wohl auch stimmte.« Er rutschte auf seinem Stuhl hin und her. »Ich fühlte mich zu ihr hingezogen. Aber ich wollte vernünftig sein, schließlich war ich zehn Jahre älter als sie, erfahren und nicht amisch. Aber sie ging mir nicht mehr aus dem Kopf.«

»Wurden Sie und Katie ein Paar?«

Er sah, wie Katies Wangen sich rot verfärbten. »Ja.«

»Hatte Katie bereits vorher mit jemandem geschlafen?«

»Nein.« Adam räusperte sich. »Sie war Jungfrau.«

»Haben Sie sie geliebt, Mr. Sinclair?«

»Ich liebe sie noch immer«, sagte er ruhig.

»Warum waren Sie dann nicht für sie da, als sie schwanger wurde?«

Adam schüttelte den Kopf. »Ich hatte keine Ahnung. Ich hatte meine Forschungsreise zweimal verschoben, um bei ihr sein zu können. Aber an dem Abend, nachdem ... nachdem sie schwanger wurde, bin ich nach Schottland abgereist.«

»Waren Sie zwischenzeitlich mal wieder in den Staaten?«

»Nein. Sonst hätte ich Katie auf jeden Fall sehen wollen. Aber ich hielt mich in entlegenen Gegenden auf. Am vergangenen Samstag habe ich zum ersten Mal nach einem Jahr wieder amerikanischen Boden betreten.«

»Wenn Sie von dem Baby gewußt hätten, Mr. Sinclair, was hätten Sie dann gemacht?«

»Ich hätte Katie auf der Stelle geheiratet.«

»Aber dazu müßten Sie amisch sein. Würden Sie den amischen Glauben annehmen?«

»Das ist schon vorgekommen, ich weiß, aber ich hätte es wahrscheinlich nicht gekonnt. Dazu ist mein Glaube nicht stark genug.«

»Also wäre eine Heirat nicht wirklich in Frage gekommen. Was hätten Sie dann gemacht?« fragte Ellie.

»Alles mögliche. Ich hätte sie bei ihrer Familie und ihren Freunden gelassen, aber ich hätte die Hoffnung nicht aufgegeben, daß wir eine gemeinsame Zukunft haben würden.«

»Was für eine Zukunft?«

»Jede, die sie mir hätte geben wollen oder können«, sagte Adam.

»Berichtigen Sie mich, wenn ich mich irre«, fuhr Ellie fort, »aber eine gemeinsame Zukunft zwischen einer amischen Frau und einem nicht-amischen Mann erscheint mir äußerst unwahrscheinlich.«

»Es hat schon immer die unwahrscheinlichsten Pärchen gegeben«, sinnierte Adam und seufzte. »Ich wollte, daß unsere Liebe eine Zukunft hatte. Ich wäre der glücklichste Mensch auf Erden gewesen, wenn Katie und ich irgendwo einen Platz gefunden hätten, wo wir einfach nur hätten zusammensein können. Aber weil ich sie liebte, hätte ich sie nicht bitten können, ihrem vertrauten Leben den Rücken zu kehren. Deshalb habe ich mich letztes Jahr feige zurückgezogen. Ich bin ins Ausland gegangen, in der Hoffnung, daß sich alles auf wundersame Weise verändert hätte, wenn ich zurückkommen würde.«

»Und hatte sich etwas verändert?«

Adam verzog das Gesicht. »Ja, aber nicht zum Besseren.«

»Als Sie am Samstag zurückkamen, was haben Sie da erfahren?«

Er schluckte. »Katie hatte unser gemeinsames Kind geboren. Und das Kind war gestorben.«

»Das muß ein großer Schock für Sie gewesen sein.«

»Ja«, sagte Adam. »Es macht mir sehr zu schaffen.«

»Was war Ihre erste Reaktion?«

»Ich wollte zu Katie. Ich war sicher, daß sie genauso verzweifelt war wie ich, wenn nicht mehr. Ich dachte, wir könnten einander helfen.«

»Wußten Sie da bereits, daß Katie wegen Mordes angeklagt worden war?«

»Ja.«

»Sie erfuhren vom Tod Ihres Kindes, und daß Katie verdächtigt wird, es getötet zu haben – und trotzdem wollten Sie zu ihr, um sie zu trösten und sich trösten zu lassen?«

»Ms. Hathaway«, sagte Adam, »Katie hat unser Baby nicht getötet.«

»Wieso sind Sie sich da so sicher?«

Adam senkte den Blick. »Weil ich eine Dissertation darüber geschrieben habe. Liebe ist die stärkste Form von Energie. Katie und ich, wir haben uns geliebt. Wir konnten uns nicht in meiner Welt lieben, und wir konnten uns nicht in ihrer Welt lieben. Aber unsere Liebe, die ganze Energie, mußte irgendwohin. Sie ist in das Baby geflossen.« Seine Stimme brach. »Auch wenn wir einander nicht hätten haben können, wir hätten beide das Kind gehabt.«

»Wenn Sie sie so sehr geliebt haben«, sagte George in seinem Kreuzverhör, »warum haben Sie ihr nicht ab und zu mal geschrieben?«

»Das habe ich. Einmal die Woche«, antwortete Adam. Verstohlen sah er zu Ellie hinüber. Sie hatte ihm eingeschärft, nicht über die Briefe zu sprechen, die Katie nie erreicht hatten, weil sonst herausgekommen wäre, daß Jacob gegen eine gemeinsame Zukunft von Katie und Adam war.

»Und während der ganzen Zeit, in der Sie und Katie eine Brieffreundschaft führten, hat sie Ihnen nicht erzählt, daß sie schwanger war?«

»Soweit ich weiß, hat sie es niemandem erzählt.«

George zog eine Augenbraue hoch. »Könnte es nicht sein, daß sie Ihnen ihre Schwangerschaft verschwiegen hat, weil ihr die Beziehung nicht ganz so viel bedeutete wie Ihnen?«

»Nein, auf keinen –«

»Oder vielleicht hatte sie sich ausgetobt und wollte jetzt zurück zu ihrem ahnungslosen amischen Freund.«

»Sie täuschen sich.«

»Vielleicht hat sie es Ihnen nicht erzählt, weil sie vorhatte, das Kind loszuwerden.«

»So etwas hätte sie nicht getan«, sagte Adam mit Nachdruck.«

»Verzeihen Sie, wenn ich da etwas nicht mitbekommen haben sollte, aber waren Sie in der Nacht bei ihr im Stall, als sie das Kind zur Welt brachte?«

»Sie wissen, daß ich nicht dabei war.«

»Dann können Sie auch nicht mit Sicherheit sagen, was passiert ist oder was nicht passiert ist.«

»Ebensowenig wie Sie das können«, stellte Adam klar. »Allerdings gibt es da etwas, das ich weiß und Sie nicht. Ich weiß, wie Katie denkt und fühlt. Ich weiß, daß sie unser Kind nicht töten würde. Es ist unerheblich, ob ich bei der Geburt dabei war oder nicht.«

»Oh, stimmt. Sie sind ja ein ... wie haben Sie es genannt? Ach ja, ein *Geisterjäger*. Sie müssen Dinge nicht sehen, um sie zu glauben.«

Adam blickte dem Staatsanwalt fest in die Augen. »Vielleicht ist es eher so«, sagte er, »daß ich Dinge glaube, die Sie nicht sehen können.«

Ellie schloß behutsam die Tür des Besprechungsraumes. »Hör zu«, sagte sie beklommen. »Ich weiß, was du sagen willst. Ich hatte kein Recht, dich mit ihm zu überraschen. Sobald ich wußte, wo Adam war, hätte ich es dir sagen müssen. Aber Katie, die Geschworenen mußten von dem Vater deines Babys erfahren, damit sie begreifen, daß der Tod eine Tragödie war. Sie mußten sehen, wie weh es dir getan hat, Adam in den Gerichtssaal kommen zu sehen. Ich wollte, daß sie Mitgefühl für dich entwickeln, damit sie dich freisprechen *wollen*, aus welchem Grund auch immer.« Sie verschränkte die Arme. »Auch wenn es nicht viel nützt, es tut mir leid.«

Als Katie den Blick abwandte, versuchte Ellie, einen heiteren Ton anzuschlagen: »Jetzt hab ich gesagt, daß es mir leid tut. Ich dachte, wenn man ein Bekenntnis ablegt, vergibt einem die Gemeinde und nimmt einen mit offenen Armen wieder auf.«

Katie sah zu ihr hoch. »Das war meine Erinnerung«, sagte sie leise. »Das einzige, was mir geblieben war. Und du hast es weggegeben.«

»Ich habe es getan, um dich zu retten.«

»Wer hat gesagt, daß ich gerettet werden will?«

Ohne darauf zu antworten ging Ellie zurück zur Tür, sagte: »Ich habe dir was mitgebracht«, und öffnete sie.

Adam stand zögernd da. Seine Hände schlossen und öffneten sich unruhig. Ellie nickte ihm zu, ging dann hinaus und schloß die Tür hinter sich.

Katie stand auf, kämpfte gegen die Tränen an. Er mußte nur die Arme ausbreiten, und sie würde hineinfallen. Er mußte nur die Arme ausbreiten, und sie wären wieder da, wo sie schon einmal waren.

Er machte einen Schritt nach vorn, und Katie flog ihm entgegen. Sie flüsterten sich ihre Fragen gegenseitig in die Haut, hinterließen Spuren so deutlich wie Narben. Katie wollte sich noch enger an ihn schmiegen, merkte überrascht, daß es nicht ganz ging, als würde etwas zwischen ihren Körpern stecken. Sie blickte unwillkürlich nach unten, um zu sehen, was sich zwischen sie gedrängt hatte, und entdeckte nichts, außer der unsichtbaren Existenz ihres gemeinsamen Babys.

Auch Adam spürte es, das merkte sie daran, wie er sich von ihr löste und ein wenig Abstand nahm. »Ich habe dir geschrieben. Dein Bruder hat dir meine Briefe nicht gegeben.«

»Ich hätte es dir erzählt«, entgegnete sie. »Ich wußte nicht, wo du warst.«

»Wir hätten den Kleinen geliebt«, sagte Adam heftig, und es klang wie eine Feststellung und eine Frage zugleich.

»Ja, das hätten wir.«

Seine Hand strich über ihr Haar, hielt inne am Rand ihrer *Kapp*. »Was ist passiert?« flüsterte er.

Katie erstarrte. »Ich weiß es nicht. Ich bin eingeschlafen, und als ich aufwachte, war das Baby verschwunden.«

»Ich weiß, genau das hast du deiner Anwältin erzählt. Und der Polizei. Aber jetzt sprichst du mit mir, Katie. Es geht um unseren Sohn.«

»Ich sage die Wahrheit. Ich erinnere mich nicht.«

»Du warst dabei! Du mußt dich erinnern!«

»Aber ich erinnere mich nicht!« rief Katie.

»Du mußt«, sagte Adam mit belegter Stimme, »weil ich nicht dabei war. Und ich muß es wissen.«

Katie preßte die Lippen zusammen und schüttelte den Kopf. Sie ließ sich auf einen Stuhl sinken und beugte sich vor, die Arme über dem Bauch verschränkt.

Adam nahm ihre Hand und küßte sie. »Wir finden eine Lösung«, sagte er. »Nach dem Prozeß wird sich alles fügen.«

Sie ließ seine Stimme über sich hinwegspülen, die gleiche spirituelle Reinigung, die sie immer beim *Grossg'mee* empfand, dem Gemeindegottesdienst. Wie sehr sie Adam doch glauben wollte! Sie hob das Gesicht und nickte.

Aber irgend etwas flackerte in seinen Augen auf, ein winziger Hauch von Zweifel, so kurz, daß Katie es vielleicht gleich wieder vergessen hätte, wenn Adam sich nicht rasch abgewandt hätte. Er hatte gesagt, daß er sie liebte. Er hatte es den Geschworenen gesagt. Im Gerichtssaal hätte er es vielleicht nicht zugegeben, aber hier, allein mit ihr, fragte er sich, so schwer es ihm auch fiel, ob Katie sich deshalb nicht erinnern konnte, was mit ihrem Baby geschehen war, weil sie etwas Unsagbares getan hatte.

Er küßte sie zärtlich, und sie wunderte sich, daß es möglich war, einem anderen so nahe zu sein und dennoch das Gefühl zu haben, zwischen ihnen hätte sich eine klaffende Schlucht aufgetan. »Wir werden andere Kinder haben«, sagte er, der einzige Trost, den Katie nicht ertragen konnte.

Sie berührte seine Wangen und sein Kinn und die weichen Umrisse seiner Ohren. »Es tut mir leid«, sagte sie, ohne genau zu wissen, wofür sie sich entschuldigte.

»Es war nicht deine Schuld«, murmelte Adam.

»Adam –«

Er legte einen Finger auf ihre Lippen und schüttelte den Kopf. »Sag es nicht. Noch nicht.«

Ihre Brust verkrampfte sich, daß sie kaum mehr atmen konnte. »Ich wollte dir sagen, daß er dir ähnlich gesehen hat«, sagte sie, und die Worte sprudelten hervor wie ein Geschenk. »Ich wollte dir sagen, daß er wunderschön war.«

Auf der Herrentoilette trat Adam aus der Kabine und fing an, sich die Hände zu waschen. Seine Gedanken kreisten noch immer um Katie, den Prozeß, ihr gemeinsames Baby. Er registrierte nur am Rande, daß ein Mann an das Waschbecken neben ihm trat.

Ihre Blicke kreuzten sich im Spiegel. Adam betrachtete den breitkrempigen, schwarzen Hut des Mannes, die schlichte Hose, die Hosenträger, das blaßgrüne Hemd. Adam hatte ihn noch nie gesehen, aber er wußte, wer er war. Er wußte es genauso, wie der blonde Riese, der den Blick nicht von Adam losreißen konnte, wußte, wer er war.

Mit ihm war sie also vor mir zusammen, dachte Adam.

Er war nicht im Gerichtssaal gewesen; Adam hätte sich an ihn erinnert. Vielleicht nahm er aus religiösen Gründen nicht an der Verhandlung teil. Vielleicht war er als Zeuge geladen und würde erst später aufgerufen werden.

»Entschuldigung«, sagte der Blonde und griff an Adam vorbei zum Seifenspender.

Adam trocknete sich die Hände an einem Papierhandtuch ab. Er nickte dem anderen Mann einmal zu, selbstsicher, ruhig, und warf das zerknüllte Papier in den Abfalleimer.

Als Adam die Toilettentür aufstieß und auf den von Menschen wimmelnden Korridor trat, schaute er sich ein letztes Mal um. Der amische Mann nahm sich jetzt ebenfalls ein Papierhandtuch und stand an derselben Stelle, an der Adam gerade noch gewesen war.

Samuels Finger schlossen sich nervös um den Türknauf, als er den kleinen Besprechungsraum betrat, wo er laut Ellies

Angaben Katie finden würde. Ja, da war sie, den Kopf über den häßlichen Plastiktisch gebeugt, wie eine Löwenzahnblüte, die auf ihrem Stengel verwelkt. Er setzte sich ihr gegenüber und stützte die Ellbogen auf den Tisch. »Alles in Ordnung?«

»Ja«, seufzte Katie und rieb sich die Augen. »Mir geht's gut.«

»Dann bist du die einzige.«

Katie lächelte schwach. »Mußt du bald in den Zeugenstand?«

»Ellie meint, ja.« Er zögerte. »Ellie sagt, sie weiß, was sie tut.« Samuel stand auf, fühlte sich zu groß in dem engen Raum. »Ellie sagt, ich soll dich mitbringen.«

»Oh, und wir wollen unsere Ellie doch nicht enttäuschen«, sagte Katie sarkastisch.

Samuels Brauen zogen sich zusammen. »Katie«, sagte er, mehr nicht, und auf einmal kam sie sich klein und schäbig vor.

»Tut mir leid, daß ich das gesagt habe«, gestand sie. »Zur Zeit kenne ich mich selbst nicht mehr.«

»Aber ich kenne dich«, sagte Samuel, so ernst, daß sie lächeln mußte.

»Gott sei Dank.« Katie war nicht gern in diesem Gerichtsgebäude, so weit weg von der Farm ihrer Eltern, aber das Wissen, daß Samuel sich genauso fehl am Platze fühlte wie sie, machte es ihr ein wenig leichter.

Er streckte ihr die Hand hin und lächelte. »Komm jetzt, laß uns gehen.«

Katie schob ihre Finger in seine. Samuel zog sie vom Stuhl hoch und führte sie aus dem Besprechungsraum. Sie gingen Hand in Hand den Korridor hinunter, durch die Doppeltür des Gerichtssaals, auf den Tisch der Verteidigung zu; und keiner von beiden dachte auch nur einen Moment daran loszulassen.

16

Ellie

In der Nacht, bevor die Vernehmung der Zeugen der Verteidigung begann, träumte ich, daß ich Coop als Zeugen aufrief. Ich stand vor ihm in einem leeren Gerichtssaal. Hinter mir erstreckte sich der Zuschauerraum wie eine dunkle Wüste. Ich öffnete den Mund, um ihn nach Katie zu befragen, doch statt dessen flog mir eine andere Frage aus dem Mund wie ein Vogel, der darin gefangen gewesen war: *Werden wir in zehn Jahren noch glücklich sein?* Verärgert preßte ich die Lippen zusammen und wartete auf seine Antwort, aber Coop hielt den Blick gesenkt. »Ich brauche eine Antwort, Dr. Cooper«, drängte ich, und als ich näher an den Zeugenstand herantrat, sah ich Katies totes Baby in seinem Schoß liegen.

Bei dem Gedanken, Coop in den Zeugenstand zu rufen, war mir äußerst unwohl zumute. Es war seltsam, ihn in dieser kleinen Box vor mir zu haben und zu wissen, daß die Fragen, die ich stellen würde, nicht die Fragen waren, auf die ich wirklich eine Antwort haben wollte. Außerdem war jetzt etwas Neues zwischen uns, all das, was noch nicht gesagt worden war, seit wir von meiner Schwangerschaft wußten. Es umgab uns wie ein wogendes Meer, so daß ich, wenn ich Coop zuhörte, nie wußte, ob ich meiner Wahrnehmung trauen konnte.

Wenige Minuten, bevor er in den Zeugenstand mußte, kam er zu mir. Die Hände in den Taschen, erschreckend professionell, reckte er das Kinn in die Höhe. »Ich möchte, daß Katie den Gerichtssaal verläßt, während ich aussage.«

Katie saß noch nicht neben mir; ich hatte Samuel losgeschickt, sie zu holen. »Wieso?«

»Weil ich in erster Linie für Katie als Patientin verantwortlich bin, und nachdem du sie mit Adam so aus der Bahn geworfen hast, halte ich sie für zu labil, um das zu verkraften, was ich sagen werde.«

Ich ordnete die Unterlagen vor mir auf dem Tisch. »Schade, weil ich nämlich möchte, daß die Geschworenen ihre Erschütterung sehen.«

Seine Entrüstung war förmlich greifbar. Um so besser. Vielleicht merkte er jetzt, daß ich nicht die Frau war, für die er mich hielt. Ich musterte ihn kühl und fügte hinzu: »Es geht nur einzig und allein darum, Mitgefühl für sie zu wecken.«

Ich rechnete damit, daß er mir widersprechen würde, aber Coop stand nur da und sah mich an, bis ich von seinem Blick nervös wurde. »So hart bist du gar nicht, Ellie«, sagte er schließlich. »Hör ruhig auf, so zu tun.«

»Es geht hier nicht um mich.«

»Doch, natürlich.«

»Was soll das?« rief ich gereizt. »Das kann ich jetzt wirklich nicht gebrauchen.«

»Genau das brauchst du, El.« Coop griff nach dem Kragen meines Blazers und zog ihn gerade, strich ihn sanft glatt, eine Geste, bei der ich fast geweint hätte.

Ich holte tief Luft. »Katie bleibt hier. Und jetzt entschuldige mich, ich brauche noch ein paar Minuten für mich.«

»Diese paar Minuten«, sagte er leise. »Die summieren sich langsam.«

»Herrgott, ich stecke mitten in einem Prozeß! Was erwartest du denn?«

Coop ließ seine Hand von meiner Schulter gleiten, über meinen Arm. »Daß du dich eines Tages umschaust«, sagte er, »und dann wirst du feststellen, daß du seit Jahren allein bist.«

»Warum wurden Sie gebeten, mit Katie zu sprechen?«

Coop machte im Zeugenstand eine umwerfende Figur. Nicht, daß ich mir meine Zeugen gemeinhin danach aussuche, wie gut ihnen ein Anzug steht, aber er war entspannt und ruhig und lächelte öfter zu Katie hinüber, was den Geschworenen nicht entgehen konnte. »Um sie zu behandeln«, sagte er. »Nicht, um sie zu evaluieren.«

»Was ist der Unterschied?«

»Ich bin kein forensischer Psychiater, sondern ein ganz normaler Therapeut. Ich wurde lediglich gebeten, ihr zu helfen.«

»Wenn Sie kein forensischer Psychiater sind, warum sind Sie dann heute hier?«

»Weil ich im Laufe der Behandlung eine Beziehung zu Katie entwickelt habe. Im Gegensatz zu einem Sachverständigen, der nur einmal mit ihr gesprochen hat, glaube ich, besser zu wissen, wie ihre Psyche funktioniert. Sie hat schriftlich ihre Einwilligung erteilt, daß ich aussage, was ich für einen großen Vertrauensbeweis halte.«

»Wie haben Sie Katie behandelt?« fragte ich.

»Ich habe über einen Zeitraum von vier Monaten hinweg klinische Interviews mit ihr geführt. Zu Beginn habe ich Fragen nach ihren Eltern gestellt, nach ihrer Kindheit, habe gefragt, ob sie Kinder möchte, eruiert, ob sie jemals Depressionen hatte, oder ob ein psychologisches Trauma bei ihr vorliegt – die üblichen therapeutischen Gespräche, wenn Sie so wollen.«

»Was haben Sie herausgefunden?«

Er lächelte. »Katie ist kein gewöhnliches junges Mädchen. Bevor ich sie richtig verstehen konnte, mußte ich begreifen, was es bedeutet, amisch zu sein. Das kulturelle Umfeld, in dem Kinder aufwachsen, hat einen entscheidenden Einfluß auf ihre Handlungsweisen als Erwachsene.«

»Wir haben inzwischen ein wenig über amische Kultur erfahren. Was hat Sie als Katies Psychologe besonders interessiert?«

»Unsere Kultur fördert Individualität, die Amischen dagegen sind tief verwurzelt in ihrer Gemeinschaft. Bei uns wird Verschiedenartigkeit nicht nur respektiert, sondern sogar erwartet. Bei den Amischen ist kein Platz für Abweichung von der Norm. Gleichheit bestimmt die amische Gesellschaft. Wer sich nicht anpaßt, für den sind die Folgen in psychologischer Hinsicht tragisch – er steht allein da, wo er doch nichts anderes gekannt hat, als Teil der Gruppe zu sein.«

»Inwiefern hat Ihnen das geholfen, Katie besser zu verstehen?«

»Nun«, sagte Coop, »in Katies Vorstellungswelt ist Verschiedenheit gleichbedeutend mit Scham, Ablehnung und Scheitern. Noch tiefer sitzt bei Katie die Angst, aus der Gemeinschaft ausgeschlossen zu werden. Sie hat es bei ihrem Bruder erlebt, und sie wollte auf keinen Fall, daß ihr das gleiche widerfährt. Sie wollte heiraten, Kinder haben, aber sie war immer ganz selbstverständlich davon ausgegangen, daß es bei ihr so ablaufen würde wie bei allen anderen in ihrer Welt. Wenn herausgekommen wäre, daß sie schwanger war, von einem *englischen* Mann, und noch dazu als Unverheiratete – beides ein eklatanter Verstoß gegen die amische Norm – nun, das hätte unausweichlich ihren Ausschluß aus der Gemeinschaft nach sich gezogen, eine Vorstellung, die sie psychisch nicht verkraften konnte.«

Ich hörte ihn über Katie sprechen, dachte aber dabei an mich selbst. Meine Hand legte sich auf meinen Bauch. »Was meinen Sie damit?«

»Sie war mit der klaren Vorgabe erzogen worden, daß es nur einen Weg gibt «, sagte er. »Daß es unakzeptabel wäre, wenn ihr Leben nicht auf diesem Weg verlaufen würde.«

Coops Worte schlangen sich so eng um mich, daß ich nur mit Mühe Luft bekam. »Es war nicht ihre Schuld«, brachte ich hervor.

»Nein«, sagte Coop nachdenklich. »Das versuche ich ihr seit einer Weile verständlich zu machen.«

Der Raum wurde enger, die Menschen verblaßten, und die Geräusche wurden leiser. »Es ist schwer, eine gewohnte Sichtweise aufzugeben.«

»Ja, und deshalb tat sie es nicht. Konnte es nicht. Die Schwangerschaft«, sagte Coop, »hat ihre Welt auf den Kopf gestellt.«

Ich schluckte. »Wie hat sie reagiert?«

»Sie hat so getan, als wäre die Schwangerschaft unwichtig,

obwohl sie das Wichtigste auf der Welt war. Obwohl sich ihr Leben dadurch zwangsläufig veränderte.«

»Vielleicht ... hatte sie einfach Angst, den ersten Schritt zu machen.«

Tiefe Stille hatte sich im Gerichtssaal ausgebreitet. Ich sah, wie Coops Lippen sich öffneten, ich wartete, daß er mir Absolution erteilte.

»Einspruch!« sagte George. »Ist das eine Zeugenbefragung oder eine Beichtstunde?«

Ich wurde aus meinen Gedanken gerissen und spürte, wie ich rot wurde.

»Stattgegeben«, sagte Richterin Ledbetter. »Ms. Hathaway, könnten Sie bitte wieder zur Sache kommen?«

»Ja, Euer Ehren. Tut mir leid.« Ich räusperte mich und wandte mich bewußt von Coop ab. »Als Katie feststellte, daß sie schwanger war, was hat sie da gemacht?«

»Nichts. Sie hat den Gedanken verdrängt. Ihn ausgeblendet. Die Auseinandersetzung damit vor sich hergeschoben. Wie Kinder, die denken, sie wären unsichtbar, wenn sie die Augen schließen, dachte sie, wenn sie es nicht aussprach, daß sie schwanger war, dann war sie es nicht. Hätte sie sich selbst eingestanden, daß sie schwanger war, hätte sie es auch vor ihrer Gemeinde tun müssen. Sie hätte öffentlich ihre Sünden bekennen müssen, und sie wäre für kurze Zeit unter den Bann gestellt worden, bevor ihr vergeben worden wäre.«

»Die Schwangerschaft ignorieren – das klingt nach einer bewußten Entscheidung.«

»Das ist es nicht, weil Katie eigentlich keine andere Wahl hatte. In ihrem Kopf war das der einzige sichere Weg, nicht aus der Gemeinschaft ausgeschlossen zu werden.«

»Als aber dann die Wehen einsetzten, konnte sie es nicht mehr vor sich selbst verbergen. Was passierte dann?«

»Der Verdrängungsmechanismus«, sagte Coop, »brach offensichtlich zusammen, und ihre Psyche suchte verzweifelt nach irgendeiner anderen Möglichkeit, sich die Schwangerschaft nicht eingestehen zu müssen. In meinen ersten Gesprächen mit Katie erzählte sie mir, daß sie sich am Abend vor der Geburt krank fühlte, daß sie früh zu Bett ging und keine Erinnerung an die Zeit bis zum Aufwachen am nächsten Morgen hatte. Natürlich belegen die Tatsachen eindeutig, daß sie irgendwann während dieser Stunden ein Kind geboren hatte.«

»War das der neue Bewältigungsmechanismus – ein Erinnerungsverlust?«

»Eine Erinnerungslücke, aufgrund von Dissoziation.«

»Woher wissen Sie, daß Katie nicht schon von dem Augenblick an dissoziiert hat, als sie feststellte, daß sie schwanger war?«

»Weil bei ihr dann wahrscheinlich eine multiple Persönlichkeitsstörung vorläge. Jemand, der sein Bewußtsein über so viele Monate hinweg spaltet, würde eine andere Identität entwickeln. Es ist allerdings möglich, das Bewußtsein abzuspalten, um kurze traumatische Phasen durchzustehen, und bei Katie wäre das durchaus logisch.« Er zögerte. »Man muß nicht unbedingt verstehen, was Katie für einen Abwehrmechanismus angewandt hat und ob das bewußt oder unbewußt erfolgte. Entscheidender ist zu verstehen, warum sie das Bedürfnis hatte, sich vor dem Wissen zu schützen, daß sie schwanger war und ein Kind zur Welt brachte.«

Ich nickte. »Hat sie sich schließlich daran erinnert, was während und nach der Geburt passierte?«

»Bis zu einem gewissen Grad«, sagte Coop. »Sie erinnert sich, daß sie keine Blutflecken in ihre Bettwäsche machen wollte. Sie erinnert sich, daß sie in den Stall gegangen ist, um zu entbinden, und unglaublich große Angst hatte. Sie erinnert sich, daß sie die Nabelschnur durchtrennt und abgebunden hat. Sie weiß, daß sie das Kind in den Arm genommen und an sich gedrückt hat. »Sie erinnert sich, daß sie ihm den Finger zum Saugen gegeben hat, bevor sie die Augen schloß, weil sie so müde war. Und als sie aufwachte, war das Baby nicht mehr da.«

»Nach dem, was Sie über Katie wissen, was ist Ihrer Meinung nach mit dem Baby passiert?«

»Einspruch«, sagte George. »Mutmaßung.«

»Euer Ehren, sämtliche Zeugen der Anklagevertretung haben in dieser Sache Mutmaßungen angestellt«, wandte ich ein.

»Und Dr. Cooper ist als Katies Therapeut weitaus qualifizierter als jemand anderes, etwas darüber zu sagen.«

»Einspruch abgelehnt, Mr. Callahan. Dr. Cooper, bitte beantworten Sie die Frage.«

»Meiner Ansicht nach starb das Baby in ihren Armen eines natürlichen Todes. Dann hat sie den Leichnam versteckt – nicht gut, weil sie zu diesem Zeitpunkt wie ein Roboter handelte.«

»Wie kommen Sie zu dieser Ansicht?«

»Auch das hat wieder damit zu tun, daß sie eine Amische ist. Ein uneheliches Kind zu bekommen ist bei den Amischen zwar verpönt, aber letzten Endes keine Tragödie. Katie wäre für eine gewisse Zeit unter Bann gestellt, aber dann wieder in den Schoß der Gemeinschaft aufgenommen worden, weil Kinder bei den Amischen einen sehr hohen Stellenwert haben. Nach dem Streß der Geburt hätte Katie sich schließlich der Tatsache stellen müssen, daß sie ein uneheliches Kind geboren hatte, aber ich bin überzeugt, daß sie damit klargekommen wäre, wenn das Kind gelebt hätte und für sie real gewesen wäre – sie liebt Kinder, sie hat den Vater des Kindes geliebt, und sie hätte den vorübergehenden Ausschluß verkraftet, weil ihr Fehltritt etwas Schönes hervorgebracht hatte.«

Coop zuckte die Achseln. »Doch das Baby ist in ihren Armen gestorben, während sie vor Erschöpfung bewußtlos war. Als sie wach wurde, war sie blutbeschmiert und hielt ein totes Baby in den Armen. Sie gab sich die Schuld am Tod ihres Sohnes: Für sie war er gestorben, weil er nicht ehelich gezeugt worden war, innerhalb der amischen Gemeinde.«

»Verstehe ich Sie richtig, Doktor? Sie glauben also nicht, daß Katie ihr Kind getötet hat?«

»Nein. Wenn sie ihr Kind getötet hätte, wäre es Katie so gut wie unmöglich gewesen, wieder in die Gemeinde aufgenommen zu werden. Ich bin zwar kein Experte für pazifistische Gesellschaftsformen, aber ich denke, das wäre die Folge im Falle eines Mordes. Da Katie während der gesamten Schwangerschaft in erster Linie von dem Gedanken beseelt war, Mitglied der Gemeinde zu bleiben, traf das mit Sicherheit auch während der Geburt zu. Ich denke, wenn das Baby am Leben gewesen wäre, als sie aufwachte, hätte sie sich vor der Gemeinde zu ihrer Sünde bekannt, das Kind bei den Eltern großgezogen und ihr Leben weitergeführt. Aber dazu kam es nicht. Ich denke, sie ist erwacht, hat das tote Baby gesehen und Panik bekommen – sie würde wegen der Geburt unter Bann gestellt werden, hätte aber nicht das Kind, das sie über die Strafe hätte hinwegtrösten können. Also schaltete ihre Psyche reflexartig auf eine kurzfristige Notlösung um, und Katie versuchte, die Beweise dafür zu beseitigen, daß es überhaupt eine Geburt und ein totes Kind gegeben hatte.«

»Wußte sie, was sie tat, als sie den Leichnam versteckte?«

»Ich vermute, daß Katie sich noch immer in einem dissoziativen Zustand befand, als sie das tote Baby versteckte, da sie sich bis heute nicht daran erinnern kann, es getan zu haben. Sie kann die Erinnerung nicht zulassen, weil sie nur so mit ihrer Trauer und ihrer Scham leben kann.«

An diesem Punkt hatten Coop und ich eigentlich die Zeugenvernehmung abbrechen wollen. Doch einer plötzlichen Eingebung folgend, verschränkte ich die Arme und fragte: »Hat Katie Ihnen je erzählt, was mit dem Baby geschehen ist?«

»Nein«, sagte Coop argwöhnisch.

»Dann haben Sie sich dieses ganze Szenario – den Tod des Babys, und daß Katie wie eine Schlafwandlerin den Leichnam versteckt hat – also selbst zusammengereimt.«

Coop blickte mich verwirrt an. »Nicht ganz. Meine Schlußfolgerungen basieren auf meinen Gesprächen mit Katie.«

»Ja, ja«, sagte ich abwehrend. »Aber da sie Ihnen nicht ausdrücklich erzählt hat, was in besagter Nacht geschehen ist, wäre es da nicht möglich, daß Katie ihr Kind kaltblütig ermordet und es danach in der Sattelkammer versteckt hat?«

Meine Fragestellung war suggestiv, aber ich wußte, daß George auf gar keinen Fall Einspruch erhoben hätte. Coop war verunsichert und suchte nach Worten. »*Möglich* ist ein Begriff, der sehr viel umfaßt«, sagte er langsam. »Wenn Sie meinen, daß die Wahrscheinlichkeit einer gewissen –«

»Beantworten Sie einfach die Frage, Dr. Cooper.«

»Ja, es ist möglich. Aber nicht wahrscheinlich.«

»Ist es möglich, daß Katie niedergekommen ist, ihren kleinen Jungen in den Armen gehalten hat, ihn eingewickelt hat und geweint hat, als sie feststellte, daß er in ihren Armen gestorben war?«

»Ja«, sagte Cooper. »Also, *das* ist wahrscheinlich.«

»Ist es möglich, daß Katie mit ihrem lebenden Baby im Arm eingeschlafen ist und daß ein Fremder in den Stall kam und den Kleinen erstickt und versteckt hat, während sie nicht bei Bewußtsein war?«

»Sicher, das ist möglich. Unwahrscheinlich, aber möglich.«

»Können Sie mit Sicherheit sagen, daß Katie ihr Baby *nicht* getötet hat?«

Er zögerte. »Nein.«

»Können Sie mit Sicherheit sagen, daß Katie ihr Baby *getötet* hat?«

»Nein.«

»Könnte man mit Fug und Recht behaupten, daß Sie nicht sicher sind, was in jener Nacht geschehen ist?«

»Ja. Wie wir alle, oder?«

Ich lächelte ihn an. »Keine weiteren Fragen.«

»Berichtigen Sie mich, wenn ich falschliege, Dr. Cooper, aber die Angeklagte hat nie ausdrücklich gesagt, daß ihr Baby eines natürlichen Todes gestorben ist, richtig?«

Coop hielt dem Blick des Staatsanwalts stand, Gott segne ihn. »Nein, aber sie hat auch nicht gesagt, daß sie es ermordet hat.«

George sann über den Einwand nach. »Und trotzdem sind Sie offenbar der Ansicht, daß es äußerst unwahrscheinlich ist.«

»Wenn Sie Katie kennen würden, wären Sie das auch.«

»Laut Ihrer eigenen Aussage ist es für Katie von vorrangiger Bedeutung, von ihrer Gemeinde akzeptiert zu werden.«

»Ja.«

»Ein Mörder würde aus der amischen Gemeinde ausgeschlossen – vielleicht für immer?«

»Davon gehe ich aus.«

»Nun, wenn die Angeklagte ihr Baby getötet hätte, wäre es

dann nicht naheliegend, daß sie den Beweis für den Mord versteckt, um nicht für alle Zeiten verstoßen zu werden?«

»Herrje, so was habe ich in der siebten Klasse gemacht. Wenn x dann y. Wenn nicht x dann nicht y.«

»Dr. Cooper«, drängte George.

»Nun, ich will damit sagen, daß Katie ihr Baby nicht ermordet haben kann, weil Mord ein bewußter Akt ist, mit bewußten reaktiven Handlungen – sie befand sich zu dem Zeitpunkt jedoch in einem dissoziativen Zustand.«

»Laut Ihrer Theorie hat sie dissoziiert, als sie niederkam – und sie hat dissoziiert, als sie den Leichnam versteckte –, aber sie war in ausreichendem Maße bei Bewußtsein und geistig präsent, um zu begreifen, daß das Baby in den wenigen Minuten dazwischen eines natürlichen Todes gestorben war?«

Coops Gesichtszüge erstarrten. »Nun«, sagte er und gewann seine Fassung wieder, »nicht ganz. Es ist ein Unterschied, ob man weiß, was geschieht, oder ob man es begreift. Es ist möglich, daß sie während des gesamten Geschehens dissoziiert hat.«

»Wenn sie dissoziiert hat, als sie erkannte, daß das Baby in ihren Armen gestorben war, wie Sie sagen, dann war sie sich nicht wirklich darüber im klaren, was geschehen war?«

Coop nickte. »Das ist richtig.«

»Wie lassen sich dann ihre ungeheure Trauer und Scham erklären?«

Er hatte Coop mit dem Rücken an die Wand gedrängt, und wir alle wußten es. »Katie hat eine Vielzahl von Abwehrmechanismen entwickelt, um die Geburt durchzustehen. Von denen könnten noch einige in Funktion gewesen sein, als sie begriff, daß das Neugeborene gestorben war.«

»Wie praktisch«, entgegnete George.

»Einspruch!« rief ich.

»Stattgegeben.«

»Doktor, Sie haben ausgesagt, das erste, woran Katie sich im Zusammenhang mit der Geburt erinnerte, war, daß sie nicht wollte, daß Blut auf die Bettwäsche kam und sie deshalb in den Stall gegangen ist, nicht wahr?«

»Ja.«

»An das Baby selbst konnte sie sich nicht erinnern.«

»Das Baby kam nach den Wehen, Mr. Callahan.«

Der Staatsanwalt lächelte. »Das hat mir mein Dad vor vierzig Jahren auch erzählt. Ich wollte damit sagen, daß die Angeklagte sich nicht erinnern konnte, das Baby gehalten oder eine emotionale Bindung zu ihm aufgebaut zu haben, ist das richtig?«

»Das wäre nach der Geburt passiert. Nach der Dissoziation«, sagte Coop.

»Nun, dann erscheint es doch entsetzlich gefühllos, sich wegen der Bettwäsche Sorgen zu machen, wenn man offenbar ganz berauscht ist von dem Gedanken, ein Kind zu gebären.«

»Zu dem Zeitpunkt war sie nicht davon berauscht. Sie hatte panische Angst und dissoziierte.«

»Sie war also nicht sie selbst?« hakte George nach.

»Genau.«

»Könnte man dann sogar sagen, daß die Angeklagte psychisch abwesend war, während sie physisch anwesend war und unter Schmerzen ein Kind zur Welt brachte?«

»Richtig. Selbst in einem dissoziativen Zustand kann man automatisch funktionieren.«

George nickte. »Ist es nicht denkbar, daß der Teil von Katie Fisher, der physisch präsent und imstande war, ein Kind zu gebären und die Nabelschnur durchzuschneiden, auch physisch präsent und imstande war, das Baby zu töten?«

Coop schwieg einen Moment. »Es ist vieles denkbar.«

»Ich fasse das als ja auf.« George wollte schon wieder zurück zum Tisch der Staatsanwaltschaft gehen. »Ach, noch eine letzte Frage. Wie lange kennen Sie Ms. Hathaway schon?«

Ich war aufgesprungen, ehe ich es selbst bemerkt hatte. »Einspruch!« schrie ich. »Die Frage hat keine Relevanz und entbehrt jeder Grundlage.«

Bestimmt konnte jeder sehen, wie rot ich im Gesicht geworden war. Im Saal war es auf einmal mucksmäuschenstill. Coop sah aus, als wäre er am liebsten im Boden versunken.

Richterin Ledbetter schielte zu mir herüber. »Beide Anwälte zu mir«, sagte sie. »Was soll Ihre Frage, Mr. Callahan?«

»Ich möchte deutlich machen, daß Ms. Hathaway seit vielen Jahren eine berufliche Beziehung zu dem Zeugen hat.«

Ich drückte meine schweißnassen Hände flach auf die glatt polierte Richterbank. »Wir haben vorher noch nie für einen Prozeß zusammengearbeitet«, sagte ich. »Mr. Callahan versucht ganz einfach, die Geschworenen zu beeinflussen, indem er auf den Umstand hinweist, daß Dr. Cooper und ich uns nicht nur beruflich kennen, sondern auch privat.«

»Mr. Callahan?« sagte die Richterin.

»Euer Ehren, ich denke, daß hier ein Interessenkonflikt vorliegt, und ich möchte, daß die Geschworenen das wissen.«

Während die Richterin unsere Stellungnahmen abwägte, mußte ich daran denken, wie Katie zugegeben hatte, den Vater ihres Babys zu kennen. Der Mond war voll und weiß gewesen, gegen das Fenster gepreßt, um zu lauschen; Katies Stimme war weicher geworden, als sie Adams Namen aussprach. Und vor nicht mal zehn Minuten: *Diese Erinnerung ist das einzige, was mir geblieben war, und du hast es weggegeben.*

Wenn George Callahan hiermit Erfolg hatte, würde er mir etwas wegnehmen.

»Also schön«, sagte die Richterin. »Ich gestatte Ihnen, mit Ihrer Befragung fortzufahren.«

Ich ging zurück zu meinem Tisch und setzte mich neben Katie. Sie ergriff meine Hand und drückte sie. »Wie lange kennen Sie die Verteidigerin?« fragte George.

»Zwanzig Jahre«, sagte Coop.

»Stimmt es, daß Ihre Beziehung zu ihr über das Berufliche hinausgeht?«

»Wir sind seit langem befreundet. Ich habe große Hochachtung vor ihr.«

George musterte mich von oben bis unten, und in dem Augenblick hätte ich ihm am liebsten die Zähne eingeschlagen. »Befreundet?« hakte er nach. »Mehr nicht?«

»Das geht Sie nichts an.«

Callahan zuckte die Achseln. »Das hat Katie auch gedacht, und Sie sehen ja, zu was das geführt hat.«

»Einspruch!« sagte ich und stand so abrupt auf, daß ich Katie fast mitgerissen hätte.

»Stattgegeben.«

George lächelte. »Ich ziehe die Bemerkung zurück.«

»Komm schon«, sagte Coop wenig später zu mir, nachdem er als Zeuge entlassen worden war und die Richterin die Verhandlung unterbrochen hatte. »Ein Spaziergang tut dir gut.«

»Ich muß bei Katie bleiben.«

»Jacob paßt schon auf sie auf, nicht, Jacob?« fragte Coop und klopfte Katies Bruder auf die Schulter.

»Klar«, sagte Jacob und setzte sich etwas aufrechter hin.

»Also gut.« Ich folgte Coop aus dem Gerichtssaal, durch das Gemurmel von Presseleuten im Zuschauerraum hindurch. Sobald wir in der Eingangshalle waren, explodierte ein Blitzlicht direkt vor meinen Augen. »Stimmt es«, sagte eine Reporterin, nur wenige Zentimeter von meinem Gesicht entfernt, »daß –«

»Wissen Sie« unterbrach Coop sie freundlich, »daß ich ernsthaft mit dem Gedanken spiele, Ihre Kamera auf den Boden zu knallen?«

Die Reporterin grinste spöttisch. »Sie sind wohl im doppelten Sinne des Wortes ein Leibwächter.«

Ich zog Coop am Arm in einen Korridor, in dem ich einen leeren Besprechungsraum fand. Coop starrte auf die geschlossene Tür, als überlegte er, zu der Reporterin zurückzugehen. »Es lohnt nicht, das bringt nur negative Publicity«, sagte ich.

»Aber denk doch an die psychologische Genugtuung.«

Ich ließ mich auf einen Stuhl fallen. »Nicht zu fassen, daß bisher noch keiner ein Foto von Katie geschossen hat, alle haben es nur auf mich abgesehen.«

Coop lächelte. »Wenn sie Katie ablichten, stehen sie schlecht da – wegen Verletzung der religiösen Freiheit. Aber sie brauchen ein paar hübsche Bilder für ihre Artikel. Damit bleiben nur du und Callahan übrig, und glaub mir, du bist fotogener.« Er zögerte. »Du warst großartig vorhin.«

Achselzuckend streifte ich meine Pumps von den Füßen und bewegte die Zehen. »Du warst auch toll. Der beste Zeuge, den wir bis jetzt hatten, denke ich –«

»Heißen Dank –«

»– bis George deine Glaubwürdigkeit völlig untergraben hat.«

Coop stellte sich hinter mich. »Verdammt. Er hat doch hoffentlich nicht deine ganze Strategie zunichte gemacht mit seinen Kommentaren, oder?«

»Kommt drauf an, wie selbstgerecht die Geschworenen sind und ob sie glauben, wir wollten sie reinlegen. Geschworene lassen sich nicht gern für dumm verkaufen.« Ich verzog das Gesicht. »Jetzt denken sie natürlich, ich würde mit jedem ins Bett steigen, den ich in den Zeugenstand rufe.«

»Du könntest mich noch einmal aufrufen, dann könnte ich sie eines Besseren belehren.«

»Danke, lieber nicht.« Coops Finger glitten in meine Haare, fingen an, mir die Kopfhaut zu massieren. »Gott, tut das gut. Dafür müßte ich dich eigentlich bezahlen.«

»Nicht doch. Mit mir zu schlafen, damit ich für dich aussage, bringt nun mal ein paar Vergünstigungen mit sich.«

»Na dann. Es hat sich gelohnt.« Ich neigte den Kopf nach hinten und lächelte. »Hallo«, flüsterte ich.

Er beugte sich vor, um mich von oben zu küssen. »Hallo.«

Sein Mund glitt über meinen, seltsam ungewohnt aus diesem Winkel, also drehte ich mich um, um besser in Coops Arme zu passen. Schließlich löste er sich von mir und legte die Stirn an meine. »Wie geht's unserem Baby?«

»Prächtig«, sagte ich, aber mein Lächeln erstarb.

»Was ist?«

»Ich wünschte, Katie hätte auch so etwas erlebt«, sagte ich. »Ein paar Augenblicke mit Adam, weißt du, die ihr Hoffnung gegeben hätten, daß alles gut ausgeht.«

Coop neigte den Kopf. »Wird es das denn, El?«

»Unserem Baby wird es gutgehen«, sagte ich, mehr zu mir selbst als zu Coop.

»Unser Baby stand aber nicht zur Debatte.« Er holte tief

Luft. »Was du vorhin gesagt hast, als ich im Zeugenstand war – über die Angst, den ersten Schritt zu machen –, hast du das ernst gemeint?«

Ich hätte mich dumm stellen können; ich hätte sagen können, daß ich nicht wüßte, was er meinte. Statt dessen nickte ich.

Coop küßte mich innig, raubte mir in einem langen, süßen Sog den Atem. »Vielleicht habe ich es noch nicht erwähnt, aber was erste Schritte angeht, bin ich ein Experte.«

»Ach ja? Dann verrat mir doch mal, wie das geht.«

»Du schließt die Augen«, antwortete Coop, »und springst.«

Ich holte tief Luft und erhob mich. »Die Verteidigung ruft Samuel Stoltzfus in den Zeugenstand.«

Es gab leises Gekicher und verstohlene Blicke, als Samuel mit einem Gerichtsdiener hinten im Saal erschien. Schrecklich fehl am Platz, dachte ich, während ich zusah, wie der große, kräftige Mann zum Zeugenstand stapfte, das Gesicht kalkweiß vor Angst, in den Händen seinen schwarzen Hut, den er unablässig nervös drehte.

Ich wußte von Katie und Sarah und durch die Gespräche beim Abendessen, was Samuel auf sich nahm, um in dem Prozeß auszusagen. Obwohl die amische Gemeinde mit dem Gesetz kooperierte und auch gerichtliche Vorladungen befolgte, so war es ihren Mitgliedern doch verboten, von sich aus eine Klage einzureichen. Samuel, der sich aus freien Stücken als Leumundszeuge für Katie zur Verfügung gestellt hatte, hatte sich zwischen alle Stühle gesetzt. Die Gemeindevorsteher hatten seine Entscheidung zwar nicht beanstandet, doch einige Mitglieder waren von seiner freiwilligen Annäherung an die *englische* Welt nicht gerade angetan.

Der Gerichtsdiener, ein Mann mit spitzem Gesicht, der nach Kaugummi roch, ging mit der Bibel zu Samuel. »Bitte heben Sie die rechte Hand.« Er schob das abgegriffene Buch unter Samuels linke Handfläche. »Schwören Sie, die Wahrheit zu sagen, die reine Wahrheit und nichts als die Wahrheit, so wahr Ihnen Gott helfe?«

Samuel riß seine Hand von der Bibel, als hätte er sich verbrannt. »Nein«, sagte er entsetzt. »Das tue ich nicht.«

Ein Raunen lief durch die Reihen der Zuschauer. Die Richterin ließ zweimal ihren Hammer knallen. »Mr. Stoltzfus«, sagte sie freundlich, »mir ist klar, daß Sie mit den Gepflogenheiten eines Gerichts nicht vertraut sind. Aber das ist hier durchaus üblich.«

Samuel schüttelte heftig den Kopf und sah mich flehend an.

Richterin Ledbetter murmelte etwas, das sich anhörte wie: »Warum ausgerechnet ich?« Dann winkte sie mich zu sich. »Ms. Hathaway, vielleicht möchten Sie dem Zeugen kurz den Ablauf erklären.«

Ich ging zu Samuel und legte ihm eine Hand auf den Arm, drehte ihn von den Augen der Zuschauer weg. Er zitterte. »Samuel, wo liegt das Problem?«

»Wir beten nicht in der Öffentlichkeit«, flüsterte er.

»Es sind nur ein paar Worte. Ohne große Bedeutung.«

Sein Mund klappte auf, als hätte ich mich gerade vor seinen Augen in den Teufel verwandelt. »Es ist ein Versprechen Gott gegenüber – wie können Sie sagen, es hätte keine Bedeutung? Ich kann nicht auf die Bibel schwören, Ellie«, sagte er. »Es tut mir leid, aber das kann ich nicht.«

Ich nickte knapp und ging wieder zu der Richterin. »Einen Eid auf die Bibel abzulegen verstößt gegen seine Religion. Ist es möglich, eine Ausnahme zu machen?«

George ging neben mir in Position. »Euer Ehren, es tut mir leid, wenn ich mich wie eine Schallplatte mit Sprung anhöre, aber natürlich hat Ms. Hathaway diese Vorstellung geplant, um bei den Geschworenen Verständnis für die Amischen zu wecken.«

»Klar. Und jeden Moment kommt die Schauspieltruppe rein, die ich engagiert habe, um mitten im Gerichtssaal Katies Kummer nachzuspielen.«

»Wissen Sie«, sagte Richterin Ledbetter nachdenklich, »ich hatte mal bei einem Prozeß einen amischen Geschäftsmann als Zeugen, und da hatten wir das gleiche Problem.«

Ich starrte die Richterin an, nicht weil sie eine Lösung in Aussicht stellte, sondern weil sie tatsächlich schon einmal einen Amischen in ihrem Gerichtssaal hatte. »Mr. Stoltzfus«, rief sie. »Wären Sie bereit, eine eidesstattliche Versicherung auf die Bibel abzugeben?«

Ich konnte förmlich sehen, wie es in Samuels Kopf arbeitete. Und ich wußte, daß die Buchstabentreue der Amischen der Richterin zugute kommen würde. Solange sie nicht von *schwören* oder *geloben* oder *versprechen* sprach, würde Samuel den Kompromiß akzeptieren.

Er nickte. Der Gerichtsdiener schob ihm wieder die Bibel unter die Hand; mag sein, daß nur mir auffiel, daß Samuels Handfläche einige Millimeter über dem Ledereinband schwebten. »Ähm, erklären Sie ... ähm, an Eides Statt, die Wahrheit zu sagen, die reine Wahrheit und nichts als die Wahrheit, so wahr Ihnen Gott helfe?«

Samuel lächelte den kleinen Mann an. »Ja, in Ordnung.«

Er setzte sich in den Zeugenstand, füllte ihn ganz aus, seine großen Hände balancierten auf den Knien, den Hut hatte er unter den Stuhl geschoben. »Bitte nennen Sie uns Ihren Namen und Ihre Adresse.«

Er räusperte sich. »Samuel Stoltzfus. Blossom Hill Road, East Paradise Township.« Er zögerte, fügte dann hinzu: »Pennsylvania, USA.«

»Danke, Mr. Stoltzfus.«

»Ellie«, flüsterte er, »Sie können Samuel zu mir sagen.«

Ich lächelte ihn an. »Okay, Samuel. Sind Sie ein wenig nervös?«

»Ja.« Das Wort kam mit einem erleichterten Lachen heraus.

»Das kann ich mir denken. Waren Sie schon einmal in einem Gerichtssaal?«

»Nein.«

»Hätten Sie je gedacht, daß Sie mal einen Gerichtssaal betreten würden?«

Er schüttelte den Kopf. »Nein. Es widerspricht unserer Überzeugung, ein Gericht zu bemühen, also habe ich nie einen Gedanken daran verschwendet.«

»Mit ›uns‹ meinen Sie wen?«
»Die Gemeinde«, sagte er.
»Die Amischen?«
»Ja.«
»Hat man Sie gebeten, heute als Zeuge auszusagen?«
»Nein. Ich bin aus eigenem Entschluß hier.«
»Sie haben sich freiwillig in eine unangenehme Situation begeben? Warum?«
Seine klaren blauen Augen richteten sich auf Katie. »Weil sie ihr Baby nicht ermordet hat.«
»Woher wissen Sie das?«
»Ich kenne sie mein ganzes Leben lang. Ich sehe sie seit Jahren jeden Tag. Jetzt arbeite ich auf der Farm von Katies Vater.«
»Was machen Sie dort?«
»Alles, was Aaron mir sagt. Vor allem helfe ich beim Anpflanzen und bei der Ernte. Ach ja, und beim Melken. Es ist auch eine Milchfarm.«
»Wann werden die Kühe gemolken, Samuel?«
»Um halb fünf Uhr morgens und um halb sieben Uhr abends.«
»Was für Arbeiten fallen dabei an?«
George zog die Augenbrauen hoch. »Einspruch. Brauchen wir einen Vortrag über die Bewirtschaftung einer Farm?«
»Das sind wichtige Basisfragen, Euer Ehren«, erklärte ich.
»Einspruch abgelehnt. Mr. Stoltzfus, bitte beantworten Sie die Frage.«
Samuel nickte. »Also, zuerst mischen wir das Futter. Dann misten wir den Stall aus. Aaron hat zwanzig Kühe, das dauert eine Weile. Dann wischen wir die Zitzen sauber und setzen die Milchpumpe auf, die mit einem Generator betrieben wird. Zwei Kühe werden gleichzeitig gemolken, habe ich das schon gesagt? Die Milch läuft in eine Kanne, die wir dann in den Tank kippen. Und meistens müssen wir zwischendurch unterbrechen und hinter den Kühen wieder ausmisten.«
»Wann holt der Laster von der Molkerei die Milch?«
»Alle zwei Tage, außer am Tag des Herrn. Wenn der auf

einen Sonntag fällt, kommt der Laster zu den merkwürdigsten Zeiten, zum Beispiel samstags um Mitternacht.«

»Wird die Milch pasteurisiert, bevor der Laster sie abholt?«

»Nein, das macht die Molkerei.«

»Kaufen die Fishers ihre Milch im Supermarkt?«

Samuel grinste. »Das wäre albern, oder? Als würde man Speck kaufen, obwohl man gerade ein Schwein geschlachtet hat. Die Fishers trinken ihre eigene Milch. Ich muß Katies Mutter zweimal am Tag einen Krug bringen.«

»Dann ist die Milch, die die Fishers trinken, also noch nicht pasteurisiert?«

»Nein, aber sie schmeckt genauso wie die aus den weißen Plastikpackungen. Finden Sie nicht auch? Sie haben sie ja getrunken.«

»Einspruch – könnte der Zeuge bitte daran erinnert werden, daß er keine Fragen stellen darf?« sagte George.

Die Richterin beugte sich zur Seite. »Mr. Stoltzfus, ich fürchte, der Vertreter der Anklage hat recht.«

Der große Mann wurde rot und schlug die Augen nieder. »Samuel«, sagte ich rasch, »wieso meinen Sie, daß Sie Katie so gut kennen?«

»Ich habe sie schon in so vielen Situationen erlebt, daß ich weiß, wie sie ist, wenn sie traurig ist, wenn sie fröhlich ist. Ich habe sie erlebt, nachdem ihre Schwester ertrunken war, und als ihr Bruder für immer aus der Gemeinde ausgeschlossen wurde. Und wir sind auch miteinander gegangen, das hat vor zwei Jahren angefangen.«

»Ihr wart also ein Paar?«

»Ja.«

»Wart ihr noch zusammen, als Katie das Baby bekommen hat?«

»Ja.«

»Waren Sie bei der Geburt dabei?«

»Nein«, sagte Samuel. »Ich habe erst danach davon erfahren.«

»Haben Sie gedacht, das Baby wäre von Ihnen?«

»Nein.«

»Warum nicht?«

Er räusperte sich. »Wir haben nie zusammen geschlafen.«

»Wissen Sie, wer der Vater des Kindes war?«

»Nein. Katie wollte es mir nicht sagen.«

Ich versuchte, besonders freundlich zu klingen. »Wie war das für Sie?«

»Sehr schwer. Sie war doch meine Freundin. Ich habe nicht verstanden, was passiert war.«

Ich wartete einen Moment, einfach, damit die Geschworenen Samuel ansehen konnten. Einen kräftigen, gutaussehenden, seltsam gekleideten Mann, der versuchte, mit einer für ihn völlig ungewohnten Situation fertigzuwerden. »Samuel«, sagte ich. »Ihre Freundin wird schwanger von einem anderen, das Baby wird unter rätselhaften Umständen tot aufgefunden, und obwohl Sie von den Ereignissen überrollt werden, obwohl es Sie verunsichert, vor Gericht auszusagen, sind Sie trotzdem hier, um uns zu sagen, daß Katie *keinen* Mord begangen hat?«

»Das ist richtig.«

»Wieso stehen Sie weiterhin zu Katie, obwohl sie Ihnen doch so weh getan hat?«

»Sie haben völlig recht, Ellie. Eigentlich müßte ich sehr wütend sein. Ich war es auch eine Zeitlang, aber jetzt nicht mehr. Ich habe meine Selbstsucht überwunden und kann Katie wieder zur Seite stehen. Wissen Sie, wir Amischen stellen uns nicht in den Vordergrund. Denn das wäre Hochmut, Aufgeblasenheit, und die Wahrheit ist doch, daß es immer andere gibt, die wichtiger sind als man selbst. Deshalb wehrt Katie sich nicht oder tritt für sich selbst ein, wenn sie hört, daß andere Lügen über sie und das Baby verbreiten. Ich bin hier, um für sie einzutreten.« Als wollte er seinen Worten Taten folgen lassen, stand er langsam auf und blickte die Geschworenen an. »Sie hat die Tat nicht begangen. Sie könnte es gar nicht.«

Alle zwölf Geschworenen waren gebannt von Samuels Gesicht, aus dem gelassene, unerschütterliche Überzeugung sprach. »Samuel, lieben Sie Katie noch immer?«

Er wandte den Kopf, sein Blick glitt an mir vorbei und wanderte zu Katie. »Ja«, sagte er. »Ja, ich liebe sie noch immer.«

George tippte sich mit dem Zeigefinger an die Lippen. »Sie war Ihre Freundin, aber sie hat mit einem anderen geschlafen?«

Samuels Augen verengten sich. »Haben Sie nicht gehört, was ich vorhin gesagt habe?«

Callahan hob beide Hände. »Ich frage mich nur, was für Gefühle Sie haben müssen, mehr nicht.«

»Ich bin nicht hier, um über meine Gefühle zu sprechen. Ich bin hier, um über Katie zu sprechen. Sie hat nichts Unrechtes getan.«

Ich hustete, um mein Lachen zu überspielen. Dafür, daß er unerfahren war, war mit Samuel nicht gut Kirschen essen. »Übt Ihre Religion Vergebung aus, Mr. Stoltzfus?« fragte George.

»Samuel.«

»Also schön. Samuel. Übt Ihre Religion Vergebung aus?«

»Ja. Wenn jemand demütig ist und seine Sünde bekennt, wird er wieder in die Gemeinde aufgenommen.«

»Nachdem er gestanden hat, was er getan hat.«

»Nach dem Bekenntnis, ja.«

»Okay. Jetzt lassen wir mal einen Augenblick die Gemeinde beiseite. Antworten Sie nicht als Amischer, antworten Sie einfach als Individuum. Gibt es nicht gewisse Dinge, die Sie einfach nicht verzeihen können?«

Samuels Lippen wurden schmal. »Ich kann darauf nicht antworten, ohne als Amischer zu denken. Und wenn ich jemandem nicht vergeben könnte, wäre es nicht sein Problem, sondern meins, weil ich dann kein wahrer Christ wäre.«

»In dem Fall, um den es hier geht, haben Sie Katie persönlich vergeben.«

»Ja.«

»Aber Sie haben gerade gesagt, Vergebung würde voraussetzen, daß die Person bereits eine Sünde bekannt hat.«

»Nun … ja.«

»Also wenn Sie Katie vergeben haben, muß sie doch etwas Unrechtes getan haben – obwohl Sie uns vor fünf Minuten gesagt haben, Sie hätte nichts Unrechtes getan.«

Samuel schwieg einen Moment. Ich hielt den Atem an, wartete darauf, daß George ihm den Todesstoß versetzte.

Dann blickte der Amische auf. »Ich bin kein gebildeter Mann, Mr. Callahan. Ich habe kein College besucht wie Sie. Ich weiß nicht genau, worauf Ihre Frage abzielt. Ja, ich habe Katie vergeben – aber nicht für die Tötung eines Babys. Das einzige, was ich Katie vergeben konnte, war, daß Sie mir das Herz gebrochen hat.« Er zögerte. »Und ich denke, nicht einmal ihr *Englischen* könnt sie dafür ins Gefängnis stecken.«

Owen Zeigler war offenbar allergisch gegen den Gerichtssaal. Zum sechsten Mal in ebenso vielen Minuten nieste er in ein bunt gemustertes Taschentuch. »Tut mir leid. *Dermatophagoides pteronyssinus.*«

»Wie bitte?« fragte Richterin Ledbetter.

»Staubmilben. Unangenehme kleine Biester. Sie leben in Kopfkissen, Matratzen und, ich wette, auch hier unter den Läufern.« Er schniefte. »Sie ernähren sich von den Hautschuppen, die man verliert, und ihre Ausscheidungsstoffe lösen allergische Reaktionen aus. Wenn man die Luftfeuchtigkeit hier etwas besser regulieren könnte, würde das die Reizstoffe vielleicht ein wenig verringern.« Er warf einen argwöhnischen Blick auf die Lüftungsschlitze der Klimaanlage an der Decke. »Eine Untersuchung auf Schimmelpilze könnte auch nicht schaden.«

»Dr. Zeigler, glauben Sie, daß Sie Ihre Aussage zu Ende führen können? Oder sollen wir in einen anderen Saal umziehen?«

Owen nieste wieder. »Es wird schon gehen.«

Die Richterin knetete sich die Schläfen. »Bitte fahren Sie fort, Ms. Hathaway.«

»Dr. Zeigler«, sagte ich, »haben Sie die Gewebeproben des neugeborenen Babys Fisher untersucht?«

»Ja. Das Kind war eine prämature, männliche Lebendgeburt ohne angeborene Fehlbildungen. Es gab Anzeichen für eine akute Chorioamnionitis. Die Todesursache war perinatale Asphyxie.«

»Dann weichen Ihre Ergebnisse also nicht von denen des Gerichtsmediziners ab?«

Owen lächelte. »Wir sind uns einig, was die Todesursache angeht. Doch hinsichtlich der Ereignisse, die zu der Asphyxie geführt haben, unterscheiden sich unsere Ergebnisse.«

»Inwiefern?«

»Der Gerichtsmediziner ist der Ansicht, daß Mord zum Tode geführt hat. Ich bin der Überzeugung, daß die Asphyxie des Neugeborenen natürliche Ursachen hatte.«

Ich gab den Geschworenen einen Moment Zeit, das Gesagte zu verarbeiten. »Natürliche Ursachen? Was meinen Sie damit?«

»Aufgrund meiner Erkenntnisse war Ms. Fisher für den Tod ihres Neugeborenen nicht verantwortlich – es hat von allein aufgehört zu atmen.«

»Wir sollten näher auf Ihre Erkenntnisse eingehen, Doktor.«

»Nun, besonders verwirrend war die Lebernekrose.«

»Würden Sie das bitte näher erläutern?«

Owen nickte. »Nekrose bedeutet Zelltod. Eine reine Nekrose wird entweder durch eine angeborene Herzfehlbildung, was bei betreffendem Neugeborenen nicht der Fall war, oder durch eine Infektion verursacht. Als der Gerichtsmediziner die Nekrose feststellte, ging er davon aus, daß sie mit der Asphyxie zusammenhing, aber die Leber hatte ein doppeltes Gefäßsystem und ist weniger anfällig für Ischämie als andere Organe.«

»Ischämie?«

»Hypoxie – Sauerstoffmangel im Gewebe – infolge verminderten Sauerstoffgehalts im Blut. Jedenfalls ist eine solche Läsion der Leber äußerst selten. Das, in Verbindung mit der Chorioamnionitis, warf die Frage auf, ob nicht vielleicht doch ein infektiöses Agens beteiligt war.«

»Aus welchem Grund könnte ein Gerichtsmediziner das übersehen haben?«

»Aus zwei Gründen«, erwiderte Owen. »Erstens, die Leber wies keine Anzeichen für segmentkernige Leukozyten auf – weiße Blutzellen, die auf eine bakterielle Infektion reagieren. Wenn die Infektion allerdings noch im Anfangsstadium war, hätten die segmentkernigen Leukozyten noch nicht reagiert. Der Gerichtsmediziner hat eine Infektion ausgeschlossen, weil er keine Entzündung feststellen konnte. Es können jedoch, schon etliche Stunden bevor der Körper mit einer Entzündung reagiert, Zellen absterben – und meiner Überzeugung nach ist das Neugeborene gestorben, bevor es dazu kam. Zweitens, die Bakterienkulturen des Neugeborenen zeigten keinen Organismus, der eine Infektion hätte verursachen können.«

»Wie sind Sie vorgegangen?«

»Ich habe mit den Paraffingewebeblöckchen der Leber eine Gramfärbung vorgenommen und eine große Zahl von kugelförmigen Bakterien festgestellt. Der Gerichtsmediziner hat diese als diphtheroide Erreger identifiziert, also als stäbchenförmige Bakterien. Nun kommt es tatsächlich häufig vor, daß Kugelbakterien fälschlicherweise als stäbchenförmige Bakterien identifiziert werden. Die Zahl dieser Organismen war jedoch so hoch, daß ich mich fragte, ob es sich dabei um etwas anderes als bloße Kontaminanten handelte – zum Beispiel um ein infektiöses Agens. Mit Hilfe eines Mikrobiologen konnte ich den Organismus dann als *Listeria monocytogenes*, ein bewegliches, pleomorphes, grampositives Stäbchenbakterium, identifizieren.«

Ich sah, wie die Geschworenen glasige Augen bekamen, überhaupt nichts mehr verstanden. »Können Sie das noch mal wiederholen?« sagte ich scherzhaft.

Owen lächelte. »Nennen wir es einfach Listeriose. So heißt die Infektionskrankheit, die durch diese Bakterien hervorgerufen wird.«

»Können Sie uns Näheres über Listeriose erzählen?«

»Sie ist häufig die unerkannte Ursache für eine Frühgeburt und perinatalen Tod«, sagte Owen. »Eine Infektion im zweiten oder letzten Drittel der Schwangerschaft führt für gewöhnlich entweder zur Totgeburt oder zur Frühgeburt gefolgt von Lungenentzündung und neotaler Sepsis.«

»Moment mal«, sagte ich. »Wollen Sie damit sagen, daß Katie sich eine Infektion zugezogen hatte, die möglicherweise die Gesundheit ihres Babys noch vor der Geburt gefährdet hatte?«

»Genau das. Außerdem ist es ungemein schwer, die Krankheit für eine rechtzeitige Therapie zu diagnostizieren. Die Schwangere bekommt grippeähnliche Symptome – Fieber, leichte Kopf- oder Gliederschmerzen –, nur wenige Stunden bevor die Geburt einsetzt.«

»Was sind die Folgen für das Neugeborene?«

»Perinataler Schwächezustand, Fieber und Atemnot.« Er hielt inne. »Laut Fallstudien liegt die Mortalitätsrate bei Neugeborenen selbst nach einer Behandlung zwischen dreißig und fünfzig Prozent.«

»Ein mit Listeriose infiziertes Neugeborenes stirbt mit *fünfzigprozentiger Wahrscheinlichkeit*, auch wenn es behandelt wird?«

»Richtig.«

»Wie erkrankt man an Listeriose?«

»Den mir bekannten Studien zufolge ist der Verzehr von infizierten Nahrungsmitteln die häufigste Übertragungsart. Insbesondere nichtpasteurisierte Milch sowie daraus hergestellter Käse.«

»Nichtpasteurisierte Milch«, wiederholte ich.

»Ja. Und Menschen, die mit Tieren zu tun haben, sind besonders gefährdet.«

Ich legte eine Hand auf Katies Schulter. »Dr. Zeigler, wenn ich Ihnen den Obduktionsbericht von Katies Neugeborenem geben und Ihnen sagen würde, daß Katie auf einer Milchfarm lebt und während ihrer Schwangerschaft täglich nichtpasteurisierte Milch getrunken sowie zweimal am Tag beim Melken der Kühe geholfen hat, was für Schlüsse würden Sie dann daraus ziehen?«

»Aufgrund dieser Lebensumstände, durch die sie dem Bakterium *Listeria monocytogenes* potentiell ausgesetzt war, würde ich sagen, daß sie sich die Infektion während der Schwangerschaft zugezogen hat.«

»Hatte das Neugeborene Fisher die Symptome eines mit Listeriose infizierten Säuglings?«

»Ja. Es kam zu früh zur Welt und litt unter Atmungsstörungen. Es wurden Anzeichen für Granulomatosis infantiseptica bei ihm festgestellt, einschließlich Lebernekrose und Lungenentzündung.«

»Könnte das zum Tod geführt haben?«

»Absolut. Entweder durch die Komplikationen, die sich aus der perinatalen Asphyxie ergeben haben, oder einfach durch die Infektion.«

»Was hat Ihrer Meinung nach den Tod des Neugeborenen Fisher verursacht?« fragte ich.

»Asphyxie, infolge der Frühgeburt, aufgrund der durch Listeriose bedingten Chorioamnionitis.« Er lächelte. »Das klingt bombastisch, bedeutet aber im Grunde nichts anderes, als daß eine Kette von Ereignissen zum natürlichen Tod geführt hat. Das Baby starb praktisch vom Augenblick seiner Geburt an.«

»Ist Katie Fisher Ihrer Ansicht nach verantwortlich für den Tod ihres Kindes?«

»Strenggenommen, ja«, sagte Owen. »Schließlich hat ihr Körper das *Listeria monocytogenes* an den Fetus weitergegeben. Aber die Infektion geschah natürlich ohne Absicht. Man kann Ms. Fisher genauso wenig Schuld zusprechen wie einer Mutter, die unwissentlich das AIDS-Virus an ihr ungeborenes Kind weitergibt.« Er blickte Katie an, die mit gesenktem Kopf dasaß. »Das ist kein Mord. Es ist einfach nur schrecklich traurig.«

Zu meiner Freude war George sichtlich aus dem Konzept gebracht. Genau darauf hatte ich gesetzt – kein Anklagevertreter würde aus eigenem Antrieb eine Listeriose aufdecken, und offenbar hatte George nicht damit gerechnet. Er stand auf, strich seine Krawatte glatt und ging zu meinem Zeugen.

»Listeria«, sagte er. »Ist das ein verbreitetes Bakterium?«

»Ja«, erwiderte Owen. »Es ist fast überall zu finden.«

»Wie kommt es dann, daß wir nicht sterben wie die Fliegen?«

»Das Bakterium ist sehr verbreitet, aber die Krankheit ziemlich selten. Nur eine von zwanzigtausend Schwangeren erkrankt daran.«

»Eine von zwanzigtausend. Und die Angeklagte hat es voll erwischt, wie Sie sagen, weil sie nichtpasteurisierte Milch getrunken hat.«

»Das ist meine Vermutung, ja.«

»Wissen Sie genau, daß die Angeklagte nichtpasteurisierte Milch getrunken hat?«

»Nun, ich habe sie nicht persönlich gefragt, aber sie lebt nun mal auf einer Milchfarm.«

George schüttelte den Kopf. »Das beweist gar nichts, Dr. Zeigler. Ich könnte auf einer Hühnerfarm leben und gegen Eier allergisch sein. Können Sie mit Gewißheit sagen, daß sich, wenn die Angeklagte beim Abendessen nach einem Krug griff, darin Milch befand – und nicht Orangensaft oder Wasser oder Cola?«

»Nein, das kann ich nicht.«

»Sind noch andere aus dem Haushalt der Angeklagten an Listeriose erkrankt?«

»Ich wurde nicht gebeten, Gewebeproben zu untersuchen«, sagte Owen. »Daher kann ich Ihnen das nicht beantworten.«

»Dann lassen Sie es mich Ihnen mitteilen: Nein. Außer der Angeklagten hatte niemand in der Familie Symptome dieser mysteriösen Krankheit. Ist es nicht seltsam, daß nicht die ganze Familie die gleiche körperliche Reaktion auf das Bakterium zeigt, obwohl sie alle von derselben infizierten Milch trinken?«

»Nicht unbedingt. Schwangerschaft ist ein Zustand der Immunosuppression, das heißt, das Immunsystem ist weitgehend lahmgelegt, und Listeriose bricht nur in immungeschwächten Körpern aus. Wenn jemand im selben Haushalt Krebs hätte oder HIV-infiziert oder sehr alt oder sehr jung wäre – das alles sind Voraussetzungen für eine Schwächung des Immunsystems –, hätte sein Organismus ähnlich reagieren können, wie der von Ms. Fisher es anscheinend getan hat.«

»Anscheinend«, wiederholte George. »Wollen Sie damit andeuten, Doktor, daß sie diese Krankheit vielleicht doch nicht hatte?«

»Nein, sie war eindeutig an Listeriose erkrankt. Die Plazenta und das Neugeborene waren infiziert, und der Erreger kann nur von der Mutter gekommen sein.«

»Ist es möglich, eindeutig nachzuweisen, daß das Neugeborene an Listeriose erkrankt war?«

Owen dachte nach. »Wir wissen, daß das Neugeborene mit Listeria infiziert war, das hat die Gramfärbung eindeutig erwiesen.«

»Können Sie beweisen, daß das Neugeborene an Komplikationen gestorben ist, die auf die Listeriose zurückzuführen sind?«

»Das Bakterium ist tödlich«, erwiderte Owen. »Es verursacht eine Infektion in der Leber, in der Lunge, im Gehirn oder in anderen Organen. Je nachdem, wie stark welche Organe befallen sind, kann es von Patient zu Patient verschieden sein, welches erkrankte Organ letztlich den Tod herbeiführt. Im Falle des Neugeborenen Fisher war es Atemstillstand.«

»Das Baby ist an Atemversagen gestorben?«

»Ja«, sagte Owen. »Atemversagen als Folge einer Infektion der Atmungsorgane.«

»Aber es ist doch richtig, daß eine Infektion der Atmungsorgane nur *eine* Ursache für Atemversagen ist?«

»Ja.«

»Ist Ersticken auch eine Ursache für Atemstillstand?«

»Ja.«

»Wäre es daher möglich, daß das Baby mit Listeria infiziert war, daß das Bakterium in seinem Körper und seiner Lunge nachweisbar war – daß der Tod aber konkret darauf zurückzuführen ist, daß die Mutter ihr Kind erstickt hat?«

Owen runzelte die Stirn. »Es wäre möglich. Das ließe sich aber nicht mit Sicherheit sagen.«

»Keine weiteren Fragen.«

Noch bevor George seinen Tisch erreicht hatte, war ich aufgesprungen, um meinen Zeugen abermals zu befragen. »Dr. Zeigler, angenommen, Katies Baby wäre an dem Morgen nicht an Atemversagen gestorben, was wäre dann mit ihm passiert?«

»Nun, angenommen, das Neugeborene wäre nach der Geburt nicht auf schnellstem Weg in ein Krankenhaus gebracht worden, wo eine Diagnose erstellt und die Behandlung eingeleitet worden wäre, dann hätte die Infektion sich ausgebreitet. Der Kleine wäre nach zwei, drei Tagen an Lungenentzündung gestorben ... wenn nicht, wäre er innerhalb von zwei Wochen an Meningitis gestorben. Sobald eine Meningitis ausgebrochen ist, verläuft sie tödlich, auch wenn sie diagnostiziert und eine Behandlung begonnen wird.«

»Wenn das Baby nicht ins Krankenhaus gebracht worden wäre, dann wäre es also sehr wahrscheinlich kurz nach der Geburt gestorben?«

»Das ist richtig.«

»Danke, Doktor.«

Ich setzte mich, und George erhob sich wieder. »Dr. Zeigler, Sie haben ausgesagt, daß die Sterblichkeitsrate bei Listeriose hoch ist, auch wenn die Krankheit behandelt wird?«

»Ja, nahezu fünfzig von hundert Neugeborenen sterben an den Komplikationen.«

»Und Sie haben eben die Hypothese aufgestellt, daß das Baby von Ms. Fisher innerhalb weniger Wochen, wenn nicht sogar an jenem ersten Morgen seines Lebens gestorben wäre?«

»Ja.«

George zog die Brauen hoch. »Woher wollen Sie wissen, Dr. Zeigler, daß das Baby nicht eins von den anderen fünfzig gewesen wäre?«

Aus mir unerfindlichen Gründen sank Katie bei Owens Zeugenaussage mit jedem Wort tiefer in sich zusammen. Eigentlich hätte sie sich genauso freuen müssen wie ich. Selbst Georges kleiner Coup am Schluß konnte die Tatsache nicht aus der Welt schaffen, daß das tödliche Bakterium im Körper des Babys entdeckt worden war. Jetzt mußten die Geschworenen ganz einfach berechtigte Zweifel haben – und das genügte uns für einen Freispruch.

»Katie«, sagte ich und beugte mich näher zu ihr, »ist alles in Ordnung mit dir?«

»Bitte, Ellie. Können wir jetzt nach Hause?«

Sie sah elend aus. »Ist dir schlecht?«

»Bitte.«

Ich sah auf die Uhr. Es war halb vier: ein bißchen zu früh fürs Melken; aber das wußte Richterin Ledbetter bestimmt nicht. »Euer Ehren«, sagte ich und stand auf, »wenn das Gericht keine Einwände hat, würden wir die Verhandlung gern morgen fortsetzen.«

Die Richterin spähte mich über ihre Brille hinweg an. »Ach, ja. Das Melken.« Sie warf einen kurzen Blick auf Owen Zeigler, der jetzt auf der Zuschauertribüne saß. »Nun, an Ihrer Stelle würde ich mir dann hinterher die Hände waschen. Mr. Callahan, haben Sie irgendwelche Einwände dagegen, daß wir die Sitzung wegen dringender Farmarbeiten früher abbrechen?«

»Nein, Euer Ehren. Meine Hühner werden begeistert sein, mich zu sehen.«

Die Richterin bedachte ihn mit einem finsteren Blick. »Kein Grund, den Großstadtsnob raushängen zu lassen. Also schön. Wir sehen uns morgen früh um zehn Uhr wieder. Die Sitzung ist vertagt.«

Mit einemmal umringte uns eine Wand aus Menschen: Leda, Coop, Jacob, Samuel und Adam Sinclair. Coop schlang einen Arm um meine Taille und flüsterte: »Ich hoffe, es wird so schlau wie du.«

Ich antwortete nicht. Ich sah zu, wie Jacob versuchte, Katie mit kleinen Scherzen zum Lächeln zu bringen; wie Samuel dastand, nervös und unsicher, und darauf achtete, mit seiner Schulter nicht die von Adam zu streifen. Katie ihrerseits setzte eine bemüht heitere Miene auf, doch ihr Lächeln wirkte angestrengt. Fiel denn nur *mir* auf, daß sie jeden Augenblick zusammenklappen würde?

»Katie«, sagte Adam und machte einen Schritt auf sie zu, »möchtest du einen Spaziergang machen?«

»Nein, möchte sie nicht«, antwortete Samuel.

Überrascht wandte Adam sich um. »Ich denke, das kann sie selbst entscheiden.«

Katie preßte sich die Finger an die Schläfe. »Danke, Adam, aber ich habe schon was mit Ellie vor.«

Ein Blick in ihre verzweifelt flehenden Augen genügte, und ich nickte. »Wir müssen ihre Aussage durchgehen«, sagte ich, obwohl es, wenn es nach mir ginge, gar keine Aussage von ihr geben würde. »Leda fährt uns nach Hause. Coop, sorgst du dafür, daß die anderen nach Hause kommen?«

Wir verließen das Gebäude auf demselben Weg wie am Freitag; Leda kam mit ihrem Wagen zum Hinterausgang und holte Katie und mich an der Laderampe für Lieferanten ab. Dann fuhren wir an der Vorderseite und am Haupteingang vorbei, wo die Reporter noch immer auf Katie warteten. »Schätzchen«, sagte Leda einige Minuten später zu mir. »Dein Zeuge, der Doktor, das war ein echter Knalleffekt.«

Ich musterte mich prüfend in dem kleinen Spiegel in der Sonnenblende und wischte mir die Mascara-Ränder unter den Augen ab. Hinter mir auf dem Rücksitz drehte Katie den Kopf und sah zum Seitenfenster hinaus. »Owen ist ein guter Kerl. Und ein noch besserer Pathologe.«

»Dieses Gerede über Bakterien … ist da was dran?«

Ich lächelte sie an. »Er dürfte sich so etwas nicht aus den Fingern saugen. Das wäre Meineid.«

»Na ja, ich wette, du könntest den Fall allein aufgrund dieser Aussage gewinnen.«

Ich sah wieder in den Spiegel, suchte Katies Blick. »Hast du das gehört?« fragte ich eindringlich.

Sie preßte ihre Lippen aufeinander. Ansonsten ließ sie durch nichts erkennen, daß sie zugehört hatte. Sie drückte ihre Wange weiter an die Scheibe, den Blick abgewandt.

Plötzlich machte Katie die Wagentür auf, so daß Leda das Steuer herumriß und mit quietschenden Reifen am Straßenrand anhielt. »Meine Güte!« rief sie. »Katie, Schätzchen, das kannst du doch nicht machen, wenn wir noch fahren!«

»Tut mir leid, Tante Leda. Können Ellie und ich das letzte Stück zu Fuß gehen?«

»Aber das sind noch gut drei Meilen!«

»Die frische Luft wird mir guttun. Und Ellie und ich, wir haben was zu besprechen.« Katie lächelte flüchtig. »Mach dir keine Gedanken.«

Leda sah mich fragend an, und ich nickte. Ich trug meine schwarzen flachen Schuhe – zwar keine Pumps, aber auch nicht gerade Wanderschuhe. Katie war schon ausgestiegen. »Los geht's«, knurrte ich und warf meine Aktentasche auf den Sitz. »Kannst du die in den Briefkasten stecken?«

Wir sahen Ledas Wagen nach, bis er verschwunden war, dann drehte ich mich zu Katie um, die Arme verschränkt. »Was soll das?«

Katie ging los. »Ich wollte nur mal ein Weilchen allein sein.«

»Na, ich weiche dir nicht von der Seite –«

»Ich meinte, allein mit dir.« Sie ging in die Hocke und pflückte einen großen, welligen Farnwedel, der am Straßenrand wuchs. »Ich halte das nicht aus, wenn alle immer etwas von mir wollen.«

»Sie machen sich Sorgen um dich.« Ich sah zu, wie Katie sich unter einem Elektrozaun hindurchduckte und dann über eine Weide ging, auf der es von Jungkühen wimmelte. »He – das ist unbefugtes Betreten.«

»Die Weide gehört dem alten John Lapp. Der hat bestimmt nichts dagegen, wenn wir eine Abkürzung nehmen.«

Ich suchte mir vorsichtig einen Weg zwischen den Kuhfladen hindurch, sah, wie die Tiere mit den Schwänzen wedelten und uns schläfrig anblinzelten, während wir über ihre Wiese marschierten. Katie bückte sich und pflückte Pusteblumen und trockene Gänsedisteln. »Du solltest Coop heiraten«, sagte sie.

Ich lachte laut auf. »Wolltest du darüber mit mir sprechen? Mach dir erst mal Gedanken um dich selbst, um meine Probleme kannst du dich nach dem Prozeß kümmern.«

»Du mußt ihn heiraten. Du mußt einfach.«

»Katie, ob verheiratet oder nicht, ich werde das Baby bekommen.«

Sie zuckte zusammen. »Darum geht es nicht.«

»Worum geht es dann?«

»Wenn er erst einmal fort ist«, sagte sie leise, »kriegst du ihn nicht wieder.«

Deshalb also war sie so aufgewühlt – Adam. Wir gingen eine Weile schweigend weiter, bis wir den Elektrozaun auf der anderen Seite der Weide passiert hatten. »Du könntest immer noch eine Zukunft mit Adam haben. Deine Eltern sind nicht dieselben Menschen wie vor sechs Jahren, als Jacob gegangen ist. Es könnte alles anders sein.«

»Nein, das könnte es nicht.« Sie zögerte und setzte dann zu einer Erklärung an. »Nur weil man jemanden liebt, heißt das noch lange nicht, daß der Herr es so vorgesehen hat, daß man mit diesem Menschen auch zusammen ist.« Plötzlich blieben wir stehen, und ich begriff zwei Dinge auf einmal: daß Katie mich zu dem kleinen amischen Friedhof gebracht hatte und daß ihre schmerzlichen Gefühle gar nichts mit Adam zu tun hatten. Sie hatte das Gesicht dem kleinen, beschädigten Grabstein ihres Kindes zugewandt, und ihre Hände umklammerten die Pfosten des Lattenzauns. »Die Menschen, die ich liebe«, flüsterte sie, »werden mir weggenommen.«

Sie begann, leise zu weinen, die Arme um den Körper geschlungen. Dann krümmte sie sich, wimmerte so kläglich, wie ich es noch nie bei ihr gehört hatte: nicht, als sie wegen Mordes angeklagt wurde, nicht, als ihr Kind bestattet wurde, nicht, als sie unter Bann gestellt wurde. »Es tut mir leid«, schluchzte sie. »Es tut mir ja so leid.«

»Nicht doch, Katie.« Ich berührte sie sacht an der Schulter, und sie drehte sich um und warf sich in meine Arme.

Die Wildblumen, die Katie gepflückt hatte, lagen verstreut um unsere Füße herum, wie eine Opfergabe. »Es tut mir so leid«, wiederholte sie mit erstickter Stimme. »Ich hab das nicht gewollt.«

Plötzlich wurde mir eiskalt. »Was hast du nicht gewollt?«

Katie hob das Gesicht. »Mein Baby zu töten.«

17

Als Katie mit starkem Seitenstechen die Zufahrt hochgerannt kam, waren die Männer schon beim Melken. Sie hörte die Geräusche aus dem Stall. Durch die weit geöffnete Tür hindurch sah sie Levi eine Schubkarre schieben, Samuel hockte vor einer Kuh und setzte die Pumpe an das Euter. Ein Saugen, ein Ziehen, und schon strömte die weiße Flüssigkeit durch den Schlauch in die Milchkanne.

Katie schlug eine Hand vor den Mund und lief neben den Stall, wo sie sich übergab, bis ihr Magen restlos leer war.

Sie hörte Ellie, die die Zufahrt heraufgehumpelt kam, nach ihr rufen. Ellie konnte nicht so schnell laufen wie sie, und Katie war ihr davongerannt. Katie schlich sich an der Stallwand entlang, bis sie die abgeernteten Stoppelfelder erreichte. Sie boten ihr jetzt keinen Schutz mehr, aber sie würden die Distanz zwischen ihr und Ellie vergrößern. Sie hob ihre Röcke, lief zum Teich und versteckte sich hinter der großen Eiche.

Katie streckte eine Hand aus, studierte ihre Finger und ihr Handgelenk. Wo waren sie jetzt, diese Bakterien? Waren noch welche in ihr, oder hatte sie sie alle an ihr Baby weitergegeben?

Sie schloß die Augen vor dem Bild ihres neugeborenen Sohnes, wie er zwischen ihren Beinen lag und aus Leibeskräften schrie. Da hatte sie bereits gewußt, daß irgend etwas nicht stimmte. Sie hatte es nicht aussprechen wollen, aber sie hatte gesehen, wie seine Brust und sein ganzer Bauch sich abgemüht hatten, Luft einzusaugen.

Doch sie hatte ihm nicht helfen können, genausowenig, wie sie hatte verhindern können, daß Hannah unterging oder daß Jacob fortgeschickt wurde oder daß Adam sie verließ.

Katie sah zum Himmel hinauf, vor dem sich die scharfen Konturen der nackten Äste abzeichneten. Und sie erkannte, daß diese Tragödien erst aufhören würden, wenn sie beichtete.

Ellie hatte Mandanten verteidigt, die schuldig gewesen waren, sogar etliche, die sie offen angelogen hatten, und dennoch konnte sie sich nicht daran erinnern, sich jemals so verraten gefühlt zu haben. Wutschäumend stolperte sie die Zufahrt hoch, wütend auf Katie, die sie getäuscht hatte, auf Leda, die sie drei Meilen weit entfernt abgesetzt hatte, auf ihre eigene Kondition, die so jämmerlich war, daß sie schon nach kurzen Strecken keine Luft mehr bekam.

Es ist nichts Persönliches, rief sie sich in Erinnerung. Es ist rein beruflich. Sie fand Katie am Teich. »Würdest du mir erklären, wie du das vorhin gemeint hast?« fragte Ellie, die Hände auf die Knie gestützt und heftig keuchend.

»Du hast mich schon verstanden«, sagte Katie abweisend.

»Sag mir, warum du das Baby getötet hast, Katie.«

Sie schüttelte den Kopf. »Ich will keine Entschuldigungen mehr vorbringen. Ich will den Geschworenen einfach nur sagen, was ich dir gesagt habe, damit das endlich vorbei ist.«

»Es den Geschworenen sagen?« stotterte Ellie. »Nur über meine Leiche.«

»Nein«, sagte Katie und wurde dabei blaß. »Du darfst mich nicht daran hindern.«

»Und ob ich dich daran hindere, daß du in den Zeugenstand trittst und dem Gericht erzählst, du hättest dein Baby umgebracht.«

»Am Anfang wolltest du mich doch auch aussagen lassen!«

»Da hattest du aber eine andere Geschichte parat. Du hast gesagt, du wolltest die Wahrheit sagen, allen sagen, daß du keinen Mord begangen hast. Es ist doch wohl ein gewaltiger Unterschied, ob ich dich als eine Zeugin aufrufe, die nicht alles kaputtmacht, was ich mit meiner Strategie aufgebaut habe, oder als eine, die praktisch juristischen Selbstmord begeht.«

»Ellie«, sagte Katie verzweifelt. »Ich muß bekennen.«

»Das Gericht ist nicht deine Gemeinde!« rief Ellie. »Wie oft muß ich dir das noch sagen? Hier geht es nicht darum, sechs Wochen aus der Gemeinde ausgeschlossen zu werden. Hier geht es um Jahre. Vielleicht dein ganzes Leben. Im Gefängnis.« Sie schluckte ihren Zorn hinunter und holte tief Luft. »Es wäre etwas anderes gewesen, wenn die Geschworenen dich gesehen, von deinem Schmerz erfahren hätten. Wenn sie deine Beteuerung gehört hätten, daß du unschuldig bist. Aber was du mir eben erzählt hast ...« Ihre Stimme erstarb, und sie wandte den Blick ab. »Dich in den Zeugenstand zu rufen wäre von mir als Anwältin unverantwortlich.«

»Sie können mich doch trotzdem sehen und hören, und sie können von meinem Schmerz erfahren.«

»Ja, und das alles ist für die Katz, sobald ich dich frage, ob du das Baby getötet hast.«

»Dann stell mir die Frage nicht.«

»Wenn *ich* es nicht tue, tut George es. Und sobald du im Zeugenstand bist, kannst du nicht lügen.« Ellie seufzte. »Du kannst nicht lügen – und du kannst auch nicht sagen, daß du das Baby getötet hast, sonst wanderst du ins Gefängnis.«

Katie starrte auf ihre Füße. »Jacob hat gesagt, du könntest mich nicht davon abhalten, vor Gericht auszusagen.«

»Ich kann auch ohne deine Aussage einen Freispruch erreichen. Bitte, Katie. Tu dir das nicht an.«

Katie sah sie ruhig an. »Ich werde morgen als Zeugin aussagen. Ich will es so, auch wenn es dir nicht gefällt.«

»Von wem erhoffst du dir denn Vergebung?« explodierte Ellie. »Von den Geschworenen? Der Richterin? Das kannst du vergessen. Für die bist du dann bloß noch ein Ungeheuer.«

»Aber für dich nicht, oder?«

Ellie schüttelte den Kopf, unfähig zu antworten.

»Was ist?« drängte Katie. »Sag mir, was du denkst.«

»Daß es eine Sache ist, deine Anwältin zu belügen, aber eine andere, deine Freundin zu belügen.« Ellie stand auf. »Ich setze eine Haftungsausschlußerklärung auf, die du mir bitte unterschreibst. Darin steht, daß ich dir von diesem Schritt abgeraten habe«, sagte sie kühl und ging.

»Ich glaub es einfach nicht«, sagte Coop, während er die Ecken des Quilts festhielt, den er mit Ellie zusammenlegte. Die Decke hatte ein Eheringmuster, ein Umstand, dessen pikante Ironie ihm nicht entgangen war. An den zwischen Bäumen gespannten Wäscheleinen flatterten noch weitere, frisch gewaschene Quilts, große kaleidoskopische Farbspiele vor einem dunkelnden Himmel.

Ellie kam auf ihn zu und reichte ihm die gegenüberliegenden Ecken des Quilts. »Ist aber so.«

»Katie ist zu keinem Mord fähig.«

Sie nahm ihm das Bündel aus den Armen und klappte es energisch in der Mitte zu einem voluminösen Rechteck zusammen. »Damit liegst du wohl falsch.«

»Ich kenne sie, Ellie. Sie ist meine Patientin.«

»Ja, und meine Zimmergenossin. Stell dir vor.«

Coop griff nach den Wäscheklammern, die den zweiten Quilt festhielten. »Wie hat sie es gemacht?«

»Das hab ich nicht gefragt.«

Coop war verblüfft. »Nein?«

Ellie strich sich mit den Fingern über den Bauch. »Ich konnte nicht«, sagte sie und wandte sich rasch ab.

Coop verspürte den Wunsch, sie in die Arme zu nehmen. »Die einzige Erklärung ist, daß sie lügt.«

»Hast du denn im Prozeß nicht zugehört?« Ellies Lippen zuckten. »Die Amischen lügen nicht.«

Coop ging nicht darauf ein. »Sie lügt, damit sie bestraft wird. Aus irgendeinem Grund braucht sie das.«

»Klar, wenn man ein Leben im Gefängnis als therapeutisch heilsam betrachtet.« Ellie zog ruckartig das andere Ende des Stoffes hoch. »Sie lügt nicht, Coop. Ich habe in meinem Metier bestimmt ebenso viele Lügner erlebt wie du. Katie hat mir in die Augen gesehen und gesagt, daß sie ihr Baby getötet hat. Es ist ihr Ernst.« Sie riß Coop den Quilt aus den Händen und faltete ihn noch einmal zusammen. »Katie Fisher wird den Prozeß verlieren, und wir alle verlieren mit ihr.«

»Wenn sie die Haftungsausschlußerklärung unterschrieben hat, kann man dir keinen Vorwurf machen.«

»Oh, nein, natürlich nicht. Nur mein Name und meine Zuverlässigkeit sind im Eimer.«

»Ich habe keine Ahnung, was Katie treibt, aber ich bezweifle stark, daß sie das macht, um dir eins auszuwischen.«

»Ist ja auch egal, Coop. Sie wird in den Zeugenstand treten und ein öffentliches Geständnis ablegen, und die Geschworenen wird es einen Dreck interessieren, ob es dafür eine vernünftige Erklärung gibt. Sie werden sie schneller schuldig sprechen, als sie sagen kann ›Ich war's‹.«

»Bist du wütend, weil sie dir deinen Fall kaputt macht oder weil du nicht damit gerechnet hast?«

»Ich bin nicht wütend. Wenn sie ihr Leben unbedingt wegwerfen will, soll sie doch.« Ellie wollte den Quilt nehmen, griff aber daneben, so daß die Decke im Sand landete. »Verdammt! Weißt du, was das für eine Arbeit ist, diese Dinger zu waschen?« Sie sank zu Boden, der Quilt wie eine Wolke hinter ihr und vergrub das Gesicht in den Händen.

Coop fragte sich, wie eine so zarte Frau die ganze Last, die die Rettung eines anderen Menschen bedeutete, auf ihren Schultern tragen konnte. Er setzte sich neben Ellie und zog sie an sich, ihre Finger gruben sich in den Stoff seines Hemdes. »Ich hätte sie retten können«, flüsterte sie.

»Ich weiß, Schatz. Aber vielleicht will sie sich selbst retten.«

»Dann hat sie aber eine ganz eigene Art, das zu versuchen.«

»Du denkst wieder wie eine Anwältin.« Coop tippte ihr an die Schläfe. »Wenn du Angst hast, daß alle dich verlassen, was machst du dann?«

»Ich sorge dafür, daß sie bleiben.«

»Und wenn du das nicht kannst oder nicht weißt, wie?«

Ellie zuckte die Achseln. »Ich weiß nicht.«

»Doch, du weißt es. Du hast es sogar schon getan. Du gehst zuerst«, sagte Coop, »damit du nicht erleben mußt, wie die anderen weggehen.«

Als Kind hatte Katie Regentage geliebt, wenn sie bis ans Ende der Zufahrt hüpfen konnte, wo sich die Pfützen mit ihrem schwachen Ölglanz in Regenbögen verwandelten. So sah der Himmel jetzt aus, ein königliches Purpur, orange, rot und silbern marmoriert, wie das Kleid einer Märchenkönigin.

Sie stand im Dämmerlicht auf der Veranda und wartete. Als aus westlicher Richtung das Dröhnen eines Automotors ertönte, spürte sie, wie ihr das Herz im Hals schlug, wie jeder Muskel ihres Körpers sie nach vorn zog, um zu sehen, ob das Fahrzeug zur Farm einbog. Doch Sekunden später sah sie durch die Bäume die Rücklichter vorbeihuschen.

»Er kommt nicht.«

Beim Klang der Stimme, gefolgt von schweren Stiefelschritten auf den Verandastufen, wirbelte Katie herum. »Wer?«

Samuel schluckte. »Ach, Katie. Muß ich jetzt auch noch seinen Namen aussprechen?«

Katie rieb sich mit den Händen über die Arme und sah wieder zur Straße.

»Er ist nach Philadelphia gefahren. Er kommt morgen wieder, zum Prozeß.«

»Bist du hier, um mir das zu sagen?«

»Nein«, erwiderte Samuel. »Ich bin hier, um mit dir einen Spaziergang zu machen.«

Sie senkte den Blick. »Ich glaube nicht, daß es im Moment angenehm in meiner Gesellschaft wäre.«

Er zuckte die Achseln. »Na, ich gehe jedenfalls«, sagte Samuel und ging die Stufen hinunter.

»Warte!« rief Katie und lief ihm nach.

Der Abend um sie war von Klängen erfüllt: Wind, der durch Bäume fegte, Vögel, die sich auf Ästen niederließen und sangen, schreiende Eulen. Tau legte sich silbrig auf Spinnennetze. Katie lief fast, um mit Samuels weit ausgreifenden Schritten mitzuhalten. »Wohin gehen wir?» fragte sie nach einigen Minuten, als sie die Apfelbäume erreicht hatten.

Er blieb stehen und sah sich um. »Ich habe keine Ahnung.«

Katie schmunzelte, und auch Samuel lächelte, und dann fingen beide an zu lachen. Samuel setzte sich, stützte die Ellbogen auf die Knie, und Katie ließ sich neben ihm nieder, ihre Röcke raschelten auf dem Laub. Reife Äpfel, dunkelrot leuchtend wie Rubine, hingen tief über ihren Köpfen. Plötzlich mußte Samuel daran denken, daß Katie einmal bei einem Scheunenbau einen Apfel in einem einzigen langen Streifen geschält und die Schale dann nach altem Brauch rückwärts über die Schulter geworfen hatte, um zu sehen, wen sie einmal heiraten würde; alle ihre Freunde und Verwandten hatten gelacht, als die Schale in Form eines S auf dem Boden landete.

Mit einem Mal lag die Stille dicht und schwer auf Samuels Schultern. »Das wird eine gute Ernte«, sagte er und nahm den Hut ab. »Da gibt's jede Menge Apfelmus zu kochen.«

»Meine Mutter wird alle Hände voll zu tun haben, soviel ist sicher.«

»Und du?« scherzte er. »Du wirst doch wohl dabei sein und uns helfen, oder?«

»Ich weiß nicht, wo ich sein werde.« Katie sah zu ihm hoch und räusperte sich. »Samuel, ich muß dir was sagen –«

Er legte seine Finger auf ihren Mund, ihren weichen Mund, und gab sich eine Sekunde lang der Illusion hin, daß es ein Kuß wäre. »Nicht reden.«

Katie nickte und blickte nach unten.

»Wir haben fast November. Mary Esch hat jede Menge Sellerie angepflanzt«, sagte Samuel.

Katie wurde schwer ums Herz. November – der Hochzeitsmonat – und Sellerie, womit die meisten Gerichte fürs Hochzeitsmahl zubereitet wurden. Das war zuviel für sie. Sie hatte gewußt, daß Mary und Samuel sich geküßt hatten, aber niemand hatte ihr erzählt, was in der Zwischenzeit passiert war. Es war schließlich Samuels Privatsache, und es war sein gutes Recht, sein Leben so zu gestalten, wie er wollte. Nächsten Monat Mary Esch zu heiraten.

»Sie heiratet Owen King, das steht fest«, fuhr Samuel fort.

Katie sah ihn erstaunt an. »Sie heiratet nicht dich?«

»Ich könnte mir vorstellen, daß die Frau, die ich heiraten möchte, davon nicht begeistert wäre.« Samuel wurde rot und schaute auf seine Füße. »Stimmt doch, oder?«

Einen Moment lang stellte Katie sich vor, daß ihr Leben wie das jeder anderen jungen Amischen verlaufen wäre, daß ihre Welt nicht aus den Fugen geraten wäre, daß Samuels süßes Angebot für sie nicht unannehmbar wäre. »Samuel«, sagte sie mit bebender Stimme, »ich kann dir nichts versprechen.«

Er schüttelte den Kopf, hob aber nicht den Blick. »Wenn nicht diesen November, dann nächsten November. Oder den November darauf.«

»Falls ich weggehe, dann für immer.«

»Das kann man nie wissen. Nimm zum Beispiel mich.« Samuel fuhr mit einem Finger an der Krempe seines Hutes entlang. »Ich war so sicher, daß ich dich für immer verlassen würde ... und wie sich herausstellt, war ich die ganze Zeit nur auf dem Weg dahin zurück, wo ich angefangen habe.« Er drückte ihre Hand. »Denkst du drüber nach?«

»Ja«, sagte Katie. »Das werde ich.«

Es war nach Mitternacht, als Ellie sich lautlos hinauf ins Schlafzimmer schlich. Katie schlief auf der Seite, ein Streifen Mondlicht fiel über ihr Bett. Leise zog Ellie den Quilt von ihrem Bett und ging damit auf Zehenspitzen zur Tür.

»Was hast du vor?«

Sie drehte sich zu Katie um. »Auf der Couch schlafen.«

Katie setzte sich auf, die Decke fiel von ihrem schlichten, weißen Nachthemd. »Das mußt du nicht.«

»Ich weiß.«

»Es ist schlecht für das Baby.«

Ein Muskel zuckte an Ellies Hals. »Sag du mir nicht, was schlecht für mein Baby ist«, entgegnete sie. »Dazu hast du kein Recht.« Sie drehte sich auf dem Absatz um und ging die Treppe hinab, den Quilt an die Brust gedrückt wie einen Schild, als wäre es nicht zu spät, ihr Herz zu schützen.

Ellie stand im Zimmer der Richterin, betrachtete die juristischen Abhandlungen und die Holzvertäfelung, den dicken Teppich – alles, nur nicht Richterin Ledbetter, die gerade die Haftungsausschlußerklärung überflog.

»Ms. Hathaway«, sagte sie einen Moment später. »Was geht hier vor?«

»Meine Mandantin besteht darauf auszusagen, obwohl ich ihr davon abgeraten habe.«

Die Richterin starrte Ellie an, als könnte sie an ihrer ausdruckslosen Miene ablesen, was für heftige Auseinandersetzungen sich am Abend zuvor abgespielt hatten. »Gibt es einen bestimmten Grund, warum Sie ihr davon abgeraten haben?«

»Ich denke, das wird aus ihrer Aussage hervorgehen«, sagte Ellie. George, der angemessen erfreut wirkte, nahm eine etwas geradere Haltung an. »Also schön«, seufzte die Richterin. »Bringen wir's hinter uns.«

Wenn man amisch aufgewachsen war, wußte man, daß Augen ein Gewicht hatten, daß Blicke Substanz hatten, daß sie sich manchmal wie ein Atemhauch auf der Schulter anfühlten und dann wieder wie ein Speer, der einem das Rückgrat durchbohrte. Doch in Lancaster kamen die Blicke für gewöhnlich vereinzelt – mal ein Tourist, der den Hals reckte, um sie besser sehen zu können, mal ein Kind, das im Kramladen neugierig zu ihr hochschaute. Als Katie jedoch im Zeugenstand saß, war sie wie gelähmt von den bohrenden Blicken, die allesamt auf ihr ruhten. Hundert Leute gafften gleichzeitig, und war es ihnen zu verdenken? Es kam schließlich nicht alle Tage vor, daß eine Amische einen Mord gestand.

Sie wischte sich die schwitzenden Hände an ihrer Schürze ab und wartete, daß Ellie anfing, ihre Fragen zu stellen. Sie hatte gehofft, daß Ellie es ihr in diesem Moment leichter machen würde – daß Katie sich vielleicht sogar hätte einreden können, sie wären unter sich, würden sich am Teich unterhalten. Aber Ellie hatte den ganzen Morgen kaum mit ihr geredet. Sie hatte sich auf dem Klo übergeben, eine Tasse Kamillentee getrunken und dann, ohne Katie anzuschauen, gesagt, sie müßten los. Nein, von Ellie hatte sie heute keine Rücksicht zu erwarten.

Ellie knöpfte ihren Blazer zu und stand auf. »Katie«, sagte sie sanft, »wissen Sie, warum Sie heute hier sind?«

Katie blinzelte erstaunt. Ihre Stimme, ihre Frage – sie war

zärtlich, voller Verständnis. Erleichterung überkam sie, und sie wollte lächeln – doch dann sah sie in Ellies Augen. Ihr Blick war noch genauso hart und zornig wie am Abend zuvor. Dieses Mitgefühl – es war alles nur Theater. Selbst jetzt versuchte Ellie immer noch, einen Freispruch für sie zu erreichen.

Katie holte tief Luft. »Die Leute glauben, ich habe mein Baby getötet.«

»Wie geht es Ihnen dabei?«

Wieder sah sie den winzigen Körper zwischen ihren Beinen, glitschig von ihrem Blut. »Schlecht«, flüsterte sie.

»Sie wissen, daß die Beweise Sie schwer belasten.«

Mit einem kurzen Blick auf die Geschworenen nickte Katie. »Ich habe genau zugehört, was hier gesagt wurde. Aber ich habe nicht alles verstanden.«

»Was haben Sie nicht verstanden?«

»Ihr *Englischen* macht so vieles ganz anders, als ich es gewohnt bin.«

»Inwiefern?«

Sie überlegte einen Moment. Das Bekenntnis, das war genauso, sonst würde sie jetzt nicht hier sitzen. Aber die *Englischen* urteilten über einen Menschen, damit sie die Rechtfertigung hatten, ihn aus ihrer Gemeinschaft auszustoßen. Die Amischen urteilten über einen Menschen, damit sie die Rechtfertigung hatten, ihn wieder in ihre Gemeinschaft aufzunehmen. »Wenn bei uns jemandem eine Sünde zur Last gelegt wird, dann nicht, damit andere ihm Schuld zuweisen können, sondern damit er Wiedergutmachung leisten und dann wieder ein normales Leben führen kann.«

»Haben Sie gesündigt, als Sie Ihr Kind empfangen haben?«

Unwillkürlich nahm Katie eine demütige Haltung an. »Ja.«

»Wieso?«

»Ich war nicht verheiratet.«

»Haben Sie den Mann geliebt?«

Unter gesenkten Wimpern ließ Katie den Blick über die Zuschauer schweifen, bis sie Adam entdeckte. Er hielt den Kopf gesenkt, als wäre er ebenfalls hier, um zu bekennen. »Sehr«, murmelte Katie.

»Hat Ihre Gemeinde Ihnen diese Sünde vorgeworfen?«

»Ja. Der Diakon und der Bischof, sie haben mich aufgefordert, vor der Gemeinde kniend ein Bekenntnis abzugeben.«

»Was ist geschehen, nachdem Sie bekannt hatten, ein Kind empfangen zu haben?«

»Ich wurde eine Zeitlang unter Bann gestellt, um darüber nachzudenken, was ich getan hatte. Nach sechs Wochen versprach ich, mich wieder in die Gemeinde einzufügen.« Sie lächelte. »Sie haben mich wieder aufgenommen.«

»Katie, haben der Diakon und der Bischof Sie aufgefordert, auch die Tötung Ihres Kindes zu bekennen?«

»Nein.«

»Warum nicht?«

»Das wurde mir nicht zur Last gelegt.«

»Dann haben die Menschen in Ihrer Gemeinde also nicht geglaubt, daß Sie sich der Sünde eines Mordes schuldig gemacht haben?« Katie schüttelte den Kopf. »Sie müssen laut antworten«, sagte Ellie.

»Nein, das haben sie nicht geglaubt.«

Ellies Absätze klackten auf dem Parkett, als sie zurück zum Tisch der Verteidigung ging. »Erinnern Sie sich, was in der Nacht passiert ist, als Sie niedergekommen sind?«

»Nicht genau. Es wird nach und nach mehr.«

»Warum ist das so?«

»Dr. Cooper sagt, meine Psyche kann nicht zuviel auf einmal ertragen.« Sie biß sich auf die Unterlippe. »Ich hab irgendwie zugemacht, nachdem es passiert war.«

»Nachdem was passiert war?«

»Nachdem das Baby gekommen war.«

Ellie nickte. »Wir haben schon von einigen Leuten verschiedene Versionen gehört, aber ich denke, die Geschworenen würden gern aus Ihrem Munde hören, was in jener Nacht geschehen ist. Wußten Sie, daß Sie schwanger sind?«

Katie hatte plötzlich das Gefühl, in Gedanken rückwärts zu taumeln, bis sie die harte, kleine Schwellung des Babys in ihrem Bauch unter ihren Handflächen spüren konnte. »Ich wollte und konnte nicht glauben, daß ich schwanger war«, sagte sie leise. »Ich hab es erst geglaubt, als ich die Sicherheitsnadeln an meiner Schürze versetzen mußte.«

»Haben Sie irgendwem davon erzählt?«

»Nein. Ich habe es aus meinem Kopf verdrängt.«

»Wieso?«

»Ich hatte Angst. Meine Eltern sollten nicht erfahren, was passiert war.« Sie holte tief Luft. »Ich habe darum gebetet, daß ich mich vielleicht getäuscht habe.«

»Erinnern Sie sich an die Geburt?«

Katie erinnerte sich an die brennenden Schmerzen, die ihr vom Rücken in den Bauch schossen. »Zum Teil«, sagte sie. »Der Schmerz, und daß das Stroh im Rücken gepiekst hat ... aber manche Zeitabschnitte sind wie ausgelöscht.«

»Wie war Ihnen dabei zumute?«

»Ich hatte Angst«, flüsterte sie. »Große Angst.«

»Erinnern Sie sich an das Baby?« fragte Ellie.

Daran erinnerte sie sich so gut, als wäre es ihr in die Augenlider eingebrannt. Der kleine, zarte Körper, nicht viel größer als ihre Hand, wie er trat und hustete und die Ärmchen nach ihr ausstreckte. »Er war wunderschön. Ich hab ihn aufgehoben. Ihn gehalten. Ihm den Rücken gerieben. Er hatte ganz winzige Knöchelchen. Und sein Herz schlug gegen meine Hand.«

»Was hatten Sie mit ihm vor?«

»Ich weiß nicht. Ich glaube, ich hätte ihn zu meiner Mutter gebracht; ihn in irgendwas eingewickelt, damit er es warm hat ... aber ich bin eingeschlafen, bevor ich das tun konnte.«

»Sie sind ohnmächtig geworden.«

»Ja.«

»Hatten Sie das Baby da noch im Arm?«

»Oh ja«, sagte Katie.

»Was ist danach passiert?«

»Ich bin aufgewacht. Und das Baby war fort.«

Ellie legte die Stirn in Falten. »Fort? Was haben Sie da gedacht?«

Katie preßte die Hände ineinander. »Daß es ein Traum war«, erwiderte sie.

»Sprach irgend etwas dagegen?«

»Auf meinem Nachthemd war Blut, und auch ein bißchen im Stroh.«

»Was haben Sie gemacht?«

»Ich bin zum Teich gegangen und habe es ausgewaschen«, sagte Katie. »Dann bin ich in mein Zimmer zurückgekehrt.«

»Warum haben Sie niemanden geweckt oder einen Arzt aufgesucht oder haben das Baby gesucht?«

Ihre Augen glänzten vor Tränen. »Ich weiß es nicht. Ich hätte das machen sollen. Das weiß ich inzwischen.«

»Was ist passiert, als Sie am nächsten Morgen aufgewacht sind?«

Sie wischte sich mit der Hand über die Augen. »Es war alles wie immer«, sagte sie mit gebrochener Stimme. »Wenn alle etwas komisch geguckt hätten, wenn es mir nicht gutgegangen wäre, dann hätte ich vielleicht nicht ...« Ihre Stimme verlor sich, und sie blickte weg. »Ich hab gedacht, daß ich mir das alles vielleicht nur eingebildet hatte, daß das alles nicht passiert war. Ich wollte das glauben, weil ich mich dann nicht fragen mußte, wo das Baby war.«

»Wußten Sie, wo das Baby war?«

»Nein.«

»Sie erinnern sich nicht, es irgendwohin gebracht zu haben?«

»Nein.«

»Sie erinnern sich nicht, irgendwann mit dem Baby im Arm aufgewacht zu sein?«

»Nein. Als ich aufwachte, war es schon weg.«

Ellie nickte. »Hatten Sie vor, das Baby loszuwerden?«

»Nein.«

»*Wollten* Sie das Baby loswerden?«

»Nicht, nachdem ich es gesehen hatte«, sagte Katie leise.

Ellie stand jetzt ganz dicht vor ihr. Katie wartete auf die Frage, wartete darauf, endlich das zu sagen, weswegen sie in den Zeugenstand gegangen war. Aber mit einem fast unmerklichen Kopfschütteln wandte Ellie sich den Geschworenen zu. »Danke«, sagte sie. »Keine weiteren Fragen.«

George war ehrlich verblüfft. Von Ellie Hathaway hätte er mehr professionelle Brillanz bei der Befragung ihrer Mandantin erwartet, aber sie hatte nichts Außergewöhnliches geboten. Ebensowenig wie die Zeugin, was noch wichtiger war. Katie Fisher hatte nur das gesagt, was alle von ihr erwartet hatten – nichts, woraus sich schließen ließ, warum Ellie der Richterin die Haftungsausschlußerklärung vorgelegt hatte.

Er lächelte Katie an. »Guten Morgen, Ms. Fisher.«

»Sie können Katie zu mir sagen.«

»Also schön, Katie. Machen wir da weiter, wo Sie eben aufgehört haben. Sie sind eingeschlafen mit dem Baby im Arm, und als sie erwachten, war es verschwunden. Sie waren in dieser Nacht die einzige Augenzeugin. Also sagen Sie uns – was ist mit dem Baby passiert?«

Sie schloß die Augen, eine Träne quoll hervor. »Ich habe es getötet.«

George blieb wie angewurzelt stehen. Im Zuschauerraum brach Unruhe aus, bis die Richterin mit einigen Hammerschlägen wieder für Ordnung sorgte. George wandte sich Ellie zu und hob fragend die Hände. Sie saß an ihrem Tisch und wirkte fast gelangweilt, und er begriff, daß es für sie keine Überraschung gewesen war. Sie erwiderte seinen Blick und zuckte die Achseln.

»Sie haben Ihr Baby getötet?«

»Ja«, murmelte Katie.

Er starrte das junge Mädchen an, das sich völlig niedergeschlagen in sein Unglück ergab. »Wie haben Sie es getan?«

Katie schüttelte den Kopf.

»Sie müssen die Frage beantworten.«

Sie ballte die Hände auf ihrem Bauch zu Fäusten. »Ich will doch nur die Dinge in Ordnung bringen.«

»Hören Sie. Sie haben eben gestanden, daß Sie ihr Baby getötet haben. Jetzt frage ich Sie, wie Sie es getötet haben.«

»Es tut mir leid«, sagte sie mit erstickter Stimme. »Ich kann nicht.«

George wandte sich an Richterin Ledbetter. »Darf ich vortreten?« Die Richterin nickte, und Ellie kam und stellte sich neben George. »Was zum Teufel geht hier vor?« fragte er.

»Ms. Hathaway?«

Ellie blickte finster. »Schon mal was vom Recht zu schweigen gehört, George?«

»Dafür ist es ein bißchen spät«, sagte der Ankläger. »Sie hat sich bereits selbst belastet.«

»Nicht unbedingt«, sagte Ellie kühl, obwohl sie und George beide wußten, daß sie das Blaue vom Himmel log.

»Mr. Callahan, Sie wissen ganz genau, daß die Zeugin jederzeit ihr Recht zu schweigen in Anspruch nehmen kann.« Die Richterin wandte sich an Ellie. »Allerdings muß sie das explizit tun.«

Ellie sah kurz zu Katie hinüber. »Sie weiß nicht, wie man das nennt, Euer Ehren. Sie weiß bloß, daß sie nicht mehr dazu sagen möchte.«

»Euer Ehren, Ms. Hathaway kann nicht für die Zeugin sprechen. Wenn ich nicht aus dem Mund der Angeklagten höre, daß sie sich auf das Recht zu schweigen beruft, lasse ich mich nicht darauf ein.«

Ellie verdrehte die Augen. »Darf ich kurz mit meiner Mandantin sprechen?« Sie ging zum Zeugenstand. Katie zitterte wie Espenlaub, und das lag, wie Ellie ein wenig beschämt erkannte, zum Teil auch daran, daß sie eine Standpauke erwartete. »Katie«, sagte sie leise. »Wenn du nicht über die Tat sprechen willst, mußt du sagen: ›Ich berufe mich auf das Recht zu schweigen.‹«

»Und das geht einfach so?«

»Das steht dir verfassungsmäßig zu. Du kannst das Recht in Anspruch nehmen, um dich nicht mit einer Aussage zu belasten, obwohl du im Zeugenstand bist. Verstehst du?«

Katie nickte, und Ellie ging wieder zu ihrem Tisch zurück.

»Bitte schildern Sie uns, wie Sie Ihr Kind getötet haben«, wiederholte George.

Katie warf Ellie einen raschen Blick zu. »Ich berufe mich auf das Recht zu schweigen«, sagte sie stockend.

»Was für eine Überraschung«, brummte George. »Also schön. Fangen wir noch mal von vorn an. Sie haben Ihren Vater belogen, um Ihren Bruder in seinem College besuchen zu können. Sie besuchen ihn, seit Sie zwölf waren?«

»Ja.«

»Und jetzt sind Sie achtzehn.«

»Ja.«

»Ist Ihr Vater in den sechs Jahren jemals dahintergekommen, daß Sie Ihren Bruder besucht haben?«

»Nein.«

»Sie haben ihn einfach immer belogen, nicht wahr?«

»Ich habe nicht gelogen«, sagte Katie. »Er hat nie gefragt.«

»In sechs Jahren hat er nicht ein einziges Mal gefragt, wie Ihr Wochenende bei Ihrer Tante war?«

»Mein Vater spricht nicht über meine Tante.«

»Was für ein Glück. Zudem haben Sie Ihrem Bruder verschwiegen, daß Sie mit seinem Vermieter geschlafen haben, nicht wahr?«

»Er –«

»Nein, lassen Sie mich raten. Er hat nie gefragt, stimmt's?«

Verwirrt schüttelte Katie den Kopf. »Nein, hat er nicht.«

»Sie haben Adam Sinclair nicht erzählt, daß Sie ein Kind von ihm erwartet haben?«

»Er war in Europa.«

»Sie haben weder Ihrer Mutter noch sonst jemandem von Ihrer Schwangerschaft erzählt?«

»Nein.«

»Und als die Polizei an dem Morgen nach der Entbindung kam, haben Sie auch die belogen.«

»Ich war nicht sicher, ob es wirklich passiert war«, sagte Katie mit dünner Stimme.

»Ach, ich bitte Sie. Sie sind achtzehn Jahre alt. Sie haben mit einem Mann geschlafen. Sie wußten, daß Sie schwanger waren, auch wenn Sie es nicht zugeben wollten. Sie haben unzählige Male erlebt, daß Frauen in Ihrer Gemeinde Kinder bekommen haben. Wollen Sie mir ernsthaft erzählen, Sie hätten nicht gewußt, was in jener Nacht mit ihnen los war?«

Katie weinte lautlos. »Ich kann nicht erklären, was in mir vor sich ging, nur daß es nicht normal war. Ich wußte nicht, was wirklich passiert war und was nicht. Ich wollte nicht glauben, daß es vielleicht kein Traum gewesen war.« Sie verdrehte den Saum ihrer Schürze zwischen den Fäusten. »Ich weiß, ich habe etwas Unrechtes getan. Ich weiß, daß ich jetzt endlich die Verantwortung übernehmen muß für das, was passiert ist.«

George beugte sich so nahe an sie heran, daß ihr seine Worte gleichsam in den Schoß fielen. »Dann erzählen Sie uns, was Sie getan haben.«

»Ich kann nicht darüber reden.«

»Ach ja, stimmt. Genauso, wie Sie gedacht haben, wenn Sie nicht über Ihre Schwangerschaft sprechen, würde sie sich in Luft auflösen. Und genauso, wie Sie nicht erzählt haben, daß Sie Ihr Baby ermordet haben, weil Sie dachten, dann kommt niemand dahinter. Aber so funktioniert das nicht, oder, Katie? Auch wenn Sie uns nicht sagen, wie Sie Ihr Baby getötet haben, ist es dennoch tot, nicht wahr?«

»Einspruch«, rief Ellie. »Er setzt die Zeugin unnötig unter Druck.«

Katie war in sich zusammengesunken und schluchzte haltlos. Georges Augen huschten einmal über sie hinweg, dann wandte er sich ab. »Ich ziehe die letzte Frage zurück. Ich bin hier fertig«, sagte er abschätzig.

Richterin Ledbetter seufzte. »Fünfzehn Minuten Pause. Ms. Hathaway, wie wär's, wenn Sie mit Ihrer Mandantin irgendwo hingehen, wo sie sich wieder beruhigen kann?«

»Natürlich«, sagte Ellie und fragte sich, wie sie Katie helfen sollte, die Fassung zurückzugewinnen, wo sie sie selbst langsam, aber sicher verlor.

Der Besprechungsraum war dunkel und schäbig, mit defekten Neonröhren, die flackerten, ohne brauchbares Licht abzugeben. Ellie setzte sich an einen häßlichen Holztisch und fuhr mit den Fingern über einen Kaffeefleck, der wahrscheinlich ebenso alt war wie Katie. Ihre Mandantin stand an der Wandtafel vorne im Raum und weinte.

»Ich würde gern Mitgefühl für dich aufbringen, Katie, aber du hast es nicht anders gewollt.« Ellie drehte Katie den Rücken zu. Wenn sie sie nicht ansah, war das Schluchzen vielleicht nicht so laut. Und ging ihr nicht so an die Nieren.

»Ich wollte doch nur, daß es vorbei ist«, stammelte Katie, das Gesicht verquollen und rot. »Aber es war nicht so, wie ich gedacht hatte.«

»Ach nein? Was hast du denn erwartet – ein Happy-End mit Musik; du brichst zusammen, und die Geschworenen schließen dich in die Arme?«

»Ich wollte bloß, daß man mir vergibt.«

»Tja, danach sieht es im Augenblick aber gar nicht aus. Nach deinem Auftritt vorhin kannst du deine Freiheit in den Wind schreiben, Kleines. Du kannst dir alles abschminken, die Vergebung durch deine Gemeinde, den Kontakt mit deinen Eltern oder eine Beziehung zu Adam.«

»Samuel hat mich gefragt, ob ich ihn heiraten will«, flüsterte Katie kläglich.

Ellie schnaubte. »Dann solltest du ihm vielleicht erklären, daß eheliche Besuche in einem Staatsgefängnis nicht gerade an der Tagesordnung sind.«

»Ich will gar keine ehelichen Besuche. Ich will kein Baby mehr. Was, wenn ich –« Katie wandte sich ab.

»Was, wenn du *was*?« hakte Ellie nach. »Wenn du auch das nächste in einem Augenblick der Schwäche erstickst?«

»Nein!« Katies Augen füllten sich wieder mit Tränen. »Diese Krankheit, diese Bakterie. Was, wenn sie noch in mir drin ist? Was, wenn ich sie an alle meine Babys weitergebe?«

Über Ellies Kopf zischte die Neonröhre. Sie hob langsam den Blick und sah Katies Reue und wie ihre Finger sich in den Stoff ihres Kleides gruben, als könnte sie diese Krankheit aus sich herauszerren. Sie dachte daran, wie Katie ihr einmal erzählt hatte, daß man alles bekannte, was einem der Diakon vorwarf. Sie dachte daran, daß ein junges Mädchen, das es gewohnt war, von anderen der Sünde bezichtigt zu werden, möglicherweise nach der Aussage des Pathologen die Schuld für etwas auf sich nehmen würde, das in Wirklichkeit ein Unfall war.

Sie blickte Katie an und erkannte plötzlich, wie deren Verstand arbeitete.

Ellie ging quer durch den Raum und packte Katie an den Schultern. »Sag es mir jetzt«, sagte sie. »Sag mir, wie du dein Baby getötet hast.«

»Euer Ehren«, begann Ellie, »ich möchte meine Zeugin noch einmal befragen.«

Sie spürte förmlich, wie George sie ansah, als hätte sie den Verstand verloren, und sie konnte es ihm nicht verdenken: Der angerichtete Schaden – Katies protokolliertes Geständnis – war kaum ungeschehen zu machen. Sie sah zu, wie Katie im Zeugenstand Platz nahm und nervös hin und her rutschte. »Als der Staatsanwalt Sie gefragt hat, ob Sie Ihr Kind getötet haben, haben Sie mit Ja geantwortet.«

»Das stimmt«, erwiderte Katie.

»Als er Sie darum bat, uns zu schildern, wie Sie es getötet haben, wollten Sie nicht antworten.«

»Ja.«

»Ich frage Sie nun: Haben Sie das Baby erstickt?«

»Nein«, murmelte Katie mit gebrochener Stimme.

»Haben Sie das Leben des Kindes vorsätzlich beendet?«

»Nein. Niemals.«

»Wie haben Sie Ihr Baby getötet, Katie?«

Sie holte tief Luft. »Sie haben doch gehört, was der Doktor gesagt hat. Er hat gesagt, ich hätte meinen Sohn getötet, indem ich die Infektion an ihn weitergegeben habe. Wenn ich nicht seine Mutter gewesen wäre, würde er noch leben.«

»Sie haben Ihr Baby ermordet, indem Sie das Listeria-Bakterium in Ihrem Körper an es weitergegeben haben?«

»Ja.«

»Haben Sie das damit gemeint, als Sie Mr. Callahan sagten, Sie hätten Ihr Baby getötet?«

»Ja.«

»Sie haben uns auch erzählt, daß man, wenn man in Ihrer Gemeinde eine Sünde begeht, vor den anderen Mitgliedern bekennen muß.«

»Ja.«

»Wie läuft das ab?«

Katie schluckte. »Das ... das ist ganz schrecklich. Zuerst findet der Sonntagsgottesdienst statt. Nach der Predigt kommt noch ein Lied, und dann müssen alle Nichtgetauften den Raum verlassen. Der Bischof ruft deinen Namen, und du mußt direkt vor den Predigern Platz nehmen und ihre Fragen beantworten, so laut, daß die ganze Versammlung dich hören kann. Alle gucken dich an, und dein Herz schlägt so laut, daß du kaum verstehst, was der Bischof sagt.«

»Und wenn man gar nicht gesündigt hat?«

Katie blickte auf. »Wie meinen Sie das?«

»Was, wenn der Diakon sagt, man hätte nackt im Teich gebadet, obwohl es nicht stimmt?«

Katie runzelte die Stirn. »Dann bekennt man trotzdem.«

»Auch wenn man es gar nicht getan hat?«

»Ja. Wenn man nicht zeigt, daß es einem leid tut, wenn man Ausflüchte sucht, dann wird alles nur noch unangenehmer. Es ist schon schwer genug, nach vorn zu den Predigern zu gehen, wenn die eigene Familie und die Freunde zugucken. Man will es einfach hinter sich bringen, damit einem vergeben wird und man wieder aufgenommen wird.«

»Also, in Ihrer Gemeinde muß man bekennen, damit einem vergeben wird. Auch wenn man nichts Unrechtes getan hat?«

»Nun, es wird einem ja nicht ganz ohne Grund eine Sünde vorgeworfen. Es gibt einen Anlaß, meistens. Auch wenn die Geschichte nicht ganz richtig ist, normalerweise hat man tatsächlich irgendwas falsch gemacht. Und wenn man bekannt hat, kommt die Heilung.«

»Beantworten Sie die Frage, Katie«, sagte Ellie mit einem angespannten Lächeln. »Wenn Ihr Diakon sagt, Sie hätten gesündigt, obwohl das nicht zutrifft, würden Sie bekennen?«

»Ja.«

»Verstehe. Also – warum wollten Sie als Zeugin in Ihrem Prozeß aussagen?«

Katie blickte auf. »Um die Sünde zu bekennen, die mir vorgeworfen wird.«

»Aber es geht um Mord«, sagte Ellie. »Das bedeutet, daß Sie Ihr Baby vorsätzlich getötet haben, daß Sie wollten, daß es stirbt. Stimmt das?«

»Nein«, flüsterte Katie.

»Sie wissen doch, daß die Geschworenen Sie für schuldig halten würden, wenn Sie heute hier sagen, daß Sie Ihr Baby getötet haben, Katie. Wieso wollten Sie es trotzdem?«

»Das Baby ist tot, meinetwegen. Es spielt keine Rolle, ob ich es erstickt habe oder nicht, es ist tot wegen etwas, das ich getan habe. Ich muß dafür bestraft werden.« Sie wischte sich mit dem Saum ihrer Schürze über die Augen. »Ich wollte, daß alle sehen, wie leid es mir tut. Ich wollte bekennen«, sagte sie leise, »weil mir nur so vergeben werden kann.«

Ellie stützte sich auf den Rand des Zeugenstandes, so daß sie allen anderen kurz den Blick versperrte. »Ich vergebe dir«, sagte sie so leise, daß nur Katie es hören konnte, »wenn du mir vergibst.« Dann drehte sie sich zur Richterin um. »Keine weiteren Fragen.«

»Also, das ist ja mittlerweile alles ziemlich verworren«, sagte George. »Sie haben das Baby getötet, aber Sie haben es nicht ermordet. Sie wollen bestraft werden, damit Ihnen für etwas vergeben wird, das sie gar nicht getan haben.«

»Ja.« Katie nickte.

George zögerte einen Moment, als würde er sich das alles noch einmal durch den Kopf gehen lassen. »Was ist also mit dem Baby passiert?«

»Ich habe es krank gemacht, und es ist gestorben.«

»Sie wissen, daß der Pathologe gesagt hat, das Baby sei infiziert worden, aber er hat eingeräumt, daß es an mehreren Ursachen gestorben sein könnte. Haben Sie gesehen, daß das Baby aufhörte zu atmen?«

»Nein. Ich habe geschlafen. Ich kann mich nicht erinnern, was passiert ist, bis ich wieder wach wurde.«

»Sie haben das Baby nicht mehr gesehen, nachdem Sie aufgewacht waren?«

»Es war nicht mehr da«, sagte Katie.

»Und wir sollen Ihnen glauben, daß Sie nichts damit zu tun hatten?« George trat näher an sie heran. »Haben Sie das Baby in eine Decke eingewickelt und versteckt?«

»Nein.«

»Aha. Eben haben Sie noch gesagt, Sie könnten sich an nichts erinnern.«

»Kann ich auch nicht!«

»Dann können Sie strenggenommen auch nicht mit Sicherheit sagen, daß Sie das Baby nicht versteckt haben.«

»Nein, wohl nicht«, sagte Katie sichtlich verwirrt.

George sah aus wie ein Raubtier. »Und strenggenommen können Sie auch nicht mit Sicherheit sagen, daß Sie das Baby nicht erstickt haben.«

»Einspruch!«

»Ich ziehe den letzten Satz zurück«, sagte George. »Keine weiteren Fragen.«

Ellie fluchte leise. Ausgerechnet Georges üble Mutmaßung mußten die Geschworenen zum Schluß der Zeugenvernehmung hören. »Die Verteidigung hat keine weiteren Zeugen, Euer Ehren«, sagte Ellie. Sie sah zu, wie Katie den Zeugenstand verließ und mit vorsichtigen Schritten den Raum durchquerte, als wäre ihr jetzt klargeworden, daß selbst etwas so Verläßliches wie der feste Boden unter ihren Füßen jeden Augenblick ins Wanken geraten konnte.

»Wissen Sie«, sagte Ellie zu den Geschworenen. »Ich wünschte, ich könnte Ihnen sagen, was genau in den frühen Morgenstunden des zehnten Juli im Stall der Fishers geschehen ist, aber das kann ich nicht. Ich kann es nicht, weil ich nicht dabei war. Ebensowenig wie Mr. Callahan oder einer von den Sachverständigen, die Sie in den letzten Tagen hier gehört haben.

Nur eine einzige Person war tatsächlich dabei – Katie Fisher, die heute ebenfalls hier zu Wort gekommen ist. Katie, eine junge amische Frau, die sich nicht genau erinnern kann, was an jenem Morgen passiert ist, Katie, die hier, von Schuld- und Schamgefühlen gequält, gesprochen hat, weil sie überzeugt ist, daß sie aufgrund der im Uterus erfolgten Übertragung einer Krankheit auf ihren Fetus für den Tod des Babys verantwortlich ist. Katie, die so verzweifelt über den Verlust ihres Kindes ist, daß sie glaubt, eine Strafe verdient zu haben, auch wenn sie unschuldig ist. Katie, die sich Vergebung für etwas wünscht, das sie nicht absichtlich getan hat.«

Ellie fuhr mit der Hand über das Geländer der Geschworenenbank. »Und daß bei ihr keine Absicht vorgelegen hat, ist äußerst wichtig. Denn um Katie des Mordes schuldig zu sprechen, muß die Staatsanwaltschaft Sie davon überzeugen, daß Katie ihr Kind vorsätzlich getötet hat. Vorsatz impliziert erstens, daß sie den Mord geplant haben muß. Doch Sie haben gehört, daß die Amischen grundsätzlich gegen Gewalt sind; sie würden niemals etwas tun, bei dem sie Hochmut über Demut oder eine individuelle Entscheidung über die Regeln der Gemeinschaft stellen müßten. Vorsatz impliziert zweitens, daß Katie den Tod des Babys wollte. Doch Sie haben mit eigenen Augen den Ausdruck in Katies Gesicht gesehen, als sie den Vater ihres Kindes zum ersten Mal wiedersah, als sie Ihnen gesagt hat, daß sie ihn geliebt hat. Vorsatz impliziert drittens, daß sie ihr Baby absichtlich getötet hat. Doch hier wurde schlüssig nachgewiesen, daß die Todesursache aller Wahrscheinlichkeit nach eine Infektion während der Schwangerschaft war – eine Tragödie, aber dennoch ein Unfall.

Es ist Aufgabe der Anklage, Ihnen zu beweisen, daß Katies Baby ermordet wurde. Meine Aufgabe ist es, Ihnen vor Augen zu führen, daß es außer Mord noch einen anderen triftigen, realistischen, möglichen Grund für den Tod von Katies Neugeborenem geben könnte. Wenn Sie auch nur den geringsten Zweifel hegen, haben Sie keine andere Wahl, als Katie freizusprechen.«

Ellie ging zu Katie und stellte sich hinter sie. »Ich wünschte, ich könnte Ihnen sagen, was am Morgen des zehnten Juli geschehen ist oder nicht«, wiederholte sie, »aber das kann ich nicht. Und wenn ich es nicht genau weiß – wie können Sie es dann wissen?«

»Ms. Hathaway hat recht – aber nur in einem Punkt. Katie Fisher weiß nicht genau, was an jenem Morgen geschehen ist.«

George ließ den Blick über die Gesichter der Geschworenen gleiten. »Sie weiß es nicht, und sie hat es zugegeben – genau, wie sie zugegeben hat, ihr Baby getötet zu haben.«

Er stand auf, die Hände auf dem Rücken gefaltet. »Doch wir sind nicht auf die Erinnerungen der Angeklagten angewiesen, um die Wahrheit Stück für Stück zusammenzusetzen, weil die Fakten in diesem Fall für sich sprechen. Wir wissen, daß Katie Fisher ihre Eltern über Jahre hinweg belogen hat, wenn sie heimlich die Welt außerhalb ihrer Gemeinde besuchte. Wir wissen, daß sie ihre Schwangerschaft verborgen gehalten hat, heimlich das Kind zur Welt gebracht hat, das blutbefleckte Stroh zugedeckt und den Leichnam ihres Neugeborenen versteckt hat. Der Obduktionsbericht sagt uns, daß das Baby um den Mund herum Blutergüsse hatte, die daher rühren, daß es erstickt wurde, daß sich tief in seinem Rachen Baumwollfasern befanden, daß der Gerichtsmediziner Tod durch Gewalteinwirkung diagnostiziert hat. Uns liegen die forensischen Beweise vor – die DNA-Tests, die eindeutig ergeben haben, daß die Angeklagte und nur die Angeklagte am Tatort war. Wir kennen das psychologische Motiv – Ms. Fishers Angst, aus ihrer Familie verstoßen zu werden, wie ihr Bruder, weil sie ein uneheliches Kind zur Welt gebracht hatte. Wir können uns noch einmal das Protokoll der Aussage der Angeklagten vorlesen lassen und hören, wie sie gesteht, ihr Kind getötet zu haben – ein freiwilliges Geständnis, das die Verteidigung anschließend verzweifelt umzuinterpretieren suchte.«

George wandte sich Ellie zu. »Ms. Hathaway will Sie glauben machen, daß das Verbrechen undenkbar ist, weil die Angeklagte amisch ist. Aber amisch zu sein ist eine Glaubensform, keine Entschuldigung. Ich habe schon erlebt, wie fromme Katholiken, orthodoxe Juden und strenggläubige Muslime grausamer Verbrechen überführt wurden. Ms. Hathaway möchte Sie ebenfalls glauben machen, daß das Neugeborene eines natürlichen Todes gestorben ist. Aber warum wurde das Baby dann eingewickelt unter einem Stapel Decken versteckt – als ob eine Tat vertuscht werden sollte? Die Verteidigung hat dafür keine schlüssige Erklärung; sie hat lediglich eine weit hergeholte Theorie über eine bakterielle Infektion, die bei dem Neugeborenen zum Atemstillstand geführt haben könnte. Ich wiederhole: geführt haben *könnte*. Vielleicht aber sollte damit nur die Wahrheit vertuscht werden: daß Katie Fisher am zehnten Juli auf der Farm ihrer Eltern in den Stall ging und ihr Neugeborenes vorsätzlich erstickte.«

Er richtete den Blick auf Katie, dann wieder auf die Geschworenen. »Ms. Hathaway möchte Sie darüber hinaus eine weitere Unwahrheit glauben machen – daß Katie Fisher an dem Morgen die einzige Augenzeugin war. Aber das trifft nicht zu. Es war noch ein Kind dabei, ein Neugeborenes, das hier nicht für sich sprechen kann, weil es von seiner Mutter zum Schweigen gebracht wurde.« Er ließ den Blick über die zwölf Männer und Frauen gleiten, die ihn ansahen. »Sprechen Sie heute für dieses Neugeborene«, sagte er.

George Callahans Vater, der einige Jahrzehnte zuvor viermal hintereinander zum Bezirksstaatsanwalt von Bucks County gewählt worden war, hatte seinem Sohn mit auf den Weg gegeben, daß es in jeder Anwaltskarriere einen großen Fall gab, mit dem er sich für alle Zeiten einen Namen machen konnte. Bei Wallace Callahan war es die Überführung dreier weißer Collegestudenten wegen der Vergewaltigung und Ermordung eines kleinen schwarzen Mädchens zur Zeit der Bürgerrechtsproteste gewesen. Bei George würde es Katie Fisher sein.

Er spürte das genauso deutlich, wie er es immer in den Knochen spürte, wenn es am nächsten Tag Schnee gab. Die Geschworenen würden Katie für schuldig erklären. Herrje, sie hatte sich schließlich selbst für schuldig erklärt. Es würde ihn nicht wundern, wenn die Geschworenen noch vor dem Abend eine Entscheidung fällen würden.

Er zog sich seinen Trenchcoat an, nahm die Aktentasche vom Boden und stieß die Tür des Gerichtsgebäudes auf. Sogleich strömten Reporter und Kameraleute auf ihn zu. Er lächelte in die Kameras und beugte sich zu dem Wust von Mikrofonen vor, die ihm unter das Kinn geschoben wurden.

»Möchten Sie einen Kommentar zu dem Fall abgeben?«

»Haben Sie eine Ahnung, wie die Geschworenen entscheiden werden?«

George lächelte und ließ genüßlich die zurechtgelegten Worte vernehmen. »Das wird ein eindeutiger Sieg für die Anklagevertretung.«

»Ich bin absolut sicher, daß die Verteidigung gewinnen wird«, sagte Ellie zu der kleinen Gruppe von Reportern, die sie auf dem Parkplatz des Gerichts abgefangen hatten.

»Glauben Sie nicht, daß Katies Geständnis es den Geschworenen schwermachen wird, sie freizusprechen?« rief eine Reporterin.

»Ganz und gar nicht.« Ellie lächelte. »Katies Geständnis hatte nichts mit der komplizierten Urteilsfindung zu tun, sondern ausschließlich mit den moralischen Verpflichtungen ihrer Religion.« Sie drängte sich höflich, aber bestimmt durch die Reporter.

Coop, der auf sie gewartet hatte, ging mit ihr zu Ledas blauer Limousine. »Vielleicht sollte ich besser hierbleiben«, sagte sie. »Es ist gut möglich, daß die Geschworenen schon bald zurückkommen.«

»Wenn du bleibst, wird Katie sich vor dem Ansturm der Leute nicht retten können. Du kannst sie nicht in einem Besprechungszimmer einschließen.«

Ellie nickte und schloß die Wagentür auf. Leda und Katie und Samuel warteten bereits am Hintereingang des Gebäudes.

»Na jedenfalls«, sagte Coop. »Glückwunsch.«

Sie schnaubte. »Dafür ist es noch zu früh.«

»Aber du hast doch vorhin gesagt, daß du gewinnen wirst.«

Ellie schüttelte den Kopf. »Das habe ich«, gestand sie. »Aber die Wahrheit ist, Coop, daß ich mir gar nicht so sicher bin.«

18

Ellie

Einen ganzen Tag später waren die Geschworenen noch immer nicht zu einer Entscheidung gelangt.

Da ich kein Telefon in der Nähe hatte, veranlaßte Richterin Ledbetter, daß George mir seinen Piepser lieh. Sobald die Geschworenen soweit waren, würde sie mich anpiepsen. Bis dahin konnten wir alle zurück auf die Farm fahren.

Ich hatte schon öfters erlebt, daß Geschworene sich nicht einigen konnten. Es war unangenehm, nicht nur weil die Möglichkeit bestand, daß der ganze Prozeß noch einmal aufgerollt wurde, sondern auch, weil ich in der Wartezeit von Zweifeln an meiner Verteidigungsstrategie geplagt wurde. Früher, wenn Geschworene sich Zeit ließen, versuchte ich, mich damit abzulenken, daß ich mich mit anderen laufenden Fällen beschäftigte. Ich ging ins Fitneßstudio und verausgabte mich bis zur Erschöpfung, um mein Denken auszuschalten. Ich sprach mit Stephen den Fall noch einmal durch, um zu sehen, was ich hätte anders machen können.

Jetzt war ich von den Fishers umgeben – für die zwar vieles von der Entscheidung der Geschworenen abhing, die sich aber völlig unbekümmert gaben und so weitermachten wie bisher, obwohl eine so wichtige Entscheidung bevorstand.

Achtundzwanzig Stunden nachdem wir das Gerichtsgebäude verlassen hatten, waren Katie und ich dabei, für Annie King, eine amische Frau, die gestürzt war und sich die Hüfte gebrochen hatte, die Fenster zu putzen. Ich beobachtete Katie einen Moment lang, wie sie unermüdlich ihren Lappen in den Putzeimer tauchte und die Scheibe wischte, und fragte mich, woher sie die Kraft nahm, jemand anderem zu helfen, obwohl sie doch innerlich unter Hochspannung stehen mußte. »Macht dir das nichts aus?« fragte ich schließlich. Katie ließ den Lappen in den Eimer gleiten. »Wenn ich dauernd darüber nachgrübele, wird es auch nicht schneller gehen.«

»Wenn ich mit einem Schuldspruch wegen Mordes rechnen müßte, würde ich nicht noch für jemand anderen die Fenster putzen«, gestand ich.

Katie wandte sich mir zu, die Augen klar und voller Frieden. »Annie braucht heute Hilfe.«

»Morgen brauchst du vielleicht welche.«

Sie blickte hinaus in den Hof. »Dann werden morgen all die Leute da draußen für mich da sein.«

Ich hoffte für sie, daß sie recht behielt. Ich legte meinen Lappen auf dem Eimerrand ab. »Bin gleich wieder da.«

Katie unterdrückte ein Lächeln; meine ständigen Toilettenbesuche waren zu einem unerschöpflichen Quell der Erheiterung geworden. Doch es war alles andere als komisch, als ich mich setzte, nach unten schaute und sah, daß ich blutete.

Sarah fuhr mich in ihrer Kutsche zum Krankenhaus, demselben, in das Katie am Tag nach der Niederkunft gebracht worden war. Während ich auf der Rückbank durchgerüttelt wurde, versuchte ich mir einzureden, daß Schwangere so etwas ständig erlebten. Ich preßte eine Faust auf meinen von Krämpfen gepeinigten Unterleib, während Katie und Sarah vorn auf der Bank auf *deitsch* miteinander tuschelten.

In der Notaufnahme wurde ich von allen Seiten mit Fragen bombardiert. War ich schwanger? Im wievielten Monat? Eine Krankenschwester wandte sich an Katie und Sarah, die sich sichtlich unbehaglich fühlten: »Sie sind Angehörige?«

»Nein. Freundinnen«, antwortete Katie.

»Dann muß ich Sie bitten, draußen zu warten.«

Sarah fing meinen Blick auf. »Es wird alles gut.«

»Bitte«, flüsterte ich. »Sag Coop Bescheid.«

Der Arzt hatte lange weiße Finger, die mich an zarte Blumen erinnerten. »Wir machen zuerst einen Bluttest, um jeden Irrtum hinsichtlich der Schwangerschaft auszuschließen«, sagte er. »Anschließend machen wir dann einen Ultraschall und schauen uns an, was los ist.«

Ich stützte mich auf die Ellbogen. »Was könnte denn los sein?« fragte ich mit mehr Kraft, als ich mir noch zugetraut hätte. »Sie müssen doch einen Verdacht haben.«

»Nun, die Blutung ist ziemlich stark. Nach dem Datum ihrer letzten Regel gerechnet, sind Sie vermutlich in der zehnten Woche. Es könnte sich um eine Extrauterinschwangerschaft handeln, was sehr gefährlich wäre. Wenn nicht, kann es auch sein, daß es sich um einen spontanen Abort handelt.« Er sah mich an. »Fehlgeburt.«

»Sie müssen das verhindern«, sagte ich ruhig.

»Das können wir nicht. Falls die Blutung nachläßt oder von selbst aufhört, ist das ein gutes Zeichen. Falls nicht ... nun. »Er hakte sich sein Stethoskop um den Hals. »Bald wissen wir mehr. Versuchen Sie einfach, sich auszuruhen.«

Ich nickte, legte mich zurück, konzentrierte mich darauf, nicht zu weinen. Weinen würde mir nicht guttun. Ich blieb völlig reglos, atmete flach. Ich durfte das Kind nicht verlieren. Auf keinen Fall.

Coops Gesicht war gespenstisch weiß, während die technische Assistentin mir den Bauch mit Gel einstrich und mir etwas, das aussah wie ein Mikrofon, auf die Haut preßte. Auf dem Computerbildschirm fing ein keilförmiges Gebilde an, sich zu bewegen und zu verändern. »Da«, sagte die Assistentin und markierte einen ganz winzigen Kreis.

»Jedenfalls ist es keine Eileiterschwangerschaft«, sagte der Arzt. »Vergrößern.«

Die Assistentin vergrößerte den Bereich. Es sah aus wie ein grobkörniger weißer Kringel mit einem schwarzen Punkt in der Mitte. Ich schaute den Arzt und die Assistentin an, aber sie sagten kein Wort. Sie starrten auf den Bildschirm, auf irgend etwas, das offenbar nicht stimmte.

Die Assistentin drückte fester gegen meinen Bauch, rollte den seltsamen Stab hin und her. »Aha«, sagte sie schließlich.

Der schwarze Punkt pulsierte rhythmisch. »Das ist der Herzschlag«, sagte der Arzt.

Coop nahm meine Hand. »Das ist gut, nicht wahr? Das heißt, daß alles in Ordnung ist?«

»Wir wissen nicht, wieso es zu einer Fehlgeburt kommt, Dr. Cooper, aber bei fast einem Drittel der Schwangeren passiert das während der ersten Wochen. Normalerweise weil der Embryo nicht lebensfähig ist, insofern ist es so am besten. Ihre Frau hat noch immer starke Blutungen. Wir können im Augenblick nichts anderes tun, als sie nach Hause schicken und hoffen, daß die Blutung in den nächsten Stunden aufhört.«

» Sie wollen sie einfach nach Hause schicken?«

»Ja. Sie sollten nicht herumlaufen. Wenn die Blutung bis morgen früh nicht nachgelassen hat oder die Krämpfe stärker werden, kommen Sie wieder.«

Ich starrte auf den Bildschirm, ganz gebannt von dem kleinen weißen Kreis.

»Aber der Herzschlag«, hakte Coop nach. »Das ist doch ein positives Zeichen.«

»Ja. Leider ist die Blutung ein schlechtes.«

Der Arzt und die Assistentin verließen den Raum. Coop sank auf einen Stuhl neben dem Untersuchungstisch und spreizte die Finger auf meinem Bauch. Ich legte meine Hand darüber. »Ich lasse das Baby nicht los«, sagte ich entschlossen. Und dann ließ ich meinen Tränen freien Lauf.

Coop wollte mich in seine Wohnung bringen, aber das wäre zu weit gewesen. Und so bestand Sarah darauf, daß ich wieder mit auf die Farm kam. »Sie kommen natürlich auch mit«, sagte sie zu Coop. Er trug mich nach oben in Katies und mein Zimmer und setzte mich sachte auf das Bett.

Ich sah ihn an und versuchte zu lächeln. »Vielleicht ist es ja gar nichts Schlimmes.«

Coop befingerte den Rand des Quilts, sah zum Nachttisch,

zum Fenster, zu Boden – nur nicht mich an. »Coop«, sagte ich, »tu mir einen Gefallen.«

»Was du willst.«

»Ruf Richterin Ledbetter an. Sag ihr, was los ist, nur für alle Fälle.«

»Herrgott, Ellie, daran solltest du nicht denken.«

»Aber ich denke nun mal daran. Und es ist wichtig, daß du das für mich tust.«

Coop schüttelte den Kopf. »Ich laß dich nicht allein.«

Ich berührte ihn am Arm, flüsterte die Worte, die keiner von uns beiden hören wollte. »Du kannst hier nichts tun.«

Ich wandte den Blick ab, und gleich darauf hörte ich seine Schritte, als er den Raum verließ. Aber fast im selben Moment ging die Tür wieder auf. Es war Sarah, die mir aus einem Krug ein Glas Wasser einschüttete.

»Oh«, sagte ich. »Danke.«

Sie zuckte die Achseln. »Es tut mir leid, daß das passiert ist, Ellie.«

Ich nickte. Obwohl es für sie sicher nicht leicht war, erneut eine unverheiratete werdende Mutter im Haus zu haben, brachte sie mir Mitgefühl entgegen.

»Zwischen Katie und Hannah habe ich drei Babys verloren«, sagte Sarah nüchtern. »Ich habe nie verstanden, warum es heißt – ein Baby verlieren. Du weißt genau, wo es ist, nicht wahr? Und du würdest alles tun, damit es bleibt, wo es ist.«

Ich sah sie an. Diese Frau wußte, wie es war, dem eigenen Körper auf Gedeih und Verderb ausgeliefert zu sein, wie es war, keine Kontrolle über die eigenen Unzulänglichkeiten zu haben. Es war genau, wie Katie gesagt hatte: es spielte keine Rolle, ob du schuld warst oder nicht, du hattest auf jeden Fall Schuldgefühle. »Ich fühle mich dem Kleinen schon so verbunden«, flüsterte ich.

»Oh, ja«, erwiderte Sarah. »Und du bist jetzt schon bereit, alles für ihn zu tun.«

Sie hantierte im Zimmer herum. »Wenn du irgendwas brauchst, rufst du einfach, ja?«

»Moment noch.«

Sarah blieb an der Tür stehen.

»Wie ...?« Die Frage kam mir nicht über die Lippen, aber sie verstand auch so.

»Es ist der Wille des Herrn«, sagte sie leise. »Du stehst es durch. Du kommst nur nie darüber hinweg.«

Ich mußte eingeschlafen sein, denn das nächste, was ich bewußt registrierte, war, daß die Sonne schon fast unterging und Coop ausgestreckt auf Katies Bett lag. Als ich mich rührte, stand er auf und kniete sich neben mich. »Wie fühlst du dich?«

»Gut. Die Krämpfe haben aufgehört.«

Wir blickten einander an, ängstlich. »Ich hab die Richterin angerufen«, sagte Coop, um möglichst rasch das Thema zu wechseln. »Sie hat gesagt, die Geschworenen beratschlagen noch und falls nötig, wartet sie so lange ab, bis du wieder auf den Beinen bist.« Er räusperte sich. »Sie hat auch gesagt, daß sie für dich betet.«

»Gut«, sagte ich. »Wir können jede Hilfe gebrauchen.«

»Kann ich dich etwas fragen?« Coop zupfte an einem Faden am Quilt. »Ich weiß, es ist nicht der beste Zeitpunkt, und ich weiß, ich habe versprochen, es nicht zu tun, aber ich möchte, daß du mich heiratest. Ich bin kein Anwalt, ich habe also keine raffinierten Argumente, um dich zu überzeugen. Aber als Katie mich heute aus dem Krankenhaus angerufen hat, bekam ich keine Luft mehr. Ich dachte, du hättest einen Unfall gehabt. Und dann sagte sie, es ginge um das Baby, und ich habe nur gedacht, Gott sei Dank. Gott sei Dank nicht Ellie.

Ich finde es selbst schrecklich, daß ich diesen Gedanken gehabt habe. Und jetzt stelle ich mir dauernd vor, daß uns das Baby, dieses unerwartete Geschenk, wieder genommen wird. Wenn das passiert, El, dann wird das furchtbar weh tun – aber es wäre nichts im Vergleich zu dem, was ich empfinden würde, wenn *du* mir weggenommen würdest. Das ...« – ihm versagte fast die Stimme – »würde ich nicht durchstehen.« Er hob meine Hand an seine Lippen und küßte sie. »Wir können andere Babys haben. Es wird nicht dieses Baby sein, aber sie werden unsere sein. Wir können zehn haben, eins für jedes Zimmer in unserem Haus.« Coop hob das Gesicht. »Sag mir einfach, daß du es willst.«

Ich hatte Coop einmal verlassen, weil ich herausfinden wollte, ob ich die Beste sein könnte, ob ich es schaffen würde, meinen eigenen Weg zu gehen. Aber durch die Monate bei den Fishers hatte ich erkannt, wie wertvoll es war, ganz sicher zu wissen, daß es jemanden gab, wenn ich stolperte.

Ich hatte Coop ein zweites Mal zurückgewiesen, weil ich Angst hatte, nur aus einem Gefühl der Verantwortung heraus ja zu sagen, wegen des Babys. Aber jetzt würde es vielleicht kein Baby geben. Es gab nur mich und Coop und diesen schrecklichen Schmerz, den nur er verstehen konnte.

Wie oft noch wollte ich das, was ich jetzt hatte, wegwerfen, bis ich begriff, daß es genau das war, wonach ich die ganze Zeit gesucht hatte?

»Zwölf«, antwortete ich.

»Zwölf?«

»Zwölf Babys. Ich möchte ein sehr großes Haus haben.«

Coops Augen leuchteten. »Eine Villa«, versprach er und küßte mich. »Gott, ich liebe dich.«

»Ich liebe dich auch.« Als er sich zu mir aufs Bett legte, mußte ich lachen. »Ich würde dich noch mehr lieben, wenn du mir ins Bad helfen würdest.«

Er grinste und schlang seine Arme um mich, trug mich den Flur hinunter. »Meinst du, du schaffst es?«

Wir blickten einander kurz an, bis ich mich von der Trauer in seinen Augen abwenden mußte. »Ich schaffe das, Coop.« Ich schloß die Tür hinter mir und zog das Nachthemd hoch, wappnete mich gegen den Anblick einer weiteren blutigen Binde. Als ich nach unten sah, fing ich an zu weinen.

Coop kam ins Badezimmer gestürzt, die Augen weit aufgerissen. »Was ist? Was ist los?«

Meine Tränen strömten, unaufhaltsam, übermächtig. »Dreizehn Babys«, sagte ich, während sich ein Lächeln auf meinem Gesicht breitmachte. »Ich glaube, dieses hier will bleiben.«

19

Erst als George Callahan eine ganze Packung Magentabletten geleert hatte, mußte er sich eingestehen, daß der Fall ihn buchstäblich bei lebendigem Leib auffraß. Er war sich seiner Sache so sicher gewesen, und jetzt beschlichen ihn doch langsam Zweifel. Er fragte sich, wer von den Geschworenen sich wohl sperrte – der tätowierte Bursche? Die Mutter von vier Kindern? Er fragte sich, ob er noch genug Zeit hatte, nach dem Mittagessen zur Apotheke zu fahren, oder ob er in den Gerichtssaal gerufen werden würde, sobald er auf dem Highway war. Er fragte sich, ob Ellie Hathaway auch drei schlaflose Nächte hinter sich hatte.

»Na«, sagte Lizzie Munro und schob ihren Teller weg. »Das ist das erste Mal, daß ich mehr gegessen habe als du.«

George verzog das Gesicht. »Mein Magen ist empfindlicher, als ich dachte.«

»Wenn du gefragt hättest – was du nicht getan hast –, hätte ich dir sagen können, daß die Leute sich hier damit schwertun, einen Amischen schuldig zu sprechen.«

»Wieso?«

»Die haben hier so was wie einen Engelsstatus. Wenn man zugibt, daß einer von ihnen ein Mörder ist, geht die ganze Welt zugrunde.«

»So schnell werden sie sie aber auch nicht freisprechen.« Er tupfte sich den Mund mit einer Serviette ab. »Ledbetter hat gesagt, die Geschworenen hätten die Protokolle der Aussagen von den beiden Psychologen angefordert.«

»Das ist ja interessant. Wenn sie sich wegen des Geisteszustands der Angeklagten in den Haaren liegen, deutet das doch darauf hin, daß sie denken, sie hätte was Unrechtes getan.«

»Ich bin sicher, Ellie Hathaway würde das anders interpretieren«, knurrte George.

»Ellie Hathaway hat im Moment andere Sorgen. Hast du's noch nicht gehört?«

»Was gehört?«

»Ihr geht's nicht gut. War im Krankenhaus.« Lizzie zuckte die Achseln. »Man munkelt, es gibt Komplikationen bei ihrer Schwangerschaft.«

»Schwangerschaft? Ellie Hathaway ist schwanger?« Er schüttelte den Kopf. »Mein Gott, sie ist ungefähr so fürsorglich wie eine Schwarze Witwe.«

»Ja«, sagte Lizzie. »Von der Sorte gibt's jede Menge.«

Ellie machte Fortschritte, sie lag nicht mehr auf dem Bett im Schlafzimmer, sondern auf der Couch im Wohnzimmer. Sie hatte ein einziges Mal gehen dürfen, als Coop sie zum Gynäkologen gebracht hatte, wo ihr unter Vorbehalt bestätigt wurde, daß wieder alles in Ordnung war. Coop war zur Arbeit gefahren, nachdem er Sarah das Versprechen abgenommen hatte, wie ein Luchs auf Ellie aufzupassen. Aber Sarah war hinausgegangen, um ein Huhn für das Abendessen zu holen – woraufhin Ellie ihrem Status als Pflegefall zum ersten Mal eine positive Seite abgewinnen konnte.

Ellie schloß die Augen, doch sie war sicher, daß sie ins Koma fallen würde, wenn sie noch eine Stunde mehr schlafen würde. Sie überlegte gerade, mit welchem Argument sie Coop davon überzeugen könnte, daß es besser für sie wäre aufzustehen, als Katie versuchte, sich ungesehen an der Tür vorbeizuschleichen.

»O nein, von wegen. Komm sofort zurück«, befahl Ellie.

Katie kam ins Zimmer. »Brauchst du was?«

»Und ob. Du mußt mich hier rausbringen.«

Katie machte große Augen. »Aber Dr. Cooper –«

»– hat gar keine Ahnung, wie es ist, zwei ganze Tage nur herumzuliegen.« Ellie griff nach Katies Hand und zog das Mädchen zu sich auf die Couch. »Ich will ja nicht den Mount Everest besteigen«, bettelte sie. »Nur ein bißchen spazierengehen. Draußen.«

Katie blickte zur Küche.

»Deine Mom ist im Hühnerstall. Bitte.«

Sie nickte rasch und half Ellie aufstehen. »Und du fühlst dich auch wirklich gut?«

»Ja. Wirklich. Du kannst meinen Arzt anrufen und ihn fragen.« Grinsend fügte Ellie hinzu: »Wenn du ein Telefon hättest.«

Katie schlang einen Arm um Ellies Taille und ging behutsam mit ihr durch die Küche und zur Hintertür hinaus. Ellie beschleunigte ihren Gang, als sie an dem kleinen Gemüsegarten vorbeikamen. Sie stiegen über die Kürbisranken hinweg, die sich ausbreiteten wie die Arme eines Tintenfisches. Am Teich ließ sie sich mit geröteten Wangen und strahlenden Augen auf die Bank unter der Eiche sinken und fühlte sich so gut wie seit Tagen nicht mehr.

»Können wir jetzt zurückgehen?« fragte Katie unruhig.

»Wir sind doch gerade erst gekommen. Ich muß mich doch etwas ausruhen, bevor wir den ganzen Weg zurückmarschieren, oder?«

Katie sah zum Haus hinüber. »Ich möchte dich aber zurückbringen, bevor jemand merkt, daß du weg bist.«

»Keine Sorge. Ich verrate niemandem, daß du mich hierhergebracht hast.«

»Keiner Menschenseele«, sagte Katie.

Ellie legte den Kopf in den Nacken und schloß die Augen, genoß die Sonnenwärme auf Gesicht und Hals. »Dann sind wir jetzt Komplizen, richtige Verbrecher.«

»Verbrecher«, wiederholte Katie leise.

Bei dem traurigen Unterton in ihrer Stimme, horchte Ellie auf. » Katie, ich wollte dich nicht –«

»Pst.« Katie hielt eine Hand hoch, erhob sich langsam von der Bank und starrte auf den Teich. Einige Stockenten flogen erschreckt auf und ließen einen Sprühregen niedergehen, der die Wasseroberfläche erhellte. Die Abendsonne schimmerte in allen Regenbogenfarben hindurch, und einen Augenblick lang konnte Katie ihre Schwester sehen, wie sie herumwirbelte, eine Ballerina, nicht ahnend, daß ihr jemand zuschaute.

Genau das würde sie vermissen, wenn sie ins Gefängnis mußte. Ihr Zuhause, den Teich, diese Verbundenheit.

Hannah drehte sich um, und in ihren Armen hielt sie ein kleines Bündel. Sie drehte sich erneut, und das Bündel bewegte sich ... so daß ein winziges rosa Ärmchen zum Vorschein kam.

Der Sprühschleier verschwand, die Schreie der Enten verklangen in der Ferne. Katie setzte sich neben Ellie, die plötzlich viel blasser wirkte als zuvor. »Bitte«, flüsterte Katie. »Laß nicht zu, daß sie mich wegschicken.«

Aus Rücksicht auf Aaron parkte Jacob seinen Wagen eine halbe Meile von der Farm entfernt. Er hatte früher so manchen jungen Burschen gekannt, der sich während seiner *Rumschpringe* ein Auto zugelegt und es dann hinter dem Tabakschuppen versteckt hatte, wo sein Vater es geflissentlich übersah. Jacob dagegen hatte nie einen Wagen besessen. Erst nachdem er für immer weggegangen war.

Es war ein seltsames Gefühl, die Zufahrt hinaufzugehen. Gedankenverloren rieb er über die Narbe am Kinn, die er sich als Kind zugezogen hatte, als er über eine Rinne im Asphalt gestürzt war. Die Rinne war immer noch da.

Als er die Stalltür erreichte, holte er tief Luft, um Mut für die letzten Schritte zu fassen. Er lebte schon so lange *englisch,* und es fiel ihm zunehmend schwer, amisch zu denken. Erst Katies Prozeß, in dem ausgerechnet er als Experte für amisches Leben aufgetreten war, hatte ihm bewußt gemacht, daß es seine amische Seite nach wie vor gab. Er lebte zwar in einer anderen Welt, aber er betrachtete sie noch immer mit den Augen von jemandem, der ganz anders aufgewachsen war; er beurteilte sie nach Wertmaßstäben, die ihm schon als kleines Kind in Fleisch und Blut übergegangen waren.

Und eine der ersten Wahrheiten, die man als Amischer lernte, war die, daß Taten mehr zählten als Worte.

In der Welt der *Englischen* schickte man einander Beileidsbriefe und E-Mails und Grußkarten. In der Welt der Amischen zeigte man sein Mitgefühl mit einem persönlichen Besuch, Liebe war ein zufriedener Blick, den man einander über den Abendbrottisch hinweg zuwarf, Hilfe wurde in praktischer Form geleistet. Die ganze Zeit über hatte Jacob auf eine Entschuldigung von seinem Vater gewartet, obwohl so etwas gar nicht zu dessen Verhaltensrepertoire gehörte.

Leise öffnete er die schwere Stalltür und ging hinein. Staubkörnchen tanzten in der Luft, und der süße Duft nach Heu und Mais war so vertraut, daß Jacob für einen Moment die Augen schloß. Die Kühe drehten ihre schweren Köpfe in seine Richtung.

Jacob war zur Melkzeit gekommen. Er ging die Stallgasse entlang. Levi schaufelte etwas lustlos Mist in eine Schubkarre. Samuel füllte das Futter aus dem Siloschacht ab. Elam und Aaron gingen zwischen den Tieren hindurch, kontrollierten die Pumpen und wischten der Kuh, die als nächstes an der Reihe war, das Euter ab.

Elam sah ihn als erster. Der alte Mann richtete sich langsam auf, blickte Jacob an und lächelte schließlich. Jacob nickte, griff dann in den Eimer, den sein Großvater in der Hand hielt, und riß aus dem alten Telefonbuch ein Blatt heraus. Er nahm Elam die Sprühflasche aus der Hand, um ein Euter zu sterilisieren. Im selben Augenblick kam sein Vater um das breite Hinterteil der Kuh herum.

Aaron fuhr zusammen. Er stand stocksteif da, und die kräftigen Muskeln seiner Unterarme zuckten. Samuel und Levi schauten schweigend zu; selbst die Kühe schienen gespannt abzuwarten, was passieren würde.

Elam legte seinem Sohn eine Hand auf die Schulter. *»Es iss nix«*, sagte er.

Ohne ein Wort bückte Jacob sich und arbeitete weiter. Seine Handflächen glitten über den weichen Bauch der Kuh. Gleich darauf spürte er seinen Vater direkt neben sich. Die Hände, die ihm alles beigebracht hatten, schoben seine sachte beiseite, so daß die Milchpumpe angebracht werden konnte.

Jacob erhob sich, stand unmittelbar vor seinem Vater. Aaron wandte langsam den Kopf und deutete mit dem Kinn auf die nächste Kuh. »Was ist?« sagte er. »Ich warte.«

George stieg die Verandastufen der Fishers hoch, unsicher, was ihn erwartete. Er hatte fast befürchtet, daß Menschen, die Gott so nahe waren, ihn vom Blitz erschlagen lassen könnten, sobald er aus dem Wagen stieg, aber bislang war alles gutgegangen. Er zog Jackett und Krawatte gerade und klopfte energisch an.

Die Angeklagte kam an die Tür. Ihr freundliches Lächeln wurde schwächer, erstarb dann völlig. »Ja?«

»Ich, äh, möchte zu Ellie.«

Katie verschränkte die Arme. »Sie kann im Moment keinen Besuch empfangen.«

Aus dem Hintergrund schrie eine Stimme: »Das stimmt nicht! Mir ist jeder recht. Wenn es der UPS-Mann ist, herein mit ihm!«

George zog die Augenbrauen hoch, und Katie stieß die Fliegentür auf, um ihn hereinzulassen. Er folgte ihr durch ein Haus, das überraschende Ähnlichkeit mit seinem hatte. Im Wohnzimmer lag Ellie auf der Couch, eine Wolldecke über den Beinen.

»Sieh an«, sagte er. »Im Schlafanzug sehen Sie ganz anders aus. Sanfter.«

Ellie lachte. »Deshalb trage ich ihn vor Gericht auch nur selten. Sind Sie privat hier?«

»Das nicht gerade.« George blickte Katie vielsagend an. Sie sah hinüber zu Ellie und verschwand dann. »Ich möchte Ihnen einen Vorschlag machen.«

»Was für eine Überraschung«, sagte Ellie trocken. »Kriegen Sie es langsam mit der Angst zu tun, weil die Geschworenen nicht zum Ende kommen?«

»Aber nein. Eigentlich dachte ich, daß *Sie* mittlerweile Panik kriegen, und ich habe gerade meine ritterlichen zehn Minuten.«

»Sie sind ja ein richtiger Lancelot, Sir George. Also schön, lassen Sie hören.«

»Sie bekennt sich schuldig«, sagte George. »Und wir sind mit vier bis sieben Jahren einverstanden.«

»Kommt nicht in Frage.« Ellie war entrüstet, doch dann dachte sie an Katie, unten am Teich. »Allerhöchstens in Frage käme eine Verurteilung ohne ausdrückliches Schuldeingeständnis – zwei bis vier Jahre.«

George wandte sich ab und schaute zum Fenster hinaus. Er mußte diesen Fall gewinnen – das würde seine Chancen bei der nächsten Wahl gewaltig erhöhen. Er war nicht gerade versessen darauf, Katie Fisher für alle Zeiten im Gefängnis versauern zu lassen, und nach dem, was Lizzie ihm erzählt hatte, würde das auch bei seinen potentiellen Wählern nicht gut ankommen. Ellies Vorschlag bedeutete im Grunde, daß Katie zwar weiterhin behauptete, die Tat nicht begangen zu haben, den Schuldspruch jedoch akzeptierte, weil sie einsah, daß die Beweise gegen sie ausreichten. Auf diese Weise konnte sie das Gesicht wahren und gleichzeitig die Verurteilung akzeptieren. Für Ellie bedeutete es, daß sie das unerwartete Geständnis ihrer Mandantin aus dem Gerichtsprotokoll streichen lassen konnte. Und George bekam seinen Schuldspruch.

Er ging wieder zu Ellie. »Ich muß drüber nachdenken. Falls sie schuldig gesprochen wird, kann sie für verdammt lange Zeit ins Gefängnis gehen.«

»*Falls*, George. Die Geschworenen beraten sich seit fünf Tagen. Wenn sie für uns entscheiden, geht Katie wohin sie will.«

Er verschränkte die Arme. »Okay. Kein Schuldeingeständnis. Drei bis sechs höchstens.«

»Zweieinhalb bis fünf, und die Sache ist abgemacht.« Sie lächelte. »Natürlich muß meine Mandantin noch zustimmen.«

»Sagen Sie mir Bescheid.« George ging zur Tür, blieb dann stehen. »He, Ellie«, sagte er. »Ich hab gehört, was passiert ist, und es tut mir leid.«

Sie drückte die Wolldecke zwischen ihren Händen. »Danke, aber jetzt wird alles gut.«

»Ja.« George nickte nachdenklich. »Das denke ich auch.«

Katie saß vor dem Richterzimmer und fuhr mit den Fingern über die glatten Fugen der Holzbank. Im Gerichtsgebäude zu sein war zwar nicht mehr so aufreibend für sie wie während des Prozesses, aber sie konnte es trotzdem kaum erwarten, wieder gehen zu können.

»Ich hab dich überall gesucht.«

Katie blickte auf, als Adam sich neben sie setzte. »Jacob hat mir von der Einigung mit dem Staatsanwalt erzählt.«

»Ja. Und jetzt ist bald alles vorbei«, sagte sie leise, und beide wogen die Worte ab, ließen sie nachklingen.

»Ich gehe wieder nach Schottland.« Er zögerte. »Katie, du könntest –«

»Nein, Adam.« Sie fiel ihm ins Wort. »Das könnte ich nicht.«

Adam schluckte, nickte. »Ich denke, das habe ich schon immer gewußt.« Er berührte ihre Wange. »Aber ich weiß auch, daß du die ganzen letzten Monate dort bei mir warst.« Als Katie erstaunt aufblickte, fuhr er fort. »Manchmal sehe ich dich am Fußende meines Bettes stehen, wenn ich aufwache. Oder ich erkenne dein Profil auf einer Burgmauer. Manchmal, wenn der Wind richtig steht, ist es, als würdest du meinen Namen rufen.« Er nahm ihre Hand, zeichnete jeden einzelnen Finger nach. »Ich sehe dich deutlicher, als ich je einen Geist gesehen habe.«

Er hob ihre geöffnete Hand, küßte die Mitte und schloß ihre Finger darüber. Dann preßte er die Faust fest auf ihren Bauch. »Vergiß mich nicht«, sagte Adam mit belegter Stimme, und zum zweiten Mal in ihrem Leben ließ er sie zurück.

»Ich freue mich, daß Sie sich geeinigt haben«, sagte Richterin Ledbetter. »Also reden wir über das Strafmaß.«

George beugte sich vor. »Wir haben uns auf zweieinhalb bis fünf Jahre geeinigt, Euer Ehren. Aber wir sollten bedenken, daß die Entscheidung, die wir hier fällen, sich auf zukünftige Neonatizid-Fälle auswirken wird.«

»Unsere Einigung sieht wie folgt aus«, begann Ellie. »Meine Mandantin bekennt sich nicht schuldig. Sie hat wiederholt ausgesagt, daß sie nicht weiß, was in jener Nacht geschehen ist, sie ist jedoch aus verschiedenen Gründen bereit, einen Schuldspruch zu akzeptieren. Allerdings haben wir es hier nicht mit einer kaltblütigen Verbrecherin zu tun. Katie fühlt sich ihrer Gemeinde verpflichtet, und sie wird nicht wieder straffällig werden. Sie gehört für keinen einzigen Tag ins Gefängnis, nicht mal für eine Stunde. Eine Verurteilung zu einer Gefängnisstrafe würde sie zu einer gewöhnlichen Straftäterin abstempeln, obwohl sie weiter davon entfernt ist als sonst jemand.«

»Ich habe das Gefühl, Ms. Hathaway, daß Sie eine Lösung im Kopf haben.«

»Allerdings. Ich denke, Katie ist eine ideale Kandidatin für das elektronische Überwachungsprogramm.«

Richterin Ledbetter nahm ihre Lesebrille ab und rieb sich die Augen. »Mr. Callahan, wir haben der Gesellschaft gegenüber unsere Schuldigkeit getan, indem wir den Fall öffentlich, vor der Presse, verhandelt haben. Ich sehe keine Veranlassung, die amische Gemeinde noch mehr zu beschämen, als das durch die Aufmerksamkeit der Medien bereits geschehen ist, indem ich eine der ihren ins Gefängnis stecke. Die Angeklagte wird mit Freiheitsentzug bestraft – aber in ihrer privaten Umgebung, was mir für diesen Fall angemessen erscheint.« Sie kritzelte ihre Unterschrift auf die Papiere vor sich. »Ich verurteile Ms. Fisher zu einem Jahr Freiheitsentzug unter elektronischer Überwachung«, sagte Richterin Ledbetter. »Der Fall ist geschlossen.«

Sie trug das Plastikband unter ihrem Strumpf. Fast acht Monate würde sie es nicht abnehmen können. Es war siebeneinhalb Zentimeter breit, mit einem eingelassenen Sender. Falls Katie Lancaster County verlassen würde, erklärte ihr Ellie, würde es ein Signal aussenden, und der Bewährungshelfer würde sie sofort finden. Katie war offiziell eine Strafgefangene, was bedeutete, daß sie praktisch keinerlei Rechte hatte.

Aber sie durfte auf der Farm bleiben und weiterleben wie bisher.

Katie und Ellie gingen durch die Korridore, ihre Schritte hallten in der Stille wider. »Danke«, sagte Katie leise.

»Nichts zu danken.« Ellie zögerte. »Wir können zufrieden sein.«

»Ich weiß.«

»Obwohl es ein Schuldspruch ist.«

»Das stört mich nicht.«

»Ja.« Ellie lächelte. »Ich werde wohl auch drüber wegkommen, in zehn Jahren oder so.«

»Bischof Ephram sagt, daß die Sache für die Gemeinde auch etwas Gutes hatte.«

»Inwiefern?«

»So bleiben wir bescheiden«, sagte Katie. »Viel zu viele *Englische* halten uns für Heilige, und das erinnert sie daran, daß wir auch bloß Menschen sind.«

Sie traten zusammen nach draußen in den stillen Nachmittag. Keine Reporter, keine Schaulustigen – es würde noch eine Weile dauern, bis die Presse davon Wind bekam, daß die Geschworenen entlassen worden waren und der Prozeß aufgrund einer Einigung zwischen Anklage und Verteidigung ein vorzeitiges Ende gefunden hatte. Katie blieb oben an der Treppe stehen und sah sich um. »So habe ich mir das nicht vorgestellt.«

»Was denn?«

»Das *danach*.« Sie zuckte die Achseln. »Ich habe gedacht, daß ich nach allem, was du im Prozeß gesagt hast, ein bißchen besser verstehen würde, was passiert ist.«

Ellie lächelte. »Wenn ich meinen Job gut mache, dann wird meistens alles noch unklarer.«

Eine Brise, die schon die Kälte des Winters mit sich trug, blies Katie die Bänder ihrer *Kapp* übers Gesicht. »Ich werde nie genau wissen, wie mein Baby gestorben ist, nicht wahr?« fragte sie leise.

Ellie hakte sich bei Katie unter. »Du weißt, wie es nicht gestorben ist«, erwiderte sie. »Vielleicht muß das genügen.«

20

Ellie

Es ist komisch, wie viele Dinge sich in so kurzer Zeit anhäufen können. Ich war mit einem einzigen Koffer auf die Farm gekommen, doch als ich jetzt meine Sachen packte, paßte kaum noch alles hinein. Ich mußte meinen ersten und vermutlich letzten Quilt verstauen, der eines Tages das Bettchen meines Kindes schmücken würde, den Strohhut, den ich bei der Arbeit auf den Feldern getragen hatte, und auch den schönen flachen Stein, den ich im Bach gefunden hatte, sowie eine Streichholzschachtel aus dem Restaurant, in dem ich mit Coop essen war. Und schließlich waren da noch die Dinge, die in gar kein Gepäckstück passten: Geist, Demut, Friede.

Katie war draußen beim Teppichklopfen. Sie hatte ihren Strumpf heruntergerollt, um Sarah das Plastikband zu zeigen, und ich hatte ihr genau erklärt, wie weit sie sich damit von der Farm entfernen durfte. Coop würde jede Minute kommen, um mich nach Hause zu holen.

Nach Hause. Ich würde mich erst wieder daran gewöhnen müssen. Ich fragte mich, wie oft ich noch morgens um halb fünf wach werden und meinen würde, die leisen Geräusche der Männer zu hören, die zum Melken in den Stall gingen. Wie oft würde ich noch abends vergessen, den Wecker zu stellen, in der sicheren Annahme, daß der Hahn mich wecken würde. Ich fragte mich auch, wie es sein würde, wieder fernzusehen. Jede Nacht neben Coop zu schlafen, seinen Arm um mich geschlungen. Ich fragte mich, wen ich als nächstes verteidigen würde, und ob ich noch oft an Katie denken würde.

Es klopfte leise an der Tür. »Herein.«

Sarah trat ein, die Hände unter ihrer Schürze. »Ich wollte fragen, ob du Hilfe brauchst.« Sie blickte auf die leeren Kleiderhaken an der Wand und lächelte. »Aber du bist wohl schon so gut wie fertig.«

»Das Packen war nicht so schwer. Der *Abschied* wird ein Problem werden.«

Sarah ließ sich auf Katies Bett sinken, strich den Quilt mit einer Hand glatt. »Ich war dagegen, daß du herkommst«, sagte sie leise. »Als Leda damals im Gerichtssaal den Vorschlag machte, habe ich nein gesagt.« Sie hob das Gesicht, Augen folgten mir, während ich die letzten Sachen verstaute. »Nicht nur wegen Aaron. Ich dachte, du wärst vielleicht so wie die Leute, die ab und zu herkommen und so tun, als wären sie wie wir, weil sie meinen, Friede sei etwas, das man lernen könne.«

Ihre Finger zupften an einem losen Faden im Quilt. »Ich habe schnell gemerkt, daß du anders bist. Und ich muß zugeben, daß wir mehr von dir gelernt haben, glaube ich, als du von uns hast lernen können.«

Ich setzte mich neben Sarah und lächelte. »Darüber ließe sich streiten.«

»Ich verdanke es dir, daß meine Katie hier bei mir bleiben durfte. Das werde ich dir nie vergessen.«

Während ich der leisen, ernsten Frau lauschte, fühlte ich mich ihr plötzlich eng verbunden. Sie hatte mir eine Zeitlang ihre Tochter anvertraut. Mehr denn je begriff ich nun, was es sie gekostet haben mußte, mir so viel Vertrauen entgegenzubringen.

»Ich habe Jacob verloren, weißt du, und Hannah. Ich konnte nicht auch noch Katie verlieren. Du weißt, eine Mutter würde alles tun, um ihr Kind zu retten.«

Meine Hand strich über meinen Bauch. »Ja, das weiß ich.« Ich berührte sie an der Schulter. »Es war richtig von dir, daß du Katie von mir hast verteidigen lassen. Daran darfst du nicht zweifeln, egal, was Aaron oder der Bischof oder sonst wer dazu sagen.«

Sarah nickte, holte dann unter ihrer Schürze ein kleines Päckchen hervor. »Das wollte ich dir geben.«

»Das wäre doch nicht nötig gewesen«, sagte ich verlegen, weil ich nicht daran gedacht hatte, den Fishers als Dank für ihre Gastfreundschaft ein Geschenk zu machen. Ich riß das Papier auf, und eine Schere kam zum Vorschein.

Sie war schwer und silberfarben, mit einer deutlichen Kerbe an einer Schneide. Sie war sauber gewischt, doch eine kleine Schlaufe aus Schnur am Griff war dunkel und steif von getrocknetem Blut. Ich dachte, du könntest sie mitnehmen«, sagte Sarah einfach. »Ich kann sie Aaron jetzt nicht mehr zurückgeben.«

Die Aussage des Gerichtsmediziners schoß mir durch den Kopf, die Obduktionsfotos vom Nabel des toten Babys. »Oh, Sarah«, flüsterte ich.

Ich hatte meine ganze Verteidigung darauf aufgebaut, daß eine amische Frau außerstande wäre, einen Mord zu begehen. Und jetzt reichte mir eine amische Frau ein Beweisstück, das sie belastete.

Das Licht im Stall war angelassen worden, weil Sarah die ganze Zeit gewußt hatte, daß ihre Tochter schwanger war. Die Schere, mit der die Nabelschnur durchtrennt worden war, hatte sie versteckt, weil sie voller Blut war. Das Baby war verschwunden, als Katie schlief – und der Grund, warum sie sich nicht erinnern konnte, den Leichnam eingewickelt und versteckt zu haben, war der, daß sie es nicht getan hatte.

Mein Mund öffnete und schloß sich für eine Frage, die mir nicht über die Lippen kam.

»Die Sonne, sie ging an dem Morgen so schnell auf. Ich mußte zurück ins Haus, bevor Aaron wach wurde. Ich dachte, ich würde später wiederkommen – aber ich mußte ins Haus. Ich mußte einfach.« In ihren Augen glänzten Tränen. »*Ich* hatte sie doch in die Welt der *Englischen* geschickt – und ich konnte sehen, wie sie sich veränderte. Niemand sonst merkte es – nicht mal Samuel –, aber sobald er etwas gemerkt hätte …

ich wußte, was dann passiert wäre. Ich wollte doch nur, daß Katie das Leben führen konnte, das sie sich immer vorgestellt hatte – ein Leben hier bei uns allen.

Aber Aaron hatte Jacob weggeschickt, aus einem weitaus geringfügigerem Grund. Er hätte das Baby niemals akzeptiert ... und Katie wäre auch weggeschickt worden.« Sarahs Augen wanderten auf meinen Bauch, in dem mein Kind geborgen war. »Du verstehst das doch jetzt, Ellie, nicht wahr? Ich hatte Hannah nicht retten können, und ich hatte Jacob nicht retten können ... ich hatte nur noch eine Chance. So oder so hätte mich wieder ein Mensch verlassen müssen. Also habe ich mich entschieden. Ich habe getan, was ich glaubte, tun zu müssen, um meine Tochter zu behalten.« Sie senkte den Kopf. »Und hätte sie beinahe trotzdem verloren.«

Draußen ertönte eine Autohupe. Ich hörte die Tür schlagen, Coops und Katies Stimmen waren auf dem Hof zu hören.

»So.« Sarah wischte sich über die Augen und stand auf. »Ich möchte nicht, daß du deinen Koffer trägst. Laß mich das machen.« Sie lächelte, als sie ihn anhob. »Du kommst uns doch mal mit deinem Baby besuchen?« sagte Sarah, stellte den Koffer ab und schlang ihre Arme um mich.

Ich erstarrte, unfähig, sie gleichfalls zu umarmen. Ich war Anwältin. Ich war dem Gesetz verpflichtet. Mir blieb keine andere Wahl, als die Polizei zu rufen, der Bezirksstaatsanwaltschaft mitzuteilen, was ich erfahren hatte. Und dann würde Sarah wegen desselben Verbrechens vor Gericht gestellt, für das ihre Tochter verurteilt worden war.

Doch wie von selbst hoben sich meine Hände und legten sich auf Sarahs Rücken, mein Daumen streifte eine der Sicherheitsnadeln, die ihre Schürze festhielten. »Paß auf dich auf«, flüsterte ich und umarmte sie fest. Dann eilte ich die Treppe hinunter, nach draußen, wo die Welt auf mich wartete.

Danksagung

Auch diesmal schulde ich vielen Menschen Dank: Dr. Joel Umlas, Dr. James Umlas und Dr. David Toub für ihre sachkundige medizinische Beratung; Dr. Tia Horner und Dr. Stuart Anfang für ihre Erklärungen zu forensischer Psychiatrie und klinischen Therapiegesprächen; Dr. Catherine Lewis und Dr. Neil Kaye, die mir halfen das Phänomen des Neugeborenenmords zu begreifen; meinem Schwiegervater Karl van Leer, der nicht ein einziges Mal stutzte, wenn ich anrief und ihm Fragen über das Besamen von Kühen stellte; Kyle van Leer, der einen »Keksmond« sah und mir erlaubte, ihn mir auszuleihen; Teresa Farina für ihre schnellen Abschriften; Dr. Elizabeth Martin, die Listerien fand und mir Autopsien erläuterte; Steve Marshall, der mit mir auf Geisterjagd ging; Brian Laird für seine Geschichten; Allegra Lubrano, der jedesmal, wenn ich in heller Aufregung anrief, um »nur mal rasch was zu fragen«, ganz unbekannte gesetzliche Bestimmungen einfielen; Kiki Keating, Ausnahmeanwältin, die sich die Zeit nahm, mit mir nach Lancaster zu fahren und abendelang, über den Kassettenrecorder gebeugt, Aussagen auszuwerten; und Tim van Leer für alles. Ich danke auch Jane Picoult, die diesmal einen Satz für sich allein haben wollte, für ihre Klugheit und ihre hilfreichen Kommentare. Laura Groß danke ich für das gleiche und dafür, daß sie möglicherweise der einzige Mensch im Verlagswesen ist, der möchte, daß ich *schneller* schreibe. Ich danke Emily Bestler und Kip Hakala – und hebe mein Glas auf den Beginn einer wunderbaren Beziehung. Und ich danke Camille McDuffie – zum dritten Mal meine gute Fee. Dank schulde ich den Werken von John Hostetler und Donald Kraybill sowie den Menschen, die ich in Lancaster, Pennsylvania, kennenlernte und ohne die dieses Buch nicht hätte geschrieben werden können: Maribel Kraybill, Lt. Renee Schuler und vor allem Louise Stoltzfus, selbst eine wundervolle Schriftstellerin, deren Beiträge für mich von unschätzbarem Wert waren. Zu guter Letzt gilt mein Dank den amischen Männern, Frauen und Kindern, deren Bekanntschaft ich machte, die mir großzügig ihre Häuser und Herzen öffneten und mich eine kleine Weile lang an ihrer Welt teilhaben ließen.

SERIE PIPER

Jodi Picoult

Die Hexenjagd von Salem Falls

Roman. Aus dem Amerikanischen von Ulrike Wasel und Klaus Timmermann. 474 Seiten. Serie Piper

Nichts erinnert mehr in Salem Falls an die berüchtigten Hexenjagden, die dort einst Angst und Schrecken verbreiteten. Als es Jack St. Bride in dieses neuenglische Provinzstädtchen verschlägt, möchte er nur eines – seine eigene Vergangenheit für immer begraben. Im Café von Addie Peabody findet er Arbeit, und schon bald wird Jack unentbehrlich in Addies Laden – eine ungewöhnliche Liebesgeschichte beginnt. Doch dann erscheint die junge Gillian, der übersinnliche Kräfte nachgesagt werden. Mit ihr kehren die dunklen Schatten aus Jacks früherem Leben wieder zurück, und in Jodi Picoults packendem Psychothriller setzt eine moderne Hexenjagd ein …

05/1596/01/L

Jodi Picoult

Auf den zweiten Blick

Roman. Aus dem Amerikanischen von Christoph Göhler. 448 Seiten. Serie Piper

Morgengrauen, ein Friedhof in Los Angeles: Der Gärtner findet eine offenbar verwirrte Frau, die aus einer Kopfwunde blutet und nicht weiß, wer sie ist. Entsetzt läuft er davon. Einen Tag lang irrt die Frau umher, bis sie von dem Polizisten Will aufgelesen wird. Will meldet den Fall seiner Behörde und der Presse, bis endlich der Mann erscheint, der das Rätsel um die Identität der Frau löst: Alex Rivers, der berühmte Schauspieler. Er identifiziert sie als seine schwangere Frau. Aber Cassie ist befremdet, dieser Mann macht ihr Angst. Als Alex voller Zärtlichkeit eine Eheidylle vor ihr ausbreitet, kehren langsam ihre Erinnerungen an die grauenvolle Wahrheit über ihre Beziehung zurück, und sie versteht, warum sie ins Vergessen geflohen ist … Der fesselnde Roman einer schmerzvollen Reise in die Vergangenheit.

05/1360/01/R